國家圖書館藏清人詩文集稿本叢書

第五輯

二

陳紅彦　主編

北京大學出版社
PEKING UNIVERSITY PRESS

葉大焯手稿

葉大焯撰。清光緒間稿本。四册。

葉大焯(一八四〇—一九〇〇),字迪恭,號恂予,閩縣(今屬福州)人。同治七年(一八七〇)進士,改庶吉士,散館授編修,曾任提督廣東學政,官至翰林院侍讀學士。歸里主講鳳池書院、正誼書院。有《葉恂予日記》存世,編著有《補拙齋藏書目》一卷,皆藏於福建省圖書館。《詞林輯略》中有小傳,其子在琦撰有《行狀》一卷(清光緒閩縣葉氏福州刻本)。

此《手稿》第一册爲壽序、墓誌、碑記及書序等應酬文字,中夾《風雪律吕賦》一篇、擬作時文《子曰歲寒》二章;册末附簽條,内容爲抄自《詞林輯略》之小傳;第二册亦爲壽序、時文;第三册除壽序外,有史論多篇;第四册爲詩若干首。福州别名三山,「三山葉氏」爲清及近代福州著名的科舉、文學世家,葉大焯亦其家族名宦之一,與陳寶琛相交莫逆,林紓爲其弟子。葉大焯著作鮮有刊行,此則其詩文稿本,兹影印以供研究葉氏家族文獻者參考。書中鈐有「先人手澤」「在琦兄弟子孫永寶」二印。「在琦」(一八六六—一九〇七)爲大焯長子,近代教育家,亦以詩名。

(樊長遠)

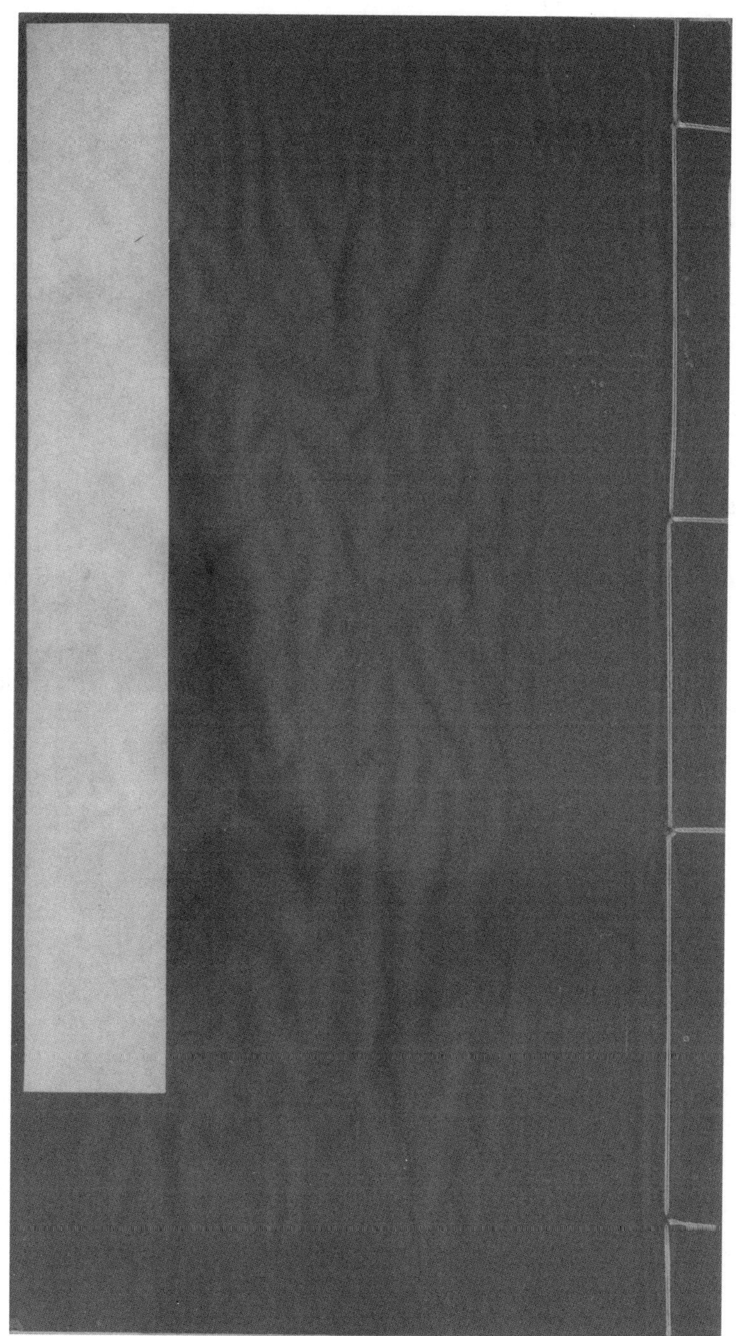

書号
函 4 册
登录号82448

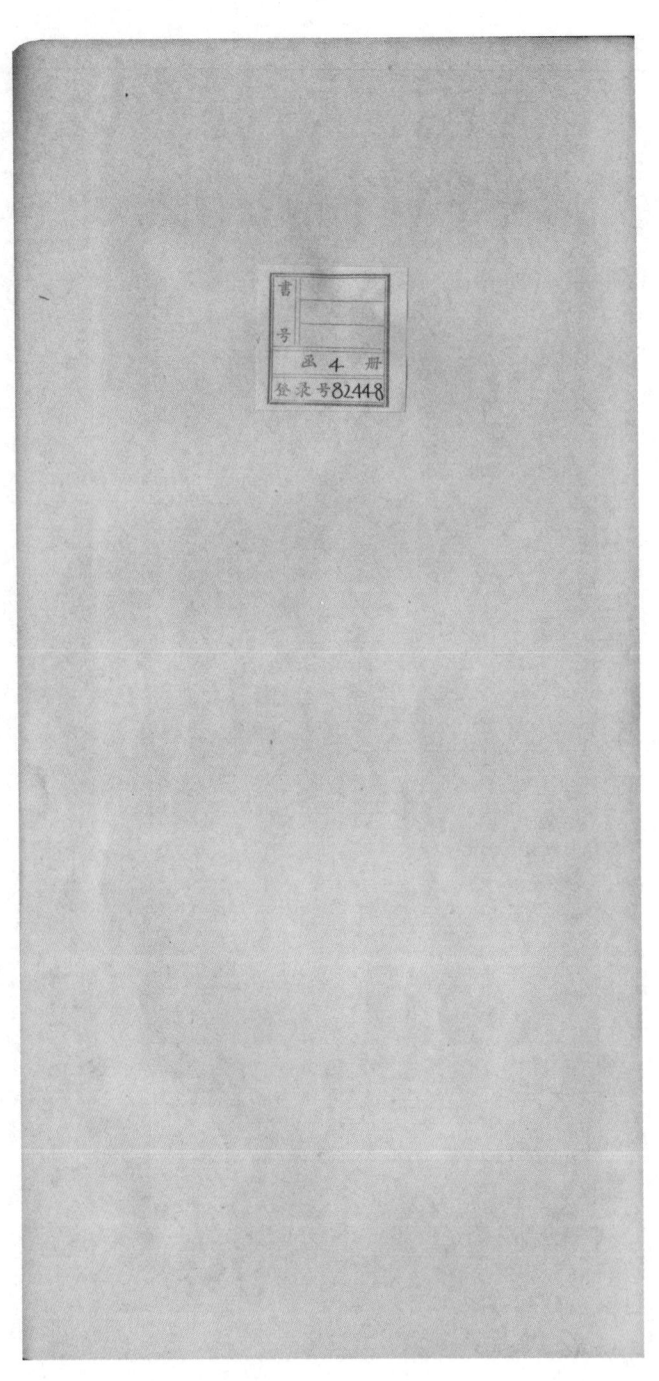

謝枚如先生八十壽言

枚如先生，有道之士也。余夙睹戲廣中文人行如先生者不多覯，旅常
大莊遊湖，頗能為樸學。余恨少壯時未承教，洎借京師，從謁，稍得
接其言論丰采。先生居宦懷，每來京師，不數時，輒引去。風度
久欽之，未由侍左右，心嚮往焉而已。厥後先生自豫章歸，余自南
與屏處鄉里，雖時山中，故老多知余，晨夕與之游，訊故老習先
生，而常稽諸先生。聞先生不余棄，乃焉家久之，嘗出聘絕
知和詢樸撇聯盤漢，此即道異，會以壽考耳，易矣迎勤

瞰擲悟訶色浮幽揭鬼甚知坐起皆精主而不搖於戲焉
予及哉馬可及哉或語余曰子所見者今日之先生也亦聞先生
昔日園跡地而狂者乎余語先生識狂者豈乘所謂狂吾息夫
今之狂者幾學而遠知氣動而驚外傳中似真根易狀一曰憂患
躐之攄掉侘傺芥地毆矣先生富古學鑄歌之激而過時狂
南人之詭格瘤俯首燕山稽隸禦諸過尼池潛灊沼所百於此其經
蚓而悟和祕律葉募自位置不當多謀之人斯其柩與而兩由
深遠指道物凡此且夫人非歷危善轗軻而挂知其素守器得

為庠道知郡，以先生勤脩儒術者數十年，精於治經治古文
自致之知，而能於今政事之弛張，朝野制度之治亂又洞然於胸，措
之可以經世。若夫一歌一詠，蔚為雅林，觸目感時，發為詩人忠厚
之旨，當日賢達遠近賢人君子讀其書者，共同聲推許，可謂負重
望知名，而五十始上公車，守於通籍，老不能仕，年抑於宦，常
與命違，卑世多知，此馳嶙峋後，昌黎進讒生而告之，尚有來
者矣。韓蘇於命，而先生優游自適，盡其天日，視富貴賤
之，歸而寄想於德，知其貞積既充，益俾醞釀性情，抒為節

而嘉歎鄭溪純之詩，蓋遜唐賢之，命沖校於吳而出
命而歸，如此耳。於余史有異，知先生身不能，而教授罷，至於
晚年，每遜絕藝，此藝與相聽，不得，懷其不遇而感之焉
義其學教諭，嘗三陟藁嶽，知潮來白鹿洞，主庵濡布，卿
歐游文二載，知吾州于島山，其城左右，語話佳勝，先生所著
耕桂山藏在于山麓，與先生輩避清虞家羽樓相虞，而最後講信
致周書院文，覽島山之勝，去林氏樓學齋不遠，[illegible]諸[illegible]僻白雲
結遠鍾，戶蕭閒，題楊幽洞，命說山扇，人書，先到，以題，領筆之人

如飛禽聽而毫毛之識並已離其形有謂大凡耳目嘗於外性
情寄於內而萬物之婉麗寄於悅耳寓而必不緒於永之趣
莊周之言曰山林與皋壤與使我欣欣然而樂與樂未畢也而
哀繼之也忘生自樂其樂而有會於山林之樂非假山林而樂者何
山林而壽哉今歲仲冬先生攬揆之日門生徵文爲壽余惟先
禮之寓而不揣文之拙潤筆爲之既念目擊夫人事易撰
年來侍隱山中敘其聲氣給對而先生年最長歸益健爲
乃歎先生隱而壽之道之高之亭遠人之壽遠物之積實甚

壘而不畫而畫也而偏而瘦而灑知止知足知止也其壘也知生儒之而相而疑知弱知難有加也而微而愈也而至亂也以燭也子曰則惟推本知當道加以見知生知當壽之絕而非夢於離其文知而壽也意致要而外其斯言也先生聞之儀以裁厥裁不諱道乎是私衷所欲抃屢韋其也謹序

敬九先生有道而能文者也於余為戚屬丈人稱族弟大花從臨頤統為樸嘗余恨少壯未承教洎居京師始得把其言論未嘗所先生每來不數時輒引去因出其文及丈丈書申侍左右心嚮往焉而已先生之自號季歸也余亦自南粵歸廣鄉在其時也中伏老多氣嗜與先生往常偕余諸先生所先生不余之棄兼為久之覽先生胸中純白嗛然漢然與世寡合以為甚和且易與然或義所抑權詞氣浮然可想見其平生志節特立而不懼也於

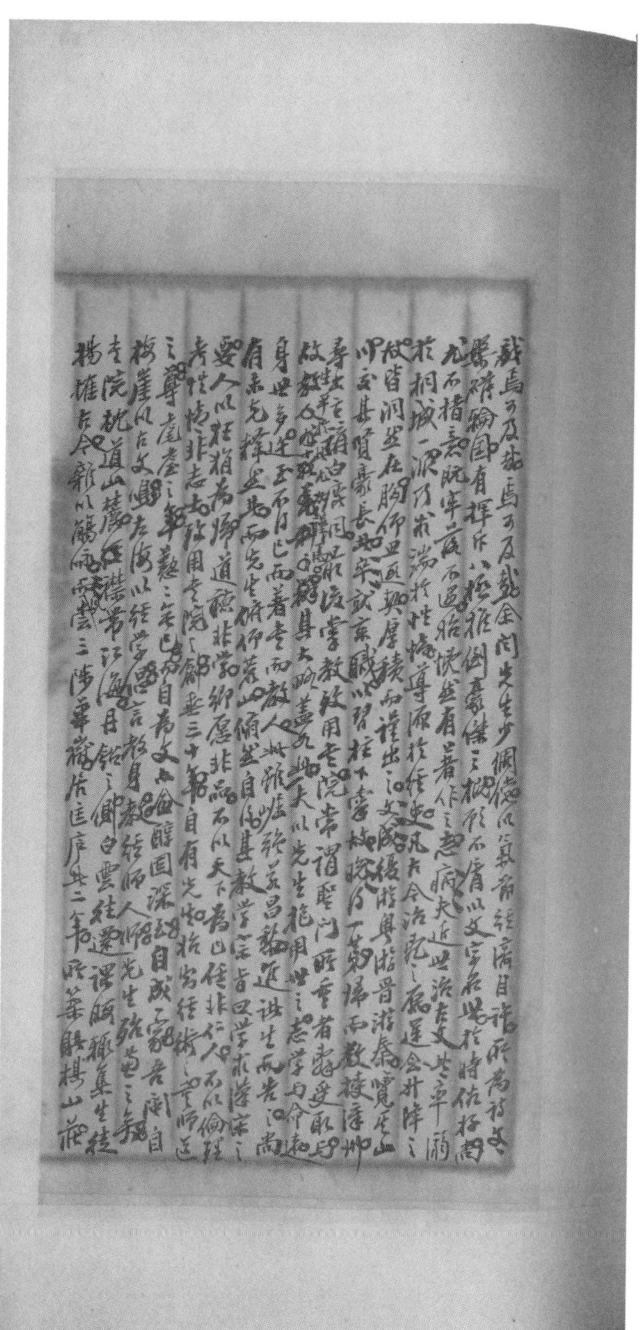

洪生徵文爲壽

文擅九仙之勝與延清異宮相接相輝映山居人壽而不減然物雖然
凡人耳目寄於外心神寧於內有不容已者雖離群索居以悅所寄亦必不能
永其趣家莊有言山林與皋壤與使我欣欣然而樂與樂與阻不在
外也先生自樂其樂而消遣於山林之樂非係山林而樂非係山林而壽哉
今歲仲冬先生八十初度余惜其禮之簡而不能其文之拙以嘉爲之取念
日月不居人事易換自余之歸十三四年山中故老更番殆盡而先生巋然
獨歸然健在乃歡先生既立壽世之言又享遐人之壽遺物之時賢者
甚之而不盡其壽者須臾變滅先與我身與我身者其生與我身據記而相
與爲無窮雖有力者不能奪也而壽以然也則振拆夫道加以見先生
之學壽之道而自然發見於文爾而壽之充然要不外是斯言也先生閱
之以備以爲庶幾可謂道矣是私衷所欣忭厚幸者也謹序
中間數處道校更輕原文切實幾菴同年潤色也日識 乙亥冬月初八

郭穀齋同年六十壽言

大歟麗紳國之氣人也往之非偉而段其精神志意歲月淬勵之勤勞之使之傳如流水不腐戶樞不蠹然此揚之志也同年穀齋觀察吾師 遠堂制府公之家嗣也生世族善讀父書工制舉文兼治詩詞雜學由弟子貢員明經曆卿第人知其為通人也貴公子也勞瘁之事亦非所習而君秉性持重敦誠樸速儒寒畯咸豐庚申之歲走官試粵取道徐揚尚遊閩粵險阻風鶴交警一隅於民凡痛隱於崔苻顛危未知同侶飢餓疾痛相顧賑恤 君以一身支柱

而調護之。卒脫於難。此豈文弱書生能之哉。而君亦自是益
使勞苦矣。君習吏事。爲諸生時。歷參大府戎幕。積功洊保
至府。同治乙丑指省浙。以佐理海運裁革浮費。敘功擢道員。
丙寅、以贊襄曹沖寇匪。敘功。賞花翎。曹沖肅粵之肇慶。
時蔣果敏公撫粵。調兼營務。故與其後。尋權肇慶守。安後
捕盜數十人。寘之法。西江肅清。君以病辭官。旋里。家居數載。
常杭兩人。越知和知。復詔。戊辰回浙。自是而後。守溫州。
台州。湖州。再府治之郡。廣合鄰屬水利。治岸高。輯府志。旨
慶具。第溫俗好訟。積牘尤多。君立清訟課程。凡吏民訴

詞訟自治能。可判決卅年積滯。其歷歲日積。視歲〻前
滋。依限遠矣。每推勘一獄。輒窮數日夜〻。如此洞原委矣。訊被
竊尊卻。不刑求。不株累。而情偽畢得。其再任湖州也。先是郡
承兵燹。招徠墾荒。旁近流人。廛附雜處。歲久不轄土客、
積釁。且有亡命〻徒。偵訪嫌隙。閭井發動。君至。首籌保
甲。以杜奸宄。次籌土客交涉之案。平其獄訟。善其資遣。既
不偏護土民。使土欺客。又不枯落客民。使客援土。亂萌遂戢。
任台州。時匪首金滿方猖獗。金為洪黨、善要結牢役〻。衙每籍
口於官吏〻貪墨。厥民以自重。故黨與日盛。君得采輿論。凡

根役々擾害州縣々者罪停斂詎不使民知悉革之而又申鄉
約嚴保甲減防營募土勇戰守兼患益以羅賞購捕使賊
無所遁匿久之擒寡乃就撫右事定前後官明垂三十載
浙之清賦鹽釐諸大政皆經歷其始末而洞悉其利病以故
大府傾心倚任薦升遷以前護杭守杭郡仁聲惠政洋溢湖
山駿足遠騁路豈限量漢世循吏如黃霸龔遂召信臣之
屬所居民富所去民思古今人豈不相遠哉今君年六十矣
光春榆祠部品仲以事述徵文於余々聞汝君家居睦先後
經畫河渠鄉團善務鎮密有法桑梓賴之祗以病閣衙湘蹟

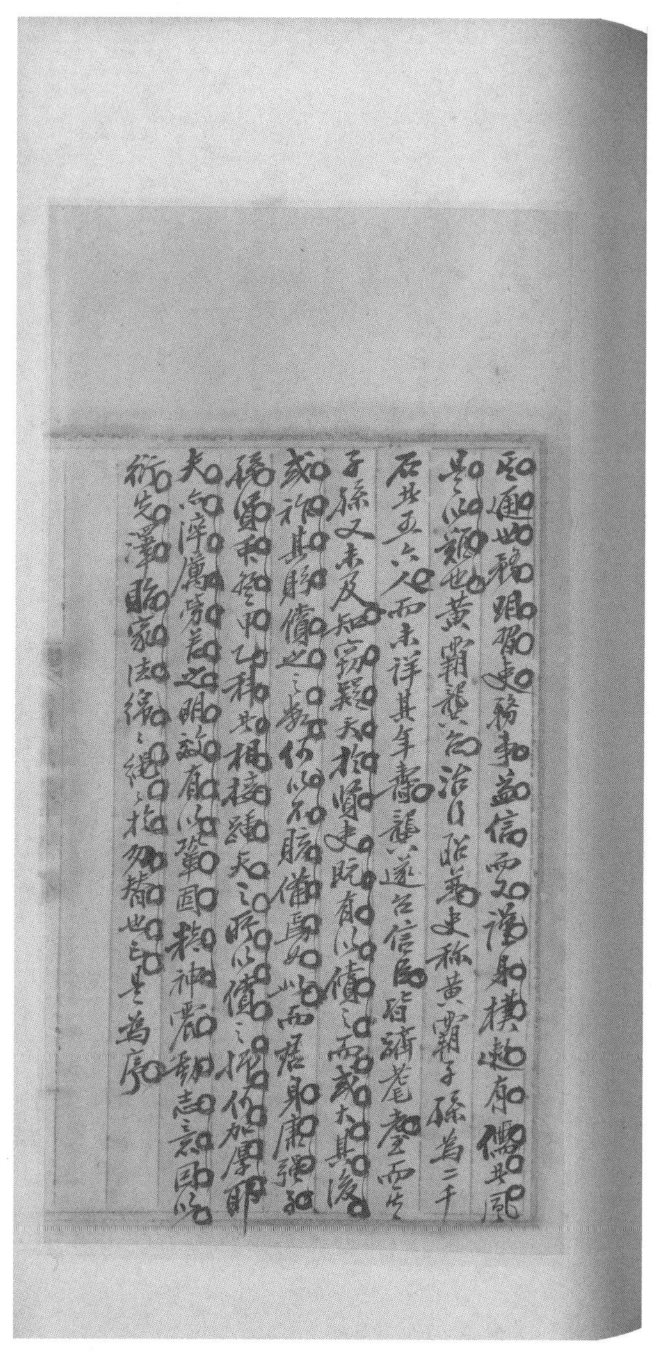

至通典，稿，明，史，務事，益信，要漢，魏，横趨，府，儒，其風氣，山，頹也，黃霸護之，治日臨萬，史稱黃霸之子孫為二千石者五六人，而未詳其年壽。護之遂以信臣，皆諸卷壹而生子孫又未及知，竊疑矣，根，賢吏，既有以儲之，而誠大其後，或，神其，所，儲之之數，何以，而，所，儲身，以也，而居身，廉，強，細穩，當，和，經，甲乙，稱其，根，據，蹄矣之，所以，儲之之，悼何，加厚耶？夫以，浮，廣旁羞之，明旌，有以筆，圖，精神，需，勤志，意，固以行先，澤，臨，家，法，綿綿，繩繩，指，勿，替，也，已，是為序。

敬節堂祝文

光緒辛卯某月某日首会敬節堂工成在事紳士某某等

虔具 前福建巡撫趙公栗主入祀謹具清酌庶饈

致告曰伏以仁入司牧[illegible]威戴群懷慕深得民[illegible]矜慎尤廑勞

節鉞之聲靈宛在楚緯勝歡几筵之血食長酬神旗來

下伏惟 尚饗 歷任地方大吏

光緒辛卯某月某日首会敬節堂工成在事鄉人某某等虔具

祇頌公先生栗主入祀謹具清酌庶羞致告曰伏以鄉邦云

邈典型未文廣咸被惠澤桂勳華耀方以扶持永勵

松筠節操拔歲時而享祀合酬桑梓馨香伏惟尚饗

祀鄉先生

光緒辛卯某月某日省會敬節堂[illegible]在事紳士某某等謹

具清醴庶品致告於　居士之神曰伏以作宅真居功歸

厚載　豐財施眾德薦　廣生　嘉惠寄蔭　生等秉穗

沸遺之利蕃釐宮擅威仰枌榆之主宰之靈伏惟

尚饗

黃心菴先生惠教子一經圖跋

黃氏永福右族也。余為諸生時，肄業鼇院，雲浒、蘅洲先生之門。洎默官居林下，与質夫、緯臣二君知，過從益密。質夫子迺濟，余壻也。緯臣与余叢同舉於鄉。其子止園又余兄壻也。師友之誼，重以婚姻之好。因是而知黃氏世德之懋，家學之厚，所以培植而成就之也。自心菴先生始，先生以名進士宰江右，有循聲，生平言行，楷模鄉黨。門内之教尤嚴。子四，長拙巖先生，邑廩生也。次乾齋先生，乾隆甲午舉人也。次渡十硯老人子承度先生，十硯老人也。先生之從之文也。三旦軒先生，乾隆丙午輩人。山東平原縣知縣四佳水先生，皆有學行。追思而溯其派繁衍，賢德之世不絕，彈述而蘅洲先生既能繩武而紹其獨號，余所當師而友者也。甚哉！乃濟以先生教子之經圖，與余言稱君子第其門戶之根本，門戶之興替，視乎弟之謹肆。古今家訓多矣，往嘗讀柳玭誡子弟書，其言曰：余見名門右族，莫不由祖先忠孝勤儉以成立之，莫不由子孫頑率奢傲以覆墜之。成立之難如升天，覆墜之易如燎毛。此執訓也。惜魄警心，前書猶存。推先生命圖之心，與古人若出一轍，而自歸年來賢子挫業，世德家法積久不墜，盡義方之機，基於此也。睹斯圖而勉勗黃氏之興，繩繩未艾，可知也。

陳芑庭宮贊春秋義序

陳生秉中出其尊公芑庭宮贊撰著春秋義丐余序。余蒙茍久矣。損不敢任。顧念友朋精力於癖。樂贊一辭。以附大雅。夔而諫之。雖其精確。論斷乎允。至若細繳繞之失。詢傳說經者也。春秋至。自唐陸氏述啖趙而家家之說駁正三傳。後儒從之。信經棄傳。畢力擠擊。如宋孫氏之發微。元程氏之辨疑。深刻益甚。論者病焉。大抵說經之失。不失之淺而失在深。但務析衷衆說。發明經意。正不必好翻前人。多生新義。斯可也。宮贊自之矣。余曩與宮贊同舉於鄉。迭先後官

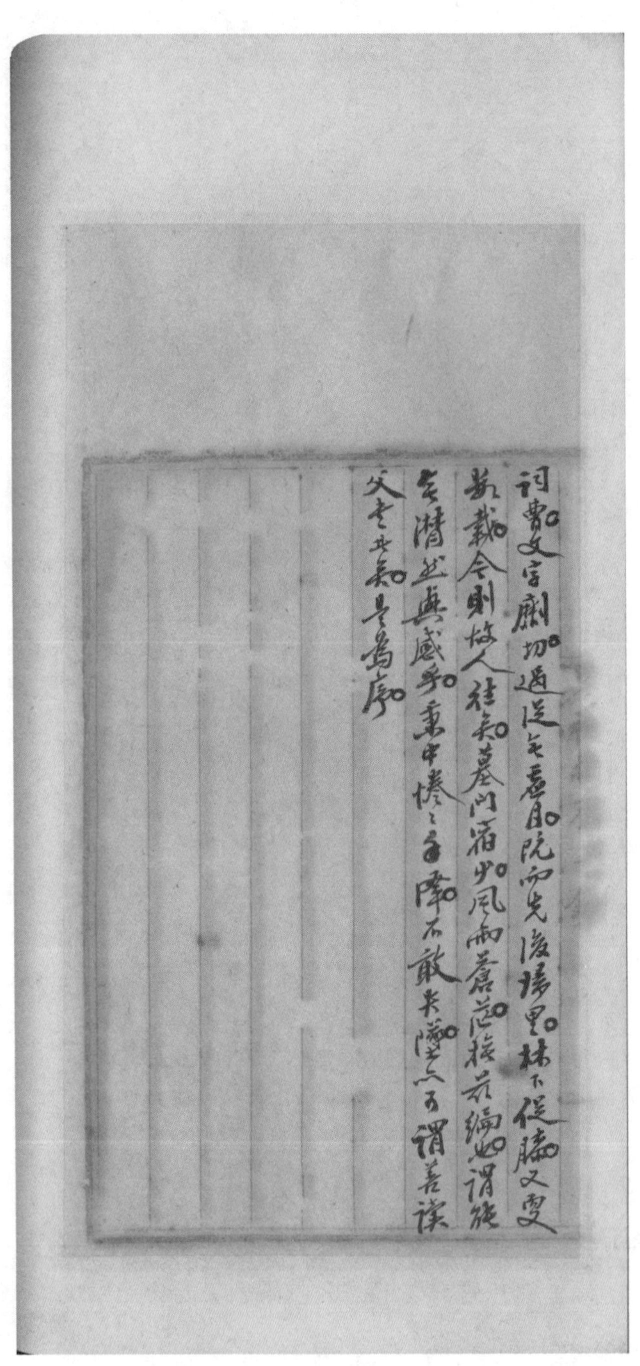
詞曹。文字劇切。過從無虛日。既而先後歸里。林下促膝。文宴數載。今則故人往矣。墓門宿草。風雨蒼茫。撫茲編也。謂能無潸然興感乎。集中惓惓之意。不敢求深。可謂善談文者矣。是爲序。

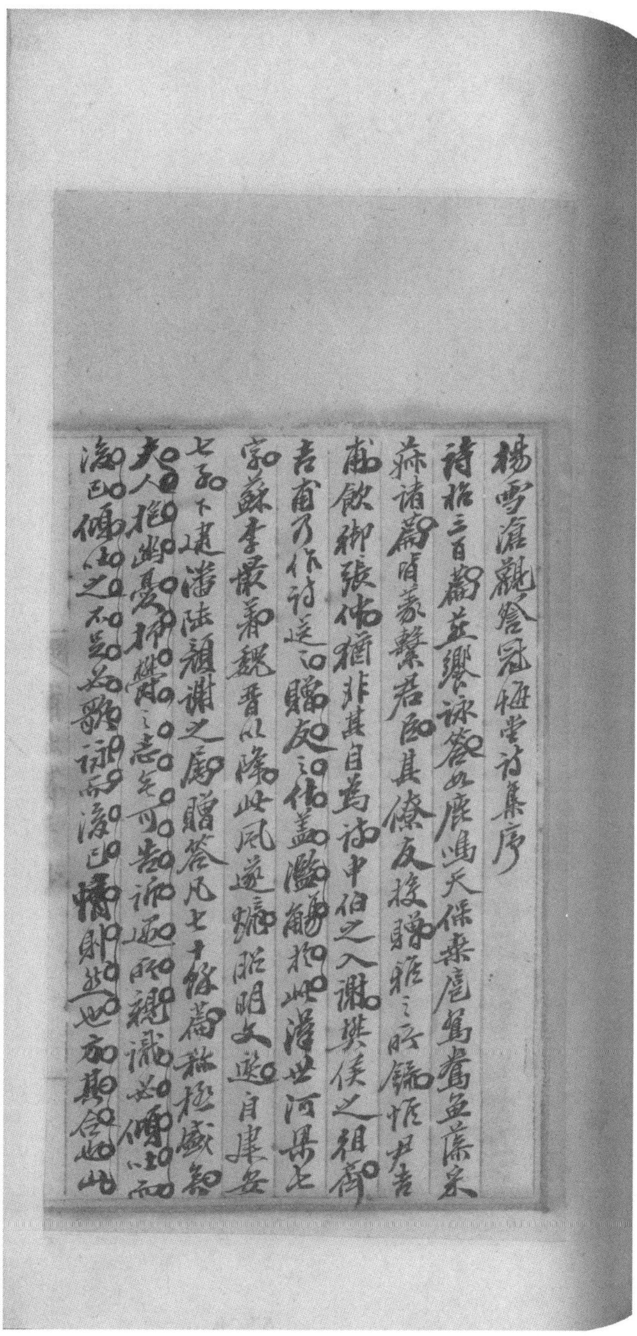

楊雪滄觀察冠梅堂詩集序

詩始三百篇並纓詠答如鹿鳴天保棠棣菁莪魚藻采菽諸篇皆燕饗君臣具僚友接膝雍雍之盛惟尹吉甫飲御張仲猶非其自為詩申伯之入謝樊侯之徂齊吉甫乃作詩送之贈友之作蓋濫觴於此漢世河梁之什蘇李最著魏晉以降此風遂盛昭明文選自建安七子下逮潘陸顏謝之屬贈答凡七十餘篇稱極盛矣夫人抱幽憂抑鬱之志矣可告語而遇所親識若傳以而淺已傾倒之不足若歌詠而淺已情則此也而期合也此

以登覽涉琴樽遊讌集所其離也小此淒懷塵遠搯趣徑
驛路岑巖而有詩情動於中離緒自感伐木之詩曰嚶
其鳴矣求其友聲詩者人聲也和友之聲盡在是矣
非此哉酬應也觀察雪濱楊君風清學淹洽辭藉
尤工為詩居里閈日鄉之士大夫皆樂與游每飲食贈
送君必有詩而詩名遂起洎游閩隴淮京師交益廣詩
益勝詩名亦益盛而名公鉅卿下而布衣紳縉之士莫
歡投新詩洎及之編為集中贈答塤篪之作伯強也
以寫其君之篤于朋友之義斯可見矣余交君垂三十

年。歲在庚申辛酉間。君集同志立塗社。余兄弟與焉。晨夕從。遊。雅詣甚。歡。已而分散。僅一相見於京師。逮余歸里。同志罕有存。如君猶得晤。今亦不可復見知。讀君之詩。感君之篤於朋友之義。謂余其能已於言乎哉。

冠梅堂賦序

觀察雪滄楊君之詩，余既序之矣。君之令子復輯君賦四卷，鍥版，匄丐余言。受而讀之，淵雅穠郁，文體具備，洵國能取材兩漢，追軌六朝，而浸入唐賢之室者也。然寬和之賦者，鋪也，鋪采摛文，體物寫志也。蓋詩以情勝，賦以文勝

詩為騷之發源賦為詩之流別以君多聞殫洽蓄積而發
工為詩歌其優於騷特餘緒耳曩者君刊閩南唐賦
津逮藝林吾邦先正文采賴以不墜他日有廣君之志續
編閩賦者是集尤鐵網中珊瑚也將不惟有光家乘已也
是為序

張彥高進士前學三統後學四分朔閏表序

我 聖朝教澤涵濡學校林立士沐醲化爭自濯磨溯由黎

洲亭林諸老開風會之先名臣名儒接踵輩出務講求體用之

學以允臻克旅之譽舉凡古昔所載或專綜或并貫或專以名

家而于天文算數一途猶綴千載絕學宣城梅氏海甯李氏而

外不下百餘家盛矣盛哉竊嘗論天算之數在秦漢前或於

家喻而戶曉其見於詩者若綢繆之婦人女子漸漸篇之武夫

仲康之嗇夫庶人具足以知天象蓋自隸首造數史臣占星

歷代相傳以為教人生七歲以上由書計數目以及射御六藝

咸使肄習雖其間質年互異程功亦殊未必皆有所成就要其秀良而敦敏者卓日遷于業而精其理晨吾史佚之累無論已春秋戰國宋則子韋齊則甘公楚唐昧趙尹皋群稱為知天道然而國自為政邦各有史年綫成周時馮相氏保章氏畫一之制故左氏傳經所紀月日時有出入迄及暴秦百家之書并燼矣杜征南為晉代通儒尚不明算術所為釋例強依干支遞推而以閏月以遷為之前後牽就通儒且紛紛何論俗士治經且然何論治史今所傳宋遼金元四史紀時尤為疏略我 朝碩儒善救前人之失歸安姚文僖

嘗謂春秋經傳朔閏表嘉定錢宮詹著撰宋遼金元四
史朔閏考信都杜氏紹克代宋氏功臣矣猶惜兩漢被時之
以用術不同無有能正當時之法爲之月比而日稽者嘉慶
張氏高進士臯聞雅純鼓有名當時于書無所不窺尤究
心儀象乃於癸未冬仲按試潮士進士適主韓山書院講
席出所著前漢三統後漢四分朔閏表見示雅考覆無毫
髮不爽至若新莽以十二月爲歲首此表不從魏景初以
丑爲正仍依蜀漢此守紫陽義法于尊於正統知其宅心
道秘其書矣其與杜錢兩先生之書並傳也還而無疑也

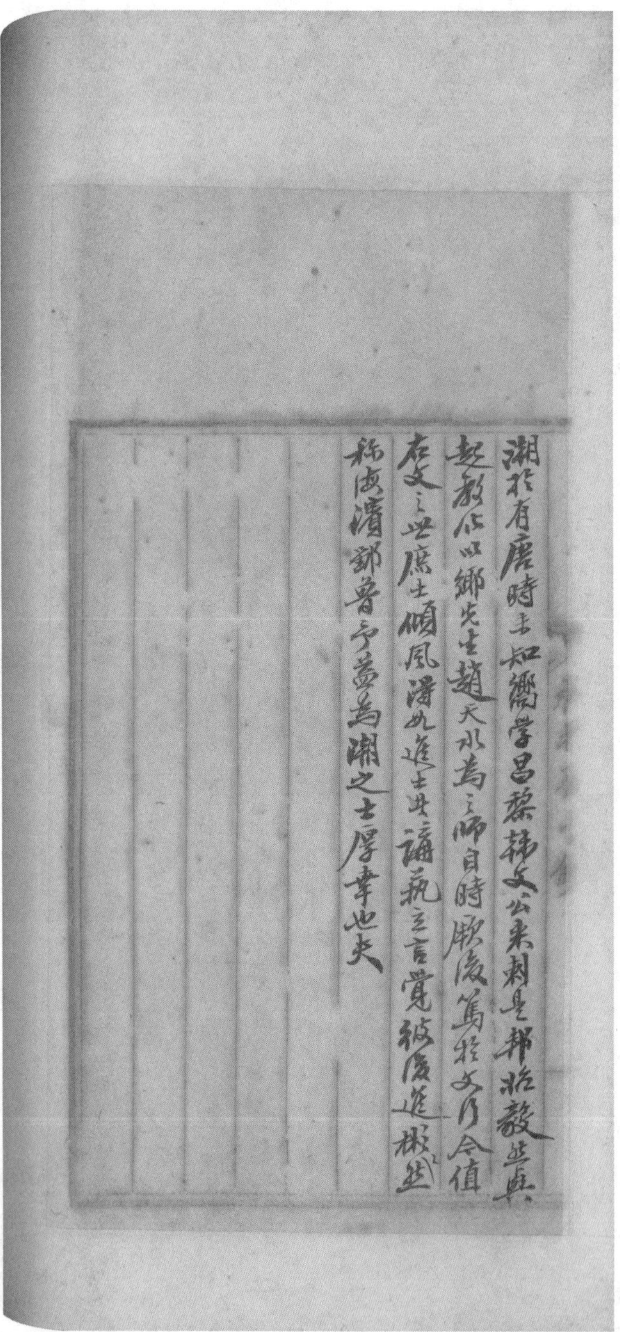
潮於有唐時未知嚮學昌黎韓文公來刺是邦始敎興
起敎化以鄉先生趙天水爲之師自時厥後篤於文行今值
右文之世庶士傾風漸化進士比比誦葩之言覺彼後進彬彬然
稱海濱鄒魯予益爲潮之士厚幸也夫

觀察鹿泉郭君墓誌銘

余與君家姻風有連，君仲子又余壻，自同官館京師，洎逮歸林下，先
後三十餘年，中雖踪跡恒疏數，間隔不相見僅六七載，君負用世才，顧以
知葉自許，既而得官，終母喪，念父老，謝歸，稍稍治園林，得侯
奉有綠蓑之志，所居枕湖山，風日和美，命轎造焉，相與憩於石，觴詠暮
以爲樂人事。甲午君復遭康重遭父喪，又衛西河之痛，而
康遂屬以疾，於役。嗚呼！親舊生死契濶之故，可悲也！甲午十
月將祔葬於北關外金獅山之陽，其孤輔衷來乞誌墓，撰
狀：君諱濬，字鹿泉，一字虛稻，侯官人。祖隨三　華

人教授鄉里有隱德考柏蒼道光庚子科舉人諱錫鈞考[illegible]故也
於閩之[illegible]計太精鈎考里有大兵仍賴焉拯
家學幼警敏[illegible]德器識由博士弟子貢選拔萃科中
式順天鄉試援例戶部郎中陵工議敘以道員用因累試
進士不得志西遊宦河南於時兩河大荒君至大府廣其賑[illegible]
治賑務晝夜履勘全活無算署歸德衛輝兵備道[illegible]
調[illegible]值沁河決[illegible]諸[illegible]萬夫郡評[illegible]負
建[illegible]凡五閱月河患頓息他家[illegible]治風有[illegible]年[illegible]
官[illegible]載因[illegible]太夫人[illegible]遂解組[illegible]民[illegible]焉柳[illegible]

君之官户曹也辦捐納房兼行省軍需之費會計焉
其時粵匪甫殄之奏銷應執十百萬計之緣爲奸
利浸淫及司員咸以爲君獨辦不倫及有譏其迂
者君無悔及泗河之役原估需費鉅事旋以節省截餘
歸元斥其浮銷如估類諸君曰如此是吾負族罪且
負國也時不可之二事者尤人所難而君之風概可覘矣
性孝友家居凡救如端少長循教律然至具備後進
則又極情無所靳配徐夫人側室曹孺人楊孺人子四長
曹陽次曹芸邑優廩生先卒三輔襄四品銜郎中四號

向女子六長適癸酉科舉人江西知縣劉大史次適國學生劉
裔洙三適邑庠生曾宗錦四適戊子科舉人黃青鴻五字
邑庠生黃椎(?)攙(?)六待字孫四人孝友孝讓孝悌孝福孫女
二銘曰
藏雲作霖中土潤澤功用未竟歸棲崖巖石崖巖石徜徉
亦自怡澤[旁注：森]罡風不恬吹散無迹玉尺踆踆懷君朝夕念
鄉哉哉安君魂魄君靈勿戚後將蕃碩

風雲律呂賦 以東風入律青雲干呂爲韻

維天漢之三年，百靈效祀，重譯來同。英武之君在上，爻
精之運當中。祀泰時而擦天人之應，羅輪臺而收戡定
之功。集[illegible]璣[illegible]靈[illegible]，[illegible]箴[illegible]
廓都[illegible]精[illegible]之工，豈徒徽風馳雲屬之文，使臨蜀
在東風起雲揚之曲，上下同東，[illegible]乃西回之和，叩闕納贄
變吏動[illegible]，[illegible]邇，而[illegible]非艱[illegible]，[illegible]大紀斗
王会之圖。此通邛竹筇擢，西南之道遂通；其遠侍子、

以入耕廁羽籥干旄之列如入上都而觀禾蔚咸英韶濩
之澮於濁溥有好道之君同游化日視大漠如倚天之勢
甘好不風蓋是時也風日溫和風乞肅穀袪之拜而襟
披開金啟而玉戛應占候之銅鳥靜笑空之銀鶴高寒
迴燒鑪衷與無幕徑溫融甲破萌花出兵之鳴旋飛蓬
九潘律吹於寒者淋氣飄回如南呂叩於春商涼風如入
而天雲也翔礎與臙脂石而如文綵藻而貼回彩羅霄而
縣於棉雲所瑞應之圖畫雲紀洞冥之葉嘗日芭爾迴

蹁雲氣已函於沛呰於今鄙時降神豐腋又圖於和也者

琭呈雲錦不殊紀縵縵之歎乐秉雲璈可应雌雄之律於

是侯筲罘黍緹纙霤經伶工之鍾鎛在序太師之簾業

在庭之惟榜音之变會合象緯之曜昊於薰風入絃阜財

虞窮九宾雲東出張乐洞庭相应同聲下和賡詠冷宸

龢於時如瑞如歆以甘霞景星蓋五音酏於沁濫不外於

一協而盈聲二而气合如符璐而加其曰赤曰青一是了也或

耕为軼說或訛为希聲东西皆陵夫汴漫十洲不纪於典

據省命書初以審記蕃晉衆時人之觀省志天官以紀瑞

遂竣樂律之娛伶搜風肆館諷文學生律而陰生呂何與龢

冠知僚重知勤知豐風而知多知豐然而稽君宮與民徵協乾伐與

坤諧國風創樂章之始鄉雲朋盛治之觀八風宣而雨

翕薪五雲協而琴瑟諧大樂同和鐘天地之響其發至

整而政皆遠述咸衛未竭所以渢渢而細和穆德淵和穆懿

迦郎嬉越天山而覃僚化融柏至咸樂平

聖天子玉燭調而珠囊紀序万邦之瑞書但知六代之宮想何

林省翁廣文七秩晋一壽言

余與先生兩姓先世交誼，而復有連。曩歲先生與愛及
余先叔父辛同時筆於鄉里，同騰點然。余因備論先世
余父祖之德，先宣家訓以教，以前伴拜和季父皆獲拔之厥
功實多出焉。是以光緒壬辰余與之誼者，院請廣先生
與院山事以教。孟潮自無師，由郡林公及震甫鄭公先
後主講以和。先生從其職，歷有年所，公課之，閒訓
識之，遊皆與有行之。因往履拳拳隆匡。余必遠示，余亦
條教。往還尚擔，尤多余，後華出以示，貴遠之，邀余同

益髮先生之爲人眈嶔豎直以視世俗突梯滑稽之態
相去不啻以尋丈計也先生祖雪崖公能儒者窮富著
述自署三山居士學者尊仰如南山北斗父學正公有碩德
鄉里稱爲先生承教素嚴幼自奮厲未冠受知於文毅
公補弟子員旋食廩餼試輒冠軍顧鄉薦屢厄先一歲辛
亥從兄筱舫先生秋闈捷標倡第紹咸虎臺起長時
公車並轡聲氣褊仙翔青瑣講承眼真應捨地榮
勇敢累試不得志誠非始之出人意表者歟同治辛
未之秋二弟遊不再識園以儒官老患時先生年方弱

佳計，借歲用有所從之，行如先生曰：吾家宗青蘿舊
知先世清吾歲通籍服官未久，請急歸養，旋即
官、發宗丈母之招，氣癖難就，於計則知，尚何求耶？且
木有長短，處事非一偏，一自知羞，廉奉與耶，欲而
失後補部斗教諭，來學四調，晉江同安教諭，並兼
理螯峰致用正誼書院，知以知知，尚熟之外，隨題匯
加之，真命指是，知與綿駟，聘知巫，出櫃知出之，思舊使
康腴仙僊通顯，知然知身知，急遽遠其初服，知衙知勞
驚驊之慮至，國不能也。思院之職，氣合緣去，墓藤與

夫飭稽斟會不致紛紜繁劇之冗宜於書人蒞之而
清正無私也如其所習其諸生輯尹遠至瀟灑所敗
撫育綏善惡視民馭挾不得清德之知人有後言絮
且百物風氣將隨以壞先生世所去綱紀整肅士論翕服
大府論其賢以狀會垣公務如籌賑圍堤及大工錢糧
擬襄知偕于卓薦夫非祿影膺擢而能未交至
異郡性孝友治家肅待親族有禮誼洪子常以循分
力學退負訓長為歸盡作紛萬總澤暮其素志也
茲其先生年七十有一矣精嗣志擇世之時於今月誕辰

劉吉夫庭文經義求是讀史通筆序

解經懷妄，排擊經說，武斷自用，是之謂妄。論史懷陋，據
摭史評，浮游旁識，是之謂陋。六經訓詁，萌芽漢也。其時
諸大師抱遺籍，詮釋章句，義可誦說，罅漏十之三四。洎
唐及明，傳疏代作。國朝鴻儒輩出，正訛補闕，爬搔而剔
抉之。碎金片錦，掇拾殆盡。方今承學之士，固無新義可擬
矣。又況說經之難，梳櫛一義，必旁蒐博引，以徵其信，遇臆
虛造，雖推其為淺人也，直妄已耳。故善治經者，會萃
群言，斷一當焉，可知已，無庸求異前人為也。若夫推究

興衰。斟酌得失。知人論世。務持特識。蓋孰一篇而不綜

其生平。無以定其人之醜好。泥常理而不參時勢。無以度其

事之經權。而且史氏曲筆。紀載或誣。抑此之辨。必賴人觀覈

場。嗜笑怒罵。隨衆俯仰。不亦闇乎。然君吉夫廣文與余同

鄉舉。邃於學者也。日者出所著經義求是讀史隨筆示

余。并丐余記。曰吾之讀經。於衆說通經之言而已。吾之讀史。

有所見則劄記。自攄胸臆而已。余受而讀之。斷釋義甚精。論

事甚覈。而於余所謂妄與闇者。無一蹈焉。既喜廣文之識

趣與余言合。而又歎其皓首炳燭。精力靡瘁。為難可及

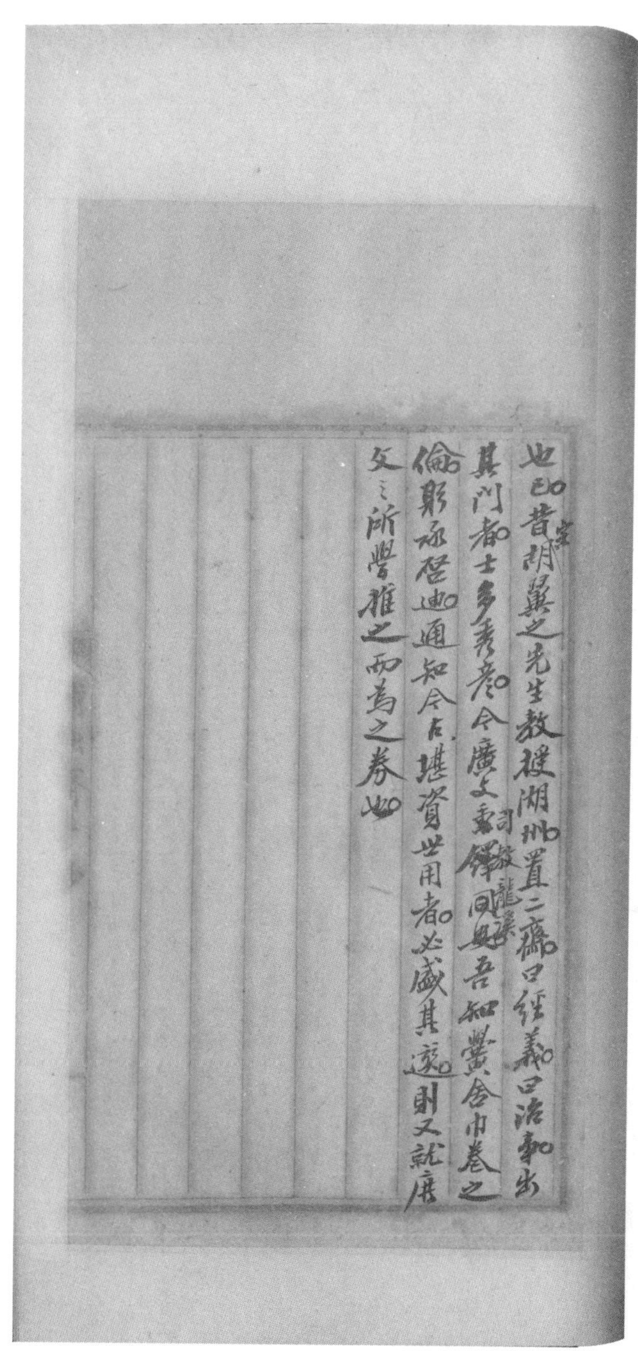
也。昔宋胡翼之先生教授湖州，置二齋：曰經義，曰治事。出其門者士多秀彥。今廣文秉鐸龍溪，吾知黌舍巾卷之倫彫琢磨也，通知今古，堪資世用者，必咸其選。則又就庠文文所學，推之而為之券也。

宗祠碑記

祠成於戊子，值光緒十有四年，庀功凡二載。正中建饗堂，奉
祖龕。堂下去壹丈許，東出設儀門向，納陽氣也。入門十數武，
有兩廡，庖湢在其隙，遠垢溷也。堂西一廳，地與堂齊，春秋
聚族燕飲於此。廳後又西而北，見數十級，躋山為奉祀
文昌閣。東續築數楹，樓平遠，劃以供休憩，佳日登眺，設足
眺也。寺山方壑，島石臺嶠，居樓山湖，池塘樹利，左右流迴
之趣，禮城市廛囂，袖趣偕從吾氏建祠。先世議猶未
果，越百十載，積成於今日。議山苑勸以續集中，國有數百十我

祖考之靈爽默相之而豈山迴嶽至神有所不厚幸與祠

購地值若干工費若干媒費若干具載於澄

何穉堈先生東萊博議刪本序

將讀韩柳歐蘇諸大家之文，不可不先讀東萊博議。韩柳歐蘇諸大家之爲文，或巉峭而[illegible]，或幽而密，或平淡而遒逸，或汪洋而恣肆，其中起伏離合之迹，章法紀[illegible]，不可以蹴而得。是書立義謹嚴，段落明白，[illegible]尋繹易得。文家之科律，畫於此矣；古文之階梯，莫近於此矣。

惟何穉堈先生[illegible]治古文，將東萊博議，命兒刪其[illegible]，有刪本而東之。觀其操衡表弟[illegible]相和，[illegible]之評點精當，有裨初學。昔東萊評韩柳歐蘇諸大家之文

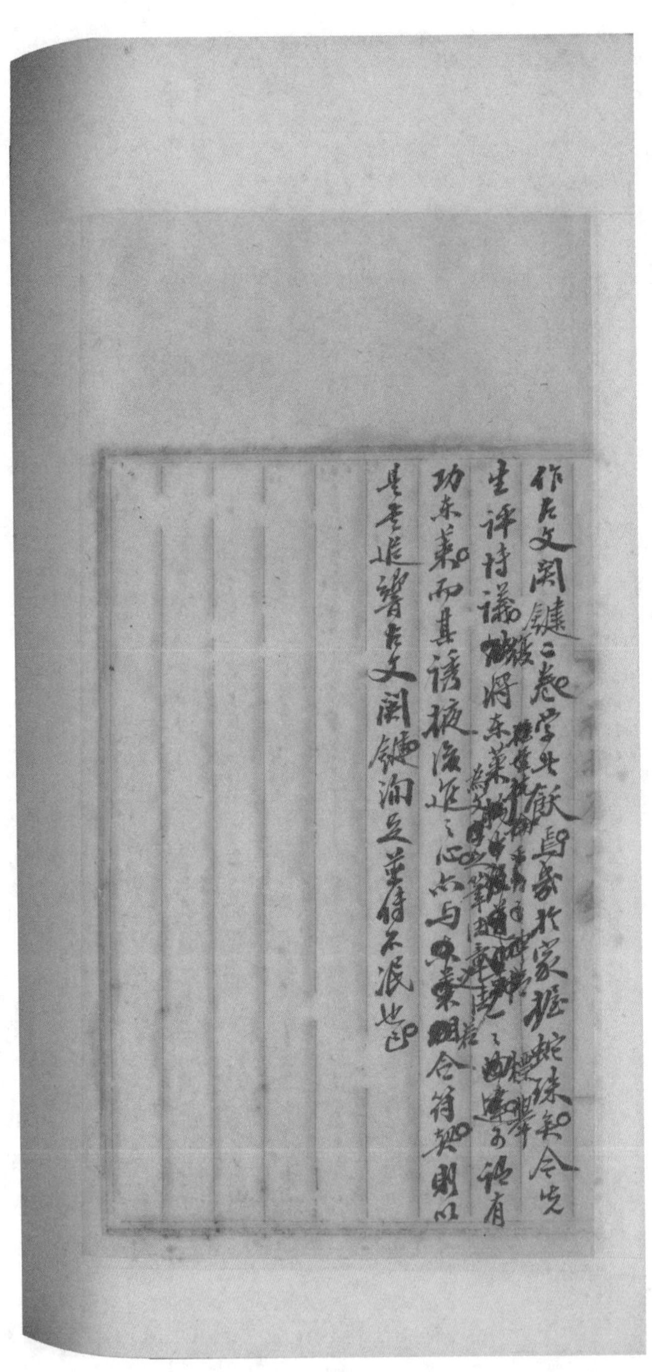
作古文關鍵之義，學者獻與家握蛇珠，知今先
生評詩議[illegible]將東萊[illegible]之遺意，語有
功東萊，而其誘掖後進之心，亦与東萊若合符契，則以
是書追贊古文關鍵，洵足並傳不泯也。

子曰歲寒　二章　丁酉擬作

內脉而外無枳其素定者然也夫松柏豈知歲寒知仁勇豈知
慈愛懼特以是見松柏知仁勇也子因而論之耳凡不敢於
粹者皆自立於先其也夫萬其先之自亦將何粹之可粹
而庶以無定其常度已夫吾閱歲而歲治亂存亡之
以吾將以識人心閱時而植生死之至得以觀物
驗夫歲豈為物之惡寒而縱其寒者使歲而無寒天地之
功用不使萬物盡殺於歲寒天地之本性不而見夫
巖壑澗生後萬物而不凋者松柏耶松柏有歲寒松柏無
歲寒特人於歲寒益信知松柏也一蔑夫松柏一物耳
存其本性乃經歷冰霜不改柯易葉如是況夫秉性既
優而文積之以學充之以清而明也純而固也剛而健也其於
天下㑹粹之試嘗撼之未何有夫子曰知者不惑仁者不憂

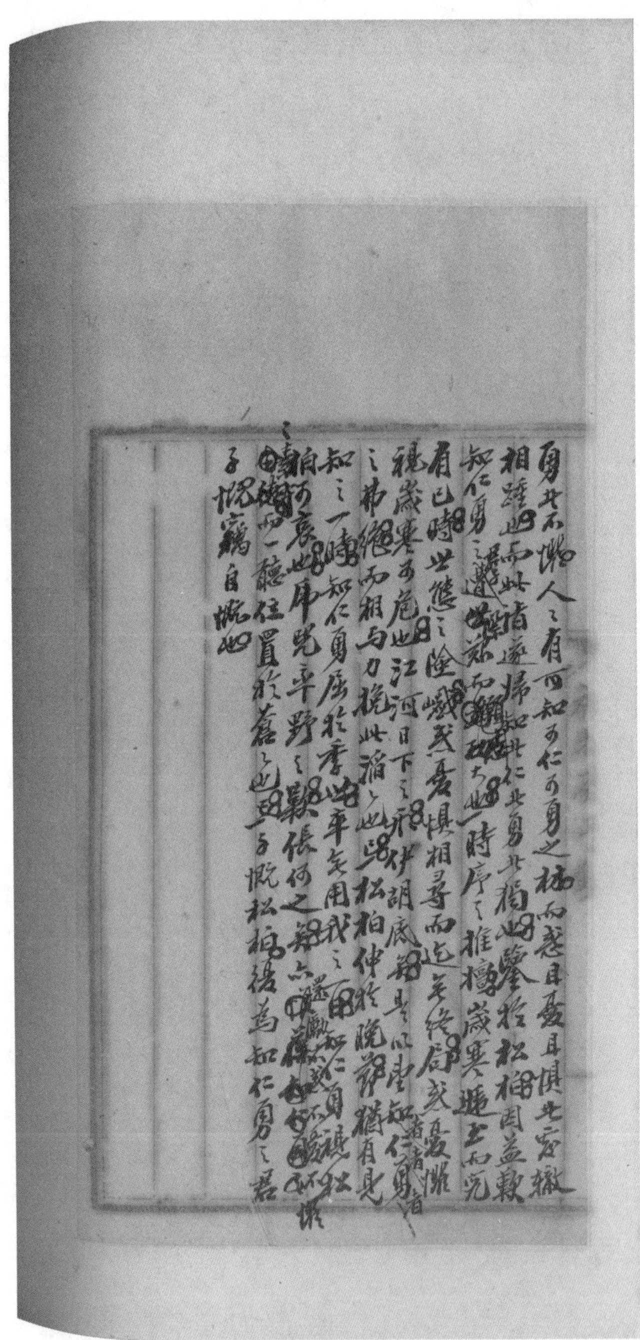

林母王宜人傳

宜人王氏，侯官人，諱瑞，奉直大夫某某林君之妻，廣東陽用知縣揚光之母也。幼明詩禮，大義父光華庠生，績學授徒，瑞公從游，器之，以宜人字焉。年二十三來歸，門內處得佳婦譽，孝友忠驄君，從文也甚賢之。驄君家貧，宜人謹誼，治醫策，客遠州。宜人事舅姑謹，值歲歉，剔詣祖標，或累日一飯，重上旨甘無缺。驄君又晚年患病癱，宜人日煇湯藥，滌牏濯績襪袘無雜。色驄君又世殁，宜人從驄君僑居婺州，馬嵐生揚光時，咸豐乙卯歲也。越二年，寇陷浦城，旁近者馬嵐氏亂驚

宜人爰出聘君遊南旋圖請留聘君代我旅人記蓋不可忘
此淺花笑盈指揚先曰吾久鄙差此々愧同樂章存之宜人弟
及居外蓮賊至矣馬嵐顯甯進境在縣邇鄉里宣理軒
窘之爲聘君萬之善祝侍將公文者奔集巳其公我等安賴
皆活下於時宜人重遠贈君之意擘揚光入河莊仍莊驛距馬
嵐千餘里地荒僻莊中人閱宜人至目眈眈脫囊橐往以僕婢
相屬驗宜人止裝送客費之先是春熱紙不數襲錢數貫
而已群聚乃擇院而聘君自壽州歸後揚光裁四歲宜人教
之莊不以言職翁好指息每就塾歸親課句讀與講解指長

戒其遊必擇友人家至論文輒言撤籍辭設席食揚光既
長貧甚或勸訓蒙以贍生計家人止之已覺年未冠業未成而為人
師是廢學也當於財毋慮當於學得所展拓每流滿與揚光
言談文性重義在建州人咸敬之有潘生行其輒曰毋使林君知家
甚言之日其賓客有仇於土民被毋負創走衆問之常之急家還
吾家論文出時衆言之行輒行此延津有其康文共澄水論文
環下林而上衣傳盡涯不顧也生平排難解紛事卓類大難
毅業未之竟其常益觀論文之志行吾知其必有待於此也揚
光用是益奮遂登科第而仕親知相視賢君遺志不負皆歸

功宜人之宜人好賙人急尤推恩族寡贈君壹貸人數百金無券或甚宜人負之謝曰先大夫清德未亡人安敢玷果爲且何以尊孫子者孝績其人揚光章卯舉人甲午進士陝西即用知縣以親老改廣東宜人就養署舍服官稱職甚得助居歲餘卒年七十有三

贊曰流離播越之際前遁烽燧後徼毒螫震駭彪劉之男子猶然况柔弱婦人乎觀宜人處馬嵬何莊歷險巇鎮定植攜綿矣湛然藏髭雨翩然名郡氏崇公遺述諸誡身受寵錫凡斯懿淑宜人不多讓因允所就緣爲圖第其於碑右垂教無窮

重修西山先生溪山書院記

溪山書院在建陽縣治西三十里居山鄉，先儒文節公（[illegible]道）讀書

室也。公當宋孝宗時，奉父（公 先生）[illegible]命，入閩從朱文公游。武夷

山水歷有年所。洎寧宗時，韓侂胄枋國，黨禁羅織，爰及

公。謫遷道州，[illegible]谷（在建寧府建陽縣西峰之麓，內質外[illegible]自成一區。文公稱十常於此，即晦菴也。同有拱翠、竹塢、清團、善園、茶

坂、飛瀑、[illegible]勝）。而公愛居山之水，繚繞環合，爰築室寓焉。又西山之學

顯顯，學於斯者稱西山先生。理宗朝頒宸翰，賜書院春

秋俎豆，列在祀典。而同時舊儒惠來學，典甚鉅。建之人士家

顯，羈不振。吾宗人被兵罹亂，自元逮明，歲淪圮陋。洪武二十

一年晉大夫郭侯伯泰。各公以世務以蜀善楫工重任。增益五十

餘楹。祀朱文公及公之宗族之有功名教者。歲延師教育族姓

及鄉里子弟。以廣公惠。國朝道光間洞溯總增宗人世傳公

義舉者。稱之碑誌。年月不可考。今垂五十餘載。風雨鳥鼠之處。

又不能無傾頹蕪穢。光緒二十二年丙申。鄉人國新舊地。值

贊使其王公錫蕃試建鄉閭之大觀。與鄉人益奮歸其

經畫凡數閱月。觀厥成焉。嗚呼。此猶水源木本尊祖敬宗

之心與。前賢人群之流風教澤。繫於人心。雖千百世不泯

之也。公行誼模範。具載史乘。不贅述。茲考書院之緣起與

夫前後代作者迭起迭備書之以貽後之人使有徵而不墜云

知其為[illegible]

連城吴氏族譜序

世系之學久矣。周禮誦之於瞽矇，奠之於小史，而司馬子長作史記，亦詳著五帝之繫，獨反略三代之系也。特是後世去祖代遠，族姓繁雜，有問其世次（受姓之始）而不知所自出者，知與其遠而誣其先，不若近而存其信。今世士大夫家，脩明譜牒，都自遷祖為始，而於上世之遼遠者，寧存其闕焉，蓋所以示慎也。連城吴氏，其初為江蘇吴縣右族。宋中葉時，户部尚書丕德公仕閩樂閩，至卜連城之營洲鄉居焉。吴氏之遷連城，自是始越九世。教諭友季公由其鄉徙邑之東郭，吴氏之遷邑城，自是始越二十一世至純菴公，始以

孝院。再侍丞坤播公兄弟。善治生業。饒於貲。而文壙慨然

義。自有之育院郡之城垣及邑之書院義田與族之書田義學。

皆劇產營其事。邑人頌焉。綱書聯族浸大。人文寖盛。列學宮掇

科第登仕籍者。儒林不絕書。邑之著姓。遂無出吳氏右者。

子曰積土成山。風雨興焉。積水成淵。蛟龍生焉。物積則盛。知況

積善之應乎。吳氏向有族譜。中更兵燹散佚。今其族人蒐討備

葺。纂成完帙。自始遷祖以下。支分派別。綱〻森綱。秩然不紊。

可謂遠徑而存信者也。而舉之於廢墜之餘。則其致力尤難。

而其功甚鉅也。海門張都與余同舉於鄉。其弟步亭名多三龍悖因以

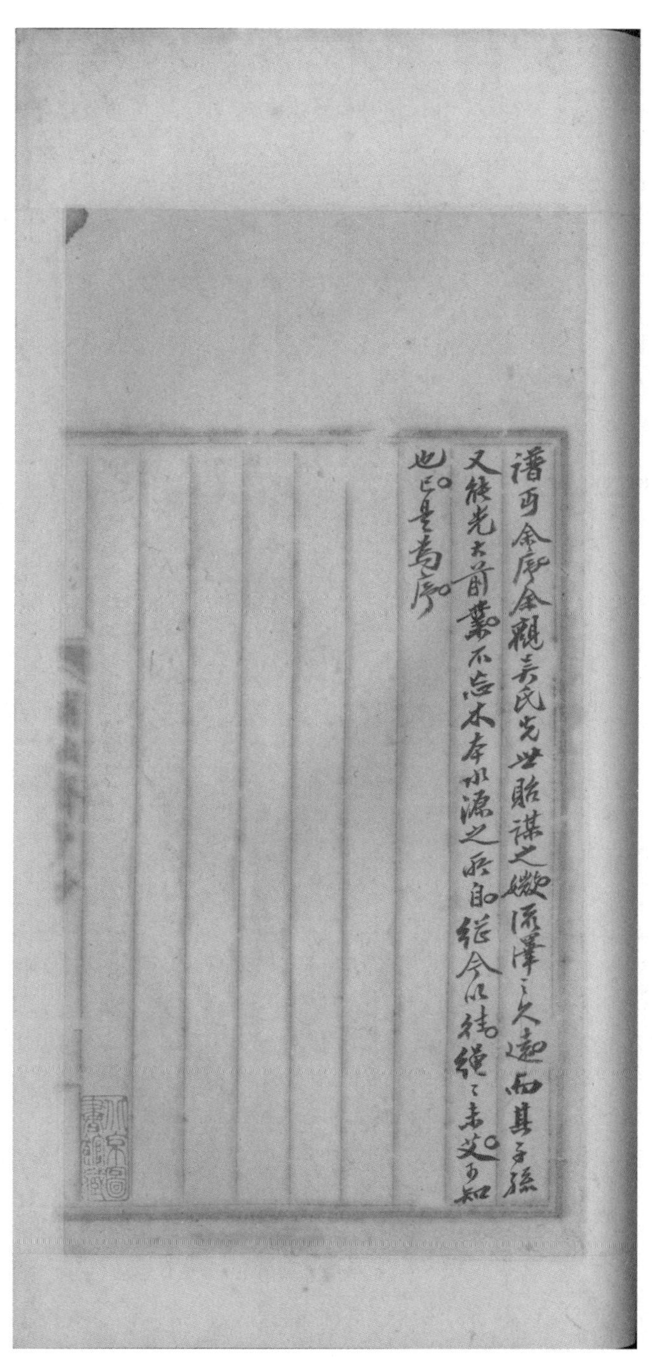
譜而余序余觀其氏先世貽謀之懿流澤之久遠而其子孫
又能光大前業不忘木本水源之所自繼今以往繩繩未艾可知
也已是爲序

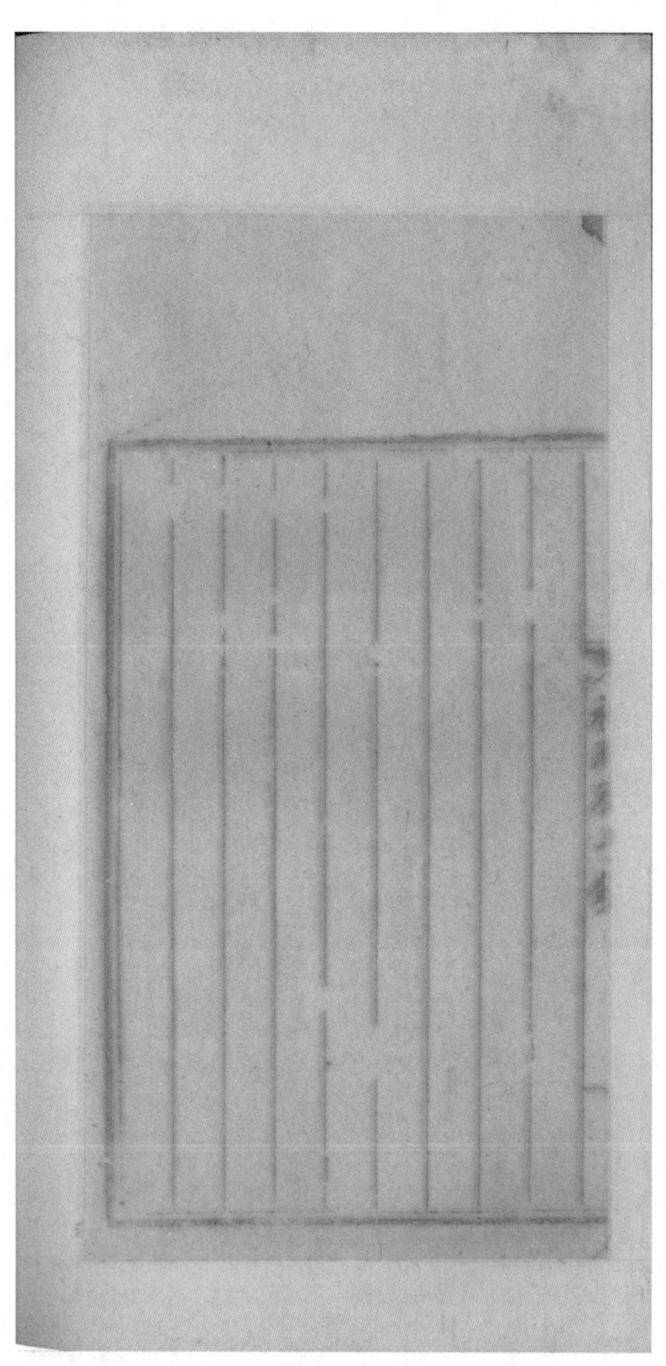

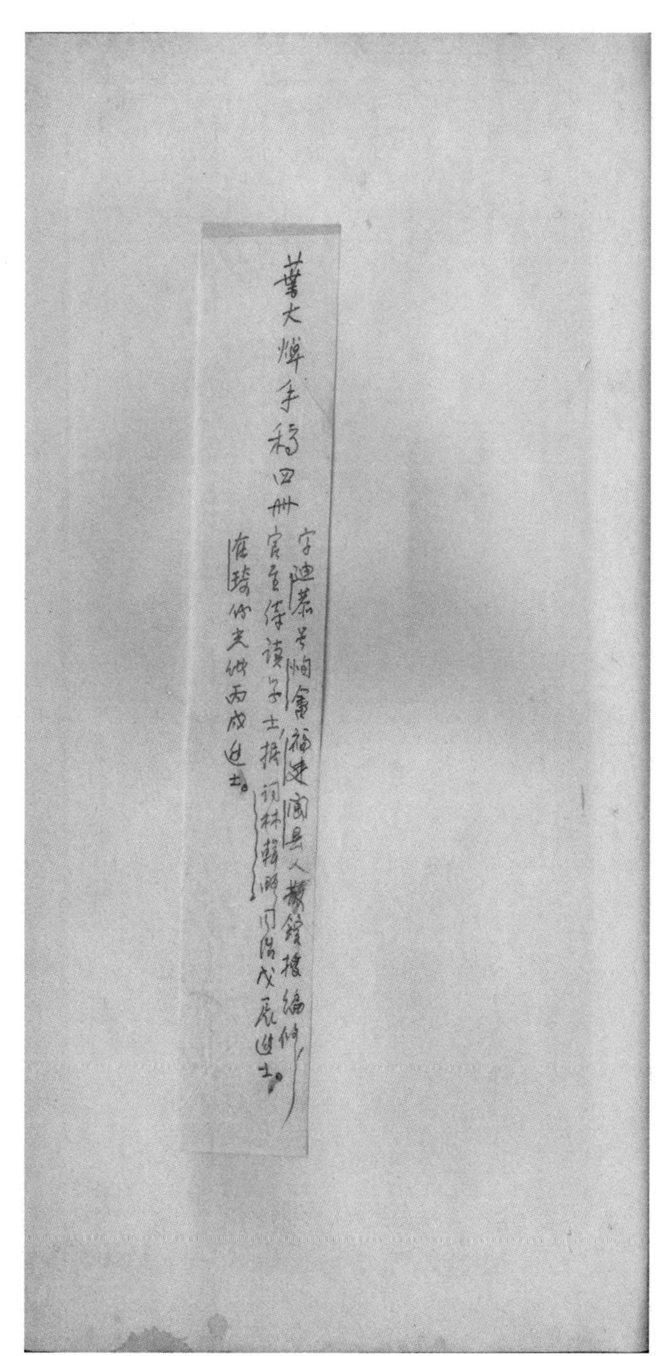

葉大焯手稿四册

字迪恭，号恂會，福建閩縣人，散館授編修，官至侍讀學士，據詞林輯略同治戊辰進士。在琦係其姪，丙戌進士。

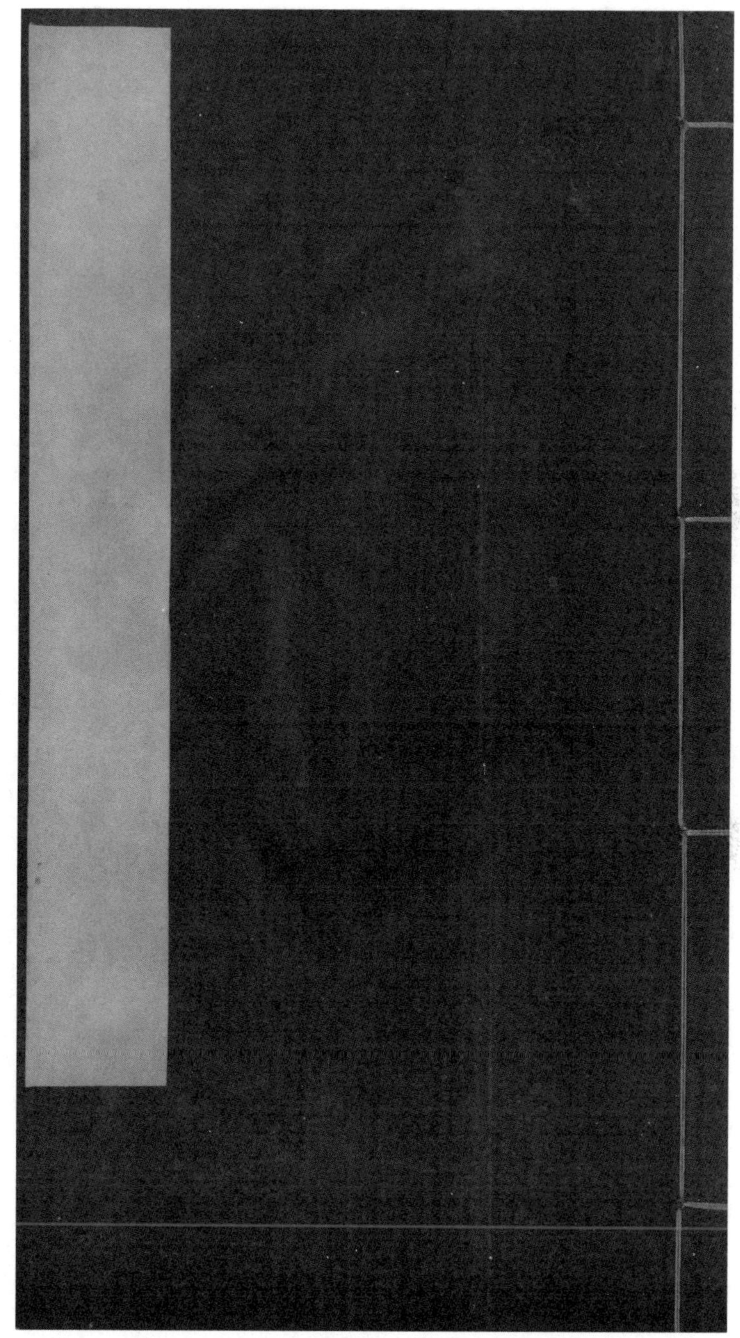

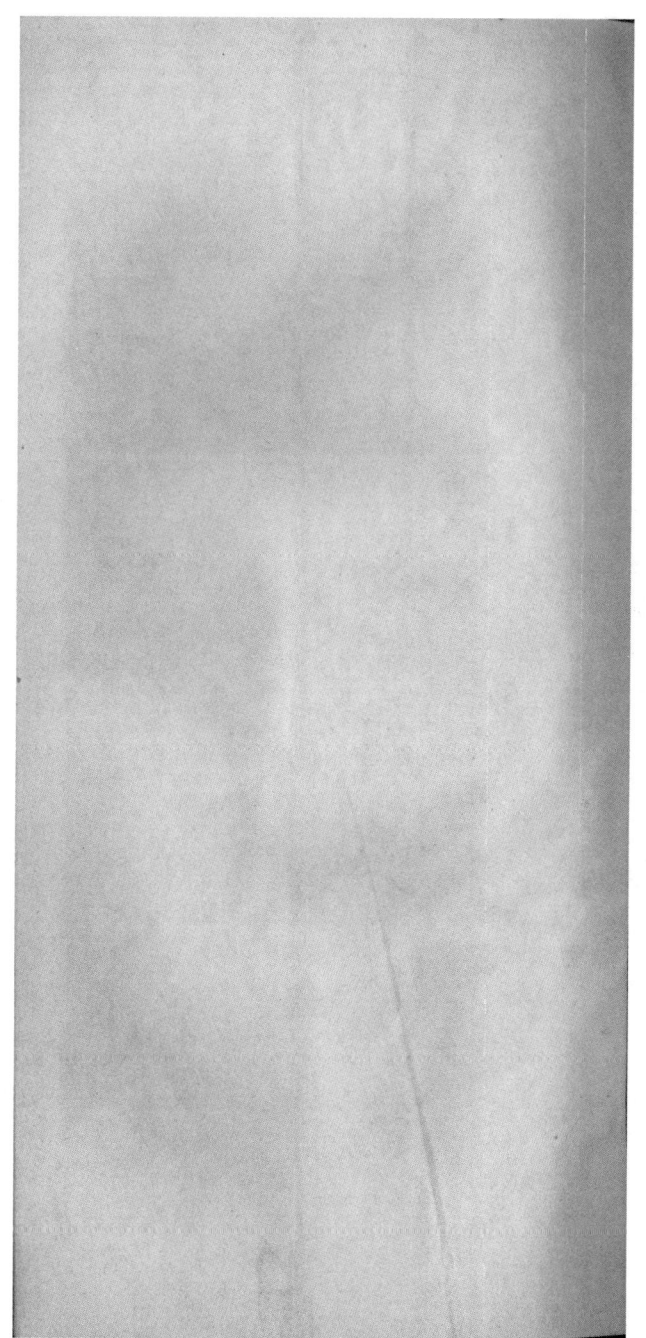

黃觀虞同年尊堂 年伯母鄭太宜人六秩壽序

歲在旃蒙 月次實沈 為我觀虞 年伯母鄭太宜人…同

人送續陳詞 馳郵稱祝 禮也 惟是林宗之景 李儷鳳 契神交道 嘉

之諭 孟陽歎 閨箴詠 令儀銘殊生之興 爾太樸之最 調法曲而棄

撤演洪算而披寶籙 則圖畫仙靈之狀 丹青聲悅之符數

鋪媛芝田 扶張霞誄 非所以揚懿範 述徽音也 太宜人婉娈

在室 綢繆禮服 父陽太守芝泉先生 官秋曹時 錢職名江

祥京邑 擘琰琬之質 馨蘭茝之芬 能學風人 蕭林下之道德

善事後母於中之孟宗循循師氏之箴勖帥以敬娣娣順人之德孝〔思親〕
和為仁慈逝時去哉　太年伯觀察惺溪先生視職烏臺矜衡
英嶠卜陳蕃之榻心折孺子造班彪之室耳熟大家載施萬蒔
遍來皇駿年十九為哉　仲常年伯之淑配〔但生旨且非至有姻〕輝翔鸞鸞來鳳
風容雅揭於琪英洽勝情於孫器其時　觀察公由山右太守銜
組歸壽一門之內千指之繁香旦豐饒而頻懷年張設杖優造室
〔清〕倩寫受帝帥之啟詢側袵以詳韓媦如之班行何似〔謙〕蘇燕東
春西春式為禮宗婦德婦容鏡於內則既而　觀察公改官

內閣設年危四非餞
題

滇南間關遠道以慈帏之移鄙作廬光之換家太宜人趣侍衛

庭贊襄中饋蚤年葉裏鄉苓之品蒐採無遺美為鱸魚菜

之思以釋佐東皆鱗鱗更備烹飪勵梁羊榜以有忘倦劬

仲常年伯英詩俊邁慷慨激昂為時識之龍蛟辟雍鷹揚

理乃丰昇百五十四莫超洗河相春杵共廿有七年重進鴛撤瑱

太宜人於是以操作之教年之膺弦吹以毋益怖訓誡之方益密

蓋如傲淵洽兩卦儀庚寅丁巳蔚然以至毛第晉國指髻

石 觀屢紡東奉慈長光老成之讀摠書遺學遇甲方其

躡並且之墻，廁閶風之班。僉謂易簡之人，翰林通顯；主敬宣公之

膺內相，臺輔無疑。乃觀其直振巍科，言旋故里，春暉之愛，

循循泳泳之心，由此可知；其益益親親之舍，家有山園，用偉寄游。太

宜人時勝題裁也。觀虞顏之儀，取工部畫氏卷，祝嬉園

詩言也。蓋伯仲雲歸，遠志，姑仁速春色，果蘭居矣。洎乎

叢桂難留，鞭塵再踏。論過乎奉檄，情殊於絕裾。怡集玉尺

於酉科，從騄輅車於甘載。權花生之魁，奪碩院風流。俄一夕而虛

過，神山天遠，冰冰哉！語蘇公咏榛之事，徒生吹毛；卞氏獻璞之誠，何

觀書四高暇以著方今寰多議欲會當設帨之旦群來稱觥之

文觀虞將珂里承歡笙陔介祉其尊卑西蘭謹設新堂道注彼時學冗以錯諸

茹細芳堂以伸吾悃跳歌岸上汪倫竟慰懷人鞠躡堂前公瑾來

苟揔毋悔祝彦天婺宿符斗之徵言長教東阮郎居遨揶

鄰之樂而焉與此上吟梅牖北一枝徵孝子之詩他年藝之泰山西千尺下故人之札

附錄王蘧常太史作

黃觀虞將南歸，詣余拜而言曰：王不敏，幸賦筆狀，以有今日，行且歸

壽母。時戰壽六十，思所以爲堂上歡者，乞子之言佐觴。余辭不獲，請述太

宜人平居之行可表章有合於古者觀慶曰吾母歸先大夫逮事先王
母匠揚作烹飪紡織奩篋衣履平日所不親趣習之先王母壽母孝
宜之於慎習以從安且卿味也令吾宜從王父精醫術晚多疾以藥餌自
扶母勤並和致春道十年余曰以吾所知內則之軌仗而節宜於師之
誠哉也余聞太宜人幼誦毛詩通大義言動依古禮之好史信觀慶曰
吾母張出寒素母與處勞逸必均憂患必齊飲食服御必與之一有佐
賴之之佳早夜勤敏和營脂誤所左指刀痕至今宛然余曰執勞雜西
不斷劇務依義爲好嘗且搜採曹大家之所善也觀慶曰先大夫卒

母惜不惰生而好文母不敢已長余曰年齊名年指習從禮而靜以莊
夫夫令德公父文伯之母之所求也觀虞白母自奉持儉待賓客務豐腆
先大夫吉施與親舊貸之稱貸以濟母贊助之先君族人不能娶先大夫聞
之難之貲母出奩物為婚嫁今抱孫矣命其兄弟欲助宗祀周恤
孤藐與先大夫時余曰吾觀和南孫居內豈於財不以華飾為意存恤親
類既至周洽清節善果母命子以秩侍散聯之姻顯非婦人人之大節既
求之今世蓋難矣宜人能設企之觀虞白吾趨戲時母為日課
鑑圖說先賢言行數則令富誦乃休無敎寬裔不苛或屬通祁拔

亦痛哭不能息吾兄弟稍有知識本母訓爲多宋氏之賢者歐陽之
畫地不母過也惟吾頑鈍不及從仕愚懇余曰患難未有一於此皆是
先妣秀嫻母儀太宜人莫之自幼遵先不以順逆異情無他改性再自
聽以精神作固庸多福也宜哉觀廣大白母壹命弟作小園植蔬
果自課之客取杜甫詩畫民壽祝於小園旁之田儀正豪菜流連於
送歸出母敬退以行從自今於躬耕壽母健健謙之以補過矣余曰
子母然以母之賢才子之否而奚其無兼曾之云鄉先達胡文忠公林翼作
翰林出守封圻推副冠赫然中興名佐撰湖北詩先母夫人狀

及見之而由初亦以予綰館職甚人相從三十年再主江南試出一轍天

下積雖息誠不願見世有兵畢予使予復為文出之勤績其目耆而

取三不朽及之成則一也文忠自馳驅王事至一日之暮其母令予書而

寓於外視行省之郡且使之返太宜人而孝養于陳志而引年後之視

前不光勝耶而其像無之足云觀庚忻然再拜定辭而退遂為之序

王蓋臣前輩尊堂鮑太恭人七豒壽敘

益吾宮允藝苑宗工，廬山魁碩，棠棣峯峯。等持節天南，秦潘寡

之興。樹蘐堂北，鳳擁春媛，白華潔而炊，茎蒸寢未泄，退而侍

膳。於以强圉之歲，屆鍾鍾之辰，戚徠承歡，徵文祝嘏，集貫貫杯十

九。爭介寅廷，女姝姝紀五千，各斬仙算祝。偉祝蘭苑，穠茅荏荏。

於善賜飲，閱蘷撤欽，鍾媛於貽謀。敢佞靡詞，實肸㦮則。惟

我　年伯母鮑太恭人毓祥湘水，著系廣州，敬擬嚴桓之箴

謙庚拒之孝德，隋婉婉頌，栿有獻於端辰，典纘紹德承，如紫久

若在日太宜人無一習畫，幸子在擔持上李成於下相夫子摩車之捷，妙於子柳之妻，以不泣庫於仲卿之妻，毀芸芸而食，貝且折蓑而理諸

補於內集，年十九歸我年伯載之先生一室，奉多秀麗，合蕙
廡中之蘭，蘭如甘先，歷作廚下之羹，尚能詩，食性有安處淡典
衽棲蕪遠之遺，謝答螟蛉，瑪瑙洗東，載無年伯
以家計枯据，備書外合，太孺人言無威，稱身手持門戶，為鄉
出自棲廡，雅之宜，為寅對，藤仍，袪衡濾之，文遠，理囊珠，編購
琳琅之能，如雷霜，華容凡月色窺，棲茂，倉三椽，穗燈一盞，毋樸
軋軋兒，酒泠泠，林鳩曰啼，階螢如訴，春雲不澤，蔬湯之傳嫙
慨以勖東坡，述歐陽公之言，於切以擱冰抹也，平太載無年伯玉版

書來金刀識付楸荊之癖點黛梁春蔬水之供遺毛檄
捧擲宮允歸辭親舍盡事啟軒比戢戒蓬椽瑰難之地韋
衣結亦排細烏烏之情太孺人知孝子為祿養而少不擇別庚頫
違道夢當歸之謝猶策壯心畢濱歷門人傳要艱而復信天
有業聞變不驚果見眾子差之來共擧鐃歌之先乙丑宮允
入詞林旋晉春坊太孺人京華就養論秩膺榮似可長養天
年不關家事乃猶隔圍屏而問岌嶷古制以屬意賜法得名
政且遂祖謀教義之祠必達先旌以故宮允持己以繩說古而

雞廬自勉龍性能馴玉天四持茧軌黜幽默之禮金壺一灑袁侍

績班掾掾之倆凡我官允之蔚作　國華皆　太夫人人壺為彝教

宜乎家欽（儀閫綸奉）賢母之家範女師歷著長揚祓禧禽集　贍金羅羅之七

紙官告院高集降幔幔之訓生宣文之堂程縉緯之徽斯信純嘏嘏

祿自頻蓋非璇柏之閾兹躋明珧之典京非棋桐桐之圖籍邊粹

璞之黄虹俟旦祿而茂年肆矣方今

皇上尊養　兩宮日隆　孝治　東朝之奉有曜於崇薇西母之拜明

庭而壽世寔見於德德之疇向自　皇極行義之端貴以　倫言文堂

僅宜尔子孫華一門之蕃祉俟我有壽崇八度之筵居四部為

序

潘母吳太宜人七十壽序

蓋聞久觀其德者詞肆南箕之年符炳四星寶婺應東瀛之瑞體全

儀於篆章娥芳矩於佩戒數諸祥圖洪觶挺延遐昇又況蘭

苣之質郁芬於吳墻松筠之姿挺勁於京江婦箴之徽也至行

又之貞瞿茆之藻不擁聲華之望其我 年俾母某太宜人洵

可稱之族楷模一門坊表者矣 太宜人毓祥名宗餘慧倚歲

嫛婗識字，婉婉媵媵，并聽譜雜根，何愧賈家之婢；國風絅玲柳絮，不
矜謝氏之椒；佩玉鳴琚，嫻閨範鑄神；撥絕黃壇，掃功甚懃。
我壽芝芝房先生集姻也，祥女子而僕媪喜之，子歸而室家宜，餘嘗有為
據俗無歎雜佩以問來者，手看閨推髻而前，有勿於梁廡危
無觴解手，自屏當歲除，筆麻親為搓作，程程矣也，愉愉況也。無
何先生淹淮藥室，悍凝萬床，撥月幕幕，禱北辰而求以帷梵，
踏踏淹無風而無願，暄心惡夢遽傷，大年啟手遠言，視閨中猶
太宜人無濺麻衣，手勵道歎，席並自刺臂一盃藥，持數粟不

界閉誤於斗宇垂時嶧琴未肯發命爲嗣風雨猶淸數苑重之寄生手毋拔以倒叢葩之不死蓋又數月嶧琴先生遂歿予嶧琴爲東吉薰智百常重編舊風於丹穴鍾神騁於滄溟論其語秋蓀之世蔭海匯蒙冬柏之茂袖玉階蘭未報賢毋正也不爽尔乃自許未已藉延殘息垂以啟極之受而以折箋之數不恤之情宵耕自勤廣畫之友字然雖藏青藍觀正之能發揚素謹正所湛蓋必使雖毅無能細毛第荒園於堅石不數年間嶧琴上舍遂乃以僅拔萃再識記於植連枝拙

秘於芸館擒材殖院則瑤階披逸授札〻丹墀則錦袍〻〻
寵賜〇〇太宜人仁藹慎德居高思危璽致善之箴以誡女伯
武世姑之訓以勵士行宜乎旌印封膺　懷清臺築
停撰撰茀也他若賑恤族姻輯睦婣以至養飲德感獲戴
且識消月敬一匹不忘本務之艱究書自下十以不辭掃人〻集
漢夫曰貴且親者曰高以以古賢今美多讓敢屬高設帨〻且群
來候遵〻儀陪坊填門歆麝爭合而其等猶有進乎此則以
周曲仙吳〻壯丹青駢清帨〻文數吟鋪張並回撲漢霑祆

萱太宜人泌霜負雪位著停亭曲閨而晝日伊昌熾閟井表
懿倫之思文章既亦殊之家固宜採毫紀實述臆錄其揚徽揄
之賤謀欲承風之宴私有此母乃有此子鐵金鎮龍雀之環厚其
德斯屋之庥荃琚講篤舊之什亟為之序

易母某太宜人七袠壽序

今夫綢紀遙井夢吹乙巳之蘭芬王母瑤池競列甲申之瓊石玉
樍捐芯之房錦華千塘欲樾因田之鄉杖端九節維綏駿賦為
質迺饋駘背之年徽嬗所昭華髮可卜日驪流馥生壺有來

離瑜　文獻通考秦代東南北斗三星曰離朱亦也瑜玉瑜乃扫人之服是也假用後皆仿此

明月掃人奁

華火　菜美稱情借

五錢使可　胡上開文音傳上去下去日是北下不上作令長南入則為公侯文音曰……

悔甬　方言藏甬悔藏杖譯讀公肩押戢新也罵扣罵曰甬罵押曰悔罵發方不曰留

勑之緬月陸沉黎玉鉉為長生之錫式要孟壺用述尊儀悵我

身伯母吳太恭人為　身伯觀察芝亭先生之淑配而戶部主

政蘭坡田年之尊萱也懸帨貴寧嗣并雖未被宴象於國史猶

留香於天綠擱李蘭之徽風作京陵之矩以年十八來歸濟陽祥也

入門禮宗查閱彼禮之節舉其冏時　觀察公有母待與洪光自

拔閣一柱之神位於三生之國石　太恭人出戶而調瓊玖上堂而薦

敦牟侍饌成於典衷摘子統罪於御擬樸撲邀於極衷井臼自持

觀操作如於吳庭泊　觀察公一麾出守五馬趨公之適年　太年伯

母李太夫人欽孝德安敦溫嶠之裙裯崔邠之帽送春笠烏恋暉
寸草以　太夫人棨耐布荆而撐門戶為一家之情斯十稠之懷男
錢與女布並箸爾從合秦簀間作劃暈旱澇影收妥邑田租壽
編氣乃年無啟門綰稅年何奧醜構倡逆負嵎拗威　太夫人安道
嶺南觀察公積史鄂北隱甑敏於齊下積不潤石於墉間赤白之處
繇於託矢青畢之後紐於和衣鄆卯方情以降川星寺侯沈詠株
檣匯影自奮乃地乃天道命有兒一忠一孝　太夫人既撫遊其錢
為完人一心華荼三年蘋藻祇簽杖屐絕坐情完昕夕饘飽

未嘗倦手拓從一品禮佳由外晉秦閭言兼之孟荻徐助於萋終
教讀范滂之傳則抗顏以勵東坡援崇公之言垂涕以規永叔
宜乎令郎連捷飲文有名我蘭池同年舉利先赴循魏科蓮標
策名外籍觀政農曹已為梁棟之資須下門閭之大他慕騶
恤里黨敦睦族姻援之同於指囷周親待生華大為女君而赦
據馭揮發而不苦凡此懿緣志郡萃檗蒼以壽朗之月慕道
榱撲之辰蘭池乞言備觴承歡斑衣之暮偉以未契敢獻里言
瀾積慶於瑤台瞻景耀於璇宮傳到降河吉律是為佩玉夫人

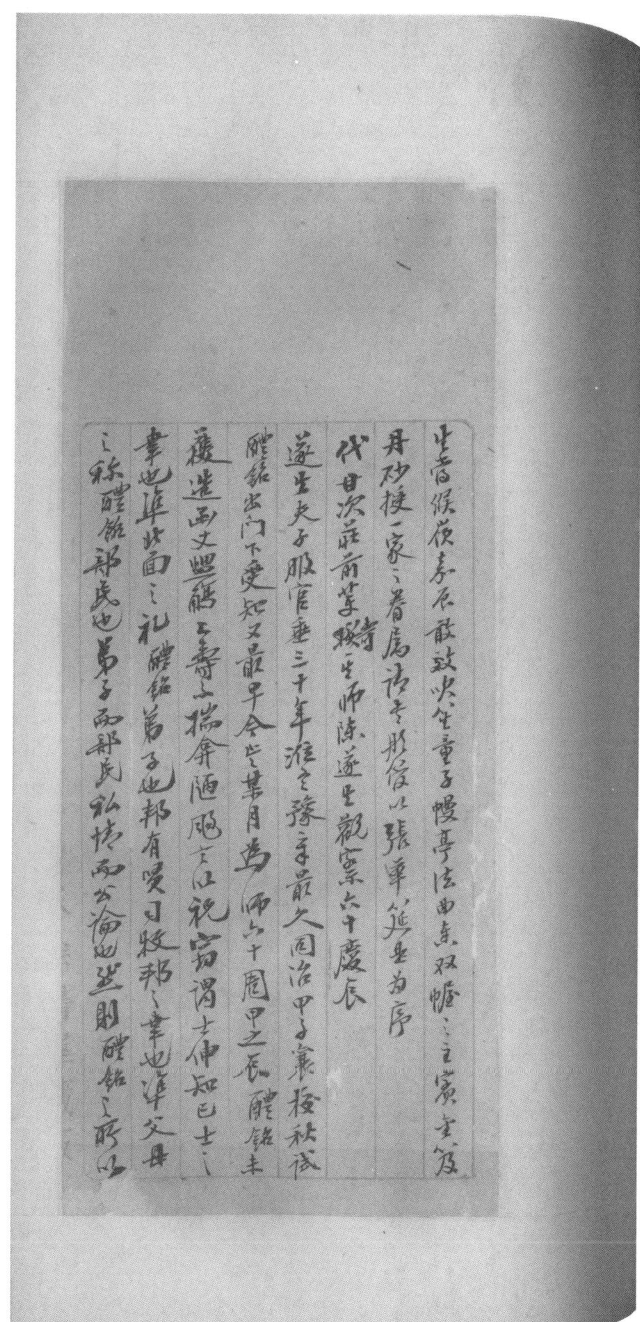

壽吾師親吾邦人所以壽文母與手足異也師三十舉於鄉公車
四上皆報罷家貧親老無以謀晨夕遂棄舉業應皖撫某公中
丞聘掌記室時皖之蘇境盡伐孫洞中利害某公器之薦於
朝以功授廣西田縣宰方授思恩也道遠且艱師奉親以往不
乃詩師窮憂之而無時 文廟重地擇牙許東南軍為師所留
三載置迪遠淯引 見改授江蘇六合縣以柳高播之語於僚友
而出於粗迪異數也知遇之隆蓋無逾於此師家立遠距六合迩
方改官時以為叛擲之年遂初志矣甫到官之遂隔家人殉其事

寖遺毒袁於戕而鄉閭焰大盜賊歸與積尾流離儆擾郡上羣
莽之集又莫甚於此由前之局既不當於粵由後之局寡守之於
吳而卒完也若競爲推擇梅里主人畀任官之鄉回前之號抑
蒼蒼者天殆經之達而令忠師之長慈惠之師造福於其郡人歟
同治二年師隸豫章中丞沈公見歎賞未踰月檄權鄱陽篆
旋除是職鄱陽枕山濱湖巨盜出沒號難治師下車之始捕捦渠
魁葺府斂迄院舍兵燹之後而尤以年春年教也修孝民更爲之
惠耆艾興育嬰会爲之植孤稱爲之治庠序則絃歌之化隆

為之悒異唳則科目之盛淮郡每年百過廢里萃同治十年以
中丞劉公薦其操守廉所因未報任大府謂師才堪治劇椽
署彭澤彭澤首邑也多難而責能為為之者向疲於奔走取吏妄
之他人弗弗反嗟嗟報報孫孫道在彼手柳走此多師邀田留一訟一
獄躬自剖決理案牘自晨至夜分無勸容以故案無積牘圜
年滿日循聲溢四境無論其識否之吕杜而并通省性伉爽賙貧
賑乏有長者風尤篤孝友視孤姪如己子撫將卵育門內翕然
其施施家也如其施施民也如其治民猶治家也今則罷官至

觀察矣吾邦〻人延頸企踵殷〻並有年歲〻思而師〻所以厚
吾邦人者思將大臣設施而不惟一郡一邑是賴也宜乎天錫〻
年命享期頤登耄耋而未有艾聆詩曰樂只君子民之父母又
曰樂只君子福履綏之詩援詩人頌禱〻又以申合壽祝者〻
情五年頃日
灌歎鍾英篤生幹楨文章道德亮〻有聲而黼黻於□廊
廟而衣被於閭廛民〻位置豈白俱並齊賓〻江冀於〻
舒哉翁哉欲歡逢竹馬左饘右粥民技五膝者版秋戈士

欽臣和魯才之命摛抒文神箸筆臣後今朱臣綸惟余小子
風付杖夜聞無行而無從來棒而青散效妻郎鞠躬陳詞祝
爰多福屢年而宜

代謙郭蕭齋夫人文

歲次己卯秋八月朔郭母一品夫人羅夫人壽終文儒星葛宗
族姻亞鄰里之屬撤春輟歌悼女宗之云亡相与咨嗟太息余
按其閫範有足俾鄉善士女所以勸而揚人之德者有其足以
紀之誼言報管目悌然也然則表揚懿徽以昭和來許余之

青[illegible]云分[illegible]夫人爲贈公某長女幼穎慧。自書史圖籍以
及組紃織紝之事靡不精習。性又端重。規矩自然娖娖然有帝忒
於德。年十八歸我[illegible]扶因和逮下生男若男指。[illegible]之事。
敦年之饒。必殺犬。歲時膢臘。潔治饎釜。以祀宗尤謹。稱粉
凡之人。撫循如聰。至儀有勤。彝彝之論上駮重間無。至畫據
道宜如此。夫人善治家務米鹽瑣細。籌畫有法。闡以內
肅然。乳媼室竈捭之事不違於外門户之計。夫子賴之。夫子性情
恬澹鄉舉後。絶意仕進。夫人安之。林下偕隱。前倡後隨。于于然。

夫子素伉慨。賙貧賑乏。無吝色。延視慈〻之衰。不給謀窮窮如輒
厚賻以助葬。夫人皆脫簪珥傾箱篋贊成之。至盡妻道有
如此者。哲嗣鹿泉兄風岐嶷。夫人督之嚴。延名師。請經義。雖
丈夫子勵之人。以教以誨。無世俗婦人溺愛姑息之習。今世兄以
孝廉起家。由農部游齊魯。觀風問俗。籌賑務。濬水利。凡
治皆有知。圖始庀之功。耳濡目染。律之然也。而折衷實有力焉。
至盡母道有如此者。今夫累德世獲福祉。積善有餘慶。天道之
不爽如此。余以謂天之眷夫人。至優且渥。尤非偶然也。夫人之為

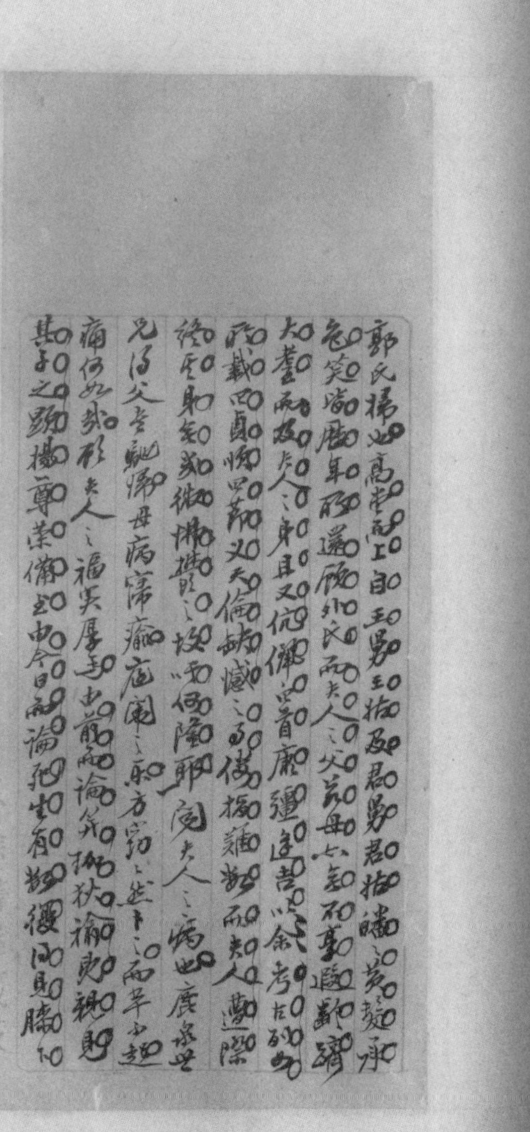

之還舊挾持抑揚凡斷續自處妻心惟他釋此而定懷少

斯斯福衍衍至知郭氏孫子之熾昌繩繩德德其有文也雖然余

嘗慨焉詩周南十一篇美女德者九召南十四篇美女德者十

蓋言大夫妻之賢足有關於正俗型方者大也吾鄉郭氏為望族

飫攬圭臬於無斁往歲楊夫人有殁今夫人復繼之而逝於

塵鐘郝而作儀之人安所仰禮法耶宜乎宗族姻亞鄰里之

慮相與涕嗟太息耶誄曰

秋風淒淒芳蕙萎悴若秋田敗芳蘭摧殞先夫人之生節八

虔惟雲舟辰錫命兮。子編修之尊夫人之壽兮。十島翱翔世兮。清夏位兮。神仙之鄉。辰邦之媛兮。德符坤象。柔嘉淑慎兮。令閫儀孔彰。三部賢淑兮。於邑彷徨。音容永隔兮。儀型在望。侍御中堂兮。亘千祀兮禩而深長。

家辰鈜明府六十壽言中　代植弟贊宸甫前輩作植亭師中

葉生自南來。應禮部試。謁余。將有所請。言憬憬未敢啓。余詰之。作而請曰。大焯幼孤。賴伯父辰鈜扶持卵翼。以有今日。於心弗敢忘。伯父宦游。今游東越二十餘載。歷官皆稱職。今行年六十

知孟秋壽辰將盟筆為長者壽願示余文以張江夫子臣
許我知余曰可請述辰勳先生平日言行之懿概與其涖官
專政事事表異者葉生只伯父云氣於武康篆其邑倒在兜山
和溫良民雜龔鑄慶依尚劇劇前之官此者多文弱萑
符益横伯父至募丁壯嚴捕緝有所獲懲治不少貸闔左晏然
邑有西書院遭兵火久圮伯父與屠羣議拔至規模豐二生廡
給諸生折折歌頌文教逈振先武康康勤氣於壽昌篆一載
先之壽昌昌勤氣於長興篆一載載二邑其地瘠而民悍錦

難治。伯父以撫字爲心。寬以濟猛。尚有便於民者。次第爲之。而
長興偏亂。雖亂之後。殘黎流離。蠲荒之舉。其後施於縣。又前後在杭
垣最久。迭辦助賑籌防塘工榷稅等務。悉能鉤剔奸弊。
爲大吏所深賞。居官如此。伯父寡營笑。與人言不爲欺謾。
自奉甚約。遇親戚故舊貧乏者。傾囊贍之。含德包性尤淵邃。
咸豐辛酉。武林淪陷。伯父奉檄在外。家人未及避。罹於難者男女
十有一人。伯父聞甚悲。亦竟以攖疾。伯母鄒恭人。嫻婦誡。孝
謹遜勤。伯父相敬歷四十年若一日。生平觀行如是。此余所嘆悉

古之長吏於天下之事有不知也有所不知也以先生之賢乃如此

居官如此使果之極而克大其用其所發揮當不止如此耶

之次命之官數三次一隅之地而且驅馳之煩勞之使其所

至皆不久猶其任而輒去也而方知其未遠有期之異日將有後

命焉則又不可知而不知也余嘗論州郡之為官自親近視之

甚遠而甚卑自其上視之甚近而甚貴相連之勢不遠之

州郡而後行於天下之情如先治於州郡而後關之朝廷州

郡之實不關天下之治乾隆　國初三載黜陟既經擇其

謁之最而予以不次之擢而大合內外公卿大臣時以備召薦行
取而入為臺諫夫既以敢言而激勵之其意至微也迄今日
州縣之官或終身不能遷一秩輩而邀詔曲登薦牘抑於成
例者又而實不之發是故萬州聯曲類於不振相率皆然以余
所聞先生之律己勤良蓋寡矣先生之知行先生之志
以之壽世壽民乃如而豈但康彊吾身造福吾家而已哉
葉生歸請以斯言質之先生益自奮厲而勿以尋常頌禱
之詞視吾文也葉生一日揖而退遂為之序

葉善堂觀察夫子六秩雙壽序

歲次庚辰九月五日為我 善堂觀察夫子及 師母陳夫人六十雙壽凡屬門下製錦以祝屬熹為之文 熹竊念生日稱壽非古也稱壽以文亦均非古也述詩稱酌年介壽為將祝責之詞史稱千金為壽為少敬長之禮準斯之義古人平居時且述觴於尊長生日行之不緋乎佐亦何病乎古今已具述 夫子所以壽然壽夫子母乎 夫子以名諸生貢成均由刑部郎中授福建漳州府旋署汀州府調補福州府擢福建督糧道移病歸道十載仍授福

建時糧道。前後攝鹽法道篆。攝興泉永道篆。攝按察使篆。使者今西。閩凡十郡。幅員遼濶。風尚雜襲。西則若建若延若邵若汀。襟帶建江。其俗文而弱。東南則若興若泉若漳若扼大海。其俗剽而悍。福寧突出北海。而近於省會。臺灣孤懸海外而敝於下游。數十年來。監司之官是地者。撫封疆大吏因地擇人。舉難焉。夫子初涖閩中丞吕公。見語之。自時而涖每大府。郡縣傳示。以拔德。厲之。疏之。驗之。誠之。勸之。舉之。御之。以時用人。民勤和。備之。所未能出。臺及延建邵諸郡。取而同治七年粵逆南

閩上游論謂夫子從制軍王公勦賊於延建贊襄密籌攻守
建郡稍固汀郡旋擾越十年倭夷竄臺圍蕃令制軍
何公檄署興泉永道以資坐鎮而臺亦無恙賊夫子之於臺
事雖未經而保障之功居多夫子之於延與建與汀雖未嘗其
地而身歷焉使郡之人士脫水火經往歲居功實偉先大夫官之
土也即首膺挽務於怡楚勇厚謀生之廉給而庠序修衙條處之
館廠而芭萁總計守汀郡一年首郡二年巡興泉永一年而
任糧儲道最久糧儲兼領水利巡福州福寧政務般劇倉庾

之出納。河渠之疏決以及漕防積弊之事。夫子悉殫心經畫。丙子丁丑。歲大為虐。多方招徠。倡捐粟米若干石。所全活甚眾。而又迭被泉水。陰撓餘澇。所蠲恤無算。而又籌辦通商。而抗威示信中外。咸服其〔凡若輻輳〕。素卑瑣齷齪之吏。賢不肖相萬也。其撫西洋良吏。若文翁龔遂之屬。謹身廉和。居官多紀。而其先皆以明經術用。經通世務。習文法。以儒術潤飾吏事。抵掾出也。夫子自為諸生。折節讀書。所交皆英俊。身雖未躡甲乙科。而學具原本。時論稱〔推〕服。官西曹時。諳明法律。極為長官所歎賞。蓋〔大〕不出

身加民命此忠信之師豈惠之長皆集乎[illegible]何異於[illegible]之民矣

雕[illegible]宮[illegible][illegible]加夫[illegible]由學教而臨[illegible]見[illegible][illegible]而[illegible]之受[illegible]治[illegible]

歲之鄰郡之[illegible]及人生仕宦之鄉國[illegible]前[illegible][illegible]而[illegible]郡之人無不[illegible]何[illegible][illegible]

伉爽精[illegible]振拔卑寒明[illegible][illegible]而[illegible]人倫曾國之節遺[illegible]老成

太夫子○○先生及太師母夫人均登耄耋受 [illegible]建恩封[illegible]人

瑞 師母陳夫人秉德淑慎象服備之旁而先節下而孫[illegible]和且

復簪笏林立隆隆[illegible]濟濟仁壽[illegible]詩曰樂只君子民之父母又曰樂只君

子福履綏之言君子遠禍於民故天之祐之如此其厚也蓋

詩人之義撰與頌之情由因知稱之人可取而祟焉嘉之壽之也某
義知鄭知筆

祖姑林母太夫人六十壽言

王父之姊妹爲王姑禮所謂父之姑爲歸孫其孫之女王姑也王
姑之稱較姑姊妹殊重而進親祖而殺則敬至祖之姊妹全異
於敬王祖一本所属不以外內別也某之王姑多人今存其屬有
二而林母太夫人其一也太夫人在吾王父曰姊妹行居四柔嘉
淑慎之助心儀久知自某官京師速侍有年曉出稱庚

辰讀禮星門重謁太夫人精神強固倍於曩歲望其壽壽之與不盛藏獲僕婢皆明矩度益歎太夫人之頤志安命而治家謹嚴九此外今歲六月初旬六十攬揆重書伯叔父兄弟謀所以壽某雖弇陋能弗贊言令總爲康豊之侑觴太夫人生於粵時曾祖王父任粮儲道及長隨曾祖王父游於楚時曾王父爲永州守及既嫁君舅文忠公方樹勳績越劇行省太夫人隨侍之身之陝及中歲夫子賓汉公守著三徵署鄒鄭而擢嘉湖道篆太夫人皆隨之職今其子煌

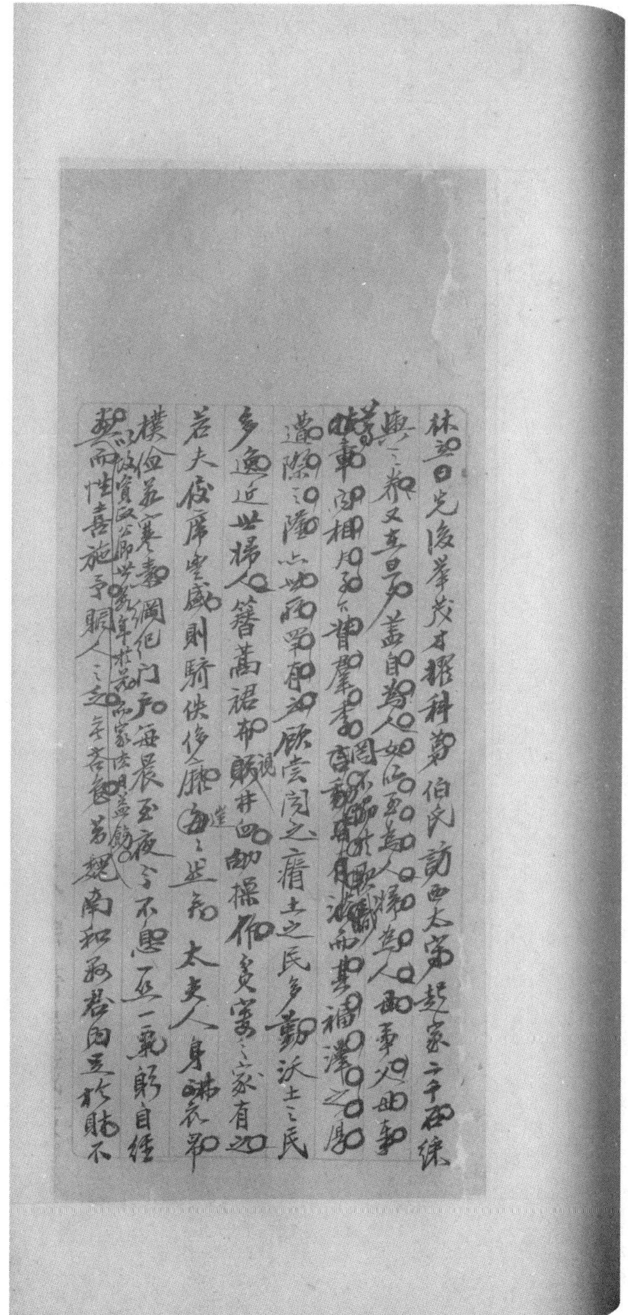

以華飾為家存拯親故以存在周論山令方荔[illegible]

有難也 資政公之守衢也 太夫人自閱御值兵兇[illegible]所過人[illegible]

[illegible]得紅椽草[illegible]子[illegible]危[illegible]

夕不[illegible]甫至衢開化臨郡城戒嚴或言眷屬宜避地 太夫人

以節事急子女且從至義不離此署[illegible]

[illegible]

[illegible] 太夫人[illegible]

[illegible]與其天[illegible]之[illegible]東承[illegible]

先世沙鹵之教，立比欽揚，栖德，出是叢否，與有光矣，與王母
先太夫人誼屬尊，雖非親，情猶撫，撫懷之，既先太夫人
在時，太夫人概概過從，相與論議，大義古今，家誠，旁及米
鹽鐵瑣之屑，猶為不厭，閨事，有擬，不[illegible]，[illegible]心喜
尊此德，家聲然，其功隆，猶想某，尊禮，既貴，且免
太夫人既許之，屢之，既悟，頌之。太夫人神明，未衰，壽
享，頤佛，心子，孫，教誨，要，知，克，世，大壽也
已若夫丹青繫念，鋪張揚厲之詞，某實不敢，謹為序

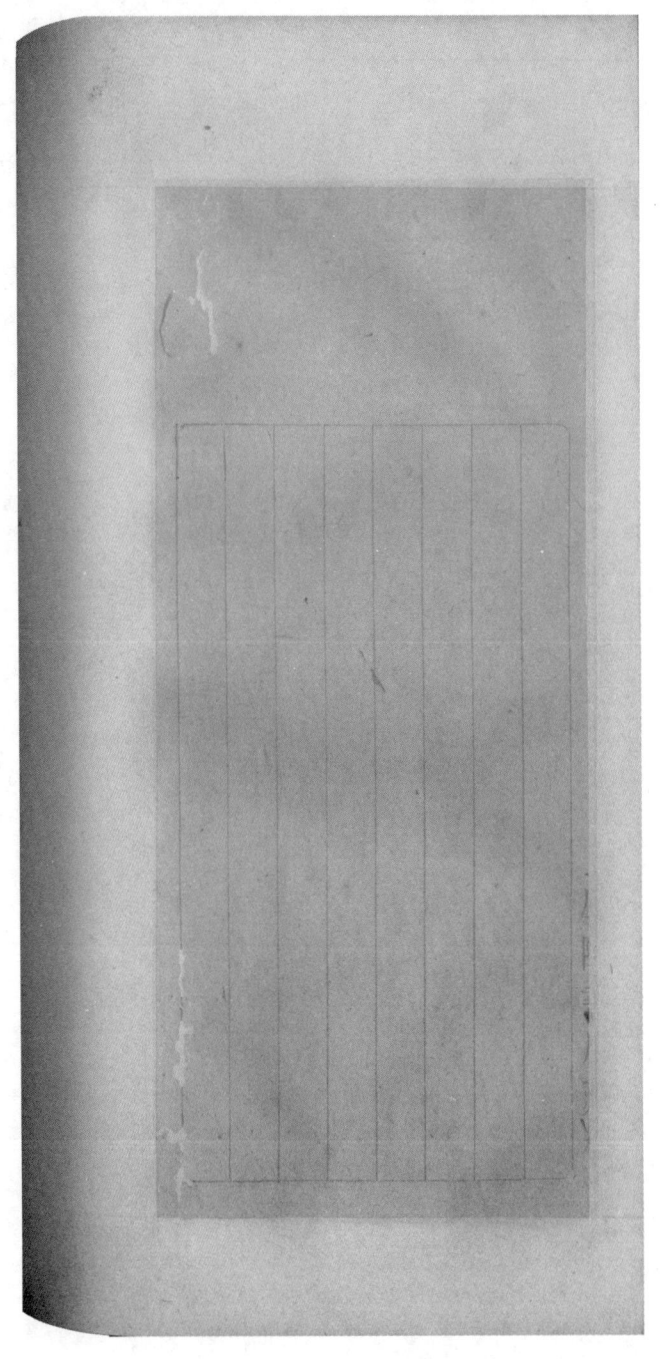

故堯禹有九年之水湯有七年之旱而國亡捐瘠者以畜積多而備
先具也　晁錯論貴粟疏
秦使尉屠睢將樓船之士攻越使監祿鑿渠運糧深入越地越人
遁逃曠日持久糧食乏絶越人擊之秦兵大敗秦乃使尉佗將卒以
戍越當是時秦禍北構於胡南挂於越宿兵於無用之地進而不得退
行十餘年丁男被甲丁女轉輸苦不聊生自經於道樹死者相望及
秦皇帝崩天下大叛陳勝吴廣舉陳武臣張耳舉趙項梁舉吴
田儋舉齊景駒舉郢韓廣舉燕窮山通谷豪士並起不可勝

載也設周失之弱秦失之強○今徇南夷朝夜郎降羌僰略濊州建城邑深入匈奴燔其龍城議者美之此人臣之利非天下之長策也○今天下鍛甲摩劍矯箭控弦轉輸軍糧未見休時此天下所共憂也 嚴安言世務書

昔秦皇帝欲攻匈奴李斯諫曰不可夫匈奴無城郭之居委積之守遷徙鳥舉難得而制輕兵深入糧食必絕運糧以行重不及事得其地不足以為利得其民不可調而守也秦皇帝不聽遂使蒙恬將兵而攻胡拓地千里以河為境地固澤鹵不生五穀然後發天下丁男以守

北河累兵暴師十有餘年死者不可勝數終不能踰河而北是豈人眾之
不足兵革之不備哉其勢不可也又使天下飛芻輓粟起於黃腄琅邪
負海之郡轉輸北河率三十鍾而致一石男子疾耕不足於糧餉女
子紡績不足於帷幕百姓靡敝孤寡老弱道死者相望蓋天下始
叛也及至高皇帝定天下略地於邊聞匈奴聚代谷之外而欲擊之御
史成諫不可遂至代谷果有平城之圍高帝悔之迺使劉敬往結和
親然後天下無干戈之事故兵法曰興師十萬日費千金秦常積眾數
十萬人雖有覆軍殺將係虜單于適足以結怨深讎不足以償天

下之費（主父偃諫伐匈奴書）

秦兼天下廢王道立私議滅詩書而首法令去仁恩而任刑戮墮名城殺豪傑銷甲兵折鋒刃其後民以耰鉏箠梃相撻擊犯法者衆盜賊不勝至於赭衣塞路羣盜滿山卒以亂亡（吾邱子贛禁民挾弓弩對）

夫南山天下之阻也南有江淮北有河渭其地從汧隴以東商雒以西厥壤肥饒漢興去三河之地止灞滻以西都涇渭之南此所謂天下陸海之地秦之所以虜西戎兼山東者也其山出玉石金銀銅鐵豫章檀柘異類之物不可勝原此百工所取給萬民所仰足也又有杭稻

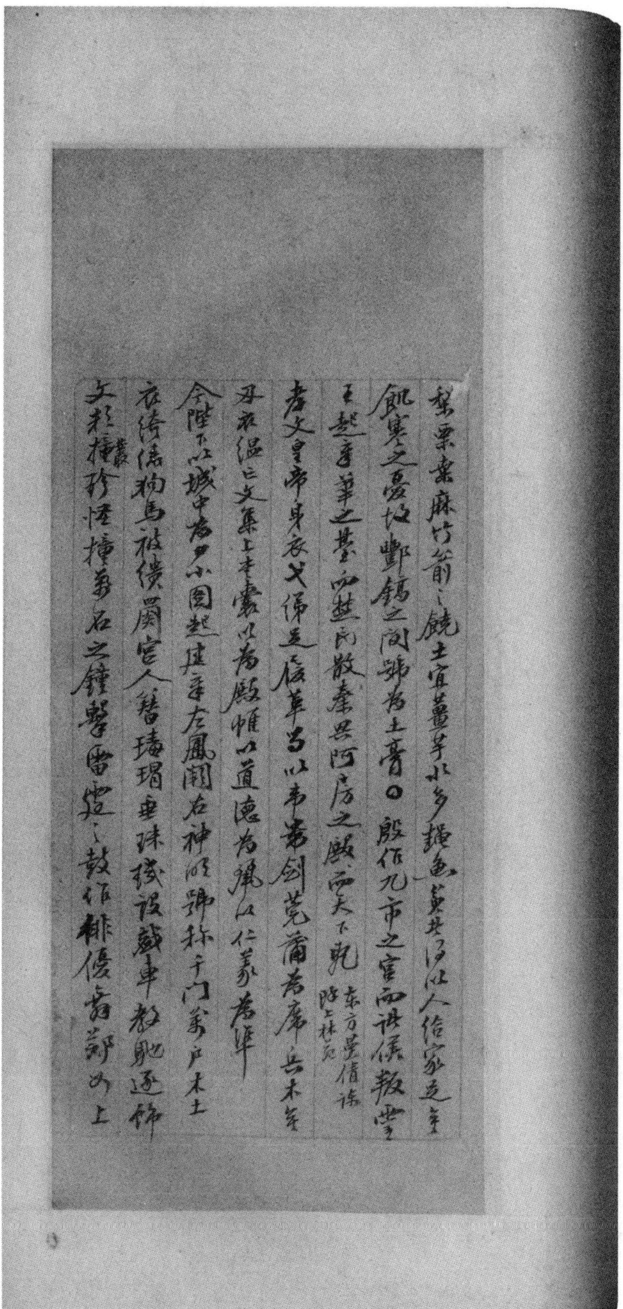

梨栗桑麻竹箭之饒土宜薑芋水多蛙魚貧者得以人給家足無
飢寒之憂故酆鎬之間號為土膏◎殷作九市之宮而諸侯畔
靈王起章華之臺而楚民散秦興阿房之殿而天下亂 東方朔傳諫除上林苑
孝文皇帝身衣弋綈足履革舄以韋帶劍莞蒲為席兵木無
刃衣縕無文集上書囊以為殿帷以道德為麗以仁義為準
今陛下以城中為小圖起建章左鳳闕右神明號稱千門萬戶木土
衣綺繡狗馬被繢罽宮人簪瑇瑁垂珠璣設戲車教馳逐飾
文采叢珍怪撞萬石之鐘擊雷霆之鼓作俳優舞鄭女上

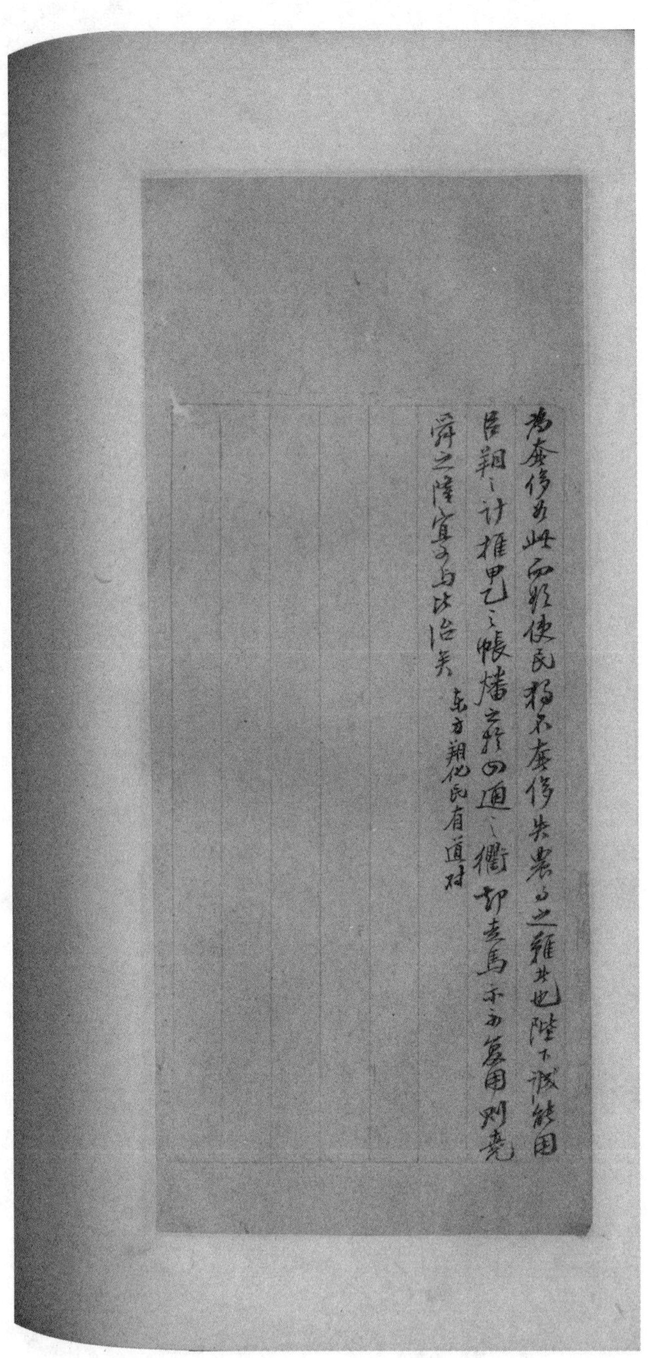

為奢侈無此而難使民獨不奢侈失農田之難甚也陛下誠能因
民翔翔計推甲乙之帳幡之符而道道衢卻走馬示不為用則堯
舜之隆宜可與比治矣
東方翔代民有道對

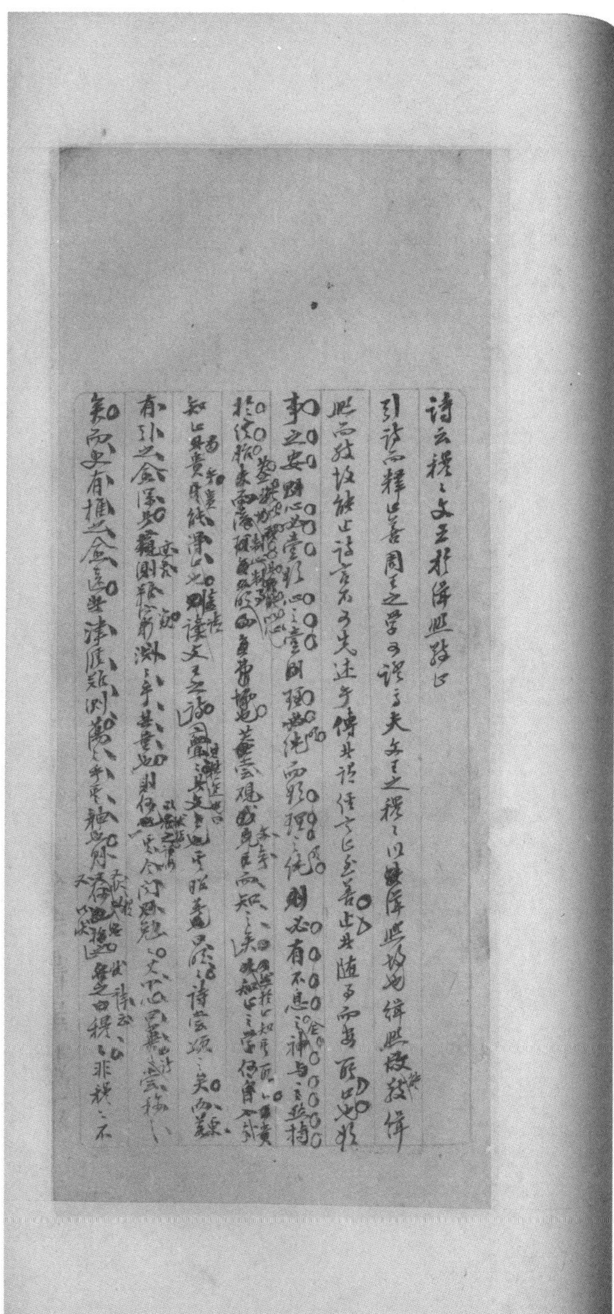

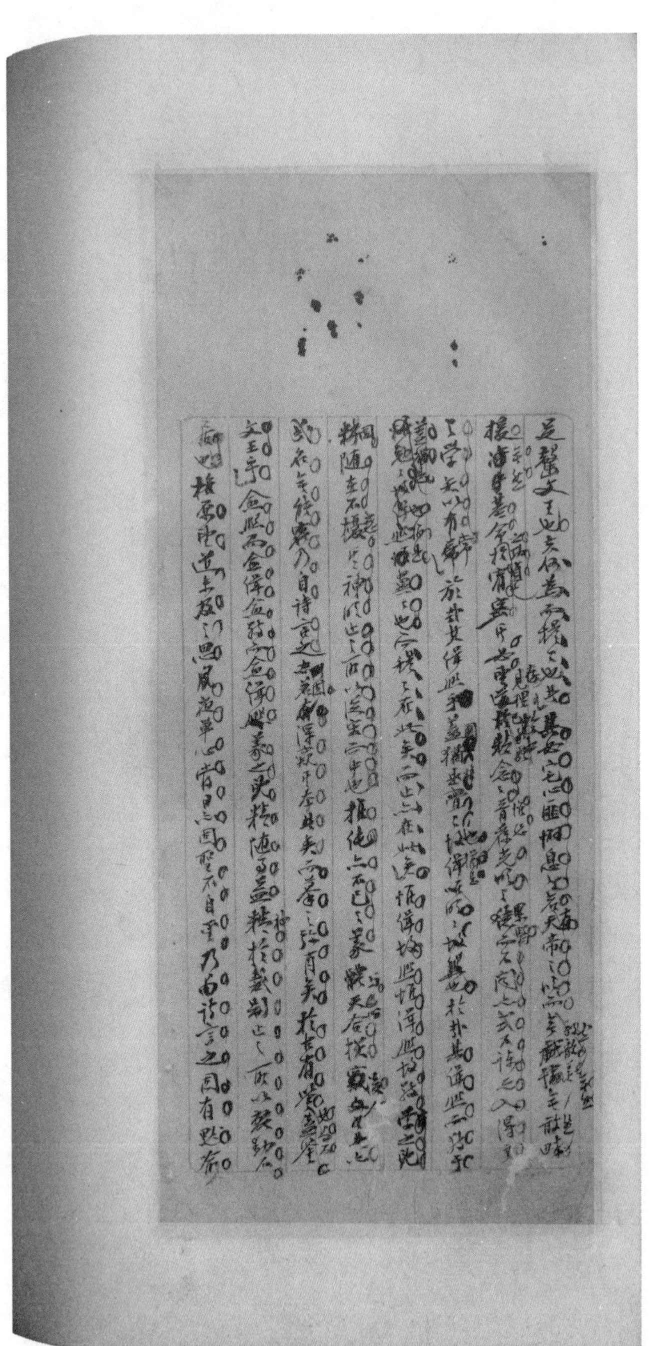

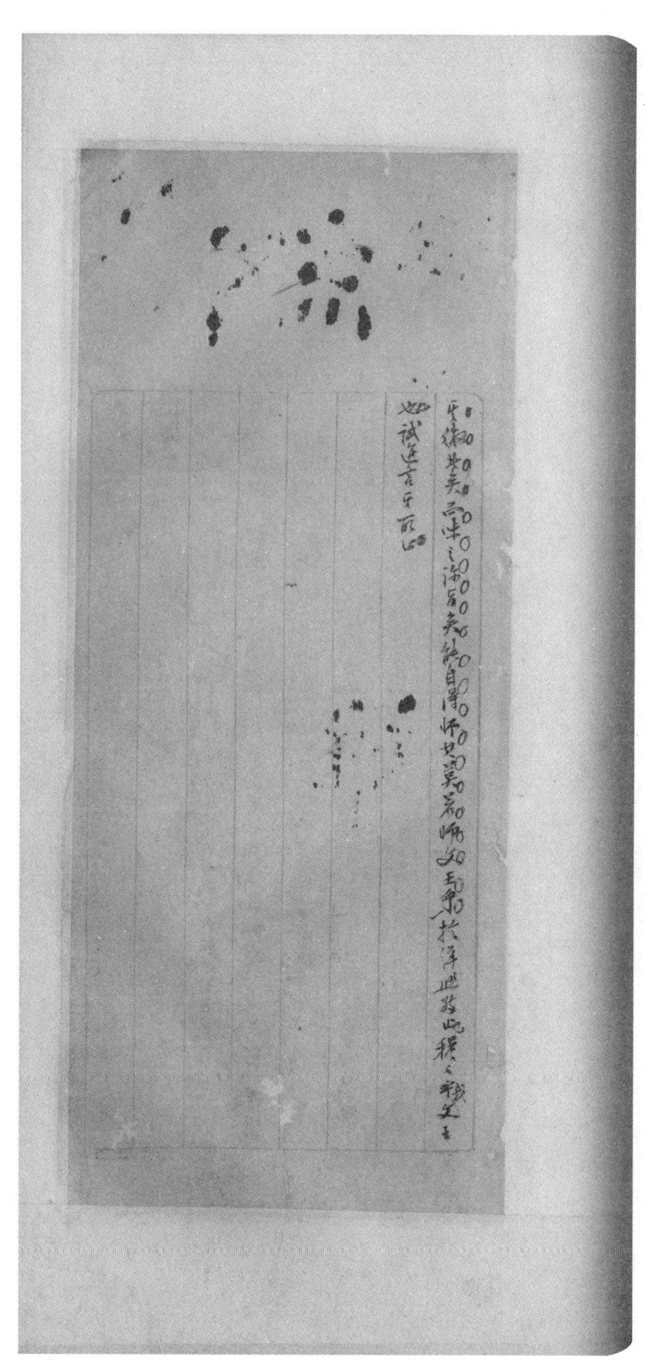

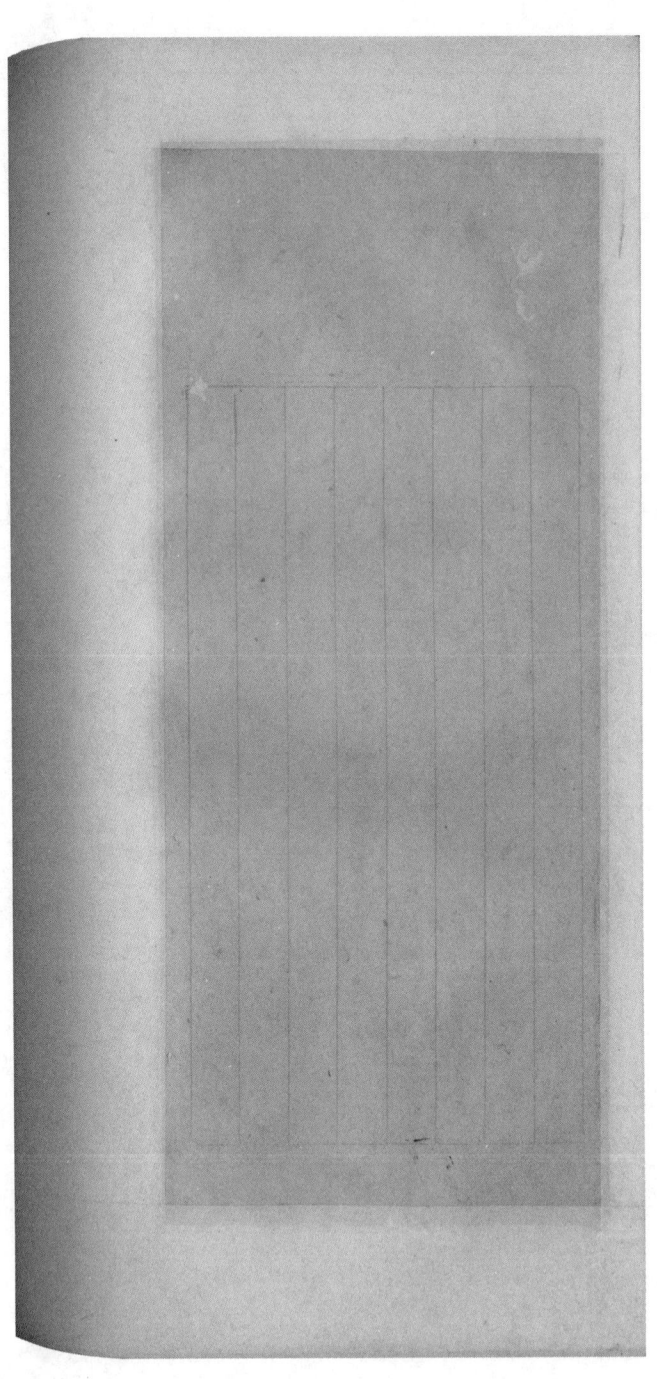

李府宗姑母太恭人八十秩壽言

蓋聞西河女子丹房庚十二之開南嶽夫人廿四館出三十之昕侍瑤

觴於閬苑琳璆碧實於卑輦於嶓山玲瓏甜雪采桃善

提之樹寶籙長延鐃鏡仁壽之名來瑤水驛姬彼駮駿為

質乃紡綿亘于齡髦慷邪昭閬陵可卜如吾湖閬瀾纖扇親

串華居聲重之敬更縫於晨昏介壽之文可紀於志乘往之

家箴互誦母範該陳桃銘蜀嶠則扇生清風竹蓀松桂則

標生芳節生道章光青史猶義服嶽如我　姑母太恭人其

尤乃得而述于太恭人莊樸協度綱直表彤飭靈和之源欄
聖善之訓頗摩祖硯能讀父書陟岵何年脈脈摘思親之淚
敢弛半夜申申擴愛弟之誠精組紃於婦功針神獨絕表
雍容於壺範佩玉鳴環年十四來嬪錢躬耕丈旭旦有暉嬰
冰於津佳耦四把琴瑟以和祥如入門歸揾皆吉珍秦嘉振
隱於徐淑還將羅首之釵無光進食於異時翁舉齊眉
之樓悊寺礼宗是式舊德克嗣奚康事君舅並侍王姑洗手
以作羹湯指產以問寒燠甘涼捷饋臉双鯉於姜泉私醴

媄娘酌九罍於張醮鶴燧衿纓之度并厥乘家之筐筥鑄
釜之儀昭其謹恪妯娌同居輯睦閨闈荇蒂之權惠泯勃
鐘之聲而閨勿請頡羹邱嫂其雲轢釜保其祇悖小郎亦
喜解圍吹壎吹篪協仲雪伯霜之雅出禮出法具高陵來
海之風義乃內助稱賢家督是任奉盛薌湘蘋之祀牖下偏
寠陋肥魚饑雀之詩壁中重請螢囊兮與類敘蕭乃明
帳緯錦文襁褓穀祐秋夕凋秋秋辭之詩兮蘭其晨暝
睦其廚之曲典羅紈而供粗糲綿其蘆花細簪珥以佐饔

琅殿指荊製蓋寅之敍侔於輿鍭之妻而撝作之勳刻於
盘華之婦　夫子韓韋善病性耽閑居歲次先朽遽泥陽九
河魚遘疾嗟二豎之未侵林烏鶴栖詩百身之代贖或秋蒔
而量水或漯帚而沙臚倉皇累月之餘遍受一廛之側臥而術
琦之身終折玉駿之祿而延　太恭人藏萋含殤鬮簪飯恨備
妝奩而畫禮撤瑱珥而居負金石之喪蒸蓼之行乃手於
湘江之竹無淚沅班之痕而心懷雲背之萱風雨又凋之蔭
衡悲未已閔赴遽奔閨中韋未忘之人天下失雞全之序歎垂

遺事大較皆默濟以心郁文閫之富貴每流於英俠神智
恆出於郊雄太夫人則世載宜芳一身守約稍繼莫先人宅
家之事完見必宜家之謀丈夫子三長某次某次某嶽之靈奇
蘋之採秀蔚枝證篤介震男以嗣大宗珠樹行多壽坤母以
蟠孝季孔氏擇鄰之訓組豆華之湛於對鷹之詩林盤疑之
顧見致宜賴被物事稱之上尉子從師載酒國元亭之禮訓
夏掌綜可愛蕭以引鳳之聲勝坦多才度吾京龍之選宜
壽家慶申與人徵上壽召迓祥之福而馳賢明之聲矣佛生賜

恒星亮發睦胭脂之同於指囷旌旦亞於林春賀親難疏時
來度上小坪有過不去泥中斯又捷水之旁流蕊雲之分蔭也
茲以睹浣之月適逢綏撲之辰補孝子而及由庚麗肩予今為
部人而仍書之脫膝素審是旨也華燈不夜宣發常明為
之酬為緣以於北斗滿鳳吹於閶天散雲一擢仙樹四庭誦雲戲
之壽禮延壽宮開採寶相之菓蔓長生館之築難免難易章迎
並請以承歡佳婦偕見其轉蘭鶴而繞膝無月缺而常滿佛證
三五之八之輪然天捷而不騫長景四萬八千之文是為序

子曰大哉問

大哉本之問維禮以維六經也盡矣禮之有關六經者大也子於林放之

問以大哉美之蓋禮乎豈獨經禮乎其六經並列於學官禮特一經

也而綜其大焉則惟禮經之義可括全經自後世士大夫爭繁文

而禮經晦而六經隨之俱晦有能脩本返古者顯之且扶植綱常

之力即隱之寓明翼經傳之功也宜聖人聞之有深契也夫子曰禮之

禮之本問始於今而無儒者其乎抑何與之贊修刪定之心相韻發乎

夫非通經者不能言禮亦惟明禮者直可通經已古者禮行於從治庶

政刑書寫孝友睦婣之德書月吉何以讀灋大比何以賓興族黨比

閭論治者循其典而究其明之意知本之旦責制義賤乎三百六屬

而周禮可興已古者禮行於野冠昏射饗皆閔莊敦恭儀之全神

洗其貞何以辨儀揚觶在何以殊節尊罍升服古者圖其象而

究未悉其精如來之所存則旨括乎一十七篇而儀禮不廢也夫易闡
也自此闡而窺天地易簡之精于參差載易夫品物流形八卦自相摩盪
而太和太質則乾坤資始資生推其大原至繹文言合禮乎以至嘉會
也而復和而至賁飾而亨猶其迹耳大抵其變色全易矣乎由此闡
而求帝王新損益之故可讀尚書夫質文殊尚三代互有異同而惟一
惟精則唐虞執中寅扼其大要乎徽帝典書禮所以重寅清也
而謨曰卿敷誥曰制誥循其顕耳大抵其道統全書矣乎夫出則詩
人勸懲之教明鶯翰讒陳蚌裳刺檜之論巴印齊鄭邶鄘洪圖
修康相沿闡之時觀佑貊軒禮制終而隆乎夫類宴嘉賓美鹿
鳴生生闡鐘鼓頌致清廟詩駿奔生生重呈集遊李之不求來芣苢
之休者何而不傷薨柳吉日之祥者何而不慨匪風也推此闡也禮必

從周至瀾本於至聖見麟趾關雎之意也夫夫然則春秋衰亂之
文華藏冠冕鷸仲室藏龜年論已即成儀附禮洪賢風流相而問
尒日修儀坛坫禮言能盡知乎夫會盟有典衣裳睦矣豈情兵車
聘覲有往而帛將矣豈貴當今本之不諳衆蔑〻修者何而不講
韓環晉隧之鑄鼎何而不廢禁〻焉也推此尚也禮盡在魯乎觀宗
國庶吏挽歌雅音俏〻非也夫〻莫夫禮合致而衆合爰禮同節而樂
同和多雖隆達雖歸歸一本禮在上則樂在下矣故曰維禮以維天
經也

聖人大求本之問魯論記之特筆也夫未知本義則林放也蓋使天下
後世習禮共知有本也君子曰奚可廢魯論之言禮其必本春秋禮經
之敗壞久矣推則修廢之功倡自士大夫以後族黨比閭遞沿之為風俗

聖人蓋憂之矣篤論一書維禮之言居其大半其間反覆詳盡莫非德
古之至言而相示以本原而求其所謂之括全書者則惟答林放之問禮
是已夫子曰子問禮之本乎無有移風易俗之志者也無有返於復初之識者
也無又與吾生平維禮之心有深契合者也已徇俗不可為敝俗而成矯枉心
不可為最其害朝之草賊也慨焉無慨禮之廢而遂使天下之禮不得復於
將來也均之救俗也賜為其激乃自子問之則挽而嚴矣已蔑古不立言論古而
更特識之不立言兼其素絢之詩商也惜之無惜禮之原而遂使天下之禮皆
潛明其緣起也均之論古也商得其精乃自子問之文恢弘廣矣大哉考之
前代其能曉治亂而固之粗迹而相衡於御乎而能覺夏禮能言殷禮能
言其所由之求徵莫相自前之論也已大哉按之末流其能挽隨聲附和之
狂瀾而慶其知返乎而猶覺鐘鼓乎哉玉帛乎哉者而未之慨歎祗深
言外之旨也大哉其與吾先進後進之說相引伸乎夫胡可哉先胡可哉

流与趋於偽無守之真本其天下之至真者也言乎本朝一代之旨歟奚而君
子野人無明所謂也大都之與吾質勝文勝之言相觸者乎夫奚質不立奚
文不少而之間歧一之以黃帝其天下之至一者也言乎本朝一代操約奚而則野
則史亦甚哉平心且夫名器之委從其反此塞門禮之北崔氏山節藻梲
禮失於臧孫僭越之驕淫不知伊胡底矣不意子於禮制鋪張而復
備本返古物恨乎言之也當此公卿素修風氣閱此關之能備識述
之道乎獨也庸矣吾將訂朱而與時同篇之文維也歟矣吾將通詩而與
繹篇章之義且夫細人非易索耳吾恐入廢閑禮而議為非吾憶
事君盡禮而諛為諂諛然之耳目之謂之何矣不圖乎於禮言派
滅之餘探本窮源而固然見及也吾黨二三子熟於名教閱此關之蓋
堅持之心乎乗其可知吾將沿損益而與師觀百世往哲之法又
將徵見於而與回論四教大都問乎此非為天下言禮者之準乎

可使高於岑樓全章於四步

使高其失所憑而亦使之重可證焉夫岑樓豈寸木等哉有使之高其則不揣其本也如以本論並作全章於旧觀乎且論物其必論而使然也則執鐘然之說而凡天下之物可勿問其本然矣抑知諸然其勢為之轉進退之柄為操於人而本然其質為之伸縮之理亦因其物以人勝物而以物以自勝財設一形焉而知諸然其之分立性也且特一形焉而知本然其之自有真也吾以方寸之木看就本末而言列在其材固數良全之隨革而就寸木而論挈雖盈天豈能析明以為旋亦何重於輕其然而舍本齊末其四乎有使之之術在已則試就物之高其觀天下至高之境其莫若樓乎一言樓則均去千尋而凡物之高其尺丈尺已難與之度矣况乎層而累之為岑也是而人情之亦遠也言為之揣私心之造作能踰有象之崔巍所據其崇一旦抑之而樓頓於其滅所操雖約

一旦敲之而乃頓覺其增水責之樓而樓不任咎也其高也強爲之共也天下唯人爲之共心之所造亦其終究其究竟之匪朴不於寸木求高即華岑樓而下之木亦賤乎其後必於寸木求高即信岑樓而上之木亦躋乎其巔當收岑樓之譽爲高其常岑樓之失爲高其諸之並可以勝常也要所謂勝共也未之說也吾謂丸其言而言即不使高於岑樓雖然適宜而推之以度則進退之權人力可爭而責實而不絜之以權則軒輊之形物情自審則試就物之重共觀天下至重之品莫若金乎一言金則功經百鍊而凡物之重共莫銖兩華難與衡矣況乎細之已甚爲羽也今夫物情質之與量也生而即然一定之權衡其虛後來之變易耶其差等不極之羽而金已迥出尋常審其懸殊一極之羽而金蓋相逾倍蓰將向之金而金見終解也其金也固有之共也天下由物有之其量不可誣亦何必推說纖微之

歟於無端而以羽較金自金視之若抗然不屑與伍無端而以金較羽
自羽視之亦欲然不敢與爭要惟愛羽之見之亦有爭勝之時詒金其終
立於不敗之地勝之不能為敗也是所謂來然其也來之說也吾得申
正紿而言曰金重於羽此金重於羽較岑樓高於寸木也天下多此然
若將强之使不然也豈非一鉤金一輿羽之謂歟

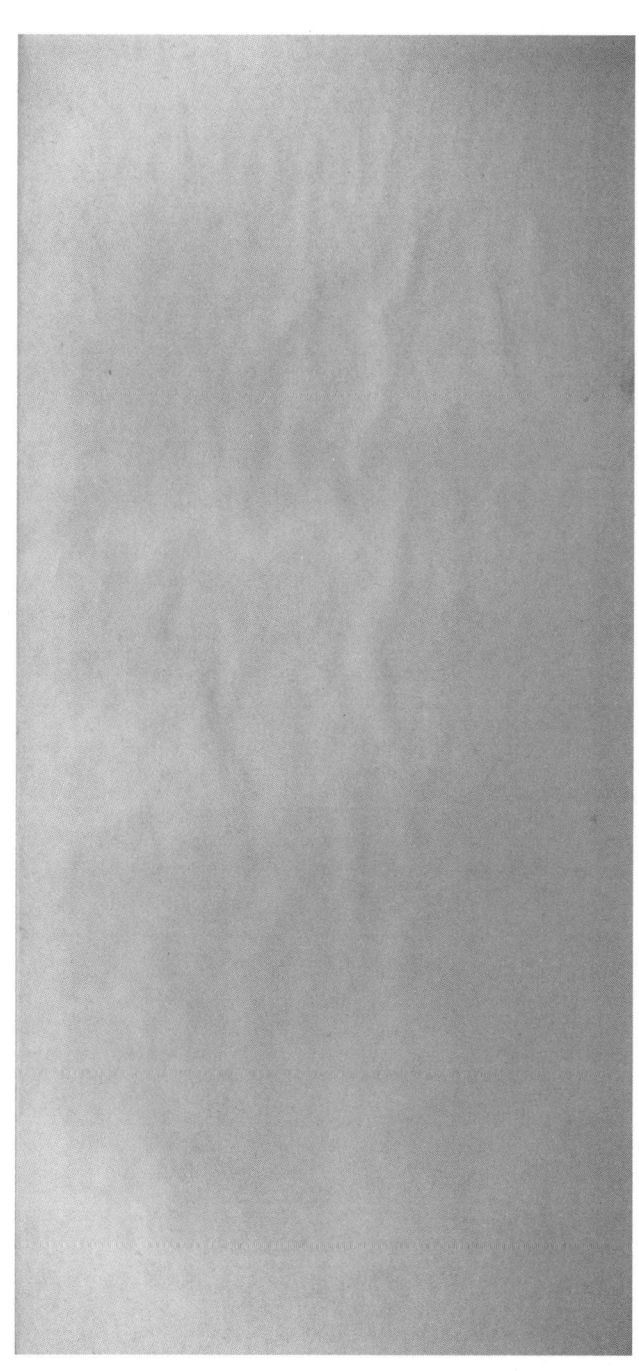

張釋之論

刑賞者天下之大公也天子操刑賞之柄一歲之中賞人刑人不知凡幾矣而受賞者無俸受刑者無懟何也其所施賞者天下以為可賞者也其所施刑者天下以為可刑者也天子不以私喜而賞之也不以私怒而刑之也百姓私殺人官府論其辠而寘之法官府私殺人天子論其辠而寘之法天子私殺人民將安所控愬乎天下之人皇皇然無所控愬亂之萌也昔漢文帝行出中渭橋有犯蹕者使吏捕屬廷尉釋之奏當罰金上怒釋之曰法如是更重之是法不信於民也且方其時上使使誅之則已今

已下廷尉廷尉天下之平也壹傾天下用法皆為之輕重民安所措
手足彼其以為自天子誅之雖有輕重天下莫敢誰何耳然
法者廷尉掌之天子制之也法果當誅不待天子誅之法不當
誅天子何得誅之廷尉不敢傾天下之法況天子乎且人得罪
於天子舉不下廷尉而誅之天子縱枉法廷尉能遂聽其所
為乎人臣之立言也不可以有所偏倚一有偏倚其蔽[弊]隨之
反以重天子之過失而長亂於天下漢文仁厚之主固無慮此
而一言之失以釋之賢者猶或不免世之賢不及釋之者其益
勿易於言歟

歷代徭役記

以財賦者謂之税。以力賦者謂之役。任地定税。計丁徵役。皆經國之大要也。田之為賦，或多焉，或寡焉。相其肥磽。物其高下。其名則一。迺至於下賦之又賦。三代以後。名目愈峻。規制愈緊。夫賦者責其所有也。責其所無。而民始病。況并其所無而責之。官比民逃。怨讟交作。禍患之萌。鮮不由此。古者用民之力。公家之事。國中自七尺以及六十。野自六尺以及六十有五。皆征之。有年則公旬用三日。中年二日。無年一日。從之而已。不復税也。西漢初為口賦。户出錢百二十為一算。而傳給徭役。則指自二十五至五十六而除。役猶少也。

後從而税之。丁、役、丁、錢於是判而爲二。魏晉以降，或名户調，或名
户賦，或名丁税，或名身丁錢，皆丁錢也。而丁役〻舊歷代不免。
端臨馬氏所謂職役者也。夫計口。徵錢。始於漢之算錢。輸
錢。代役。又極於唐。之庸。法唐制用人〻加。每丁歲二十日。閏加二
日不役，其日爲絹三尺，曰庸錢。蓋系酌、盈、力、与、值、而調劑之。從民
之便也。自此法行而師其意也，或變差役而爲雇役。或又變
雇役而爲義役。雇役〻法。斂民〻錢。償官之值。而其弊在
吏胥之朘削（庸錢之輸）。若役也，義役〻法。民自斂錢。民自募役。而其弊
在羣派〻不均。豪强專卻。寡弱受擾。求何以徵也？其加也。不徵。

其所嘗有之加而征其所不嘗有之賦患故經畫百端而終知以
善其後也明有天下知天下之役既易其加而征其賦矣而衙規之
也綿天下之丁而盡責之也大病也迺著為令每田一頃出丁夫一人
不及頃者以他田足之名曰均工夫田多丁少者以佃人充之田主出米一
石資其用非佃人而計畝出夫者畝資米二升五合以上中下夫為三
等後復通計一省丁粮均派一省徭役謂之條鞭法彼以為責役
于丁于貧富殊齊專責之有田之丁則富者易於輸將貧者愈多
攘累其法無徵資於富而其弊則仍受之窮何也花分詭寄
豪家巧脱而吏胥高下其間舍藝之本究在細户必至逃亡日多官

民安即此非寓役於田之病也病在寓役於田而按户以徵之不擾
田以課之也户不均田不均也若均田均役編圖甲此弊可
絶舊之攤役法與今之審知嗟乎徭役之患何代蔑有自我
聖祖特諭天下丁銀定為常額　世宗之朝又攤丁于地而生斯世
者食毛踐土終不識丁徭為何事　蓋　祖宗之仁心善政澤及
久遠質之前古而利害較然余故歷考前後世丁役自合治
革之迹而撮其大略以為之記

江充論

觀其所以生定其所以死亞夫鄧通是也探之所會而莫之或驅歟
之所圍而莫之或脫是故水火而死鋒鏑而死命也理之固然者也
今夫豺虎居出於深山日攫人而噬之人將掘陷穽操弓矢什百為
非群群斃之而後已何也患其荼毒也今以死於豺虎者光宜死於豺
虎也然則豺虎之噬人亦其人之前定耶於豺虎何罪彼豺虎
者不惘然得而陷穽弓矢一切驅除之具皆可以不設彼豺虎者不
惘然得志而今所畏忌也乎古之聖人責治君子也寬治小人也嚴
寬以治君子故善知所勸而天下益奮於禮讓嚴以治小人故

惡知所警，而天下益懔於誅伐。齊豹以衛司寇殺衛侯之兄縶，蔡公孫翩以大夫弑其君申，春秋皆書之曰盜。趙盾、許止不必小人，而不嘗藥、不討賊，亦以弑君之罪罪之。聖人豈樂為苛論哉？聖[illegible]士師之治獄也，情輕於罪也，原其罪而不深；不白其情，情重於罪也，惡其情而不能不甚其罪。嗚呼！盜賊以寇亂，亂賊知之，聽者見先王之名義如此其嚴也，或寬于刑，天下後世之議延滿之而寵崖，不貸也，聖人之大旨也。夫聖人治小人之罪，書在簡冊，昭昭有明鑒，知懲雖不遠之，徒宜可以少戢，而三代以下小人接踵如何也？富貴成禍，取快於目前，而甚敢於犯天下之不韙於家難鬼，況又資之

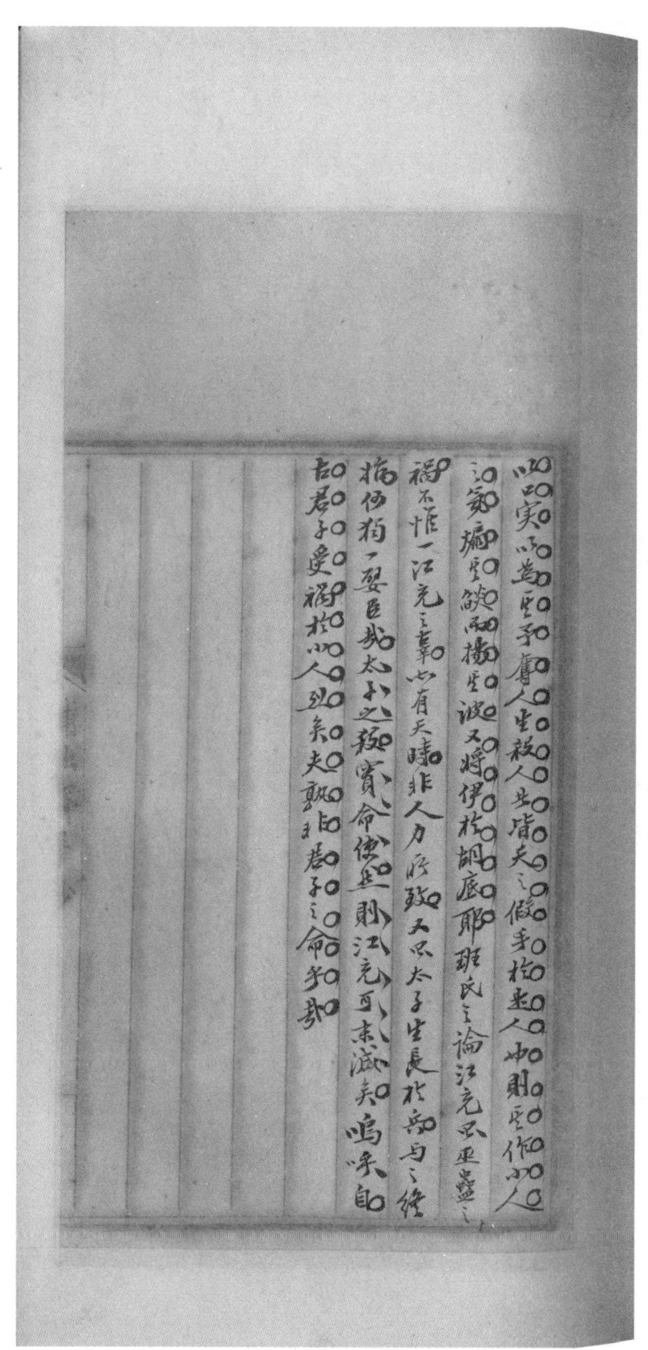
以口實以爲至理傷人生殺人生皆天之假手於小人也則至作小人之窮攄其餘而撥其波又將伊於胡底耶班氏之論江充以巫蠱之禍不惟一江充之辜也有天時非人力所致又以太子生長於兵甲之際猶何猶之娶臣哉太子之疑實命使然則江充可以末減矣嗚呼自古君子受禍於小人烈矣夫孰非君子之命乎哉

盧君玉歷集證序

冥曹之說，有謂冥冥有人，心即冥曹也。禍福倚伏，莫之為而為者，機也。機者，氣所由；氣者，心所由。心乎善也，至心坦而明，即即有愷悌和易之氣，和氣之感動與福偕，萃至皆天堂也。心乎惡也，其心肆而暴，即即有很戾。雖很戾之氣，戾氣之感動與禍會，萃至皆地獄也。一念之失，一事之謬，刀劍鼎鑊皆在其前，可畏也哉。民為善不必獲福，為惡不必獲禍，則又何說也？惑哉於目前者也。蘇文忠公三槐堂銘曰：人之論天也，皆不待其定而求之，故以天為茫茫，善者以怠，惡者以肆，善惡之報，至於子孫，而其定也久知何財天之禍人福人輕重遲速隨至善惡之厚薄深淺以為準及身而不報其有之未有及子孫而不報其也及子孫而報之冥冥之中如執左契與受相償毫釐不爽其根益遠則益重矣世之沉溺慾海者皆惡禍而好福者也何但惡醉強酒惡溼居下歟是書首列圖畫次列勸戒說論文大声疾呼至痛至切觀其識知警懼勿以陽作隂振為浮游不根之論非世道人心之大幸歟余嘉盧君之好善而願與同志其共奮於善也爰為之序

朝鮮通商駐使說

光緒壬午夏四月咨朝鮮文稱竊念小邦久仗皇靈獲全疆宇現天下多事時局日變洋船迭伺邊陲白人近開商埠且北連俄界隱憂不少顧小邦勢孤力弱雖以奮發修舉而苐惟東邦之於上國寔同內服而南朔海禁恐非中外一視之義亟宜令上國及東邦人民於已開口岸互相交易以合外人稍占之利且派使進駐京師用以通情款而資聲勢庶可禦外侮而固民志等因禮部據奏請速議其為之說曰朝鮮自我太宗征討以來震疊威靈虔脩貢職垂二百餘年於今矣一旦請通商請駐使將與泰西諸國比朝鮮請之誠不恭天

朝許之似失體顧甚以為今日之可不爭小節而爭大局不爭虛名而爭實效朝鮮此請朝鮮之利少而中國之利少何如朝鮮之請通商謂意在通商耳其國瘠土地所產只參枝一項為值鉅餘非有用之物年運與中國市而其商又貧勢不能出巨貲以羅致中國之貨物則通商者名耳無實利也謂藉通商駐使以通情款乎我朝數百年來優禮藩國如天之德罔不覆幬朝鮮歲貢恪謹已逾數何待通商何待駐使甚矣其為此請也將借通商之名以固立國之實也朝鮮斤斤自守而不與他國交易倭夷既於南境為集市已自通商於倭倭之患少戢而東西諸國洋船挨織又藏禍心彼見通商

之可以維繫敝國既通商於倭夷必求通商於東西諸國求通商於諸國必借中國之名以爲重中國許之則東西諸國必許之其國爲諸國通商之國即至國爲諸國莫敢先發之國而彼遂得以自存是朝鮮之大利非朝鮮利中國亦利何也倭夷於東方之尉甫也朝鮮者東方之藩蔽也倭非強國而挾其一隅悍然自大東方之國無與倭敵也東西諸國遠而不及將覬其土地而又無能守也今使朝鮮通商於中國因而通商於東西諸國則日人莫敢動而屏藩固矣遼瀋之間必無倭患論者曰外藩之事禮部典之屬國之體也通商之事譯署典之與國之體也此因夷情狡譎令外藩有機秘要務並咨北洋通商

衙門亦區別也今朝鮮通商將隸之譯署於體協乎曰此亦一節也惠
文也中山猶可往其寒心我既絀於兵威而無救其傾覆不復爭於
禮數而不示之矜全彼退而無貳心安能不爲餂而走險之謀即無粗
可自完之計倭夷肯責其輸款中國將撤其藩籬利害之間其本
誠無上國家之設譯署原以理中外之務也凡待外邦之皆隸于本
未嘗區與國屬國也庸何傷論者已通商議許之矣派使駐京與泰
西諸國等不更於國體有妨乎曰通商之重駐使之輕通商則無
待遣疑駐使則仍按准駁之勢在不許則救其體統之中國舊
制仍無所妨之勢可不許則諭以情形於朝鮮全局無所室

總之朝鮮強中國之利朝鮮弱中國之患朝鮮足以捄之則中國資以禦侮此轉移之勢也區區之見伏候採擇

陸鏡樺庚文詩集序

余知鏡樺三十年矣。昔歲以文字相劘切，讀其文

其詩。中間乖隔幾二十載。復相見，握手道寒暄，曲曲未盡，止半面而別，

識其工於詩也。比余歸，鏡樺出所作詩若干首以示

自屬為之序。讀之質而雅，清而腴，不假雕飾，而妙造

於天然。蓋此二十年以來，鏡樺之肆力於詩，而邃知鏡

樺五應其官，識蹭蹬不得志，而其詩頗無窮恨情懣

之氣。讀之使人之意消，其為人之沖漠夷曠，何如也？鏡樺

余逾六十矣，老而篤於學如此。余視鏡樺少，而藏[illegible]

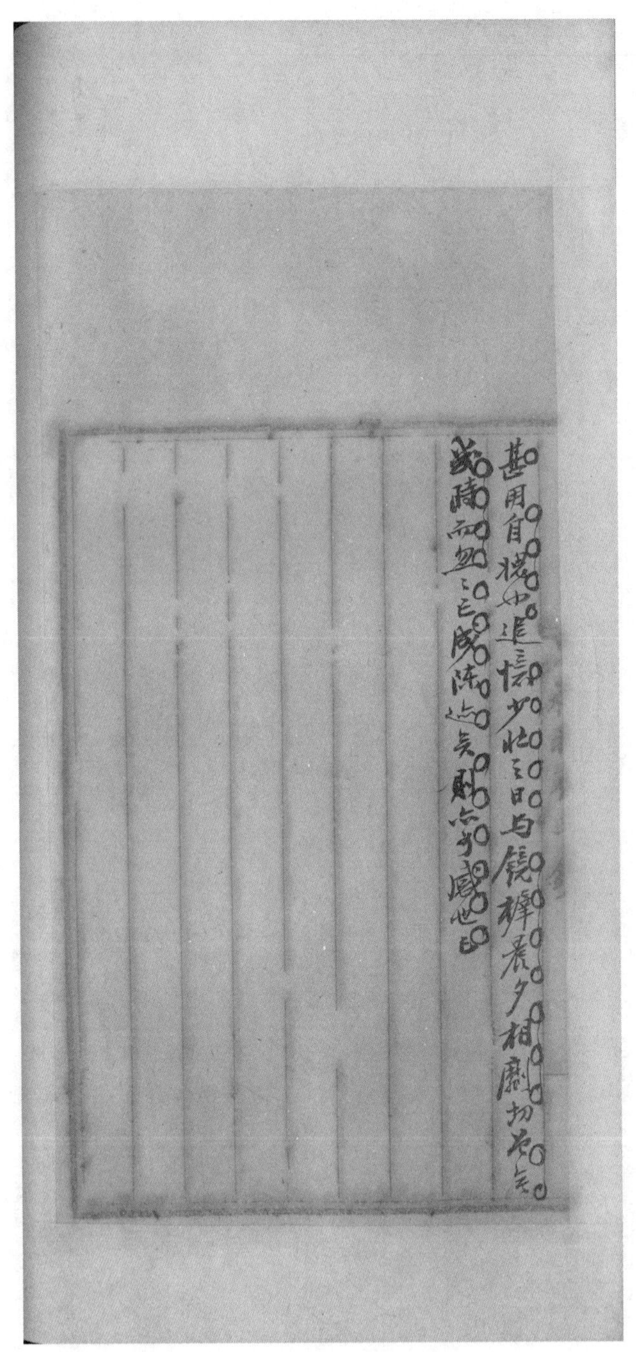

甚用自樸如進詣少壯之日與饒樺晨夕相劘切者矣
武陵而無之已隔陸迹矣斯亦可感也已

廖雲樵比部族譜序

光緒十二年丙戌秋九月，廖雲樵比部以其族譜牒丐序於余。廖氏於是再修譜矣。廖氏世多明德，前譜可考。自進士邦傑之孫仁郎肇遷建寧，爲西廖，而廖氏族益知譜牒。舊缺。自宋逮明，傳九十餘世，仁郎之六世孫世與始纂輯，而緒未之完。國朝嘉慶十四年，仁郎之十五世孫州佐文耆捜討殘佚，甫得竟緒。道光二十八年，州佐之孫國瑤、國棟重修之。蓋距州佐叔侄之歲，更四十年矣。今又四十年，宜乎廖氏之子姓競之，益懼其墜也。嗚呼！懿而翼之，前之人善謀，播知舉而和藹禮讓之人繼志述事何如也自今以邇麐氏族益熾傳世益遠而譜系之秩然不紊可知也夫以一人之身衍之至數十世凡族人之相視或若塗人耶比比也而自祖宗視之全歧異也凡族之貧乏孤嫠及婚葬不能舉者皆祖宗所惻然念念而憫然戚戚者也故夫不忘祖宗者必不忘祖宗之所不忘者也舊序林州佐院纂譜又僅及遠祖墓并訪族中之年後失祀者凡數百塚聚同兆域立碑設祭是誠能以祖宗之心爲心而推而廣之也如義田如義塾後之人必有踵而行之者至若麐氏在天之靈益鑒然其慰也斯譜其爲之權輿矣

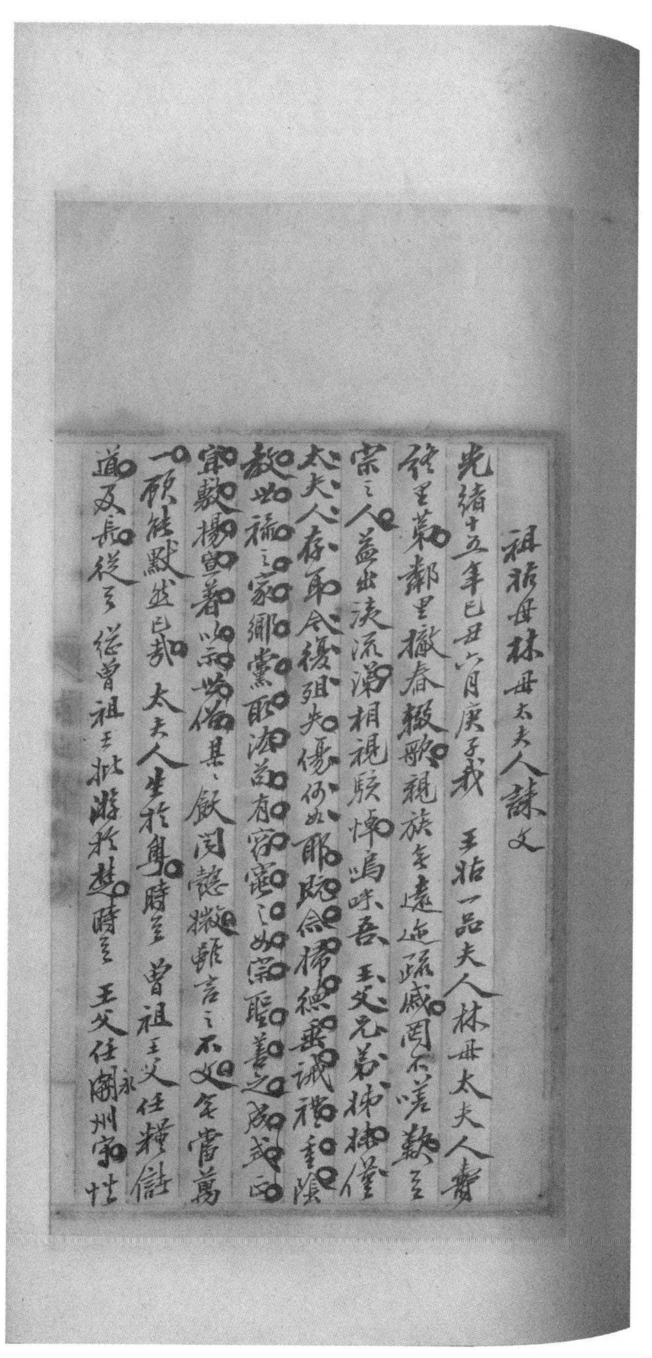
祖妣母林母太夫人誄文

光緒十五年己丑六月庚子我 王妣一品夫人林母太夫人棄

終里第鄰里撤舂輟歌親族在遠近疏戚罔不嗟歎至

宗之人益出淚流滿相視駭悼嗚呼吾 王父先[illegible]僅

太夫人存耳今後殂矣傷何如耶既念[illegible]誠禮重陰

教也福之家鄉黨取法焉有宮壺之如宗聖善之家哉

宣歟揚之者以茲媺備甚欽閔懿徽雖言之不足云當萬

一顧能默然已耶 太夫人生於粵時之 曾祖王父任糧儲

道及長從之 從曾祖王妣游於楚時之 王父任永潮州守性

孝謹。善得親歡。規矩內則。自幼並然。年十八而嬪。君舅
文惠公節度回行。節鄉隨侍。君舅戍西域。君姑節太夫
人居閩。和手足且未痊。太夫人事姑謹。扶持抑搔。歷五載如
一日。其時夫子資江公隨從戍所。而將母之命。使左右如
太夫人之左右也。從而資江公守三衢。復隨侍。居一載。念門內食指
繁。資政公更乃鞅掌。義不得反顧。西歸。綱紀門戶。料量撙節。
緩急重勸。適經稅度。而資政公服官廿餘載。歷校監司。
內顧憂也。太夫人之力也。資江公既官浙。義方之教。身兼代之。
丈夫子十。己出四。遞室王安人一。范孺人五。重視無畛域。以育以

趣先後陞成就鵬科第膺仕版者相繼也老人內外孫數十人

伯氏訪西親營比板南韶連道篆緣就養一載板輿之和心尤

樂之已歸至舊居地以盡太夫人生於斯居易贊西廊以傳

焉益信之孫盛了之語家有率海庭宇灑掃必肅以籍服

御不重儉如闌以完歲時勝臘將祀必齋悚以誠祖率實

之施予睡懷必姜曲以盡性尤鎮定叢赴衢州時粵寇方猖

堂一夕抵遂旅境里萬術太夫人危坐從默自暮達旦無悚

色至衢閩仕隨郡方戒嚴人曰宅無眷屬宜避太夫人不答

知民益恐傷事急會從太守詢取何避為率以定其志居恒習

勞苦一瓦一粟手自營經雖老耕裹頭共庚甚程力任而肯
綴其神於之隆雖不滋於勝學不怵於利害蓋文氏此苦淳
圖內列左右爲畫用識治此范史因之以補班氏司馬氏之闕考
所紀載雖一節之懿且照不朽況太夫人秉元含和非尋常
閨巷賢婦人比哉母能遭際之盛子孫之昌壽考之隆而予
思其勤於德勤於家至於有成而克享其福之厚嗚呼豈
偶然哉詩曰天錫福祉來成來同子孫賢振振者繇愛眷
孫茂宅心純沖慕惠其物他國其勝蘋蘩薦蒲之常之風胡
不替遺邦媛告終閭里欽思豈惟吾宗垂德翼教曰竹帛功

光緒己丑會試 題謝 具科公呈

具呈紳士某官姓名等為籲請轉詳代題恭謝天恩事恭逢本年皇上親覽萬幾欽奉上諭舉行恩科鄉會試等魏謨論音莫名欣戴伏以海晏紹會掃以遠極而隆雲漢昭章綱紀肅修人翊大明聽之治朝開四門賢能之選興鄉書三物表魚式宴嘆鹿鳴於盛典瑞叶歡聲騰溢欽惟我 皇上道茂慕已績叶於辰垂裳而贊蒸徽言爾巍頭冀觀席而佐賢良揚滯飛馳息榜特開殊增解額禮羅不遺甚擢譽鋒選

會元章庭東壁西星近瑞山川物色換學邦十鄰之林凡
烏帽卷々儒華沐陶鈞之澤其恩無艱咸際昌期
喜籍隸閩疆心依魏闕捧璽綸之遠被九覲天顏
之珊網之宏張不遺海澨風雲龍虎會多士以觀光
福祿騰奏聖人而獻頌所有喜感激不忱謹合
詞會詩老父臺大人平抬特詳代題恭祈天且切々
附鐫紀元詩且他作舊句進士俊士並於備三科於同甲
科乙科特第綜百郡於禮官海濱鄙邑鍾靈環拜手
辟雍天上文昌珠氣平分於斗牛

鄭母陳太恭人壽言

曩余宦京師與同年寶宇觀察儆彦並處垂五六載夙
雨晨夕促膝之談言相得也寶宇爲余言之身世多感中
遭父兄之喪坎壈侘傺家不克振其時之與仲兄奔走謀
菽水而門戶之黯寢闈盤錯之事皆其長兄嫂陳太恭
人任之太恭人夙號學有古烈女風其韶齔時嘗承父命
受業焉故其自識字後粗涉經史也太恭人指授之力居
多昔韓昌黎贊長其宗兄起居舍人而述嫂鄭氏行誼
於文之數言之至於太恭人視昌黎之於鄭氏誼尤宜述特

無忝吾黎之文而養揚盛美，亦吾志也，寫乃節。余因是論太恭人
之賢，以爲誌之。比歲余里居，太恭人之伯子晴齋仲子佑
孫數常請余銘，懿積謹，無煩依羅綺浮靡之習。余又因
是論鄒氏家學之茂，而慈母析薪之善於教也。太恭人
爲冕臺先生長女，歸資政大夫佑人先生之冢婦。次佑同
馬之德配也。初隨父河南官所，事親孫孝，既嫁，佐其太夫
人先發事。資政公與綜括王太夫人，皆得歡心。暇輒偕
閱書史，兼古今詩家識鑒之忠勸，以故明大義，還事處
不奪。雖賢婦丈夫挫抑適之。其婦父爲冕資政公及同馬

兩世皆出宰。太安人皆隨侍，皆集茶蓼。資政公仕於皖，

歲粜麻陸，烽火薄四境，賊氛孔熾。資政公以吾死叢也。

湖曹盡亟歸。日馬不可。太安人以事急。嘗隨殉身。雅膝下

非子婦之道也。卒無恙。繼而日馬筆於鄉，筮仕於蘇。擁太

湖廳請江邑纂奉親就養。旋請江甫十日，資政公以庚午

不起。日馬哀毀甚，越數載相繼殁。方是時，旻天不弔，家

室漂搖，迄無寧歲。太安人謁誠致孝，竟識大體，料理大事，喪葬如禮。迨

念其孤嬛，且責在屢軀，屈指之秦，廿四之播，篝燈訓

續之工，脩脯延師之費，百端營畫，殫極勞勩，斯干之詩

說生女子曰無非無儀，惟酒食是議，以謂婦人之識見止知。顧詩文有所謂女士者，非無非無儀、議酒食而可以盡君也歟。太恭人其真女而士者也。若夫調親串，睦族里，自奉約，御下寬，此近世婦人所難也，蓋兼備焉。性喜放生，雖介小物見必全活之。曰：放生非徼福也，好生惡死，人物同也。吾見之自不忍食耳。常讀群芳譜，好蒔花，尤愛蘭，晨興灌溉，課以為常。夫芝蘭玉樹，生於庭階，昔人謂樹蘭如樹子弟云。太恭人裕子孫出，群孫岐嶷，芬馥郁然，其蘭也歟。今歲七月四日六十初度，晴崖吳仲以序跋來丐余言。余不文，覼

本暮人〻修德獲福，非附会之樂道人善也。相与致其頌禱
因綜合略〻所述与景〻所聞也，備書之，以見作理〻盛受祀
〻有自也。從今以往，眉壽無疆也，蓋亦賢者之言中之所於導
揚宣著也。不識余言當否也，是爲序。

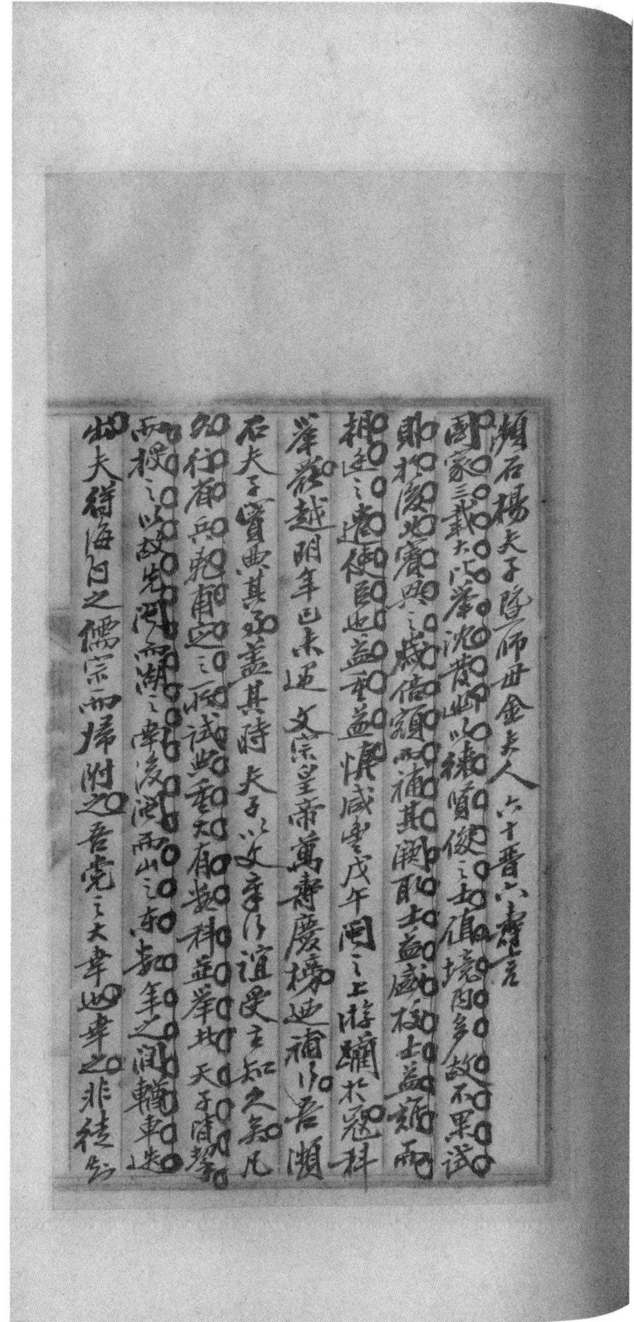

通〻禍。必於賢者文章證之所蘊積而宣著也。有以觀察

其萬一。然則 夫子生平可言也已。夫子以名諸生年二十四

舉京兆。年三十成進士。一甲二名及第。授編修。歷十年擢侍

讀。又二年以編纂 文宗皇帝實錄功。擢太常寺少卿。前後

三典鄉試。兩校禮部試。翰林之職。居禁近。左右備顧問者。

日南書房。獻納論思。朝夕靡懈。至於九重或暇。稿屬雲

壽。横汾柏梁。上下賡唱。雍容揄揚。亦甚盛事。夫子直南

無不當 文宗皇帝親。長慮遠覽。凡蒸和薦。信拳拳之言。頌

不忍識。述 穆宗皇帝登極。聖功基始。又嘗與諸臣賡和

宣訓採前史、宣之言行可規勸者，爲書行進。錫名治平寶鑑。維時海宇開平，治化初洽，書廣撓揚，寵眷日隆。宸翰奎章，褒嘉駢蕃。儒臣榮遇，無踰於此。而夫子感念先朝，夙夜耿耿，舊山草鋤，田首歸來。無諫枝少陵，日後收索御俗酒、灑竹在位，身中兩，未當不涕淚。藩籬蘇恰情消忠懷之恍。蓋同一撫耳，方其時東南烽火，路隔鄉井，西廬酒飄零、游白雲。穢食，聽眺不栖。鴻奔夜槳，歸京。爾為自今相待，處知氣同，不與悲歡。情緣治散，闊還，耕補官，旋引疾去，蓋甚不復出。嘗主無錫東林、江陰禮延，及滬上詁經求

長菁書院講席，教人諄諄，砥以立根柢，宏器識，次及文
藝。善誘循循，若而不勸。羔雁填委，皆獲成就。瀨自官
京師，旋居鄉里。士之受磨礱、咨繩削者，先後無慮千數百輩。
所謂師道立而善人多也。師詩禮之教、義方孫謀，又宜乎一
門子姓附庠序、拾青紫者相望也。先師母潘夫人、胡夫人，皆
有懿行。今師母金夫人繼之，所謂珩璜抗矩，流靜三都，又值夫子
歸田之日，偕藏林下，倡予和汝，歲月方長，致足樂也。況同年卯
洲兩司馬寧常郡，復侍閨，文書來道夫子暨隸之歲，與同
譜祺所以壽之。大焯謭陋，何足以書揚盛德，顧念宦京師

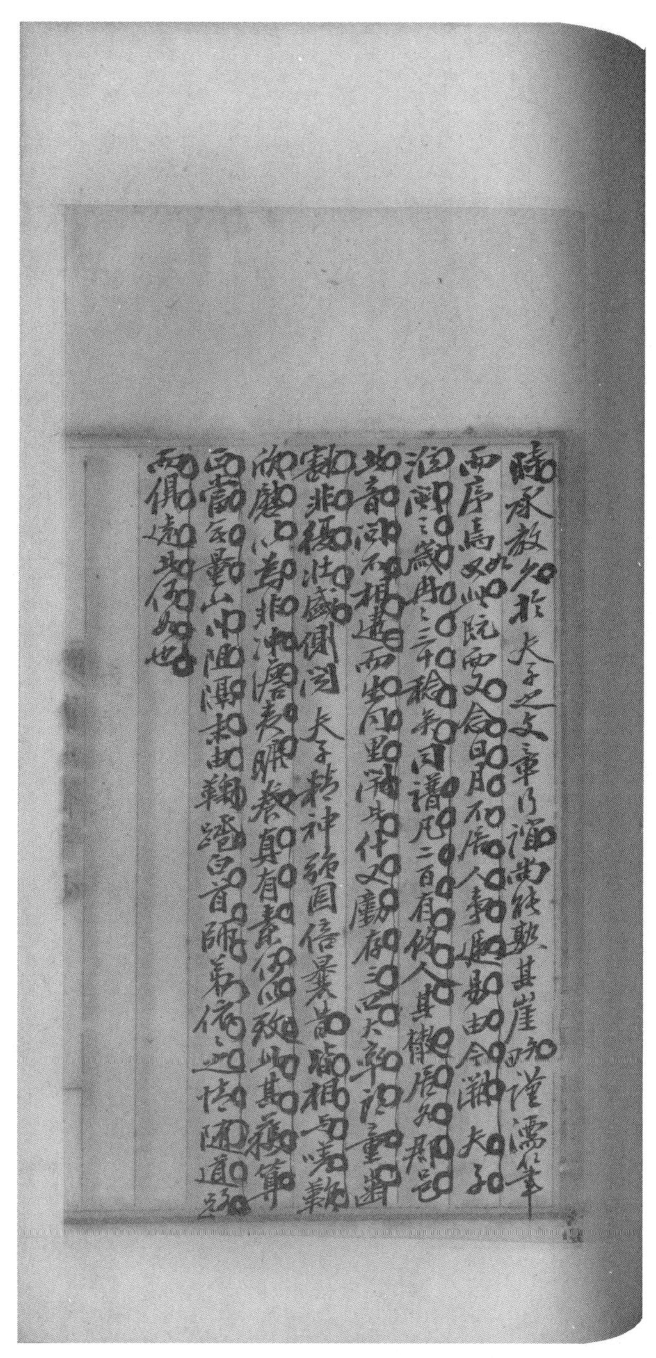

重建鎮海樓記

閩之有鎮海樓，舊曰樣名樣樓，改名鎮海樓，以其卓立海濱，而廣屏閩土也，故曰鎮。樓在越山，周圍數十步，高十餘丈，魄奇絕偉，爲東南樓觀第一。近引甌浙，俯瞰大荒，洲島之形，魚龍之態，若隱若見，若遠若近，千帆競歸，驚潮出沒，霽雨旦暮，倏忽萬狀，居閩都城郭之環，又重鎮。歲庚申八月某日，遭祝融之厄，邦之人士相告曰：往年九廟火

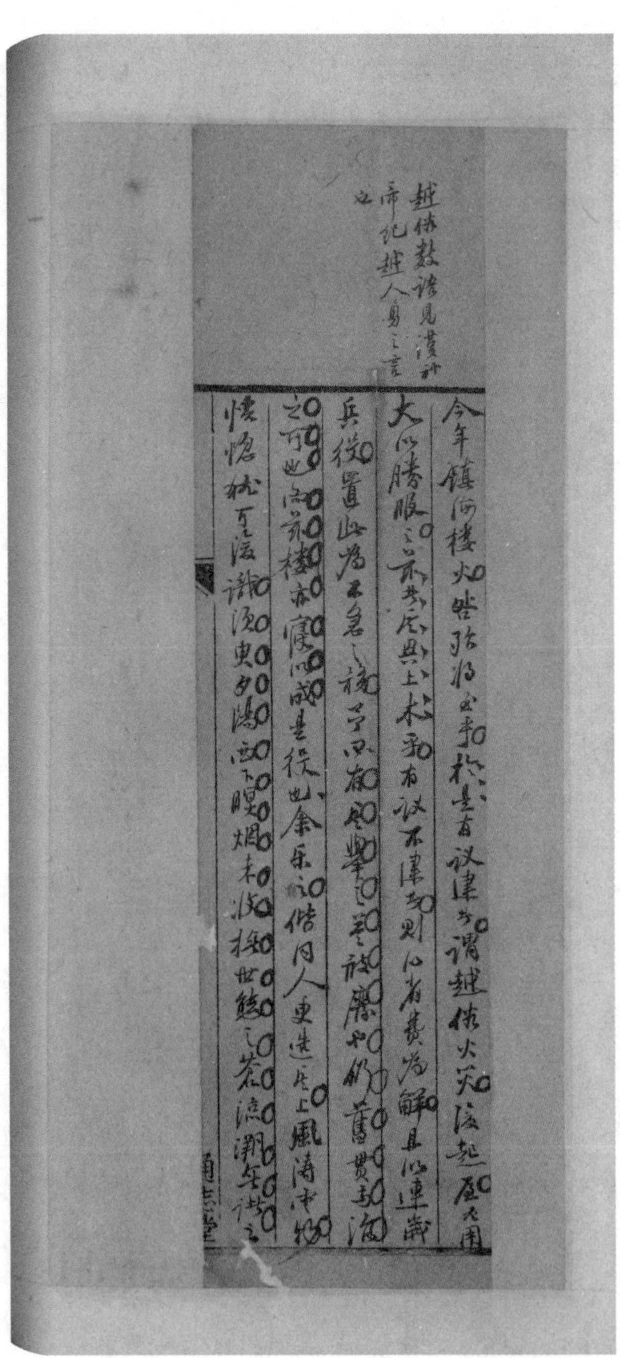

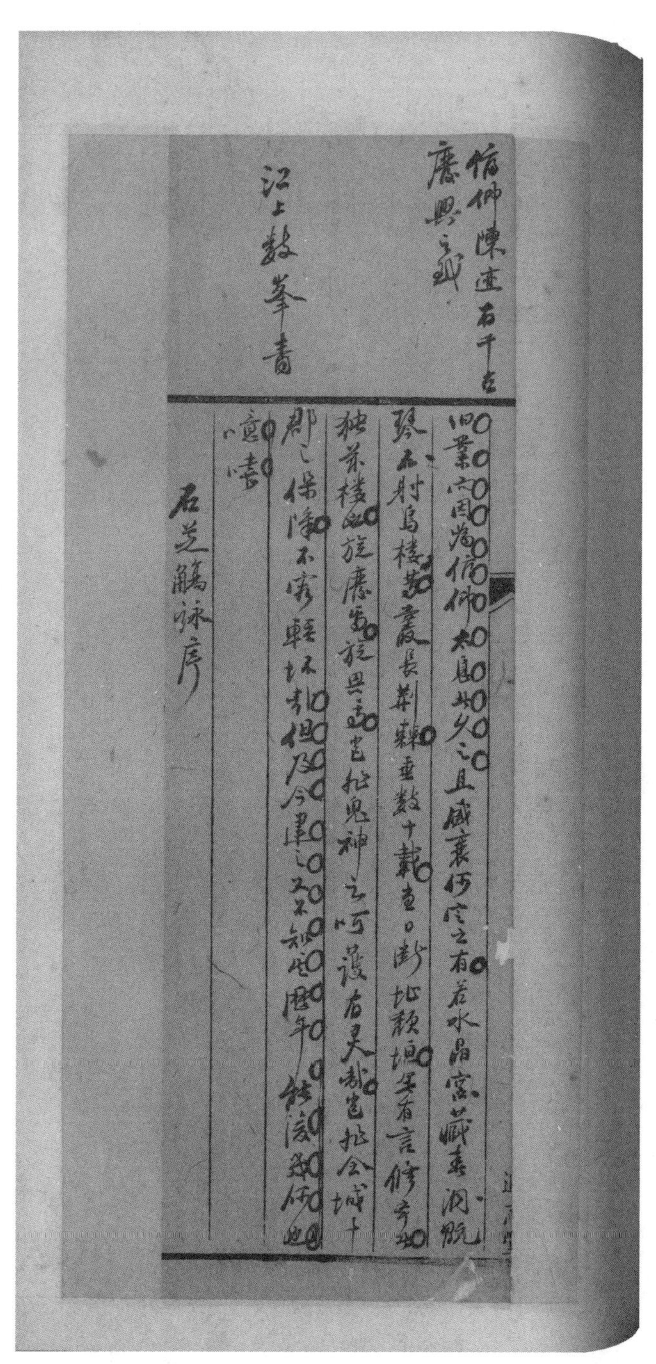

慨乎言之諷西
跳也

夫倒海詩人近齋昵雨紛風門律安風骨係吾輩宗派異室同豈同
陰戟樓清絕嘉秋樹佳日書前儀有文章壇坫縣長城以內鼓多
斷棘裾度招風流之遊不離世界行塵拔旗旌左右之歡且請洪
公白戰樂只藏華風騷構思雲集能從庾清之品馬工枚速之才驪語
採珠妙手偶而羚羊掛角無迹可求雖銖或催聲抑燭擊刻才而錦

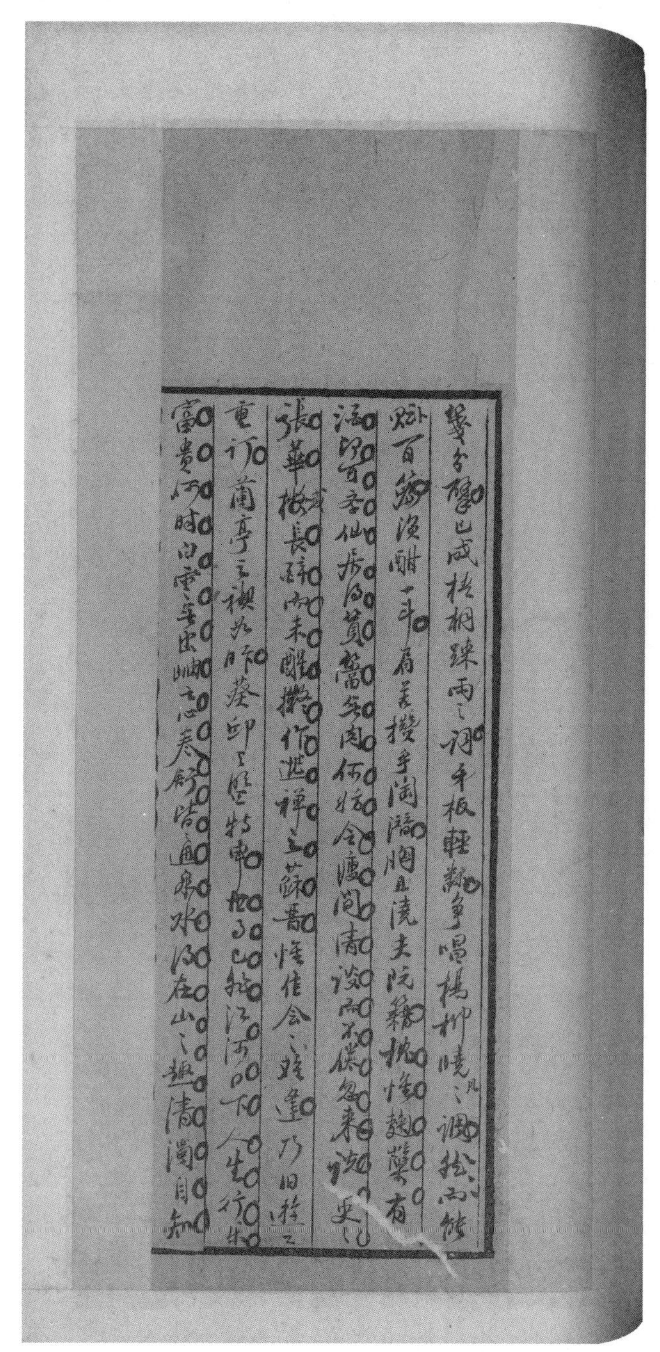

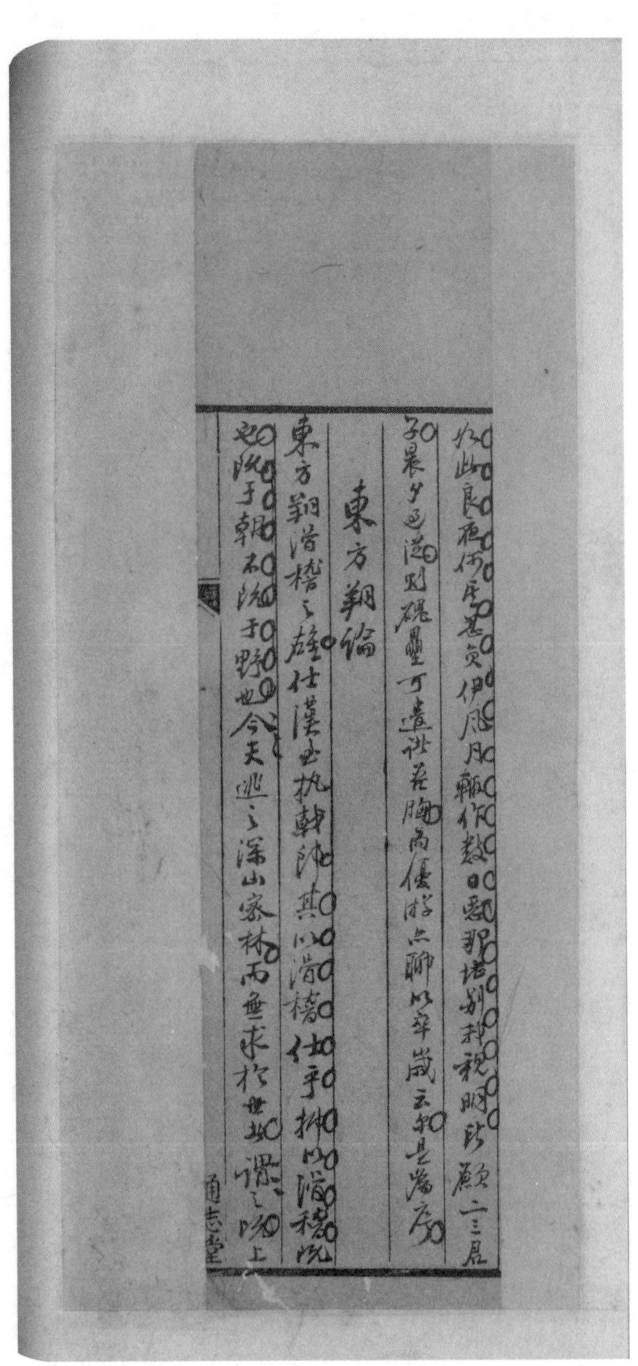

如此良夜何居甚負伊風月輒作數日惡那堪別秋秋明將歇二三君子晨夕過從對硯墨可遺壯若胸尚優游亦聊以卒歲不知是為序

東方朔論

東方朔滑稽之雄仕漢武執戟陛其以滑稽仕乎抑以滑稽隱也隱於朝而隱於野也今夫逃之深山家林而無求於世此謂之隱上

通志堂

數語已空通篇之意

此語亦滑稽甚

説人主○不設危行游于廊廟之○諫諍之仕○既則可以保其身○仕則難知而○畫其形勢煊赫○視之若泰山之安○一朝困窮○禍不旋踵○吉凶不惕于○居○而○燎○然○而○識○然○而○參○然○而○難○然○何○可○勝○道○東方先生曰噫嘻之免○乎○入○孰○仕○之○中○而○出○乎○仕○之○外○隱○於○仕○之○名○隱○乎○隱○之實○能流為乘○而不觸其怒○能韻頡頏士大夫之間而不攖其憂○如是而○稱高○視○和○委○之○隨○與○屈○今述其生平行事○殊則高自稱譽以求

曼倩見之當撫掌一笑

假継則雜出諧笑以婉依紹取之地擇藝若一審居父之美致擒如臥猶見此齗足而而後乃無此觀感且文諫上林苑斥董公之挾人主之詐謾摘摘背之而彼亦不以獲罪蓋出於善如鋸聚多謀出也優容之而翔又以甚觀顏色以行隱諷誘導而言直諫而終不遂繼魚鬼寓且奇恩之精畢如秦孫皇二世福

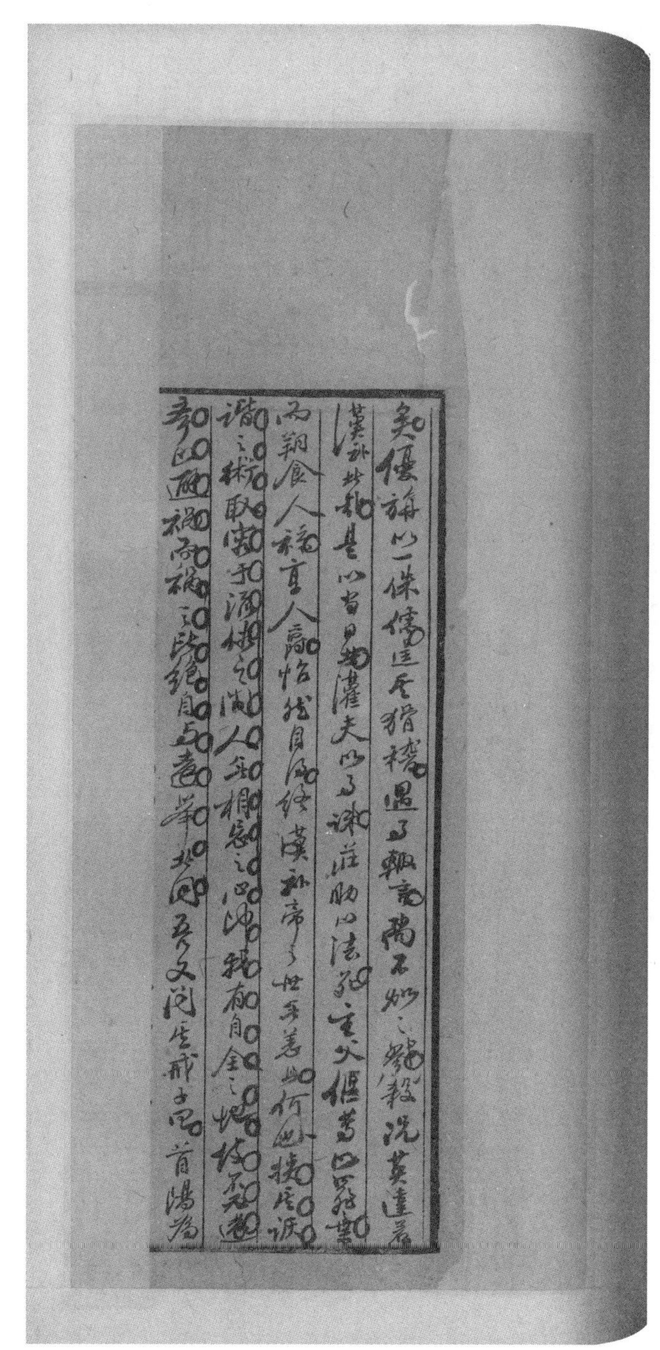

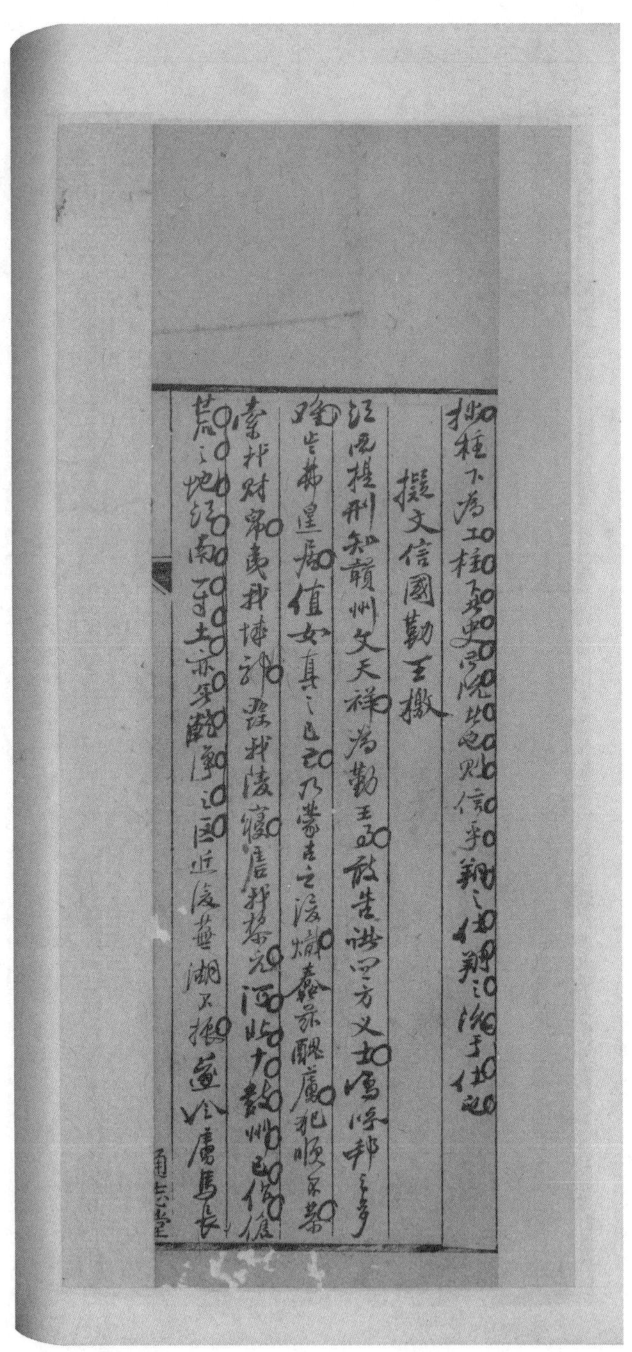

擬文信國勤王檄

江西提刑知贛州文天祥為勤王事敬告四方义士

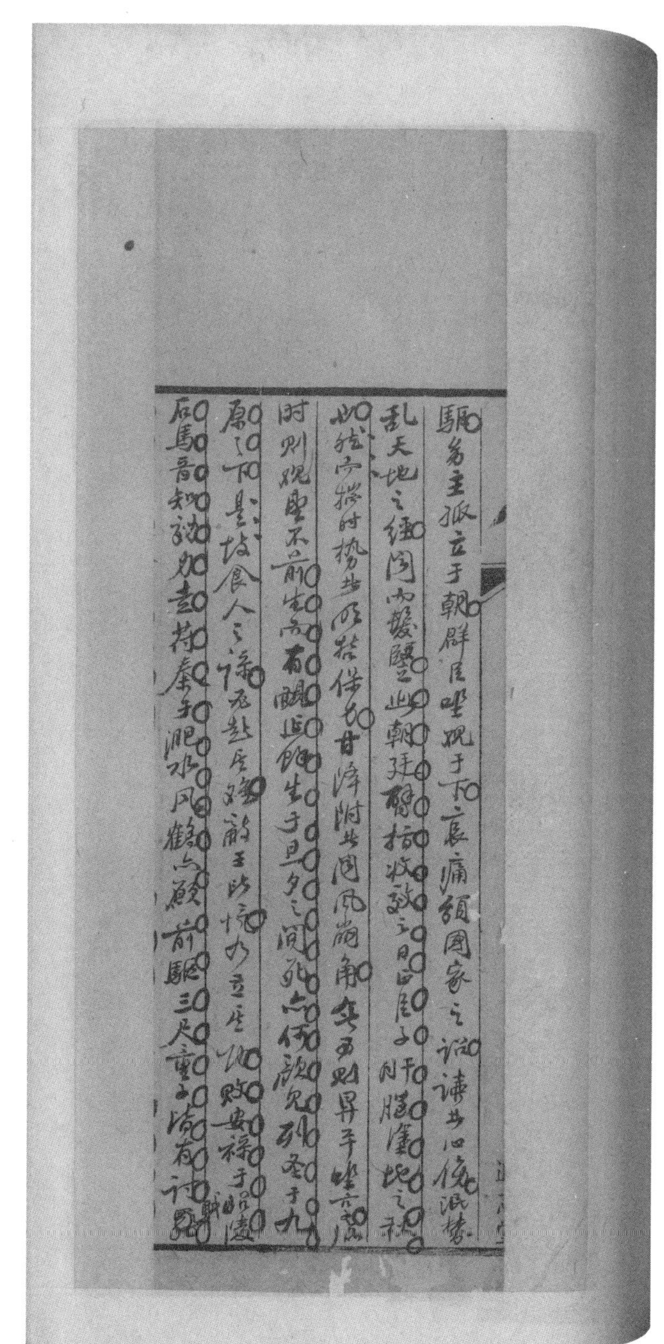

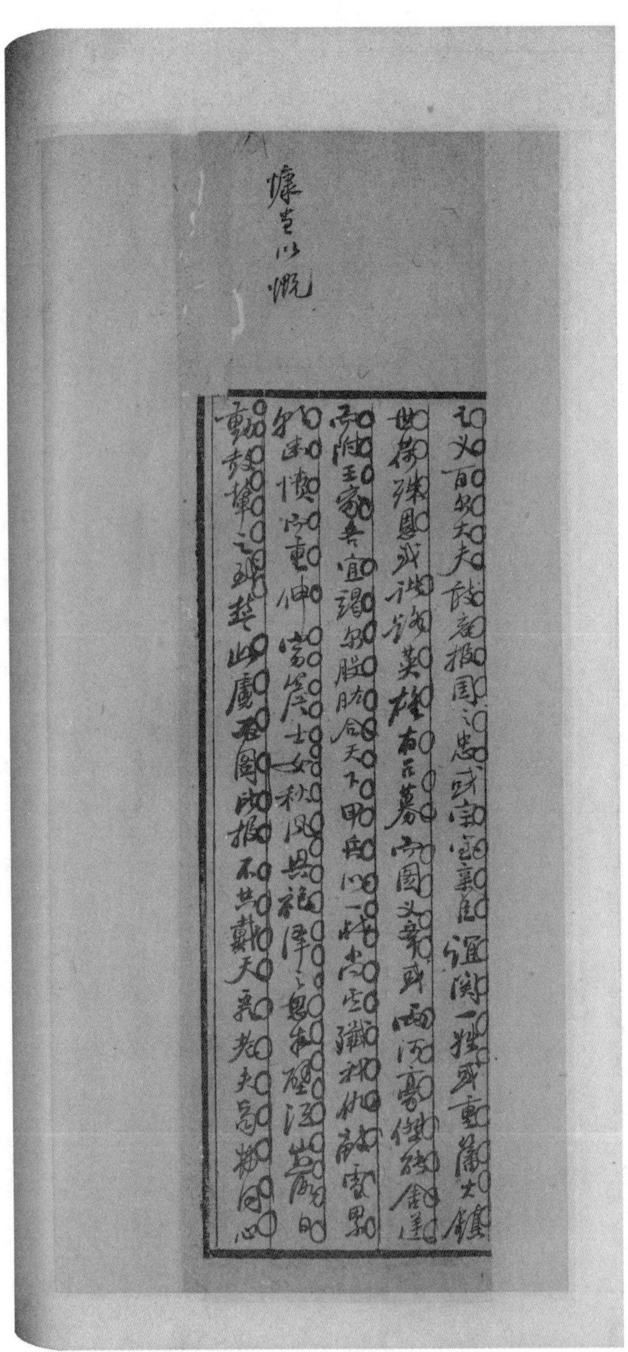

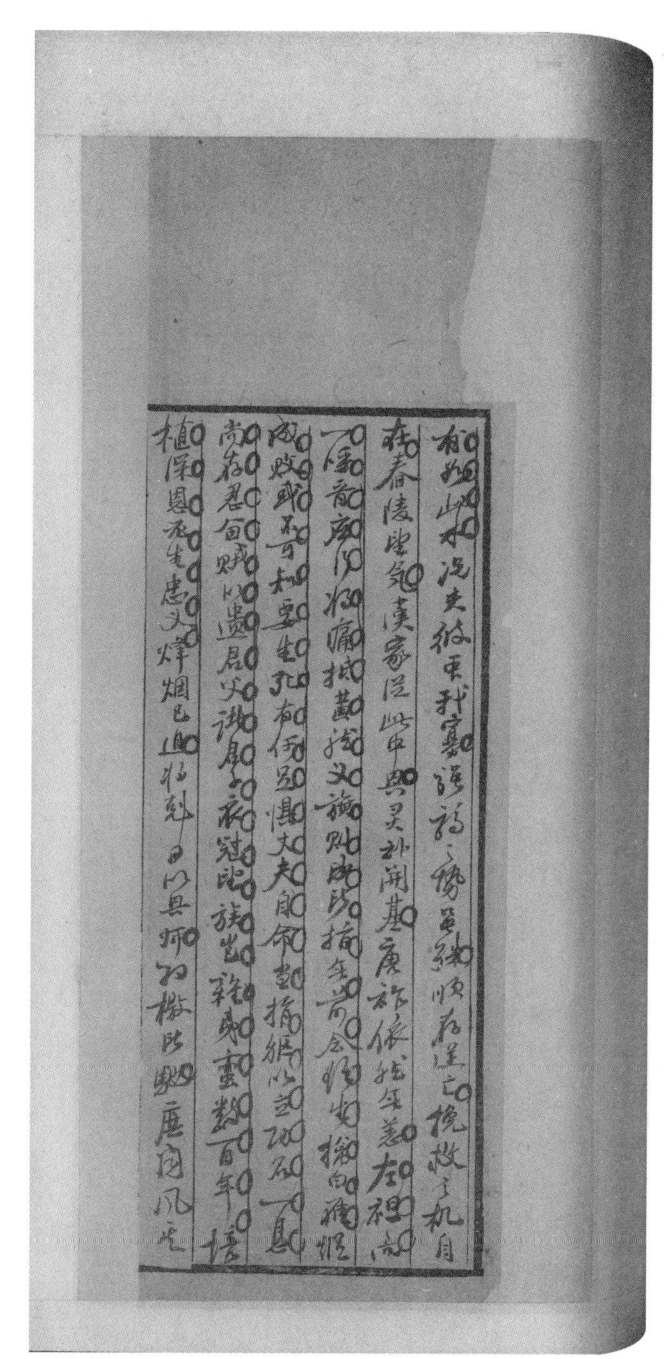

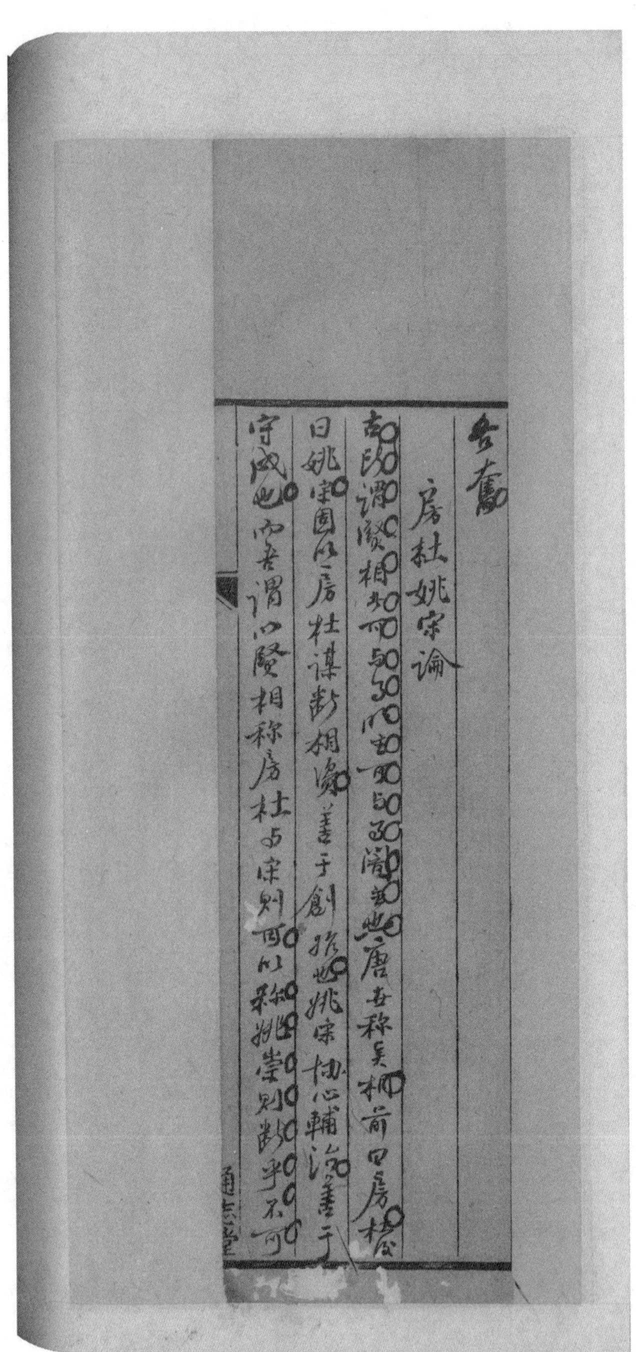

杂著

房杜姚宋论

南阳谓燮相如何而可而可以由而可而可阔如也。唐世称良相，前曰房杜，曰姚宋。同一房杜，谋断相资，善于创始也；姚宋协心辅治，善于守成也。而世谓以燮相称房杜与宋则可，以称姚崇则断乎不可。

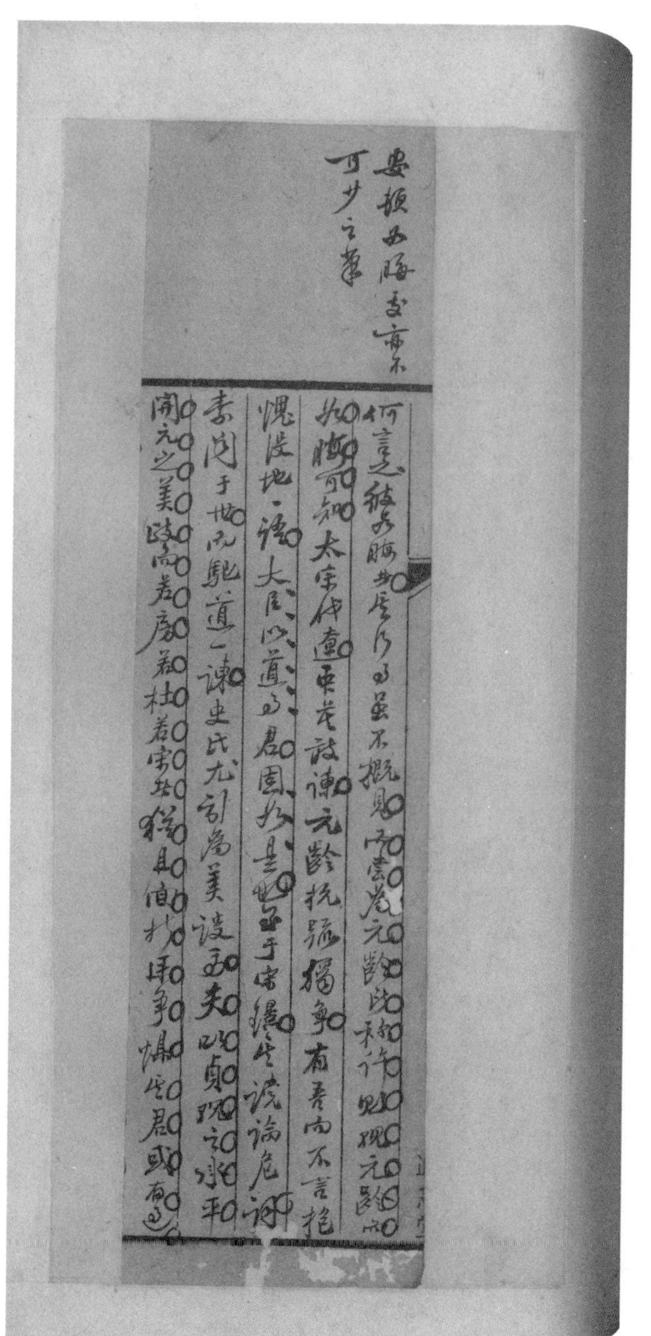

駁斥姚崇爲之史斷，抉如此痛快，亦春秋誅心之論。

幸設此爲之主，有出于太宗、元宗下者，在直諫更生何益哉？丁姚崇則不然，賀日不食，一諫也；頌告符命，二諫也；陳對太廟，三諫也。阿諛如崇，而希旨稱爲賢相者，蓋其所以元宗新御人執和周旋也。崇知識盡屈，拜而從其二三端可取，而亦僅以崇相于天寶之前，乃相於天寶之後，吾知從百端推順，亦與李林甫、楊國忠輩同，豈相濟也哉。孟子曰：君當其不可，而亦以爲闕矣。

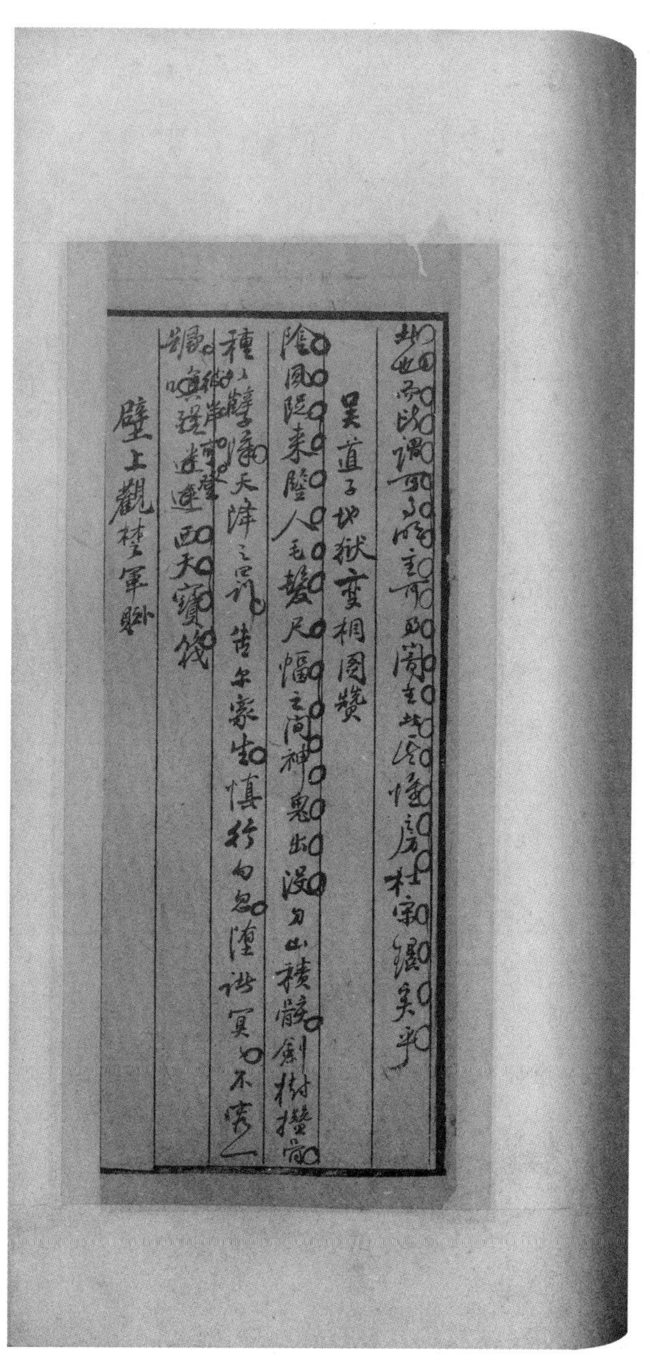

吳道子地獄變相圖贊

陰風陡來，壁人毛髮。尺幅之間，神鬼出沒。刀山積巖，劍樹攢岏。

種種孽緣，天譴之罰。告爾衆生，慎行勿忽。墮諸冥冥，不寒

壁上觀楚軍賦

六王斬祚嬴氏并吞二世不君中原音溺諒北之胡塵未起雖賴長

城山東之豪俊乞與誰毋伏梔沛上遠步提尺劍而起自草茅

陳涉輟耕揭寸木而利于鋒鏑爰有項籍毋長能扛鼎蓋代

之雄毋不謙無萬人之敵斬會稽太守而師興立文帝懷王而

豪激百二之關山誰守以將抵函谷而泥封八千之子弟借征敵

通志堂

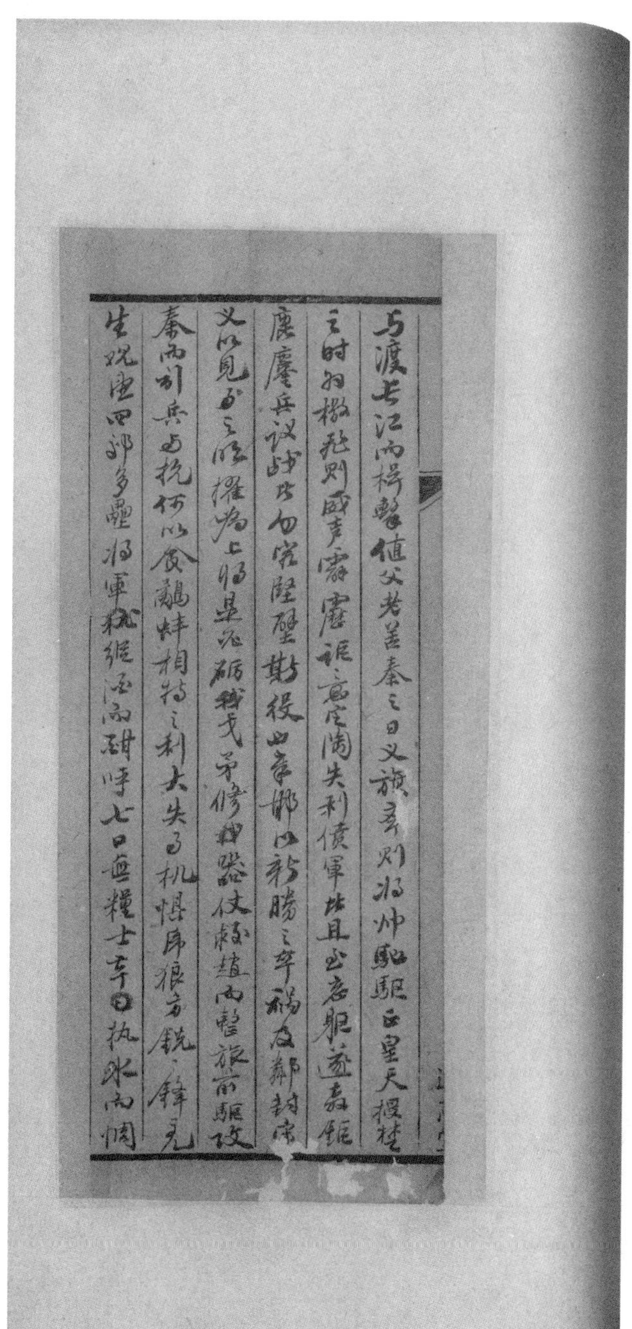

与渡長江而揚鞭值父老苦秦之日义旗所向則將帥馳驅正皇天授楚之时羽檄飛則戰声霹靂振振意定陶失利僨軍垓且出奔邯遂圍鉅鹿鏖兵议战出自營壁斯役山東鄉以新勝之卒禍及鄰封席又以見可之勝擢為上將是以礪戟戈弓修器仗繕填而整旅前驅攻秦而引兵西抗何以食鷸蚌相持之利大失事机悔歸狼方銳鋒无生[illegible]四郊多壘將軍[illegible]繼至而甜呼七日無糧士卒日執冰而惆

悵怋閱日噫嘻待其遷延守其要持久法以老師不肯將何面往乃
戮卿子而西首以狗而諸將而袒呼相向莫敢俯觳激昂以處竈
之謀濟其河流破釜作焚舟之狀勝則三軍生飲手于終以滅秦
歷敗則一死成名馬革不歸還葬國寄安危在此舉當戮力于乃
聞天下梟雄共伏君定收功于虜上當是時諸侯救趙者戎車壁壘

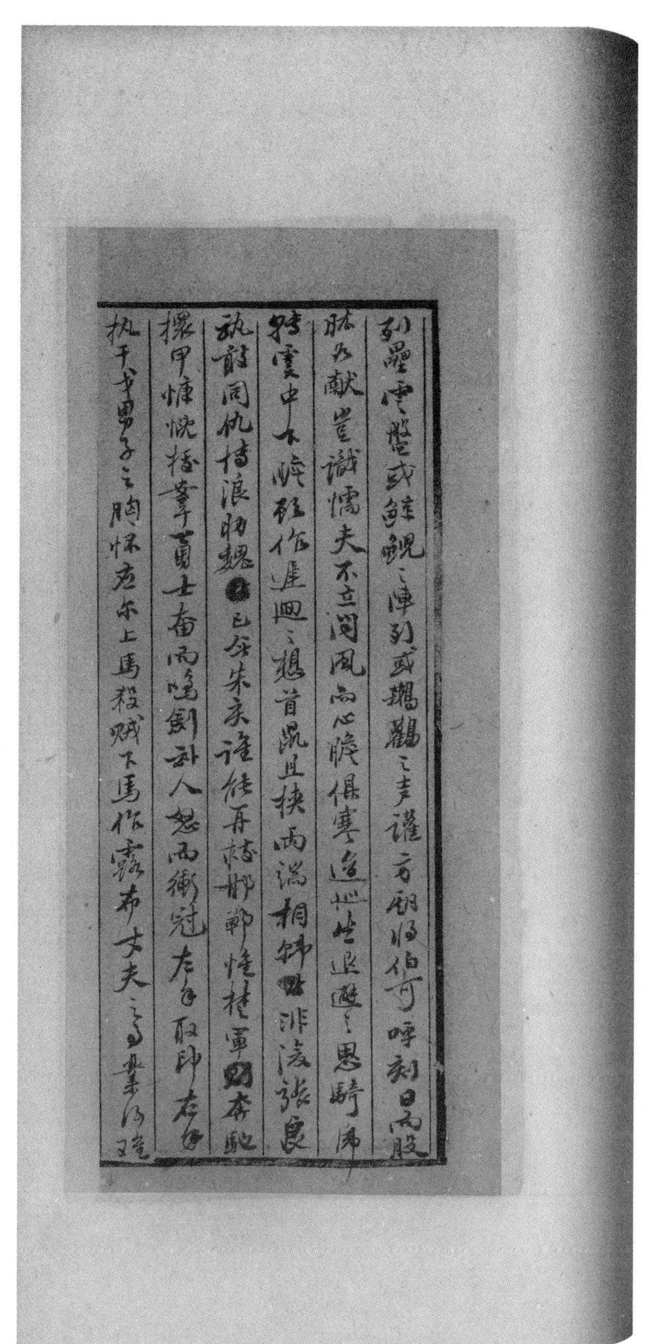

列壘雲屯或鋒鋭之陣列或鸛鵝之聲讙言朝將伯有呼刻日而股
肱乃獻豈識懦夫不立聞風而心膽俱寒逡巡趑趄退避之思騎佛
特雲中木喙輕作虛廻之想首鼠且挾兩端相持[illegible]非淺張良
執讎同仇揚浪物魏[illegible]已分朱家誰能再詩郡鄭性挂軍[illegible]奔馳
擐甲慷慨揺筆書士奮而鳴劍斬人怨而衝冠左手取印右手
執干戈男子之胸懷應亦上馬殺賊下馬作露布丈夫之事葉仍難

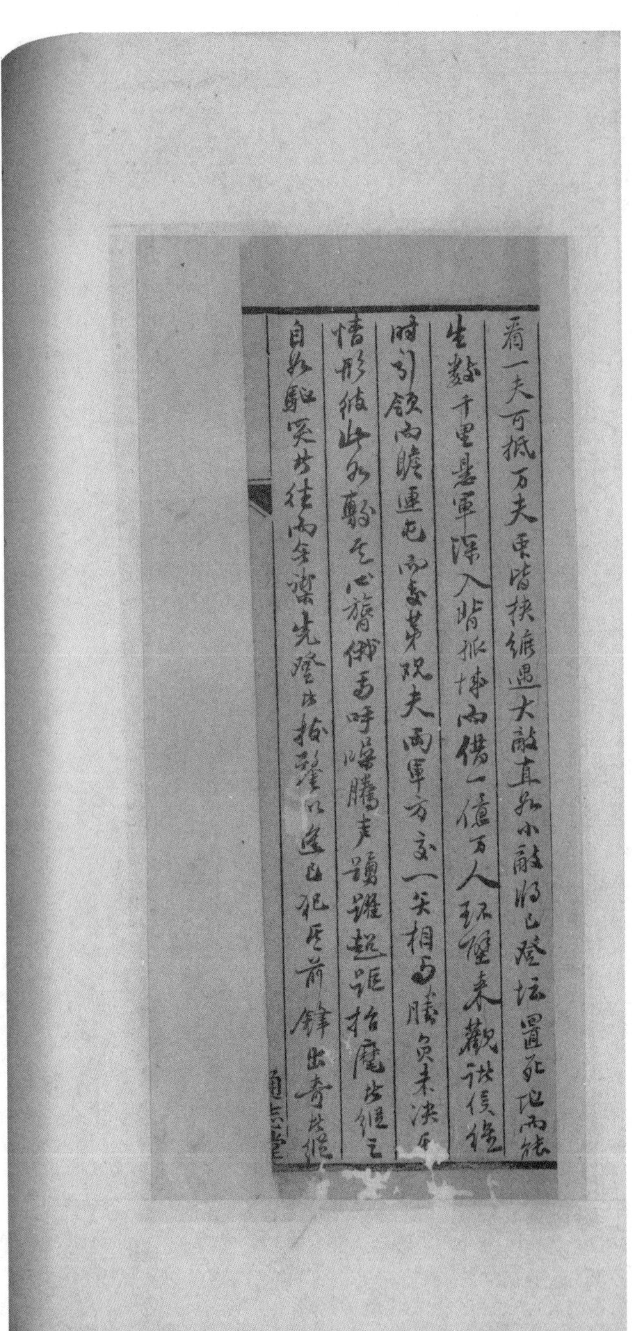

看一夫可抵万夫更皆挾纊遇大敵直如小敵將已登壇置死地而能
生數千里懸軍深入皆振悼而備一值万人環壁來觀詫侵總
時引領而睇運也而喜若觀夫兩軍方交一笑相與勝負未決之
情形彼此不變色心膽俱為呼噪騰聲踴躍超距指麾若從之
自敢驅突若往而矣望先登者拾壘以進已犯其前鋒出奇者從

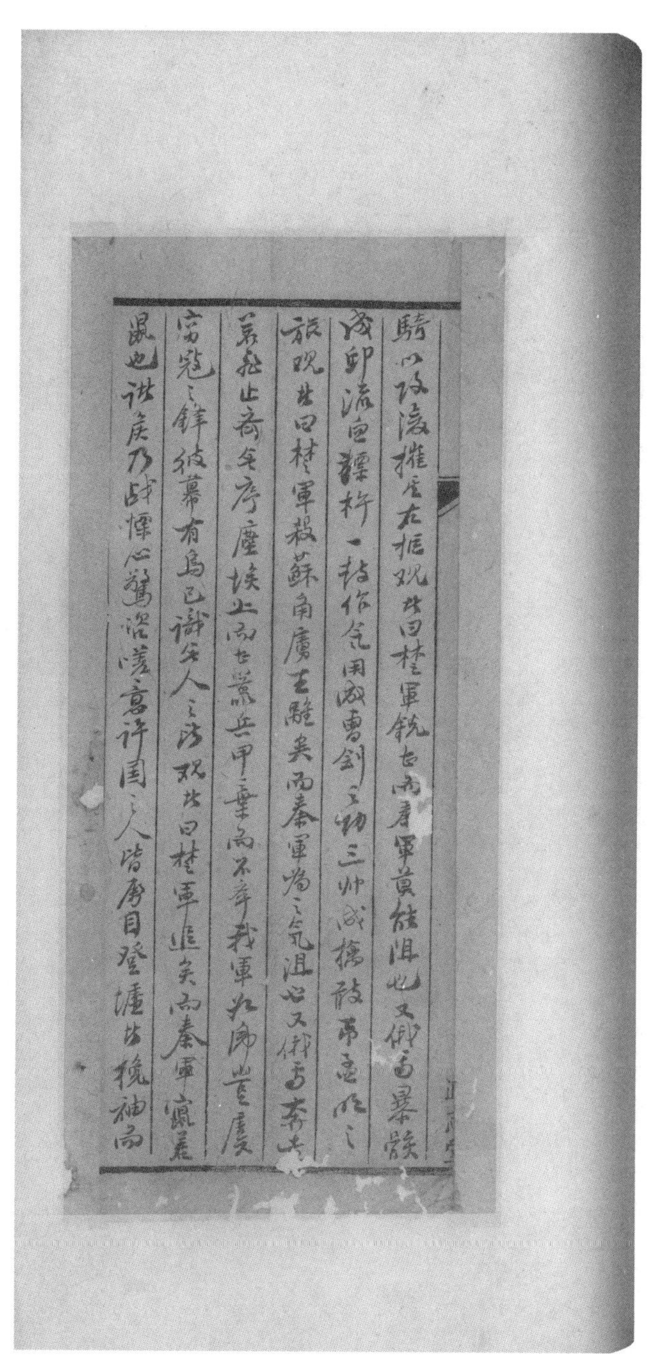

騎以攻後權左扼戰於田楚軍銳右而虜軍氣餒沮也又併而畢殲
殘卯流血漂杵一鼓作氣用成曹劌之功三帥成擒敗而喪師之
旅戰於田楚軍殺蘇角虜王離矣而秦軍嘗之氣沮也又併而奔走
篡起止齊無序塵埃止而古叢兵甲棄而不奪我軍收兩豐虜
富冠之鋒被幕有鳥已識其人之訪戰於田楚軍進矣而秦軍竄羅
鼠也諸侯乃戰慄心驚諾諾嗟嗟意許國之人皆屬目登壇旁觀袖而

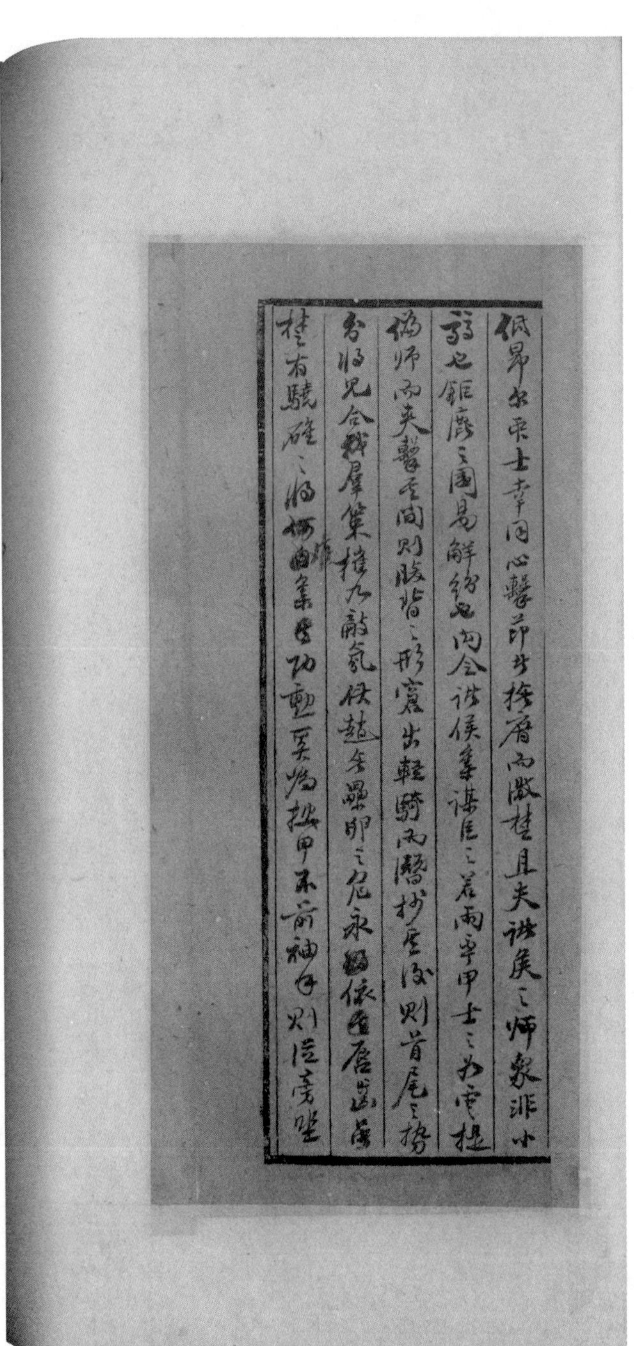

俄易乘士卒同心響節步接屑而徼楚且夫諸侯之師衆非小
弱也雖麋之國易解紛也而合諸侯集謀臣之若雨卒甲士之如雲提
偏師而夾擊其間則肢背之形寬出輕騎而隱擣其後則首尾之擣
者將兄合戰群策推九敵氣低趙余壘卯之危永依其唇齒
楚有驍雄之將極曲集其功勳至為擐甲弄前袖手則從旁壁

祝登高望遠擁兵而一時奔閩逃山林林兵已捷秦壘俱焚求戰其

血歃而盟遁迹爾極歸上國來見其膝行而入不敢聊視同舉今憑

弔古風又失猶聞談故壘在昔殫勳不日英雄真橫掃千軍噫

之必藉其承大權之後要能身而能伸操遠來之師破強敵而不

悵堪雄才氣無前兩者以布不能底內長驅閩中挫鋒輝雄而

草時間吞六合而髫石圓奉何害功名于九域不獨雄上上玩滄珠歌詩

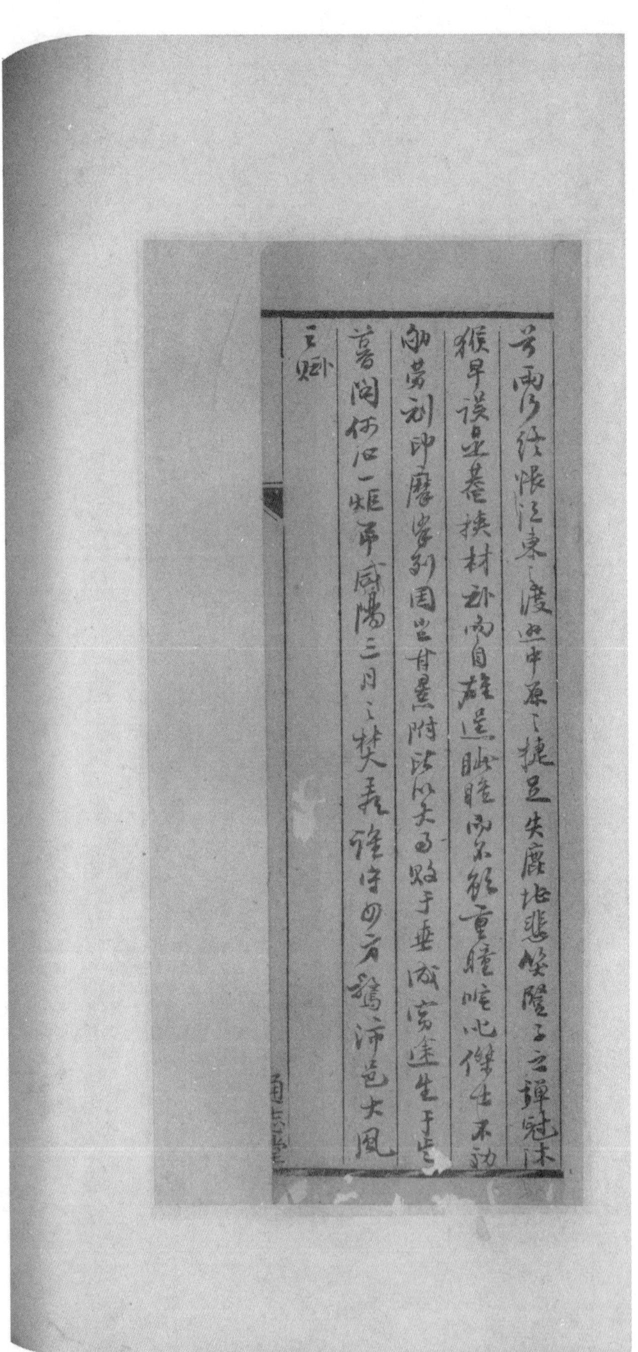

苟雨從悵江東之渡無中原之捷足失鹿地悲騅下之日彈冠沐
猴早誤亞卷挾材矜而自雄遂賸瞪而不能重瞳唯化傑生不動
劬勞剋即摩崖列国岂甘畏附故以夫子賦于垂成蕩逢生于世
喜聞何以一炬焚咸陽三月之焚義雖守四方鶴沛邑大風
三賦

通志堂

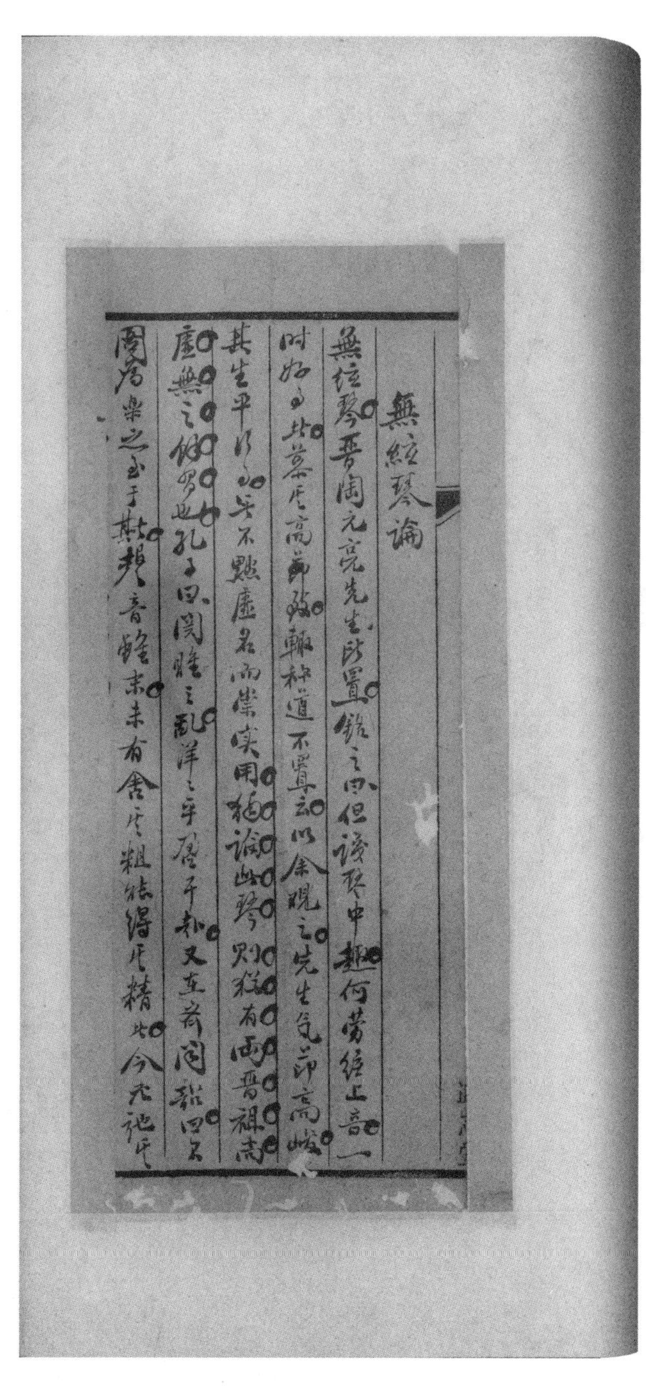

無絃琴論

無絃琴，晉陶元亮先生所置，銘之曰：但識琴中趣，何勞絃上音。一時好之者慕其高蹈，輒稱道不置云。以余觀之，先生氣節高峻，其生平行止，亦不黜虛名而崇實用。觀於此琴，則猶有兩晉祖尚虛無之微習也。孔子曰：闗睢之亂，洋洋乎盈耳哉。又在齊聞韶，曰不圖爲樂之至于斯也。音韻素未有舍其粗能得其精者。今求諸其

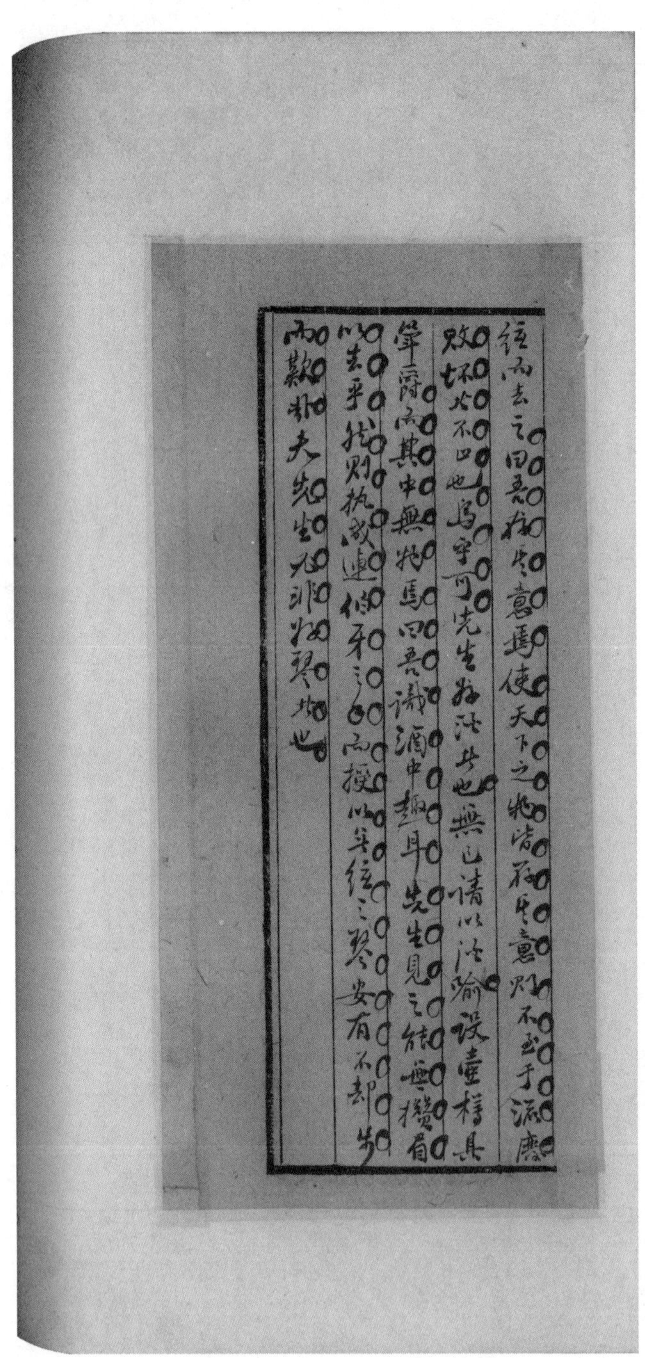

徑而去之曰吾猶是意焉使天下之物皆猶是意則不至于流靡
敗壞必不出也嗚呼先生猶此也無已請以此喻設壺樽具
舉爵而其中無物焉曰吾識酒中趣耳先生見之能無攢眉
以去乎然則執戟邀俗和之而援以無弦之琴安有不卻步
而歎非夫先生必非知琴者也

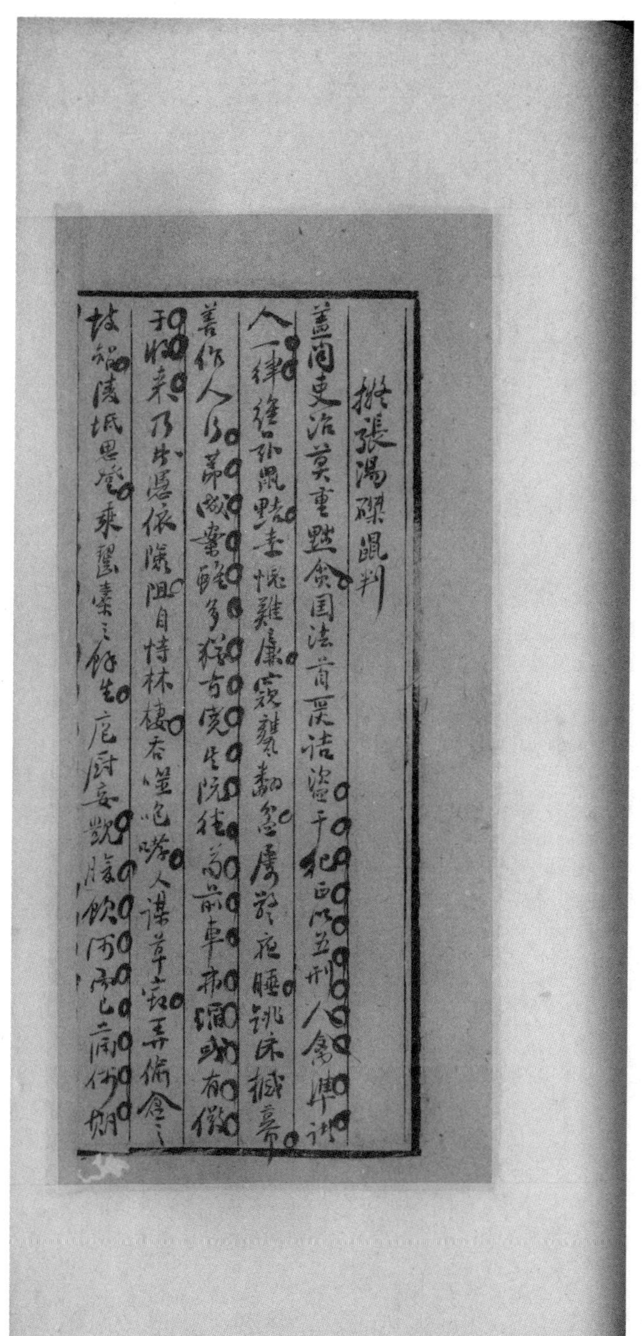

擬張湯磔鼠判

蓋聞吏治莫重黜貪國法首嚴[illegible]盜于[illegible]西[illegible]五刑[illegible]準[illegible]

人一律維[illegible]鼠黠素[illegible]難廉[illegible]屢[illegible]夜睡跳床[illegible]

善作人[illegible]穴[illegible]院往[illegible]前車[illegible]有徵

于[illegible]來乃[illegible]依隙阻自恃林棲[illegible]人謀[illegible]

故[illegible]淺[illegible]思[illegible]乘[illegible]生[illegible]飲[illegible]

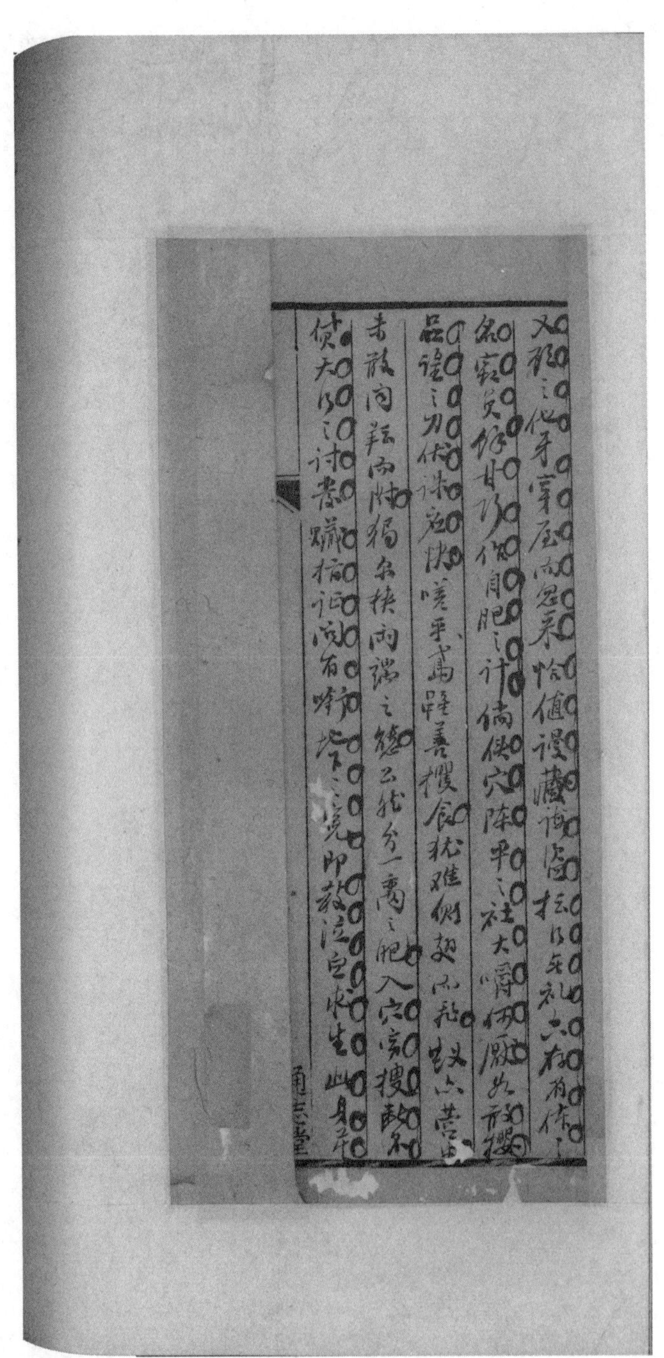

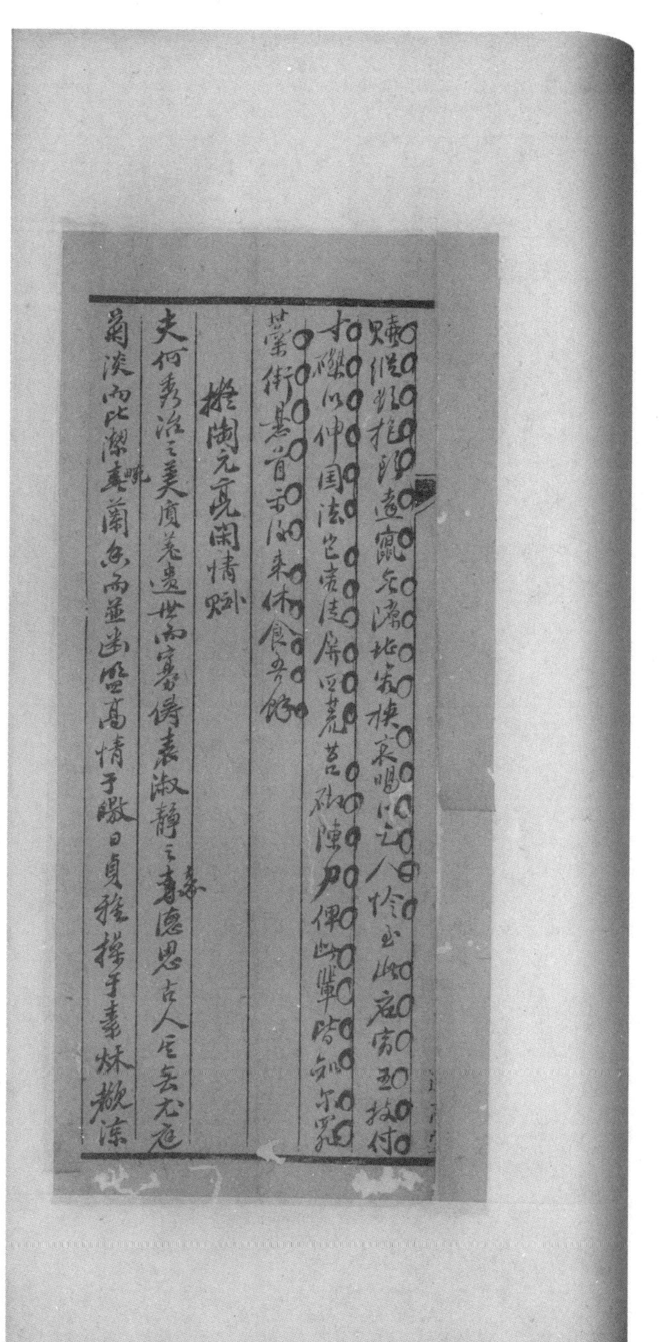

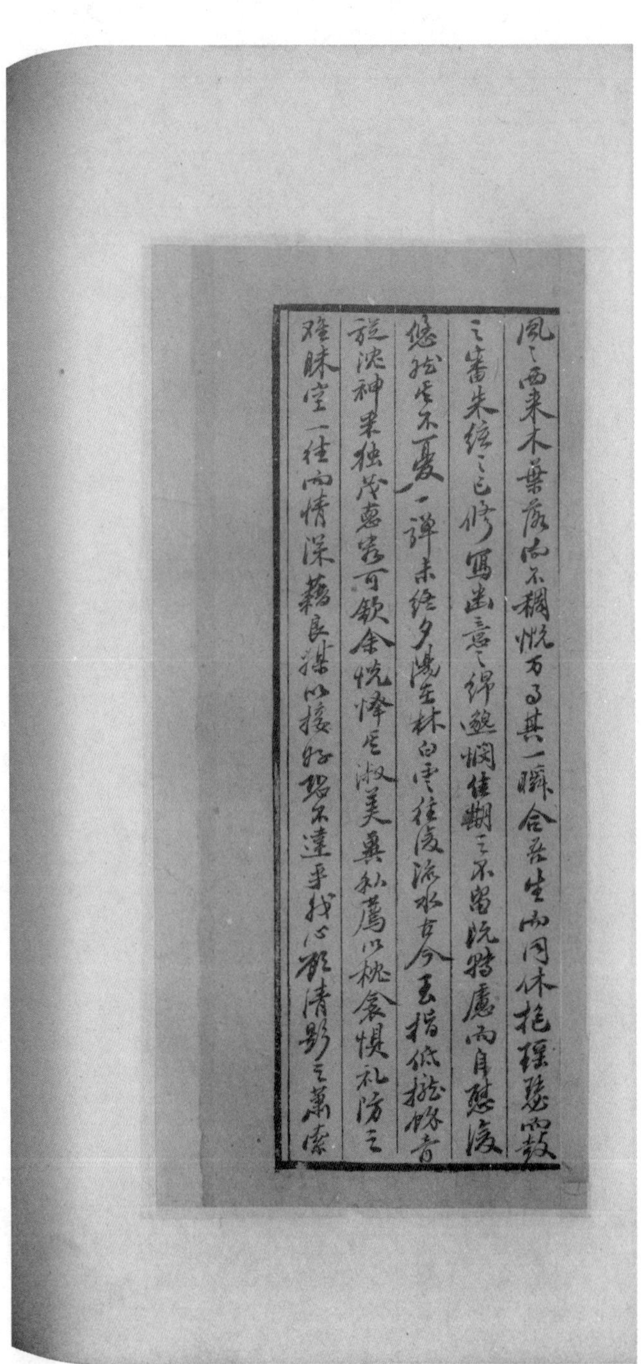
風〻西來木葉落而不稠悦方子其一瞬合吾生而同休抱瑶瑟而鼓
〻審朱絃〻已修寫幽意〻綿邈惘佳期〻不留恍精慮而自慰淩
總弦兮不憂一彈未終夕陽在林白雲往復流水古今玉指低撫餘音
旋況神來獨茂惠若可欽余悦倖兮淑美冀私薦以枕衾惧禮防之
難昧空一往而情深藉良謀以接好恐不達乎我心擬清影之蕭索

淚浪浪其沾襟願在飾而為釵壓雲髻之蓬鬆嗟佩蕙之忽失倏一去而無蹤願在御而為鐲纏纖纖之膩臂悵圓缺之無端或參差而委地願在身而為氣吹如蘭于息來悲一番之莫收等烟沈而雲杳願在宋而為笑情悽悽之嬌歡悲穉恩之怨接又悵觸而永歎願在寢而為被裹玉体以安舒悲炎熱之驟至後將卷而藏諸願在沃而為匜盥芳潤之珠顏悲膩水之既棄遂坐置于空閒願在朝而為茗入味

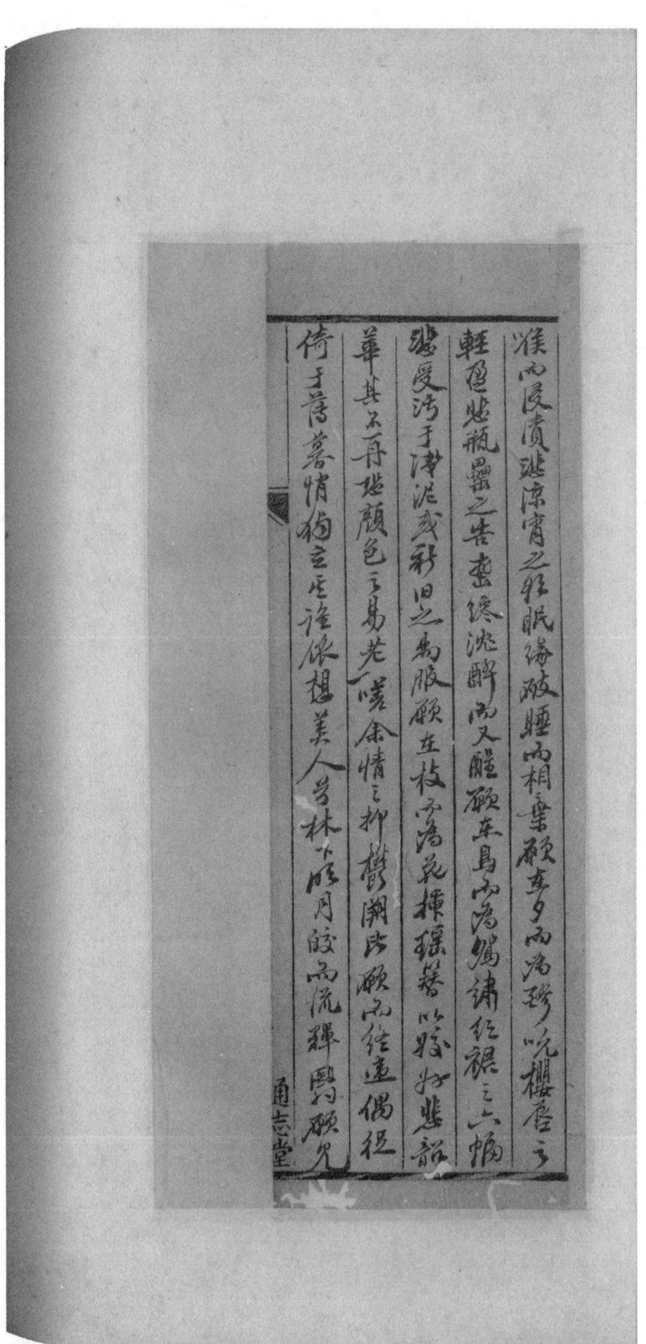
襟而長嘆嗟涼宵之難眠倦破睡而相尋願專夕而為瑤吮櫻唇之
輕盈悲瓶罍之告罄終沈醉而又醒願在島而為蠋繡紅裙之六幅
恐受污于津泥或彩舊之易服願在枝而為花揀瑤簪以將好悲韶
華其不再悲顏色之易老嗟余情之抑鬱瀾跂願而徑遠偶徑
倚于蓓暮情獨立而徑依想美人兮林下對月皎而流輝嗚願咒

通志堂

之奇渴我一覩兮芳藏懷金玉之終閟兮馳思而難稱欽幽襟而危坐愁

將柳而遠揚心摇摇而靡定日九轉兮迴腸寒露滴而未晞蟋蟀夜

之何長灯閃閃兮無色簟淒清而更涼微雨過而乍咽蟪蛄咽于共

房吊形影之寥寂益慘慘而憂傷路遠遠以夢魂終輾轉而在床嘉

披拂拂兮忽失睇遠行而離鄉于時夜色將半金風微吹耿耿疏星斗

柄參移强披衣以起視銀河入于朱帷縱牽牛与織女其一会而去離

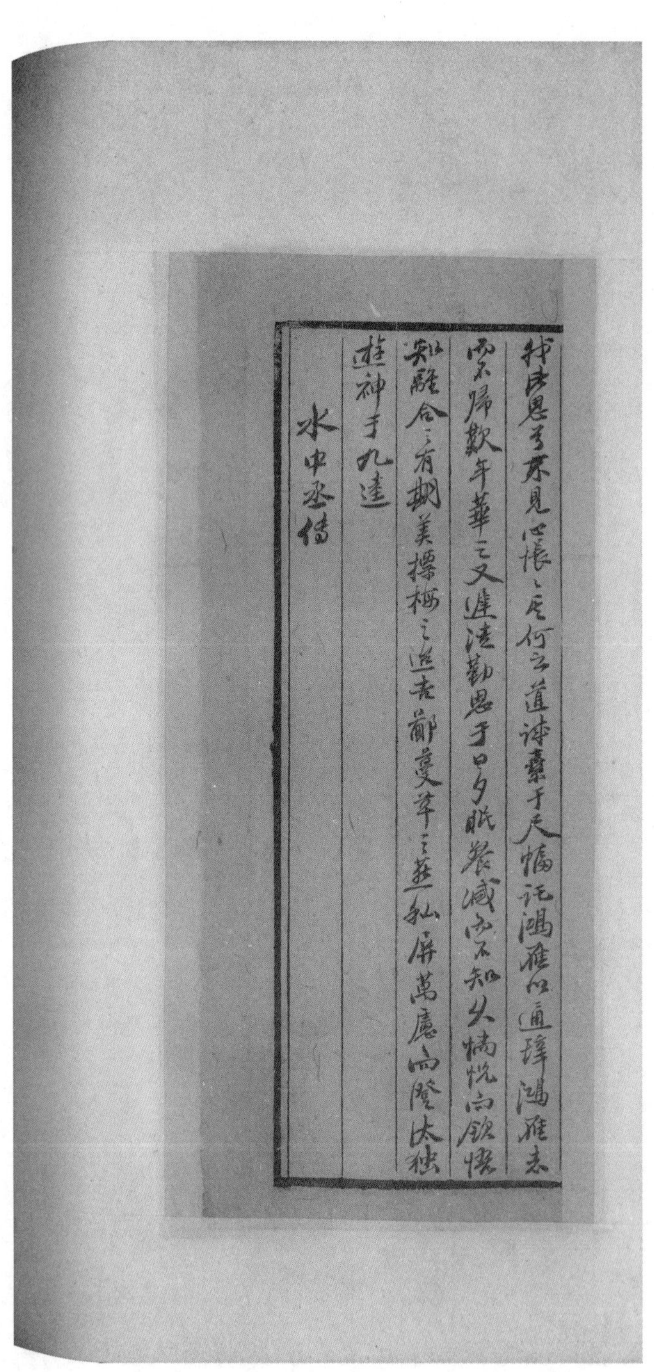

抒懷思君不見心悵悵兮何之道詩囊千尺幅託鴻雁以通鴻雁志

而不歸歎年華華文達法勤思于日夕眠餐減而不知久惆悵而欽懷

知離合合有期美擇梅梅遂老鄰竟萃萃並弘屏萬慮而屢沃獨

遊神于九逵

水中丞侍

中丞姓潛名仲含字玉蜍硯北人少流落市肆人無知者及壯遊四方閩陳芳國諸王好吳禮士入謁發子文而求見焉子文奇其才薦于王擢小相扃有密歷官中丞天福二年主有文壇之戰命中丞贊軍為時龍夾詞源而陳中丞據上流以逼之敵累戰不利退守長城主憂中丞往攻月餘不克中丞決巴川以灌之城遂陷擒其魁焉班師王嘉中丞功而以發子文為知人晉爵中丞及子文明年王遊于墨池中丞侍因進言

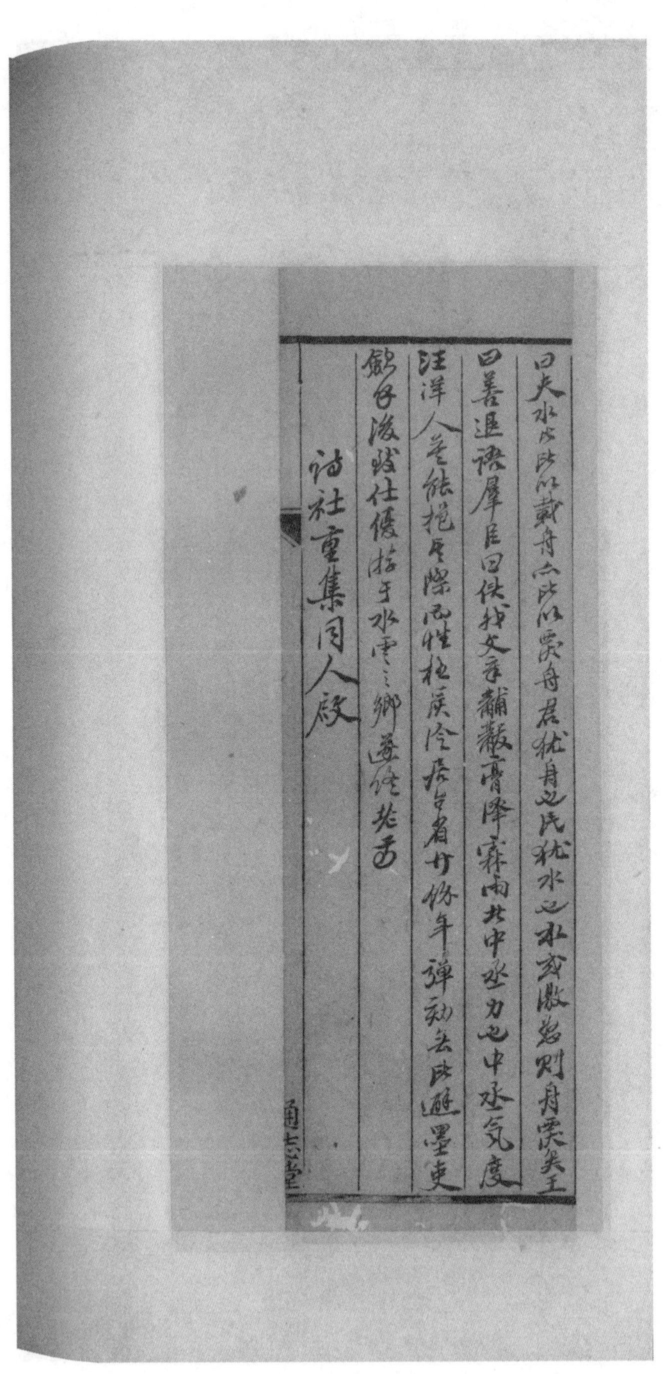

曰夫水火所以載舟亦所以覆舟君猶舟也民猶水也水或激怒則舟覆矣王曰善退謂羣臣曰佚狎文章黼黻齊降霖雨其中丞力也中丞氣度汪洋人莫能挹其際而性格孤冷春台眉竹修年彈劾去所避墨吏斂手後進仕優游於水雲之鄉遂終老焉

詩社重集同人啟

通志堂

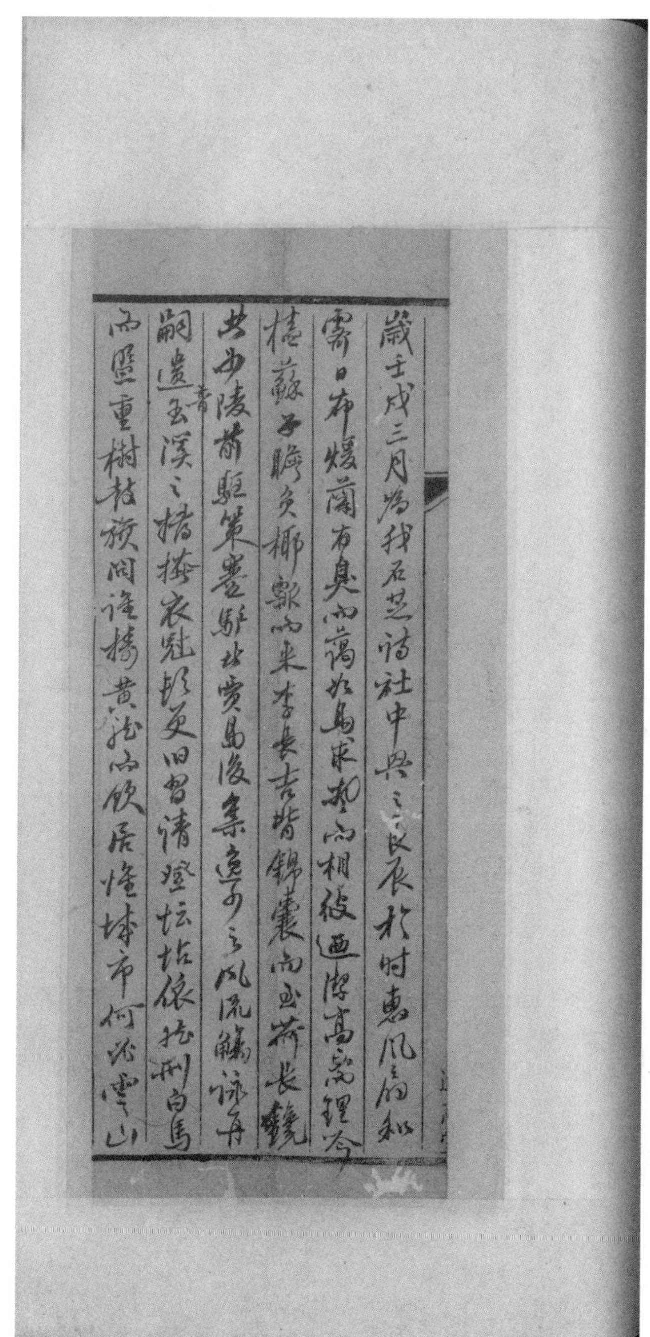
歲壬戌三月為我石芝詩社中興之長辰於時惠風之和
霽日布煖蘭有臭而藹於烏衣契而相彼迺淳高崗鯉今
楼蘇子瞻負椰瓢而來李長吉背錦囊而至荷長鑱
共少陵前驅策蹇郊於賈島後集遂有之風流觴詠再
嗣遺青玉溪之情接衣冠較更舊習請登壇坫依托刑白馬
而盟重樹旗鼓問誰持黃鉞而飲居壇坫市何必雲山

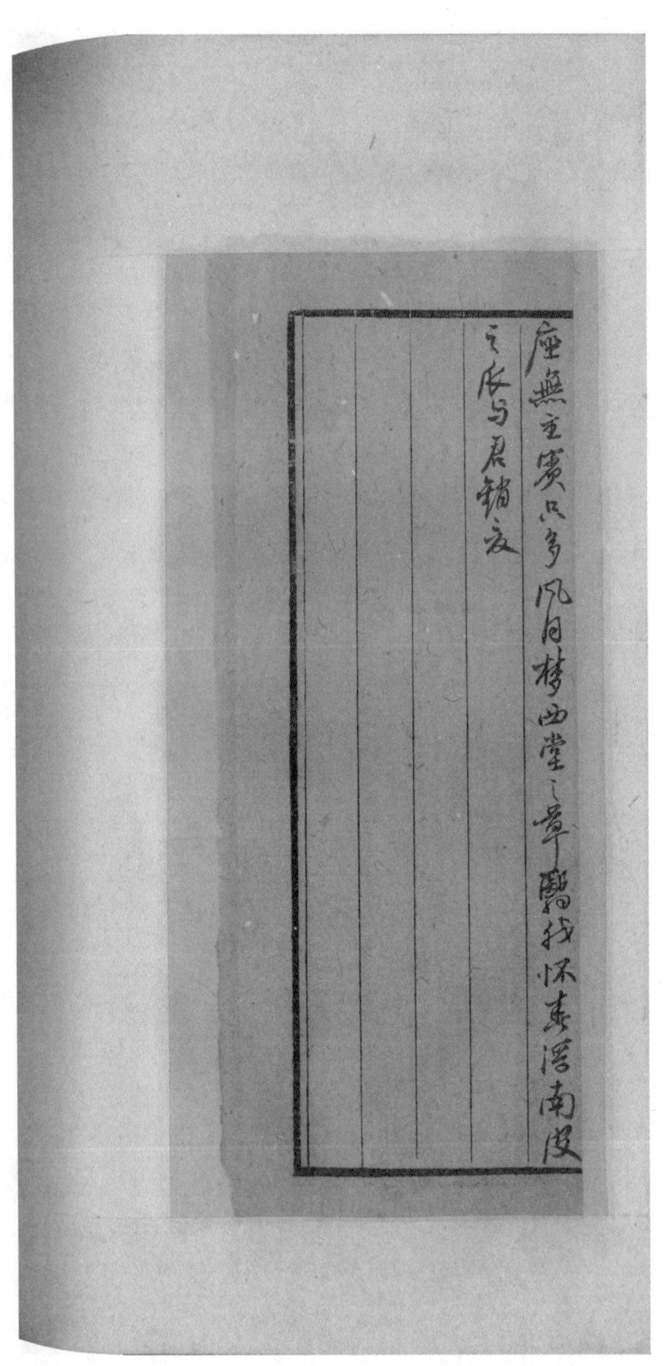

座無主賓只多風月棲西堂之草廬我怀東潛南陂
之氏與君韜文

余与君家夙有連，君仲父余壻而又君者，自宦京師洎歸林下，先後凡三十餘年，中
間暌隔不相見者亦屢六七載，君負用世才，而自湘官畢，毋畏後念，父春秋
高，稍稍葺治園林亭，侍奉有餘焉。之患風痹，和義，余恒閒逍遙相與，過從
敘晴暮日，穉嬉之，悠然方以為樂。人事什年，君復遭康重遭父喪又嗣
西河之痛，而疾遂屬，以至於沒。嗚呼，親舊死生契闊之故，可悲也。月
日將葬於北關外金獅山之陽，其孤輔宸等奉其誌墓，余不敢辭。按狀
君諱濱，字虞臣，號老榴，侯官人。祖陽三，科舉人，教授鄉里，有隱德。考相
庵，道光庚子科舉人，甘肅之山丹北里充福建。君承家學，天性聰敏，幼
端重如成人，由詩士弟子員選拔萃科，順天鄉試中式，援例戶部，部中難仕，
而勤學不怠，補試者官畢，被黜，以道員改河南需次，國西河大歲，太府

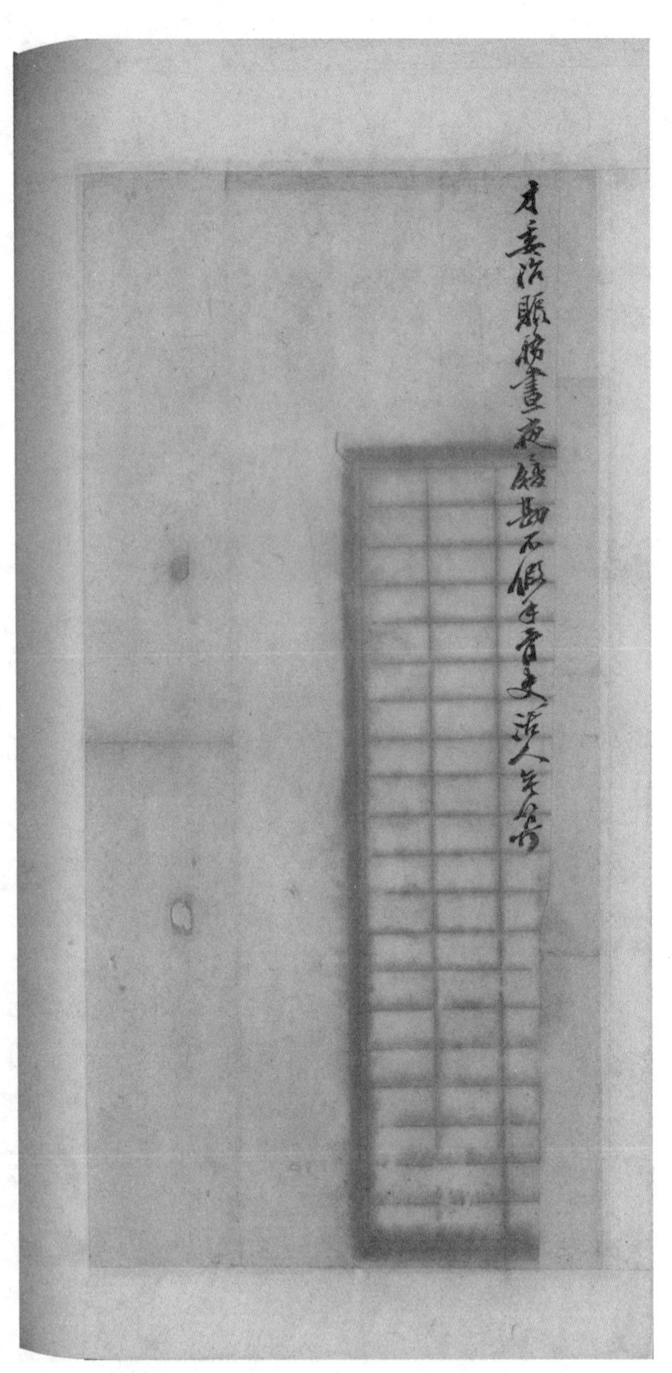

竊惟今之為治，勿遽言興利，必先祛其弊，抑弊之去，必審其弊之所從起。昔宋臣

蘇軾當神宗時，則勸其君省紛更，務寬大；而當仁宗時，則勸其君核名實，積威

權。何也？觀時立言，救弊為急，如醫者之治疾，必察其病源而力去，乃效也。今天下之弊，泄

沓成習，不及挽宋仁宗矣。正國家積威核名實之時也。仰惟皇太后、皇上勵精宵旰，比

年以來，迭諭疆臣力圖振作，然而粉飾如故，因循如故。臣試略言其顯然之失，有如京控

一事，屢諭慎決冤獄，而平反者什無一二；又如釐金一事，屢諭裁減各卡，而釐剔者什無二

三。大抵朝廷交出之事，奉行者少，急就者多。以臣所聞，疆臣每奉一諭，遲累月而下之

監司，監司遲累月而下之州縣，州縣之遵行與否，疆臣不之問也。揣疆臣之意，以為今日之

諭旨，采某官言之也；朝廷因某官之言而頒是諭也，循例而已。以例行，以例應，下之監司，下之州

縣而其事畢矣。一紙空文，輾轉相付，而良法美意終不一見之施行，豈不可惜哉？然則非

挽（當）今日之積（痼）習必責成於督撫俾作疆臣之耳目仍歸本於　朝廷夫　朝廷之上非不密

勤也非不勤懇中要使天下共聞之共見之而益以聳耳動無（整）之之則。詔令之所關也識

抄○○　祖宗之世　詔去一郡（下）四方悚息震如雷霆捷如風雨至今日而其效蓋異其何也

但使自茲以往凡　朝廷通飭通行之件　龍旨　諄誡務令（且）實力奉行如何無辦情形并

飭見覩聲音倘日久未經奏報仍請　重申（簡）諭旨增其多寡何其多寡何求切詢問並有

延宕譴責隨之揚之　朝旨諭旨既下務在必行

昔司馬子長南游江淮，上會稽，探禹穴，窺九疑，浮沅湘，北涉汶泗，歷齊魯梁宋，歸而其為文益肆，成一家言。善詩者亦然。閭巷之士，偃仰蓬藋，白首吟詠，質之風雅，瞠乎弗逮，何也？規模域於尺咫，識趣囿於壹撮也。夫九州之大，八瀛之廣，時代有治革，山川有險易，官政土風人情物態有良楛，豈确澆樸殘簡，真偽同異，碑碣之所誌，謠誦之所播，搢紳父老之所傳述，皆足理性情而拓才力。往古詩人閱閱萬里，閱世故而取精多，故其發之於詩，光耀神采，燁燁煥爛而不可遏。

也胥棠觀察翁詩清學遺時多故以名諸生投筆從
戎馬顧眺詩出於天性羽檄旁午口不輟詠而其詩跌宕
蒼古自抒胸臆絕不襲前人窠臼非苟焉也初嘗從統御
師道楚豫轉戰並趙與幽并間人士上下議論諳其悲
歌感慨之氣又嘗從西陲出入關輔隴坂覽山河之阨塞
狀風俗之剛勁東南郡邑維揚繁盛又嘗駐師吳下指畫
戰守形勢而前代廢興之迹扶桑日出遠蹤溟渤又嘗

駕波濤窮島徼備述其方言地隨城郭人物鏞〻簡帙
蹤跡所至可謂徧矣而其詩由此進矣比歲海氛洗
晏（另行平頭寫）天子念嶺南門戶畀以重寄擢守瓊州〻古珠崖儋耳
郡也有宋眉山蘇氏流風餘韻今未墜顧其地懸海外當
世士大夫罕能至焉而又從宦於土獲收盡攬其〻奇秀豈非天
之欲昌其詩而遂昌其遇耶吁亦〻奇矣　柳又聞之古之論

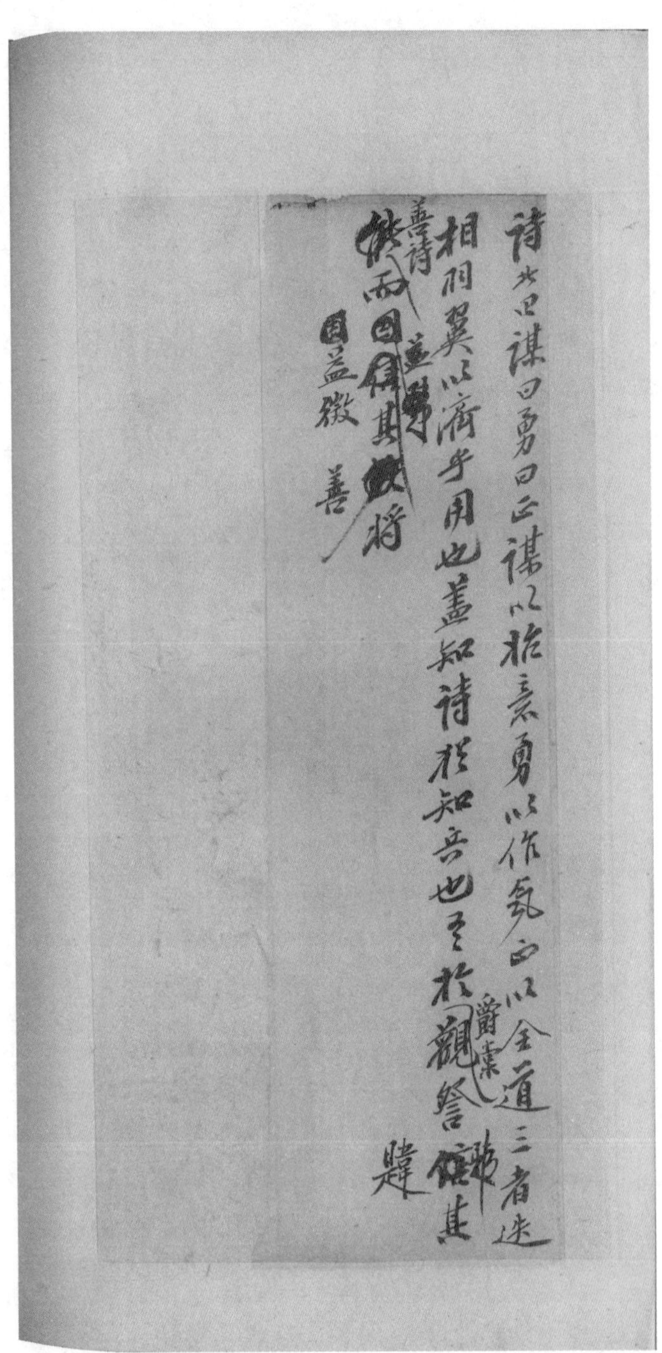

詩有曰謀曰勇曰正謀以抒意勇以作氣正以全道三者迭
相羽翼以濟乎用也蓋知詩者知音也至於觀察爵棨[illegible]其
善詩鉄兩同稱其蓋將
國益徵善
韙

今彼九垓向日，六合從風，車書統一，玉帛來同，則將廣東學西學之規模

聽鼓鐘[illegible]淛東八西八之與，年傷杼軸俱空，治遠追隆邑鎬京壹

規成周之軌。民不致始尤聊攝，僅稱表海之雄；然而窮洪海溢山瀕，

彌綸未周，荒服極其陸讋水慄，方輿猶限域中。夫淪潤[illegible]絡于東氏[illegible]

[illegible]罩必曰瀛曰渤，[illegible]化先自西自東，惟古兵[illegible]

[illegible]勞于[illegible]輯，[illegible]于闾閈，[illegible]陽之澤[illegible]治之。真入瀛而溟定障

[illegible]水[illegible]，[illegible]東海，爰及東嶠。考究鎮于職方，利饒[illegible]

百川而波恬，[illegible]程東海，[illegible]綿鹽。不勞襲遠窮兵，艇島[illegible]版圖，东略

夷之[illegible]物，[illegible]

豈籍防邊設塹，龍門[illegible]形，揚東瞭命備肅乎寅賓。此地自宜

畢作。任窮奚步。則民盡已仁游。及其西也險踰崑崙。貢玟航梯國

入。龜茲烏弋。地經摩收蒲犁。西域同文。通道直窮。日入西戎叩叙

來王。不僅月氏。今懷我之西歸。象物鑄九州之影。譯徼予于西

頃。成功錫八載之圭。且有館獻西池。使來青鳥。草爲昂馳

西疇。神祀碧雞。海探星宿之源。窕野楼。栗斗北山入峋嶁

之穴。於今曾碑勒淮西。曰是謂大同。緬茲五岳。統俗紀曰鑠曰

鑠之民。賦成。爲寄翳之地。畫陝隨而崙肌。感[illegible]作而[illegible]

義。[illegible]續錄圖西[illegible]東西狩[illegible]巡方。[illegible]山海[illegible]搜奇

因括東西經之志異。若水流就下。僕僕居金頓東西之征。情亦

須、挾往過。歸王不修西封之韓。卅日始均候尉。先徵夏向庭。編
他年宅卜間廛。狀頗爲幼美利。得、齊陳之沃壤。統民事民
析而且敝。藉襟帶爲雄、藩。合人行人不而先被。是惟敎
化法處。聲靈布護。西南俗但年為。拱北東皆向慕。東
居震位。震爲非懾雷霆。西層見方。見説編西兩
雲。導東聯以及海。順流共致朝宗。綫西華而為城塔
遠邊自年頗迭成。方今西夏歷清。如來、日日擇興。惡根本

歸。向方西陲、乃一軍天子恢疆無思。已踰青海而[illegible]紀

功。予以臣研、京十年。願侍、○丹墀而奏賦。

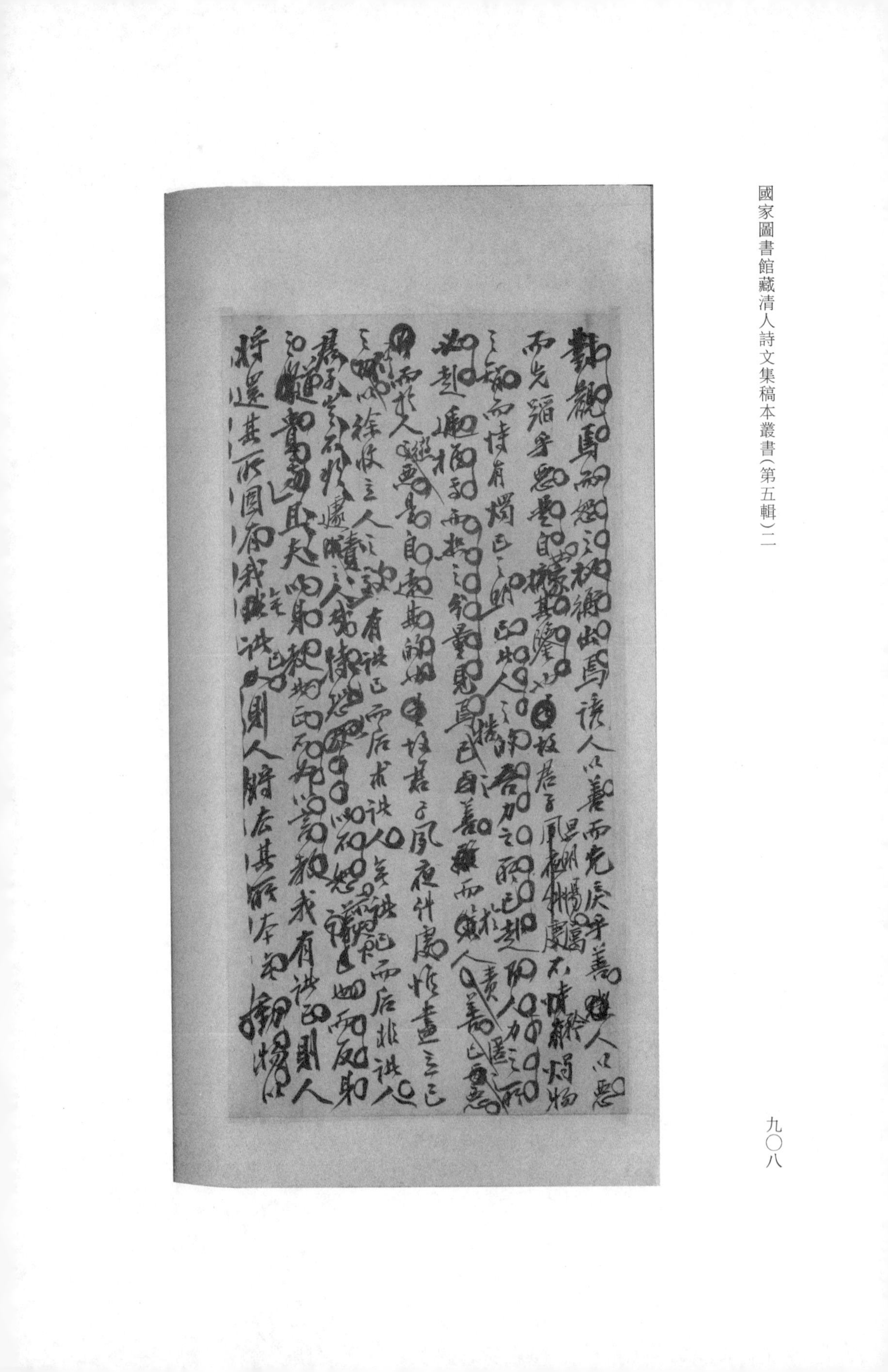

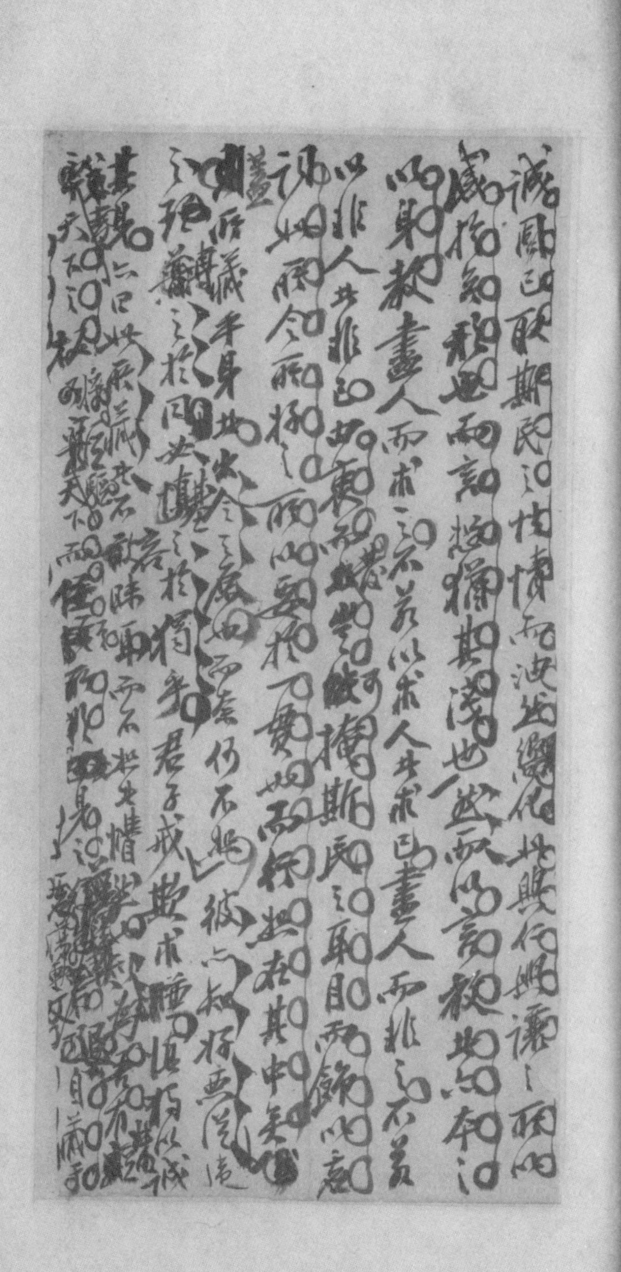

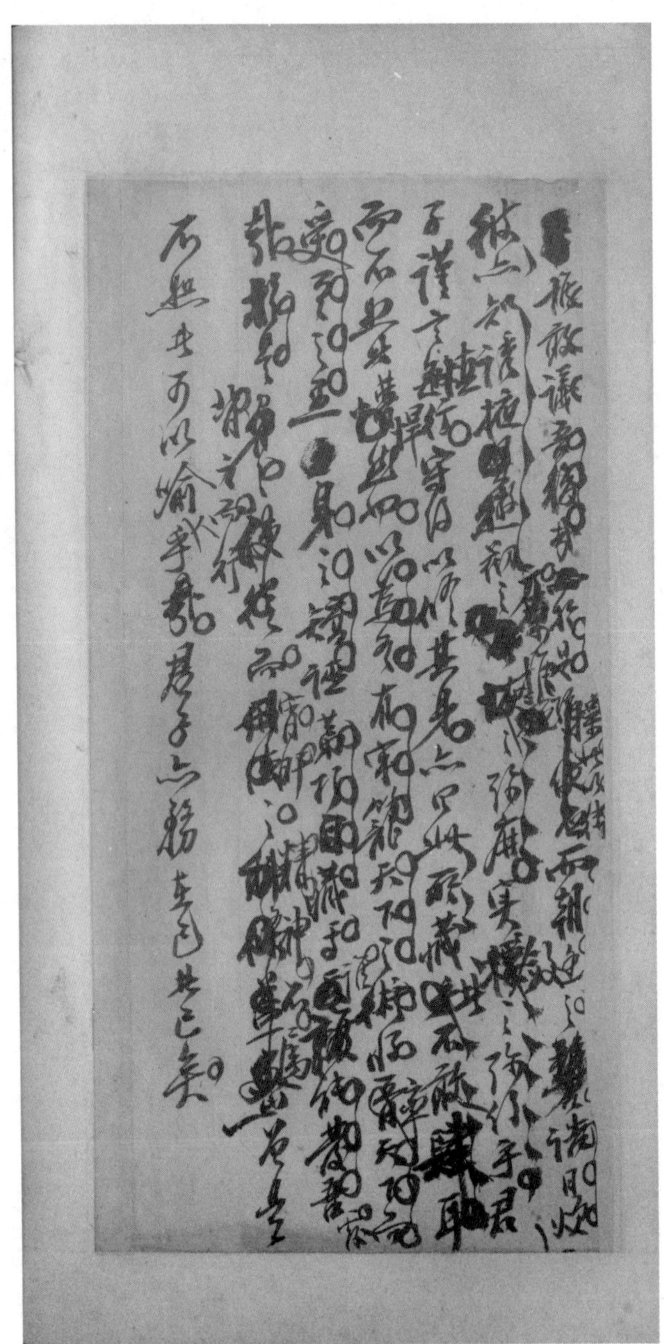

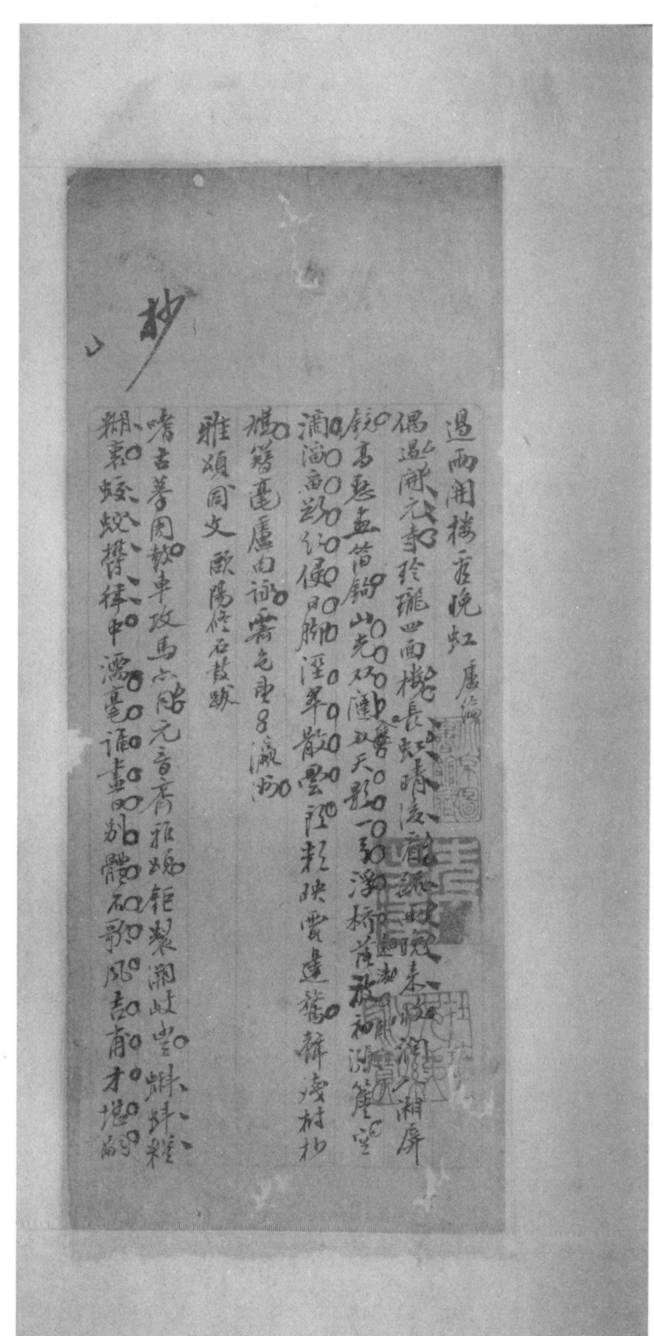

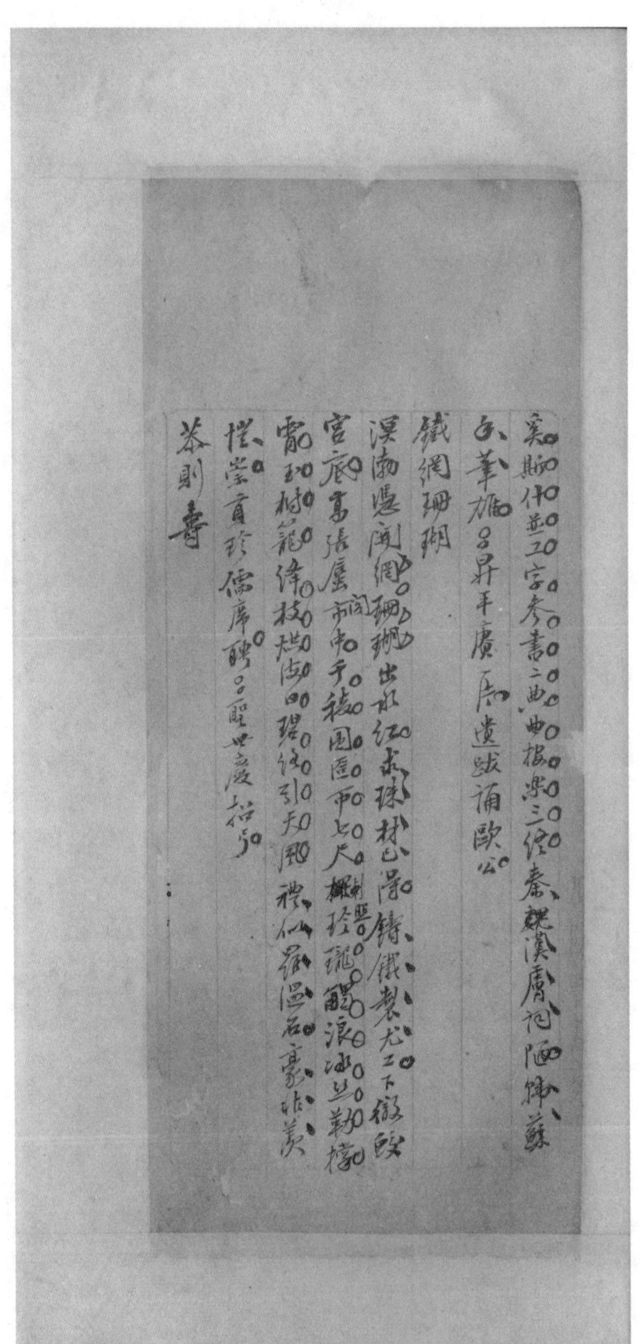

奚斯作並工字參書二曲曲振樂三經秦魏漢唐祠陋歸蘇

子筆雄呂昇平廣居遺跡補歐公

鐵網珊瑚

漢渤憑闌網珊瑚出水紅求珠材已混鑄鐵裂尤工下徹餘

宮庭高張屋市閬中千稿園匲而七尺欄翠玲瓏鑿浪涵與勒檬

霞砌樹籠絳枝櫂海曲璟紋引天風襟似羅溫石豪非羨

攏崇育珍儒席聘呂醒世夜拾芳

恭則壽

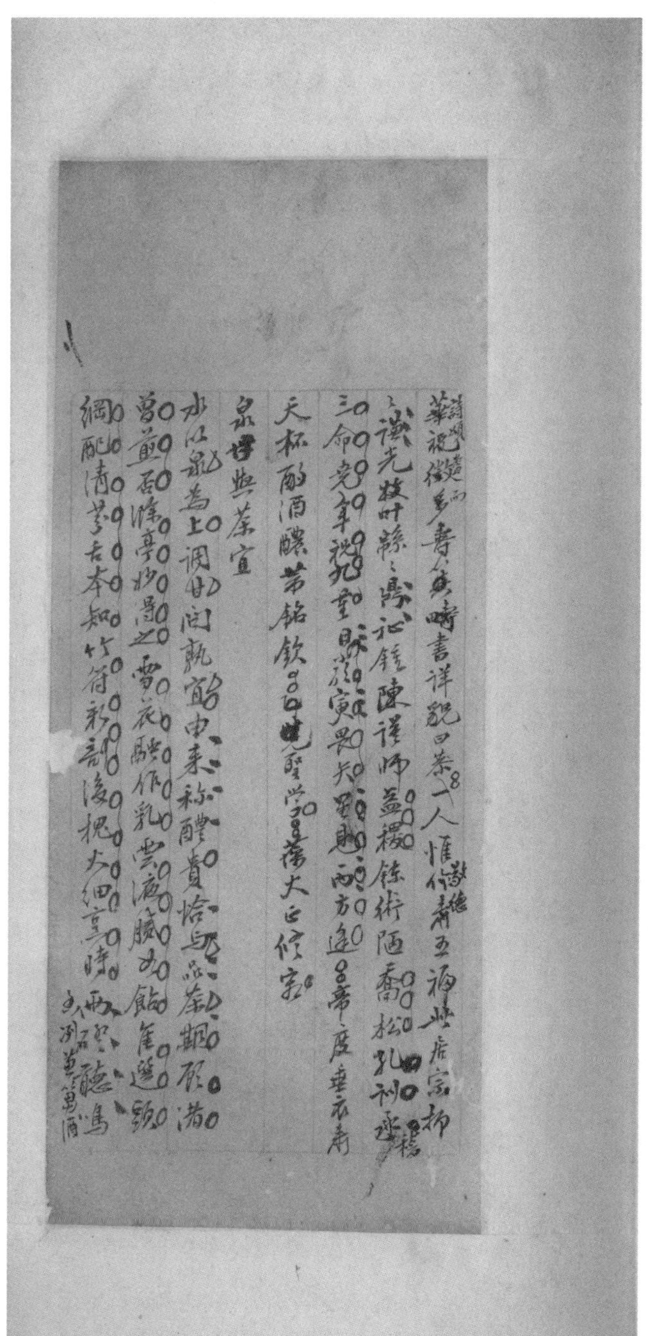

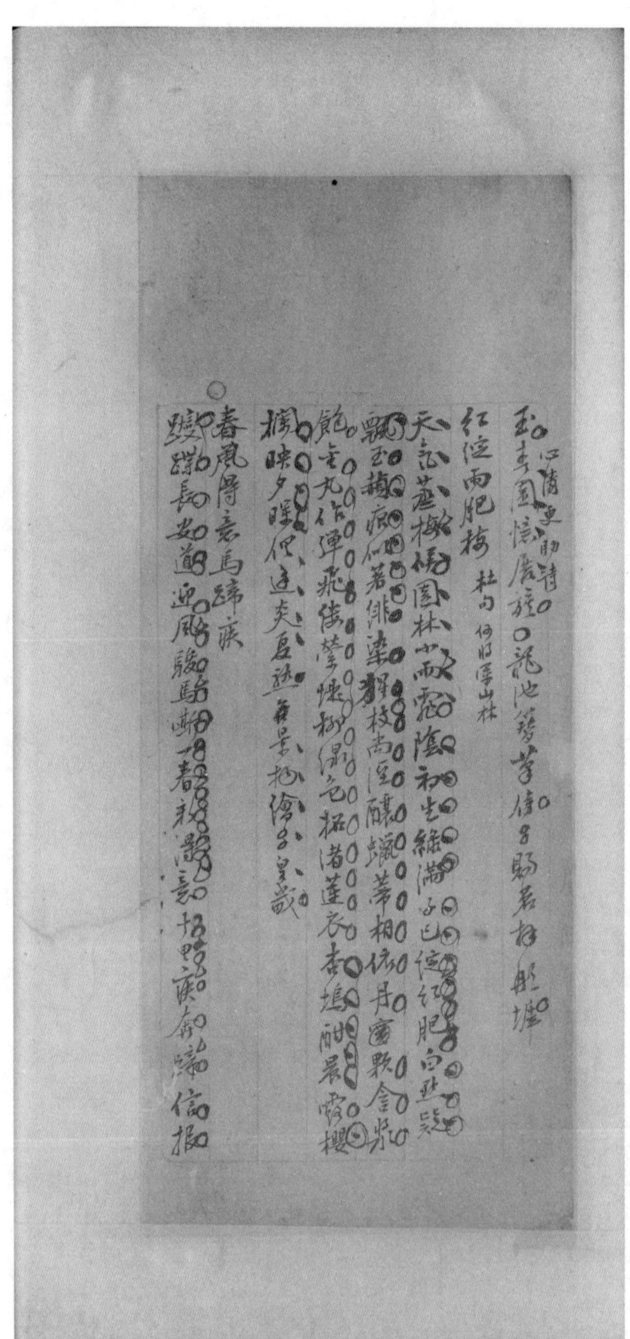

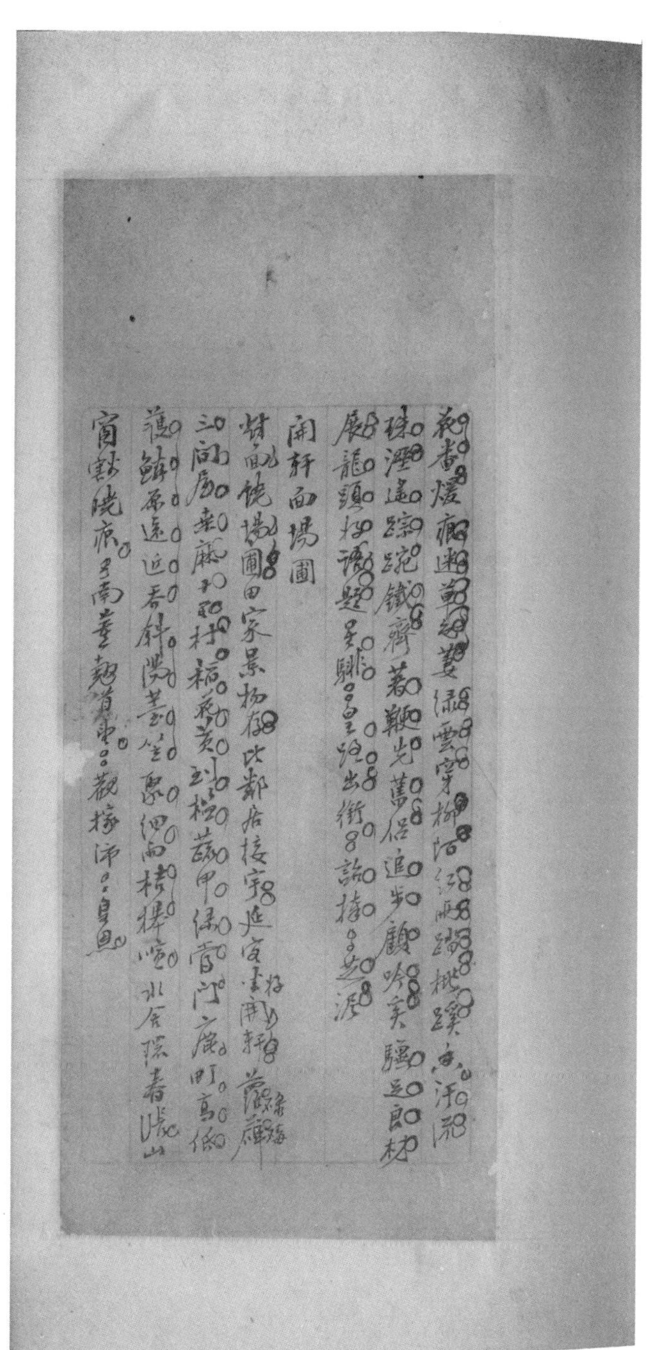

三

舟壓浪痕下　陸游涪州道中詩　西梁山野堂

花飛席底浪瀾迎激葉身壓雙千丈高紗朱雨邊流雲橋帆遠

重潮高擣不平孤女風雖廣勢異仙庫西伴峽口鄰奔灘

磯頭咸鼓迴檣未篙梢石裂碑陳迹秋柏岸東西急京

清不上閣國南討日循年是憶清州

松氣滿山涼似雨　劉克莊蒔帳庭以詩

春雨偏疑六山外溟濛嘘氣滿晴翠香霧偎松長如水雲濃

錯非秋澤暑思寒應深澗濃翠不辨嵐光畫扶風遙

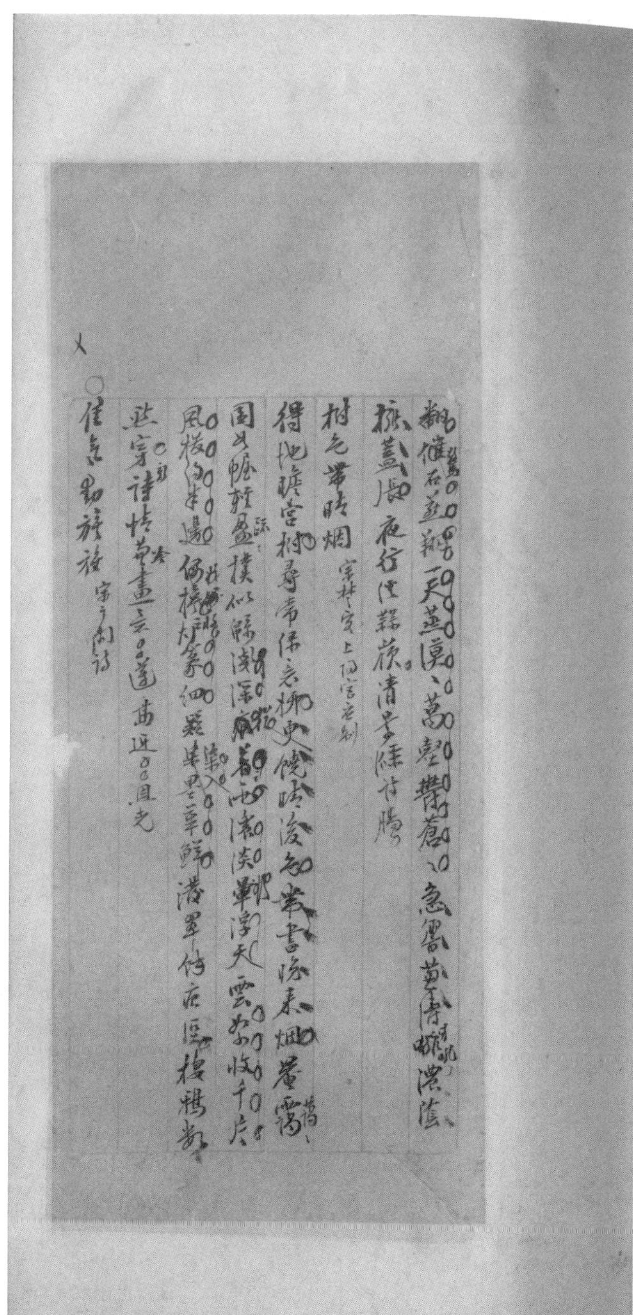

山嶽來朝氣象封，盛典隆森開，曲蘭宗縱入，旌旆旂帷宮

衛，笙簧躍路行。樓臺瑞有象，畢罕叢知，禪瑞彩龍蛇護。

祥暉映，輦迎雲靄，旌旗使日月星，鏘兵，樽豐苑光合繪

旌柳色 8 苑園今年祐，萬曲頌昇平。

大法小廉　礼運

戴禮精義，祖陳大小萬，成聖學淵似來貴持廬，安危見衷

翁盥薦，蘋藻霜盛，臺執簡洞明廟，展家觀犀知學

魚鼎風遠，獸軌館堂，體要，據算戒，毫纖，篆碑代，官儀，濟周

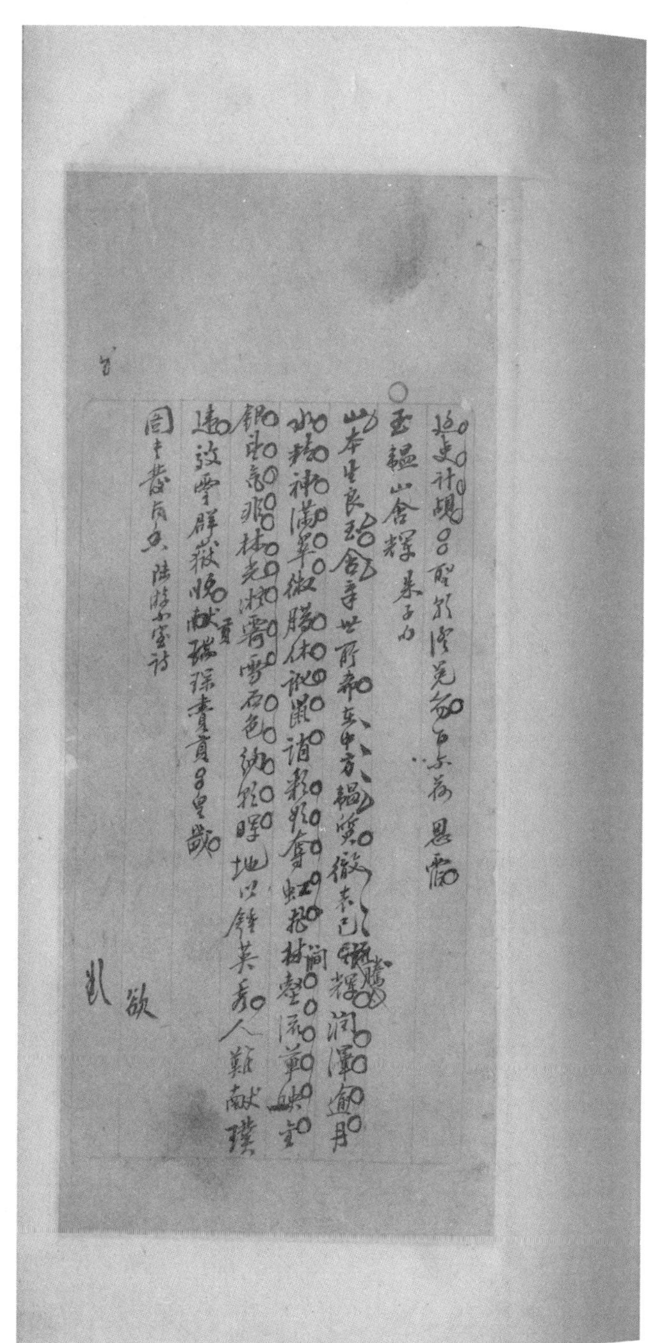

苗不存
平八字低

望向亭北墨緣上擁琳琅舊迹多蝕家法未勝廚

囊南宮船廿載來望府館藏

先秋守霞園 白居易移栽竹詩

霞廷被粼白移栽竹已偏知教園入夜有聲添秋韻佩風

相逢蒼靄匯流風鳥綠擷翠陵玉光浮樓槳暑奮早

涼歸徑樹和鶯鵬鋼亭樓垂葉深毫抽五月三汀映寫堅

一片收萃蕭瀟寵隱安界重灑淵

樹近留作寫新真

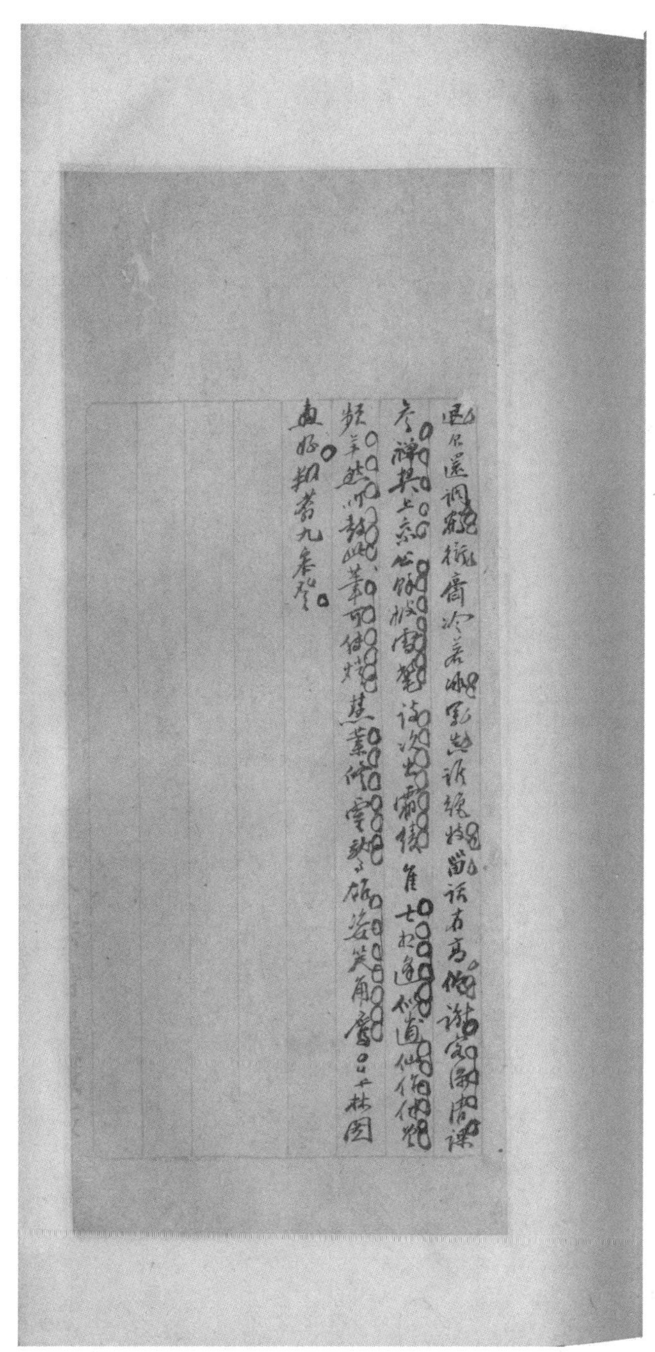

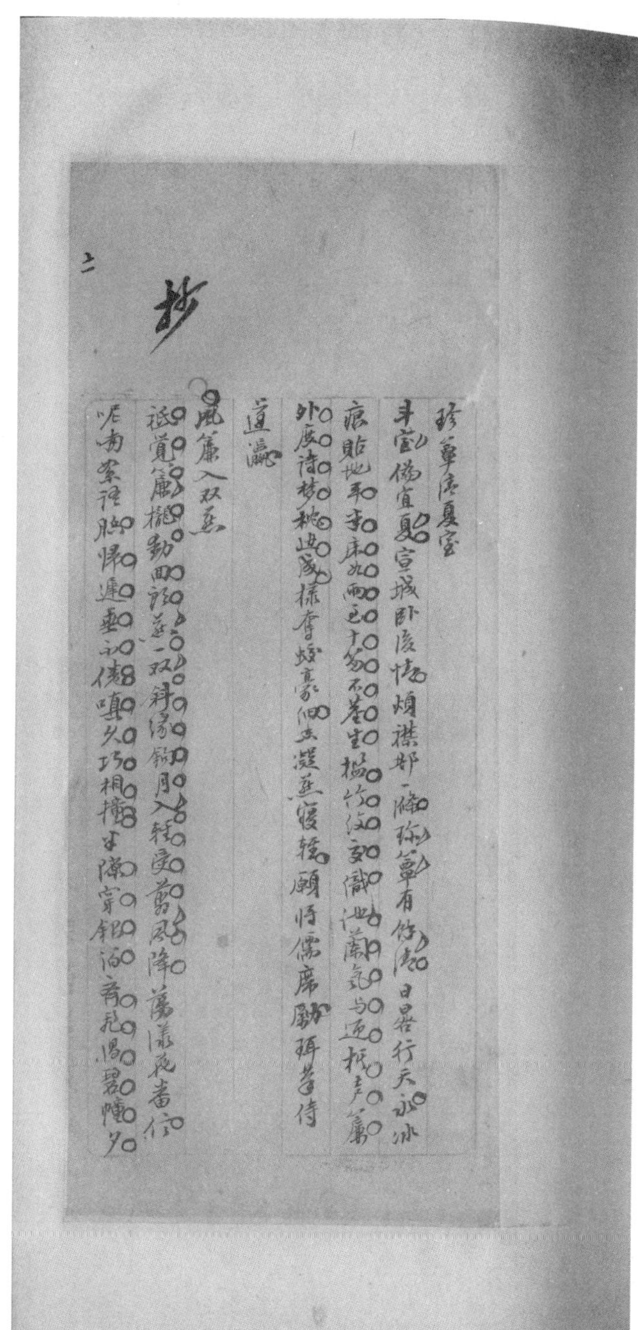

六瞬從紀○前此壹覺
墨跡蒜畫龍窓

陽家隔巷春雨閣臨江棕羽過少篆搖波藍酒紅錦花榮

寵賜杏宴荷恩屢屆

若生受礙

無憂情何愁琢材礦出鍇在鎔歸大冶作礪淬良成鐵鼓何年

就沙披瓷度尋循隅鍛錫鐫其利斵開心爽熠熠歷先淨熱熱淬

色添義植認礎錫理合懷硃鐵抄借他山錯來攻

上國琛　皇躬欽式勵志翊儒林

捲幔山泉入鏡中　王維敕借岐王九成宮避暑應教詩　隔窗雲霧生衣上

隔嶺春光好寒岩白日輝樹匝街曲出入錦帆邊處傳芳影映帷
隨蔭藹寧和氣藹氣撲道練光穿蕩織霧屏澀跳珠水樓閣
甚南南月影銷上落對天勝景探唐殿冷情懷輞川
瀛洲瑤太液宸賞意欣然

德威禮榮

修業斯為盛垂聖心安綜德心多士式標範大儒宗物則根於性威
儀慎乎容宣三略翼翼揆五教雍雍禮儀大崇規叶謨尊和矩從日
新道訓詁風度守章循長讀書垂象當實承庭衣傳詒道

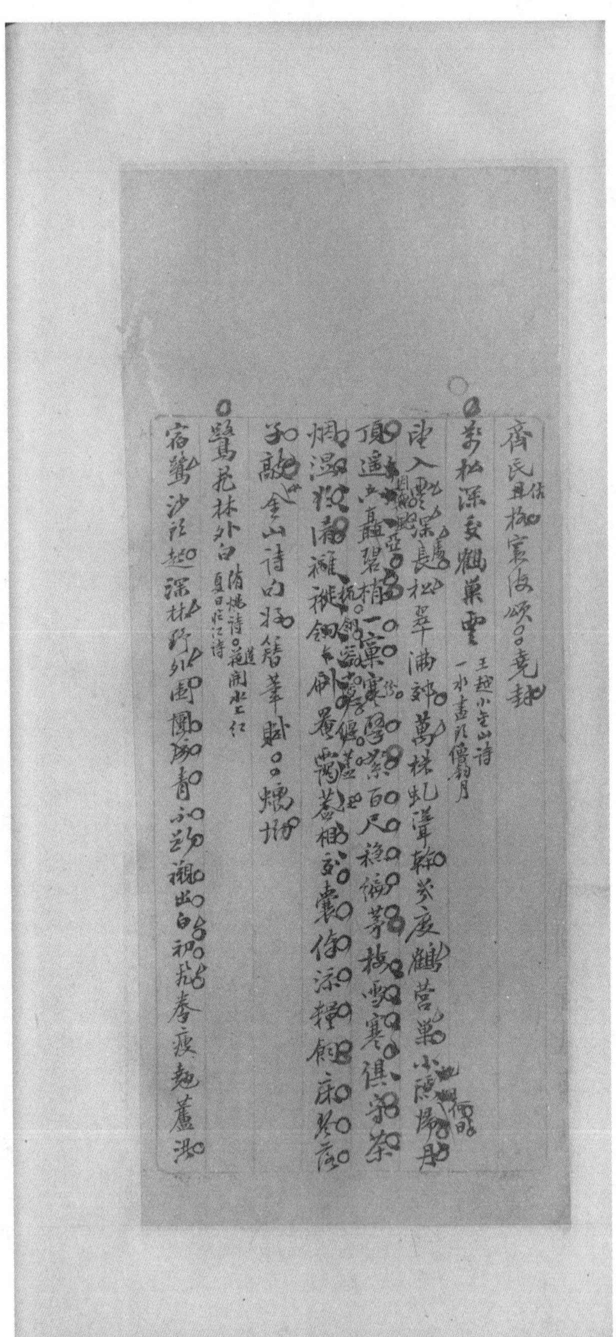

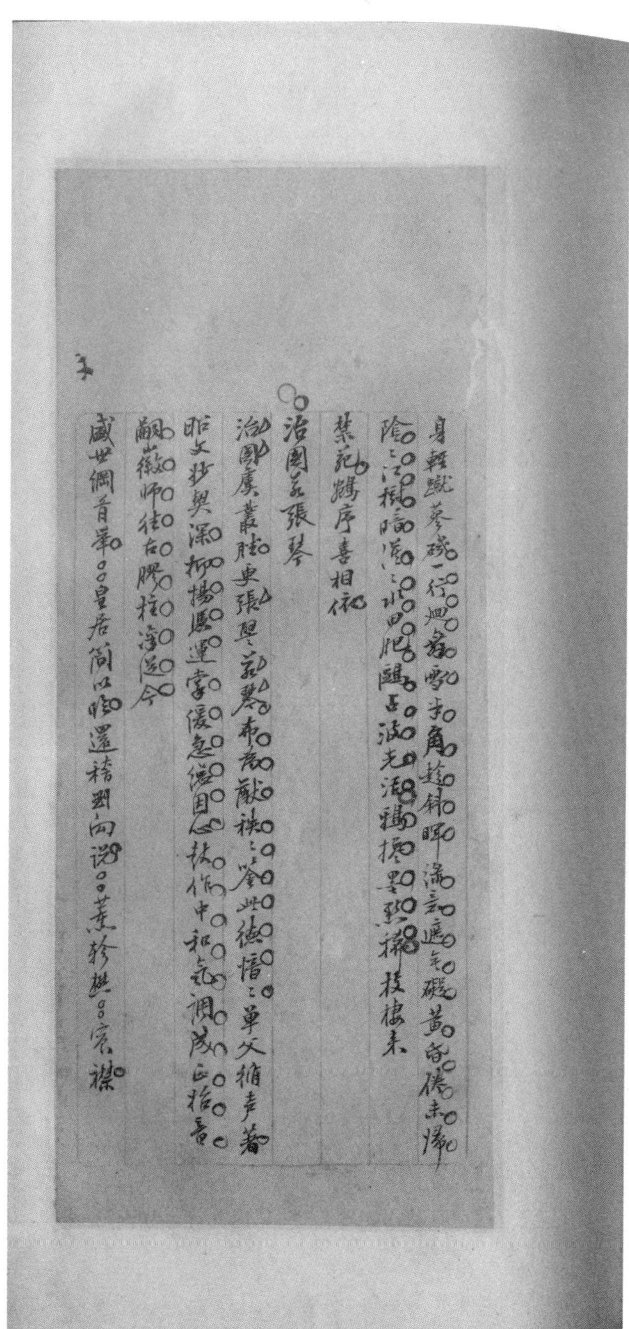

疑義相与析

古義原傳作參稽符著蹤相期經指示直與析毫釐讀書大多開發

佳說亦歧訛如兵破竹決擲下石著一一摩之水清之蕭斜無是非索戴逵 羣嗟息

清夫曲心知但紹連瑞妙休撤脫櫛進箸毫追

重要秘閣幸同窺

綠竹含新粉 王維句

新竹森初備山庄采趣龍節抽鋪漱長籜紹粉猶含點雪痕粘白

節波影顫藍細鼓風篩碎色洗寶華酬舊樣竿頭換緻與箇

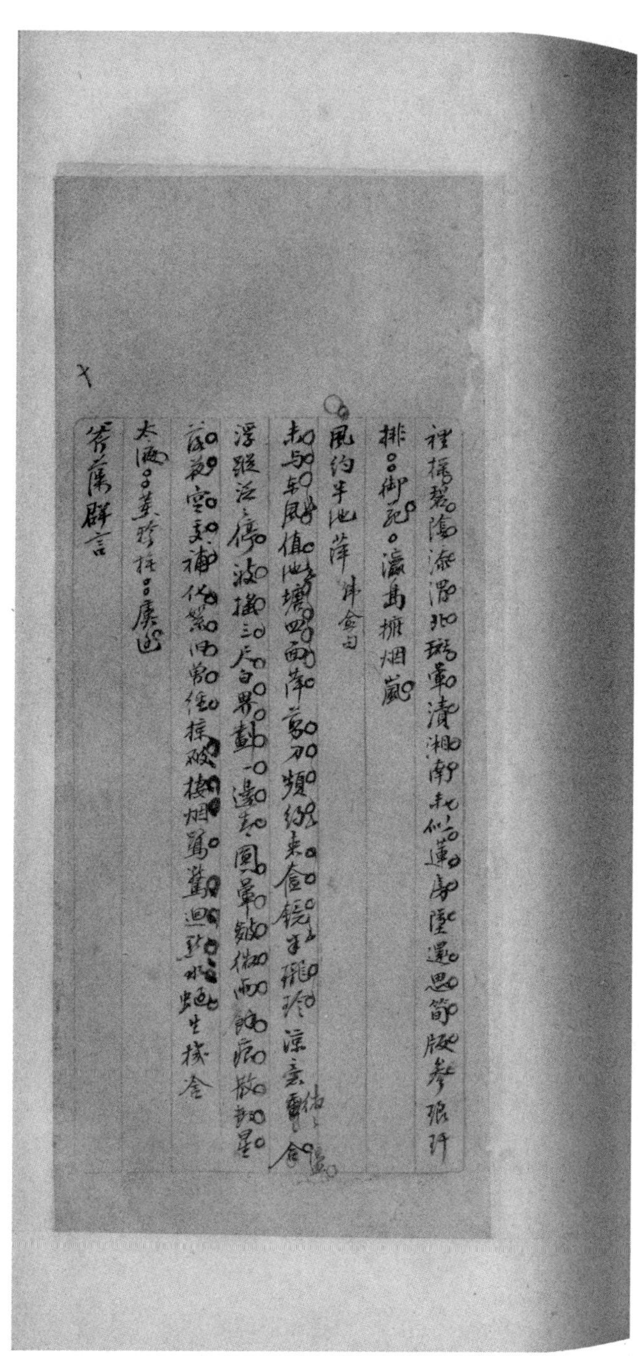

斯之門有棘來去澗日蘩

傾波隨文拈山昃風堪溫

伐木析形則擴華樣於翻

闢理宜區摘文見賞

同工無藝匠傾流挹乎源

鄉陽覘十執甚風〻行帝

抄

斧藻雅公篇千秋大雅存尉經揮妙旨偉頌掩辟言剝和三五八

擒華和急整便杓鋒待試撫來論韻揚秋翻風雨後堪擬赤瓜换

出論郢斤慕書面頰壁注詞源尋淵好窮全身龍翔女彩鳳賓

昇平資黼黻抽秘侍詞壇全首

曆理平同利 堂共

山泉協孔性

寄志山水時那難合累理耶性協雅天唯安玉言教湘默甚言過見得千

峰飛虹起一道長化機談動靜妙境寵行藏流水揮琴外表

風倚杖晴鑫動惟典懸瀑漢鉅同莊卿息當年轍誰窺

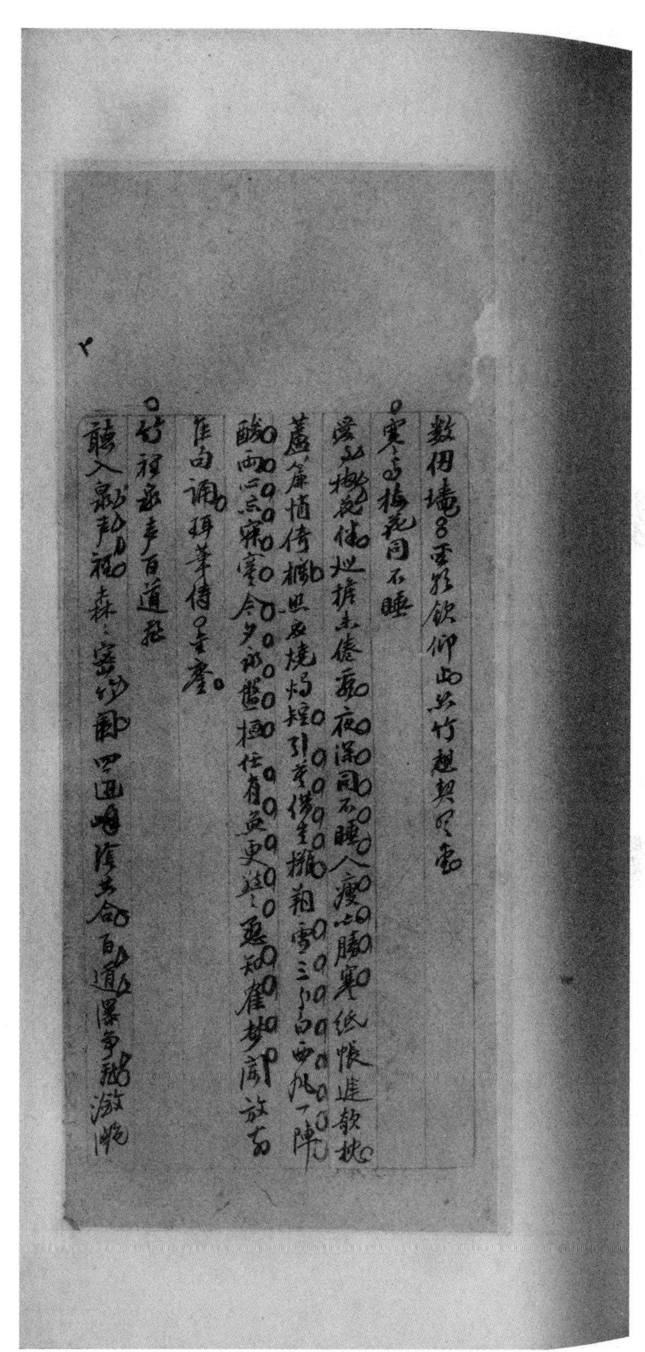

紅初溜檣寒綠淡肥蛛光跳碎雨倒影界斜暉夷涧茭雲
帳亭山鉏澀幽夜棲斷村碓急僧過寺鐘微咽石鶯猿嘯寒林
趁鳥歸液池新漲濤生岸洵是皇家

綠陰生晝靜　平原物閒光寺詩如花衣袁仿

家住饒山禪房深抄趣蕁素襟日長人靜地靜木陰駐景鋪
畫承風雲影帳深蕉窗傳種松梢究眼琴波流春色
山倚太古心偶蘊籍知吠犬古樹湛龕爐篆烟邊擲棋上雨
外況是御園佳景枕中內寫清吟

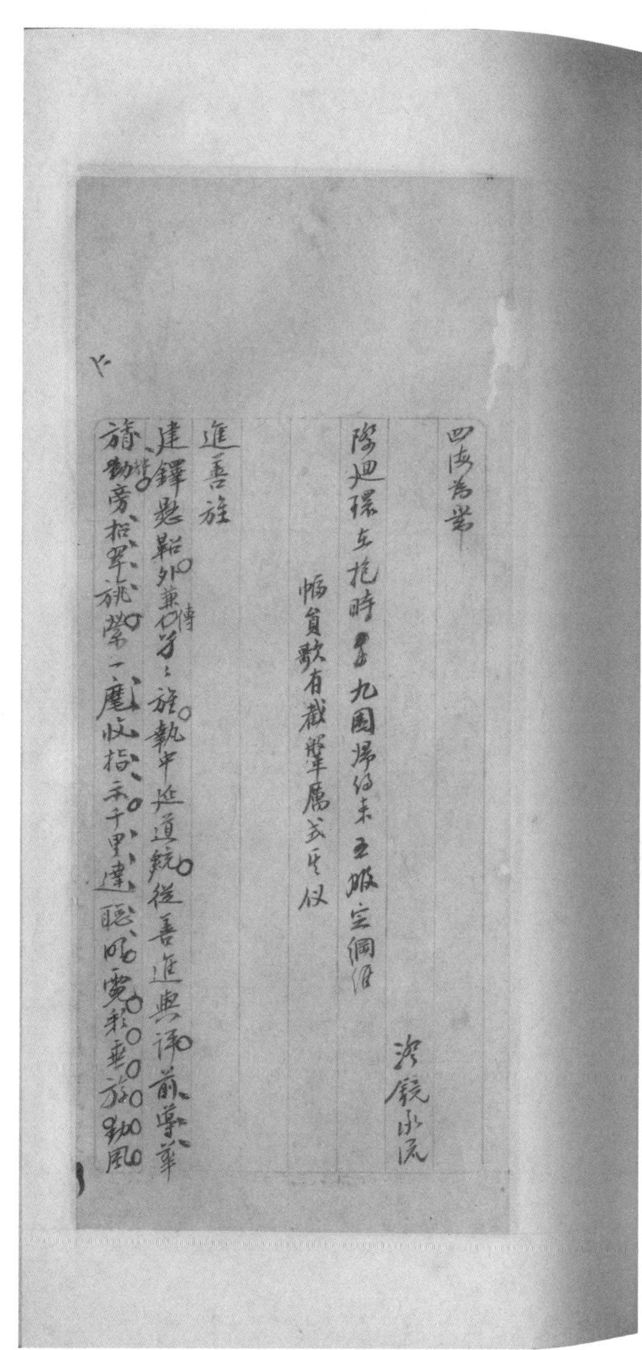

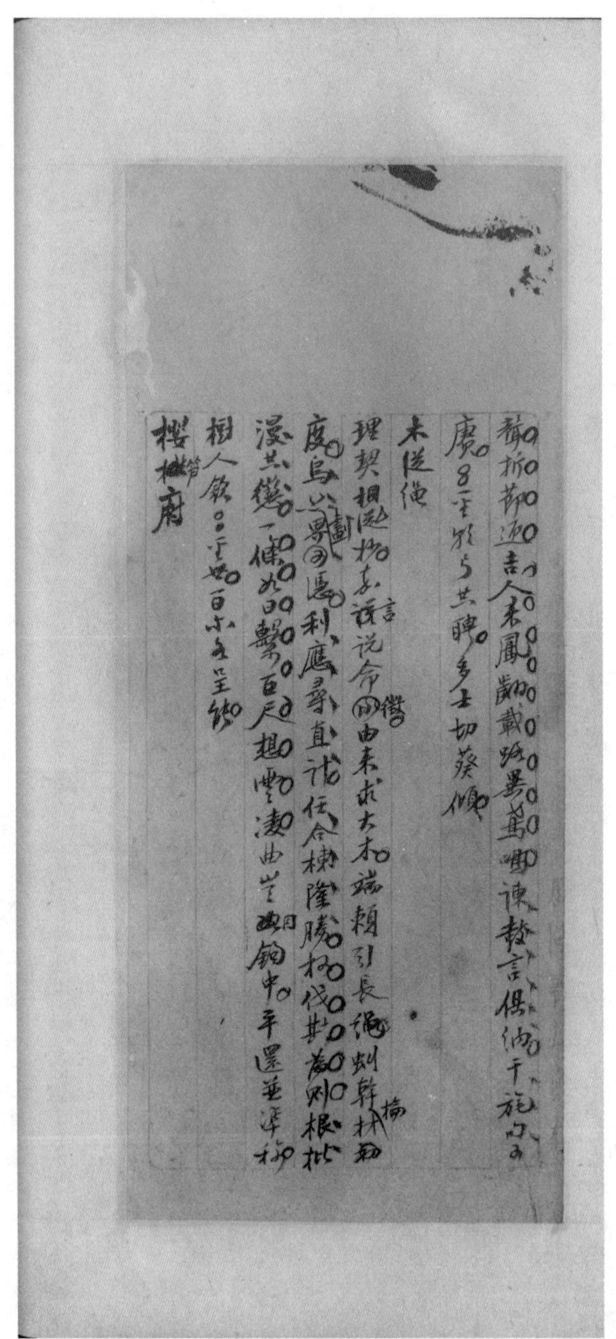

出入閑

滴露櫻初熟驚雷筍漸肥清和逢令節母日辭官歸爲以著
枇杷心萬竹絡顆地大似彈簪臟粉如珠摘處筍於豔衛
參來玉版味飽啖當薦待燒合煮藥俱兼味辛鹽薦嘉
賓午餉娛大官彰賢招蝸宴蔬天御

孔鑄顒
示信人難鑄千秋鑄瀾孔顒庭門尊重城儒行武英鄭敬臺良
林試擅傳義玉教鍾同夫三月後模範四科洗鍊姿蹟粹猶
林長向自冊庫全真示爲衽簡豈同嫻黑山鄺騰張高非仰
規模合體真德澤弟儀冊

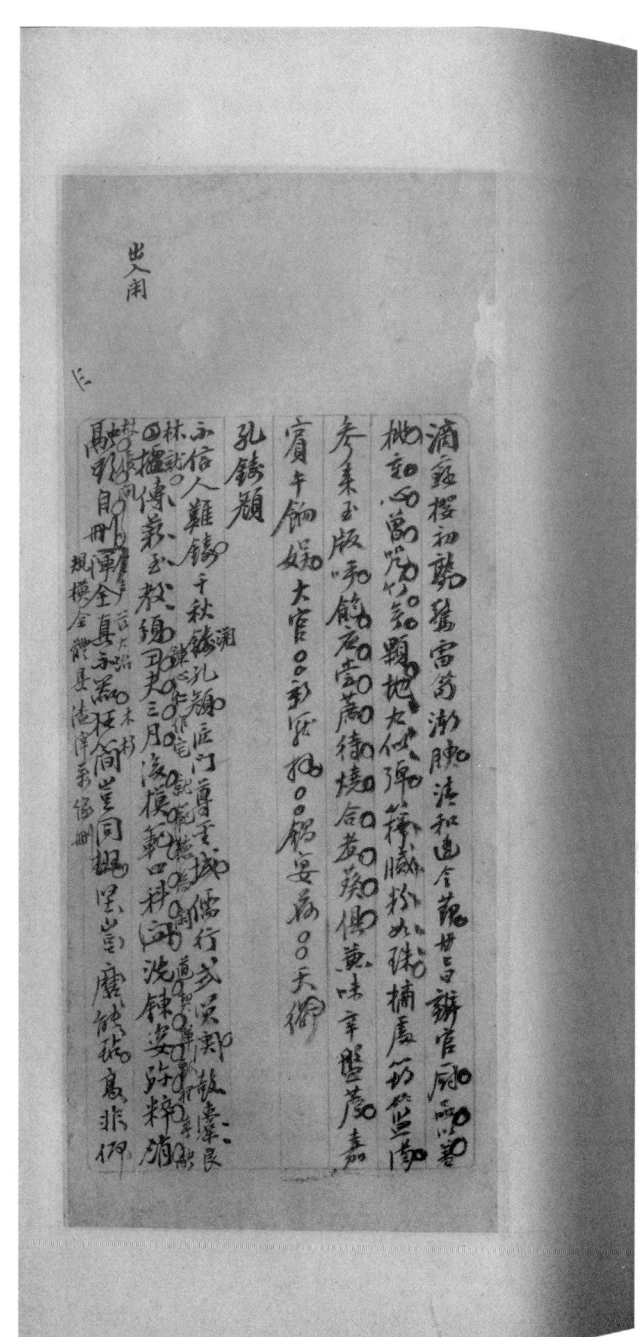

丙琴宜盛作陣嶺豆校定契農山

○膏雨自依甸 唐元宗喜雨詩蠻中咸合寸

亂雨微時知唐宗誌喜新 適王遇甸物周甲自衍甸星光占

魚爽波夜涉象蛇錄雲膚已合浹日指背輪積暴稽穢冀

砌流酥膝麵塵桑田歌化御黍稌灉思卹潤礎期郝叶陪車

惠詩均 庵四循○○丢外廿樹遍月雖慶調長

○點淡荷葉疊青錢 鋪徑楊花鋪白毯

不盡淡微疊浮散復四邊軒盈餘都接不亂致綴新擬遞錢積鑄

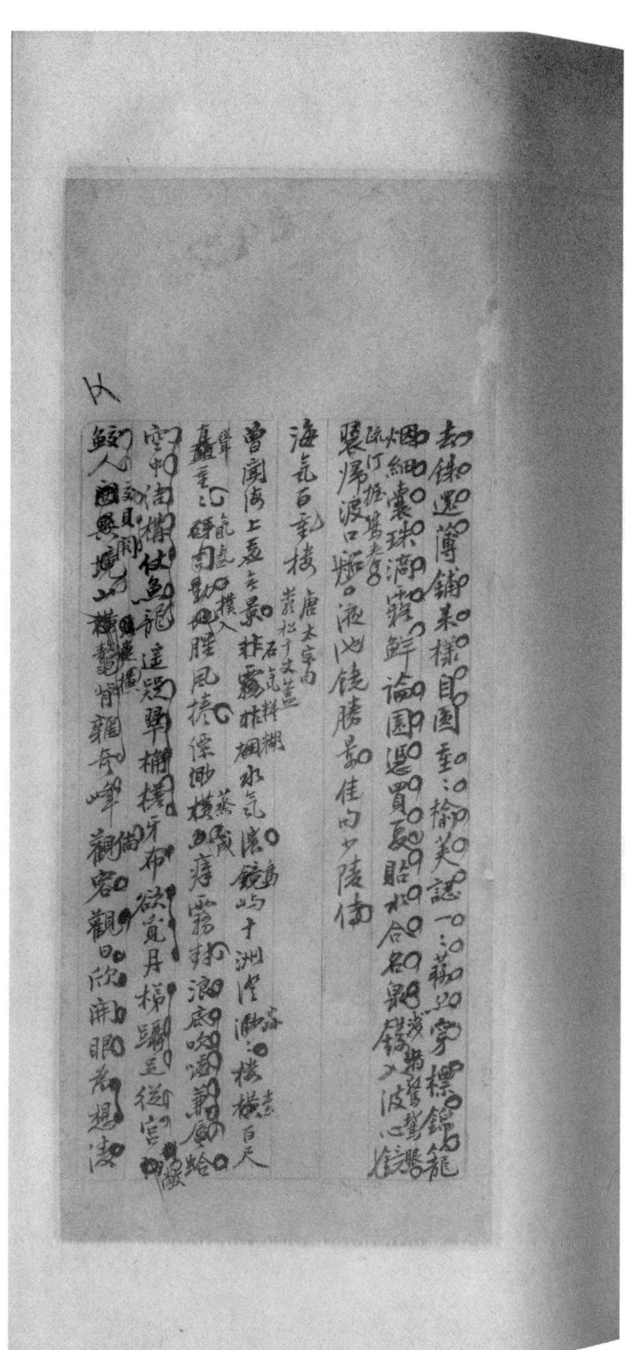

雲[illegible]閣澄鏡，而今迴[illegible]動[illegible][illegible]御[illegible]淡光[illegible]字

葵心傾向日

向暖山葵性，都隨日出時。三竿方度影，一片已傾心。[illegible][illegible]

風[illegible]倚[illegible][illegible]曦[illegible]，[illegible]來葉[illegible]彩，[illegible][illegible]擁[illegible]扇影延

朝[illegible]碑[illegible][illegible]知陰[illegible]明常[illegible]直方[illegible]輸快寸草[illegible]棋

[illegible]秋[illegible]景未沈[illegible][illegible][illegible]德知[illegible]龍德[illegible]方欽

細蒲含風[illegible] 杜詩

[illegible]羅幕[illegible]時葛單，細草梅雨，御[illegible][illegible]楝風，含[illegible]氣[illegible]

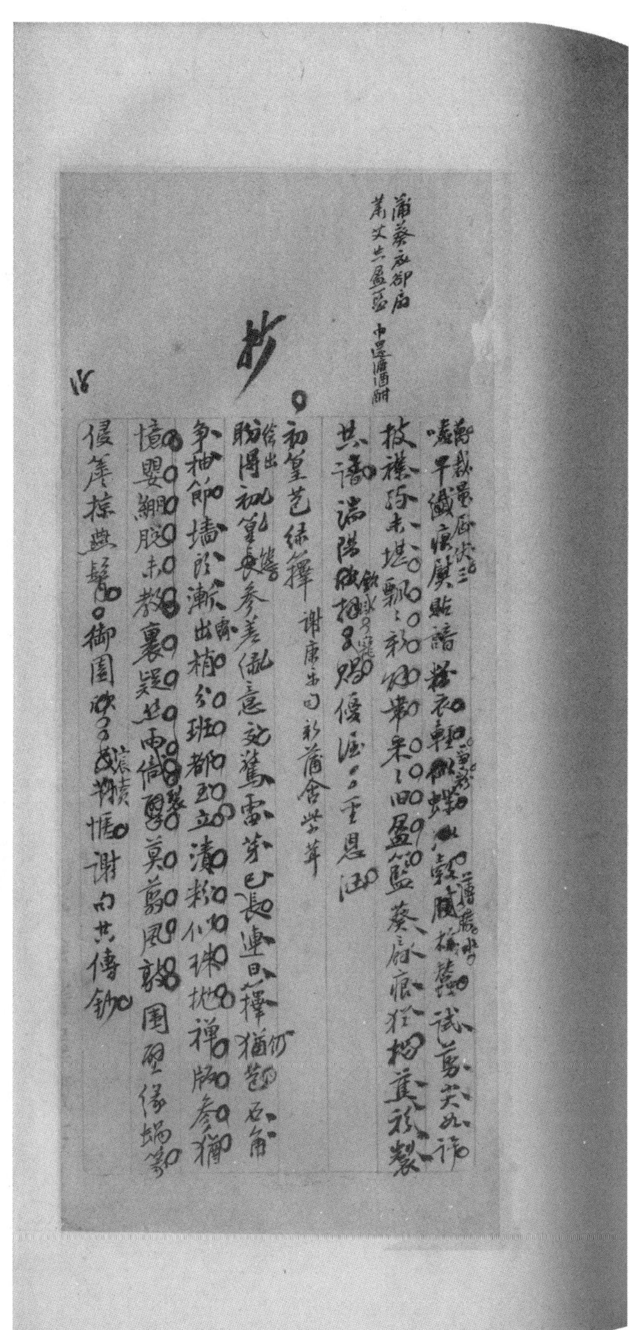

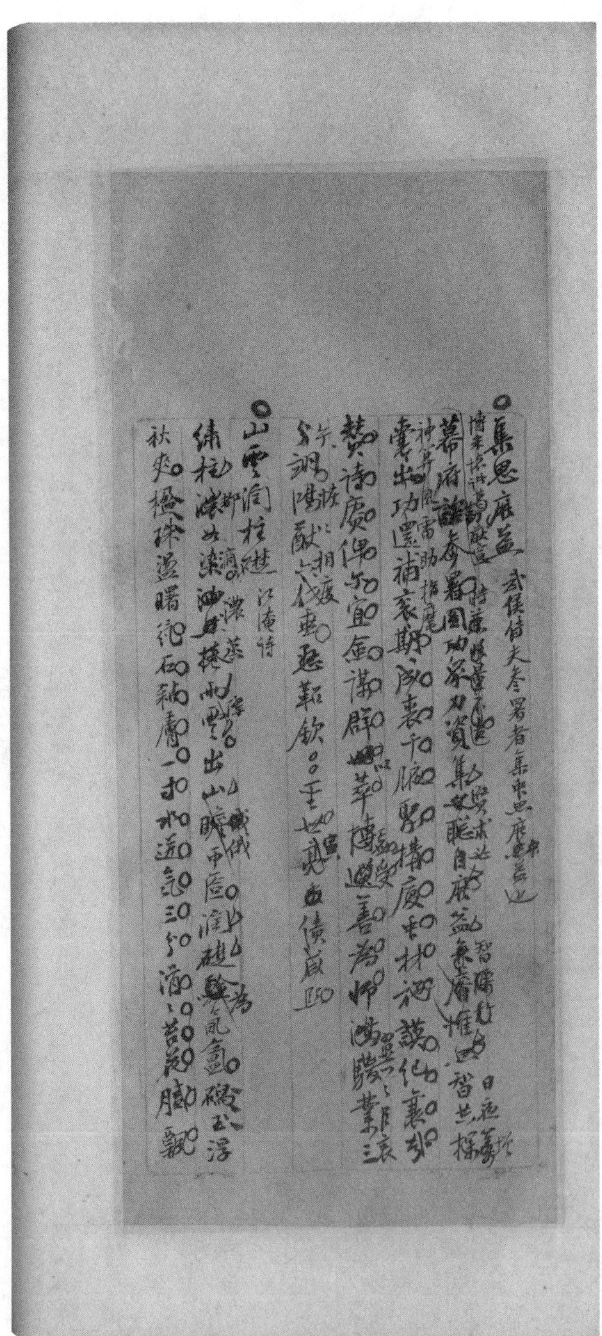

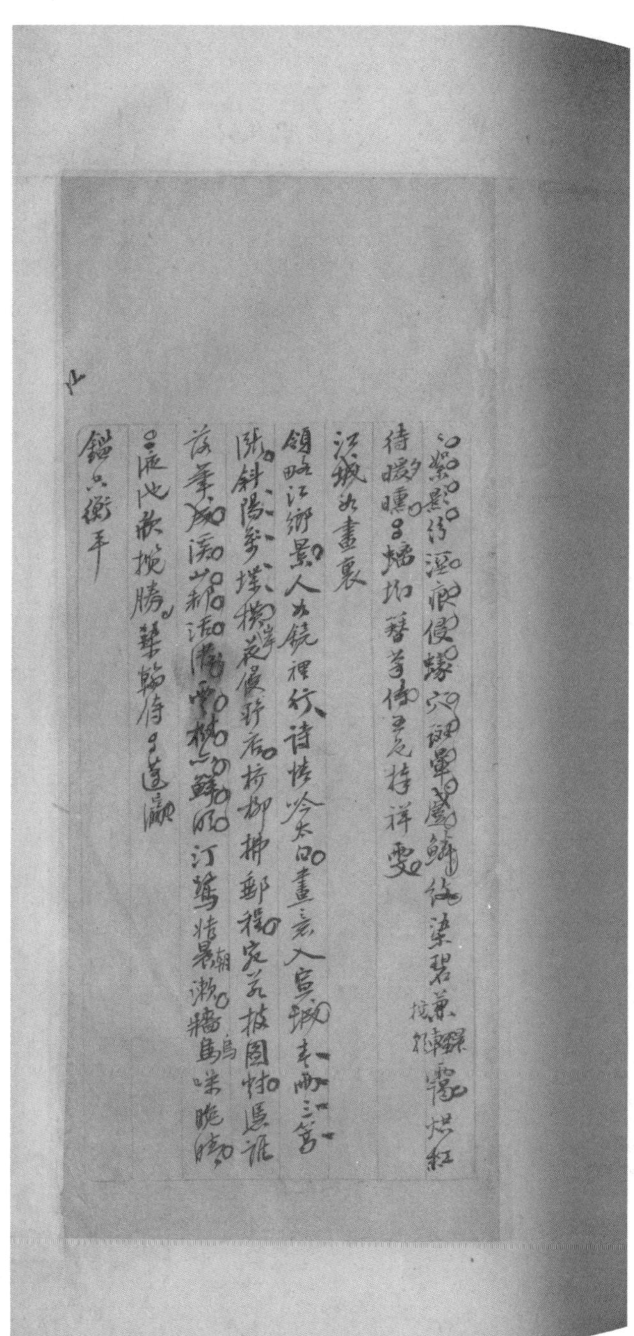

衣袍徽號鑑圖形握執衡無所祛澤相手直撥同情形瑩
鵲娇醜权丝判毫輕西以銅照殿壁如石戒世傳四照生花妙
千鈞異衆成意電塵小澤中正物衡争讓到冰心朗持偕
斗柄横聖教光被遠幽更暢由庚

農乃登黍

黍夏彩如雲洛豐屋毛盈萬家欣所獲百穀此為宗鄉
合穎名嘉穗穀占候年豐田稔谷肆聲謠喜村夫慶多稼
瑞俱如金桃廟載供角筵宴饗香黍雜夢花瀛膏雨

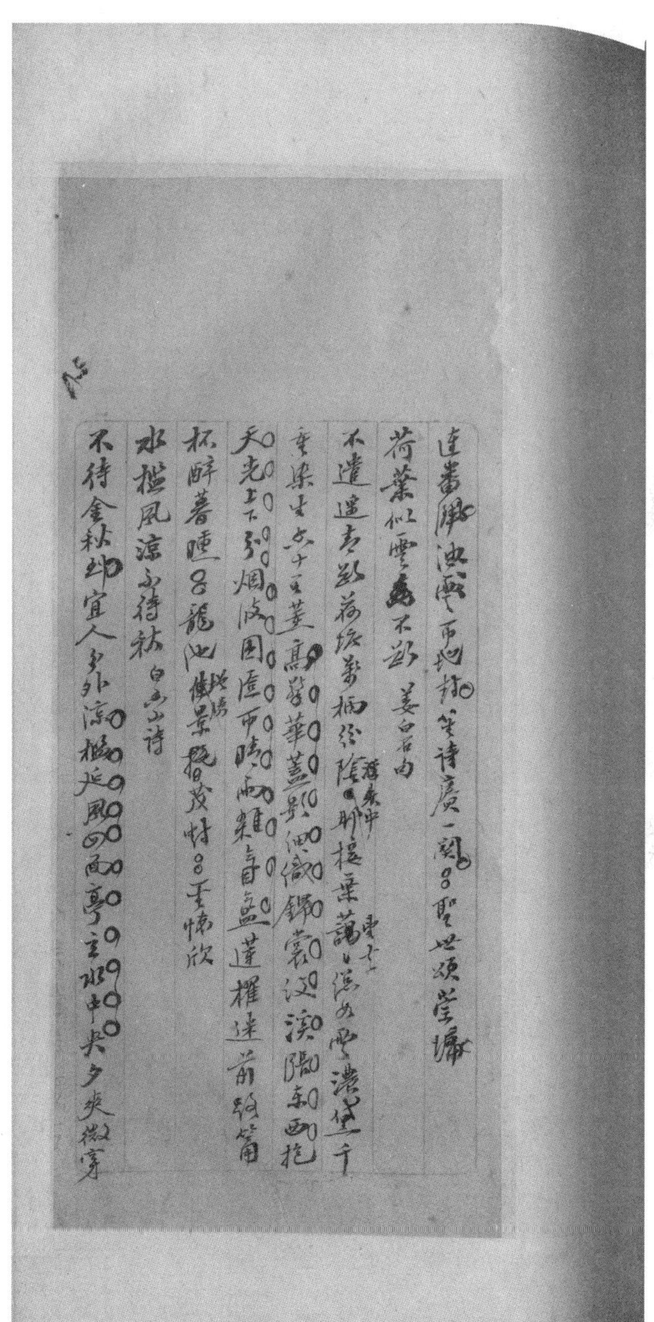

連畫舫泊殘市地[illegible]筆詩廣一瓢呂聖世頌堂壎

荷葉似雲香不斷　姜白石句

不遣遊者歇荷塘葉柄絲陰[illegible]那提葉藕絲如雲濃煙千

重染山水十三疊真紫華蓋影催織錦裳遲淺陽東西抱

天光上下引烟波圍繞西畔雨雖無盡逢權迷前路篇

杯醉暮煙呂龍池倚景[illegible]芳時呂垂悌欣

水檻風涼不待秋　白石山詩

不待金秋也宜人多外涼[illegible]近風四面亭子水中央夕爽微穿

戶晴游出繞廊櫳簾收映谷扇暑光息不禍鳴琴敲韻

屏遮鏡光似照涼一雨底多向夕陽蘿蔔庭露竹池蔭数

露無放而詩由詠醬華流出偏

潭心無檻平

畫檻玲瓏敞寒潭欲澂澄平如真似寫村無恰肖几席程

山久樓臺近水涯窗紗從蘸碧屏鏡暈飾金箋眼量痕含津

簾外仙影沉微漾千尺張竹護四圍繞叢月凌波即松風地來

後流池環風襟合是擬宗褋

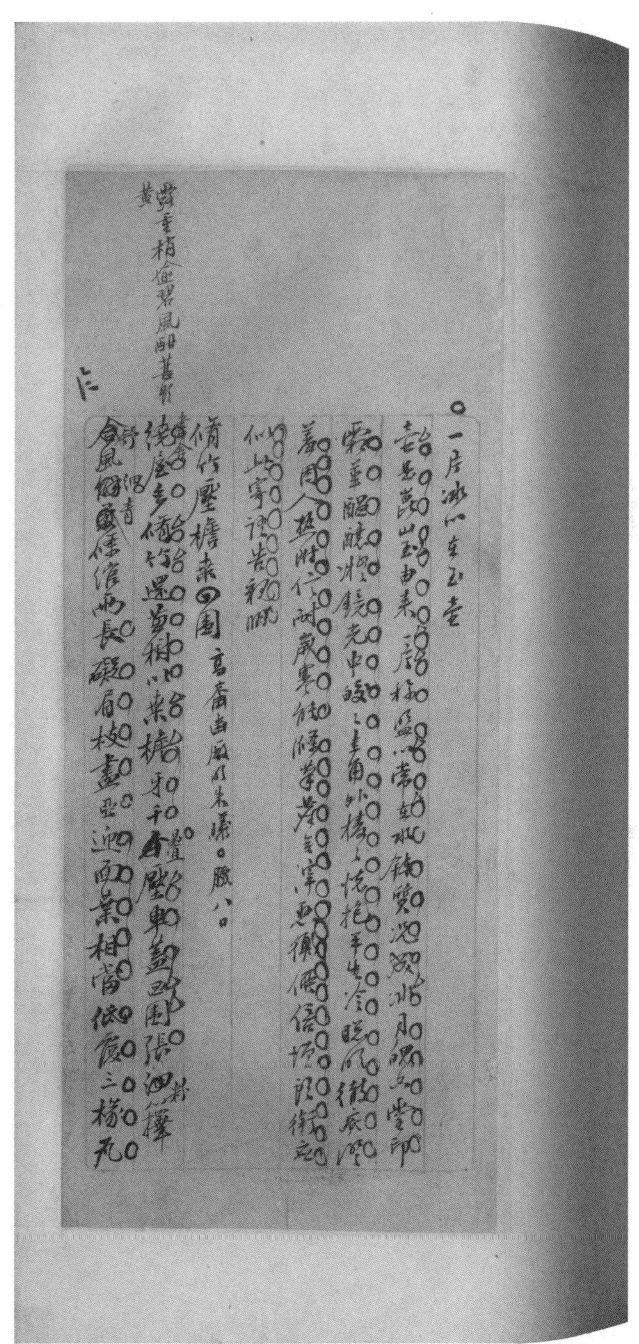

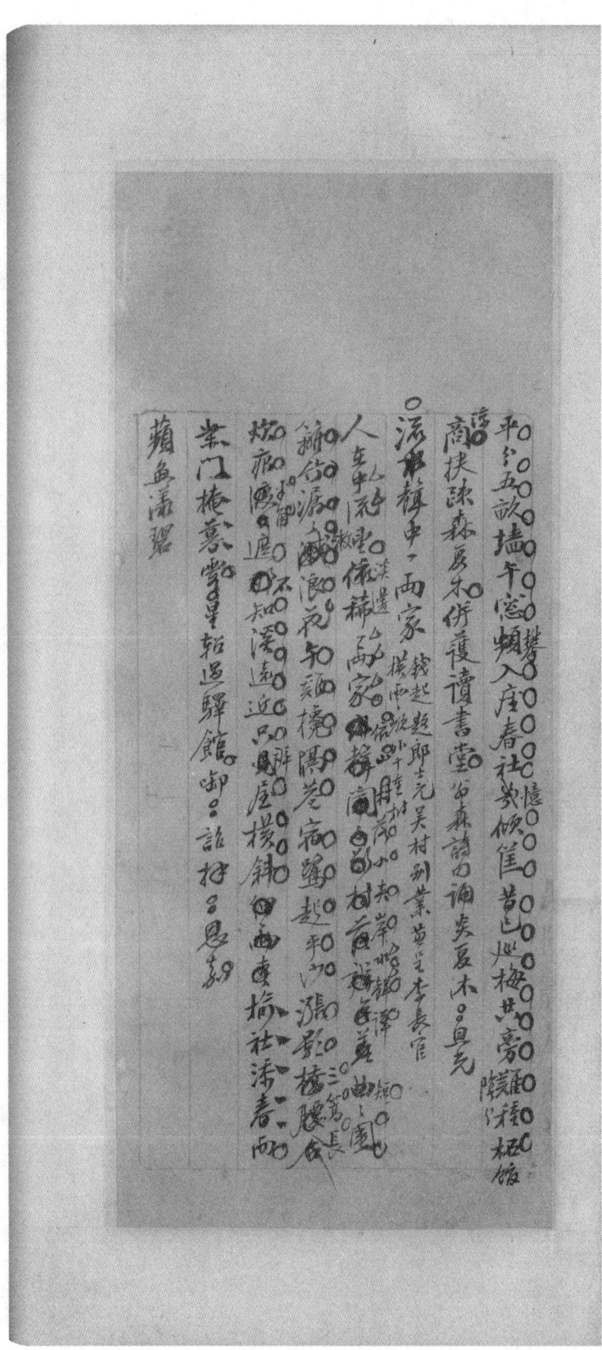

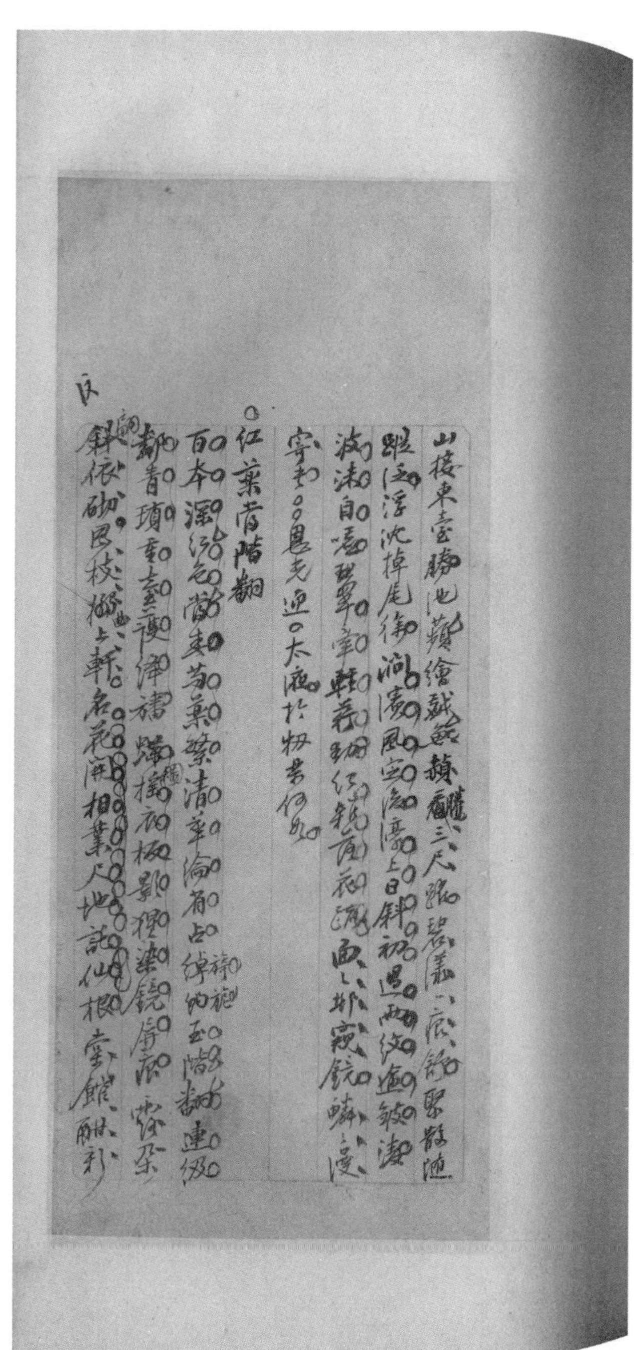

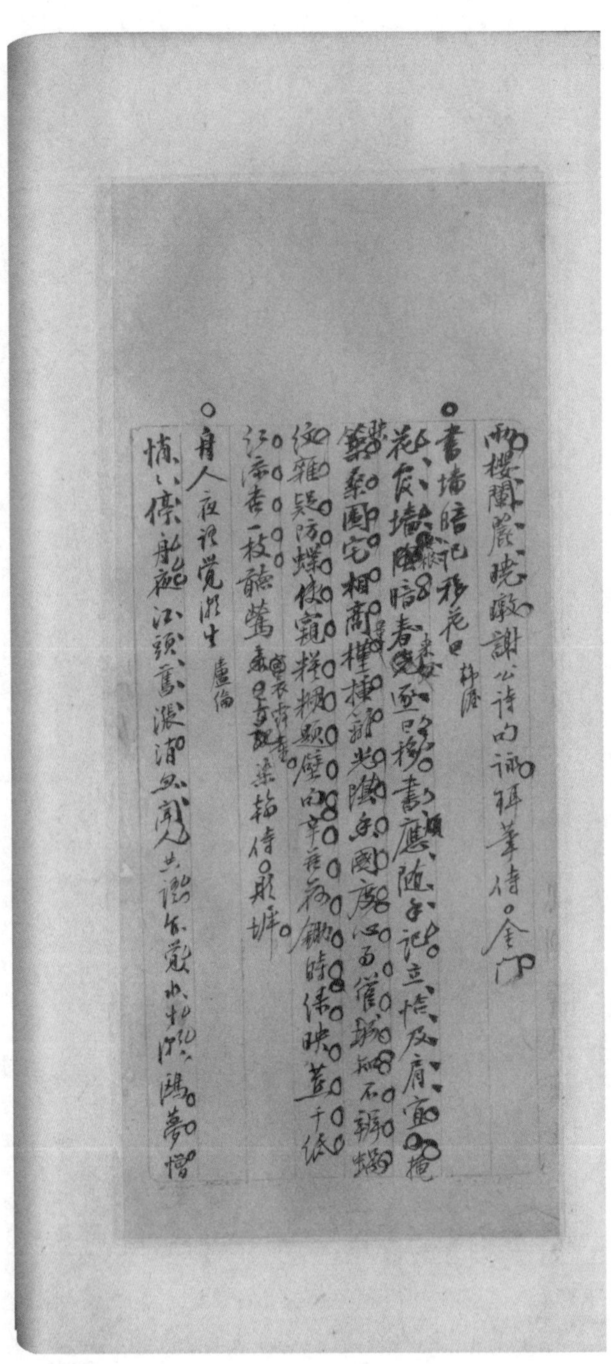

雨樓闌檻曉暾謝公詩句韻拜筆侍金門

書墻暗記移花日 柳浪

花氣墻陰暗春遲已移書應隨手記立愴及肩宙掩

蠶桑園宅相商權種花光陰如國應心留貨易知不歸蠟

絲雜疑防蝶使窺糕糰點壁向辛夷鏡時佛映蓋千絲

江南春一枝聽鶯 染翰侍寒墀

舟人夜語覺潮生 盧綸

情以傍船起江頭鷺漲消無人共說欲覺水和煙隔夢燈

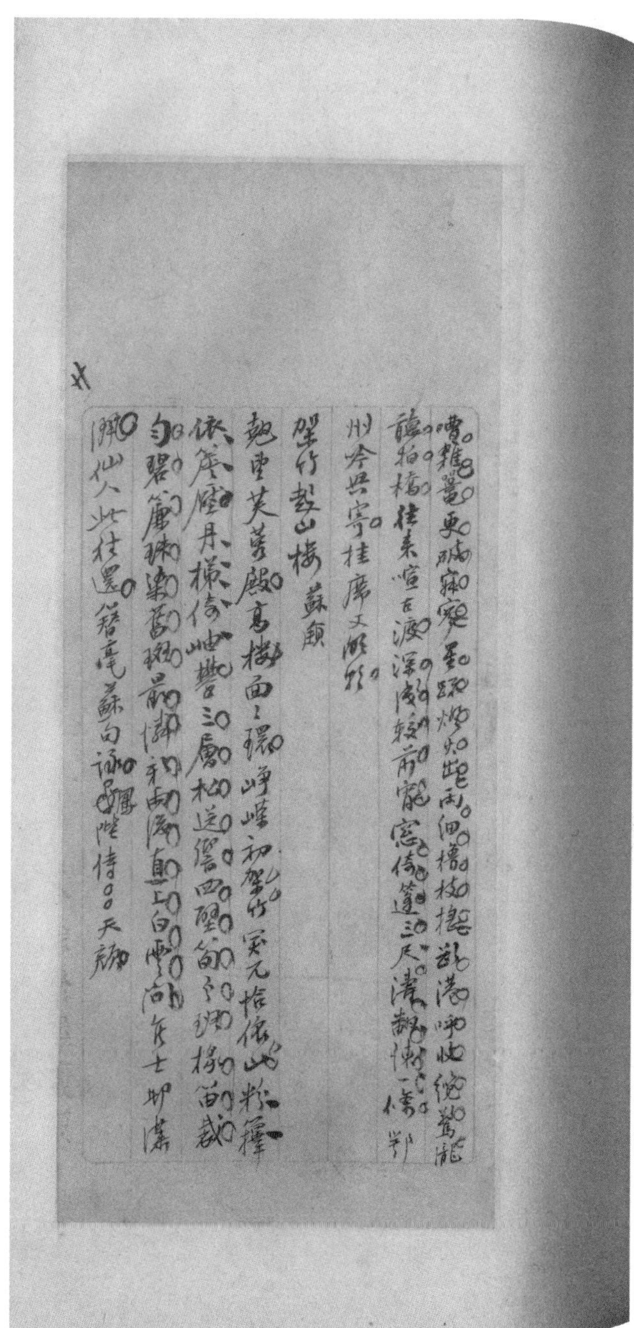

點水蜻蜓款款飛　杜甫曲江詩

戲荇牽萍細細輕紅蔌綠密盈盈和花藏款款也點點樣飲露連番

饑甚風性力微白跳珠兩急傍激波肥偷眼窺蹤席翻車

趁蠅衣撇俗宮箏欒主係鈞無依潛行宮定汀花都未歸

少陵詩句調太液迢迢思暉

竹露滴清響　孟浩然

冷沁露南亭夜蕭森竹氣清淫痕落萬个珠響滴三更雨葉

喧初定風梢悄欲鳴盤珠拋錯落樞粉墜輕盈疊疊深都

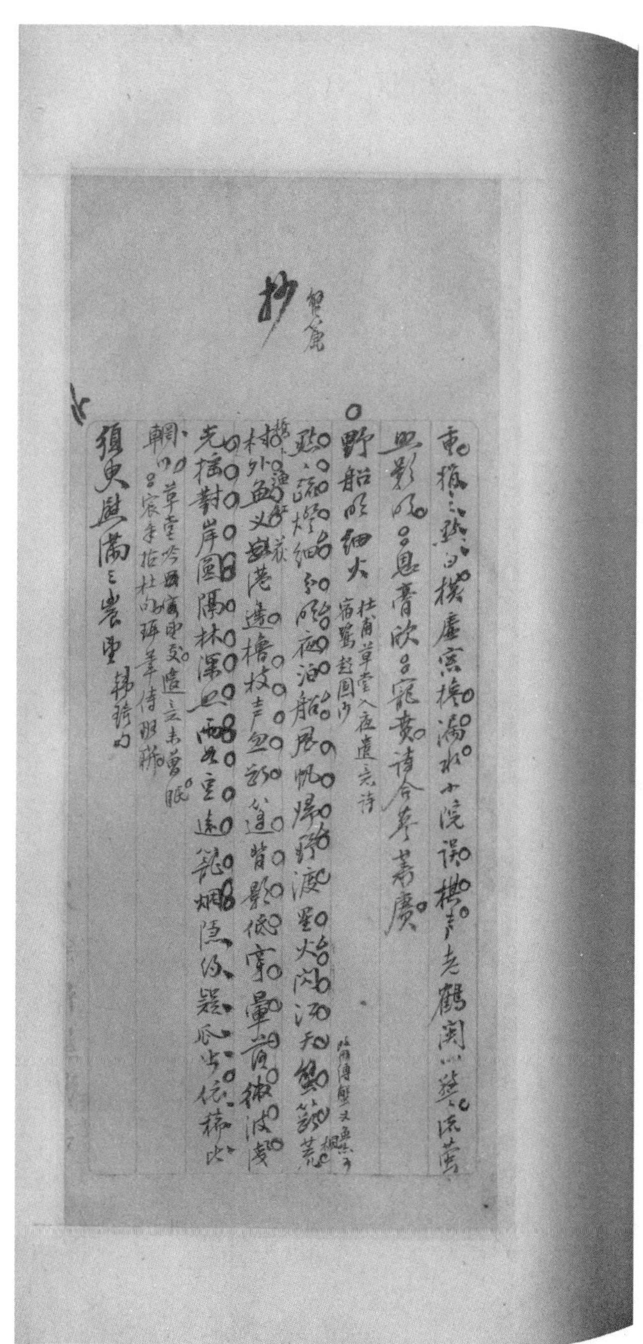

滑雨颭虫耳添濕渥澤流虹霓點眾蹤[illegible]啟三農杭[illegible]帆
膚御潛膝土腑鬆天瓶俄頃徧人意化工遲簾祝[illegible]柳憾
車隨候[illegible]恰逢歡聲騰社柱業載語桔春定其千倉慶字
還四鋪供韓魏公雨催內憶[illegible]懷頌召堯封

○遠移山石堀作声　狀否題薛十二亭池詩斜　斜小橋永島鴉
[illegible]蘿識聽泉趣無[illegible]便覺平橋池商[illegible]勞[illegible]石[illegible]寒聲一
道花仍窩千盤[illegible]碧擘花蹊不位置薛碧巧覺便洞窟窗
雲出濤喧帶雨聲迴腸流遍曲漱斷激瑽琤真共吟松[illegible]

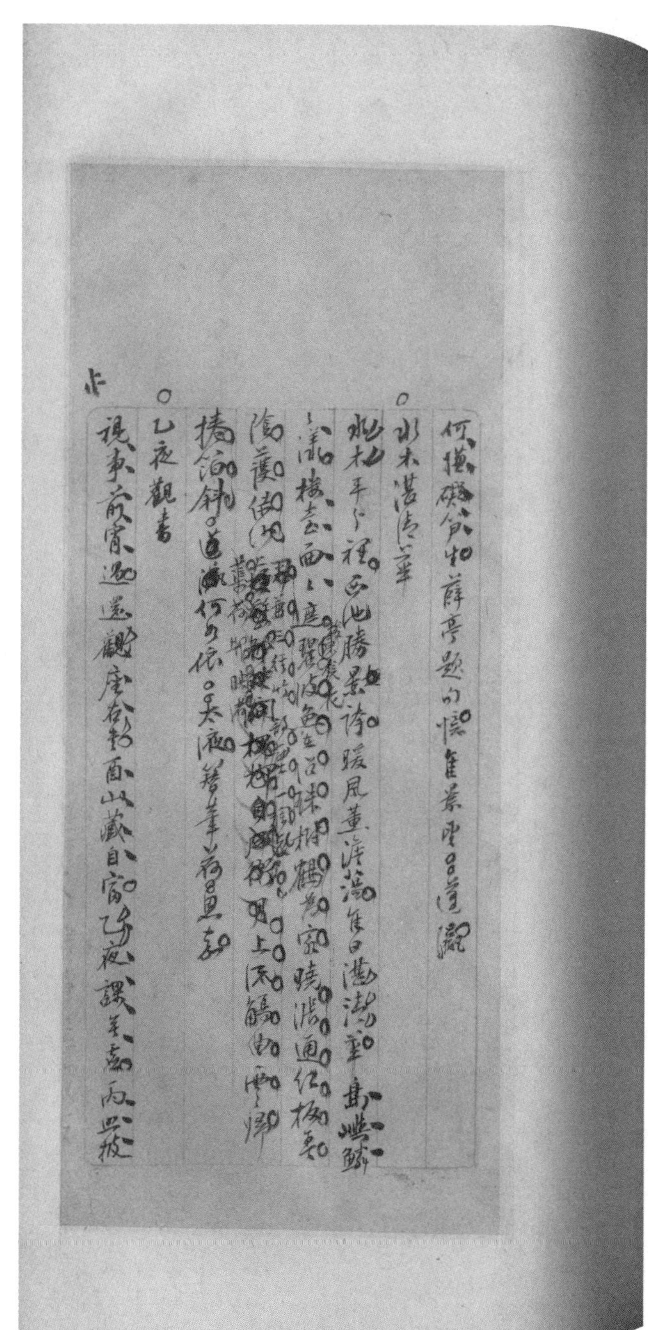

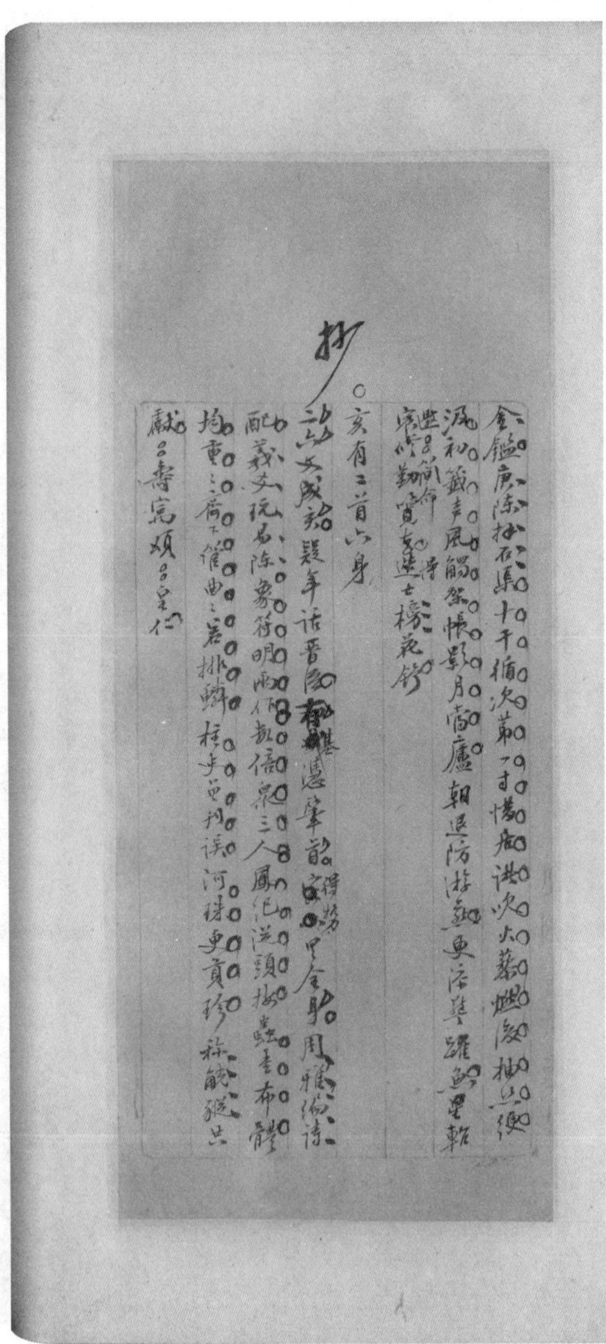

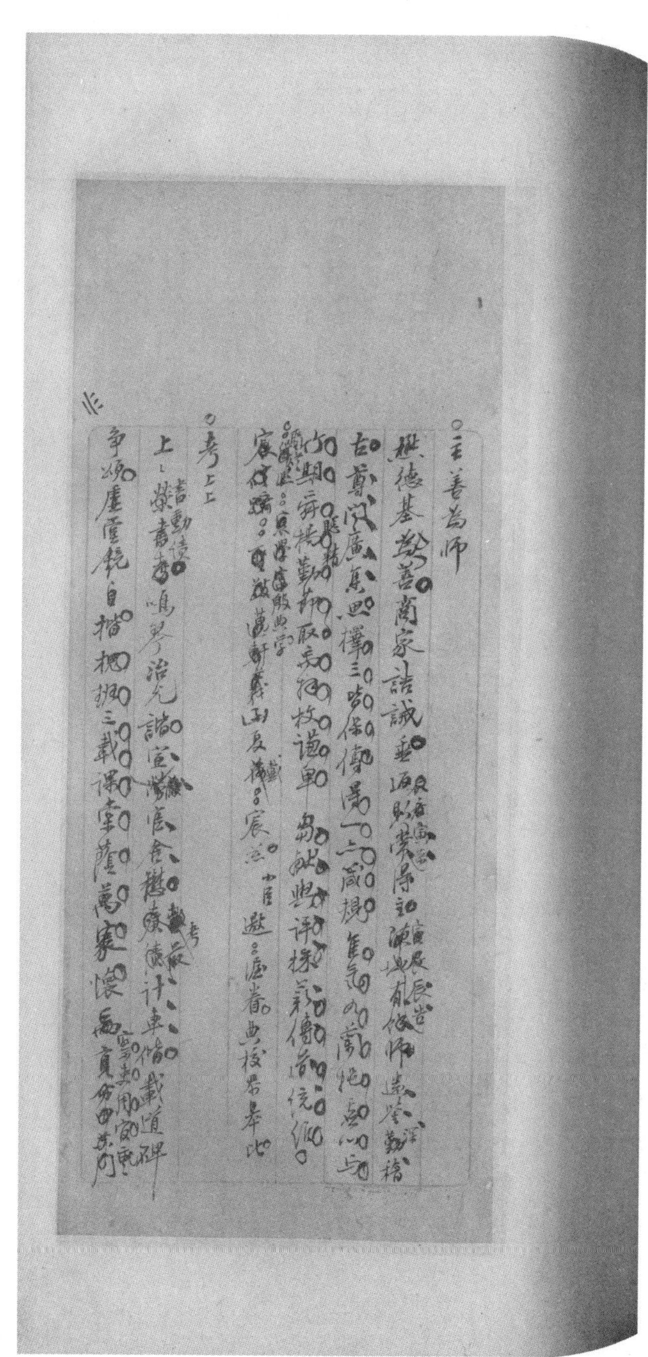

紉田禹貢溯寅恭嚴有位兩節冠同儕並盡新邨治循良人傳

風雅遂賡思曲衛詒擬夫差 默雅選行部 遷蓋曲音階 蟲嘖鸎黃鄰 循聲綠柱暗

岸花藏水碓 岑參游盤石寺詩。溪竹映風爐

樹礎鳴何處溯溪岸影長源泉流急筱灑花藏暗入踏

汀渚暄聞響含旁暮聲春野渡春色畫江鄉礙雪三天高

漲迴熏風浮鄉無籬簷隔檻見桔槔忙酒歸迷紅杏雨

隨潮樹遊蹤盤石寺清賞勒詩囊

桂林瑤門夜聽竹 東坡寓居定惠院詩 不問人家與僧舍

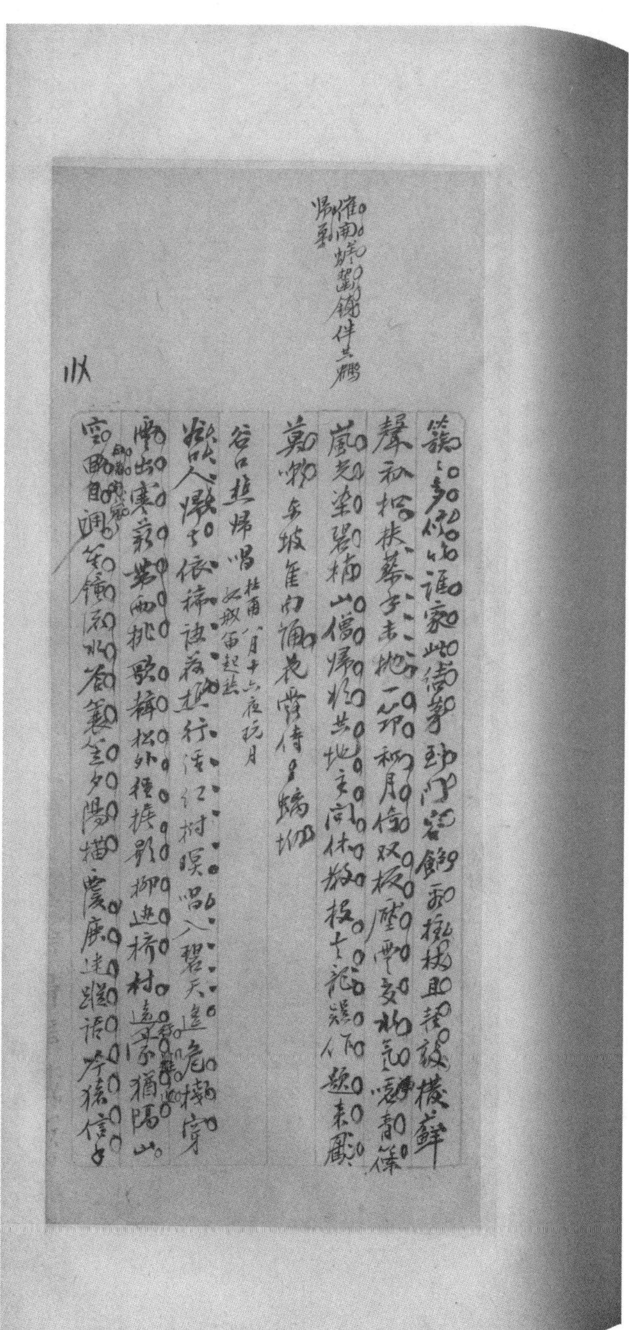

月令 星六

梅重作鞦韆建興論戲島嬰

敦佑勸農業 唐太宗句

偶誦唐宗勸農業大計存九歌功用著一道俗弥敦曉田人祈

社春風美剝門鋪牘蟲作東來蘆餘謁傳盆榜唐趣此橫侈動場

嘯遠近村周宮編治內漢詔布恩言耗減倆既賦謡鄧太史

軒重作氏孟至禮澤普郊原

池南池北係錢生 蘇城內街東街西單塊成

出意池南北紛爲疊疊圜義池紅曲鏡蓮葉浴鋪錢珠如做

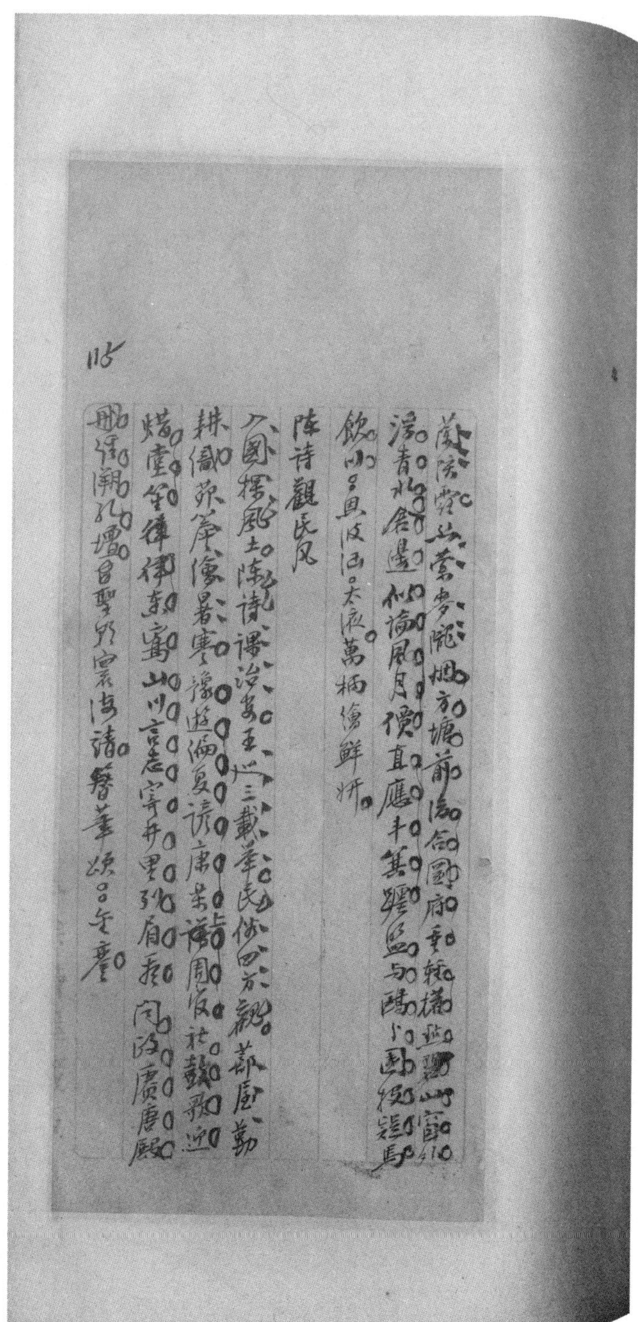

抄

霜蹏千里駿　賦得送河陽王班詩　得月字

神駿來千里驚騅一顧空汝陽推夙望無野想駛霜蹄渾疑

花初散塵蹤草亦迷手驄風進閑月步香雲踏隴沂西儘五疑飛

度雄心託起斷此材非野鷹所向皆常蹊穆御收馳騁

瑤臺重品題皇途欣展驥聯步侍金閨

江臺唐詩晉帖間　陸放翁出遊歸拈得已足

粘墨平生志從昔問三唐詩可謝兩晉帖中得辨戴人

何處書裙客不還詞源歷峽水鐵序會稽山如奪騏驎操炒痕

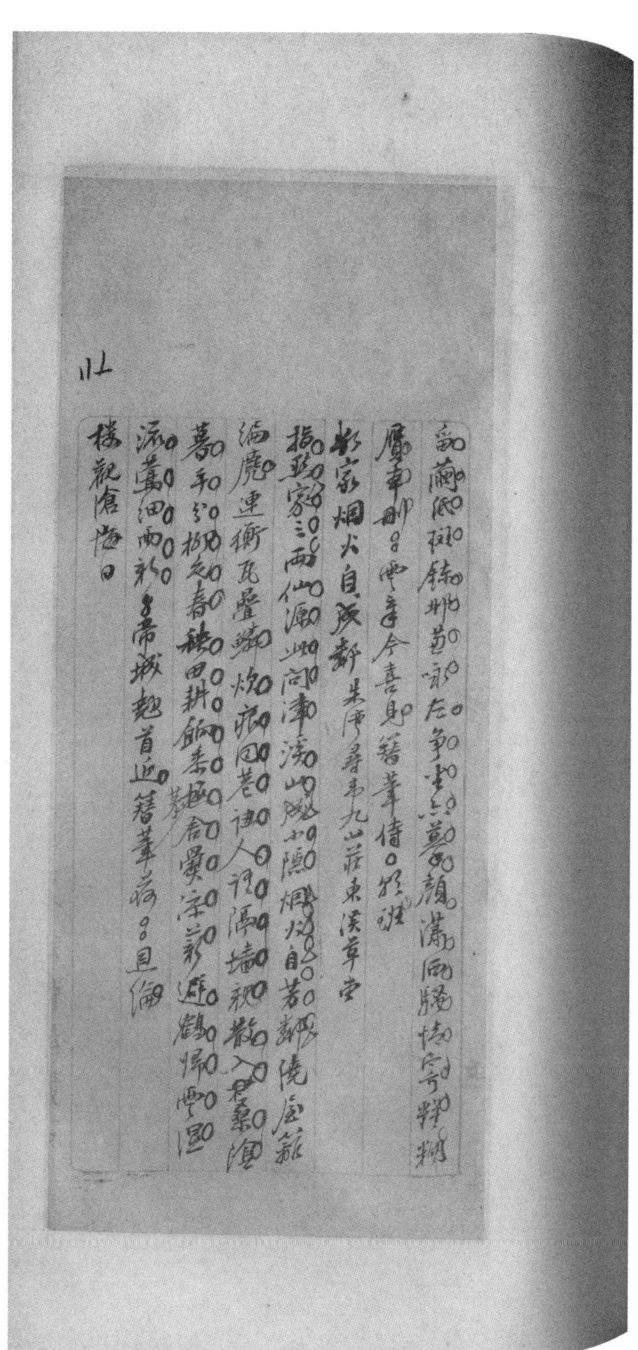

眼界空十字神光脫
十洲

[illegible]

觀日出 豈躐登臨高(?)寺樓，凌霄人獨上，滄海[illegible]飛流霄(?)
色浴波浪晴光前斗牛。雲霞三島出，天地一輪浮。龍燭飛
揮四(?)鮫珠，撿來收百重，凌(?)絕頂萬里入，奴(?)時懷觀感，幽(?)
御泰岱樓 音[illegible]霍向魏首[illegible][illegible]州

新蒲含茸抽 試(?)[illegible]
箭[illegible]新鑄紫春光長，清蒲懷初生，芳樽[illegible]撒[illegible]數(?)
原葉初茁，初烟(?)節自扶，權風吹葉細，微露散氣，映波影
依魚隱初泥，[illegible]菉俱矣，抽青映澤，葉動碧生，[illegible]酒借(?)

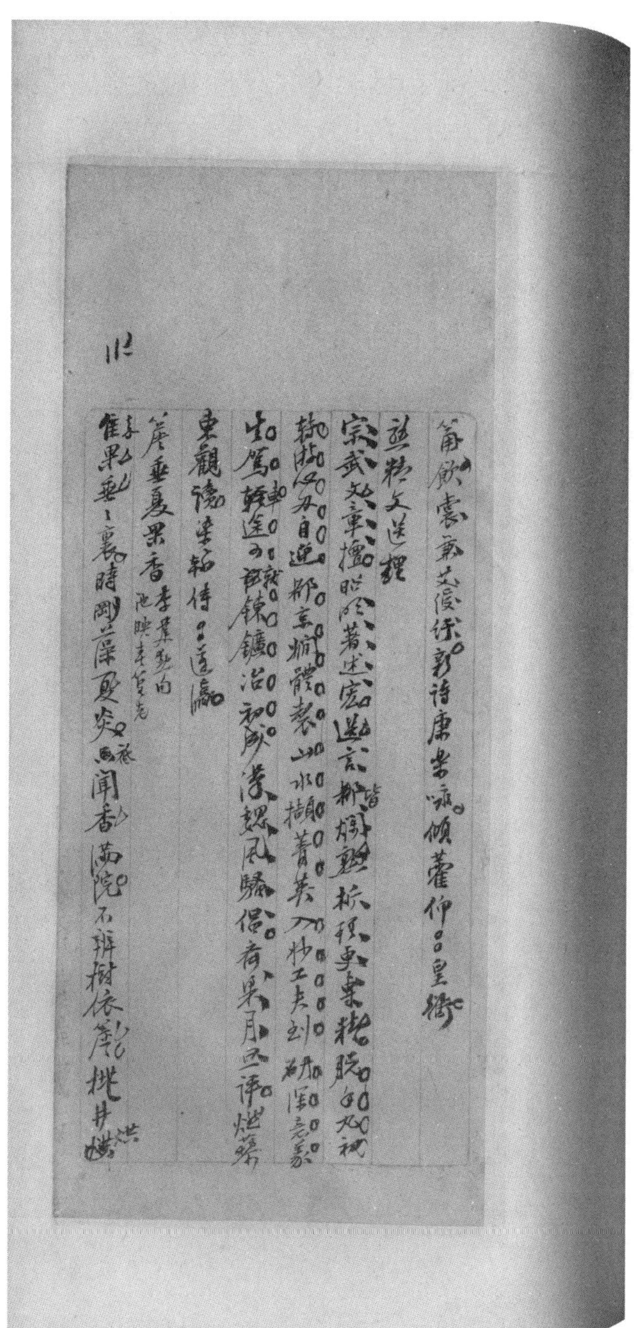

晴曦出樓閣霞雲壓枝米顆垂。蓋瓦條陰藍。[illegible]衣

氣風。前折筍尖。燃抽[illegible]隱。鴨[illegible][illegible][illegible][illegible][illegible]滿

摘[illegible]休碇帽捲。御園新[illegible]。梅傳佐調鹽。

修竹成陰手自栽　弟子內青年共[illegible]此山[illegible]

居子年修竹三千自營叢[illegible]陰[illegible]長着[illegible]舊時栽種

[illegible][illegible]祝春風首度四[illegible]楷扶杖[illegible]辛[illegible][illegible][illegible]未許

園丁識如指居士陰[illegible]遊休覺筍[illegible]出共移[illegible][illegible]山[illegible]

上功[illegible][illegible][illegible][illegible][illegible][illegible][illegible]聖[illegible][illegible][illegible]林

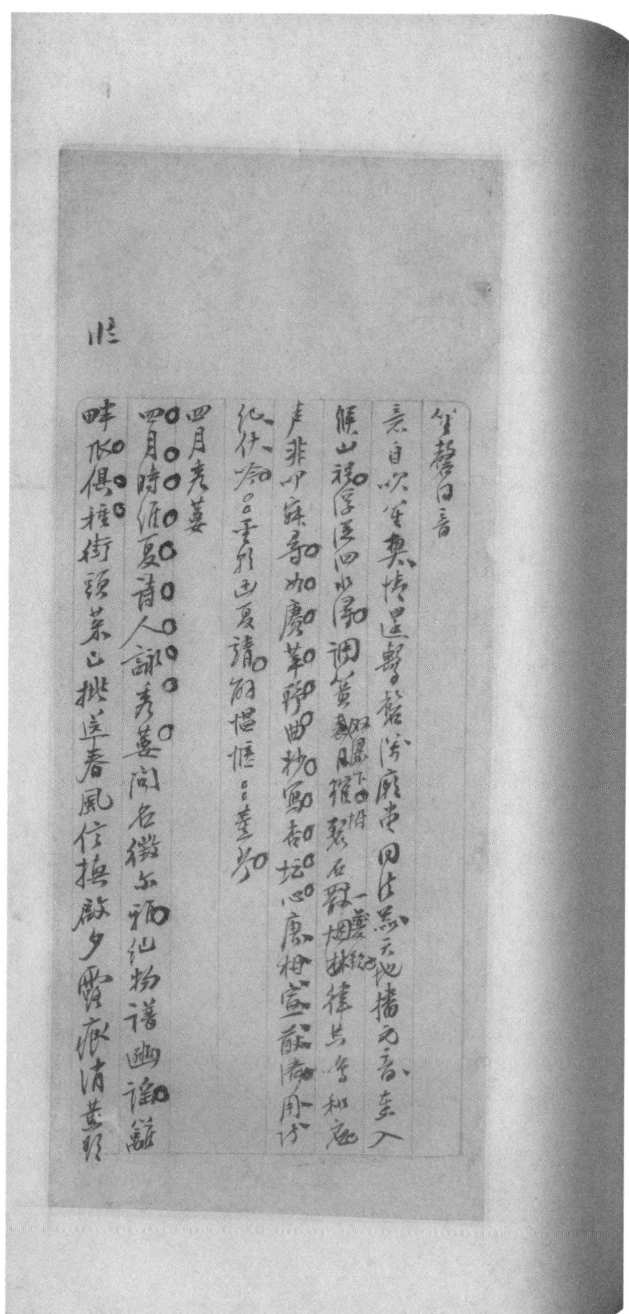

惹梅子青還門麥苗青和條野館裴疊入江樓韻偕檳
花其材妝籠葉饒○○液池生蓋滿○○風澤被維夫
波移帶影長疏
柳帶青青裡照池亭西互光移波淺萬影蔭樹扶疏石髮
字千縷堤身倚雁籠烟潤繫馬維西溪鶯魚擷暈隨陽
淺雜紋石卷舒傘六樓罩芬唐鏡蘸紅葉篙隱暈痕上
衣蓮紫汁初居光抒簽艇○○太液舊家居
楊柳風擴弄笛船

收

武村無楊柳秋風撲面迴歸來船不繫弄玉笛但撲簌碧鳥

、擲飽寒、葛、輕蓬收三尺短竹撒一臉清搖並烟無力吟龍水

有聲花飛橋板曉人信枕樓晴古渡牧笋嗔長亭不送行户

班依吳淞趙山清庵房

松溪雅居不居雲

指點松溪兩間雲一片溪杉垂深不厭雅畫卻何曾並排

疏烟暝罩樣影洄秋月來雞半樓西息未全收千住世心聽

徘徊自悲殊大老時更春擘影水邊流忘似舊人歎悉依

老鶴幽遐茶翹首思玉色集毫抽

詩賦貴有神

獨有文章(州)批烬三字廣神送詩權覓句恰遜西獄萬卷

書節破于宋等自横騁行只真活潑鍊氣爭任營將挾江山

為政駆半未無毫巔秋着色頭上雨傑聲久留佛閣雁字

才此誓鯨浣花身詞樂韜傳〇〇遂瀛

書長李羅燈借樹

擡夫長吟羅意人言惜無驛閱(時)燈倚樹(靜書)不吟千借燈　四手捉

愛之詞詞外已
清響音之也

秋烟撲果餘酒霽研蕉窗清課寂枕市午陰圍翻羅漾出
簇科莎風小年芳譚淺水茁榴擁白雲萹蒿色低偃蝶花
痕淺度輒出森詩句誦。。窗陛侍檻所
六曲如琴
六曲引調後辟征去驟駿鶯之車載韋沃草御如芳節合
三扉赴境還芸生隔所行鑣飾錦錯柔軟橫金驛鞍騑
丶丶叶鶯鄉峽丶丶岑柳楊馬蹄去採溪路目入馭高撫淀芳草
卅
無辦自今。。眉方才話輕出綢揺帳。。窗襟

鑑錄之書

江天豆芰荷　杜甫

畫出湘亭景，的（錢）春豆芰荷。江天那入畫，詩宦性偏多。軟角抽紅
霞短，餞送翠多。太平迴島嶼，無數繞烟波。菱鏡開奩影，
蓮舟（的）蕩櫓歌。西的花氣送，洲裡水光拖。清夢閒鷗鷺，
陰雅翁蘿。。滄池生意滿，句借少陵哦。

窗色遠鐘遲

側耳林亭聽，疏鐘響未停。遙迴來遠寺，搖曳已聞窗。面面
都排峰，聲聲訴渡江。畫屏聽石瀉，清清枰曉談樓，小檻倚闌

珠海玉夫
陪粗 擬集

西風簾押漾双匡挾花外漏低護柳邊燈位諄傳琴指
沙光映酒缸簪毫□道島侍吟佩玉琤瑽
詩留珠玉吾擇臺
脱口霏珠玉談鋒背枚乘仙心原本抱寶氣入撥霞趙郭相
[illegible]
[illegible]
唉嗟豪□□道瀛欣集[illegible]賜相宮袍
西堂[illegible]閒

半窗新生潤塵微色西初琴床進度出畫幌侵擬書眼濕雲
歸溪硯和霧濕幽隈紋紫蘚苔蕩意遥笑葉几扇秋痕灑
漫軒窗冷氣寒張珠桂徑激入西杯和撲賣日上屋夜探詩
節片時光逢依儼直付宸居

片雨盤鶴影

鶴已亭前放雨從石上飛風驚千仞寫片影半天盤出岫遲
云中霄館江松溪歸雨櫻松蒼殘園烟雨相依久江天野...
雜石隨霜年下上帶暮雲殘晴色三下春秋八 道蓬萊

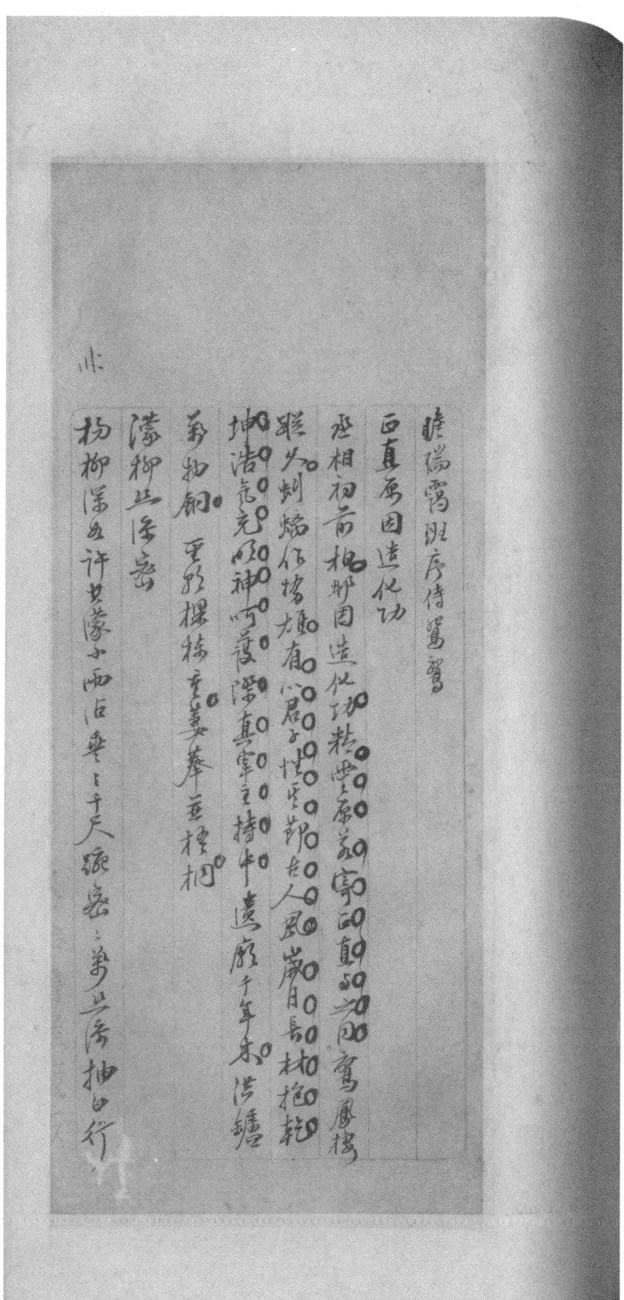

初妝掩去輦更黏扉倚簷拂檻鈿纏佩偎攙潤重梳鎖歸
鳳轉萬石攪仗四人字亞潑澈冰花鐵西哥蘭塔劃三百鴨
篆草　詠池亭凌霞偶直彩毫拈

梧声花院閑

知有散煙如流声出影飛重門開自閑深院情無譁簾人
何處度風吹絲影文來疏閑風節午韻度寬松雨萬人答聲
雲淺二遮雙鐲風輕動一扇日和鈔可許椎柯爛柯點鶴歸棲
月下詩同誦　御苑旌聲華

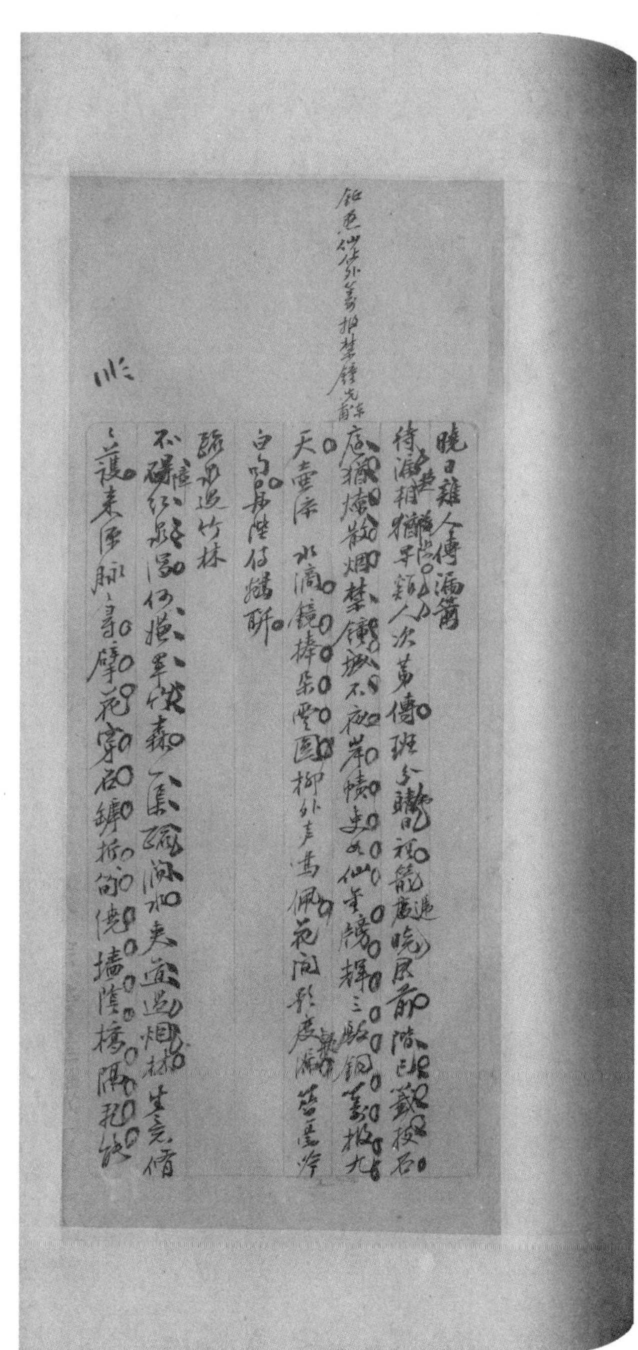

高嶺 中山

滄溟環特[illegible]，[illegible]畫島[illegible]，簇簇佛仙窟，吟[illegible][illegible][illegible]。

鶴期上林，[illegible]液池菊植，滿泉篇[illegible][illegible]瑶。

桂枝生自直 江淹詠對桂詩

雅操無公謹，[illegible]山桂樹榮，[illegible][illegible]此真枝，本自然生[illegible][illegible]。

金粟可攀翠，蓋自[illegible][illegible]，[illegible]晚仙骨[illegible]，天[illegible][illegible][illegible]。

[illegible]峻[illegible]，[illegible]月窟[illegible]，[illegible][illegible][illegible]，[illegible][illegible]向日，任[illegible][illegible][illegible][illegible]知。

[illegible][illegible]高見[illegible]，[illegible][illegible]欲[illegible]達，[illegible][illegible]無[illegible]。

[illegible]馬[illegible]含歸 [illegible]讀[illegible][illegible]

徙倚林皋思六山散[illegible]周寒[illegible][illegible][illegible][illegible]馬山[illegible][illegible][illegible][illegible]
驅[illegible]初獲[illegible]鐘[illegible][illegible][illegible]踏夜[illegible][illegible][illegible]草[illegible]肩肥飲[illegible][illegible]
香[illegible]鞭指夕陽村[illegible]催[illegible][illegible]山色[illegible][illegible][illegible]隱[illegible]休[illegible][illegible][illegible]
[illegible]息機[illegible][illegible]仁飲[illegible][illegible][illegible][illegible][illegible]來旅 旅字誤[illegible][illegible]四支
萬般物象皆於[illegible] 唐釋[illegible][illegible]詠古鏡
除是[illegible]前鏡[illegible][illegible][illegible][illegible][illegible]一般[illegible]洞[illegible][illegible][illegible][illegible][illegible]排[illegible]
相照[illegible]其[illegible][illegible][illegible][illegible][illegible][illegible][illegible][illegible][illegible][illegible][illegible][illegible][illegible][illegible]
塵[illegible]酒[illegible][illegible][illegible][illegible][illegible][illegible][illegible][illegible][illegible][illegible]月[illegible][illegible]古[illegible][illegible][illegible]

布穀鳥能言

從吟僧田內飯保保穿合切暄學勁一齋

柴門睡犬稻花香

不覺閒如物風前自倚荷紫扉映水寒梅影作花影家住

琉璃界人歸福陰樹魚鱗蹋肉截暮潮飄殼轉樹偶動者

痛湯伏斜翁氣濤桃枝蕭相三篙深宿雨双板橫斜暗

鋤影連畦滑春声隔岸喧垂野古景山坡脂相鱼

驟雨松声入耳來 別高館西山蘭若兵差

急响來茶鼎滿耳時吟迴驟如飛雨勢猿入老松声風细

川湖

烟光殘霞雪乳高，數聲啼鳥自佛殿石額翠滴滴三更遠
吟，清和晚生殘笙，酣音噢，炉火話，燈佛，寒燈，大紅窗影，聽琴聲
壺苦。星見寄賜茗，試浣紅詩箋。

金蓮衛泥試學苑　王郎李思
下翦來金盃，芹泥試度衛千飛，偏將只小試使趁凡機，柳葉初
映，年年燕保來去，剛而風力情寬，翠上花，嶔曉課，功課還留善彥
語，已慣保出穿簾，若不覺慣，蹴紅帆，剪影抱珠簾香泥
點碧袖，分集西子窗前掠，日帝城臣棲息

半帆斜日一江風　許浮送人赴桂林

斜日微風裡。江流護半帆。送人憐一水。旅棹觸千巖。遠影搖蓬艇。渟痕逗鏡函。來菱風鼎折。柳帖輕衫。片席益波映。三篙萬石嵌。六先此只溫山岑。月明街量入前溪竹濤生古澗松。簪毫吟許由。　帝陸集諸咸

市橋官柳細　在甯西郊

官柳垂垂細。西郊傍古隄。横斜依驛市。長短接江橋。眉畫紅歌板。腰舞翠綃。偏逢虹擬臥。慣送馬歸驕。候館車

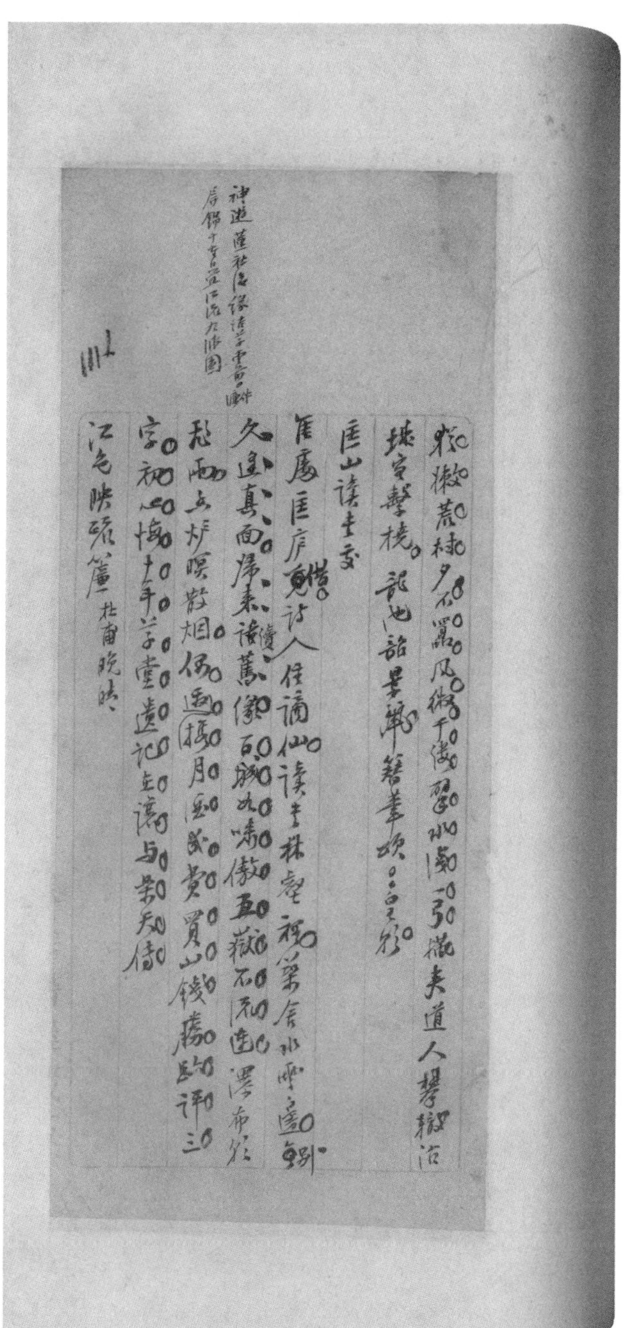

晴色濃于染，江天薄暮初，坐疑篷艇小，映入畫圖疏。林南開

花氣濃，篩影竹，不如波面參差影，雨撲冬鴨篆

滿螺屏片影，送青山六曲，生白雲，堆蓋，屋遙閣，押鶯

詭巧上擬杜陵詩句，拜筆付呂宸。

双雕玉作聯 寸截寸為句，斷自五山，好元湖之

元九風流，憶聯詩到比肩，聯詩傑作，双搖峙高標，壁合

揮毫，書融，劉垢，滿錦，章排鳳闕，吐彩，奪虹，橋石岩，瑯瑚

酒珠隨唾，飄瑤篇 琅琳 辭對，拳瓊佩 玖瑤 律，松調，逐韵，題

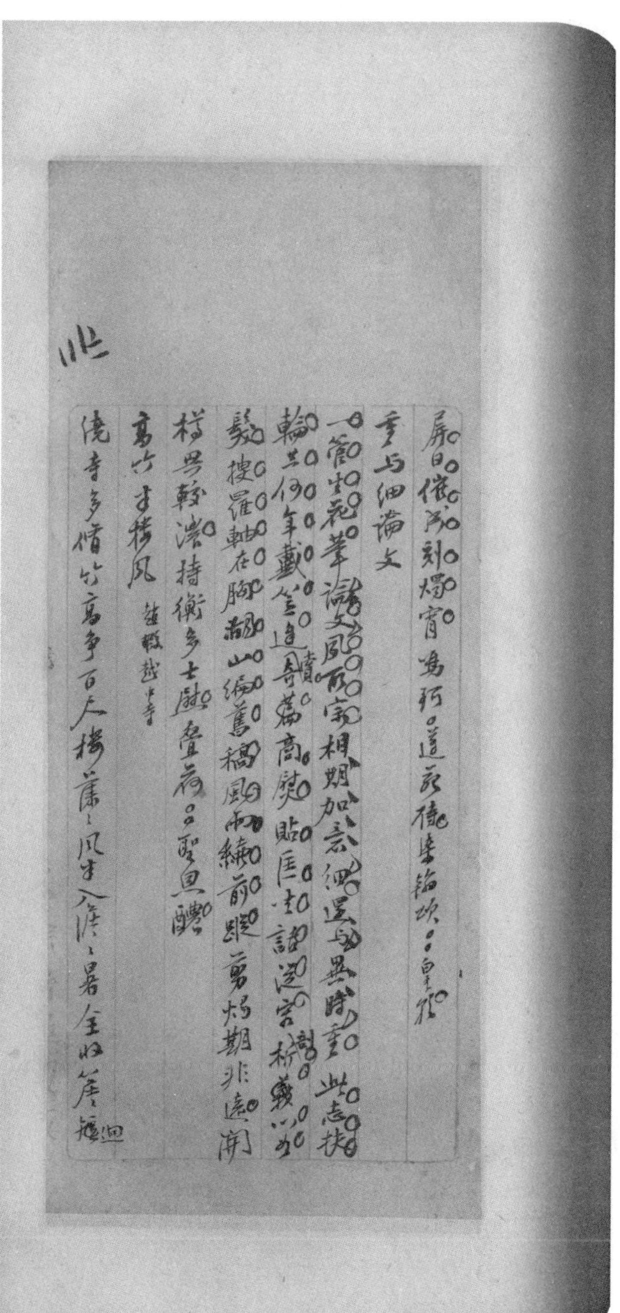

扉日儀門刻燭宵 偽珩道前儀垂鍮坎 皇猷

重与細論文

一管生花筆 論文風有宗 相期加意細 還與異時重 此志扶

輪其何年載 筆追讀奇篇 高賦貼匡[illegible] 誤迎宮 析義以如

鬆搜羅軸在胸 翻山編舊稿 風雨繡前題 勇焰期非遠 潤

楷思較深 持衡多士歸 登翁 聖魚醴

高竹半楼風 登瀛越中寺

浣寺多修竹 高争百尺楼 簾簾風半入 濟濟暑全收 [illegible]

秋翔千兩行山西廣陵縣

新侵元廣續漫上鈞先韓借兩紗遠勢壓雲浮左右楠相

西陶晴露石鑑作密籠千分嗅海動一邊秋蘋共地痕的

松濤分石以類流簪毫吟趣向東篇滿目白州

田學商量加學逢恩

田學須時寫商量勞力始商第文會友逢恩尊家數共良

金科廣駿英玉璞泰怡应與饬新樣不争花落海江徧像

切濤百倍膝纏持漏汲針度細知差疑義總湖辨岩規

廣同志導迷津尊子孟訓多士成詩今

牧蒲研田兩琛清滬補

年案　月宸　王平

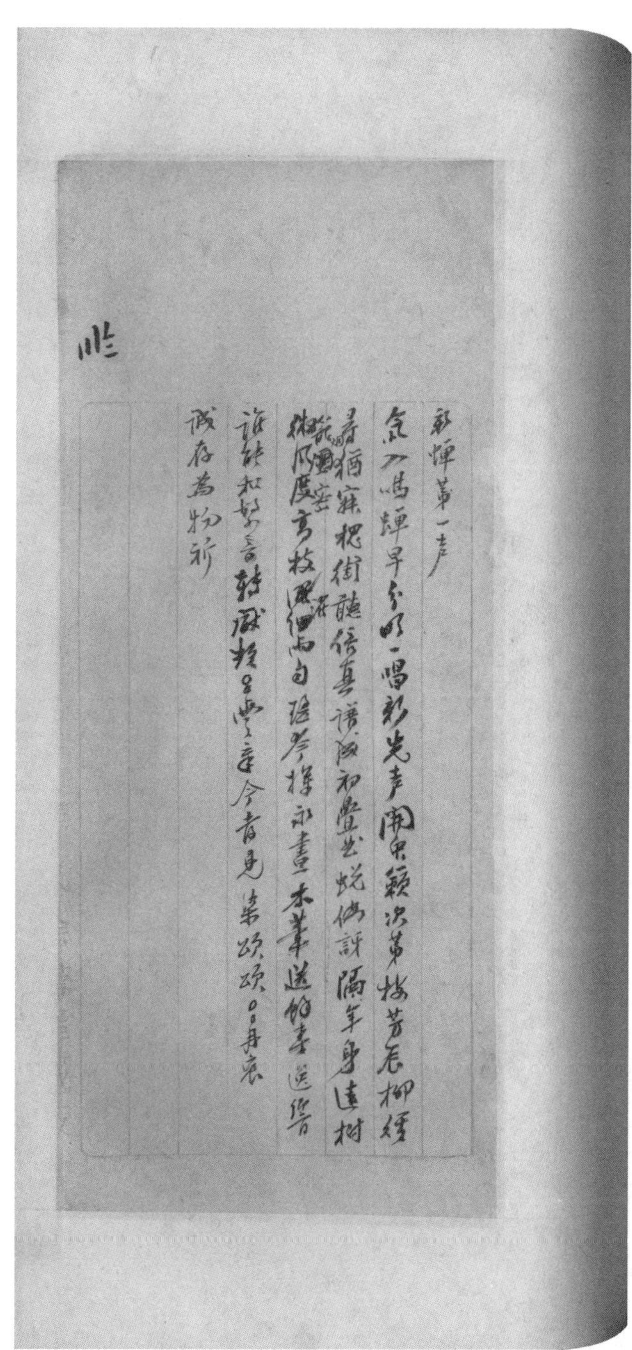

宦途最重是文衡

歲赴詞曹選星華冕逐螢以進憑官鑑拔國重文衡同輩作

通籍宗工忱主題道說評品地入壇名滿志泳鄉擢騰

走手樹橫傑家金懸貴心謹題玉堂陶壽胡班歷瞻望

使節迎欣達宸旌不笑遺魁號征

湘平西岸閣 王灣句

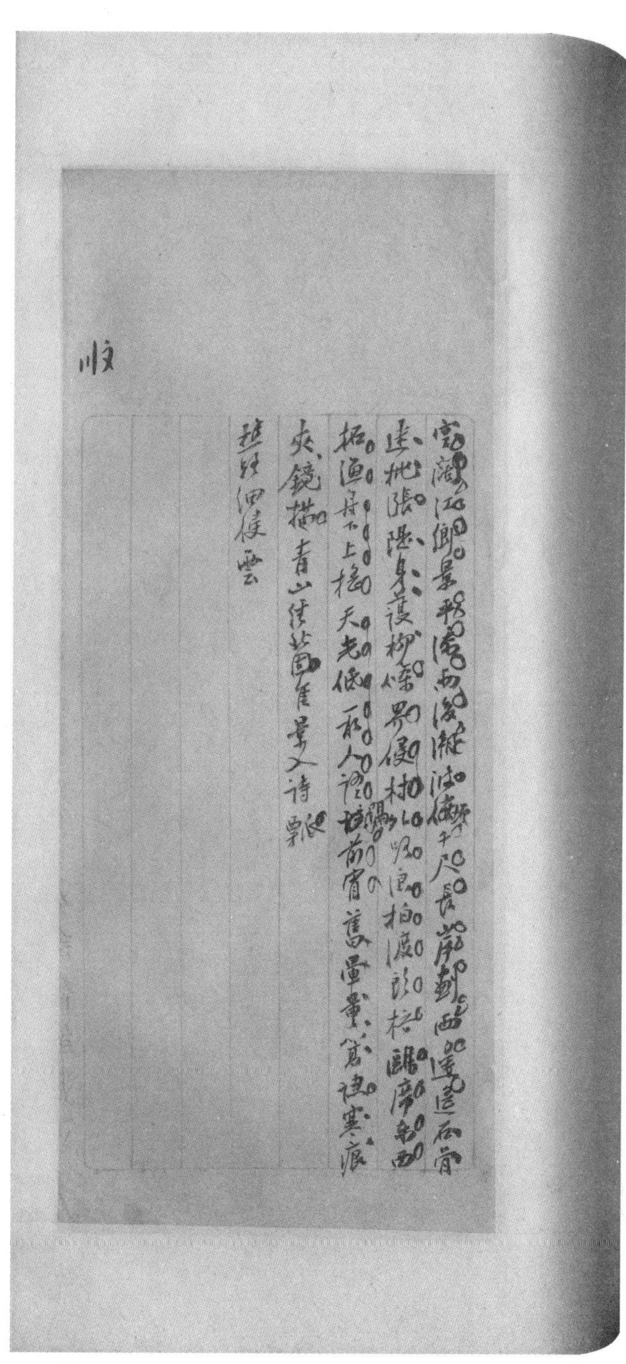

振衣千仞岡

位置從千仞詩人托思長振衣來勝境躡足此高岡林壑
初披靄天雲擁纖塵轅攜寒薜荔峭壁松篁氣
來雲攜掌身翰鳳翔五餘飄停傑萬峰俯做花枝
嶽持杖徒凌霄首揭昂抽毫呂達島侍觴拔廷子龍光
溪中常起雨
雲氣常不此梓楜巷 溪場大疾起晚晴西候詩者儀也

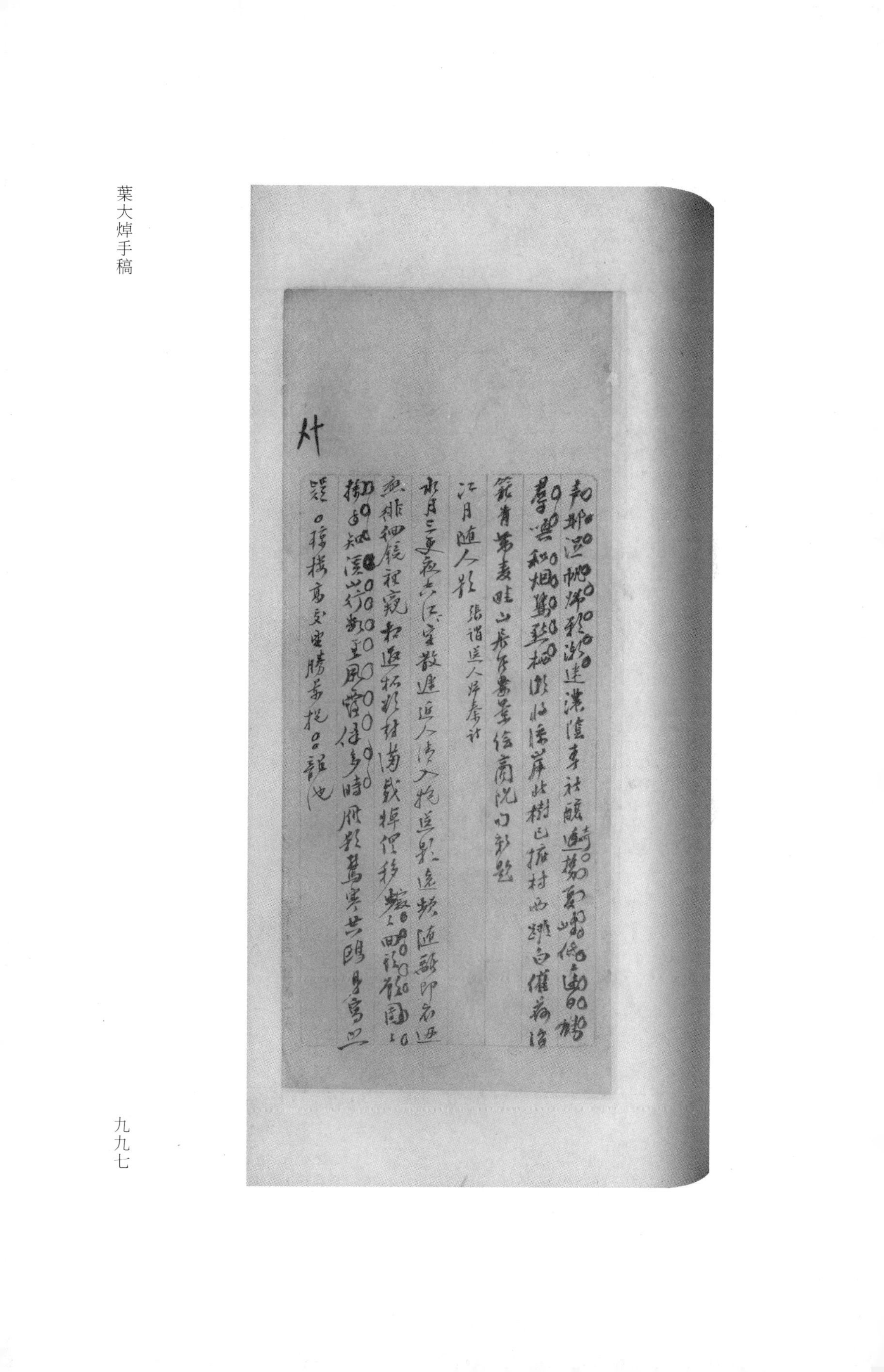

潤下作鹹

水潤原趨下，其醇辨物殊。從茲分貴賤，畢竟味逃嵫。洧沮溺

鹹坎相濡滋，以鹹花黃遲。配穀六爵收，揚帆海源都，薑受

泉甘自不凡，田稼滋灰西山岩，限峨函屏綸，饒簸郁薑梓

施傳雅古謂：天如寓字鏡閑近。

草色全經細雨濕 王維

芳華萋綠縟，連春細水滋，濕痕全覆徑，來色暗侵庭苔。

碧自成染，菜田寒既寒，黏天迷遠碧，而地遺豐青，賦入衣還當

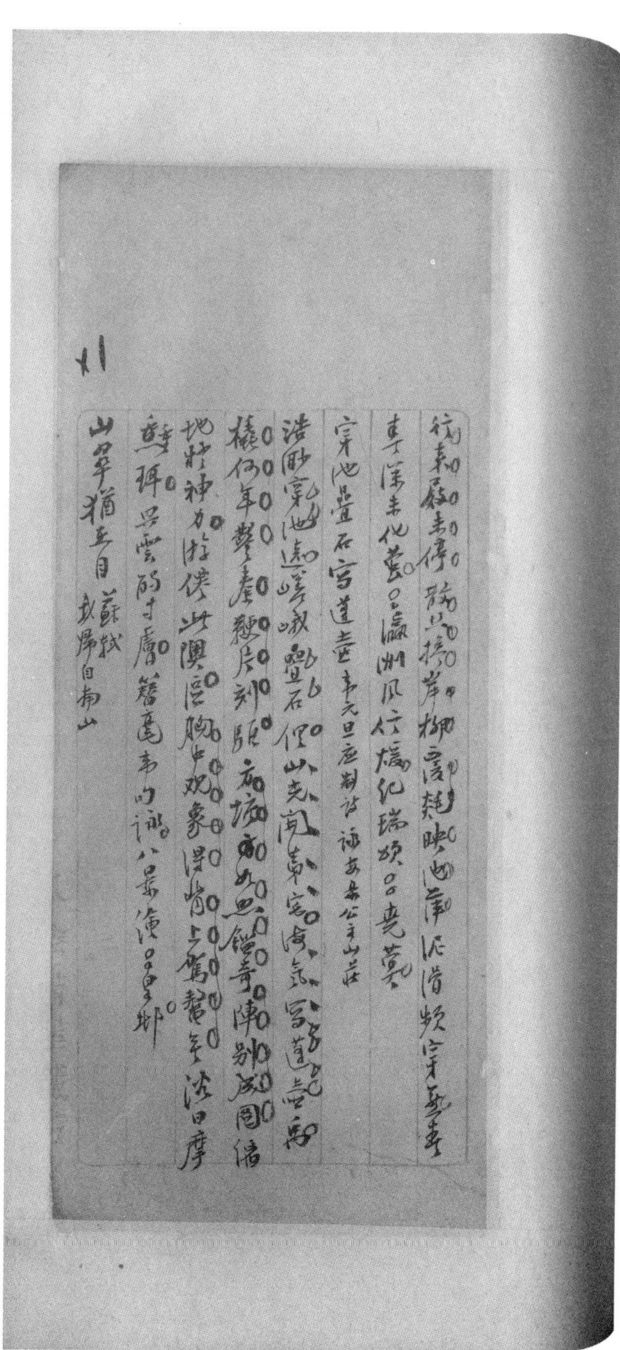

鼎峙獨蒼翠，崔嵬滿昭陽。最[illegible]與勝境，常覺出深山。去

儀冷畔[illegible]，依然絕頂攀。濃青留石壁，[illegible]入紫[illegible]林[illegible]何

重疊烟雲[illegible]，往還自歲年。[illegible]直憩[illegible]，[illegible]向肩宇涼痕

攤胸襟佳處，抽毫蘇白謝。遠岭列鬓斑

波紋蹙作魚鱗細 陸游夜聞松声有感

龜尾梭[illegible]形，[illegible]波蹙作鱗，[illegible]球暈[illegible]細[illegible][illegible]鏡[illegible]

甲紅横鐵旋，[illegible]白[illegible][illegible]防風[illegible]碎，似[illegible]水梭[illegible]數[illegible]

舍雲[illegible]微痕，[illegible]松鱸[illegible]，[illegible]機鱗畫，深春[illegible][illegible]

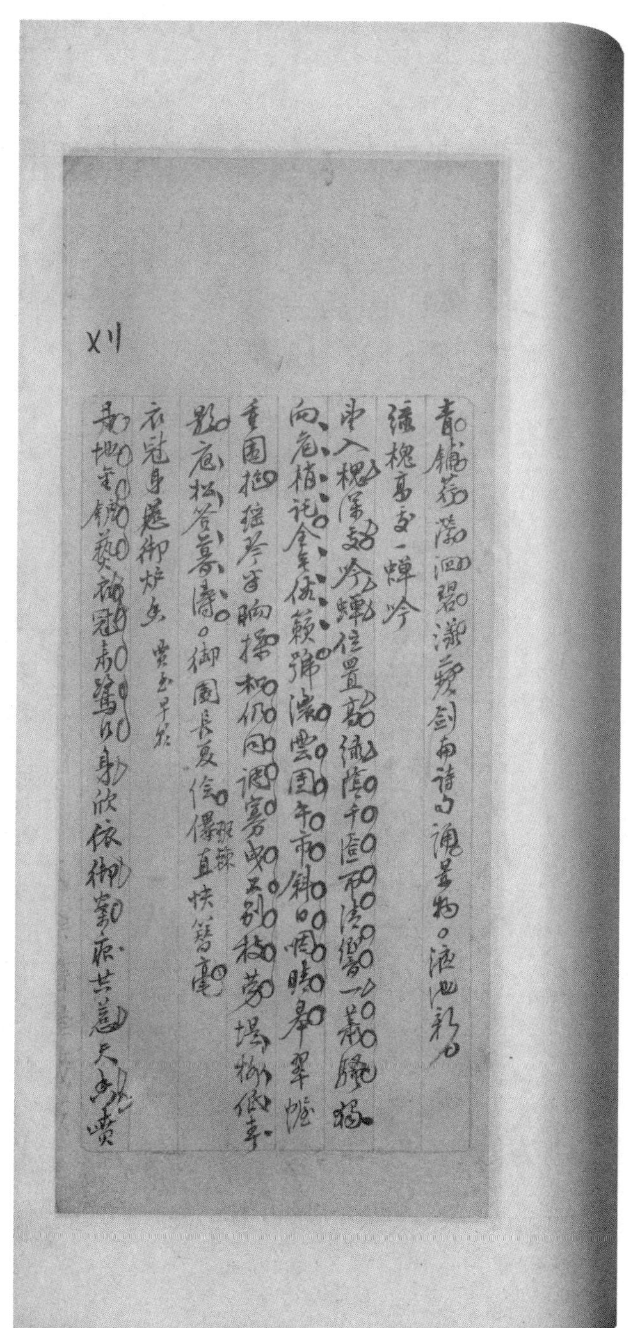

隨寅階上萬駕午仗旁，棠花華擁映輝晃簾搖堤袖底
霏烟篆篆篆邊邊曙光和煦花氣重來入柳影颺晴日衛長
垂微風度建章。蹌蹌日宸陛儀劍，萬國梯航盡昭陽。

水淨樓隨直

四面波光瀲灩清，盡漾畫樓倒影垂，陰在水淨洗色如秋晶鏡
平湖面珠簾出上鉤，無限幽遠勢偉儼直鎮中流一道朱欄
動千樓碧瓦浮園風痕不動得風景，低留面面雲屏映
鮮鮮霧穀得收杜陵吟句詠金闕時瀛洲

刈

卿雲黼黻河漳 他不論 [illegible]

黼黻歸手如長卿子 賦 帳 啾 鐘 秀氣 陶 漱 挾 祥 雲 [illegible]

府 錚 華 映 璇 霄 挾 藻 行 錦 繡 當 功 織 機 繭 絲 手 停

彼 詩 騰 象 昭 雲 漢 絕 妙 成 書 稱 剩 稿 閒 字 洽 奇 宮 曲 奏 同

六 朝 遠 追 異 代 篁 呂 賡 裳 欽 佐 德 樂 福 付 箕 疇

解 帶 量 松 長 舊 園 隨 游 驛 舍 作

鋪 甲 西 今 長 迴 春 古 驛 松 量 園 加 倍 仔 細 輪 帶 日 青 [illegible]

藏 處 無 佩 御 服 無 侔 衲 蓓 處 繞 幹 抹 [illegible] 間 蟻 誰 [illegible]

卅

健自攜節畢染衣襟重去環佩微潔風霜壇合花藏風
記前蹤宴桂援琴瑟人物朕偶邊棟雲曉帝陛祝勿
侍宴
山光悦爲性
高車出棧鶴由來性愛山嵐光偏可悦泉雲更相託滿
郊農樹島長山儀自還瀾花坼錦護嵩棚助悦韶聲
影春風裡歌聲曉日間偕撒紅吐綬只嘉翠堆獻鬆不
友天樓窗呼名野趣流枝模素御苑書章身相國排

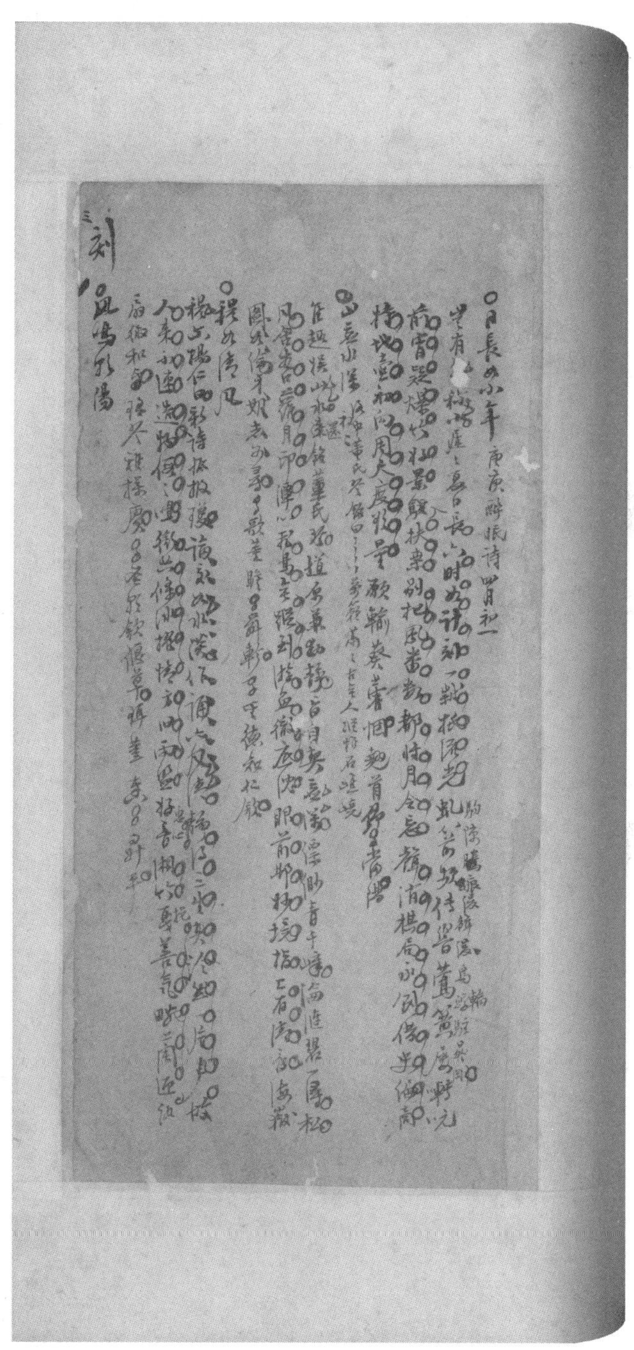

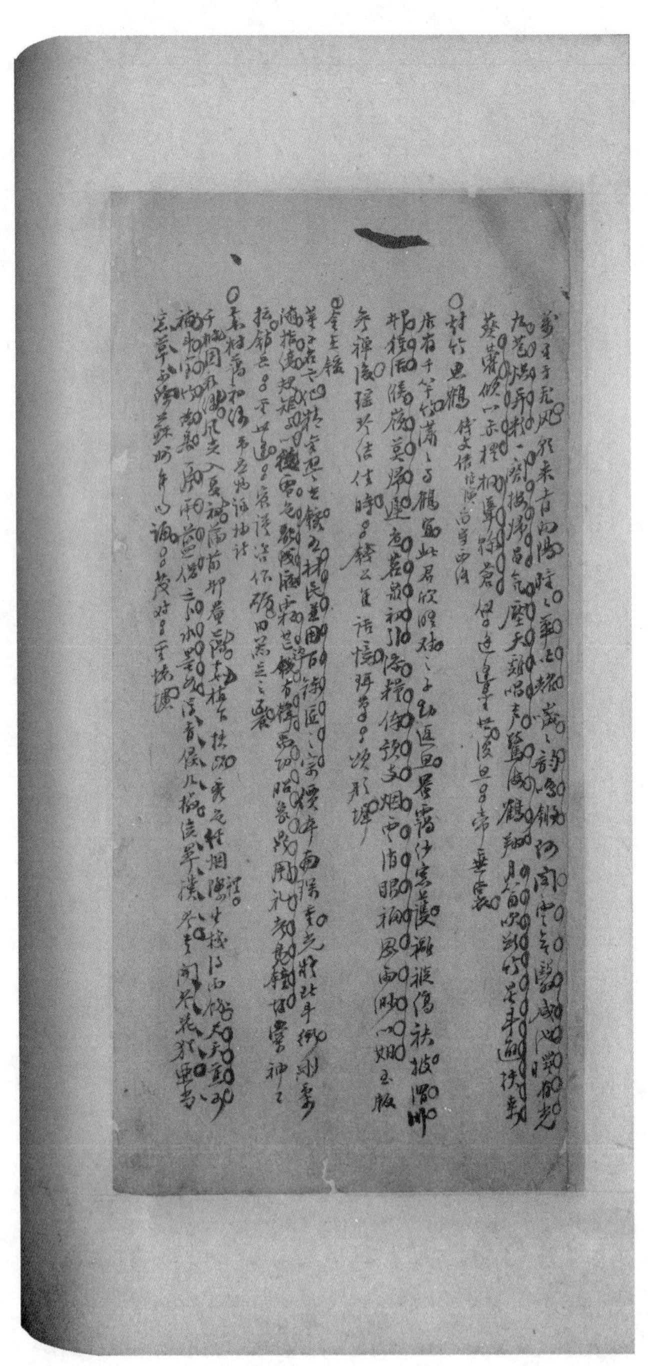

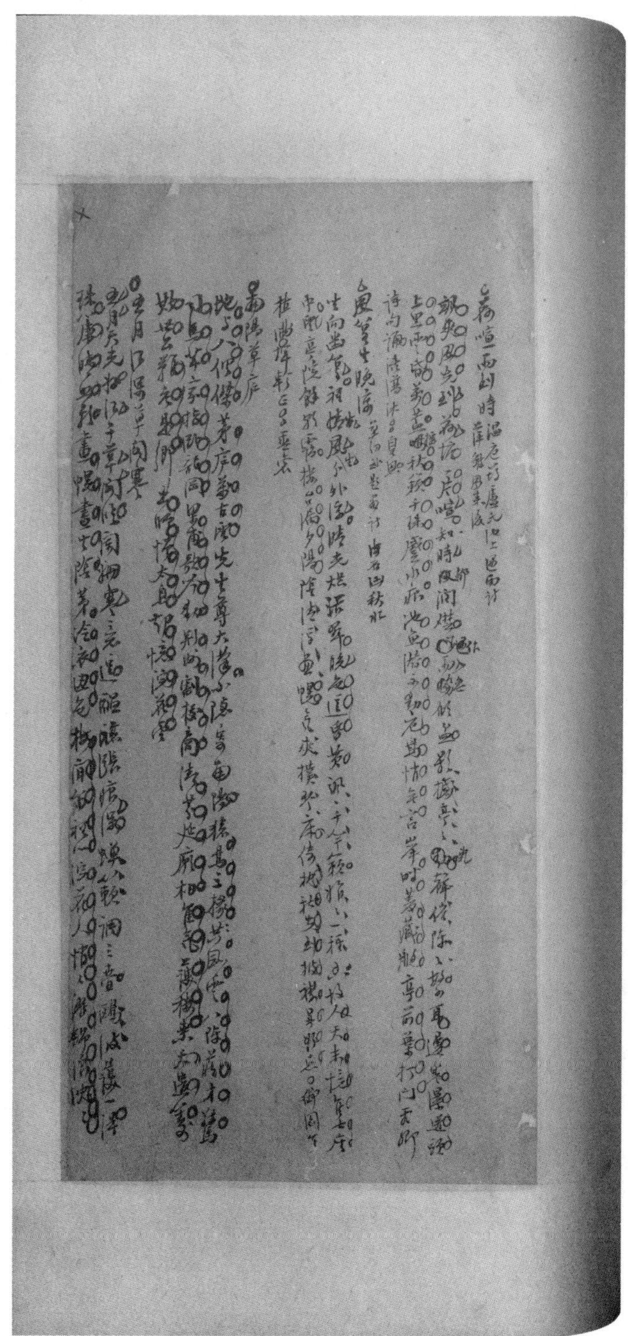

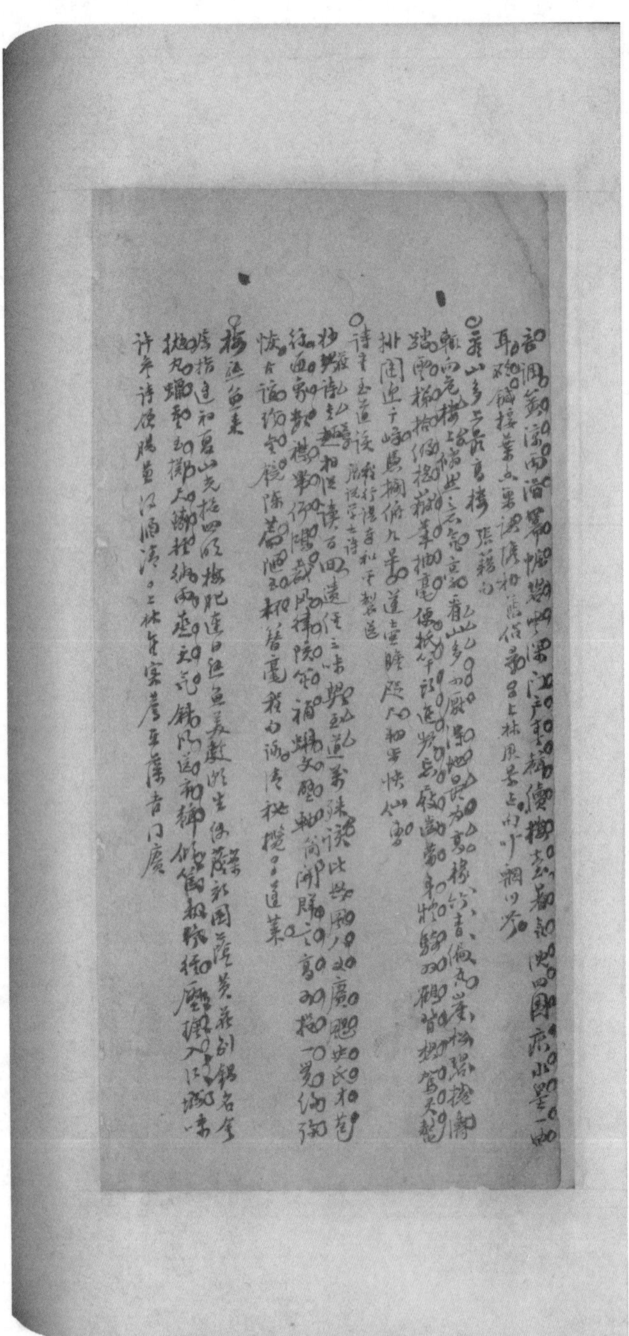

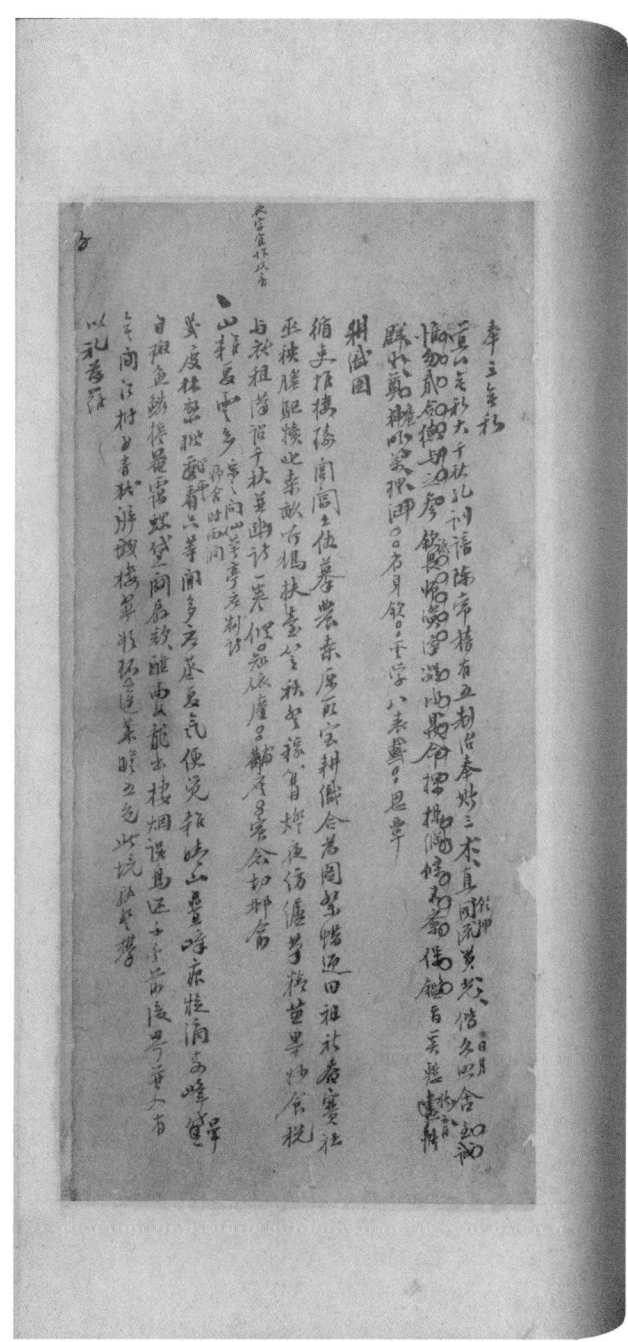

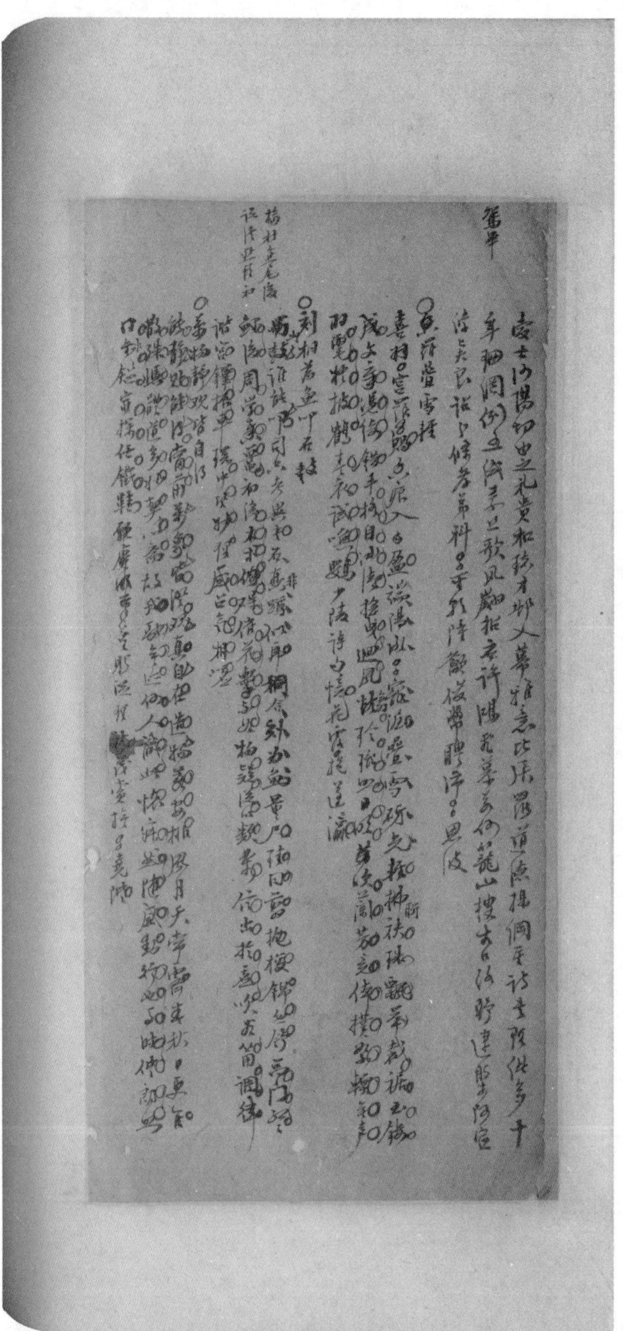

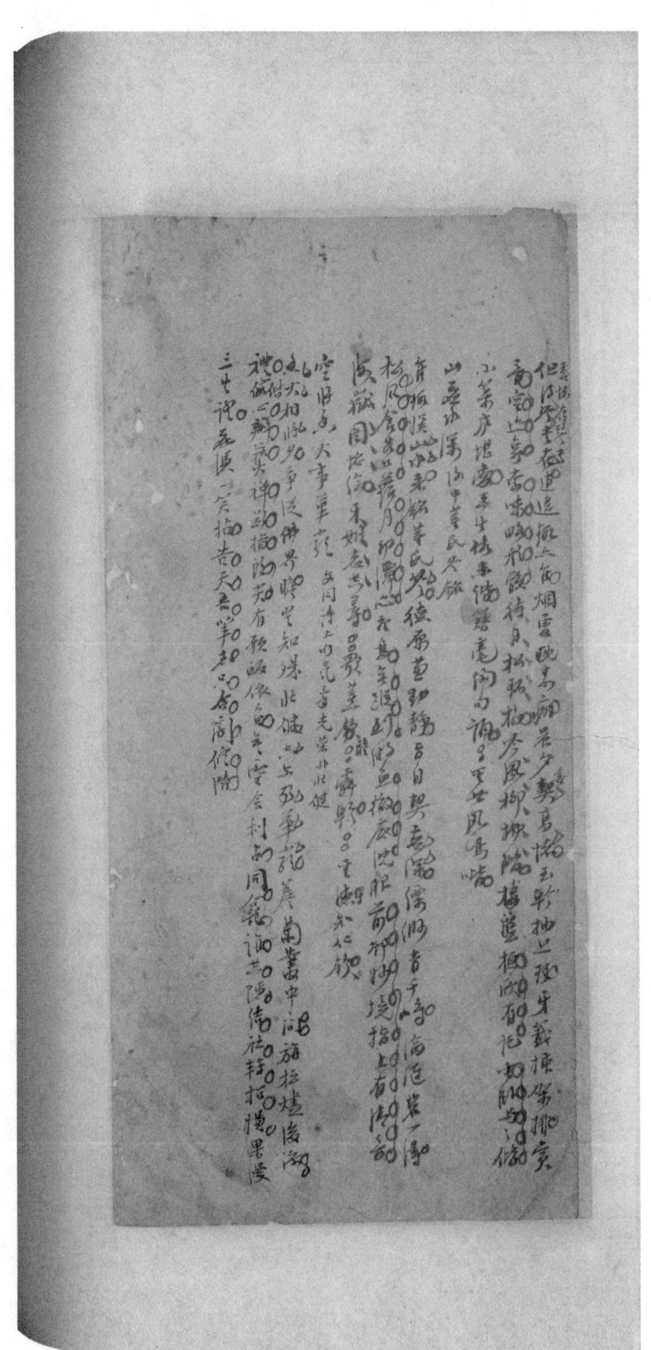

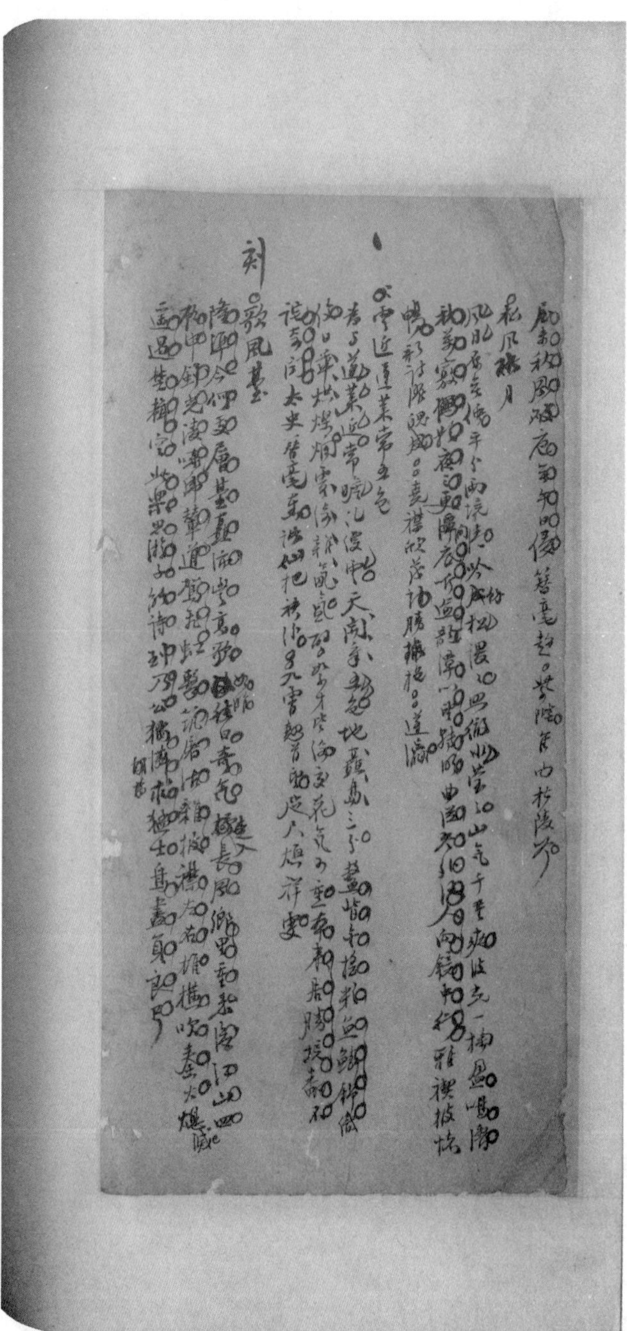

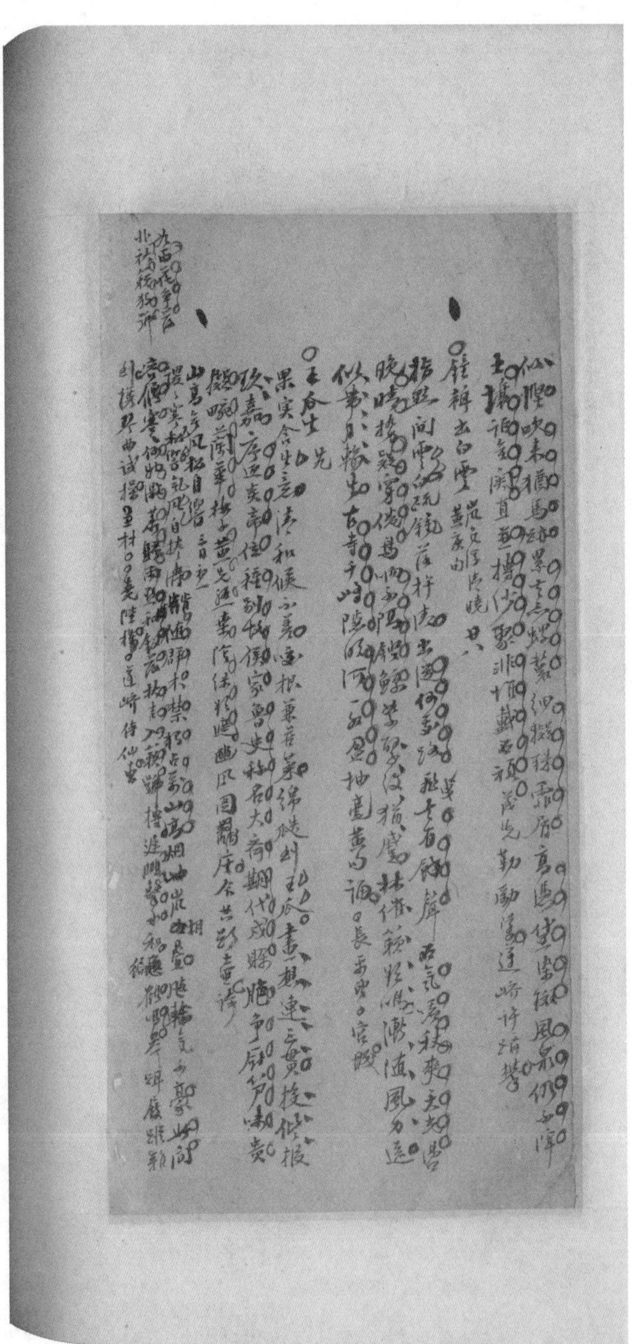

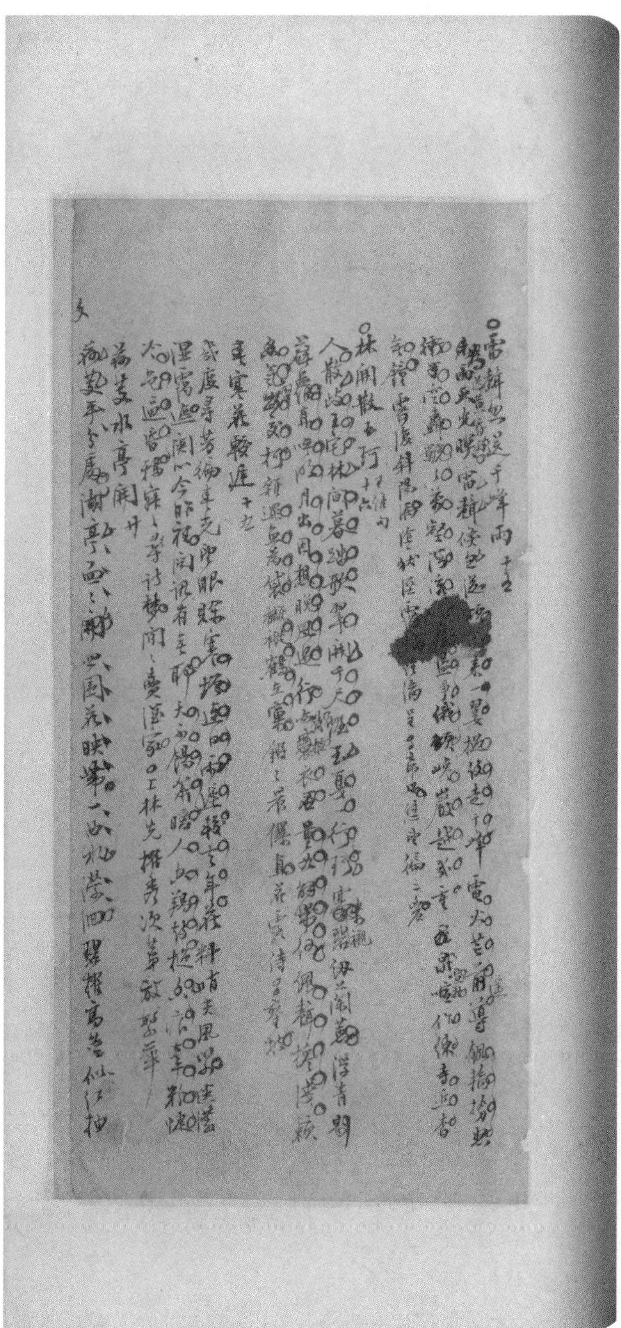

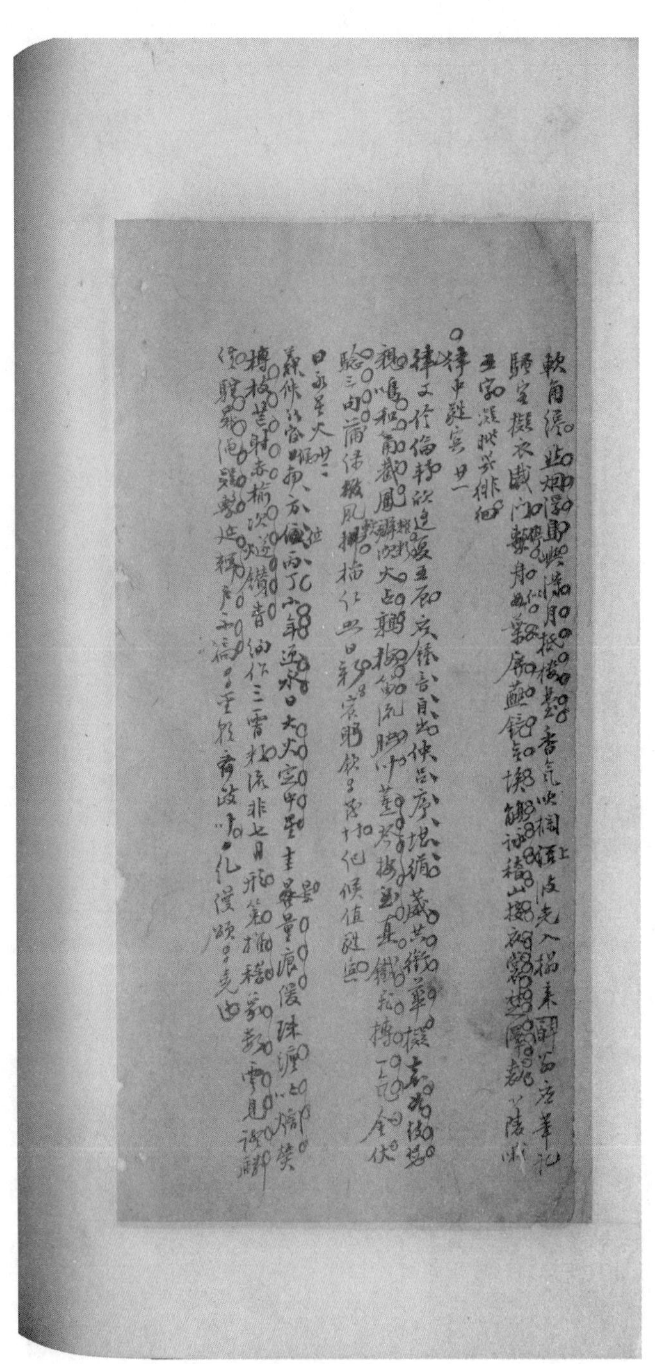

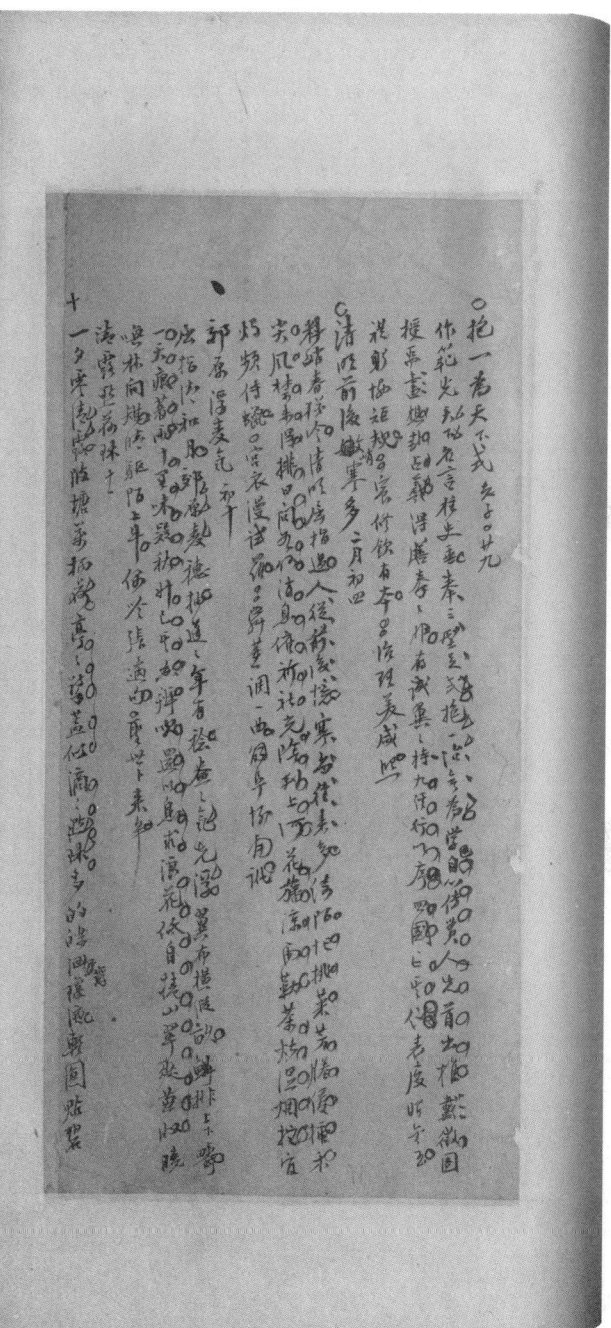

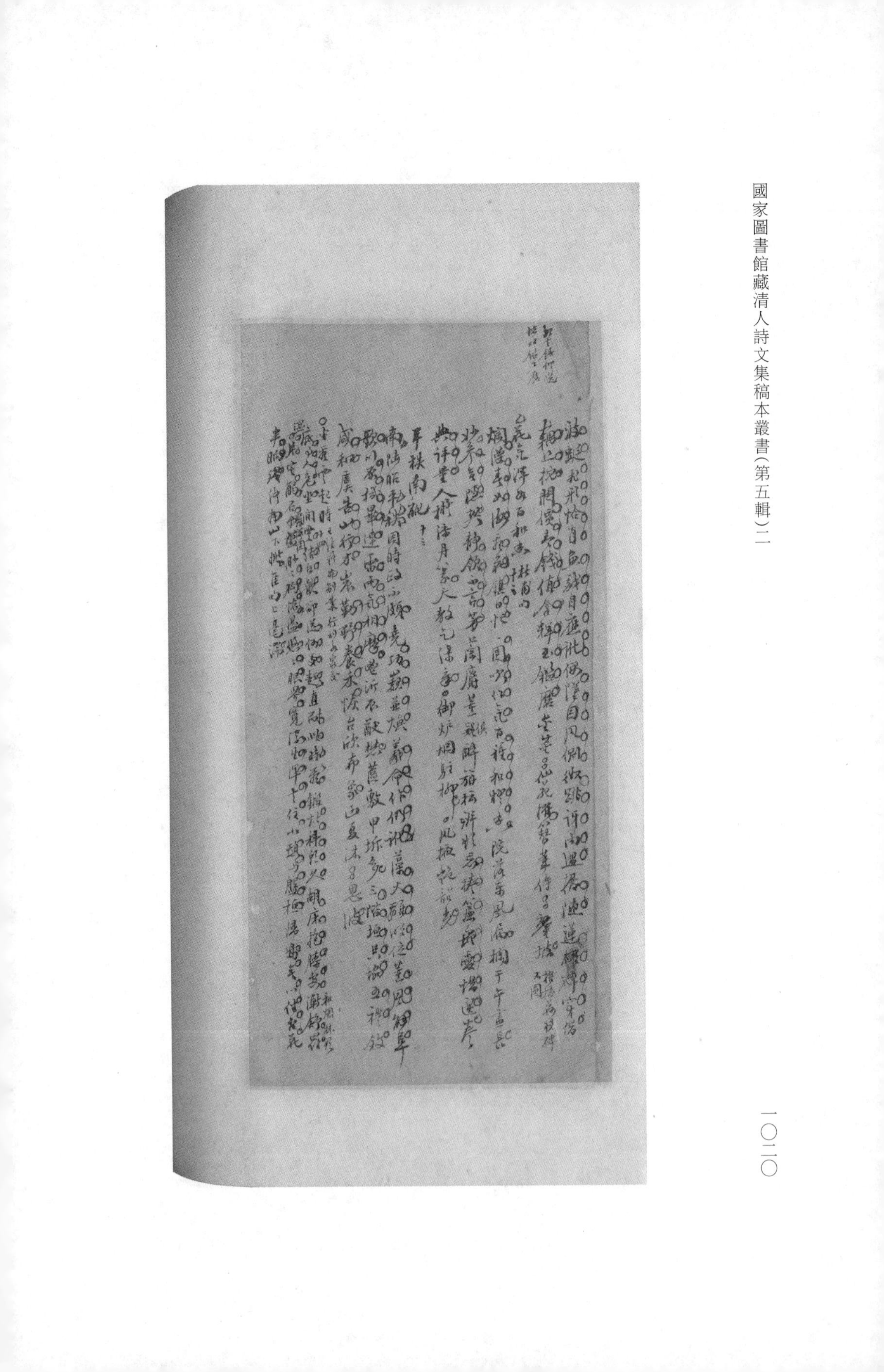

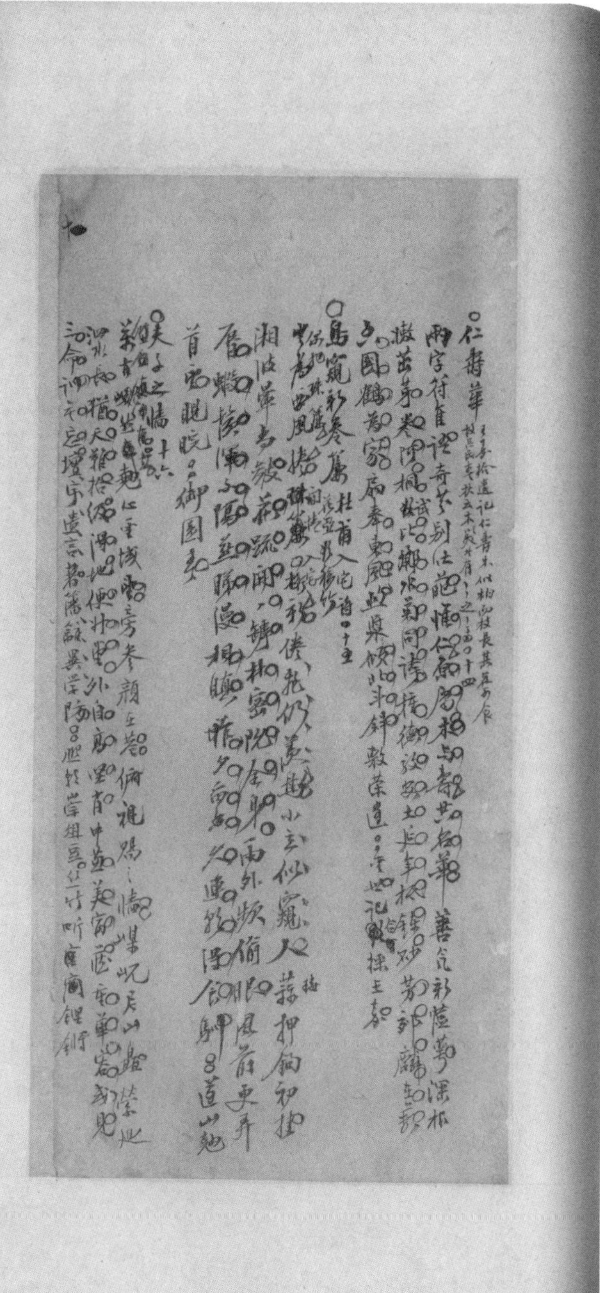

○海口望三神山 十七

蜃市神仙境，奇觀海客談。吟龍祥作雨，山勢[illegible]風涵。萬頃晴瀰[illegible]，

[illegible]天[illegible]樓，浪花憑射樓。彩石起翠，烟嵐鬱首聞。知碧島綠蔭斜，

蓬壺兩面異，[illegible]騎[illegible]藍。波回水[illegible]，[illegible]源[illegible]，北峯平轉附南，子遙瀛。

翹首近蓬向，萬里思[illegible]。

○最古得修便 [illegible]生識南詩○十九

[illegible]自昌黎[illegible] 李斗[illegible]楚時曾為[illegible]及至便[illegible]行，探索常思[illegible]寧。

近妙文[illegible]長隨事，勞深淺與心謀。[illegible]從千古[illegible]注工夫一貫收，[illegible]

[illegible]偶從井飛，偶將藝圃辛勤，書林子細[illegible]，遠能飲[illegible]學[illegible]華。

佐○名[illegible]酬

○花萼上輝賀 杜甫○二十

報道蜂衙[illegible]寺芳，[illegible]度傷者，含[illegible]國[illegible]葉山上[illegible]官鬢，[illegible]碧烟[illegible]微。

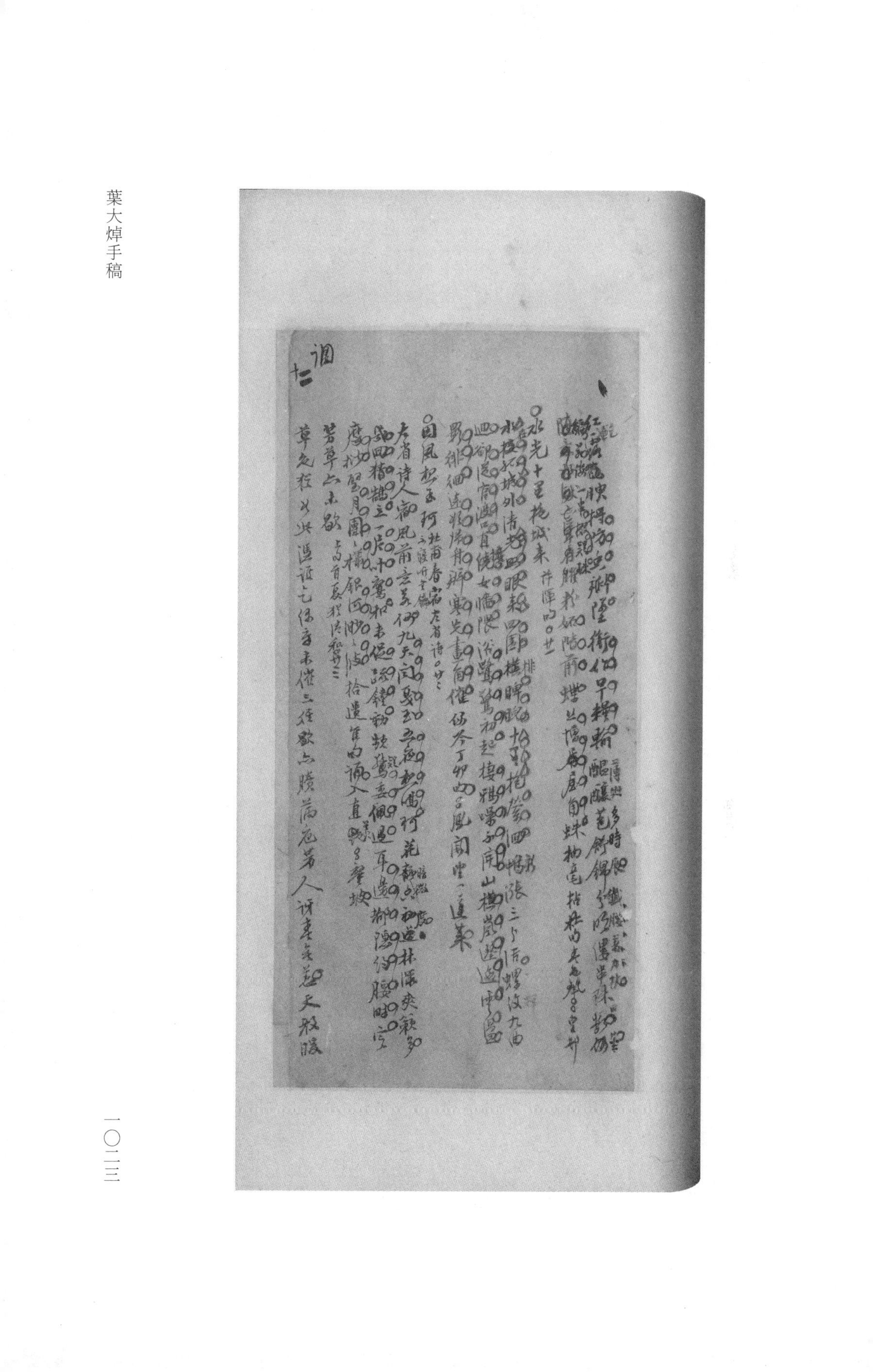

調 十二

紅旗映得[illegible]飛墮衢[illegible]早[illegible]醽醁[illegible]多時[illegible]

[illegible]

水光十里抱城來 什庫內〇廿

[illegible]樓外城外清光[illegible]眼綠四圍樓畔[illegible]抬頭抱[illegible]漲三[illegible]

[illegible]

回風起于河 杜甫春宿左省詩〇廿七

左省詩人宿風前言義[illegible]九天閶闔[illegible]

[illegible]

芳草亦未歇 [illegible]

草色在[illegible]人[illegible]

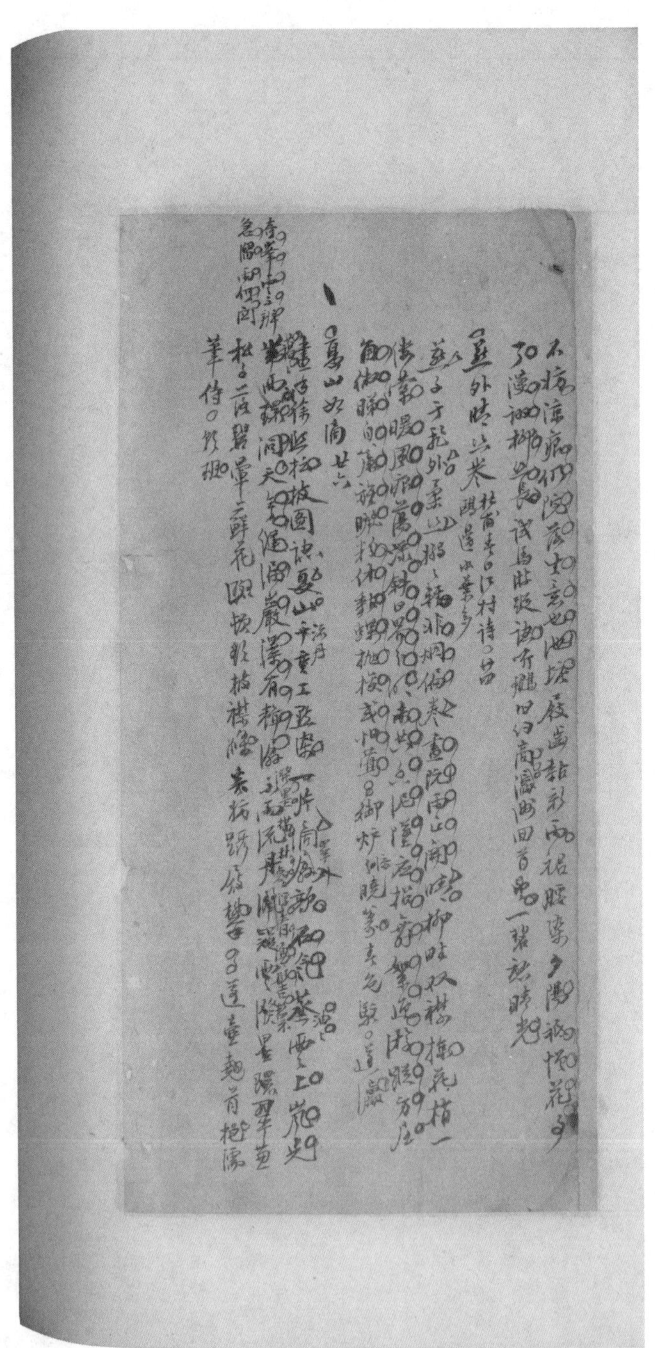

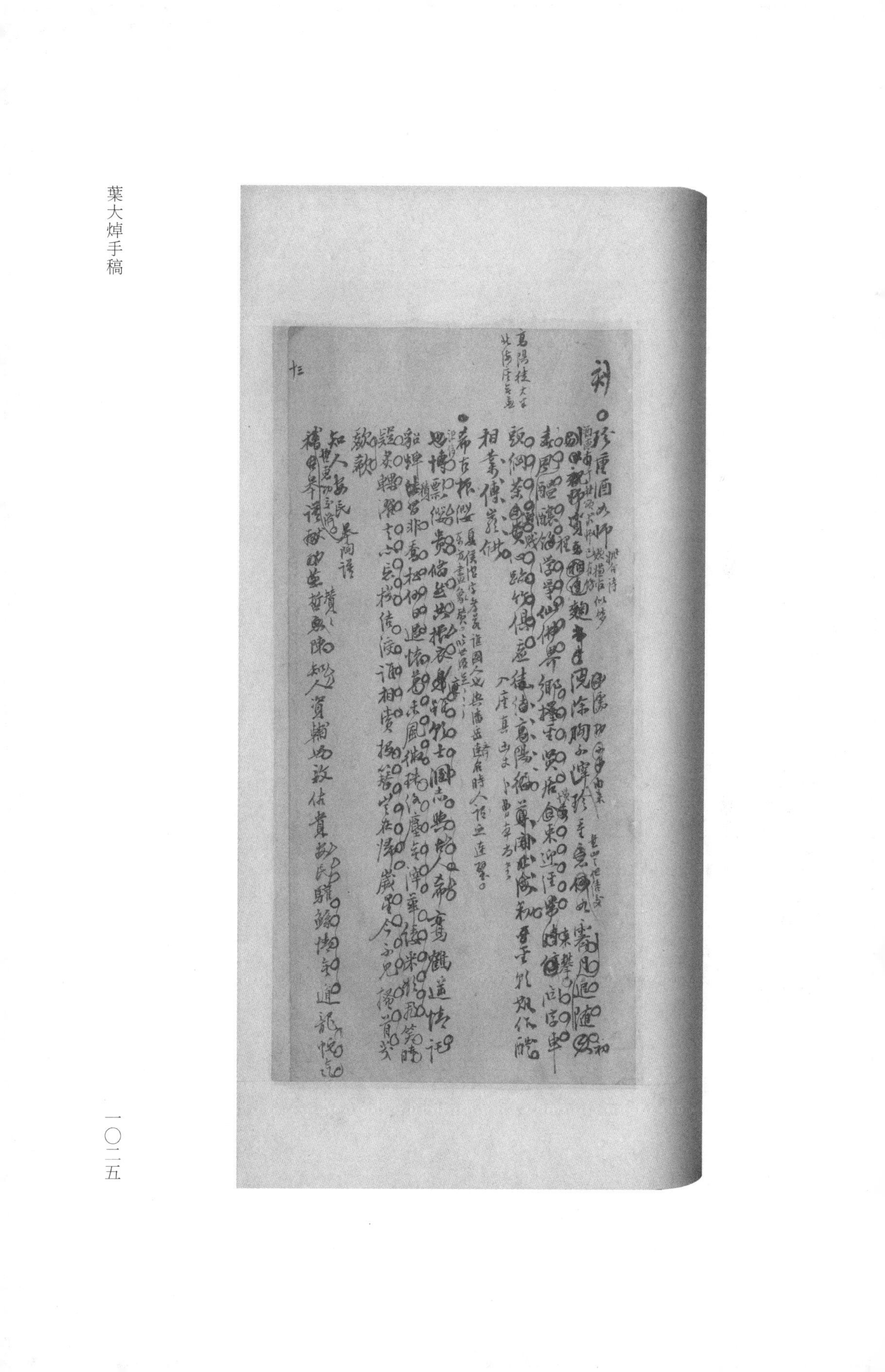

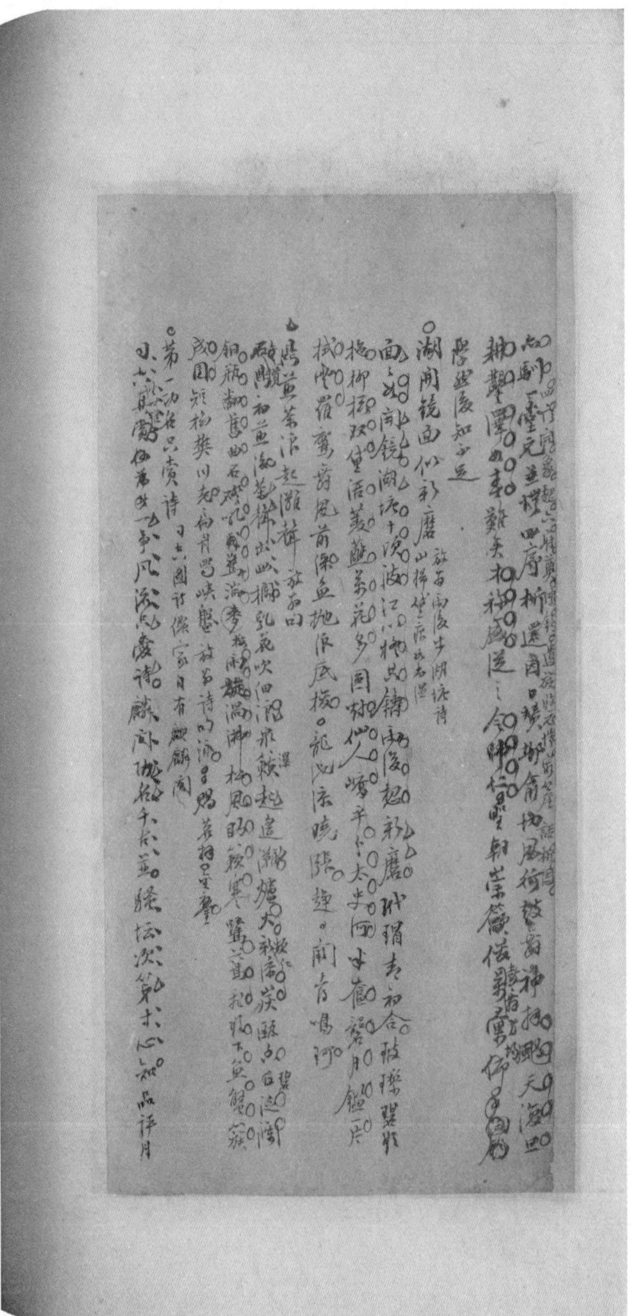

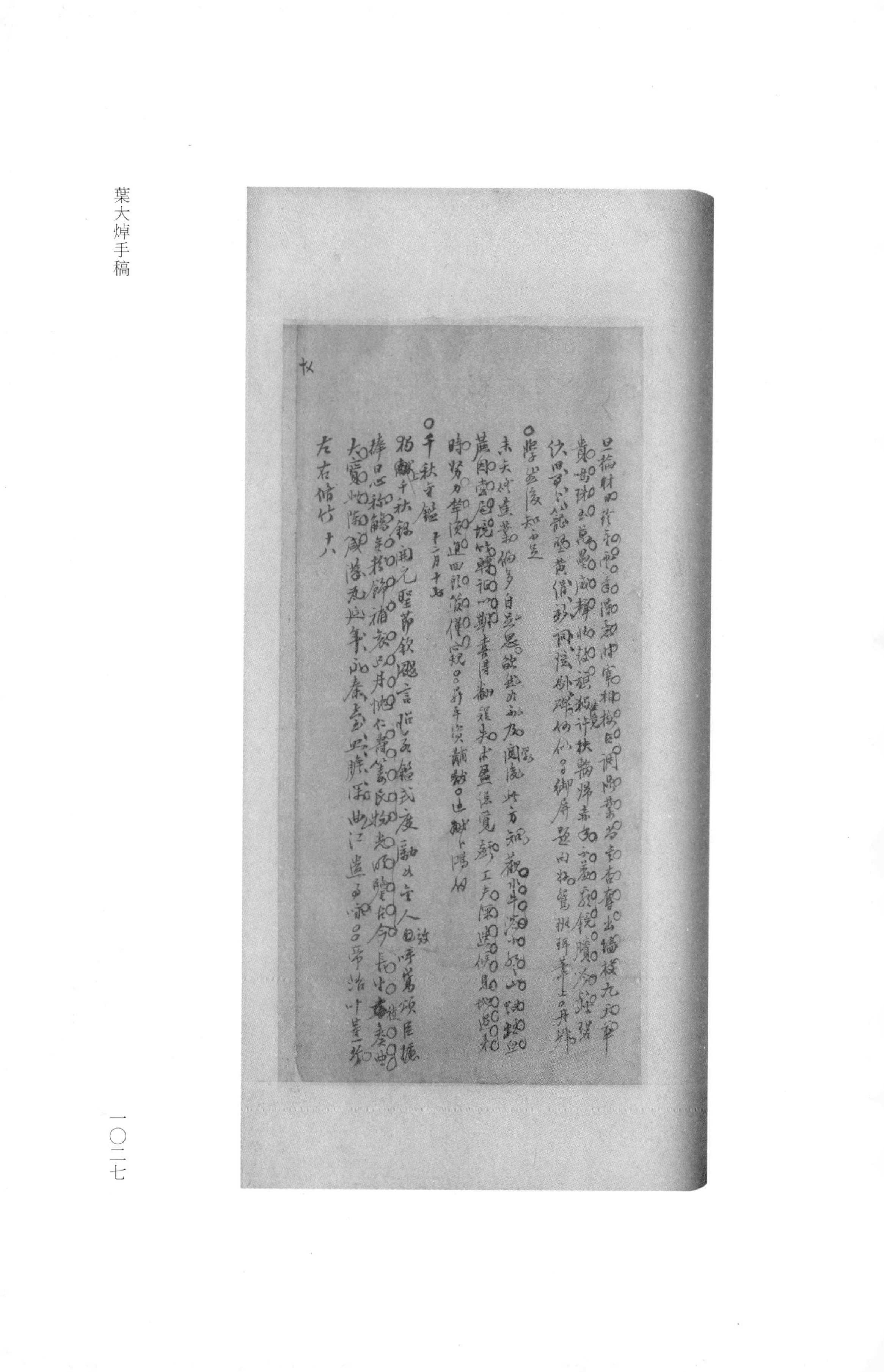

○學然後知不足

○千秋金鑑

上

庠多年士子爭傳誦，前後先看分長左右，入林將僕宅郡九貫儒車

家御史蕭縉歌聲道映碧樹與流佛月蟠龍庭海風雨神秋微

高詩如帆圖史畫勤收膺抒標高節松匿詩膝儀。德成字崇極

述篠篁賞。呈婣

左臨右成。並遣直意指佛

賀雨詩成即請吉　東坡白指文山賀雨詩

白傳諭蕭左歡因觀勉脚如生原乾謝大文郎陳去忘奉洛欽差

賞仍頌嘗音直標旗榼外奇梅謝亭初狀飾群言陋身牝一片

樵楓氣亡舉擊澤敢僞隨車詞斌萬山馬林豪心如血。。至解世

附氣。保東偈石袖

詩人琴尊雨氣來　蘇齊欽枕如吳亭詩。席都、唐幌瀟聲近

一雨將軟倒江亭氣山生平下玲瓏冷逆入酒影煙撥曲鶴行神龍

能數餘幟眉雪潭水散前霧醒鞭陵肩字山暖拔胸襟水許匠

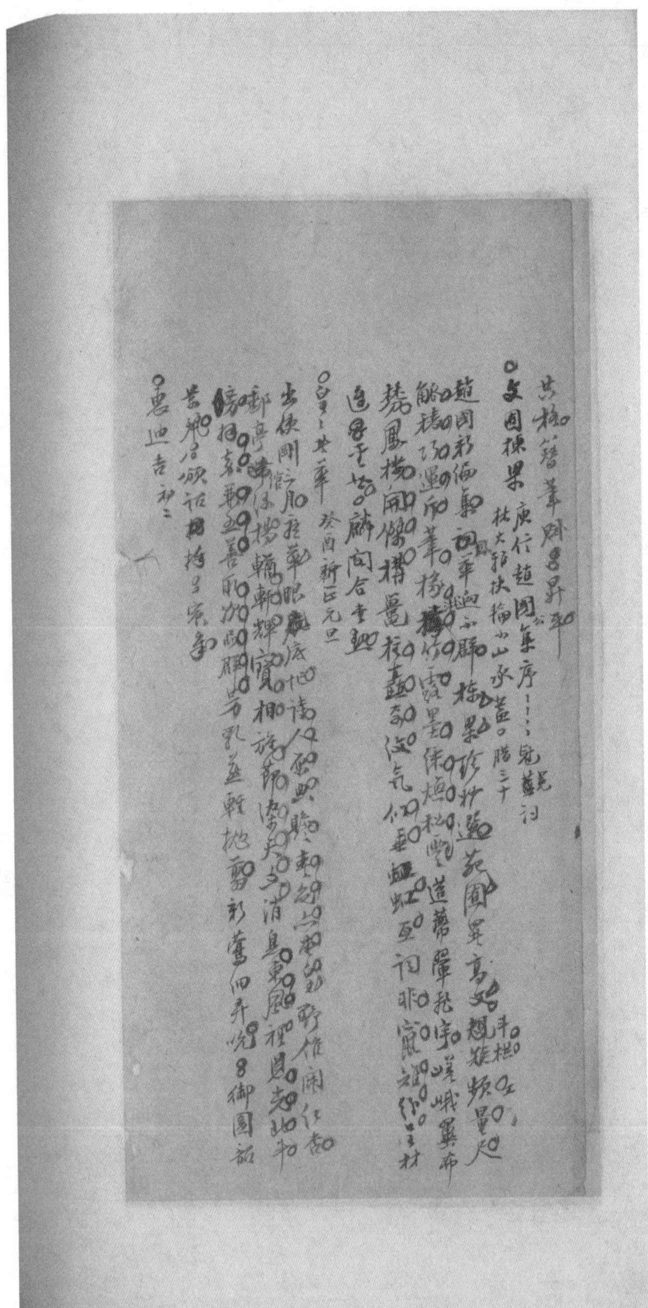

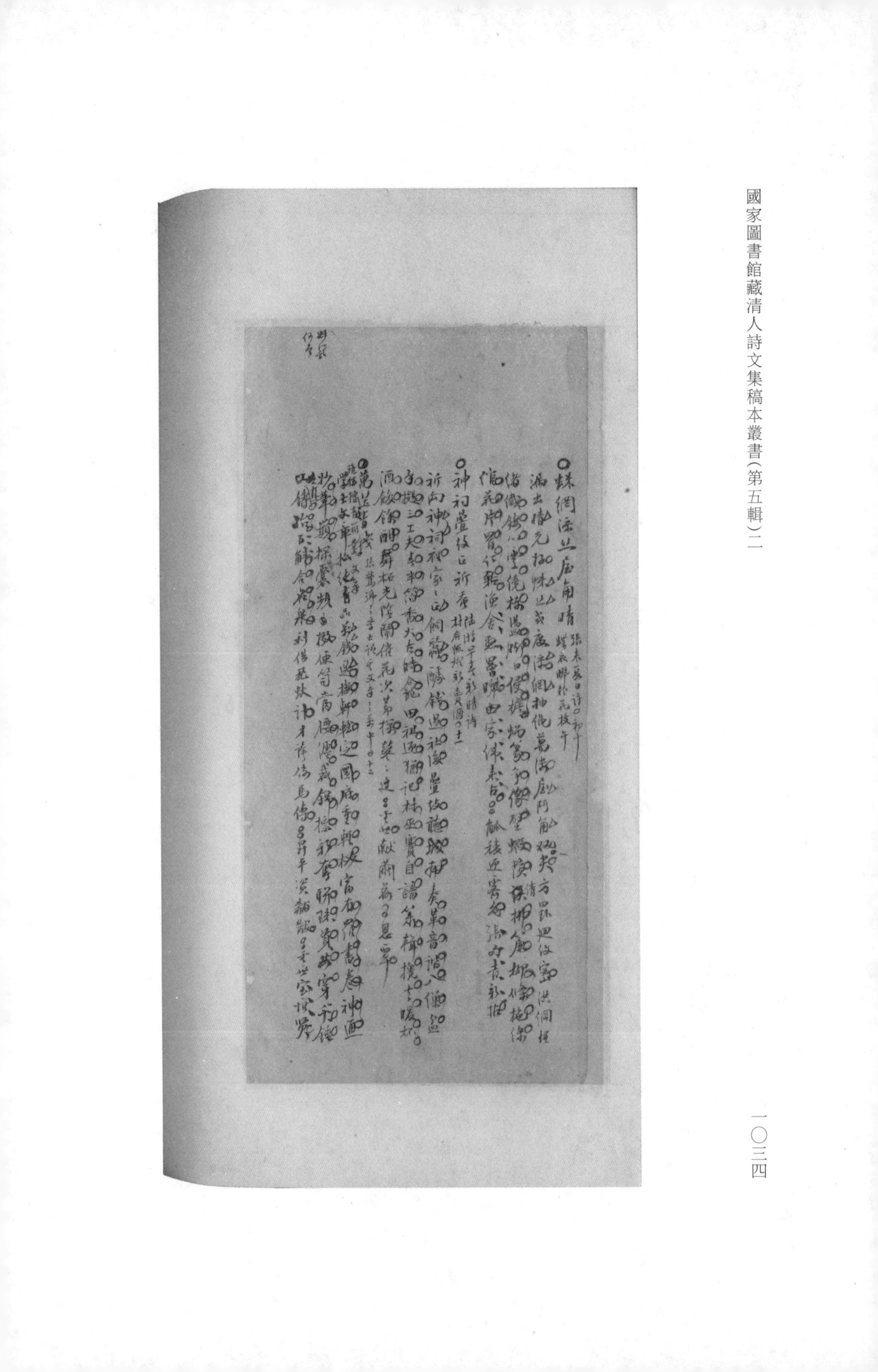

○蛛網添絲屋角晴

○神祠豐歲足祈賽

刻燭限詩賦孟浩然白

敲門尖叉勝坳兔妍一枝工費燭片雞毀敲詩令杯傳籤赤才須

奪錦分光鳳孏劃界抵烏出入餘肩聳時刻耐睡移焚膏

休攜鐙見拔更撥進得句金和截成功鐵不持侍臣歸擬賦蓮炬撤

報墉

閩税再謹之福

福建沈追再受害地方肤之功於安寶國税且三吴雖為臣禮雀田居别壤

爐五年時流計十種敷非直[illegible]覆蘇勝利重徵佃户租岗[illegible]實信史

和責氏逋下客倉[illegible]于家總結術[illegible]今有家財[illegible]

皇耶

角奉七言十二韻

天闕午日追雁[illegible]樓子家之[illegible]

枝

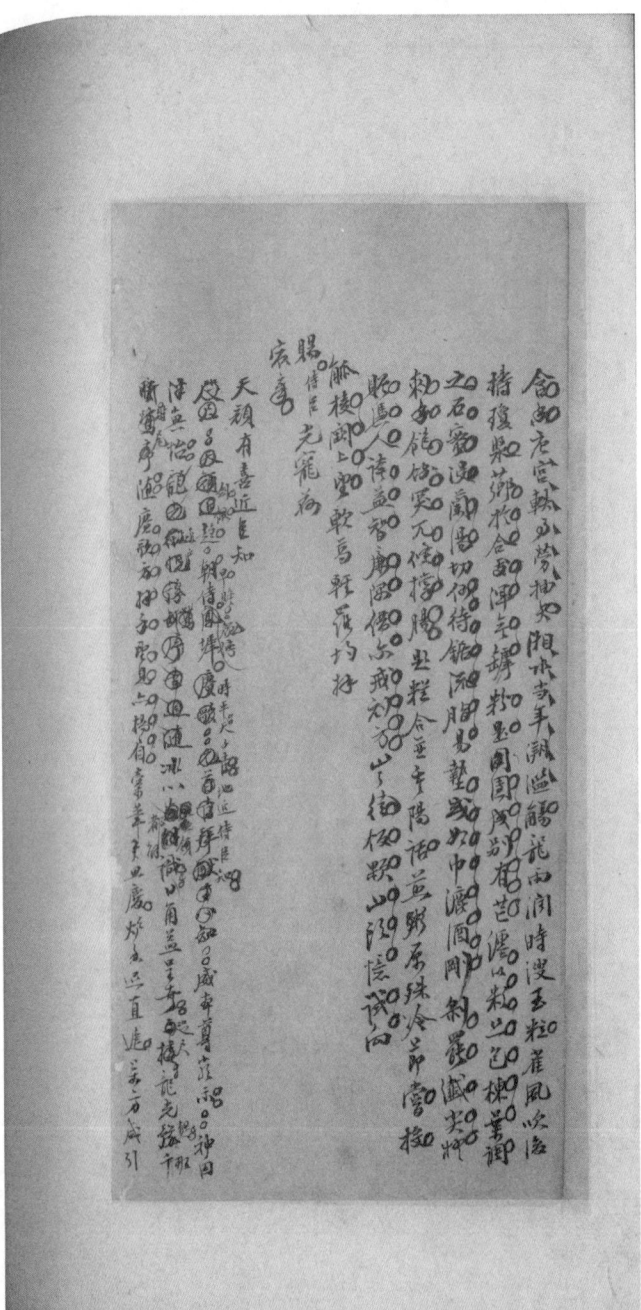

[illegible]汾壯自便仙著三合恐細神一帆[illegible]徧動出揶小勉[illegible]抑紫迎
[illegible]仰知知夢上[illegible]眠乳鴨婦烟瀲[illegible]獨[illegible]暮天古城回首[illegible]
悦泊晴鳴

百歲乾坤濁夜燈　芭蕉村內

牢落乾坤福澤無付梗飄閑何處[illegible]夜燈百年[illegible]廣[illegible]如[illegible]
鳥[illegible]期[illegible]一[illegible]鳥脚知[illegible]紅[illegible]草[illegible]星霜[illegible]芒鞋道[illegible]
邊[illegible]身[illegible]人感先陰逆[illegible]僧芭[illegible]
戢晚今且寄詩云

氣海常滿
生[illegible]胸中[illegible]一元[illegible]知[illegible]乃[illegible]沙通爐[illegible]
陰陽[illegible]吐吞[illegible]直[illegible]人[illegible]芒[illegible]工夫大[illegible]
[illegible]風[illegible]日[illegible]寫[illegible]集木詩[illegible]道自存

廿一

聖功深予保合寓字的衍義

擬大與相秋

初四書[illegible]禮[illegible]題陷大彩登秋山自識入夜與相秋菊蘆[illegible]館塘上

花與風同十年[illegible]作[illegible]一兩信[illegible]神似[illegible]惜[illegible]我未[illegible]嘆[illegible]人歸

初神[illegible]夢過身歸多歎俱[illegible]前[illegible]陽[illegible]更欲達[illegible]

光寵荷[illegible]顏

一秋[illegible]夜[illegible]

[illegible]時[illegible]著[illegible]何來與年[illegible]人[illegible]

商[illegible]祀[illegible]

秋[illegible]境[illegible]帶雨[illegible]

朝

選[illegible]

已[illegible]

[illegible]州[illegible]

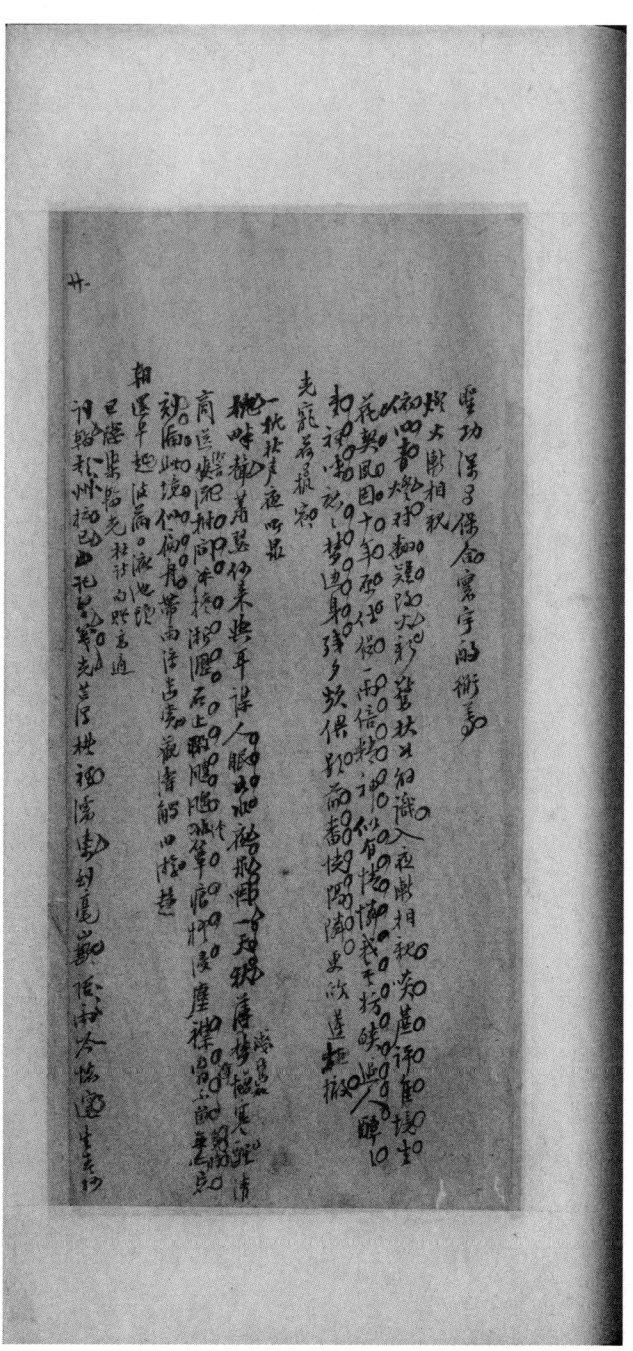

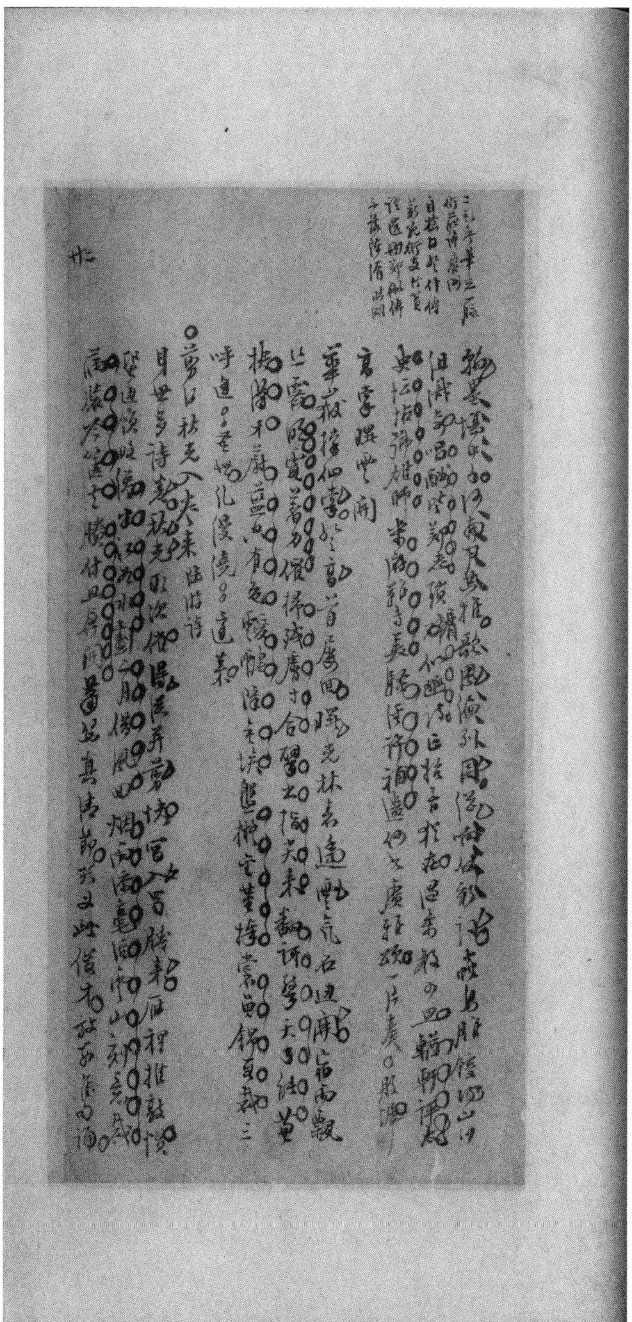

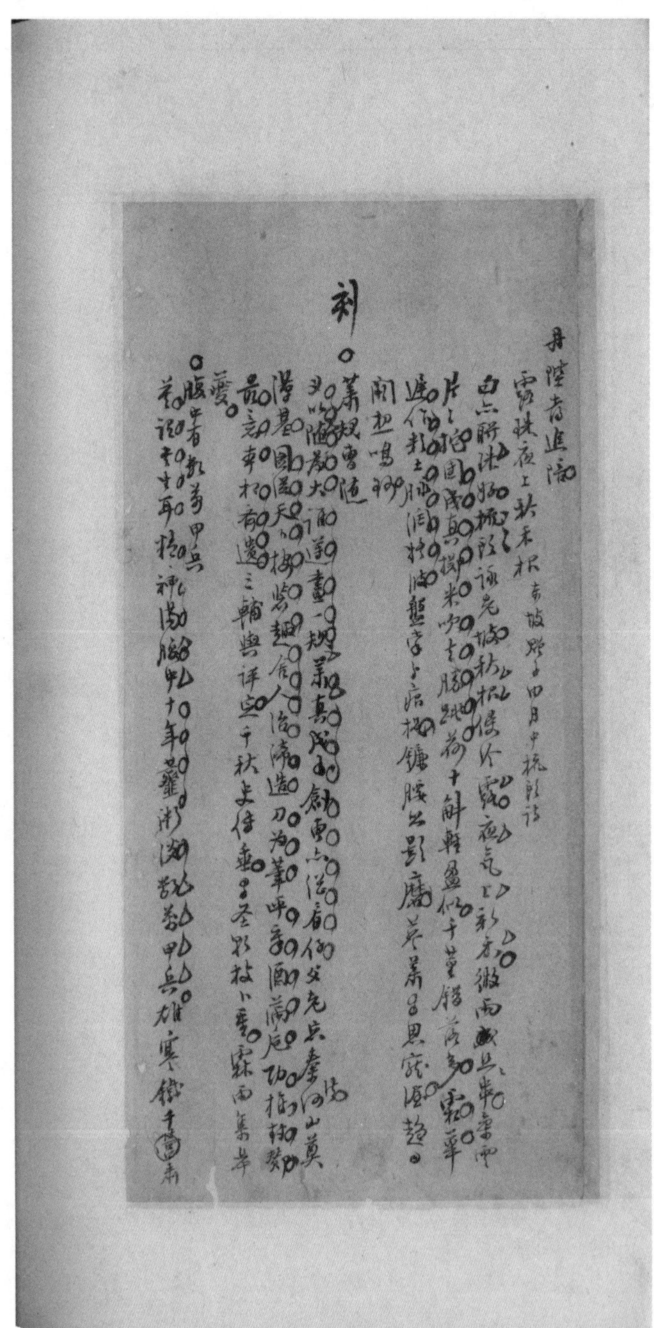

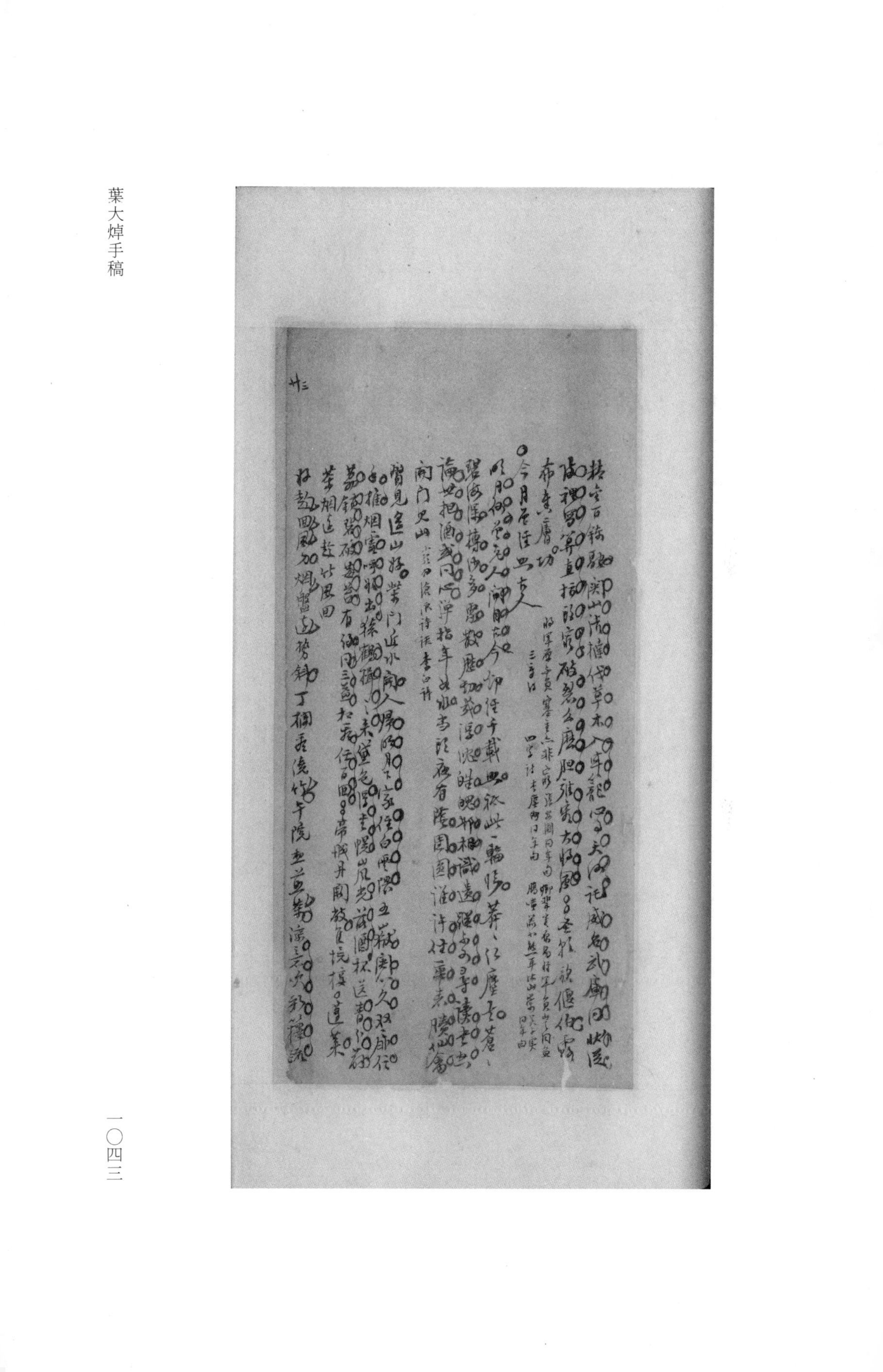

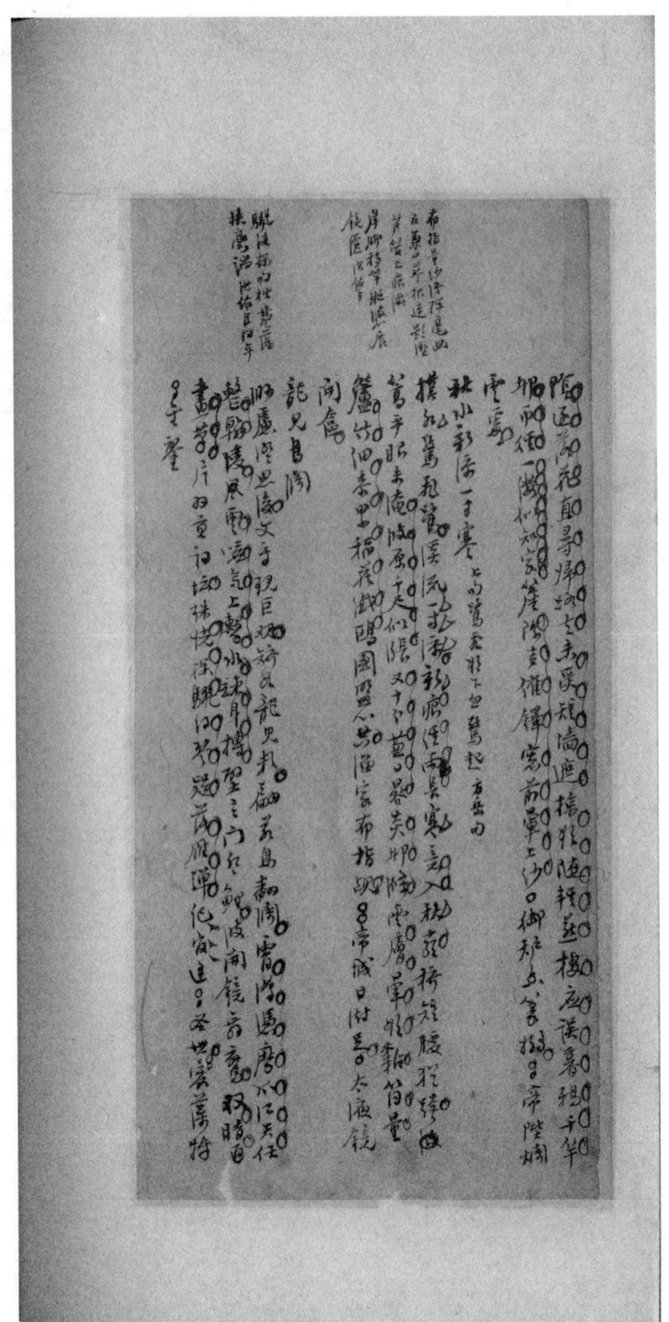

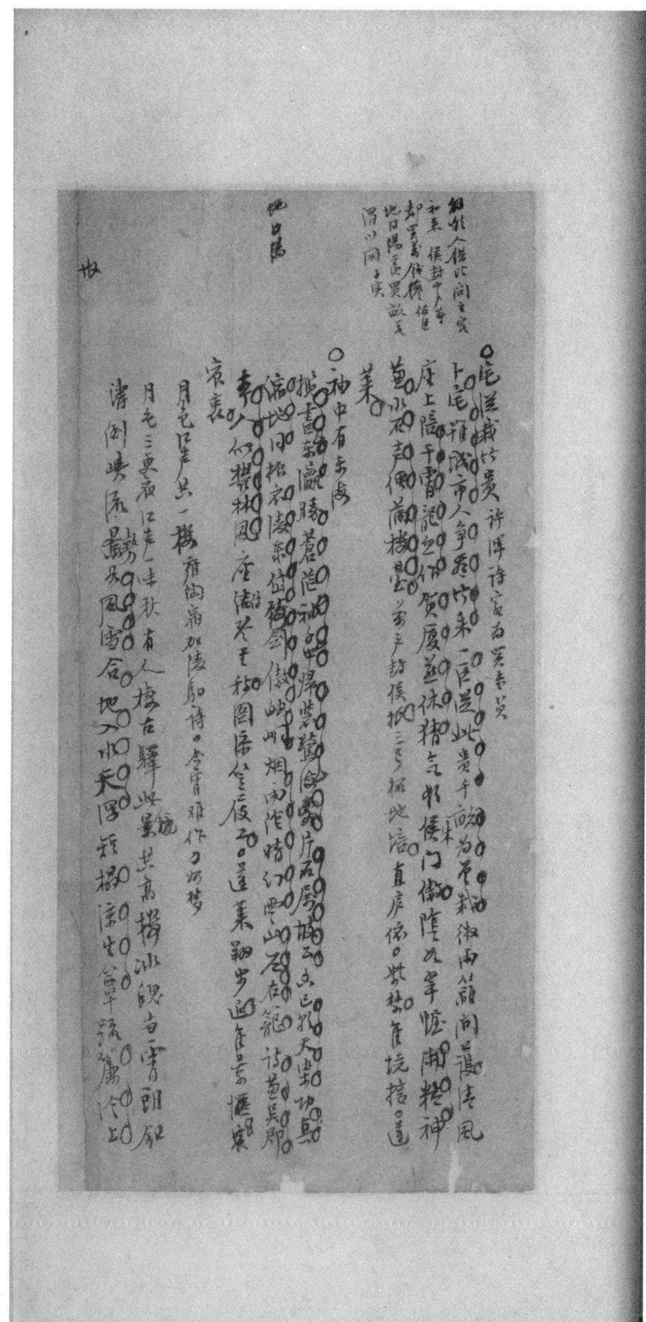

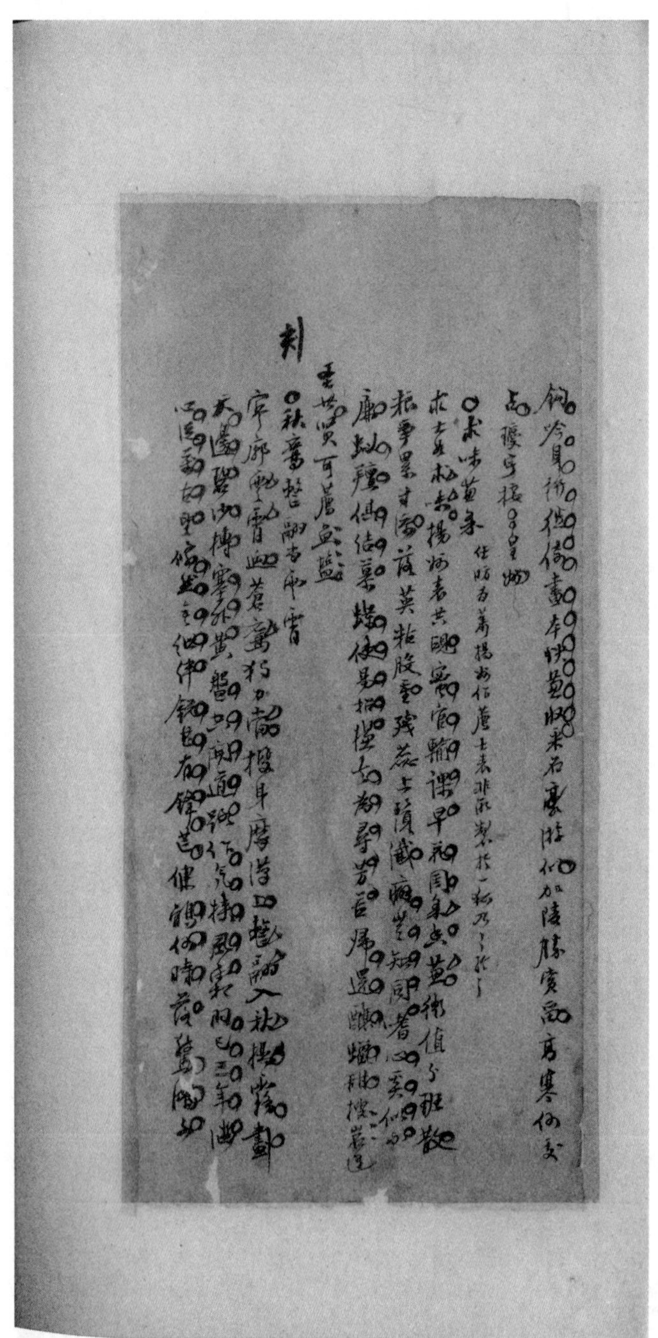

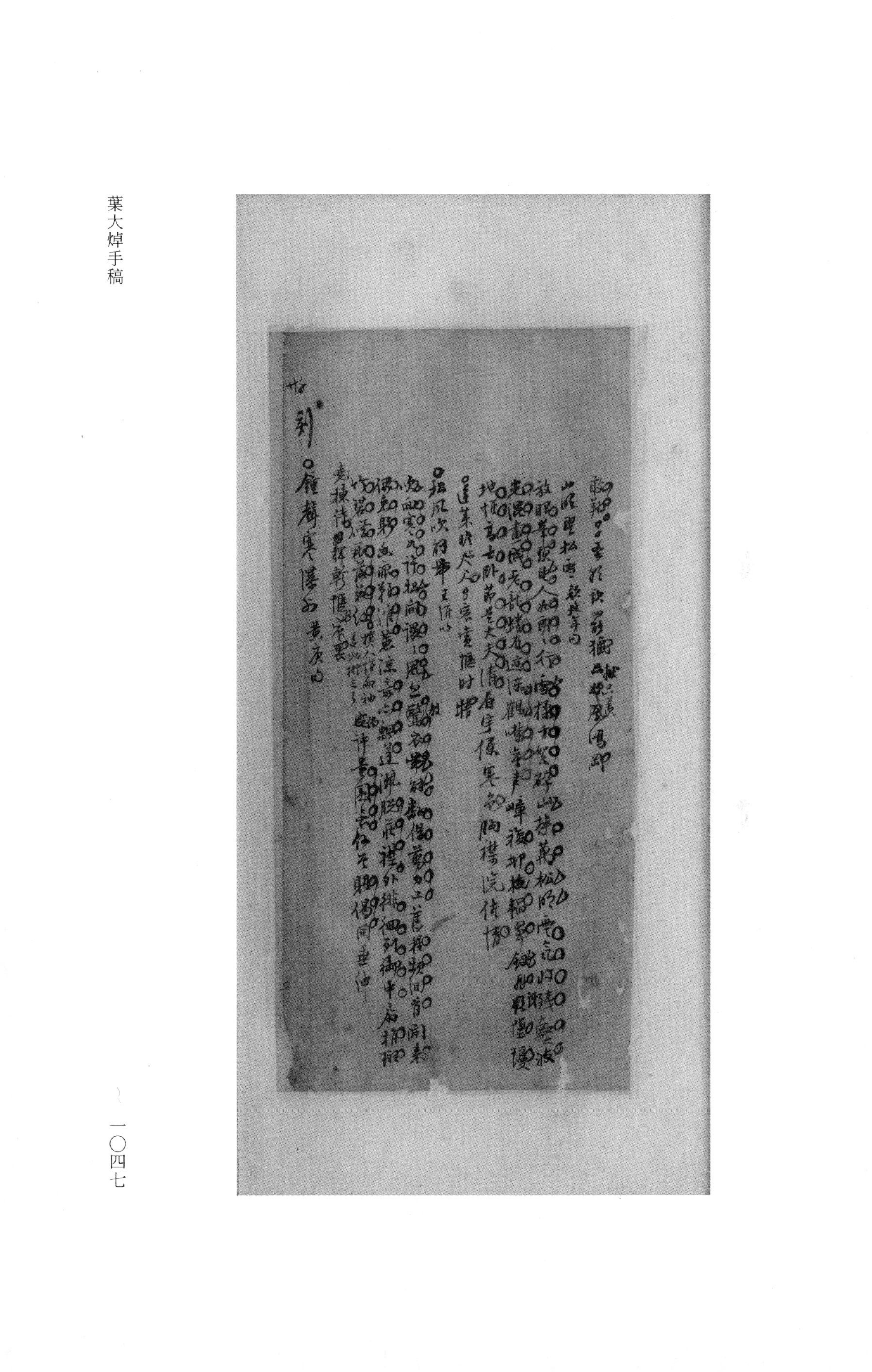

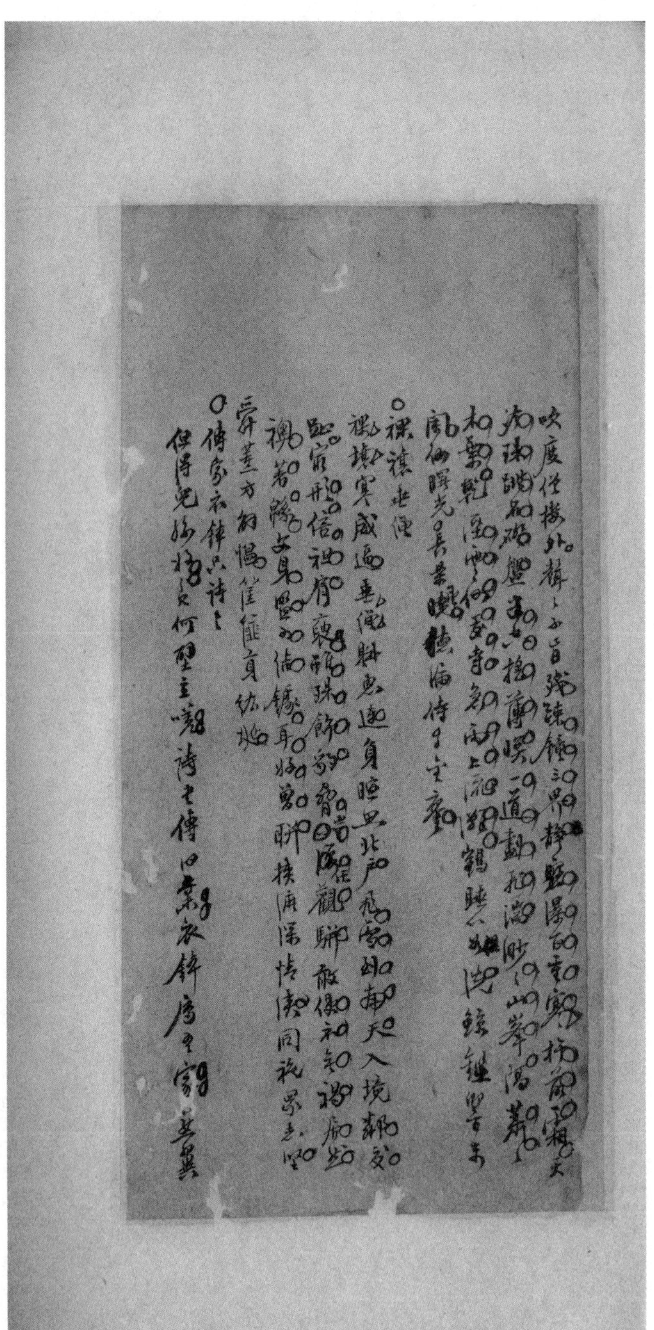

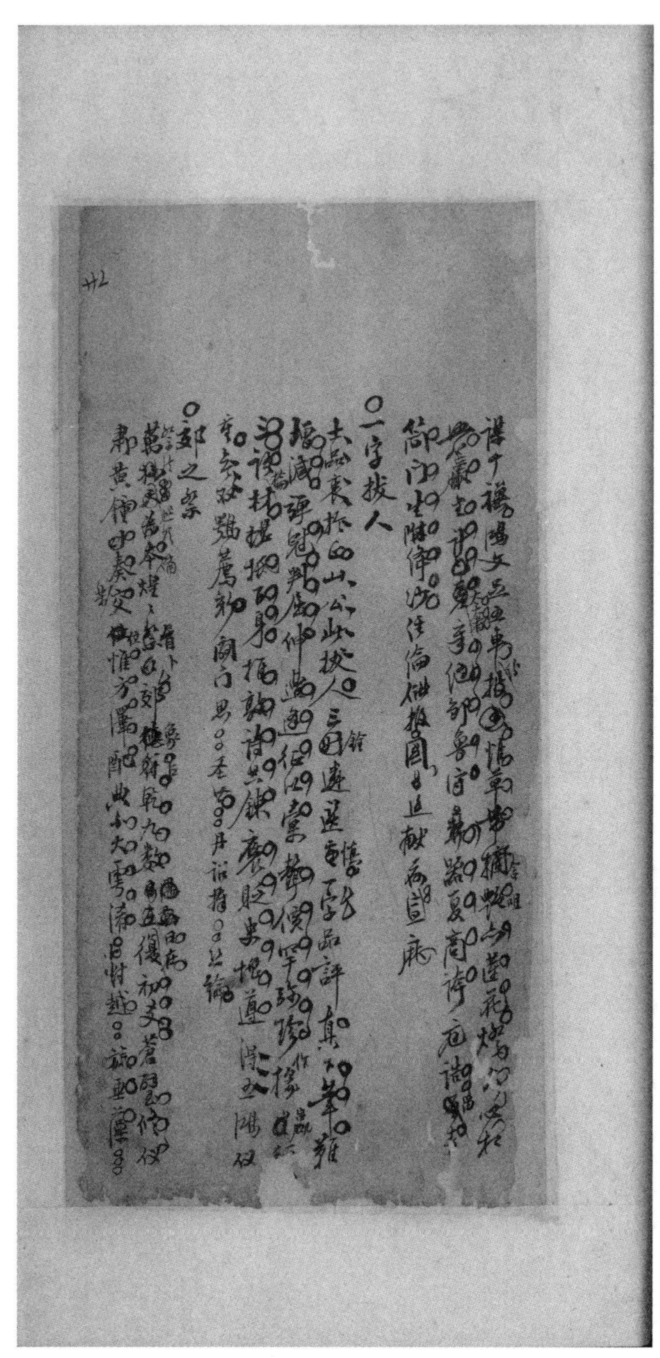

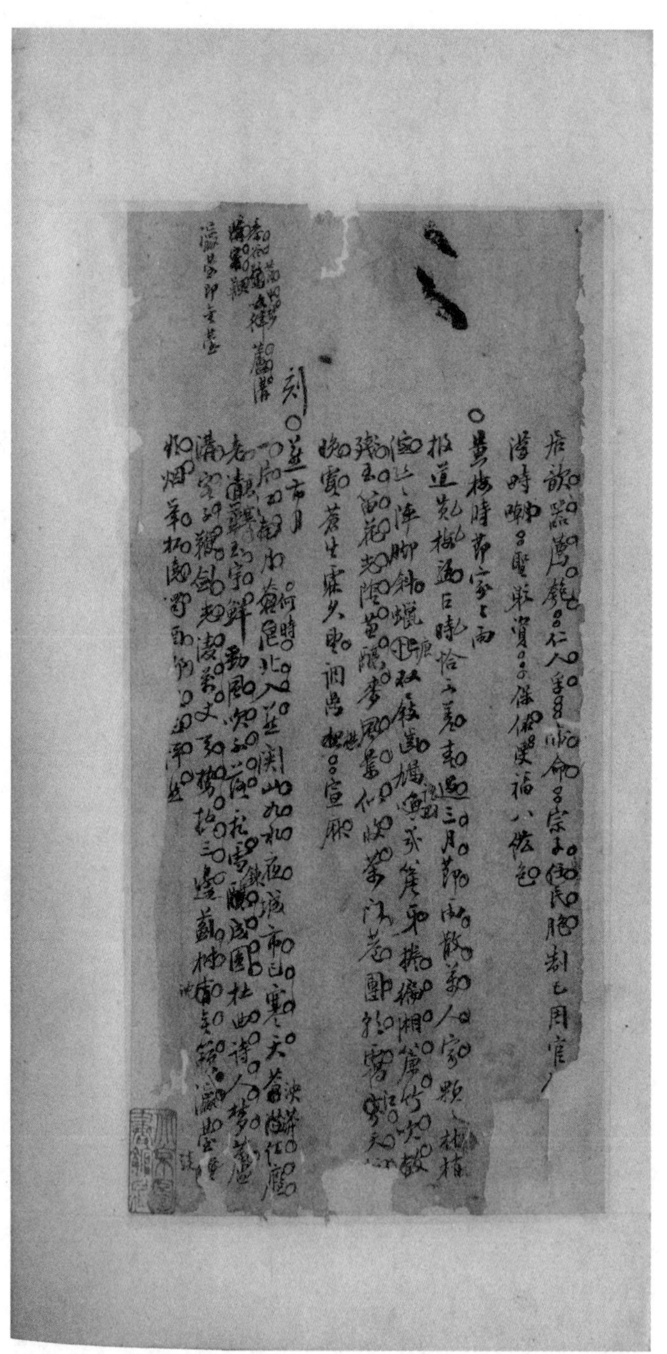

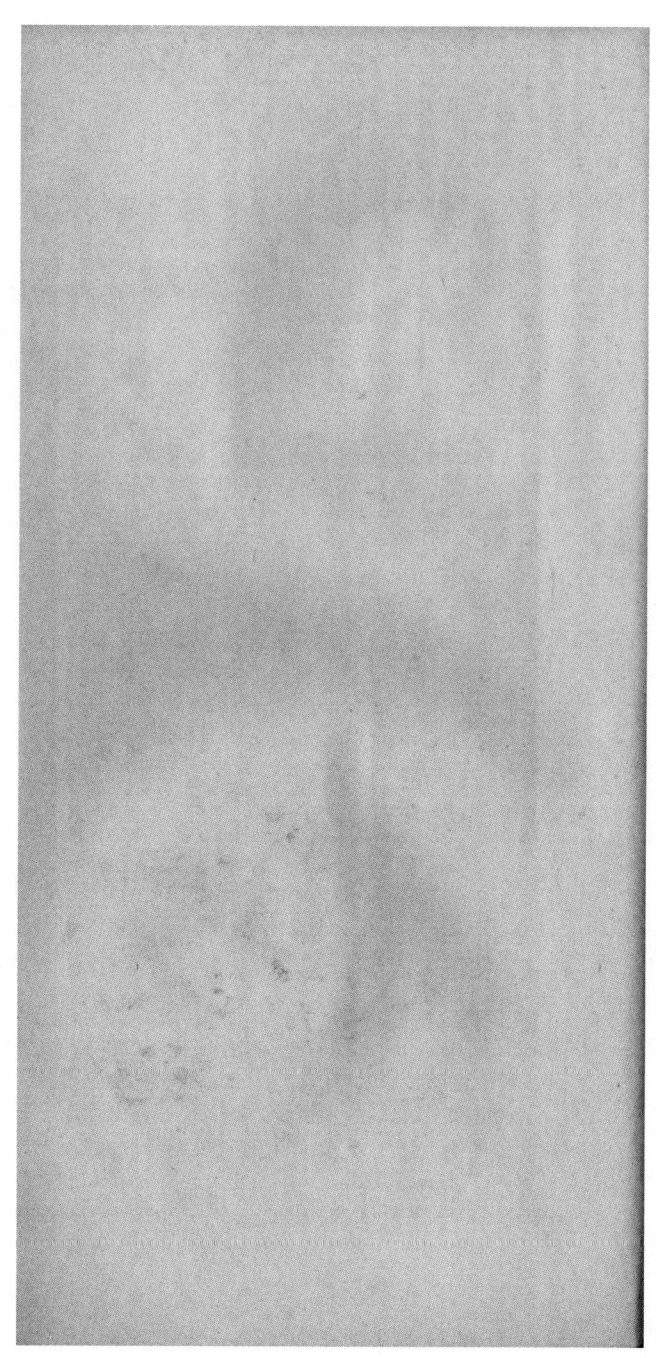

宜古堂集

英瑞撰。稿本。六册。

英瑞(一八四五—?),字鳳岡,兆佳氏。滿洲正白旗人。由刑部員外郎歷官至大理院正卿。清光緒三十三年(一九〇七),以大理院正卿任修訂法律大臣。著有《未味齋詩集》五卷,收録詩作九百餘首,另有《疏簾淡月屋詞草》二集,收録詞作近二百首。其师濮文暹是我國早期的《紅樓夢》收藏家和著名研究者。他曾評點英瑞的後期詞作「情味淵永而靈筆如丸,已到脱化境界。不爲聲調拘,而自然合拍,可以見火候矣」。其艺术水准在清代滿族詩词家中非常突出。

此本包括《宜古堂詩集》十四卷、《閩遊小草》一卷、《百體印文考》一卷、《宜古堂藏書目録》二卷、《宜古堂日記》一卷。其中《宜古堂詩集》二册,缺四卷:卷五至卷八。第二册實爲六卷,爲卷九至卷十四,目録僅著録五卷,未著録卷十四。詩集現存古近體詩近三百餘首。體裁多樣,五言、七言、律詩、絶句、古體、排律各體俱全,内容涉獵廣泛,寫景敘事,狀物抒情,無不包容。根據每卷卷端小字標注的時間推算,本詩集大約爲英瑞在清光緒二十六年(一九〇〇)至一九二〇年間的作品。卷端題「寄園居士撰」,應爲英瑞號。《閩遊小草》一卷一册,爲英瑞在清光緒十六年至十七年間奉詔南下時的作品,主要是離情别緒的抒發和沿途風情的描繪。《百體印文考》一卷一册,考證各體印文的出處、特徵。《宜古堂藏書目録》二卷一册,卷一經部,主要著録四書五經類典籍,包括《易》類、《尚書》類、《詩》類、《論語》類、《周禮》類等,所分門類清晰詳細,每門類下均有種數統計。卷二著録史書,篇幅較小,僅正史二十五種、編年綱目類五種。《宜古堂日記》一卷一册,起自清光緒十六年八月十六日,至光緒十七年二月初三日止,記録著者奉詔前往福建辦事的來回經過,對沿途風土人情、辦事經過都有生動詳細的描寫,可作遊記看。英瑞《閩遊小草》即爲此南下時期的作品,正可相互對比參看,可補史料之不足。

卷端鈐「七略盦」印。

(尤海燕)

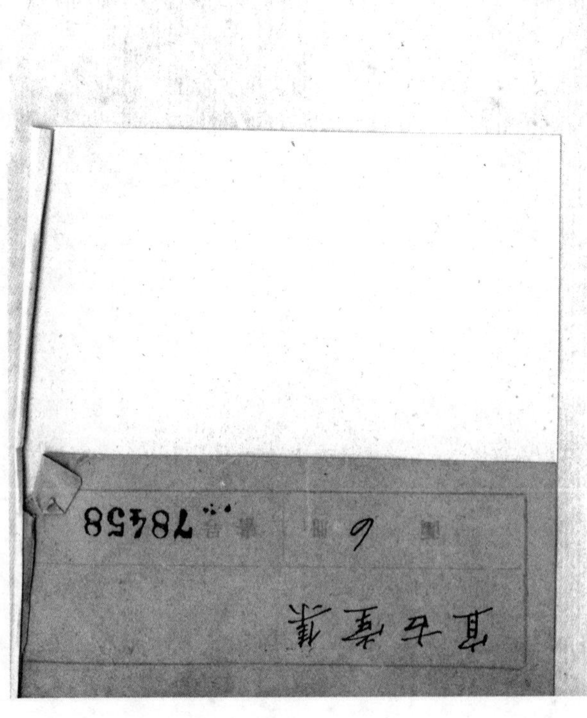

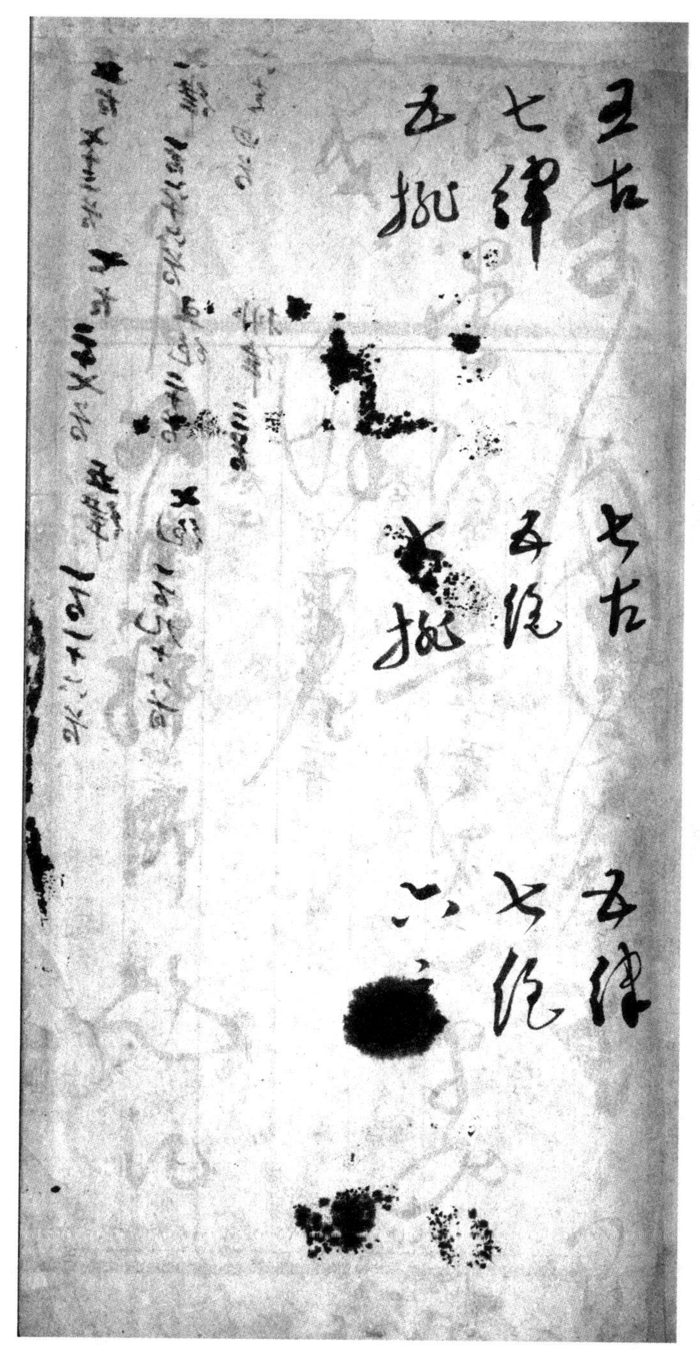
五古
七古
五律
七律
五絕
七絕
六言

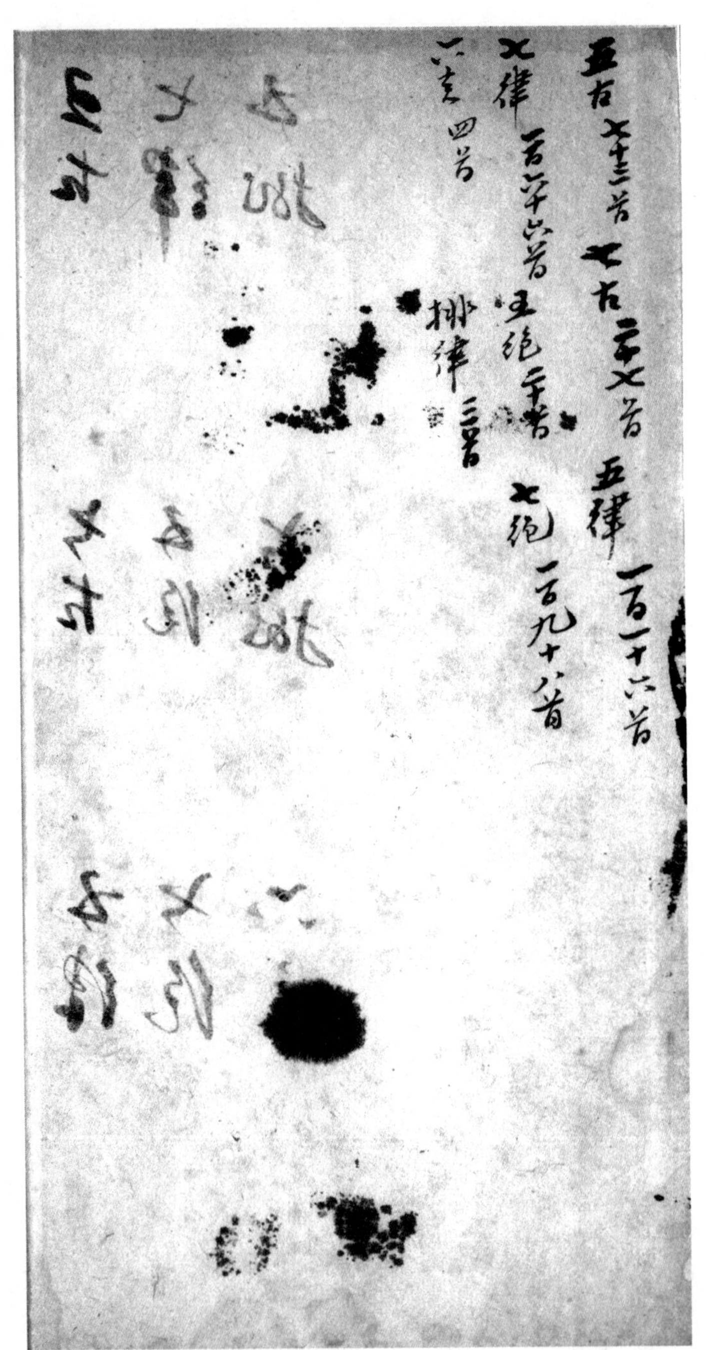

五古 七十三首 七古 五十七首 五律 一百一十六首

七律 一百五十六首 五絕 五十首 七絕 一百九十八首

六言 四首 排律 三首

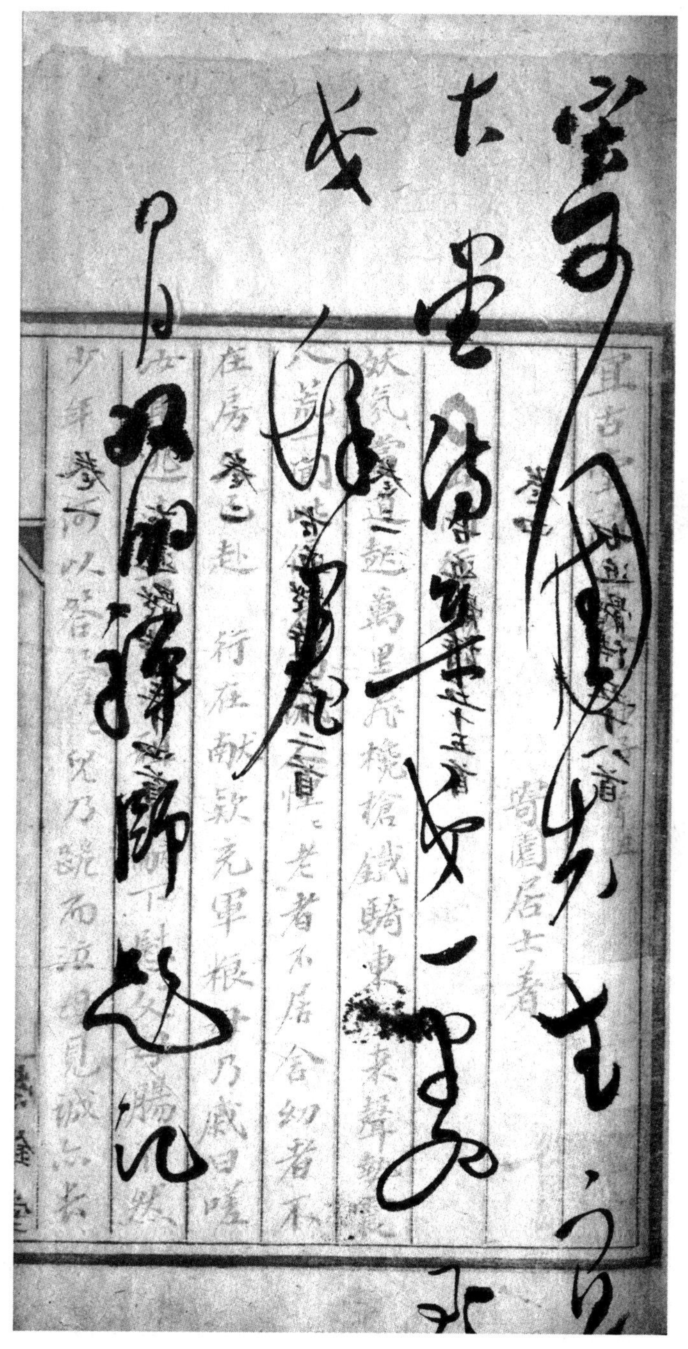

卷一　古近體詩五十四首
卷二　古近體詩五十二首
卷三　古近體詩五十五首
卷四　古近體詩五十八首

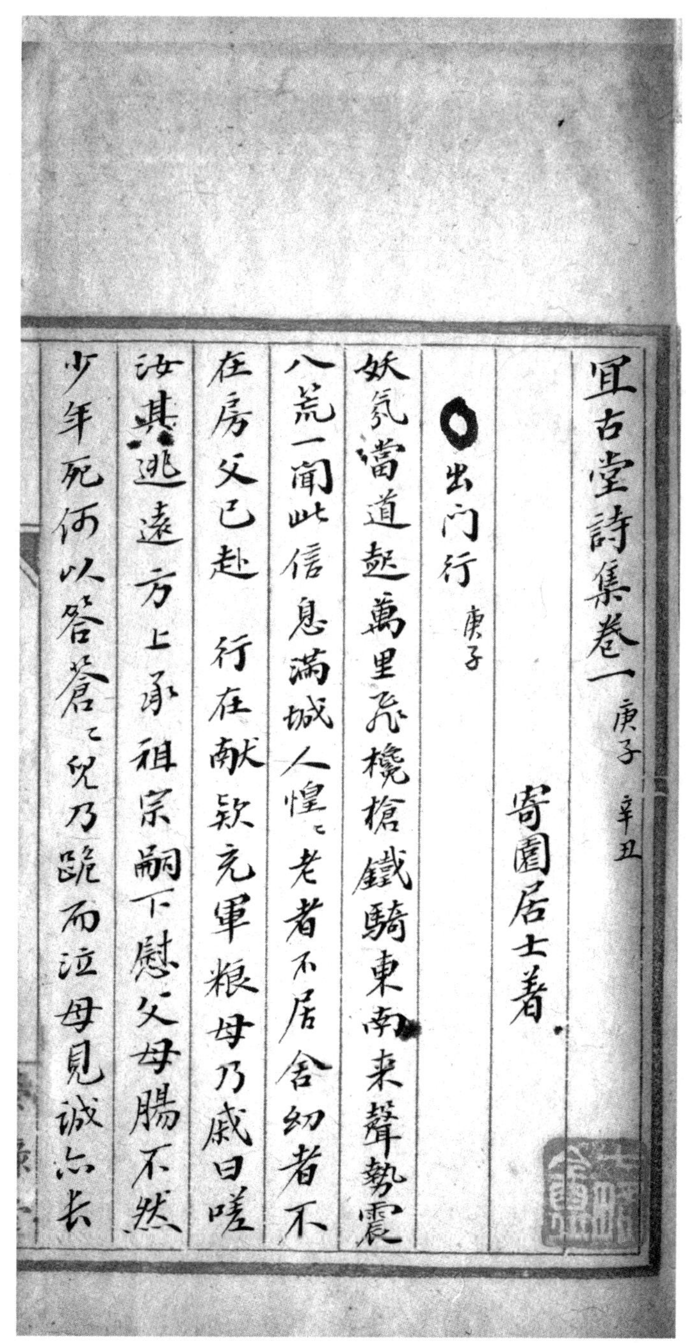

宜古堂詩集卷一 庚子 辛丑

寄園居士著

〇出门行 庚子

妖氛當道起，萬里飛欃槍。鐵騎東南來，聲勢震八荒。一聞此信息，滿城人惶惶。老者不居舍，幼者不在房。父已赴行在，献款充軍粮。母乃戚曰嗟，汝其逃遠方。上承祖宗嗣，下慰父母腸。不然少年死，何以答蒼蒼。兒乃跪而泣，母見誠亦長但兒幼侍母從未遠離鄉兒死亦何苦兒死亦何傷兒一從此去何人侍高堂母又笑謂兒汝言乃素常今非昔日比見理何不詳況有汝兄在奉養何所妨汝其早行矣慎勿只徜徉再拜語阿兄兄年正少康弟行千里遊南北永相望晨昏侍父母甘旨須親嘗所有舉家事全賴兄扶匡長揖告僮僕汝等皆循良忠義各有心亂離勿逃亡痛哭爲絶聲卿自束行裝

拜母不能越衆人推挽强鳴咽出门去風起吉天黃泣涕遠別離田頭空沾裳

○出居庸關

策馬出雄關孤行山谷間陰崖燐火碧衰草血痕班遊子若於役我身何日還不知天下士誰復濟時艱

◐呈在廷先生

窮山千里渺雲煙雖亂相居倍我憐知己最難逢此際愛才何幸及青年窮邊衰草荒涼地故國斜陽穌

○望北嶽恒山
蒼山何巍巍百里嶢峞元
列方望不可即以5日紅塵山
絕一白送以花久積緣千
年雪塗風卻如來
映人皮屠刻衣我馬日
以蕃我心日以結跋涉苦
無休兩山阻姐越

寞天時事不堪回首憶知公見我更淒然

○中秋

太息無家安何來看月圓關山千里梦烽火九夷烟
困苦悲身事飄零感少年干戈塞滿路鄉信阻幽燕

○昭君青冢

孤塚巋然平地起上有青青草未已行人立馬且徘
徊知是明妃死葬此憶昔西漢元帝君匈奴難勝
議和親滿朝將相文兼武致令安危託婦人人道

禍由始孝武我道失機在高祖入函約法定三秦垓
下功成滅全楚當時將士皆精良所向無敵勢莫
當如何免死竟烹狗飛鳥既盡良弓藏設使功臣
誅不早全師齊出酒泉道萬軍飛度玉門關滅
征服戎羯易如掃無端息將功臣謀功臣盡矣
也千秋當時若為兒孫計誰識終遺後世憂
和親以外無他議致教戎馬來深地長城之北竟。
消亡萬里何曾劃右賢昭君馬上擁琵琶雙

垂別淚離漢家可憐死作他鄉鬼身事輕於
塞北沙雖然終竟名傳久後宮佳麗知誰某其
時空將畫工讐此日還應謝延壽夕陽灞水千
年去轉眼前朝事文經單于宮與昭陽殿院
同在荒煙蔓草中

○關外

不作離鄉客誰知關外幽沙荒村落少風起戰場秋
衰草連天暮空雲入塞愁家山何處是行矣莫回頭

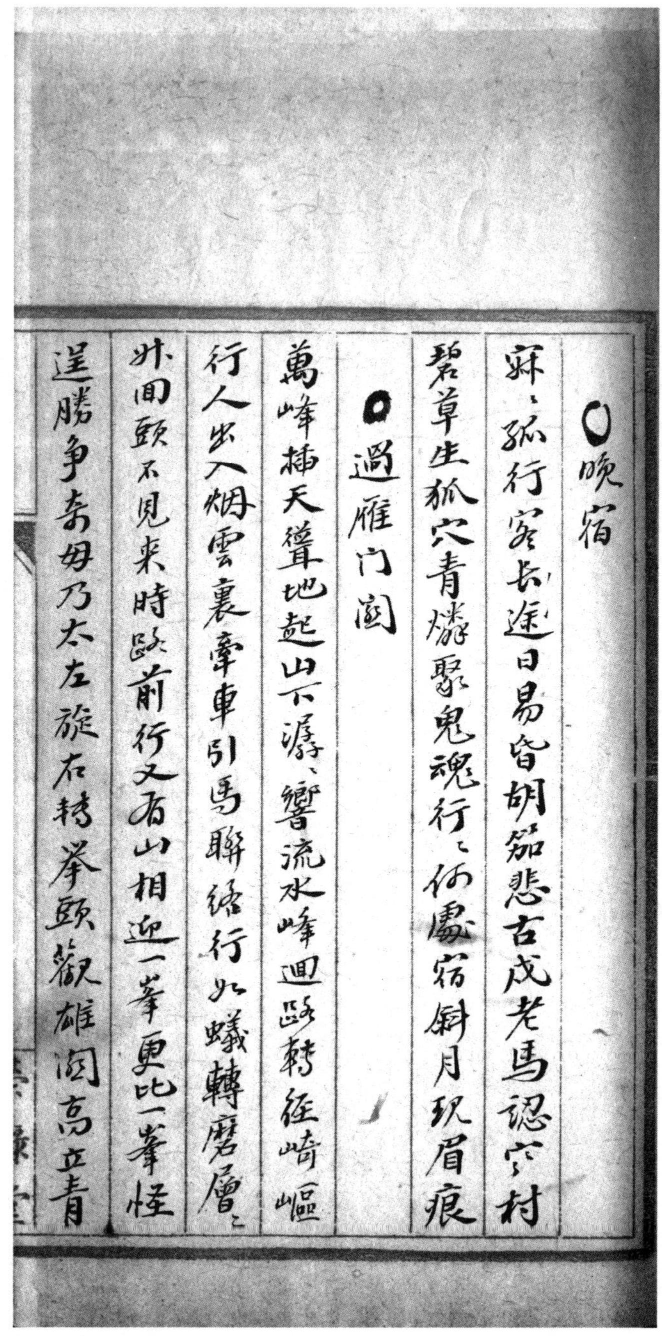

○晚宿

蕭蕭孤行客，長途日易昏。胡笳悲古戍，老馬認空村。碧草生狐穴，青燐聚鬼魂。行行何處宿，斜月現眉痕。

○過雁門關

萬峰插天聳地起，山下潺潺響流水。峰迴路轉徑崎嶇，行人出入烟雲裏。牽車引馬聯絡行，如蟻轉磨層層外。回頭不見來時路，前行又有山相迎。一峯更比一峯怪，逞勝爭奇毋乃太。左旋右轉峯頭欻，雄關高立青天外高登萬仞凌虛也附衹萬朵青芙蓉初疑女媧鍊石補天處亂石堆疊形崢嶸又疑盤古以前乾坤毀山川人物鎔在洪鑪中罡風一陣吹成石所以奇形怪狀爭嵱嵷不然造化縱有無窮巧亦難神力鬼斧一一施奇工過濶忽忽下山走看山不厭徘徊久且將奇景付去敲質之山靈是与否山靈搖頭說不然子其行矣毋留連

○代州收雨不蘇歎墾

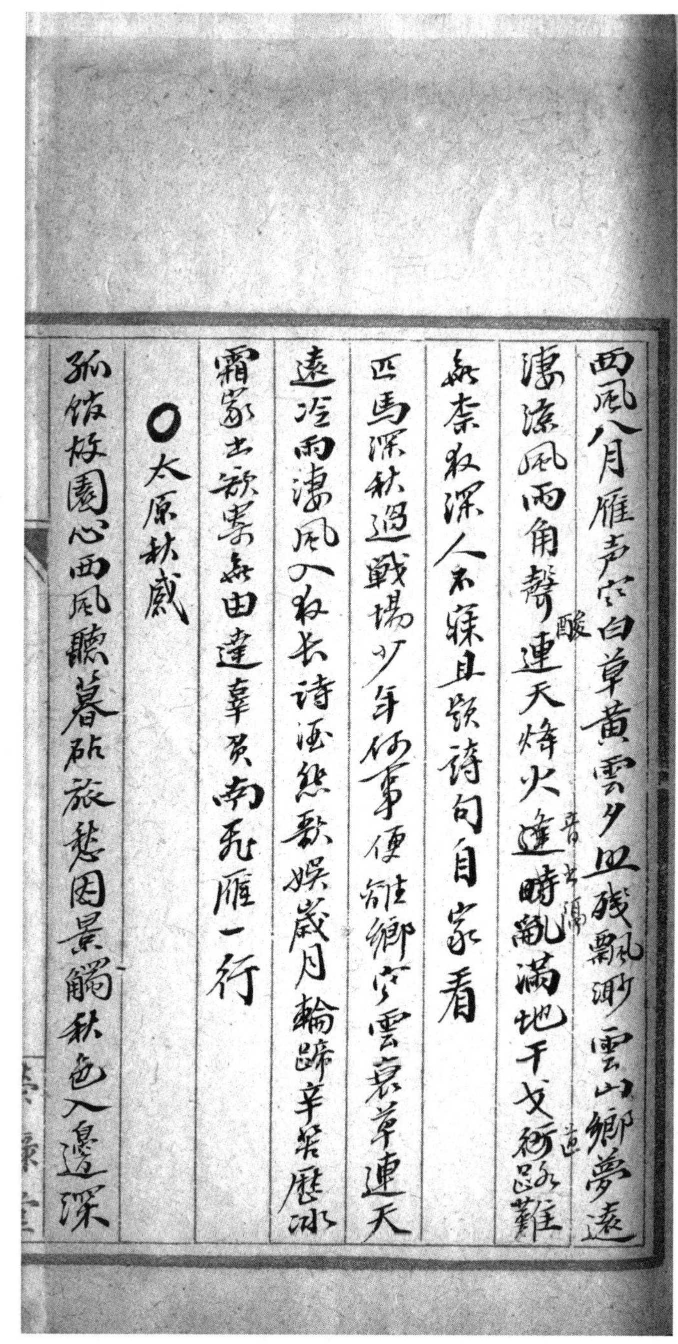

西風八月雁声空白草黃雲夕照殘飄渺雲山鄉夢遠
淒涼風雨角聲酸連天烽火逢（音出漢）時亂滿地干戈行（道）路難
無奈秋深人不寐且敎詩句自家看
匹馬深秋過戰場少年何事便離鄉空雲衰草連天
遠冷雨淒風入夜長詩酒總歡娛歲月輪蹄辛苦歷冰
霜家去欲寄無由達章貢南飛雁一行

○太原秋感

孤館故園心西風聽暮砧旅愁因景觸秋色入邊深

過雁無書至看花縱淚沉那堪今夜裡風雨又相侵

莽莽干戈起烽烟遍九州殘鐙遊子淚今雨故鄉愁久作

孤身戲難當八月秋同人猶恤我相勸酒盈甌

閏中秋

秋光兩度窮邊過小院裹裛絕可憐我已無家

身作客不知明月為誰圓

○九日同岳雪樵劉季鳳登高

滄桑回首怕追尋家裏登高百歲侵白髮高堂遊子恨黃

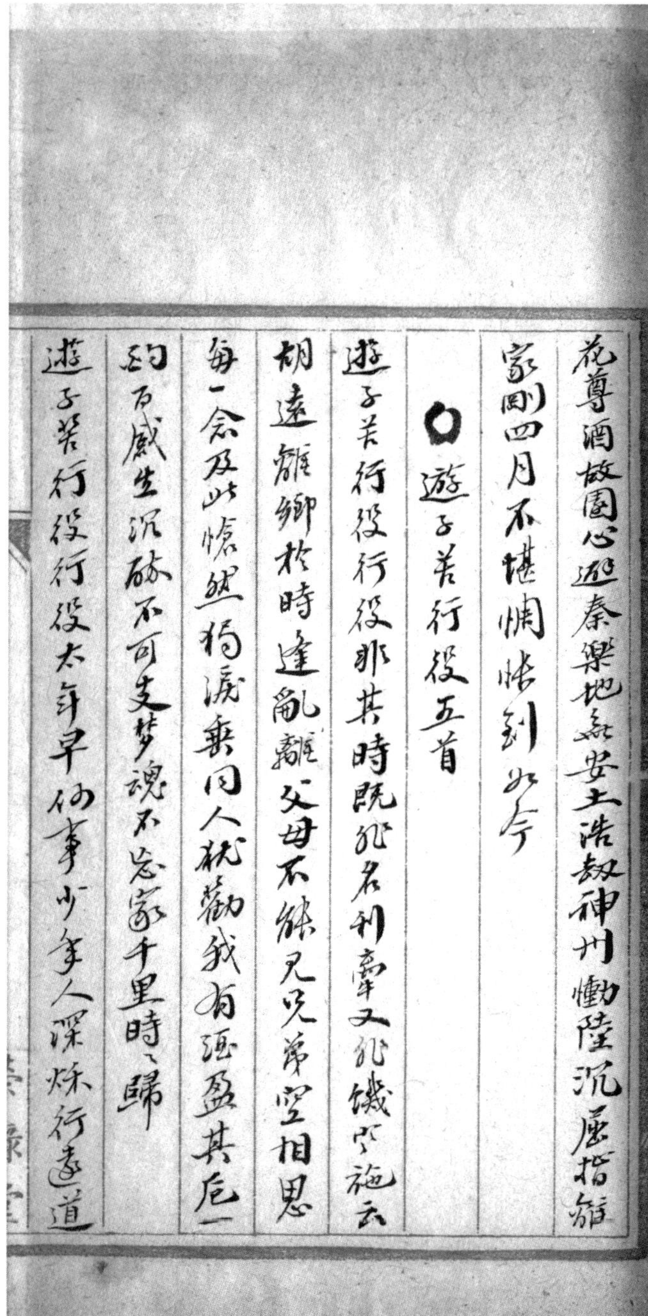
花尊酒故園心逦秦樂地焉安土浩叔神州慟陸沉歷指縮
家剛四月不堪惆悵到如今

○遊子苦行役五首

遊子苦行役行役非其時既非名利牽又非饑所施云
胡遠離鄉於時逢亂離〻父母不緣見兄弟空相思
每一念及此愴然獨淚垂同人枕勸我有酒盈其卮一
酌百感生沉酣不可支夢魂不忘家千里時〻歸
遊子苦行役行役太年早何事少年人深昧行遠道

輪蹄日夜馳風雪天山渺光陰似弩弦莫謂正輕小
歲月不留情倏忽便將老勵志學前賢努力勿草草
遊子苦行役行役何時還深秋边塞地風雪常漫漫憶
昔擁鑪坐尚覺嚴冬寒此時寒衣薄泣涕摧心肝
鐵甲不可着羊毛不可餐由來征戰處困苦非人間
所以遠行人長歎行路難
遊子苦行役行役路迢遥落日不見人衰草風蕭蕭
舉目黃沙地萬古同蕭條鬼狐共墓穴骷髏掩蓬

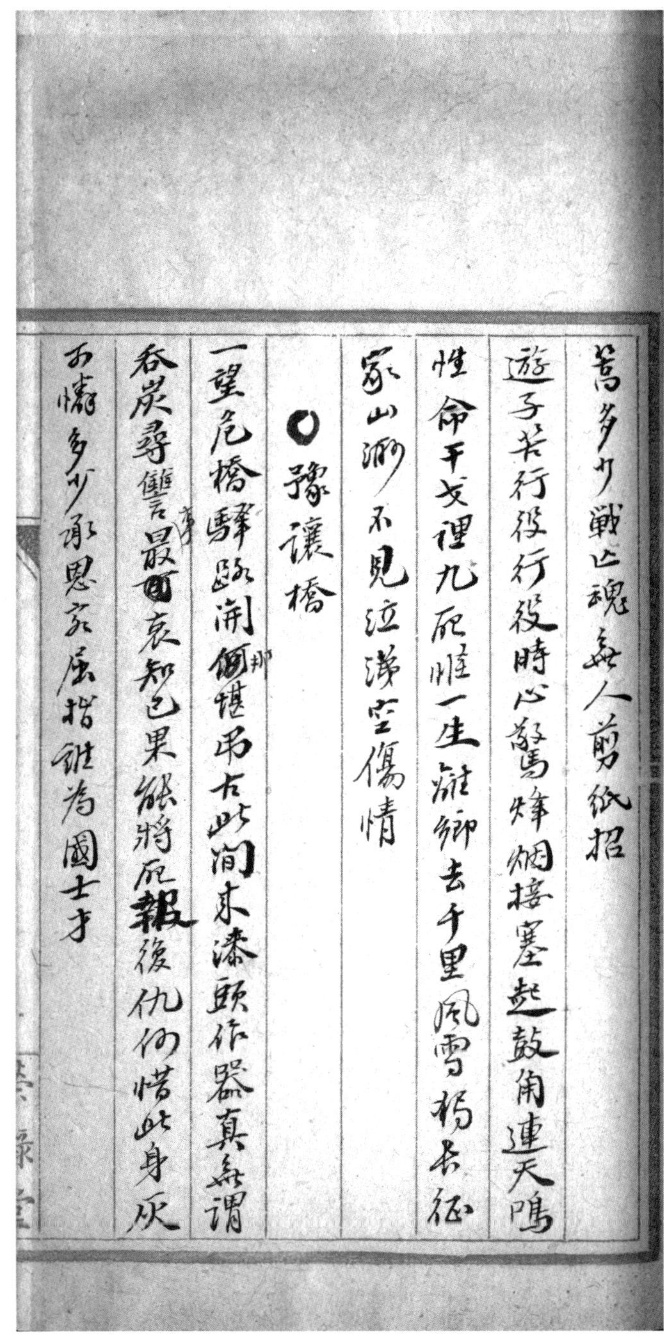

嵩多少戰亡魂無人剪紙招

遊子苦行役行役時心驚烽烟接塞起鼓角連天鳴性命干戈裡九死惟一生離鄉去千里風雪揚長征家山渺不見泣涕空傷情

○豫讓橋

一望危橋驛路閒何堪弔古此間來漆頭作器真無謂吞炭尋讐最可哀知己果然將死報復仇何惜此身灰可憐多少承恩客屈指誰為國士才

○首陽山

八百諸侯遠會盟不聞餓子阻東征早知叩馬諫無益未必出師果有名古代商周飄眼過缺風薇蕨滿山生至今瀠洄水猶似當年聖者清長流

○淮陰侯墓

白楊古墓戰秋風無限幽衷此際中百戰功居終受刃千秋飛鳥盡藏弓將兵畢竟輸高祖相背終教悔蒯通不盡怨歎當年古敵將成敗論英雄

○潼關

蒼莽群山一色深潼關八(四)扇掌天臨黃河声勢來天地華嶽風雷(雲)自古今投筆班超酬素志登樓王粲觸鄉心長安自古皇都地遺跡還須仔細尋

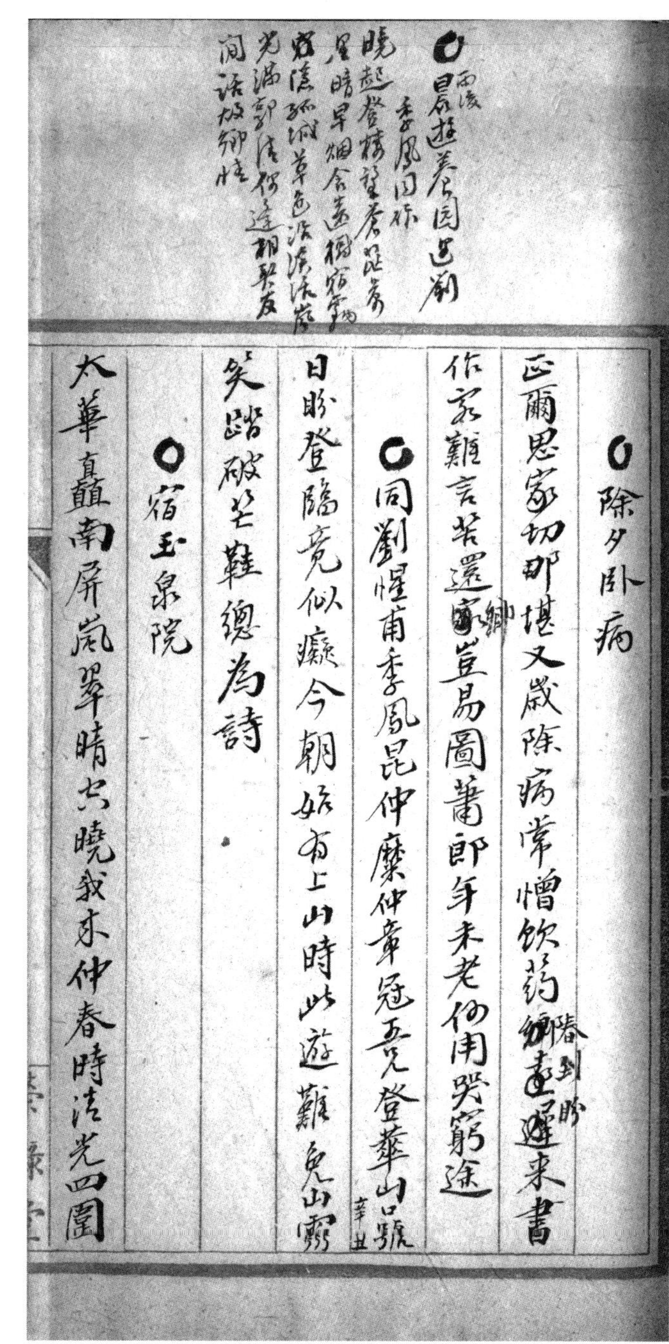

○丙辰 晨遊姜氏園與劉季鳳因亦

曉起登樓望層巒星晴早烟含遠樹宿雪…殘漾孤城草色深深深光滿郭清和遊相契友閒話奴鄉情

○除夕卧病

正爾思家切那堪又歲除病常憎飲藥鄉書遲來書

作客難言苦還家(鄉)豈易圖蕭郎年未老何用哭窮途

○同劉惺甫季鳳昆仲麇仲章冠五兒登華山口號 辛丑

日盼登臨竟似癡今朝始有上山時此遊難免山靈笑踏破芒鞋總爲詩

○宿玉泉院

太華巔南屏嵐翠晴光曉我來仲春時清光四圍

繞路行亂石間十里九嶺倒捨車徒步行幽徑曲折小彳亍益遲遲夕陽下林表遠遠清鐘声風送出松杪到寺天已昏烟鎖松篁篠斜靠半山居禪室凝深窈附（俯）澗數遊魚穿林看歸鳥明日早登臨出入白雲湖

○住玉泉院是夜月色大佳

欲登西岳高先住清幽境飯後小徘細處處悠然靜流泉穿竹林山影沉夜徑巨石大如屋鐫字多

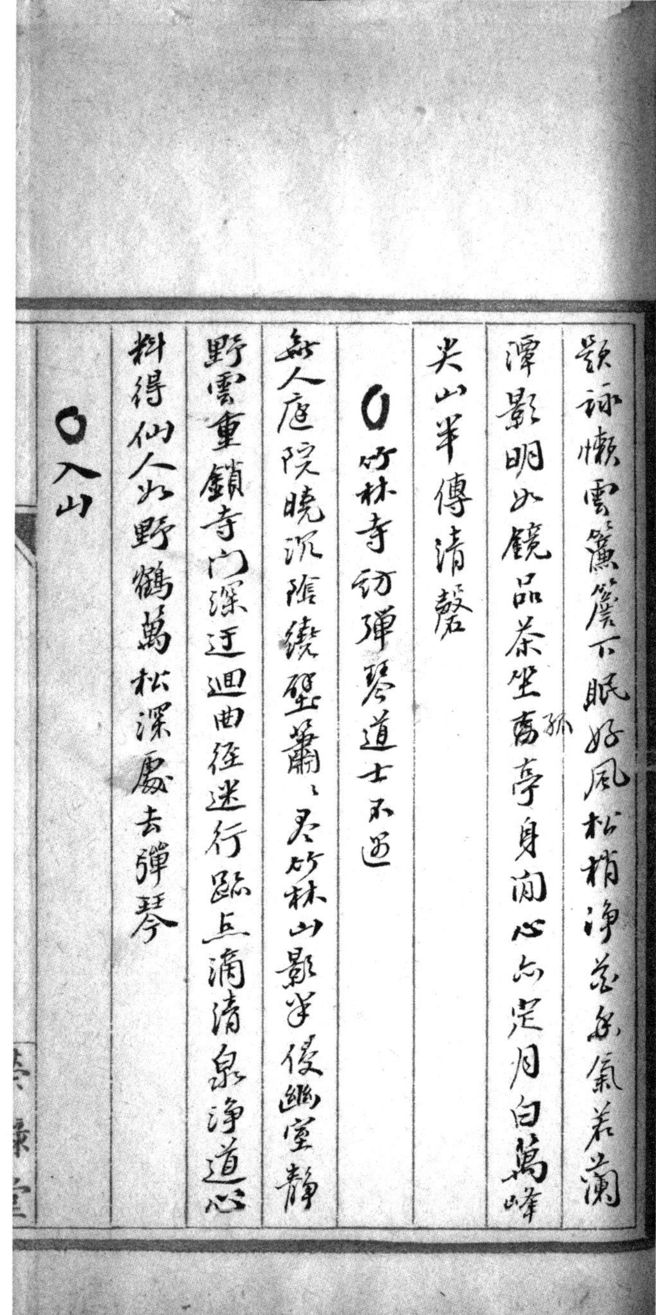

歆詠懶雲簾簷下眠好風松梢淨花氣若蘭

潭影明如鏡品茶坐高[孤]亭身閑心亦定月白萬峰

尖山半傳清磬

○竹林寺訪彈琴道士不遇

無人庭院曉沉陰繞壁蕭蕭思竹林山影半侵幽室靜

野雲重鎖寺門深迂迴曲徑迷行跡上滴清泉淨道心

料得仙人如野鶴萬松深處去彈琴

○入山

曉起東方明步入白雲裏土人結木作籃橫扛壺若蟹
曲徑蒼苔滑淺草半埋趾攀樹学猱登跨石鷲
鳥起轉過一層山又過一重水渡水復登山雖險不肯
止四面煙巒閙左右顧不已飽覽衆峯形奇態無壯絕難
樹似有水有屏風有如长楼几又若床榻鱼又若偉
造物心神欠工斷诡想是譬不接迹而使其心死我偏为窮然
象雅遠望盡奇觀近看偏不是更有奇異峯欲比無
有由處收便由處由處
可擬俄而上山巔俄而下澗底上下費盤旋升降煩心
神使歸途迷
去自家出回遊不返亦可矣

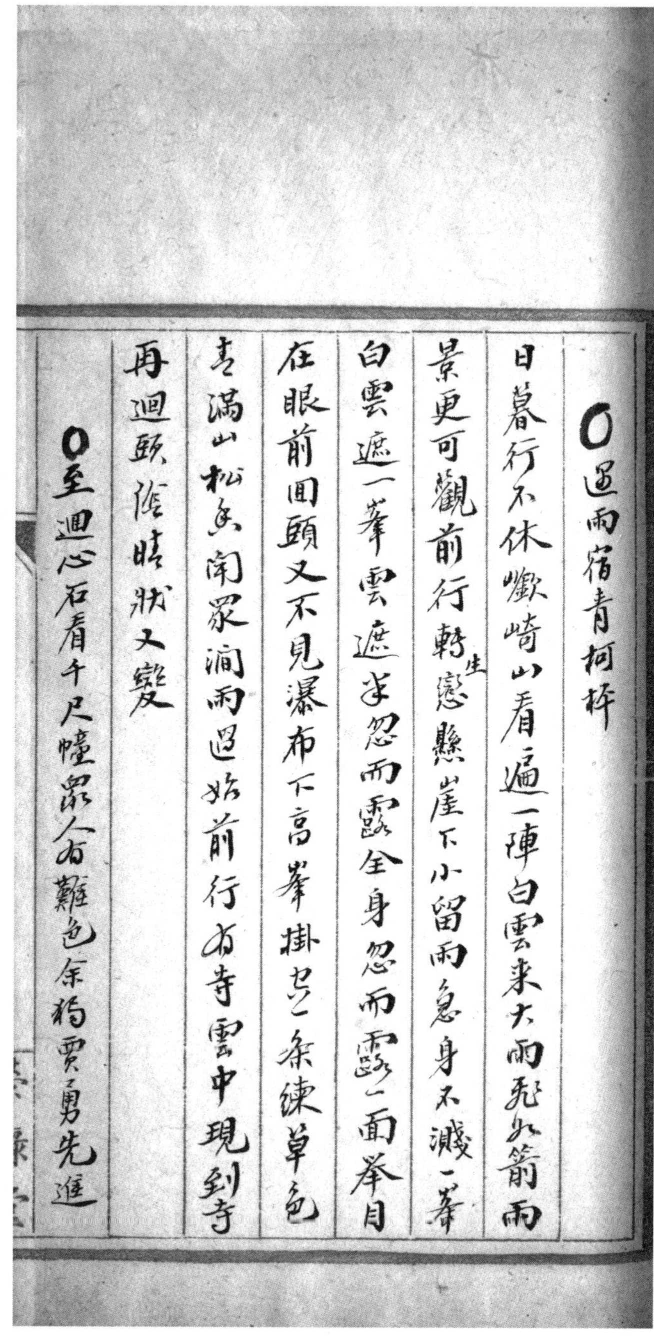

○遇雨宿青柯枰

日暮行不休嶔崎山看遍一陣白雲来大雨飛如箭雨景更可觀前行轉戀[生]懸崖下小留雨息身不濺一峯白雲遮一峯雲遮半忽而露全身忽而露一面舉目在眼前回頭又不見瀑布下高峯掛也也条練草色青滿山松色鬧衆澗雨過始前行有寺雲中現到寺再回頭陰晴狀又變

○至迴心石看千尺幢衆人有難色余稍賈勇先進

從前千尺幢山勢最峒峨比到迴心石險路崔嵬果衆人不敢前賈勇惟有我相隨聯絡登穩步行乃安足半納石窟手緊攀鐵鎖目注心不惶盤右後轉左力居且少休危立不得坐一步一躬身直上華不歇到頂放眸觀芙蓉青萬朶

○百尺峽

深絕行到百尺峽前行又無路鐵鎖緊相連仍得攀牽步忽死往前行不敢迴頭顧上見一綫天下臨萬重霧

若一失足時身墜不知處早聞淜滂聲橫空飛瀑布
過險到山巔中心尚惶怖

○鐵牛台觀水簾洞瀑布

奇峯危立萬仞高雷霆奔蕩陰風號一匹白練平空
掛淜滂象聲鳴穴濤千古不見晴明日四時那有春秋
朝初疑萬龍吼風雨又疑三軍奏鼓鼙奔流飛下不
見底但聞石響声滔滔山鳴鳴谷應同不已合音直可聞
吉霄亦簾似練千尺垂清珠如箭四面跳頰覺寒

氣莫可禦陰風吹起松蕭蕭凜乎不可久留此前行
後步欲誰敢驕過山步覺心躍上萬頃波濤亂動搖

○從蒼龍嶺到南天門看一路奇峯

行到蒼龍嶺形勢又幽曠一徑白雲迷三峯已在望
煙霞皓四圍仙掌若搖蕩左右澗千尋中路直前
向不知是何人來將山開創鬼斧與神工奇巧真無
量遊人孰敢先飛鳥不能上昌黎目痛哭奉先
亦惆悵可見山勢奇險峻實不妄我當此來遊一

見心花放賈勇自前行當先不肯讓諸懷心機淘

幽意胸襟暢直到南天门尽臨見奇峯狀

到華頂

山徑最難行積步誰敢懈一日滚數级躞蹀去不

快比到華顶来夕陽没林外入寺且小憩一卧償行

債簷下宿白雲门前擁青黛鐘声散暮天鈴

語葳清籟滿眼尽奇峯佈若齊逞怪到底绝

顶佳目空四無礙即此是仙鄉迴非人世界此行力

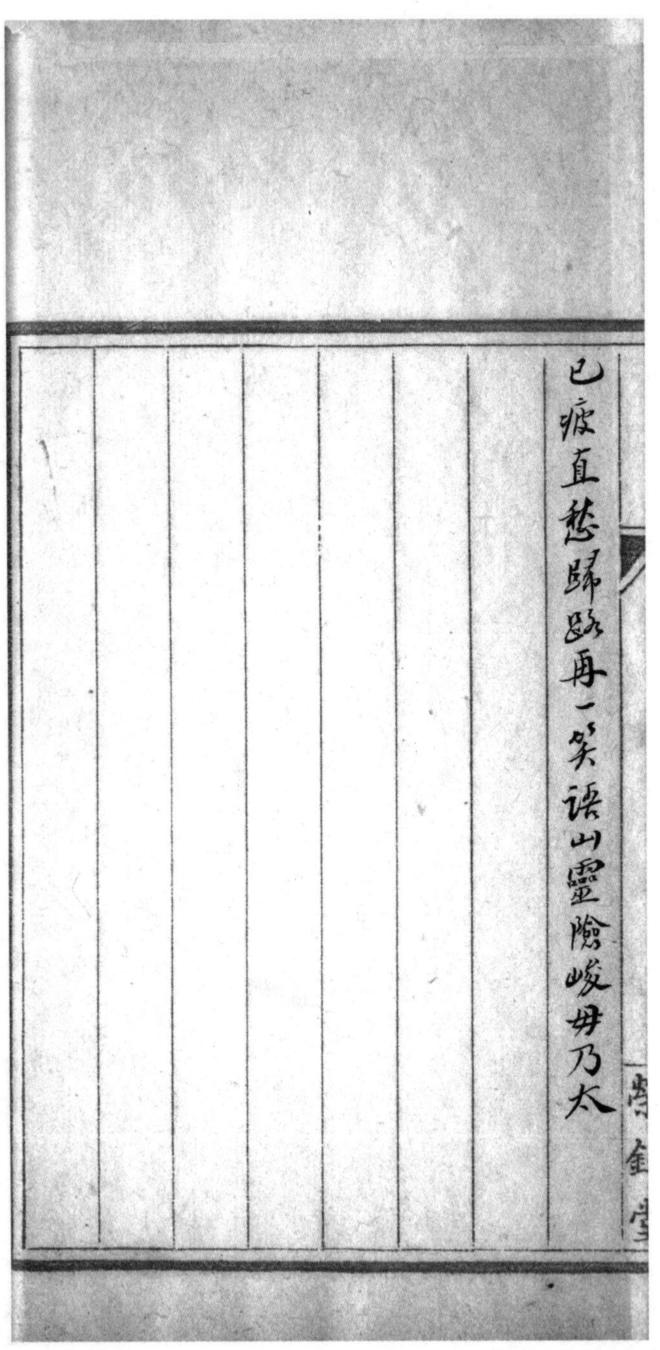
已疲直愁歸路再一笑語山靈險峻毋乃太

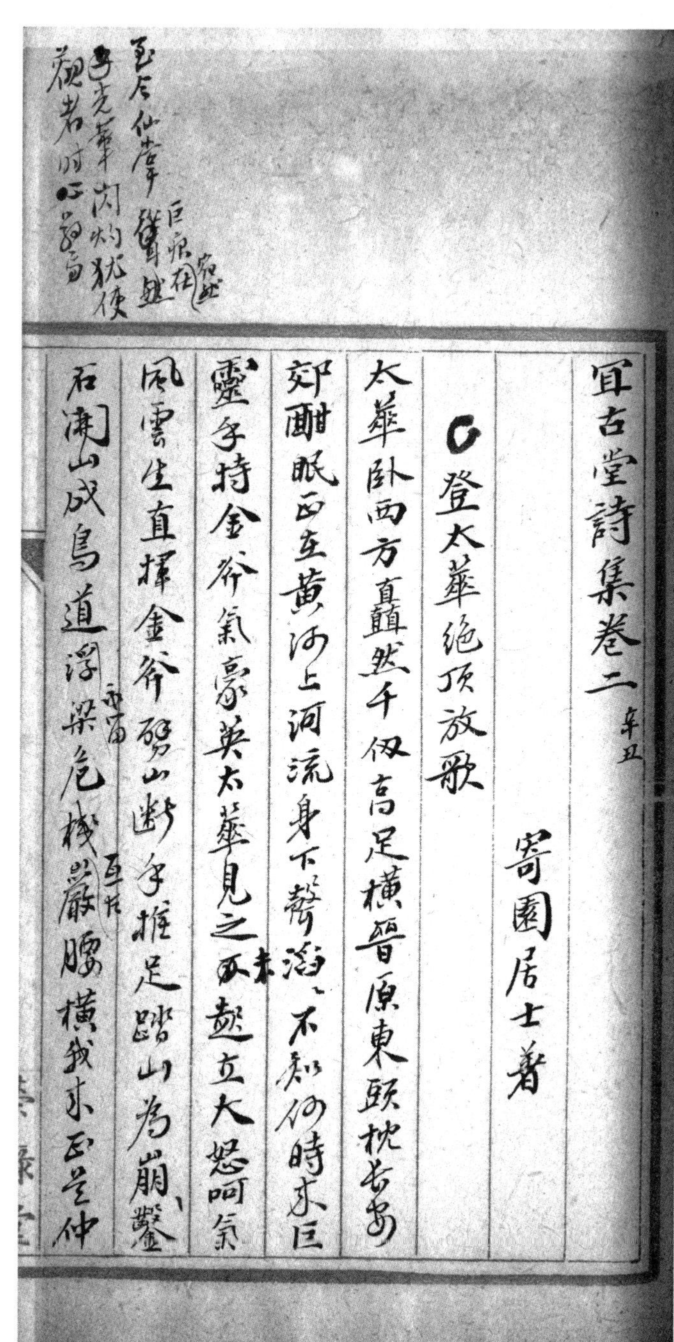

宜古堂詩集卷二 辛丑

寄園居士著

○登太華絶頂放歌

太華卧西方直巔然千仞高足横晉原東頭枕長安
郊酣眠西至黄河上河流身下聲滔滔不知何時來巨
靈手持金斧氣豪英太華見之爲起立大怒呵氣
風雲生直揮金斧劈山斷手推足蹋山爲崩鑿
石開山成鳥道浮梁危棧嵒巖腰横我來正是仲

自然唐虞處六方祀道傳白帝坐鎮因而成不解何人

春日魂驚膽落心戰慄捫參歷井入烟霞墮險縋幽探奇瀾白日逃匿陰風號仙掌森森若動搖瀑布橫垂六千萬丈飛泉亂迸三千條出谷懸崖真奇絕混沌初分龍蛇穴巉峋崱屴倚虛空絕頂真堪摘日月心中從是厭紅塵閉目還將謝世人願從希夷作弟子長作蕭踈物外身

○明星峯觀日出

半夜鷄鳴天未曉披衣同立高峯巔只為求觀

出日紅誰識昏黑、時尚早俄而漸、天氣清雲霞飄渺紅爭相騰空一躍三萬丈登時宇宙同光明雲護雲圍冉、起滄海為盂似初洗一庬晴光萬里同耀眼金輪亂紅紫扶桑海水熱未消相隨蒂起於山潮太陽真火誰能禦雲霞頃刻都炎燒遍遍大地秋毫見樹色山光一齊現果然絕異教深時人物山川皆可辨下出不敢多句留以斯奇景真難求天地有心成世界光明日月照千秋

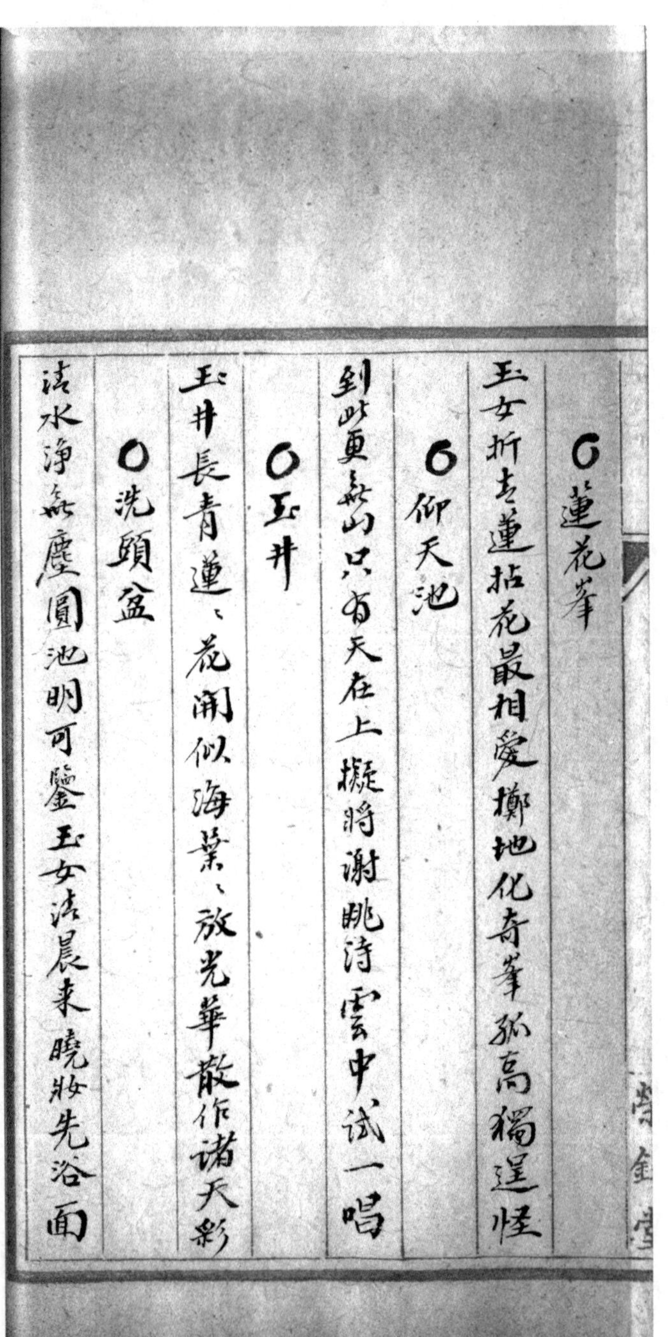

○蓮花峯

玉女折去蓮拈花最相愛擲地化奇峯孤高獨逞怪

○仰天池

到此更無山只有天在上擬將謝朓詩雲中試一唱

○玉井

玉井長青蓮々花開似海棠々放光華散作諸天彩

○洗頭盆

洁水淨無塵圓池明可鑒玉女洁晨來曉妝先浴面

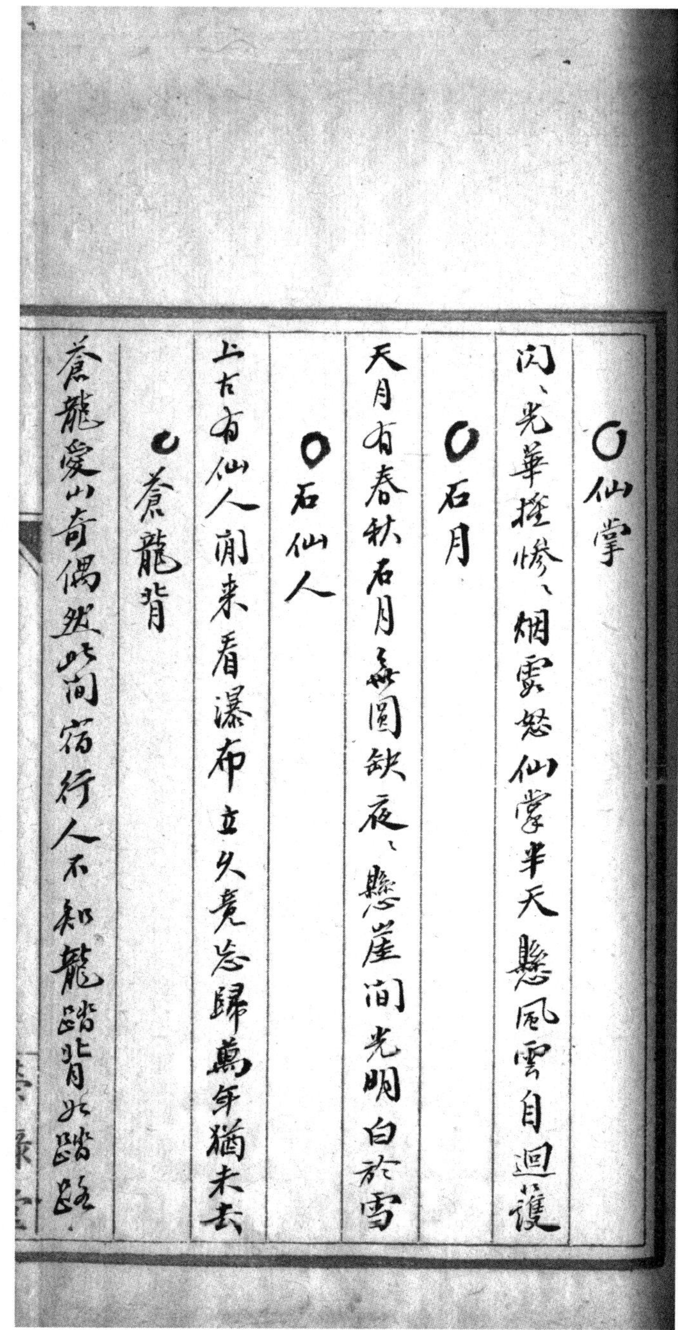

○仙掌

閃閃光華搖，慘慘烟雲怒。仙掌半天懸，風雲自迴護。

○石月

天月有春秋，石月無圓缺。夜夜懸崖間，光明白於雪。

○石仙人

上古有仙人，閒來看瀑布。立久竟忘歸，萬年猶未去。

○蒼龍背

蒼龍愛山奇，偶然此間宿。行人不知龍，踏背如踏路。

○下山

連日勇登臨倦遊有歸意仍自下山來險境行不易
分明是來途返身景又異奇哉此山靈變化山能二
始悟彼上登此乃下山去所緣前後山未能兼顧備
且將奇峯巒一一向心記聯行不敢留生恐日落地回
頭嵐翠封鐘声散雲際

○仍宿古柯杵

險路又重經徐行似蛇伏面壁倒下行最苦是雙足

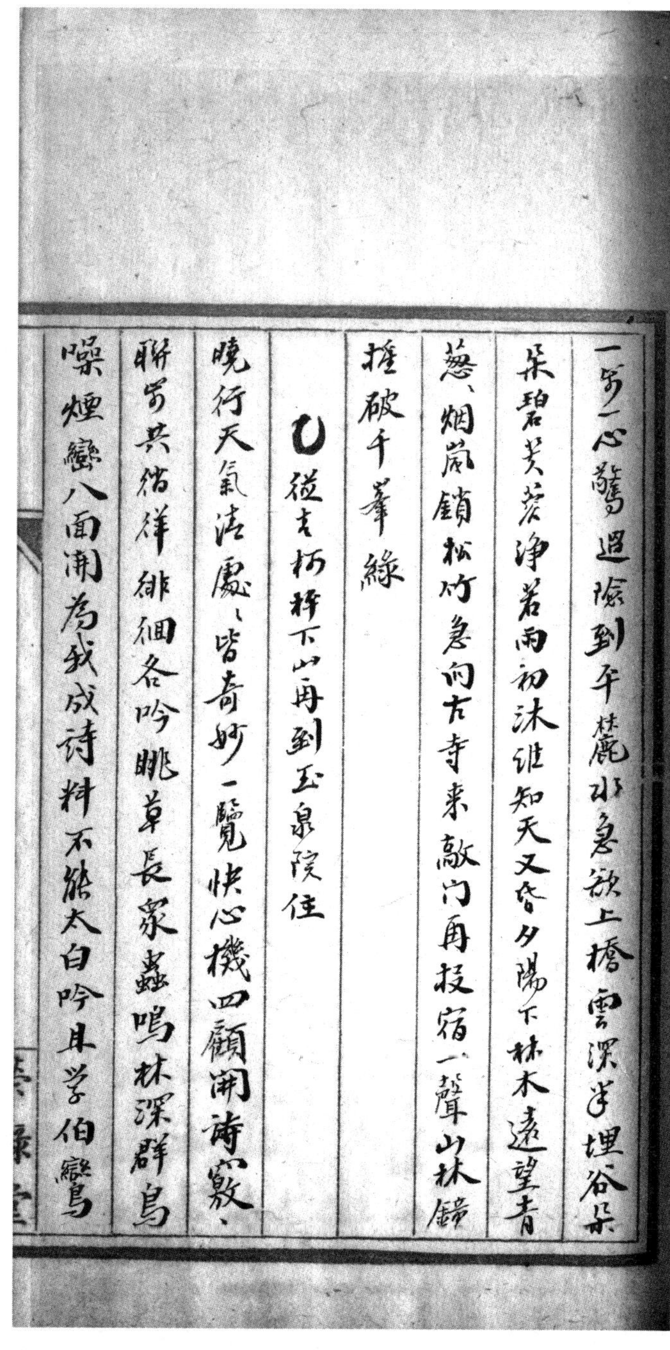

一步一心驚過險到平麓水急欲上橋雲深半埋谷朵朵碧芙蓉淨若雨初沐誰知天又昏夕陽下林木遠望青葱、烟嵐鎖松竹急向古寺来敲门再投宿一聲山林鐘摧破千峯綠

又 從去柘梓下山再到玉泉院住

曉行天氣清處、皆奇妙一覽快心機四顧閙詩竅、聯句共徜徉緋細各吟眺草長家蟲鳴林深群鳥噪煙巒八面閙為我成詩料不能太白吟且学伯鸞

○鴻門 下

陰風吹起天蒼莽長嗚咽班馬蕭蕭響知是前年楚漢爭鴻門遺跡猶堪想悵昔項羽真英雄目光閃挫秦瞳匡扶六國合服掃滅三秦蓋世功初意本非圖帝業范增何為勸重謀公兵未可測輔佐更要分居漆翼一言遂使從騷生於此争戰無休息大王猶念舊交難約為兄弟未必盟所以鴻門相會日佐他爭劍從旁声父年衰猶善媼未知此意從生渠譖看一炬火阿房豈在區區白璧終不笑壯士樊將軍髮立沖冠目裂君致危疑樊噲年服不避將之因大噲亦男女詮使項王存有叢伯在將軍一身微氣節無依存光明會出辟

嘯後步下山來寒林陰斜照雖然數日遊究未窮其奧比到玉泉時再看亭臺貌雨宿豈能緣古佛應我笑

○一笑

一笑遊山能俗然還家到底未成仙多情祇有奇峰好成就新詩滿錦箋

○將之長安留別季鳳 上

半載相居伴寂寥旅亭分手感蕭騷遊人何事來三輔名士於今想六朝 季鳳亦將有金陵之行 行役不堪經路遠別離難免

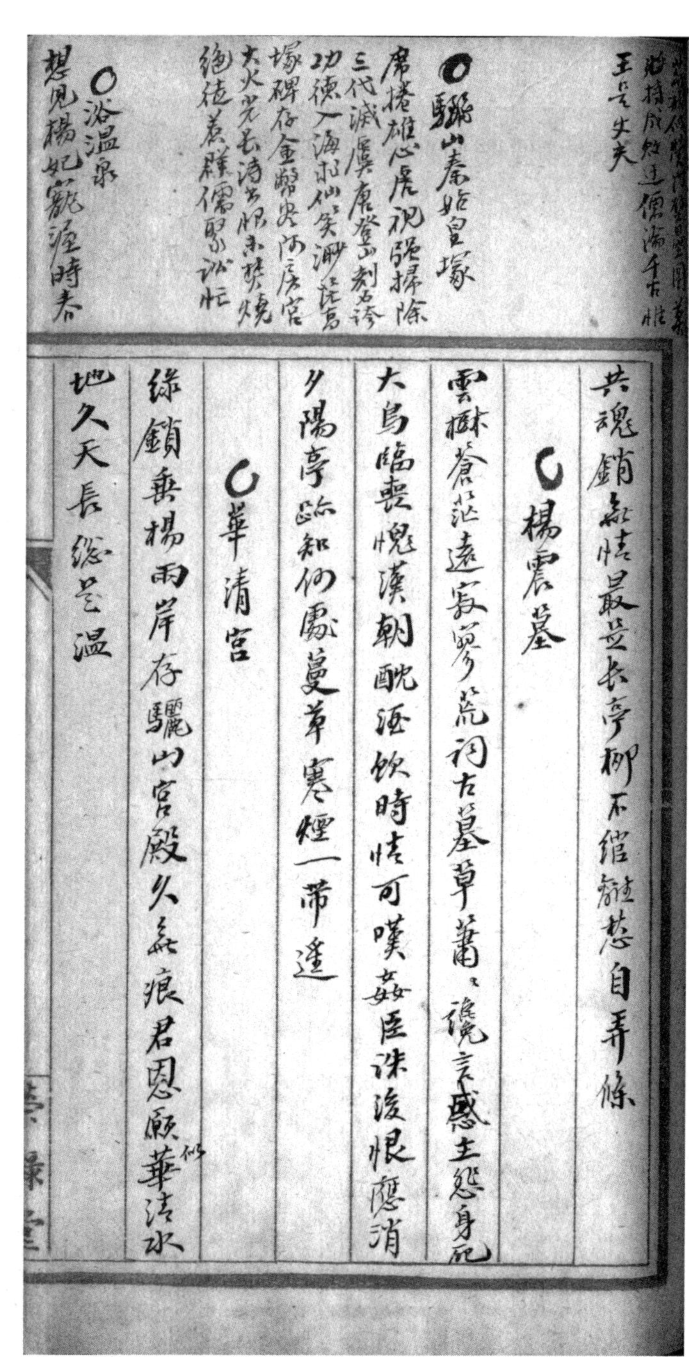

[illegible]
此猜成然迂儒論千古非
王是失夫

○驪山秦始皇塚

秦據雄心虎視強掃除
三代滅虞虞登山刻石誇
功德入海求仙笑渺茫
塚碑存金鄰與阿房宮
大火先長漢宮恨未焚燒
絶徒羞殺儒聚訟忙

○浴温泉

想見楊妃歡渥時春

共魂銷無情最是長亭柳不繒離愁自弄條

○楊震墓

雲樹蒼茫遠寂寥荒祠古墓草蕭蕭魂言感主怨身死
大鳥臨喪愧漢朝酖酒飲時情可嘆姦臣誅後恨應消

○華清宮

夕陽亭畔知何處蔓草寒煙一帶遙
綠鎖垂楊兩岸存驪山宮殿久無痕君恩願似華清水
地久天長總是温

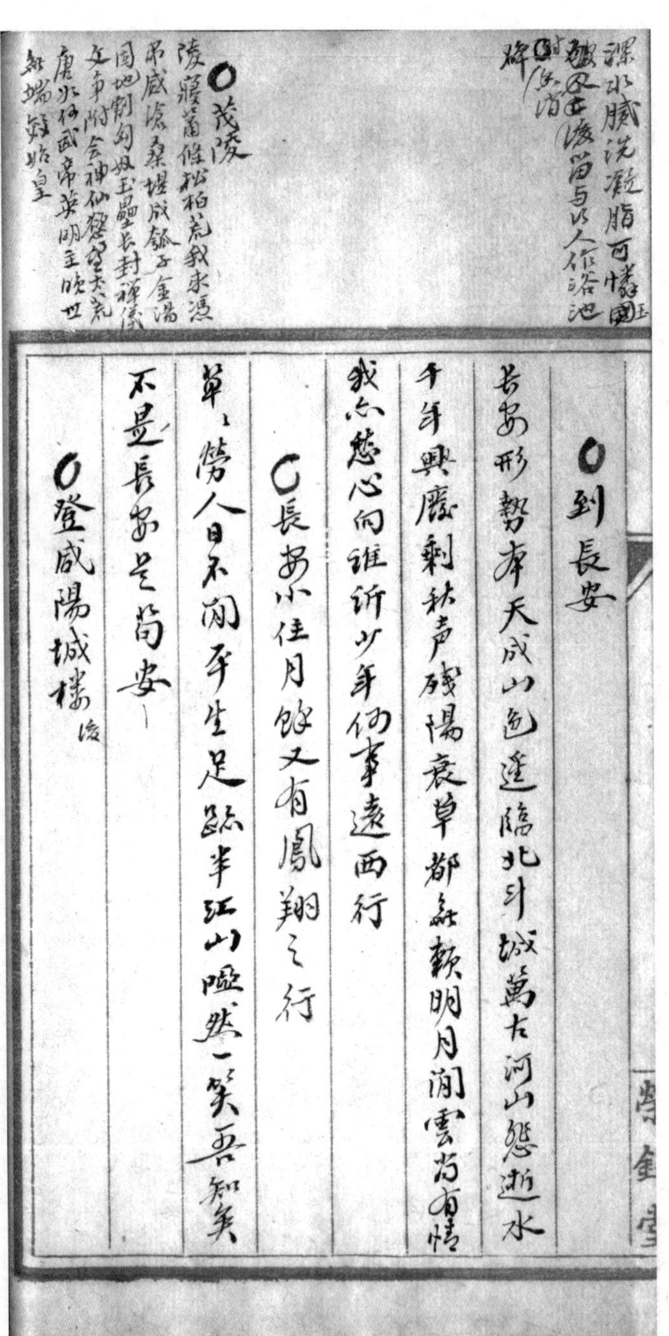

謀水膩洗凝脂可憐國玉
破壁後留与以人作浴池
○時後消
碎

○茂陵

陵寢蕭條松柏荒我來憑弔感滄桑堤成瓠子金湯固地劃匈奴玉壘長封禪儀文事附会神仙糜費大荒唐此何武帝英明主晚世翻端類始皇

○到長安

長安形勢本天成山色遙臨北斗城萬古河山悲逝水千年興廢剩秋聲殘陽衰草都無賴明月閒雲尚有情我亦慈心向誰訴少年何事遠西行

○長安亦住月餘又有鳳翔之行

草草勞人日不閒平生足跡半江山嗟然一笑吾知矣不是長安是苟安

○登咸陽城樓後

○阿房宮 其

參差千門無處尋帷幄集士到此今重瞳畢竟真豪傑一炬何曾有戀心

孤城一上思綿綿嘹唳長空過雁群故壘尚存征戰跡青山都是帝王墳於今沙漠無秋草古〻經〻河山有暮雲最是登樓惆悵處胡笳塞角不堪聞

○馬嵬驛

倚杖營門喚奈何君臣同此淚滂沱當時背主求榮者（朝中）死報君恩若個多

兵變佛堂腹欲焚將軍竟不管三軍當時不放楊妃死未必公然敢犯君

〇五丈原

星隕河山半壁傷魏吳從此更稱強千秋忠義昭天地
萬古風雲護戰場國賊欲除偏事敗中原未定悵身亡
至今衰草殘陽裏過客追思淚滿裳

〇東湖

高雅想坡公當年興不窮偶臨一湖水猶見百年風詩酒都
陳跡風光又不同文忠祠尚在遺像供盦中
兩岸盡垂楊蔥蔥一味涼亭分三面水橋隔百花魚山影沉

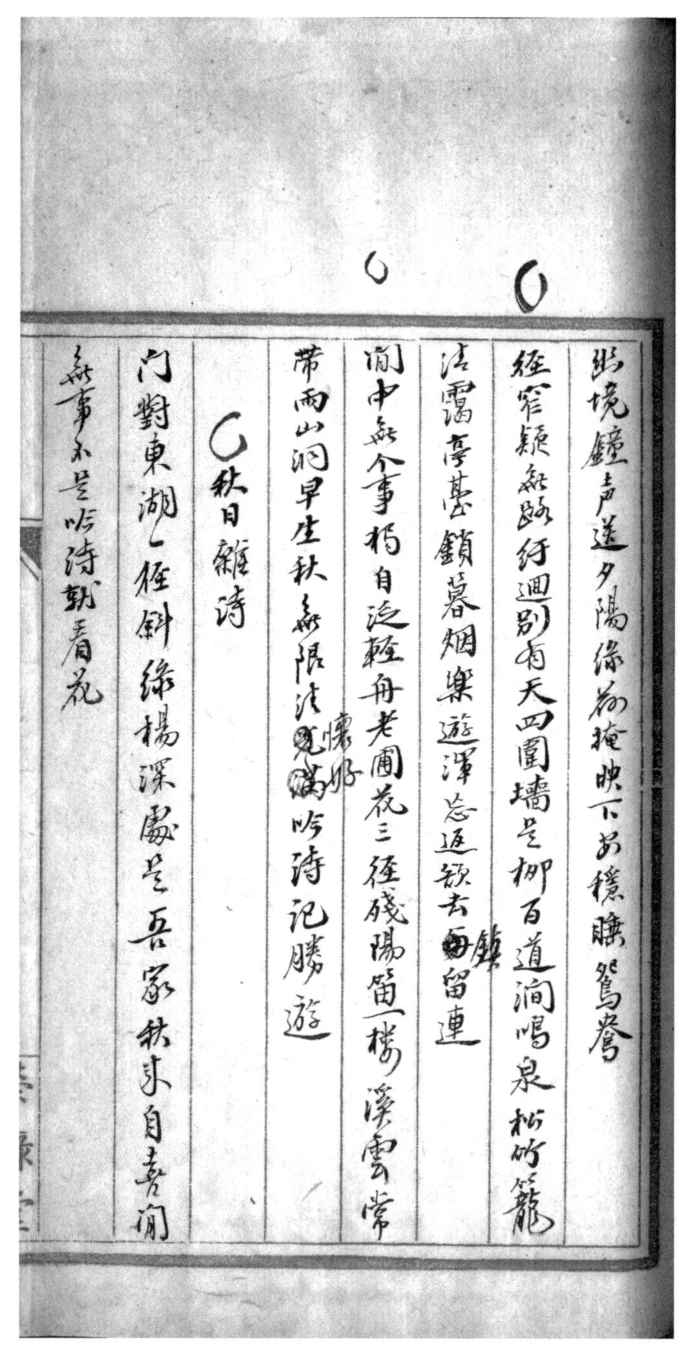

幽境鐘声送夕陽綠荷掩映下有穩睡鴛鴦

徑窄疑無路紆迴別有天四圍墻是柳百道澗鳴泉松竹籠

清露亭基鎖暮烟樂遊渾忘返欲去鎮留連

澗中無个事獨自泛輕舟老圃花三徑殘陽笛一樓溪雲常

帶雨山洞早生秋無限清懷抱吟詩記勝遊

秋日雜詩

門對東湖湖徑斜綠楊深處是吾家秋來自著閒

無事不是吟詩對看花

荷塘曲折晚風和花謝花開日未多／絕好韶光莫虛度扁舟終日泛烟波

持竿終日（擬戴笠）作漁翁危坐青溪柳岸東釣得肥魚沽美酒披詩飲玉月明中

滿庭風雨暮瀟瀟點對吉灯感寂寥聽雨不知人意懶故催簷滴響芭蕉

○賦別

一曲陽關淚數行離鄉千里又還鄉雲烟過眼原如夢

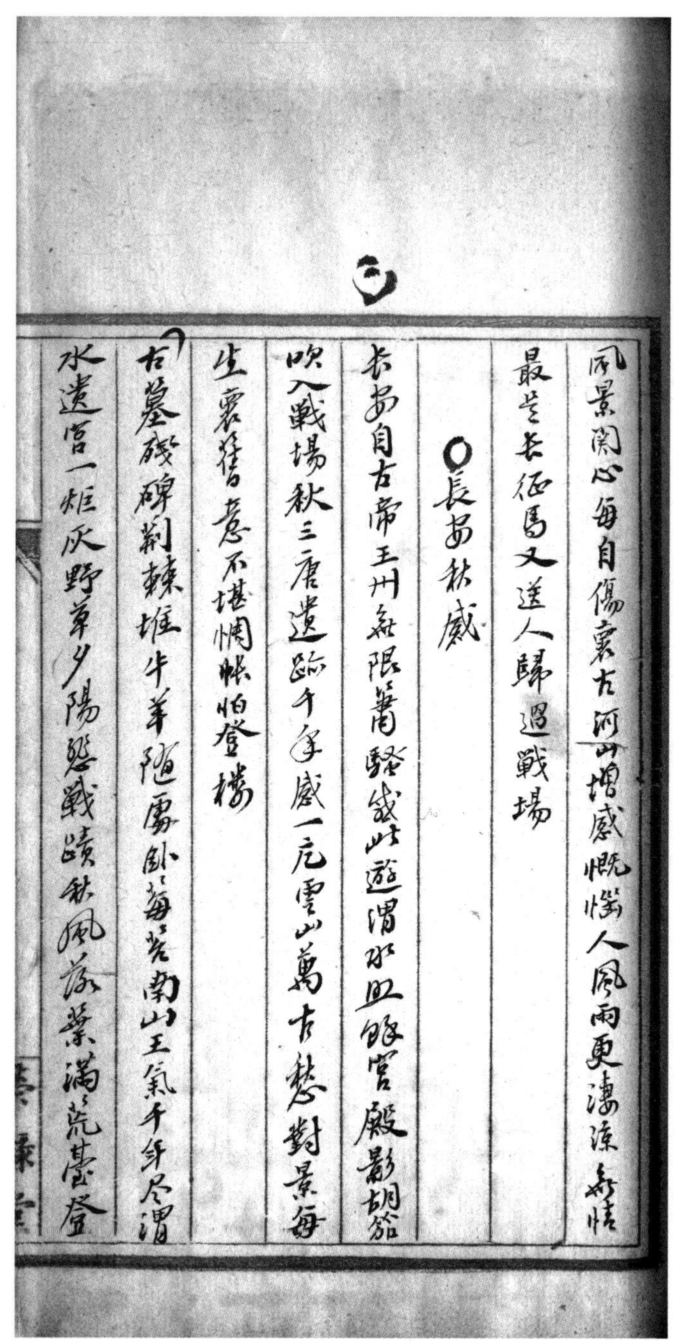

風景關心每自傷懷古河山增感慨惱人風雨更凄涼無情最是長征馬又送人歸過戰場

○長安秋感

長安自古帝王州無限繁華盡此遊渭水只餘宮殿影胡笳吹入戰場秋三唐遺跡千年感一片雲山萬古愁對景每生懷舊意不堪惆悵怕登樓

古墓殘碑荊棘堆牛羊隨處臥莓苔南山王氣千年盡渭水遺宮一炬灰野草夕陽懸戰蹟秋風落葉滿荒臺登

臨每作興亡感日暮邊城畫角哀
雁塔孤高俯雪霜登臨憑眺話滄桑曲江流飲人何在
塔壁名題早已荒茂陵漢闕石馬銅駝添感慨玉魚金盌總悲涼嗟余
亦是傷心客試目雲山望故鄉
白草黃河一望收蒼森秋色入邊愁龍蛇踞臠南山在歌舞
樓空渭水流秦漢宮闈成古道帝王陵寢盡荒邱關中自
古多遺事過客滄桑話不休
擘天華嶽勢崚嶒似作長安保障層廢殿荒基秦漢

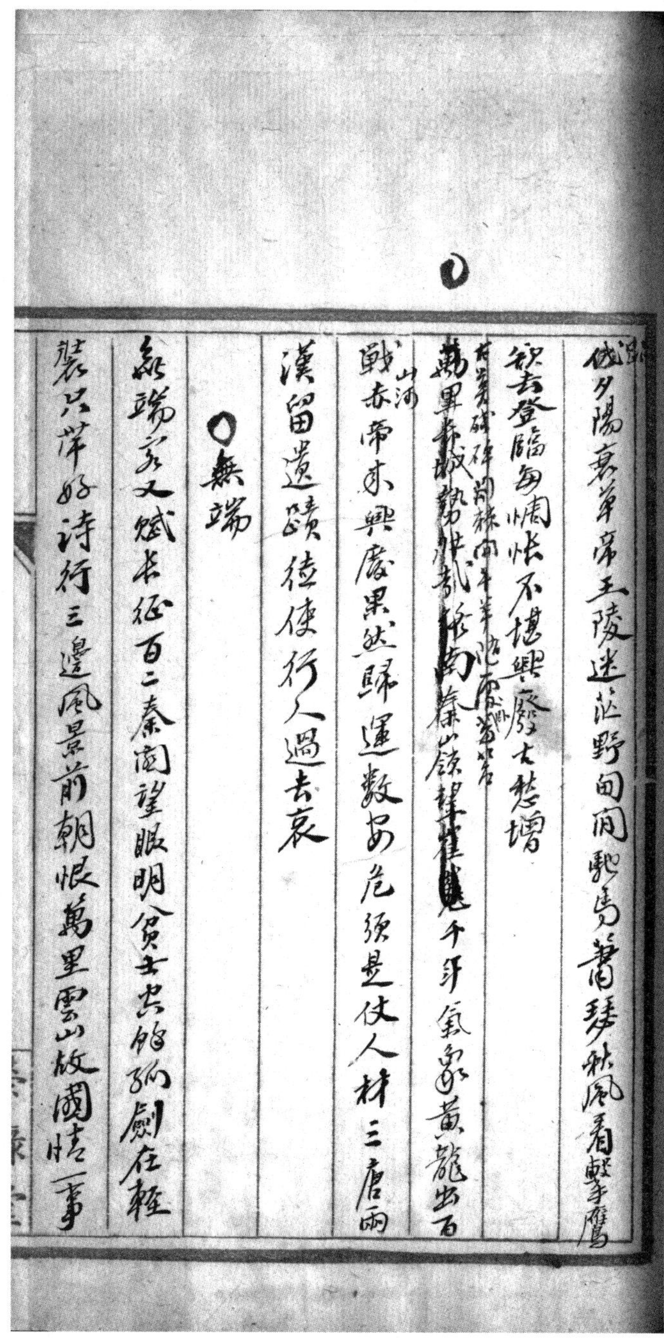

幾夕陽衰草帝王陵迷茫野面關馳馬蕭瑟秋風看擊鷹

欲去登臨每惆悵不堪興廢古愁增

荒臺殘碑問禁開半掩池夜臥蒼苔

萬里赤城勢壯哉依山據[illegible]千年氣象黃龍出百

山河

戰赤帝未興廢果然歸運數安危須是仗人材三唐兩

漢留遺蹟徒使行人過去哀

○無端

無端豪文賦長征百二秦關望眼明貧士共能孤劍在輕

裝只笻好詩行三邊風景前朝恨萬里雲山故國情一事

最堪惆悵處西京遊罷又東京

○閿鄉道中

少小離鄉萬里遊新詩不厭滿囊收連山共擁潼關險
戰跡無餘漢壘秋衰草殘陽無限恨參雲古木不勝愁行人
怕作異鄉感況復思鄉淚暗流

○函谷關

蒼莽渾無際秦關此最雄河聲驕嶽北山勢壯秦中鳥
道紆迴入羊腸宛轉通蕭條前代日慘澹暮秋風六國

○比干墓

古墓荒涼滿棘薪
誰知此處葬純臣三

自地地廣周天下七孔心偏配聖人直須當時曾有殺穀身仍惜為成仁我來祀此殷王子滿腹哭哭却似君

○破石

路出春原關感不勝古今成敗從頭憑山川迢遞趨三輔風雨蒼茫接二陵紅葉滿林愁作雨弱黃河遶山脈冷浮冰長卓安步輔游者誰知新詩日日增頻

神熊破九泥儘可封閣嚴收王氣地陰潤神工表革棲煙碧殘花濺血紅曲東征戰地千古恨無窮

○贈思少岩

憂喜共將眼睛吟章有君清才偏不得奇思總超群且盡杯中酒無為水上雲夜窗空雨裹剪燭共論文

○山行即景和少岩

徑入山村去別開天一方苔分新舊綠柳作淺深黃水鳥沿波浴山花潤雨香漁家三兩戶綠網晒斜陽

○望蒼嶽 金石四六

辛丑歲之秋道出伊海間有人相告遊道指蒼高山氣勢何壯蒼嶽坐鎮中州偏大宇與少室仙人所往還長林遠壑複巖疊縱蔚乎天半生白雲出流泉想象未曾到說夢勞心章是時六欽迟莫哉呼應然餓仰日欲治渠編奏並漆數之篇

一帶蒼茫裏崎嶇山路高夕陽烘樹色流水雜松濤自得田家趣全忘客子勞何妨吟好句相與醉醪

○北邙行

白楊蕭蕭西風急古墓荒頹埋荊棘多年老鴟聲嗚嗚飛上高枝作人泣忽然日暮狐狸跳深谷哀猿向天叫夕陽衰草色蕭條剩有殘碑卧行道碑雖有字無人識知是前朝某顯官生前富貴消折身死後泉臺寂寞寒吁嗟乎歲月不可留神仙不可求人生行樂

○金谷園

豪富當年石季

即須樂莫作長年貧富憂富貴貧賤總如此請君試向北邙遊

○洛陽懷古

洛陽宮殿莽烟蘿半壁朝廷此處多萬古皇都新草木百年王業舊山河嶙嶙白骨成青史粲粲黃金散綠波滿目

當而風雅照東來有人揮淚泣銅駝

~~眼興廿說不不如莫奈此經過~~

○晤文慎之於洛陽

別來經三月思深似九秋那堪羈旅客頻觸古今愁自喜

偏鳥啼花落滿園
春至今春草碎陽
下夜來尋跡落溪
人　東風一夜減幾
華亂不堪陳跡草
斜照無美人愁起
溫山閑作斷腸花

年華少偏旅伊洛遊欣攜故吟侶同上酒家樓

○長路無聊即景得七絕句五首

村雞叫罷五更殘四野秋風激曉寒莫怪長途無伴侶不辭辛苦是雕鞍

鞭絲帽影日怱怱飄泊年來類轉蓬我與寒鴉同一樣天天背上夕陽紅

傍晚山行景最長小橋流水野花香亂山更比雲林好竹綠楓丹柳葉黃

旅館淒涼半夜風無聊獨自步庭中如何一樣團
圓月照見愁人便不同
西風蕭瑟暮秋時辛苦吾逢客自知夜已三更人
不睡挑燈猶覓壁間詩

○虎牢關

青山一片插天高蒼蒼雄關識虎牢楚漢分兵爭據險
春秋戍地久相要深林遠掛彤弓影蔓草長埋碧血膏
懷古英雄無寸土空餘漢漢楚風號

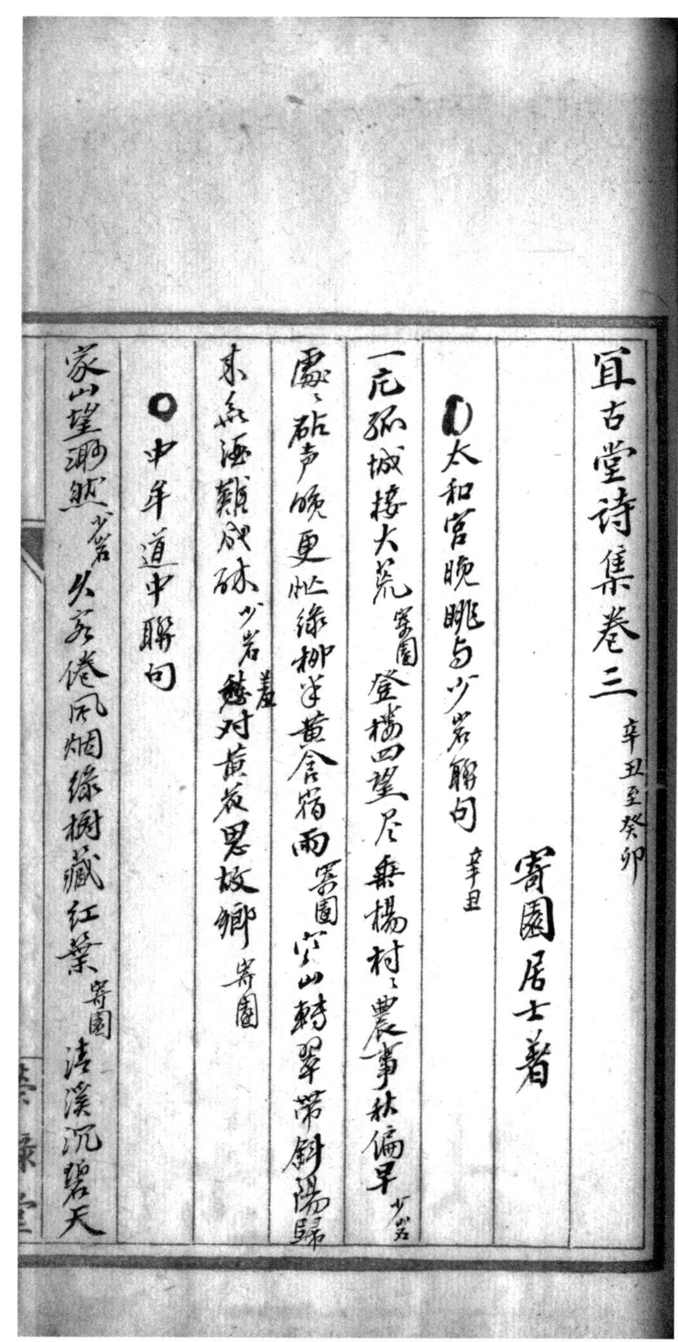

宜古堂詩集卷三 辛丑至癸卯

寄園居士著

○太和宫晚眺与少岩聯句 辛丑

一片孤城接大荒 寄園 登樓四望盡桑楊 村村農事秋偏早 少岩

處處砧声晚更忙 綠柳半黄含宿雨 寄園 空山積翠帶斜陽 歸

來無酒難成醉 少岩 差 愁对黄花思故鄉 寄園

○中牟道中聯句

家山望迥然 少岩 久客倦風烟 綠樹藏紅葉 寄園 清溪沉碧天

疲驢怯長坂少岩饑雀啄荒田秋草離離恨寄園偏苦古道邊少裳

汴梁懷古

通德門出西風急上有饑烏向人泣噫嘻當年宋趙王國破身亡慘何極憶昔神霄聖道君權臣誤國何紛紛黨人碑滿朝中豎太息流離元祐臣真人道士充其省金丹寶鼎神仙請望斷仙音不可見來上清宮上生勞等東南日採花石綱艮岳樊樓橫亘長黎民困苦全不問仍枇桃綠竹攢黃楊長鳴胡馬煙起塵議和親往金營裏

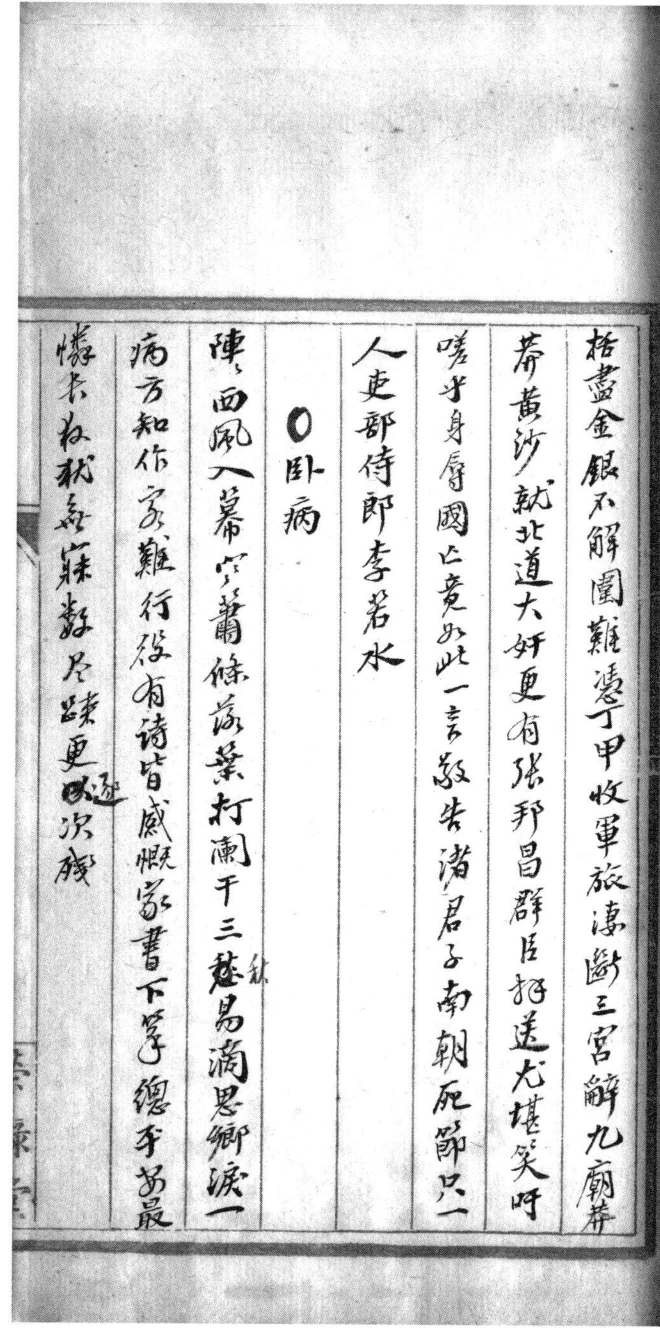

括盡金銀不解圍難憑丁甲收軍旅凍斷三宮辭九廟葬
葬黃沙就北道大奸更有張邦昌群臣擁送尤堪笑吁
嗟乎身辱國亡竟如此一言敬告諸君子南朝死節只一
人吏部侍郎李若水

○卧病

陣陣西風入幕穿蕭條落葉打闌干三楚秋易滴思鄉淚一
病方知作客難行役有詩皆感慨家書下筆總牽[illegible]最
憐衣杖秋無賴數盡踈更逐次殘

○病甫見瘥少岩約出小酌

扶病強同遊，聯吟未肯休。多君添雅興，為我解閑愁。酒貧猶言勇，花殘尚帶秋。料應前世上，系大有緣投。

○雨夜書褱

連年飄泊困風塵，久為流離感此身。不少雲煙愁裏減，最難風雨病中人。傾尊濁酒猶難醉，隱几空鐙尚可親。太息讀書兼擊劍，已虛辜負數年春。

○登鐵塔

○博浪城

昔饒秋全笑祖龍，子房未足報韓功。一椎誤中心應死，十日空勞索未窮。畢竟韜韓歸折骨，似聞棄策起腥風。客途攜看山村酒，過此應當飲百鐘。

汴水數山拱帝都，凌空百丈直巔浮圖。滄桑易滴銅駝淚，異代難堪石馬趨。朋黨論姦真簡少，當朝被虜古來無。不堪高塔徘徊望，只有寒林落照孤。

○陳橋

行軍事變吉來如此，江山太易圖。兵馬未聞誅北寇，旌旗倏見返南都。九重丹詔諸臣拜，一領黃袍萬歲呼。寡婦孤兒休抱恨，循環天理看何如。

朱仙鎮　移潁州廟下

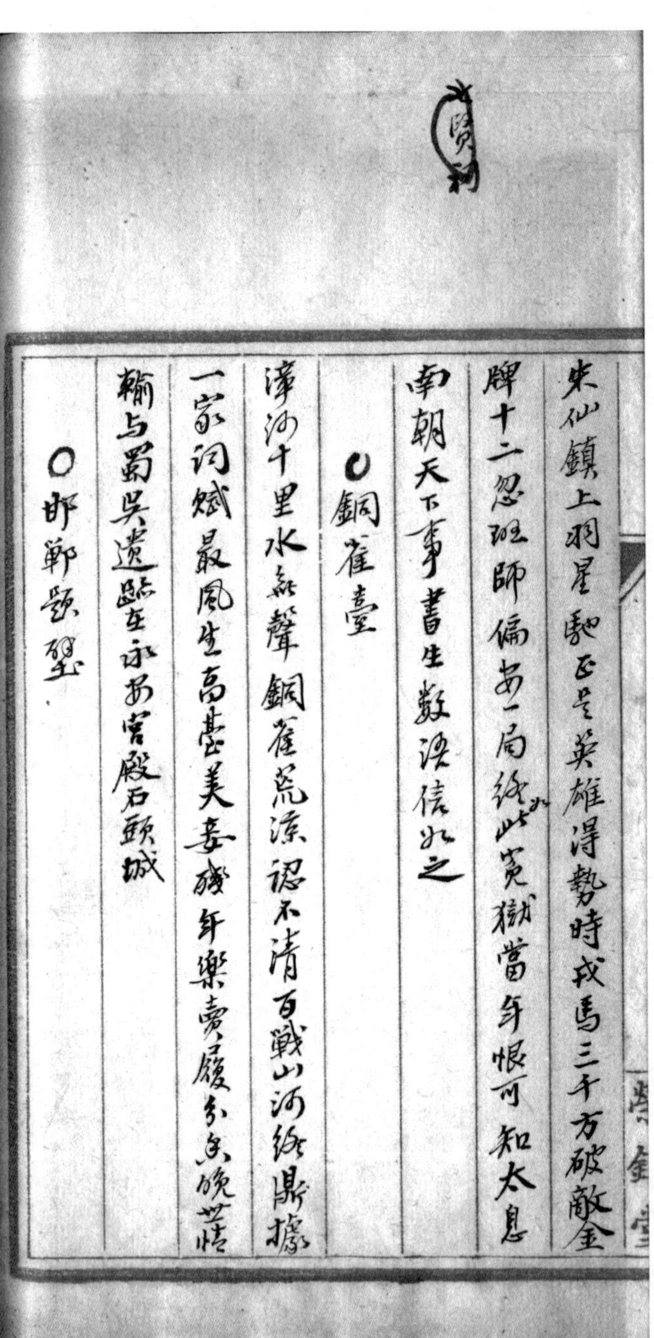

朱仙鎮上羽星馳正是英雄得勢時戎馬三千方破敵金牌十二忽班師偏安一局終此寃獄當年恨可知太息南朝天下事書生數淚信此之

○銅雀臺

漳河千里水無聲銅雀荒涼認不清百戰山河終鼎據一家詞賦最風生高臺美妾殘年樂賣履分香晚景悽輸與蜀吳遺跡在永安宮殿石頭城

○邯鄲題壁

○滹沱河
泉水東人取渡難亭
麥飯加餐赤眉走掃
妖氛靜碧血餘戰壘
天意中興延火德東
都業峙長安客
函值嚴冬冱一望層冰
裂地直更寬

○樓桑村
葉前年大耳兒樓桑
樹下小兒嬉能為漢
三分鼎開創西川兩代基
迴上蛟龍終得水天涯
角出堪悲至今村口接
來不見清風翠蓋枝

○易水

飄泊天涯不停年來身事笑伶俜世間多少浮熱
中曹家夢到邯鄲未夕醒
人生所要好豈皆然堪笑盧生此地眠我過邯鄲曾有
夢邯鄲携詩酒小遊仙

○黃金臺

懸金市駿築高臺憑弔千秋事可哀樂毅已亡誰嗣美
昭王畢竟枉憐才霸圖久逐遊雲散夕照空隨易水來當
臨慨然故國不堪臨眺獨徘徊

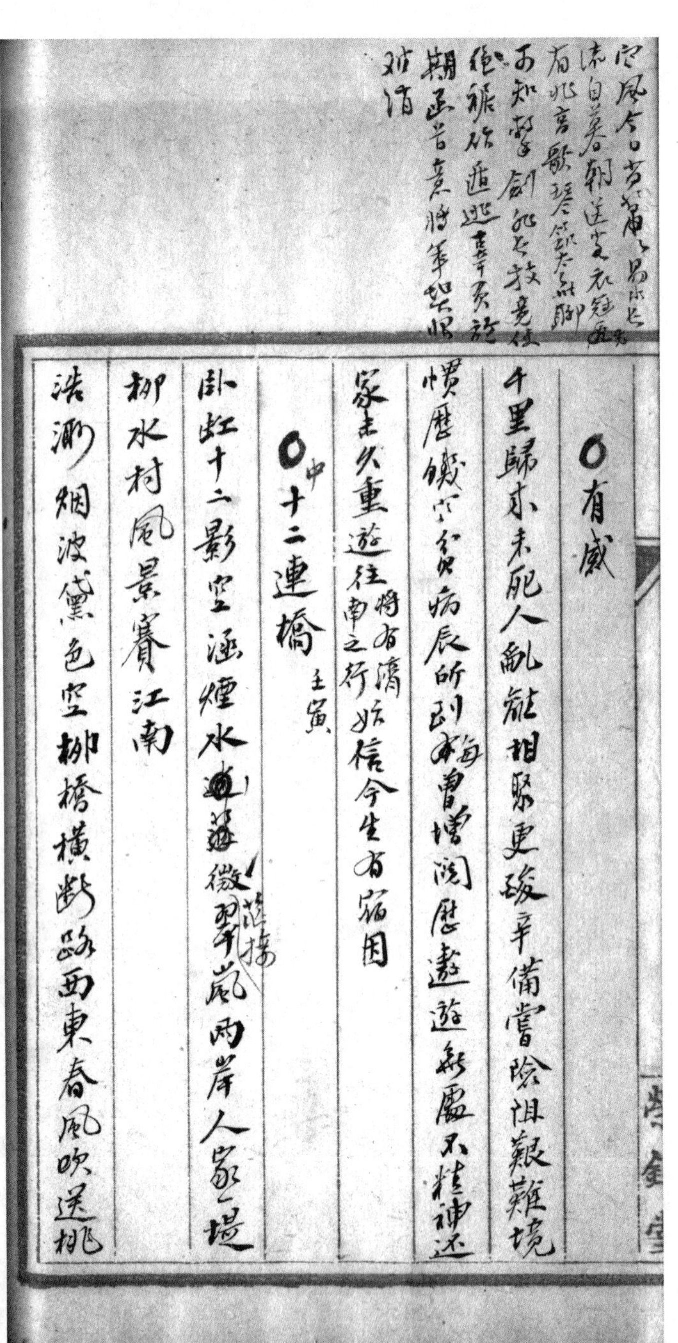

空風今日苦蕭蕭易水長
流白暮朝送冠衣冠無
有北音歌琴鋏太無聊
不知擊劍能長技竟使
絕裾依然遠遊嘉賓說
期逐昔意將筆擲
對酒

○有感

千里歸來未厄人，亂離相聚更酸辛。備嘗險阻艱難境，慣歷饑寒貧病辰。所到每曾增閱歷，遠遊無處不精神。述家書久重遊往南之行將有濟姑信今生有宿因

○中十二連橋 壬寅

臥虹十二影空涵，煙水迷離微翠嵐。兩岸人家堤柳水，村風景賽江南。

浩淼烟波黛色空，柳橋橫斷路西東。春風吹送桃

○下日華宮故址
漢室儒生春盛河間孔
樂彰扶輪推大雅
學國[illegible]三代遠文
千年大路荒日華宮
果在絕勝鳥需光

○到濟南
濟南名勝古今傳同説風
光自昔許今日宴遊莫
趵好寄七十二名泉

花朶无上垂楊數点紅

○上雄縣道上

暝色遠蕭蕭荒城入望遙晚風人語急石徑馬蹄驕野草經年活河冰帶雪消一年佳景過多半在征軺

○晏城題壁

驅車行古原落日已沉水芳草綠芊芊春色橫千里烟樹擁前村茅屋深藏裏入店且少休靜潔亦可喜我非事事人云胡而至此心豈名利牽興是遊覽起

賴女慎之

長想君容在低徊感不禁黃壚悲舊侶流水失知音未掛延陵劍季子掛劍事難調獨報琴君有琴絕古別離則幾日腸斷故人心

鵲華橋泛月

一片水悠悠澄泓碧似油風微波浪靜天淨晚烟收破影搖明月歌聲起釣舟鱸肥漁父好蹤白不知愁　鵲華橋下水

詩滿破墻題夜成村酒洗山罍孔俗無人會其旨

自笑我前生地行仙是矣

秋日明湖泛舟

湖波渺渺湖水明扁舟過處風濤雨行菰葦千株樹

層層翠色圍高亭垂柳陰中喚渡聞遊任往花深

處白雲一片遮前山殘陽幾點明邊樹忽聞一曲採蓮

歌歌聲婉轉感人多唱盡田田人不見藕花香裏過

輕舟過[illegible]明鏡暉煌金[illegible]交相映

江山千里共[?]十分

園孤艇閒來往陶然

[?]糊賦

●秋晚[?]古歷亭

輕舟撐入百花汀出有人孤

酣絲醺風逐湖光添影[?]

疏[?]雨將山色映眉青琴

萬[?]北海須[?]烟[?]竹林

山且細聽[?]愛澳洋[?]

向好自尋秋柳岸邊亭

吹[?]連[?]晚[?]間

帶雨柳凝烟層疊翠秋波淨絕愛漁翁於作田

秋雨霽曉出山宗[?]淨

蓬[?]菱藕澄清鮮蘋汀蓼沚蘆花岸水村風景真

氣邊清空一色天連水蒼凝暮色合雲懸此中紅塵

飛不來[?]在水晶宮闕裏

●雨霽

雨霽烟消日色曛雷聲送去萬重雲晚來平眺江村

景近樹遠山青不分

●夜雨放晴步月有作

一陣風蕭雨新涼漸欲生露華同水膩夜氣逼秋清雲捲
月光露煙消花影明不知何處笛吹作斷腸聲

古劍

我有凌雲劍傳留直到今氣凌滄海日光接泰山陰風雨千
秋感乾坤一片心匣中藏不得夜夜作龍吟

上歷山

翠嵐繞遍山光綠空色清清抱城曲衆嶺相環互起伏
中有古寺絕塵俗偶然杖策來行吟層巒疊嶂煙

庭坐候殷耘香延二君不至
看罷斜日梳柴門孤坐中
庭涼一片爽氣排空天不
夜清光落水月無痕
風撼樹影疑人影詩
一吟魂欲醉魂久候二
君因不至銀河莫怪
阻天孫

○九日歷山道雨中賦得

城風雨近重陽爲韻

得滿字

歷山每日不可登何以今
朝約始踐此意久被天公
知故驅風雨惱人轉我
輩相逢更難然[illegible]
洲景明倫綠聊共即
敞衣倡乾坤上廣樓閣
望眼蒼寒原生[illegible]

雲深天光淺淡樹森森萬壑蒼茫何處尋小橋流水
澗雲嫩霜痕染樹紅猶淺一聲鐘打山林晚陽殘
西下煙光遠

○偶成

終夜秋風涼將曉雨聲歇睡起開门觀一童掃落葉

○新秋雨後

秋色滿郊西蒼茫望迷天光乘野潤雲氣壓城低雨急
平蕪甸泉分入壟畦清慈一尊酒得句碧紗題

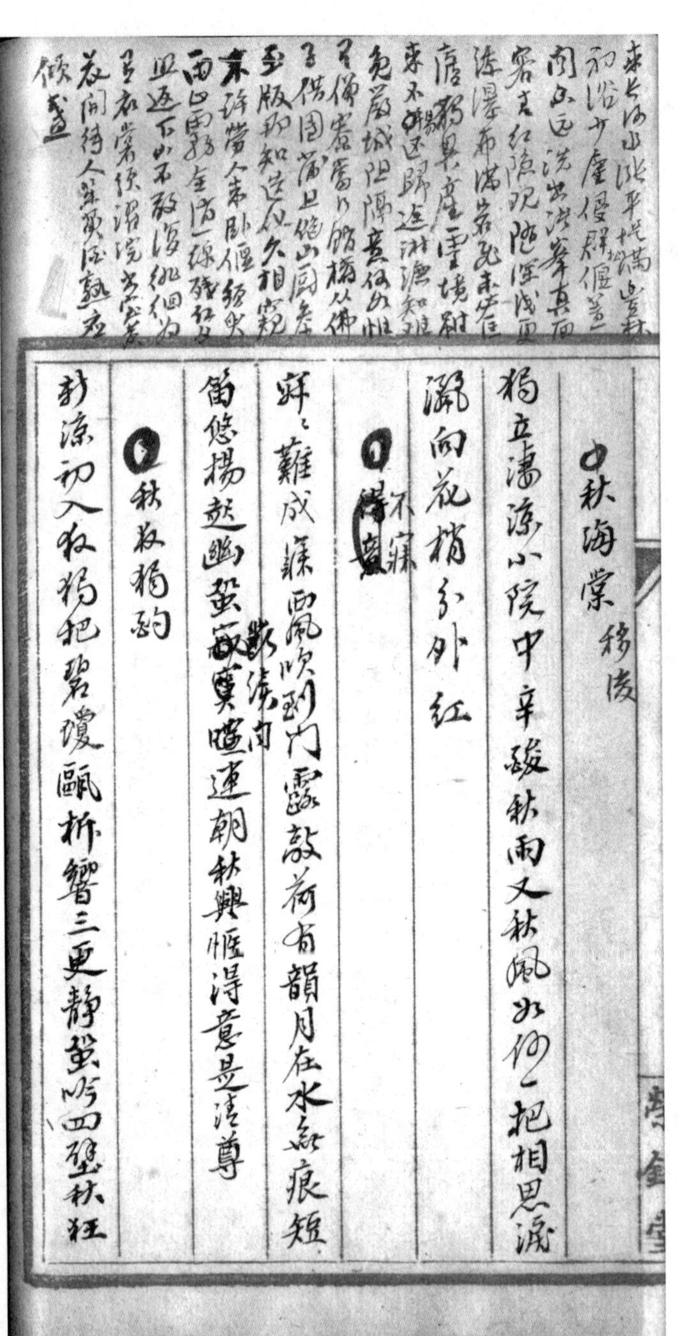

○秋海棠 移後

獨立滿涼小院中，辛酸秋雨又秋風。如何一把相思淚，灑向花梢分外紅。

○不寐

輾轉難成寐，西風吹到門。露敲荷有韻，月在水無痕。短笛悠揚起，幽蛩寂寞喧。連朝秋興愜，得意是清尊。

○秋夜獨酌

新涼初入夜，獨把碧瓊甌。析響三更靜，蛩吟四壁秋。狂

〇歷山晚步

日暮行人少時以六林侵
琴々多秋聲來相紅
葉落寒巖岩時開白雲
幽懷生流水澗古寺
遠碧陽岩內孤村明
尋秋嘆遊子不歸草為
有好詩吟未成

敬思入海作賦撫登樓不厭清尊經年々為此留
宵蛩声斷續獨坐寫秋光暫恨三生事新愁々緒長夜深
聞雁唳人靜覺花香試問平生好詩城與酒鄉

〇王榛園以石福百壽篇印章集見贈賦詩二律奉謝癸卯

展卷如龍動嵯峨越恠雲珊瑚交碧樹鐘鼎走金紋鬱律
蚊蛟字琳琅蝌斗文六書真古奧刀筆總超群
一紙千金抵紛羅百子圖鼎彝秦漢式金石古今模福壽
皆君賜瓊瑤愧我無瓊環何處所此即是奇書

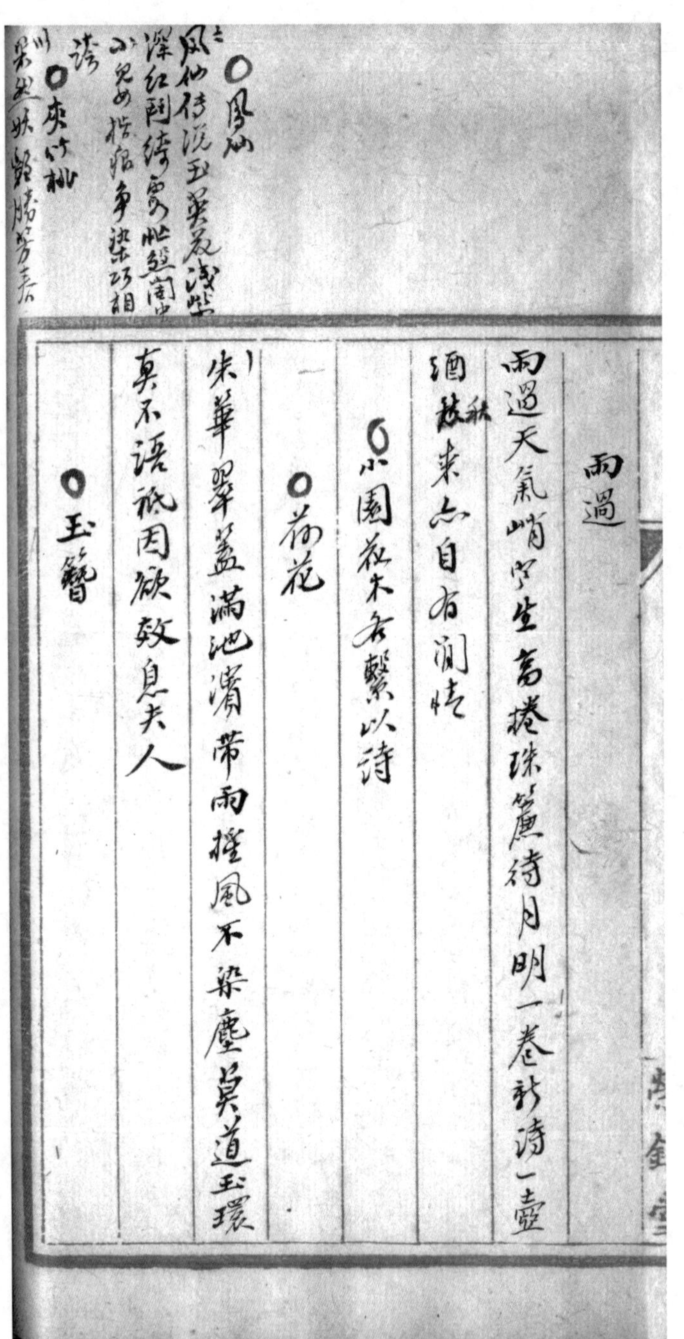

雨過

雨過天氣峭寒生，高捲珠簾待月明。一卷新詩一壺酒，秋來亦自有閒情。

○小園花木各繫以詩

○荷花

朱華翠蓋滿池濱，帶雨搖風不染塵。莫道玉環真不語，祇因欲效息夫人。

○玉簪

○鳳仙

鳳仙待泛玉英花淺紫深紅閒綺雲紕盤閨中小兒女指頭爭染巧相誇

○夾竹桃

川采艷妖饒勝芳春

憐綠天紅一色新知

是天公故留園合巧愛將君

子配佳人

又 ○雞冠

西風裁剪紫羅裳衣一

頂春花勝察蒡可憐珊

珊潔木能佳園人去年夜

鬢邊妝

又 ○茉莉

佳名乃悅小南踪真留

人間第一香每值夕陽初

落後添妝摘滿玉盤

涼

八窗風味是清愁秋雪魄冰姿性自幽仙女看花歸

去晚雲中遺下玉搔頭

秋海棠 回用前

秋風秋雨總辛酸小院荒涼不勝寒腸斷孤花淒

欲絕可憐清瘦有誰看

○蓼花

揖風挹雨在煙波深淺花紅露浥羅點綴秋容誰

可是半江空色此中多

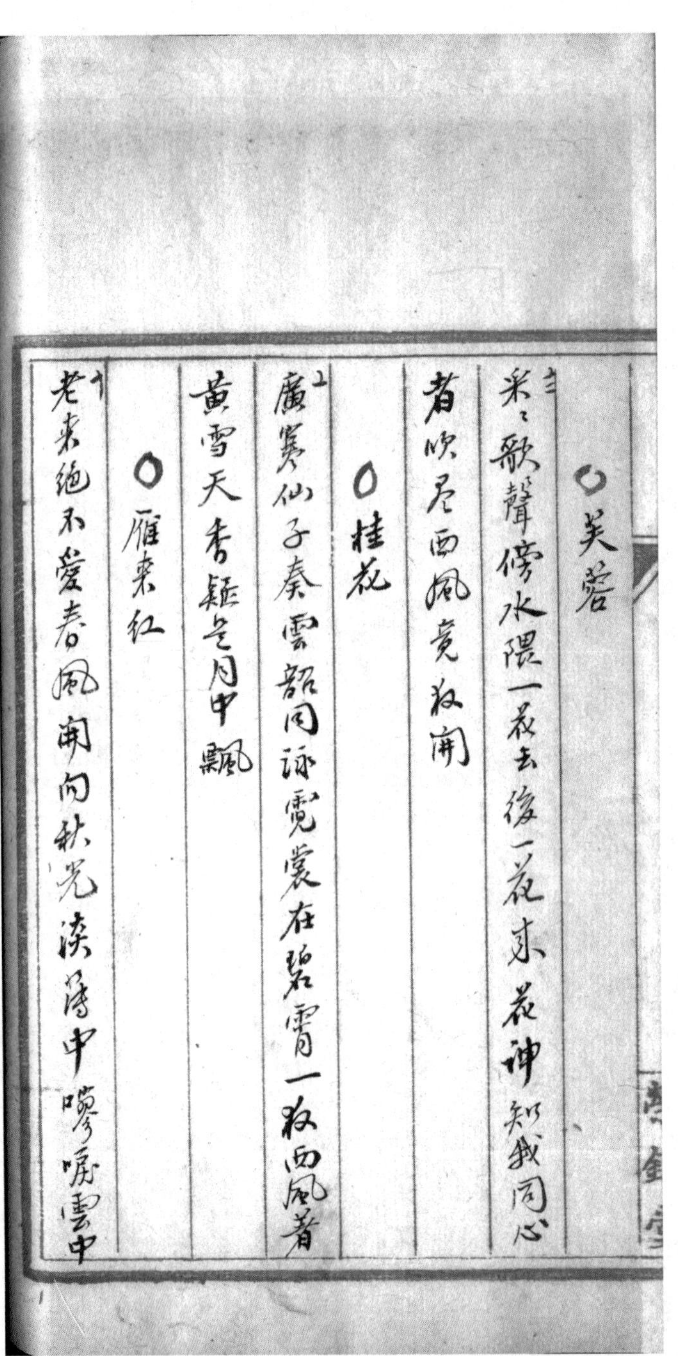

○芙蓉

采采歌聲傍水隈一花去後一花來花神知我同心者吹盡西風覓夜開

○桂花

廣寒仙子奏雲韶同詠霓裳在碧霄一夜西風着黄雪天香疑自月中飄

○雁來紅

老來絶不愛春風閑向秋光淡薄中嘹唳雲中

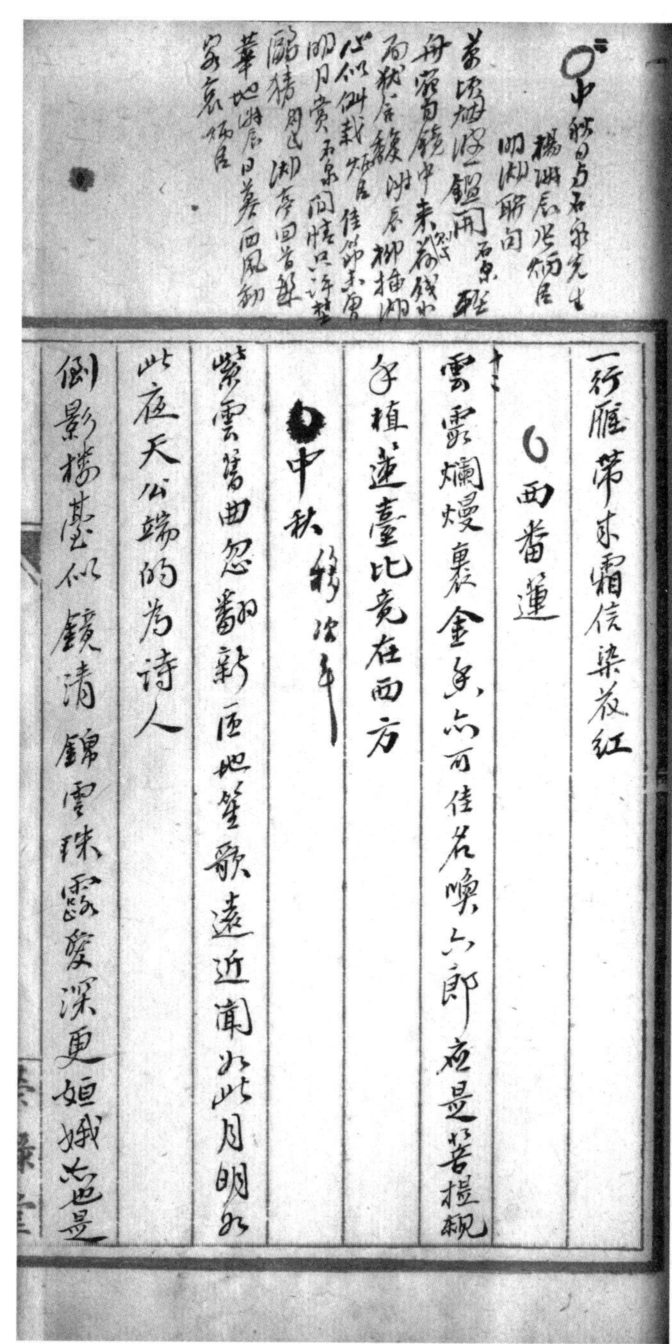

一行雁帶來霜信染夜紅

○西番蓮

雲露爛熳裏金身亦可佳名喚六郎應是菩提硯

手植蓮臺比竟在西方

●中秋 循次年

紫雲簫曲忽翻新匝地笙歌遠近聞此月明

此夜天公端的為詩人

倒影樓臺似鏡清錦雲珠露變深更姮娥也是

○秋夜聽雨

雨夜層樓上西風入暮
深箇箇然破碎桐葉
衷偎尋幽[illegible]雨亂鄉夢
壑灯搖客心耐心林蛩
又抱膝吉微吟

多情者不到中秋不肯明

○聞鐘

寥鐘敲不斷有客獨傷心明月共千里西風戰一林生深秋添
旅思幽破壑雜蟲吟無限相思恨淒涼淚滿襟

○不寐和石泉先生韻

碧梧窗下一鐙青深夜淒涼夢乍醒一枕新愁夢似螺半
生蹤跡感如萍淡淡玉露滴衣白陣陣金風送桂馨無奈
新涼眠不得臥聽落葉打疏櫺

○賦歷山
散步出林外曉寺
入耳澗絲瀑迷宿
霧濕紅葉點秋山遠
樹風搖斷夕陽昌
帶逐為尋幽寺去
林下歇紫闌

○九月初七日登歷山

滿山蒼翠疊青螺，曲徑攀松掛薜蘿。惟有重陽山最好，亂峯紅樹夕陽多。

疊嶂層巒入畫圖，寒林霜葉若塗朱。憑欄北望蒼茫裏，山色一痕[illegible]輕欲無。

雨後山光淨不埃，峯迴轉出玉樓臺。青山爲我成詩料，嵐翠屏風四面開。

夕陽紅樹亂山秋，佳境蒼茫晚更幽。多少詩囊收不

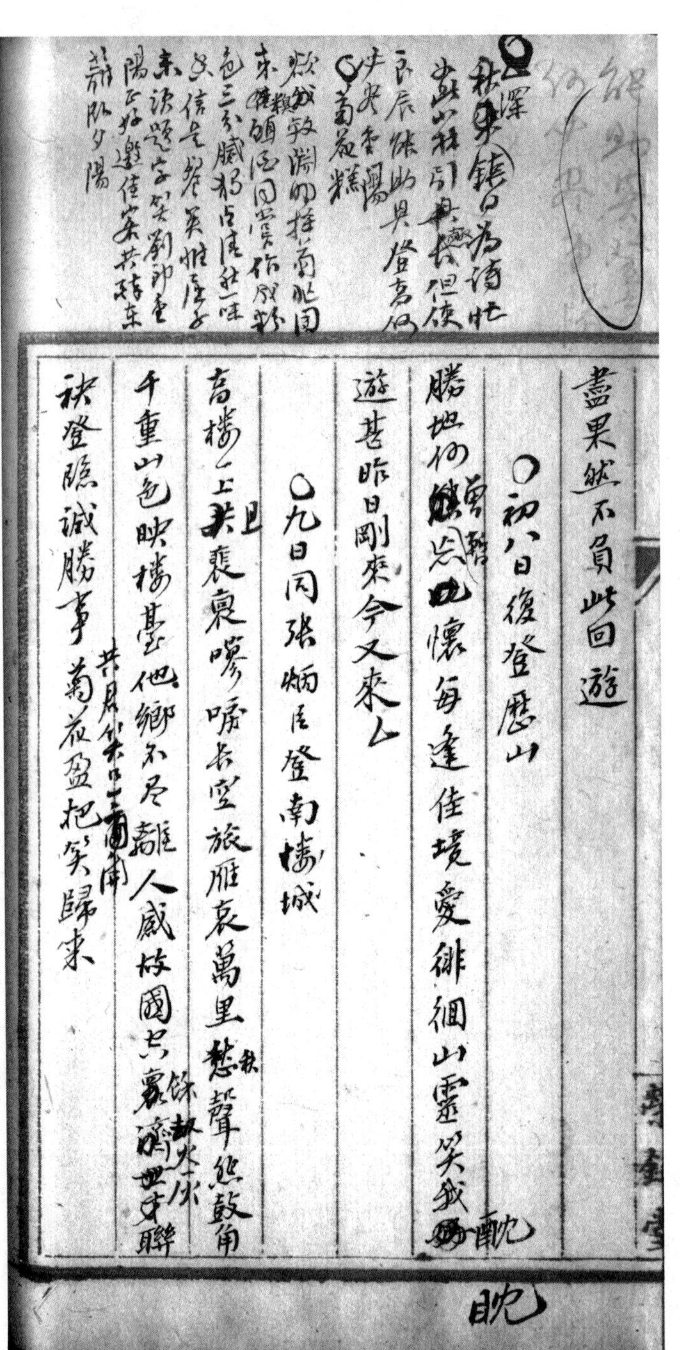

盡果然不負此回遊

○初八日復登歷山

勝地何曾(雙)忘此懷每逢佳境愛徘徊山靈笑我

遊甚昨日剛來今又來

○九日同張炳辰登南樓城

高樓上共衰衷嘹唳長空旅雁哀萬里愁聲然鼓角

千重山色映樓臺他鄉不忍離人感故園空懷濟世才

秋登臨識勝事菊花盈把笑歸來

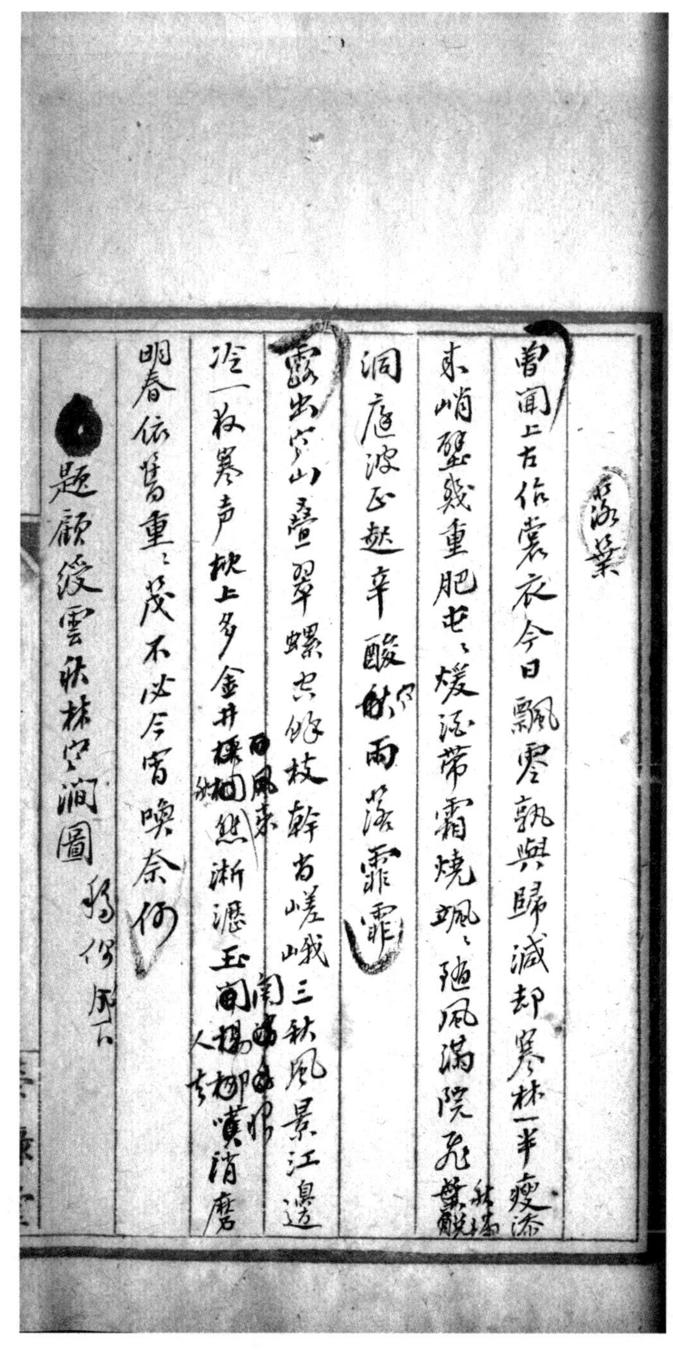

落葉

曾聞上古作裳衣，今日飄零孰與歸。減卻寒林一半瘦，添（秋墻）
來峭壁幾重肥。乜乜煖逐帶霜燒，颯颯隨風滿院飛。（葉脫）
洞庭波正赴辛酸，（只）一夜雨落霏霏。

露出空山疊翠螺，也將枝幹首嵯峨。三秋風景江邊
冷，一枝寒聲枕上多。金井梧桐（西風來）悠悠淅瀝，玉闌（西畔）楊柳（人去）嘆消磨。
明春依舊重重茂，不必今宵嘆奈何。

題顧緞雲秋林空澗圖　稱何廉

秋色滿空林流泉穿石響落日靜無人澗雲自來往

歸水入潭下逢峰隱樹間葉嫌茅屋小終日對秋山

澗邊秋水古林外蒼烟冷出人跡不來去山愁欲暝

寄王榛園

裁出新詩久難成紙短情長淚暗傾試看朋朋東京

漏源終夜作悲聲

一別音容又及年相思兩地月同圓來春倘續重游約

好向營工買畫船

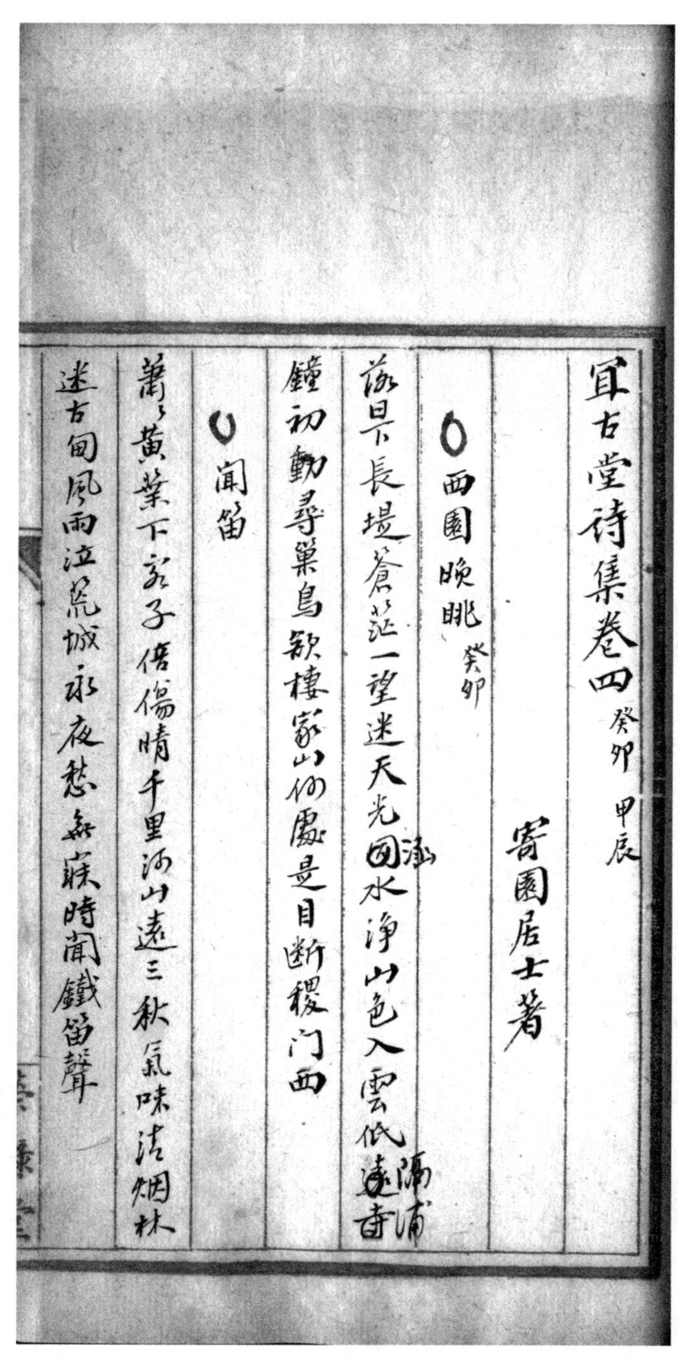

宜古堂詩集卷四 癸卯 甲辰

寄園居士著

○西園晚眺 癸卯

落日下長堤，蒼茫一望迷。天光回水淨，山色入雲低。遠奇鐘初動，尋巢鳥欲棲。家山何處是，目斷稷門西。

○聞笛

蕭蕭黃葉下，客子倍傷情。千里河山遠，三秋氣味清。烟林迷古甸，風雨泣荒城。永夜愁無寐，時聞鐵笛聲。

○大雪船至湖上

昨夜雪飛飄今日群峯變一白天地共一尺成唐幻著敲訪梅逢載詩君客久船披鶴氅衣閒立湖邊岸遠近冥冥明山水流盼疑天廣宮琉璃作四面逢觀下亭想有神仙蘊水聲不生波柳枯雅弄綠船繫久無人臨流徒自羨終散玉宗拂帽堆成雖未与勝高早已增勝芳難免玉漿吞共石凍香咽寒立水木鶏孤寂類洲雁愛見特志郎回轉心古意梅花有真情出户清兵

○冬日偶作

歲初作詩

北風時正緊擁膝坐蝸廬舉火驚棲鳥敲冰救凍魚可多

惟開對　無可收

閒披經籍漫書仙佛身俱備徒勞衆笑余

○梅花

與君前世有因緣小別春光已數年朶冰惟看鮮健影凌波還欲效飛仙芳姿峭瘦誰堪似玉骨清奇我最憐自是孤山林處士也曾佳句借卿傳

○送張石泉先生還鄉

〇送石泉先生還鄉
仍用西疇原韻
送公直過萬重山歸去遊
古鼓聲聞客按新河隨
處寫天涯孤劍伴身還
旗亭把酒唱驪歌
路看山花自開相對菜
教難收拾明春依舊
西在蹤 如唱
大刀

揖別癡依長短亭連年蹤跡感飄萍可憐一闋陽關
曲唱到傷心不忍聽
[illegible][illegible]（笑殺）同是異鄉身又向天涯送故人歸去料應無所
有一囊詩句一囊春（是日立春）

〇歲除

癸卯（戊）新詩倒酒瓶年來身事笑伶俜辟中高詠無人
識吟与寒梅老鶴聽
学佛能逃詩裏禪傲人又作飲中仙歲除屈指光陰計

○人日楊謝長招飲賞
主七人以人日爲詩
賞章字爲韻
分得賓字
過年未經旬文酒今朝
備座有七賢人字不
虛出主雅賓真狂罔
作小遊戲射覆聽宣
呼歲錦佳人意莫的
春方來梅花開古未待
雪晴飾柳含山正腰
歸泥且對斟獸炭推
遙棄吟遶鉢庭催
年滿人争避糊我笑癡
然不飲無一字詩腸凍
欠枯澆沽用始利蘇此

詩隱沉吟又一年

○閙燈舞曲 甲辰

霹靂一聲爆竹烘電光閃爍春燈紅萬朵蓮花半天
激器來朗月聽長空忽聽丁東響環珮仙姬妙合分
隊過不來生再翻雲手中旋把星球千盞燈飄
紫玉然銀甲金箏宛轉腔歌羅翻然香起舞龍
駕鶴吞翱翔飃飃竟似凌雲起手把芙蓉散羅綺此時四
坐寂無声血眼雲霞亂紅紫萬點明燈掛碧雲霓裳

梨園和[illegible]勿失之[illegible]留
那知玉堂深，竟与西
江數勉，終爭三甌不
覺熱然醉瀾清，妙可
同韵學金吉記明日
請重賡，自[illegible]逐自
議四訓錢清一章[illegible]
之[illegible]一點馳檄，早花
待菜待日出地君看
詩人清知[illegible]寄園[illegible]

禁裏[illegible]乘騷多因歡，效漢宮曲羽衣，初罷[illegible]雲翹舞者奇
戲真奇絕[illegible]雪[illegible][illegible]塵月，蝶板鶯簧韻欲仙，流管
清絲聲欲裂，[illegible]袖迎風撥落霞，繽紛團裏[illegible]花繡
素衣裳來潔淨[illegible]白，琢玉真無瑕，燭龍[illegible][illegible][illegible][illegible]
明珠時吞時吐，觀者目眩且心迷，血眼輝煌[illegible][illegible][illegible]
一庭歡聲動地來，園林忽變玉臺樓，元宵[illegible][illegible][illegible]依
賦在衡，八斗才[illegible]聲曲終，止流水，行雲散，如駛仙音
彩色總成空，滿階明月涼於水

○嘲梅

陽春百花開梅花偏
不苟意趣逆底心甚
占群芳首彷彿工幟
聲搜境移走若
開歲亦盟冬久頁竹
於友天寒凍又開身
壓群原枕先戶幾
生春先開且長久
浮池館中消息層
無有同此態炎凉
誰寫貞能守堅志
甚繁華海棠取
為個將嫁亦待期冥
倒冰媒柳我妝代
[illegible]

○攜胡少棠張炳臣遊黑虎泉贈隱士唐公

遠避塵囂古寺中入門佳氣鬱葱葱一灣流水當窗綠兩岸垂楊映日紅攜有詩人談雅聯韻偶逢隱者話遊蹤潤身未許俗人識來聽空濤嶺上松

○春草

青帝怱怱整玉驄帶來芳草上階櫳春回野陌有無際夢醒池塘遠近看細嫋煙痕風裡弱微茫春色雨中寒無人庭院多幽僻叢叢生遍地寬

〇又
不信清凉在畫中 泉
青樹色遠鬱蔥山光
示与桐蔭聚夕照烘成
水面紅妙景臨人 喜布鳥
若小大陰〇許追蹤莫嫌
聯耳天風響澴 聯間
滿〇松 壑

陌頭〇淨無塵鎮日尋春此〇春 凡 應兆吉祥開此日分明 清絕
書帶認前身凝煙大野本無主帶雨長亭玉有人能〇綠
忘 望憂能碎認酣眠隨處當芳茵
山城春到意綿綿有客登臨看不憐景襯落花紅滿地色連
遠水碧浮天幾番得意雲新雨一色含情接暮烟自與
好花無所礙不妨生遍鏡池邊
半身抑在玉華宮
栽培不用借人工一色連天望眼空小院〇〇臨章緣藻茂 映水淑添三尺綠 夕陽迷
与一片紅
鋪地滿身紅光陰吹入春風裏消息傳來細雨中我欲買

春何處是黄金拋盡總無功

○春日雜詩

樓臺層疊小林園中有幽人倒酒尊錦帳四垂清夢永一簾春色淡無痕

聊向園中信步行花風輕暖雨初晴綠楊栽遍知何意爲聽黄鸝三兩聲

溪痕初漲雨初過春水浮萍觸綠波曉起溪童忘報道落花又比昨宵多

連堤山開滿梨花高杈雨新添水浸堤斜倚樹折春暮景一庭殘紅萬點廢西

春水初暖又生涼，竟是天心也不常。種竹好同風約會，

栽花先與雨商量。

市塵不似山家[illegible]，蕃草不疏[illegible]種花。樹上流鶯解酬

客，盧前鸜鵒替呼茶。

一溪春水半溪烟，盡是詩人自在天。兩岸桃花夾蹊柳，

綠紅相襯總堪憐。

六言詩四首

夢中偶然得句，醒時一字全無。[illegible]共僧閒話尋

花與友商量

清風似送蘭氣微雨替將菜澆杯酒且為花壽

百花生日今朝

一陣風來氣嫋幾天雨過春晴忽聽兒童說道

來朝即是清明

垂楊兩岸掩映浮萍一道悠揚寄語池邊莫去

恐驚醒鴛鴦

右余先生春還塵下城口占一首

酬孫餞清醒尹

○贈孫鏡湖磋尹

高名噎已久，晤面倍欣然。泛勝兄觴後，詩成擊鉢先。人歸南浦雨，春滿七湖烟。富國魚鹽術，仲榮
劉老生持妙術，大道即丹久自推。三雅人知有二難，非驅常醞頁觴鷗笑鵬搏，落落春生座，如飲九醞蘭。秀媚雨當寄贈
分韻裁詩風雨惱人秋，湘山時清狂知未減。佳句共鷗吞，獺祭余老枝君尚少解頤

滿年十絕別重唱

青樽初引後，且喜何文楊。柳東風合，桃花細雨時。西窗無長物，剩有郵國剪燭更題詩。不限春光好，湖山到處宜。

○華冠滿京洛，濟濟復如何。似此高賢者，而今有幾多？何時載詩酒，長共泛烟波。且聽君高詠，結茅依薜蘿。

○二酒友歌 贈楊淑辰張炳臣

寄園主人好飲酒，天降酒星作酒友。三人對酌桑仍如終日，張羅是此口。酒友酒友楊淑辰，飲似長鯨吸海氣如神。其二酒友更奇怪，伏地牛飲張炳臣。主人飲酒尤為

○歷亭春泛

新漲閒閒碧草汀數

峯修竹夾孤亭亂峯

繞閣西顧笑垂楊

當門日來雨三尺新

魚尾自驚春水暖歡

喜層樓鎮日細細吹

落日倚人卑下庭

○飲楊湖辰爲

玄堂清夕靜泥泥日精

西陪落曉陰湖水黃

閑天地閒青松當當

歲年深出沼鮮閒

意投轄班志簪雨心

醉客新詩吟未了不容

奇一斗能賦百篇詩有時載酒泛舟去閒对湖光

山色酬千卮終日酣眠無日了視酒真如無價寶或

問先生飲酒有何趣先生笑言最好、一壺酌解了無

聊二壺酌愁全消三四壺時臯已極只淩（覺）空風吹衣

飄飄但願長醉不願醒願效中山作酒井（淋辰酒自皆中山人）醉

倒酣眠醒復酌酌文醉時醒醒路到終日達（持杯）酒不計年

視他此處作為

夢中猶飲惠山泉杜甫長歌吟不得飲中又

添三神仙

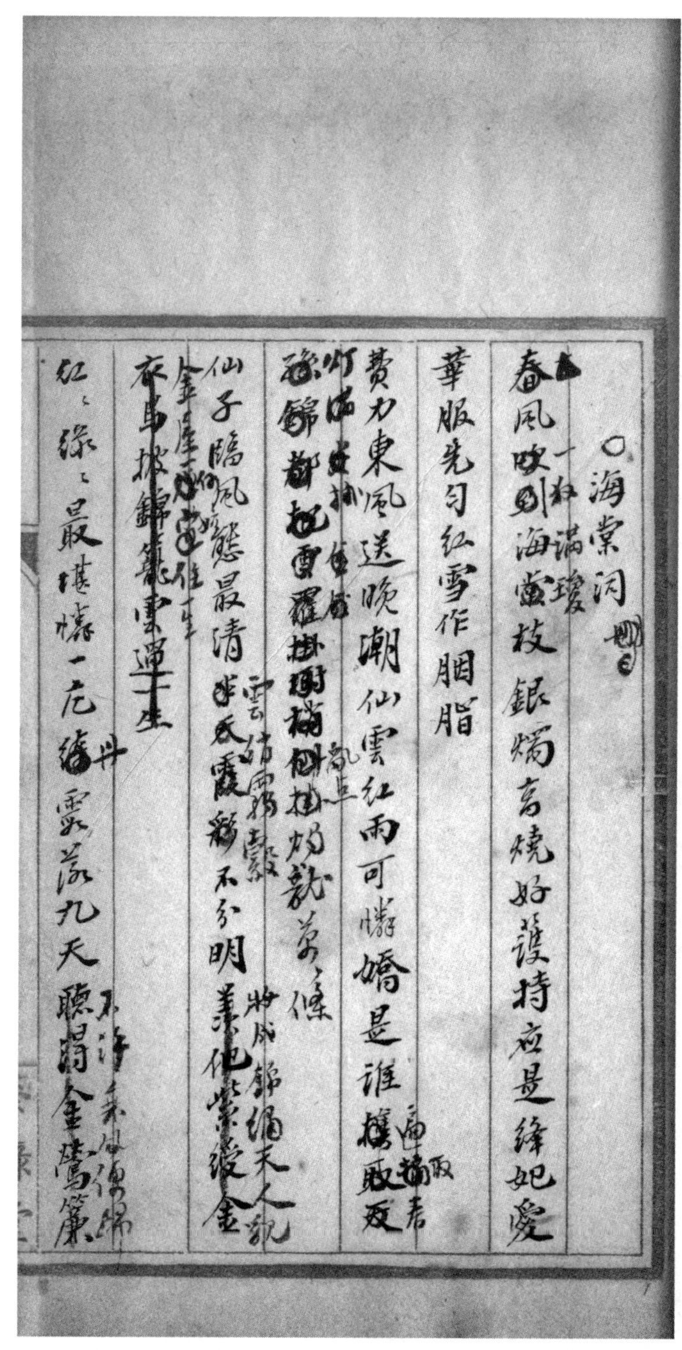

○海棠詞 四首

春風吹到海棠枝，銀燭高燒好護持。應是絳妃愛華服，先勻紅雪作胭脂。

費力東風送晚潮，仙雲紅雨可憐嬌。是誰攜取[illegible]

[illegible]錦[illegible]雲羅[illegible]就萬萬條。

仙子臨風態最清，半天霞彩不分明。羨他紫綬金[illegible]

夜半[illegible]錦[illegible]雲留十生

紅紅綠綠最堪憐，一庭繡雲蒸九天。聽得金鶯簾[illegible]

又
別樣脂梳仕甚最新
數光自熟十分春指訊
暮看兒孤似笑一笑原
來是好人
瘦萬重裙為晚涼來
看人也因以一身縮
素知何意欲學湘山
此淸渺

古匣宵磨湘初化
外鞘昨宵紫玉已成烟

〇明湖春日詞

最好濃陰三月時
看花人詠看花詩
如何爲雨華無緒（笑他影裏雙蓬々）
柳到占東風第一枝

桃紅柳綠雨初晴
正好明湖打槳行
一陣笙歌聽未了
鶯聲人語不分明

輕舫來往出橫塘
蘭麝氤薰十里芳
疑是嫦娥雛桂府
一身明月著花裳

緲緲小艇劃波紋一老歌聲落夕曛不道芳芬是何物阿儂衣有百花熏

輕盈無力上瑤階步步嬌嬈態最佳收拾落花盈錦帕爲他曾踏玉人鞋

嫋嫋心情意態嬌令人能不禁魂銷迷離兩岸垂楊柳欲與佳人鬥舞腰

綠波初漲水鱗鱗多少遊人爭賞春把住鵲華橋岸口船來船去看尤真

逍遙天闕不知年，閒伴箕山抱鶴眠。我與白雲一樣懶，漫人呼喚作頑仙。

遊春歸去夕陽斜，回首風塵感夢華。願效莊周身化

蝶，翩翩飛滿各枝花。

小遊仙 四首

銀河秋水收未解，仙女如多

蓬山球上蓬萊歌風靜，銀河水不波。三萬六千明月

可能十二一

戶戶都向廣寒嫦娥

川納雲霞洞

雲闕五雲擁樓臺，雨中四海風埃 滿斷紅塵絕跡 不與玉皇司寶

籙，等閒枕得住蓬萊。

鸞鶴驂鸞作碧霄，半天涯品水晶簾，廣寒仙子侍新

○訪傲文登于佛山

禪韵出林外蒼山幽戲在深
飛出面曲洞清磬下高
峯隱在千年的富門
高天松與僧同淡久歸
路暮烟濃
一雨塵氣滅拱座上琴
微茶杳去入画落白
淡餘蟬積水溜溪入
嫩雲過洞光四時山色好
相逢不曾逢

技学得楊妃舊舞腰
五色文光護玉隊上清真誥紫泥書天孫織得雲鱗
錦尽寫新詩掛碧虛

○詠冷泉

泰山一脉通地根地行千里發鄉源晚出珍珠滾
地迸文出水銀鍋翻
此泉滾鍾秀千年氣勢存有奔典初
疑似是滴降頑龍穴湧出三泉清且洌又疑豈非

玉女壺咳唾噴出千顆萬顆琉璃珠我欲对此發
長嘯余人願和陽春調水光淨潔蕩胸襟水氣清
寒入詩脾四壁階墀透水晶涵影波光似鏡明雲
髓石骨具奇瘦鳶飛魚躍皆含情嘖嘖嘻乎方池之水
空泠泠兮能洗盡塵心清

〇與鶴以遊明湖

遨晴偶泊綠楊汀任意逍遥棹不停空水倒涵孤塔碧萬
山齊拱一樓青鏡中魚鳥天然樂水底峯巒氣概靈歷山倒影為

○將歸都門留别洲同好

關山迢遞阻郎州千里

京華夢蒼遊此去

那堪多日别三年始解

異鄉逢春風水閲多

能府暮雨汐湘流飾

醉威獨送以清句美

歷將風浪壯□歸毋

濟南八景之一共客遨遊減勝事歸來閒目酌湘醽

○晏城欵壁

萬里烽烟動鼓鞞遊蹤竟得遠鯨鯢遥天垂地藍於

染遠樹排雲綠斬齊偶有新詩留壁寫爲尋舊句覓

墻題飛鴻到處應留跡此□何妨印爪泥

○寄張炳臣

波來平時文燕瀾風塵舜壺困江干同心姑是安情重久

客方知離别難庾信平生本蕭瑟孟郊詩味自

諸家不知成敗何時了，笑我徒為壁上觀（時日俄交戰）

車中口占

黃沙撲面馬頭生，無限離衷動客情。最是車中眠不穩，朦朧猶聽唱驪聲。

舟中有懷

日暮泊孤船，帆橫夕照邊。遠村山雨迷蒼霧，古渡起虛烟。旅夢隨流水，鄉心入暝天。故人今夜裏，應酌好花前。

舟中賦詩以流水今日明月前身為韻陸放翁

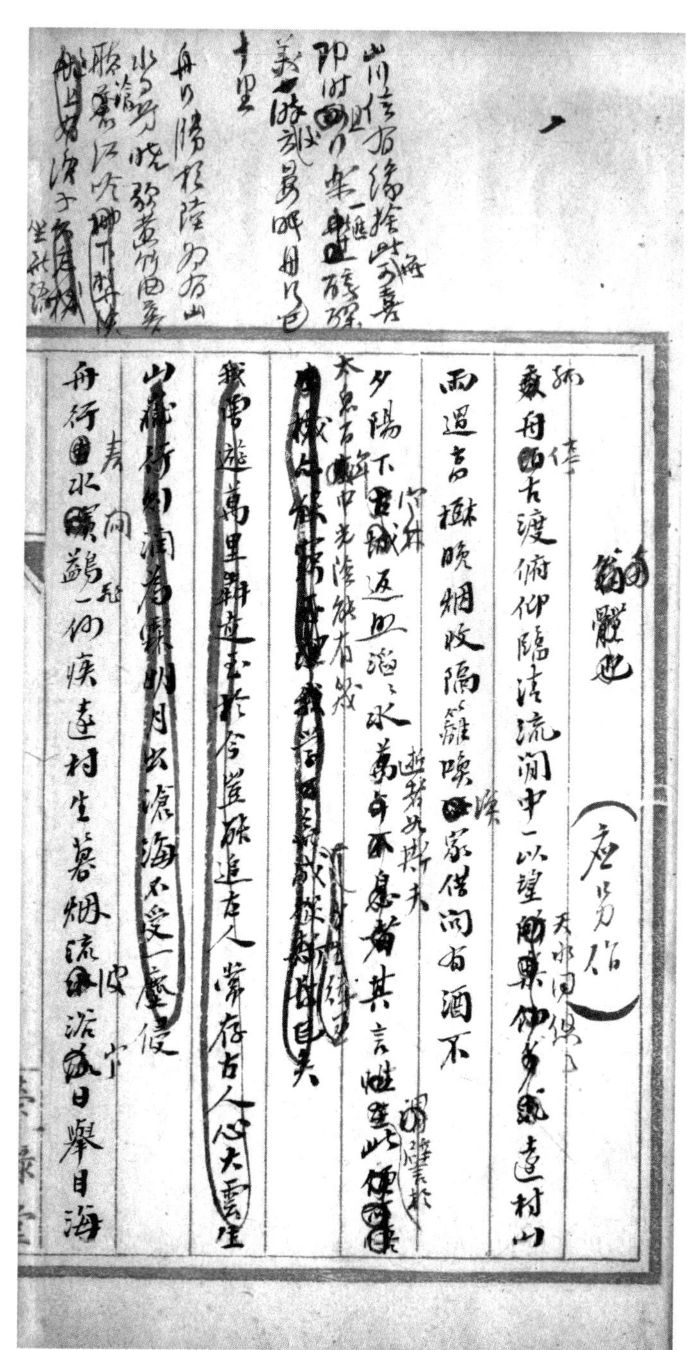

垂釣沉[illegible]風吹不理
日西生層陰
推篷送對夕照[illegible]
柳下垂[illegible]上有
壽翁[illegible]
竿圖之遺友明卿
次詩叔[illegible]
舟程

天公萬里送清明 順風船似鴻毛
來岸樹深深 回視
千頃波浮如一鏡明
晚宿自清涼 明月遠山 半天春雨歇下舟
登岸 徑 晚起開窗看
月上林外 船橫石岸前 夜 醒 聽水潺湲
耶溪
日晚暫停泊繫纜 灣 小草天然淨 隨波自鱗 春水

家子志栈久矣，今明年朝鮮氣為深滄，契我知終身，識此已能古學，斯通于秀矣。

綠上椒溪靄古逼人，與東坡村後林後得天真。

○留別倪雲巢（閔芸舫）

勞君送我旆旋東，無限離襄此際中。分手那堪千里別，寸心猶喜二人同。他鄉寥落蘇山遠，故國荒涼易水空。感謝時人相送意，為添佳句入詩筒。

陰風呼起天昏黑長鳴征馬悲人響知是當年楚漢爭鴻
門遺跡猶堪想慨昔項籍真英雄[illegible]目
光閃閃推重瞳匡扶六國人心服掃滅三秦不世功初意本
欲圖帝業花增何乃勒重重漢王沛公其志本不測輔佐
群臣號羽翼共一言既遂深謀堪一生從此爭戰無休息大王執
誓失機終爲[illegible]覺未寤[illegible]所以鴻門相見日須心無劍
紛紛青[illegible]上年東楚[illegible]千秋誰[illegible]未知此意
殺[illegible]溪[illegible]不惡河層崖在匹白璧[illegible]南公壯士[illegible]
將軍髮立冲冠目裂紛危[illegible]真肩[illegible]肩
體嚼味[illegible]王真[illegible]當[illegible]將軍第一人[illegible]天古[illegible]
落[illegible]全出群[illegible]
當時楚[illegible]圖莫[illegible]成敗[illegible]儒論千古雌[illegible]丈夫

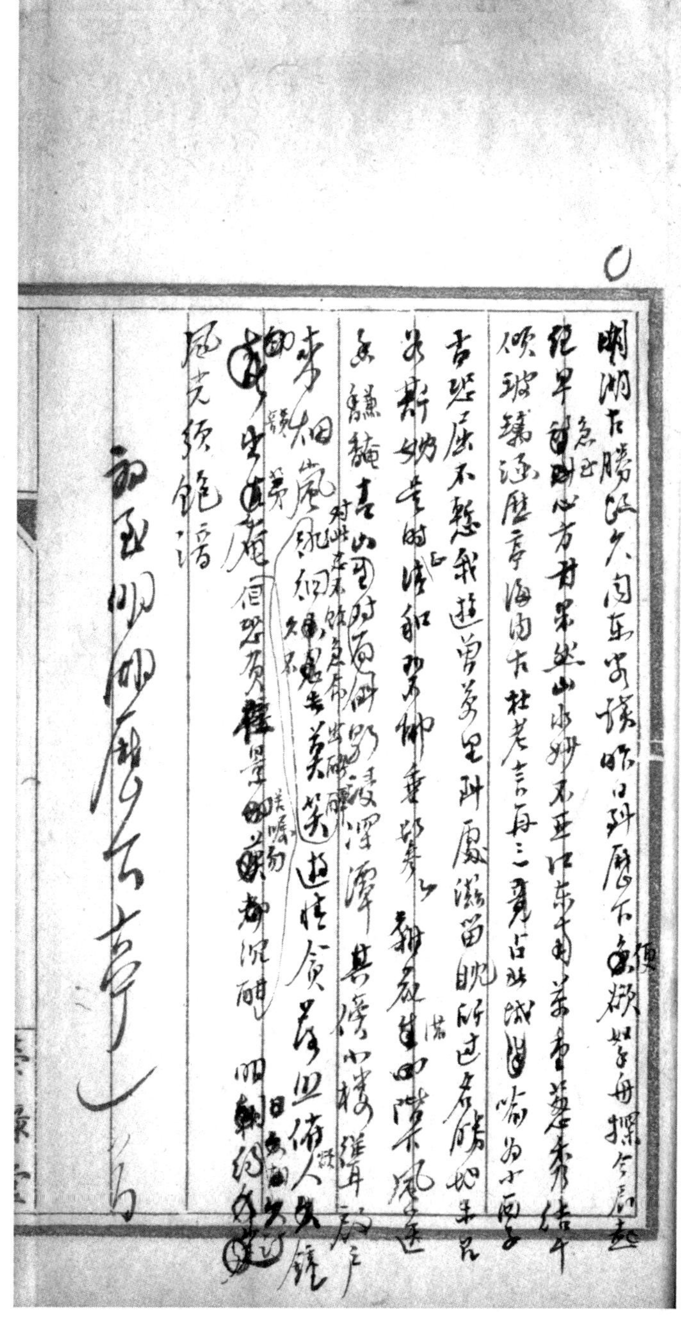

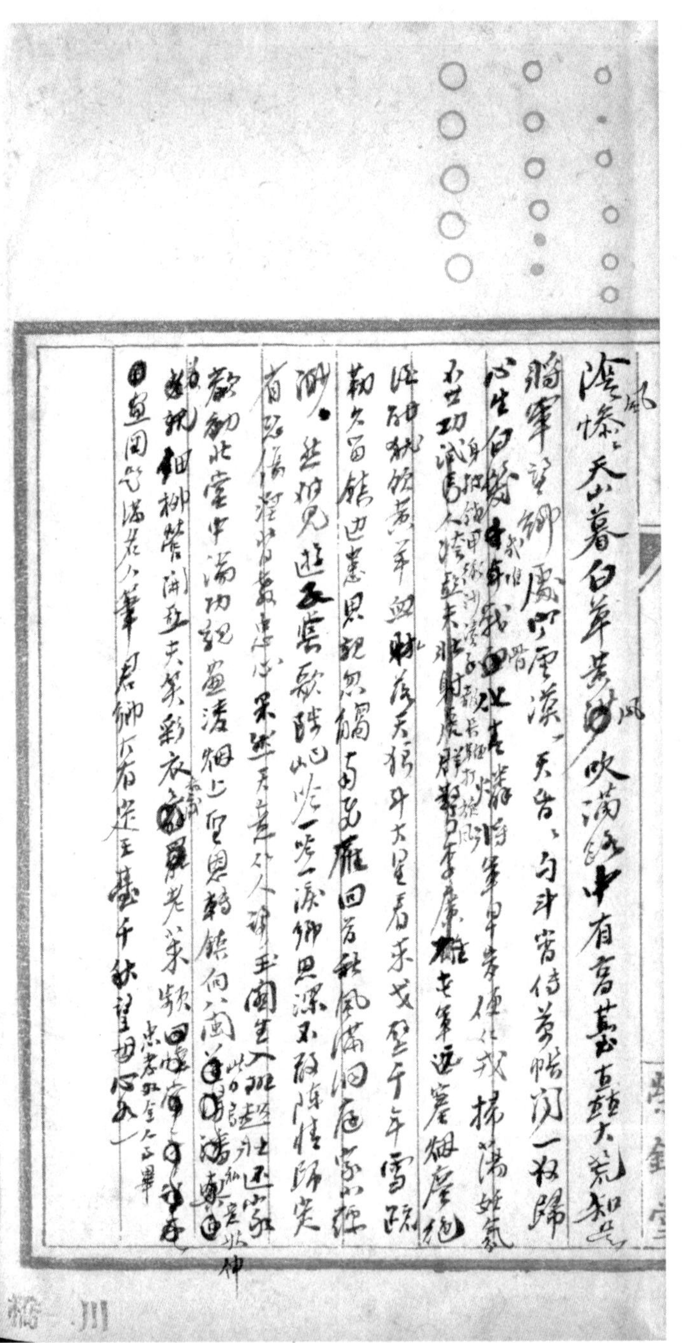

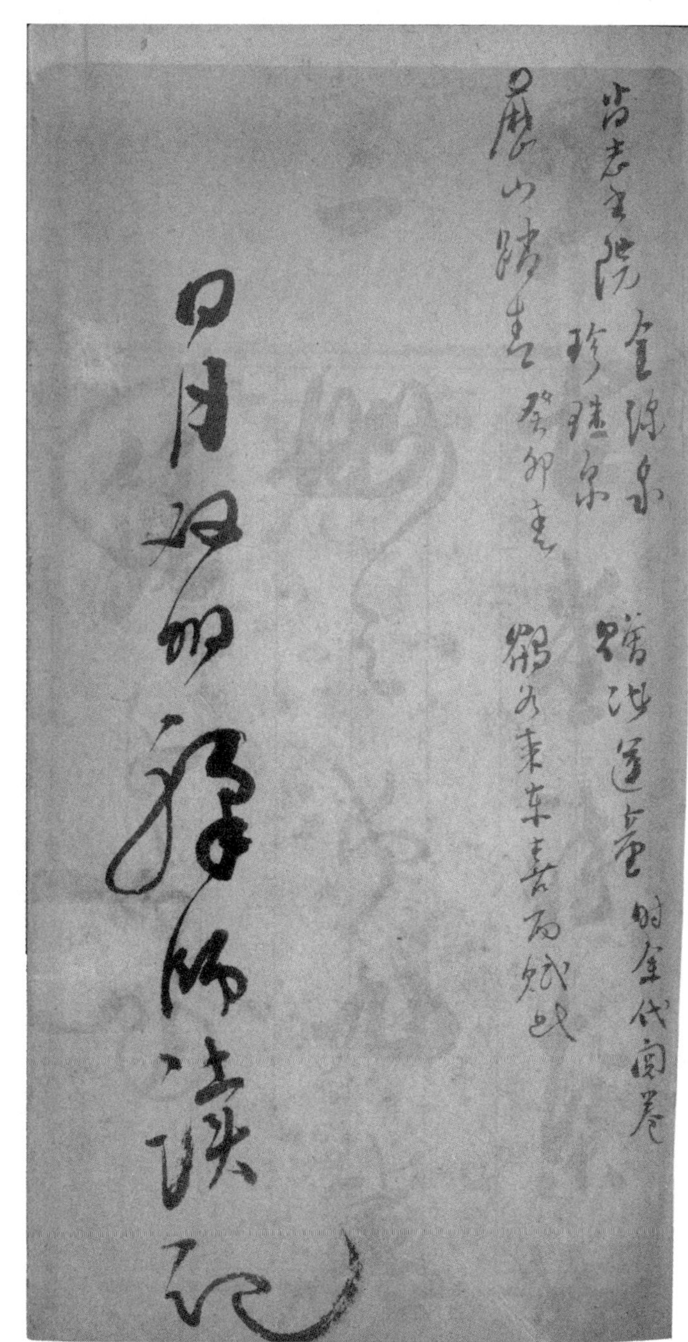

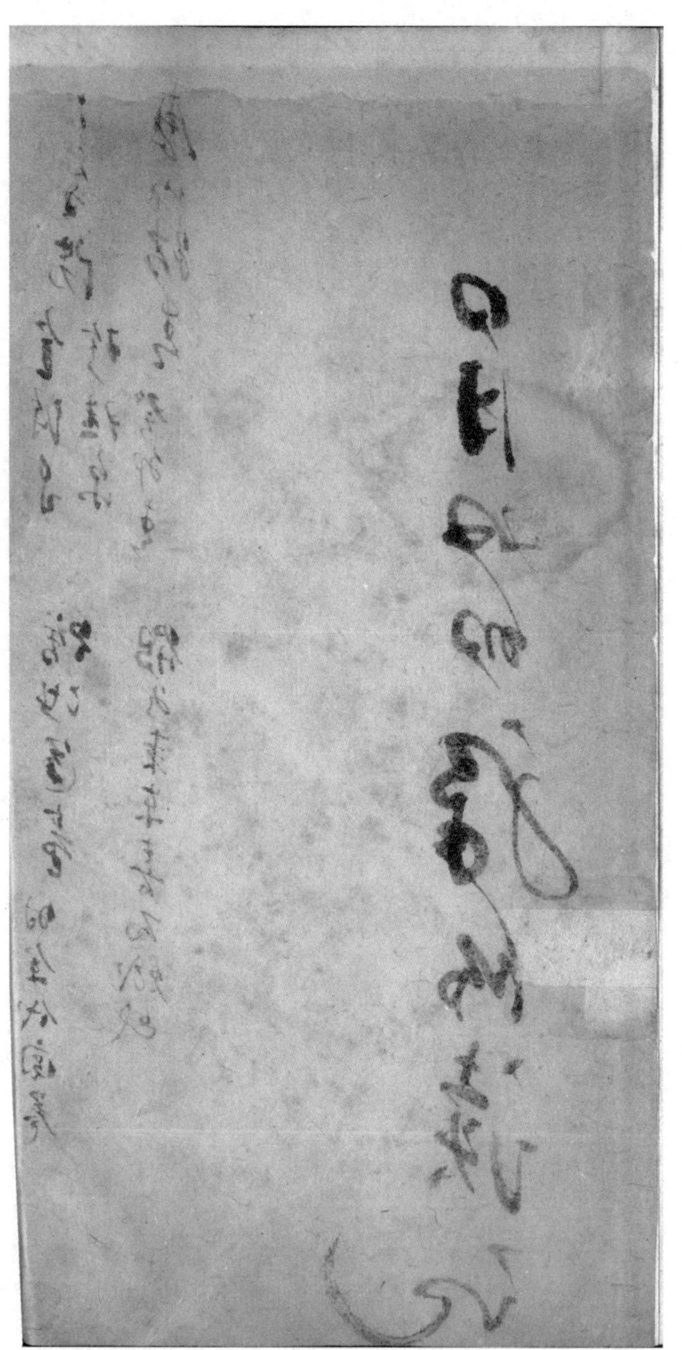

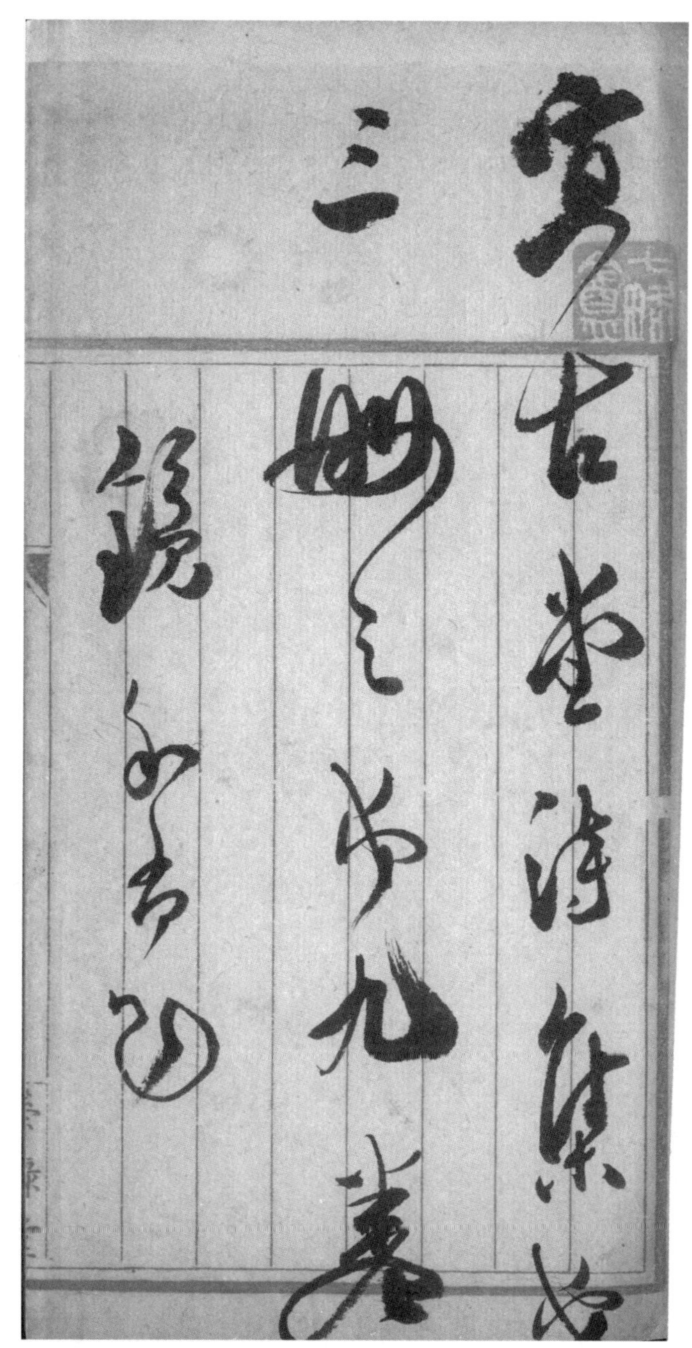

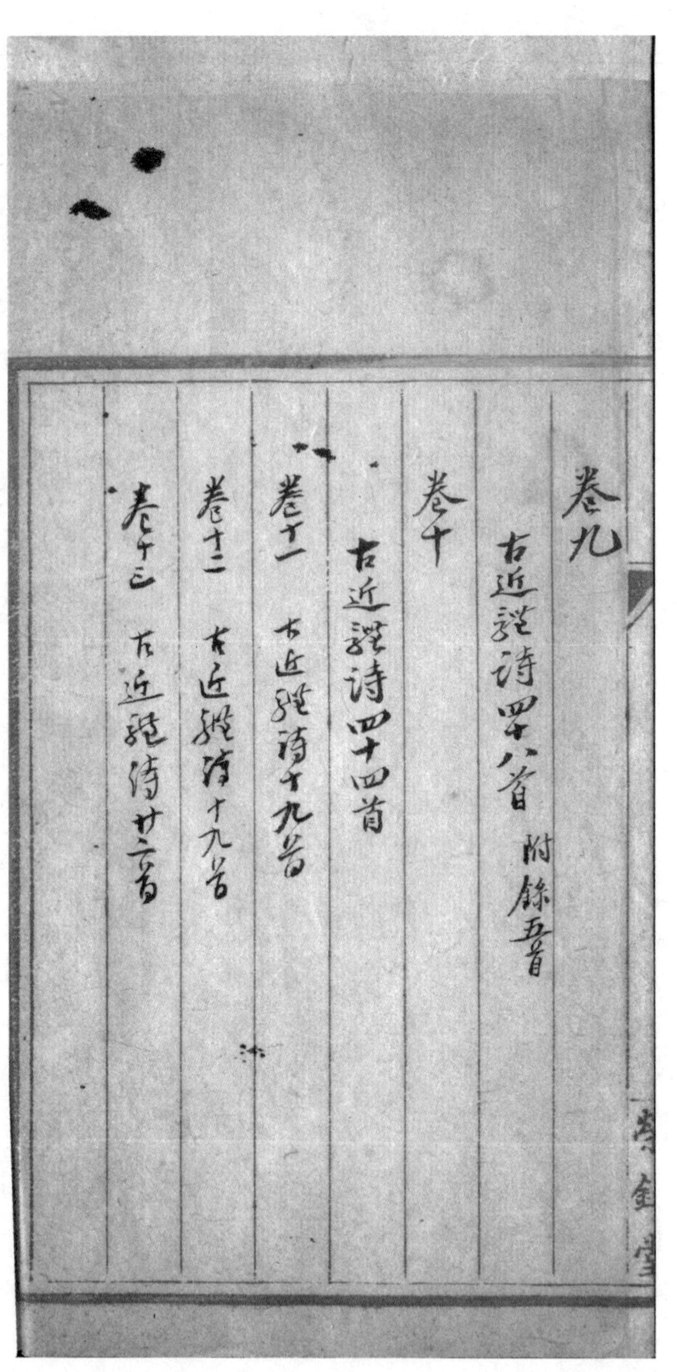

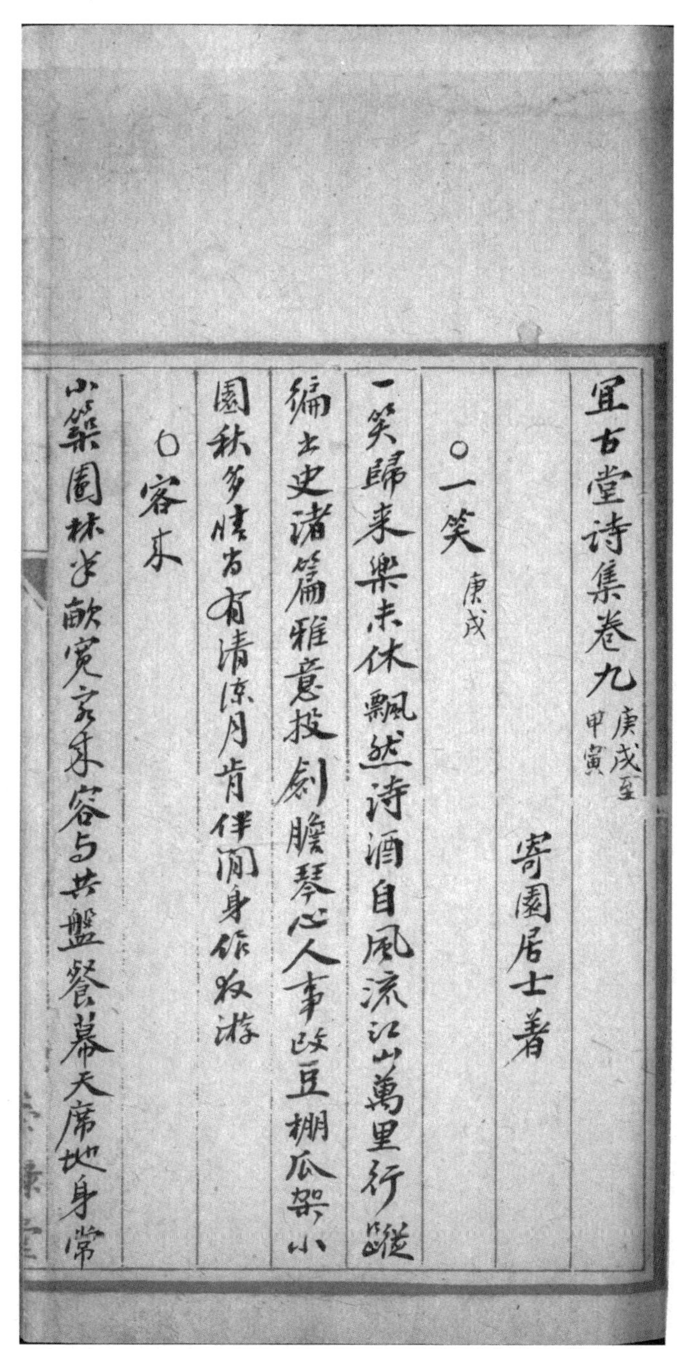

宜古堂詩集卷九 庚戌至甲寅

寄園居士著

○一笑 庚戌

一笑歸來樂未休，飄然詩酒自風流。江山萬里行蹤徧，土史諸篇雅意投。劍膽琴心人事改，豆棚瓜架小園秋。多情尚有清涼月，肯伴閒身作故游。

○客來

小築園林半畝寬，客來容与共盤餐。幕天席地身常

留石

醉煮茗敲棋興未闌已分騃才甘伏櫪願從漁隱老垂竿西風落葉秋光晚檢点冬衣供歲寒

○九日

秋声一夜雨凄涼又惹吟情此日長幾載風霜欺客鬢一年容易又重陽莫辭白酒清尊在聊对黃花晚節香記得登高曾萬里三齊三晉与三湘

○鶴如過訪作長夜之談喜而賦此時小陽廿日也

良友欣來訪清談喜不禁新詩多古意佳趣有遺音山

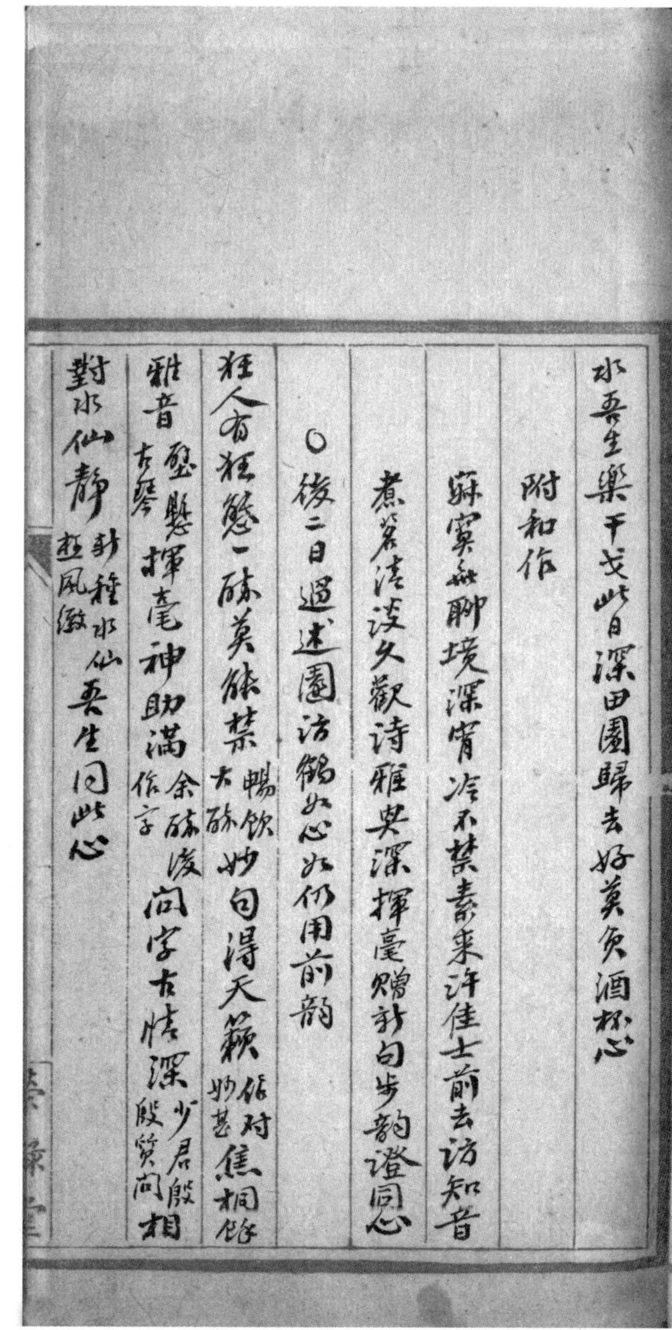

水弄生樂干戈此日深田園歸去好莫負酒杯心

附和作

寂寞無聊境深宵冷不禁素來許佳士前去訪知音

煮茗清談久歡詩雅興深揮毫贈新句步韻證同心

〇後二日過迷園訪鶴如心次仍用前韻

狂人有狂態一醉莫能禁暢飲大醉妙句得天籟依對妙甚焦桐餘

雅音古琴懇懇揮毫神助滿余醉後作字問字古情深少君殷殷質問相

對水仙靜新種水仙茲風微弄生同此心

趺坐參禪久拈衣笑不禁門參佛法風塵且俠双健骨賞天地幾知音如

此當時事能無感慨深以知二君子端不識余心

附和作

圍炉消永夜村酒力難禁一醉有奇句高狂自賞音詩

衰幽興遠律道本情深滋味偏嘗久君心与我心

世道以熟変顛翻笑不禁可憐多少恨事那得聽佳音歲月

消磨老山河感慨嗟悵深陶然一尊酒聊可助詩心

鶴山又以詩見示次韻和之

久作砍詩趣陶然得句來逢天濃雪意（苦）多嶺早梅開對此添豪興斯時少俊才願言常聚首重醉故人杯

附元作

晚歸方踏雪想已有詩來莫道嚴寒冽先將雅興開神仙成眷屬今古隱奇才別有閒天地豪情酒一杯

〇守歲

年年是歲何須守守到五更歲何去何以狂吟百首詩何以豪飲千鍾酒二者今夕吾能兼得一句詩飲一斗人生行

樂須及時過眼雲烟復誰有憶昔吾曾萬里行游遍
名山与奇藪歸來自築小園居如撤門前種五柳但得
吾生樂有餘相对啞啞笑開口莽莽風塵本不知得放手
時且放手舊歲已了新年來如此輪迴儘去久又向東
風信勝游前者既佳後豈醜梅花滿樹亦滿堂清人福
間亦犯俗更添佳景助吟情門外雪深盈尺厚是夜雪極大

日讀放翁詩 辛亥

劍南詞致筆最濃清持卷高吟百感生老去無餘詩句

○春暮

乘興閑乘曲水濱娛
波涌影浮幽崖不定
石暖[illegible]雌三月放歌夜
雨又一春縱燬未能
蕙留子晉桃源無處
覓秦人荒樹湯泉媒
課餘此外無多他
共歡

○出遊

在故山惟照酒杯青明未酬破敵身前恨剩有驚人死後
名笑我心心已厭未田園今幸遂躬耕

○戒酒

吾生性嗜飲每餘均由他往者月三四次者八九多昨夕尤
可哂縷縷述將毋訊晚酌已半醺餘興猶佳佳拉取糟邱友復
向西市過更深歸早半鄉復屢奔波為有相如渴不畏金
吾訶投林歸鳥急奔泉渴驥遲忙呼博士玉斟以琚
玉螺殘局願文錯觴政嫌煩苛一飲酣千鍾吸海傳

蛟鼉清風拂我面始覺紅顏酡歸來力不勝顛倒如沈痾吁嗟病如此力改無延俄沈湎有明訓周誥言云何雖須絕旨酒莫忘發狂歌

○戒酒三日吳蔭又飲復作一首仍用歌字韻

戒飲始三日狀似九秋過多何期麴生至招向醉鄉過對此鴟夷器能不三摩挲莫笑又疾技癢連舉尊中醝說吾今亦有說在君如不信聽如何中山之釀斯最美一醉千日無蹉跎仙人所謂不死藥其言即此原非他劉伶

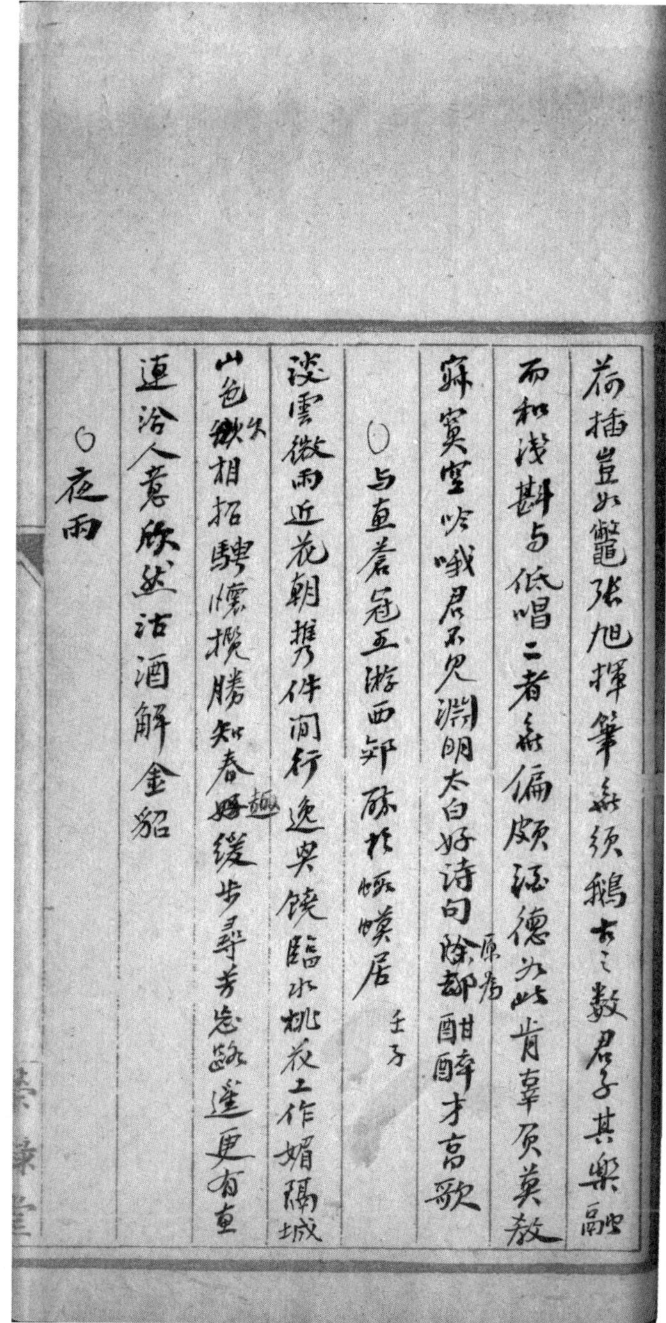

荷插豈如鼇張旭揮筆無須鵝古古數君子其樂融而和淺斟与低唱二者無偏頗盛德為此肯韋質莫敎寐寞空吟哦君不見淵明太白好詩句除（原為）都酣醉才高歌

○与直蒼冠五游西郊醉於蝘蜓居　壬子

淡雲微雨近花朝携侶閒行逸興饒臨水桃花工作媚隔城山色鐵（欠）相招驊懷攬勝知春好（趣）緩步尋芳忘路遙更有直運洽人意欣然沽酒解金貂

○夜雨

涼風淅淅雨漫漫，旱久欣逢四野歡。入澗水添三尺瀑，擁衾人耐五更寒。最宜土潤移花活，只恐泥深訪客難。曉霽西南山色好，登樓不厭幾回看。

○健侯直木約遊陶然亭，以事未果，賦此誌感。

聞道城南有古亭，四時長見草青青。入簾水色濃浮座，排闥山光綠滿庭。好趁清和當四月，更携佳釀醉千瓶。俗塵笑我真三斗，幾度悠悠未寧。

○五月初二同遊陶然亭題壁

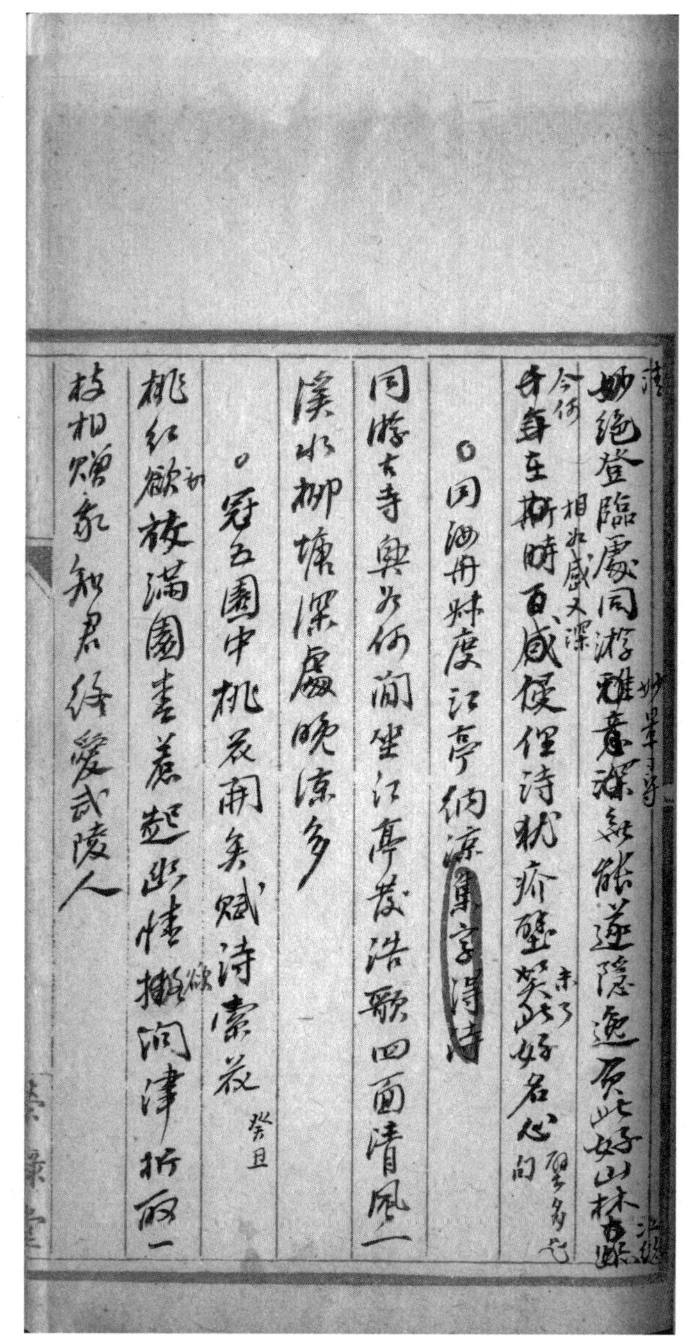

妙絶登臨處，同游雖意深。無能遂隱逸，辰此好山林趣。

今年在斯時，百感促俚詩。狀疥壁笑此好名心。

○同游舟特度江亭納涼集字得詩

同游古寺與為何，簡坐江亭發浩歌。四面清風一溪水，柳塘深處晚涼多。

○題五園中桃花開集賦詩索和　癸丑

桃紅欲放滿園春，蔫起此情撤洞津。折取一枝相贈象，無君傳愛武陵人。

○与王汝舟游萬壽寺後至貞元（真覺）寺

勝游日無極，刹此清和景。緣溪忘路遠，佳趣同深領。野花匝古岸，疎柳卧枯井。藻〻水田闊，碧濃〻千頃。白塔若相邀，引入招提境。悠揚鐘磬聞，何人知植省。金碧相莊嚴，瞻禮心常耿。山雨忽催人，烏雲遮半嶺。涼風吹（拂）香面，香（來）遙此青衫冷。後過（尋）貞元（真覺）游，歸途輩非迴。斷碑沒荒苔，破壁支殘梗。法身亦已壞，真見鵲巢頂。

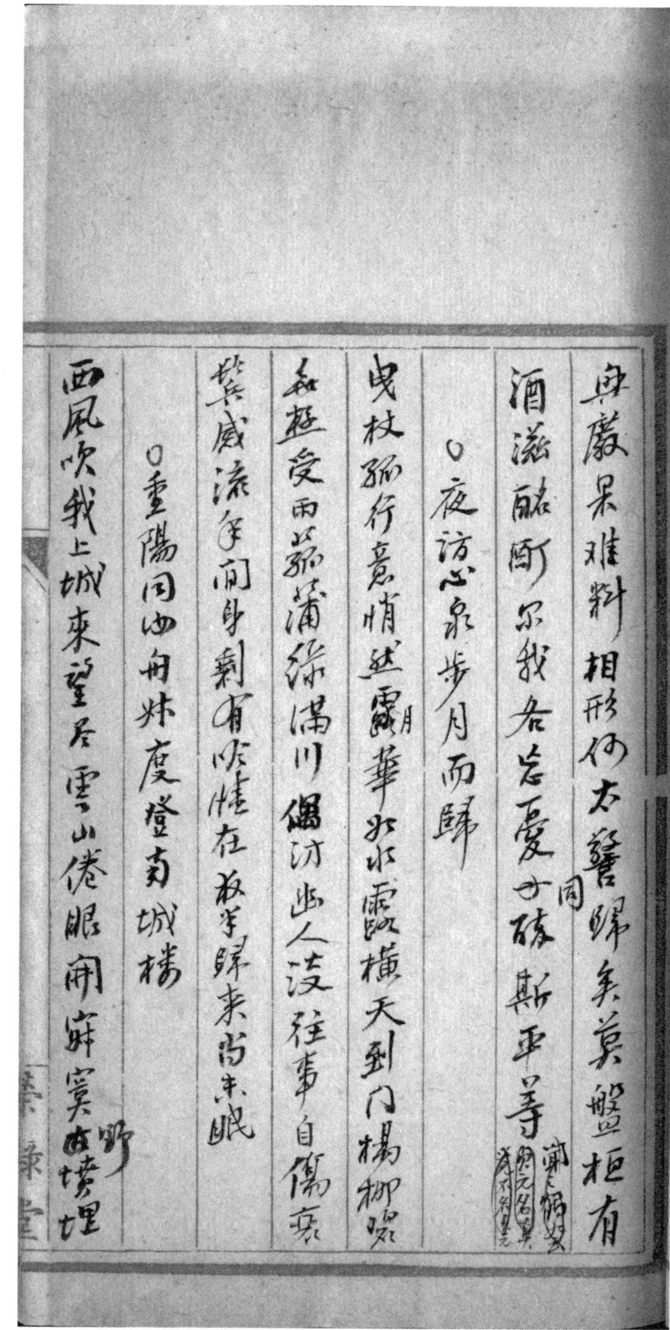

興廢果难料 相形何太聱 歸矣莫盤桓 有
酒滋酩酊 尔我各忘憂 同 女孩斯平等
○夜訪心泉步月而歸
曳杖孤行意悄然 露華月 水氣橫天 到門楊柳
和烟受雨 孤蒲綠滿川 偶訪幽人談往事 自傷衰
盛感流年 兩鬢剩有吟情在 夜半歸來尚未眠
○重陽同心舟外度登南城樓
西風吹我上城來 望盡雲山倦眼開 寂寞野墳埋

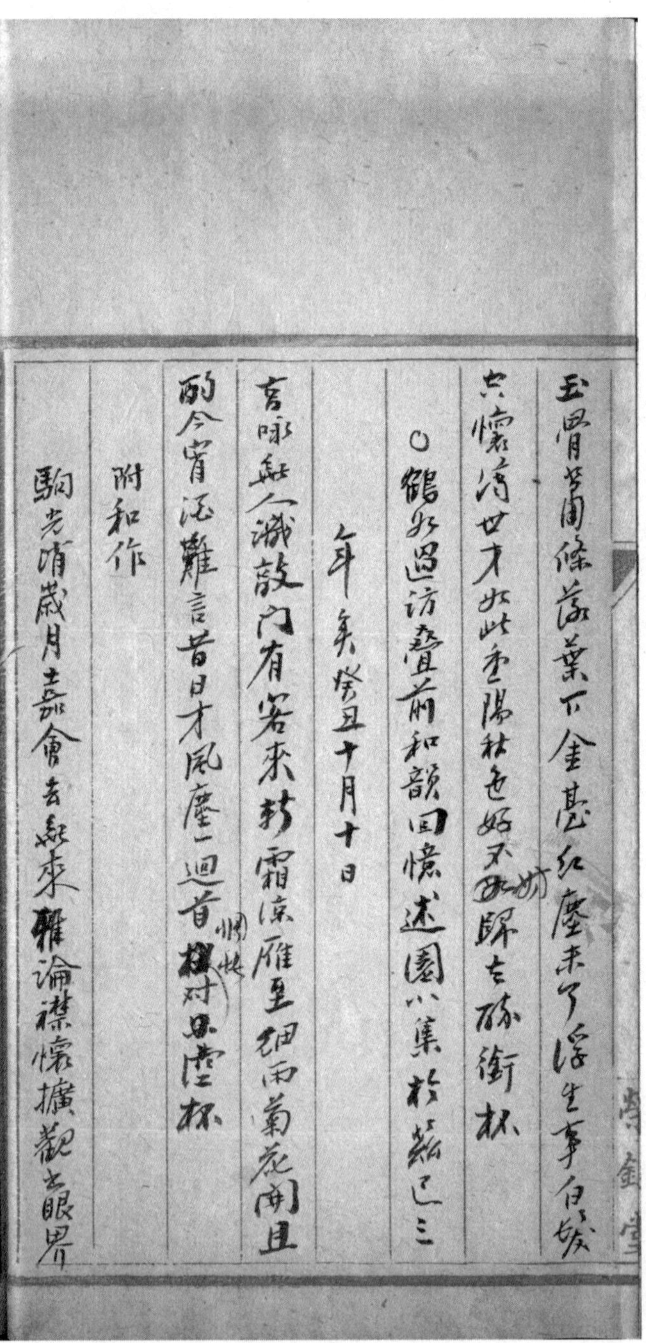

玉骨蘭條落葉下金甚紅塵未了浮生事自笑
其懷清世才如此重陽秋色好不如歸去啄衡杯

○鶴舟過訪疊前和韻回憶述園八集校茲已三
年矣癸丑十月十日

吉咏無人識敲門有客來新霜涼雁至細雨菊花開且
酌今宵酒難言昔日才風塵一迴首惆悵對空杯

附和作

駒光消歲月嘉會去歲來雜論襟懷擴觀之眼界

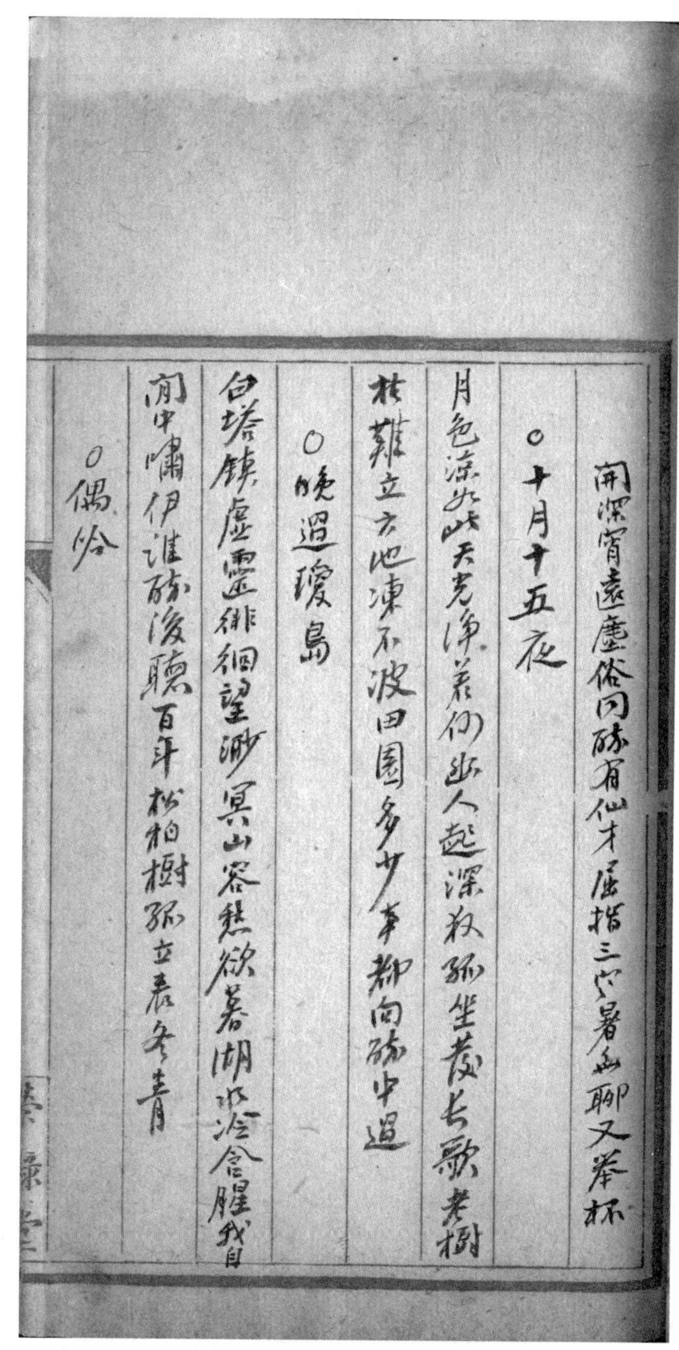

閑深宵遠塵俗同訪有仙才屈指三穴暑無聊又舉杯

○十月十五夜

月色涼如此天光淨若何幽人起深夜孤坐發長歌老樹枝難立方池凍不波田園多少事都向詠中過

○晚過瓊島

白塔鎮虛靈徘徊望渺冥山容愁欲暮湖水冷含腥我自閑中嘯伊誰訪後聽百年松柏樹孤立表冬青

○偶吟

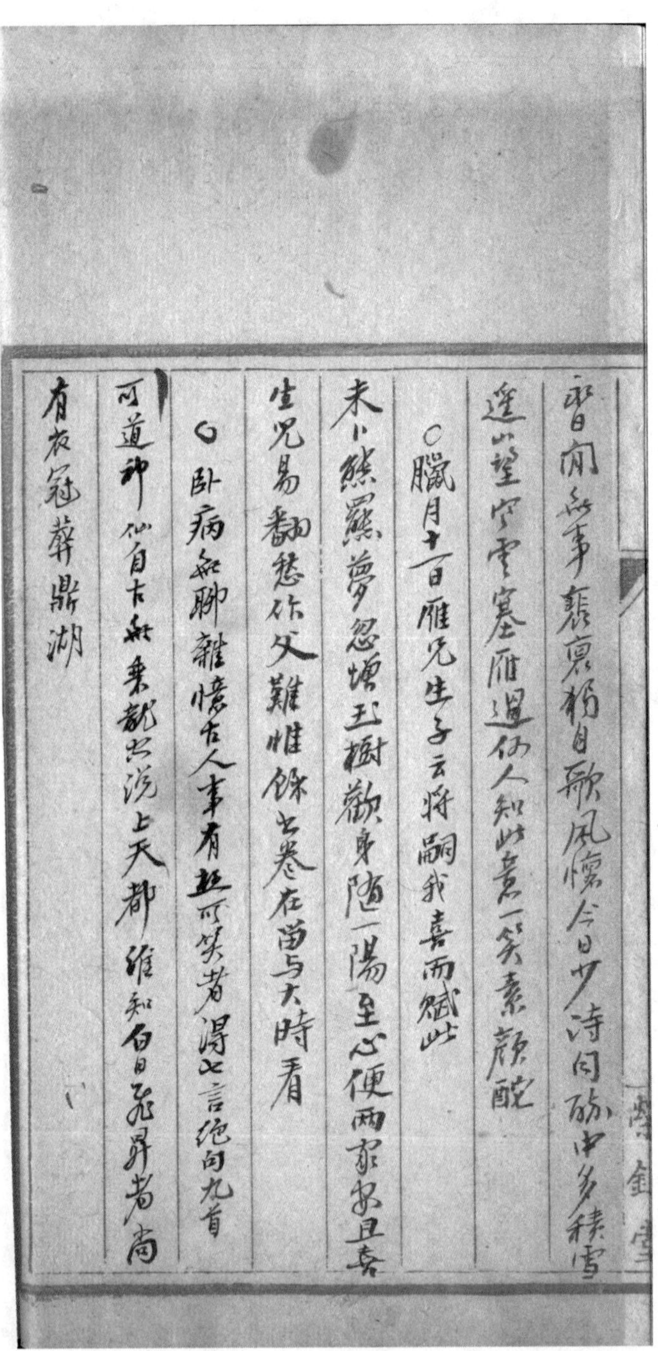

曾聞無事甚真稍自歌風懷今日少詩句筋中多積雪
逢山望空雲塞雁遲何人知此意一笑素顏酡

○臘月十日雁兄生子云將嗣我喜而賦此

未卜熊羆夢忽增玉樹歡身隨一陽至心便兩家安且喜
生兒易翻愁作父難惟餘書卷在留與大時看

○卧病無聊雜憶古人事有趣可笑者得七言絕句九首

可道神仙自古無乘龍世說上天都誰知白日飛昇者尚
有衣冠葬鼎湖

博士何曾議海趙
坑儒休說李斯驕
多言只是淳于越
縱使請之且燒

九合諸侯霸業新，南征未服楚君臣。如何管仲言因善，
不與昭王問水濱。

餘樸昔人亦太迂，貴爲天子禁尤苛。一雙象筯亡殷室，玉
椀金樽去甚多。

三年不笑不言辭，賈大夫妻亦絕倫。一樣桃花春結子，可
憐猶說息夫人。

咸陽城廓舊秦都，三代遺文未必無。畢竟以留何刀筆，
吏只收圖要不收書。

禰衡紙筆太佳秀處
士明知性不宜丞相借刀
黃祖殺三人都被孔融
欺
失此蛟龍氣不揚江東人
士太猖狂荊州本是劉家
土何用紛紛說借償
宗室念心不自謀爽改虛
國戰爭休廣公望為
觀戲例枉說亞雪十六
州

乘槎枉自覓黃河牛女天邊笑櫛梭不識君平也未識
機石欲問誰何（嚴君平王莽時人）
周黨嚴光一樣才同辭祿位隱蒿萊如何千載桐江上
只有詩人詠釣臺
諫疏曾言佛骨災幾時妖鬼敢揶揄浩然正氣塞天
地何用為文祭鱷魚
嘈嘈鐘鼓水波中石罅聲音無射同可惜東坡生太晚幾
時聞得景王鐘（無射鐘於隋開皇年間）

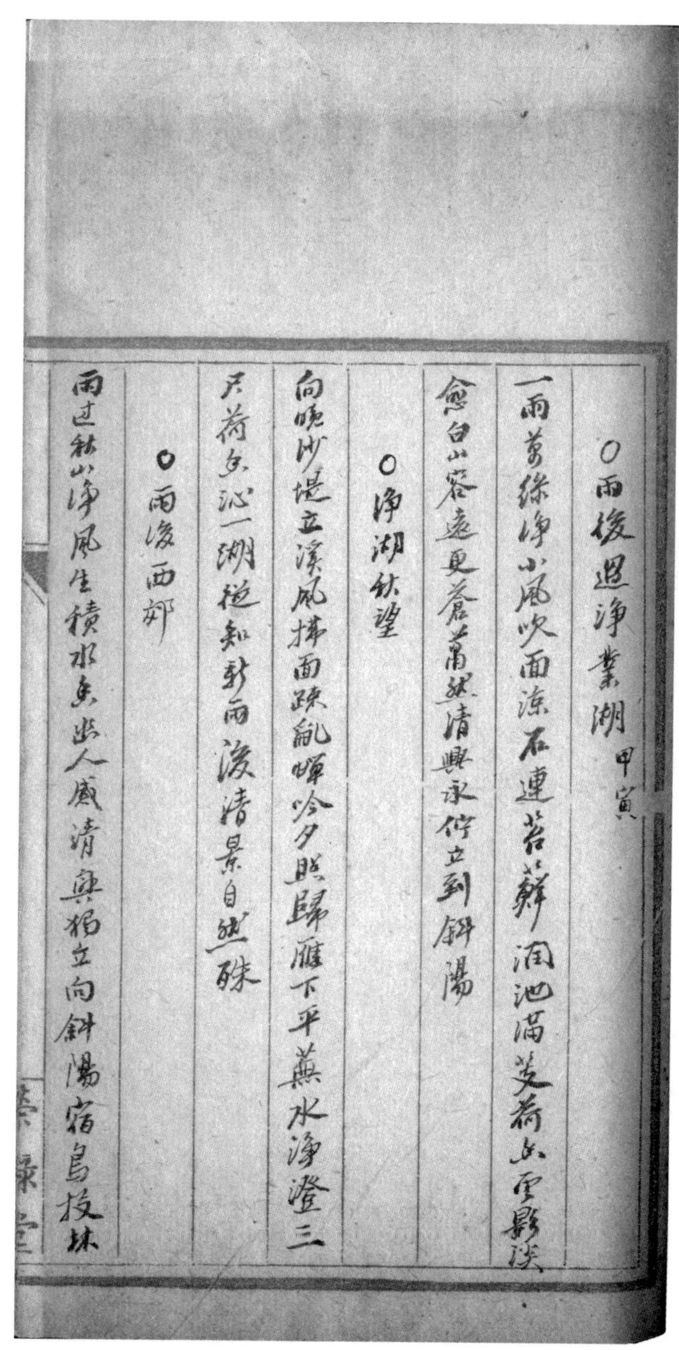

○雨後過淨業湖 甲寅

一雨蕭絲淨小風吹面涼石連苔蘚潤池滿芰荷香雲影淡愈白山容遠更蒼蕭然清興永佇立到斜陽

○淨湖眺望

向晚沙堤立溪風拂面疎亂蟬吟夕照歸雁下平蕪水淨澄三尺荷香沁一湖從知新雨後清景自然殊

○雨後西郊

雨過秋山淨風生積水香出人感清興獨立向斜陽宿鳥投林

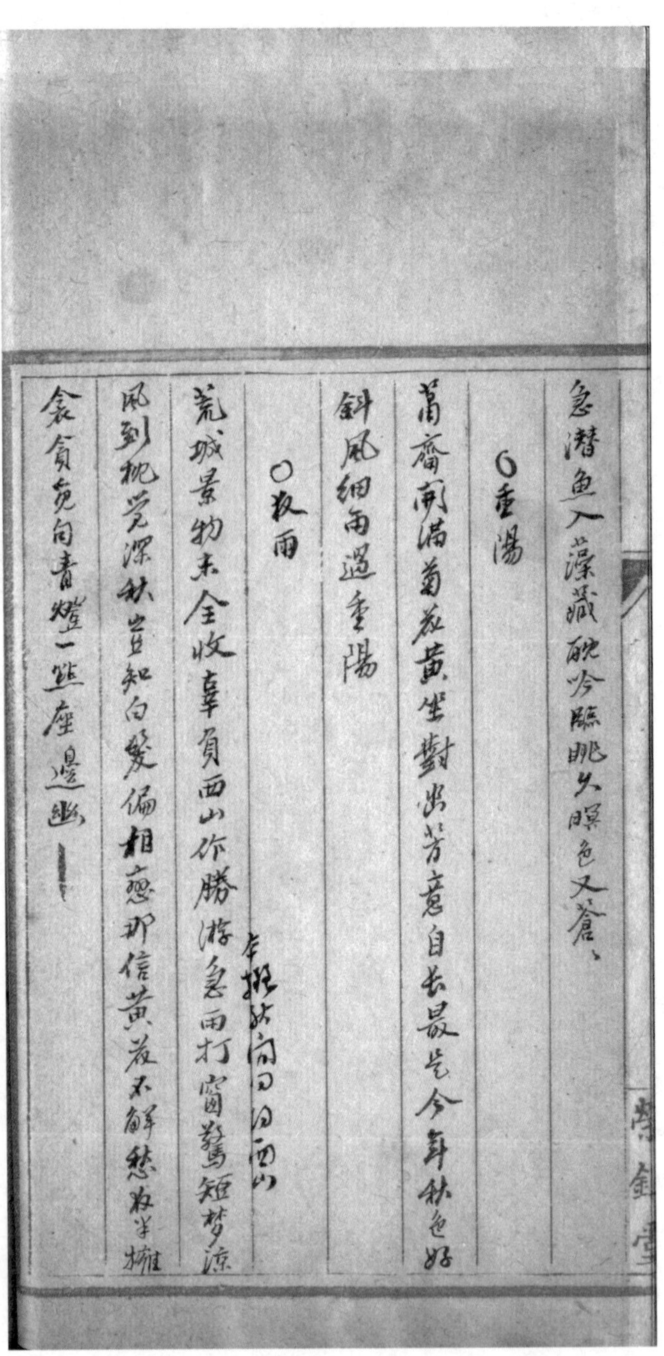

急潛魚入藻藏，晚吟臨眺夕曛色又蒼蒼。

〇重陽

蕭齋開滿菊花黃，坐對幽芳意自長。最是今年秋色好，斜風細雨過重陽。

〇夜雨

荒城景物未全收，辜負西山作勝游。本擬於前日游西山。急雨打窗驚短夢，涼風到枕覺深秋。豈知白髮偏相惡，那信黃花不解愁。救半攤衾貪兔白，青燈一盞座邊幽。

吟情一發叢緒收塑
上季烟雲而過處已衰
枝堪作伴時無風雨不成秋
故人每作連牀談憎笛吹寒已帰
酒後斑須鐘白髮亦收韶
向晚漏聲響小窗風雨時
自清出

○殘菊

幽花雖淺傲霜翻枝誰道衰殘更有時可惜東籬菊
陰士當風越處也難支

○咏雪

一片瓊瑤落九天誰將晶玉降庭前江山從大憐憐遍
草木雖枯點綴鮮有意隨風偏錯落無心到處任方
圓此情只得梅花識放放清氣滿庭倚
銀海蒼茫延入望深光明對此暢胸襟欲填人世崎嶇路

為春天公清息傳圍曇最原一現好山松竹漫重尋
幾般詩句無人和窗外雅仙可伴吟
冰花誰散滿天飛沽酒荒村細路微喜見樓台明不夜
驚看天地白成團安征遠塞人方去獨釣寒江客未歸
紅看山中高臥者陽春歌罷掩柴扉
一夜嚴風白戰酣清高如此對應慚閒吟柳絮詩原好
細嚼梅花味亦甘冷處因緣惟我結世中色相待誰
參卻情漏洩真消息春信明年便可探

冷雲漠漠晚風加天半群仙敲玉笳助興疲驢吟有句耐吹

寒凍雀噤無譁松迷積翠千峰失梅引清香幾樹斜

煮酒不妨深閉坐圍爐分韻鬥尖叉

擁膝通宵欲賦詩開簾初見影參差溪山人道尊無本

淡泊偏甘最可師淨從園夜媸玉燭冰心原不為人知厭拼

醉死梅花下埋我還須際此時

○偶作二首

閒庭三日未開窗雪後忽聞晴晴氣為有桃花紅何

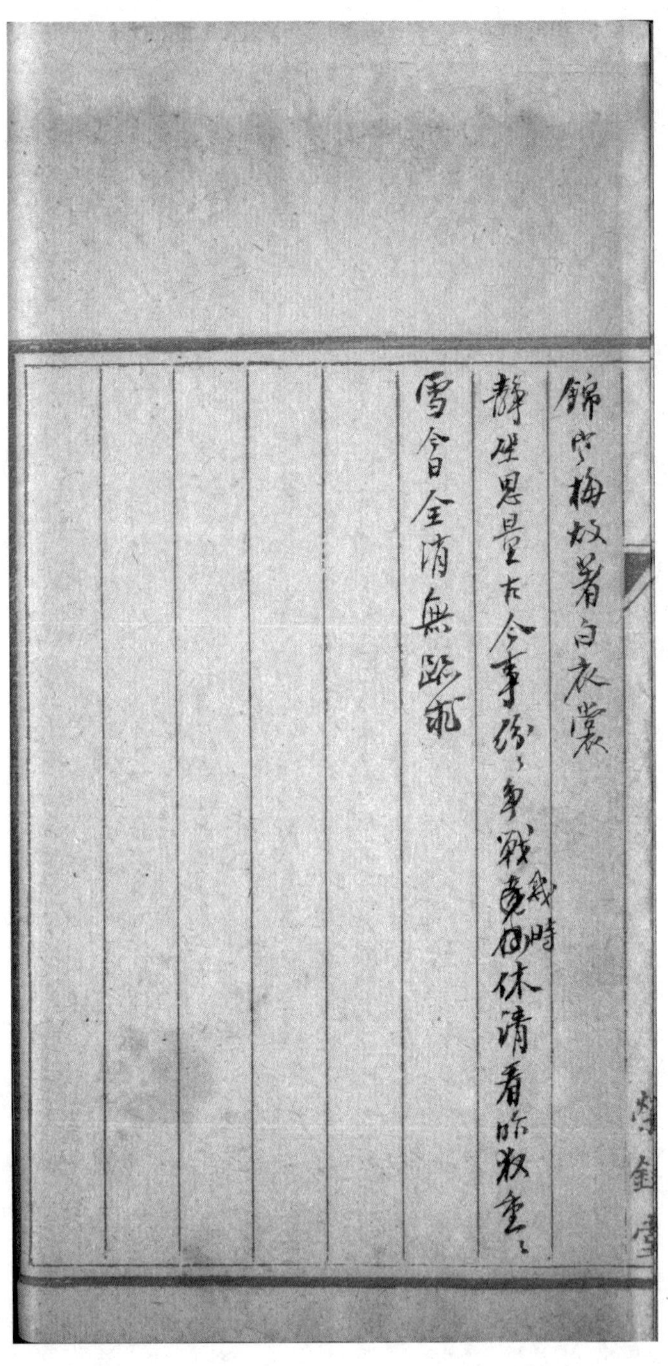

錦[illegible]梅妝着白衣裳

靜坐思量古今事紛紛爭戰幾時休請看昨夜重重

雪今日全消無跡痕

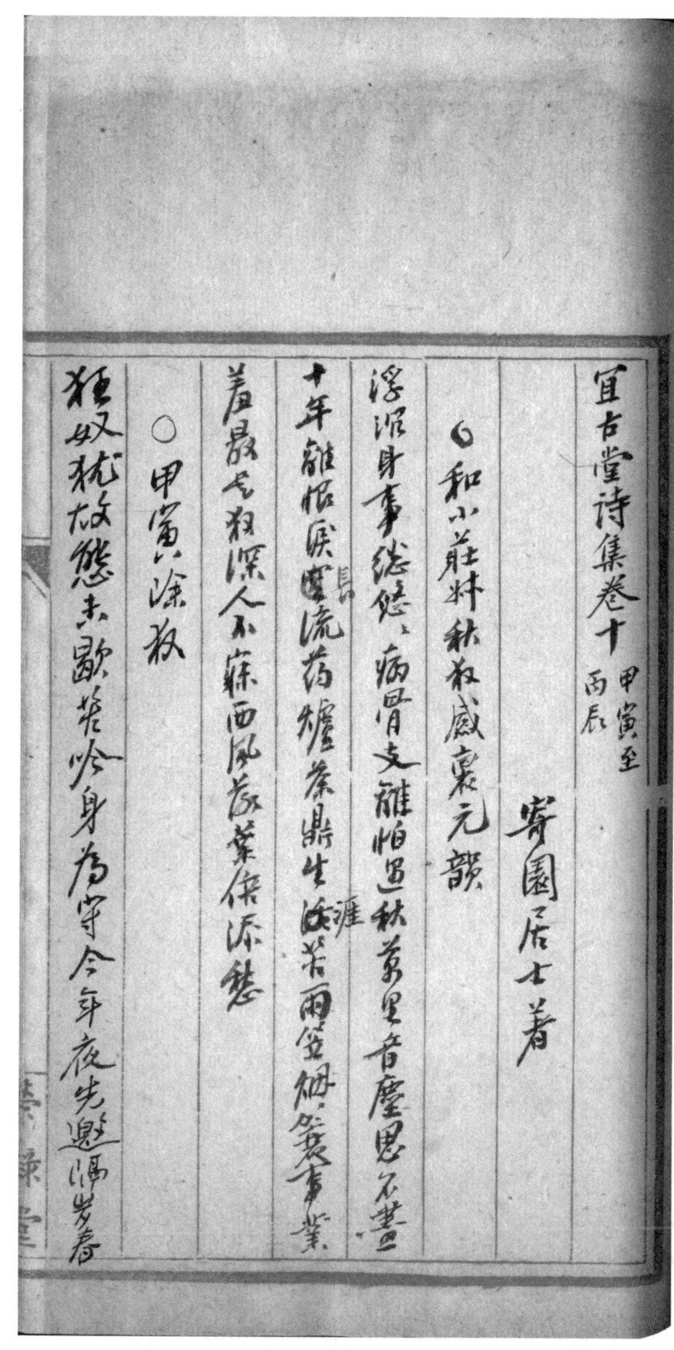

宜古堂詩集卷十 甲寅至丙辰

寄園居士著

○和小莊料秋夜感懷元韻

浮沉身事總悠悠病骨支離怕過秋萬里音塵思不盡十年離恨淚長流藥爐茶鼎生涯苦雨笠煙蓑事業羞最是秋深人不寐西風落葉倍添愁

○甲寅除夕

雅奴猶故態未歇苦吟身為守今年夜先邀隔歲春

多情斟騰風注無轉作濤人莫負韶光好清游又日新

6 正月十二日雪 乙卯

入春天氣晴融和，連日誰知送似移，忽作終宵雪，初如雨纖纖，（旦古）繼如（隨之）風瑟瑟，空氣盡重（又）輝，轉覺衾如鐵，開門望去清一片，彤雲密密，玉屑紛紛，屋脊深埋，没林巒，暑屋盧，池水冰重結，佳節是重開，瀧陰反乎寒，[illegible]尺慰農心，豐年應兆吉

○西郊踏春

綠波如鏡草如茵風日清和景物新蹤柳藻於詩外惹

小桃妍似畫中人多情碧酒當酣醉有態青山作々笑顰

料得江南烟雨際花々好開滿園春

○同汝舟鈞伯儀可漢雲遊翠微山宿就泉菴 三月初九

久擬西山遊勞曠千里目今春天氣佳欣然遂所欲

初登崎嶇途繼乃入岩谷桃李競々芳々菲松竹交青綠

巨石遠相迎欲將乃人撲盤旋九曲磴逢見千層

屋緩步到古菴敲門問僧宿山泉浸清池冷々瀉

文○和清碟巴望韵
流水出前山天風來半
嵐為静宵疑人月照
春松冷

寒玉瀲灩碧石潭中疑有蟄龍伏游情難已闌
恐為山靈辱鼓與（文）觸前行擱路奇峰矗聳層
未半山天風吹屑屑急返古龍泉宮卧僧行足

○龍泉菴

空泉出石窟老樹倚岩陰（時）忽有山風動便聞天籟音夕涼
林翠重雨霽磬声沉對此方地林維能為洗心

○大悲寺

步訪幽棲石徑難（殘）入门松柏望中寬地因幽靜僧常少

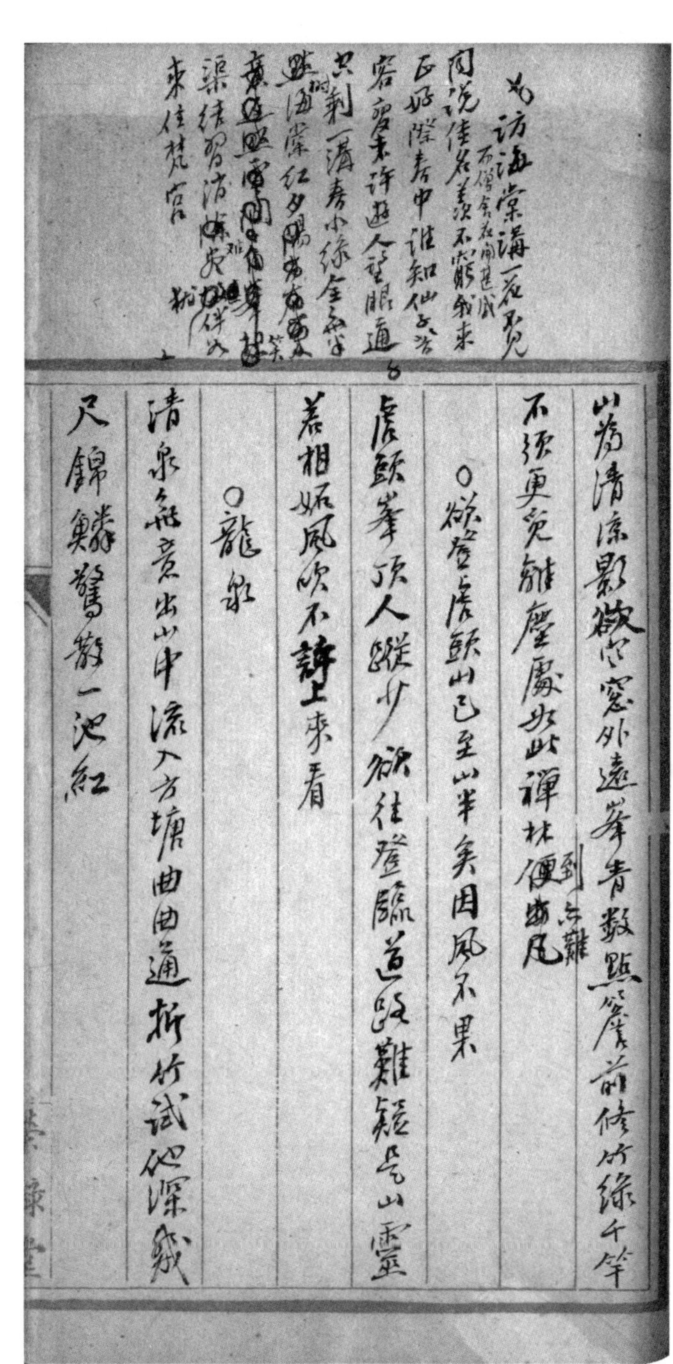

訪海棠海一花覓

聞說佳名羨[illegible]不禁我來

正好際春中誰知仙子嫌

客[illegible]未許遊人盡眼通

只剩一潘春小綠全無[illegible]

跡海棠紅夕陽[illegible]

[illegible]

渠徒習[illegible]

來住梵宮

山為清涼影欲空窗外遠峯青數點簷前脩竹綠千竿

不須更覓離塵處此是禪林便出凡

○欲登虎踞山已至山半矣因風不果

虎踞峯頂人蹤少欲往登臨道路難縱是山靈

羞相妬風吹不許上來看

○龍淵

清泉無意出山中流入方塘曲曲通折竹試徑深幾

尺錦鱗驚躍一池紅

二 峯○峯前山路未通尋出不畏出思思夕陽有留人意四面遠峯一角紅

○即景

萬綠蒼茫入翠微孤峯頂上片雲飛垂岩出谷無人徑一箇僧從何處歸

○香界寺 [illegible]

古寺建山腰石級層層邁松濤響半空聲聲生虛籟滿從奇花不愧名香界鼻觀靜中參因因破五戒繞闌褡金容對佛三百拜遠望嵯峋峯渾疑立天外行無邊積千重泉声奔萬派但恐冗

呼吸與天通咫尺乘風
欲上銀河端且將詩篇
試高唱因……
四音似江洋

亦游吟成了詩僧

○至寶珠洞登翠微絶頂

西登翠微躡其巔直上千尺凌雲烟層巒疊嶂紛羅列下有百道飛流泉寶珠洞口倚峭壁羊腸小徑難盤旋四顧渾茫何所障更無一物惟餘天留有時能墜脚白雲與我堪齊肩翠柏蒼松奇愈古俯視一片青茫然回頭遥望九龍巘山巒水復疑無邊絶頂孤高少人跡恐有上古好辰

秋聯不然便學此狂子，呼使羲和速驅鞭

雲仙天風吹日下山去仙人不許多留連

○赴獅子窩失路至一片石遇風章逢採樵人始得導引往遊

遊山必求險不險山不奇既已凌絕頂仍欲探嶔崎
地名獅子窩險峻原可知況復迷路途又遇狂風
吹步步足欲倒孤立安能支其下幽谷深其上懸崖
危戰慄作蛇伏無處尋平夷幸逢採樵子肯為
良導師指引福惠寺遥望隔山陂攀登要餘勇

卜〇看山有得似成數首
示同遊諸子

看山不可近近望翻滿塗山高方豈絕頂四圍只以看半山好處象羅列胸中地近千尺難失枕藪垂忘泉頭高流急若潑封息足榛平石藏日覆長松愛此不忍去出入圍盈中文章何不然理與山勢通太遠晦不離太近人難窮不離與不即造化天然功藏藏雜所以佳人言恰好工足踏半天下五嶽已畢功縱華登其峯窗眼望其□□而泰岱四雖我勝地三年方鳥返竟未探幽奧

卜

聯步趨追隨已見千尺廊宮下相參差古剎倚山半竹木交翳披游賞來稍息樂此同忘疲勞小詩句當作大布施

〇龍泉菴晚步

積翠層陰暝色收夕陽西下萬峯愁一泓泉水声鏘雨半嶺松風韻似秋緩步未須扶短杖耐寒思欲著重裘細尋棋徑歸來晚聊倚山窗作卧遊

〇三山菴　移後

曲逕路千盤繚步崎嶇下忽入萬陰中清明亦如夜
菴深不見人只有山靈迓孤僻年生空四時秋有夏
巨石賦峯雲陰絕難飛跨出意作奇觀三峯
學太華不敢以徘徊恐被風吹化

○靈光寺

山飲忽然跡言尋古寺來峯無千尺秀荇藻一池開壞塔
依青嶂荒碑卧綠苔不堪今昔恨悲看劫餘灰

○韜光菴

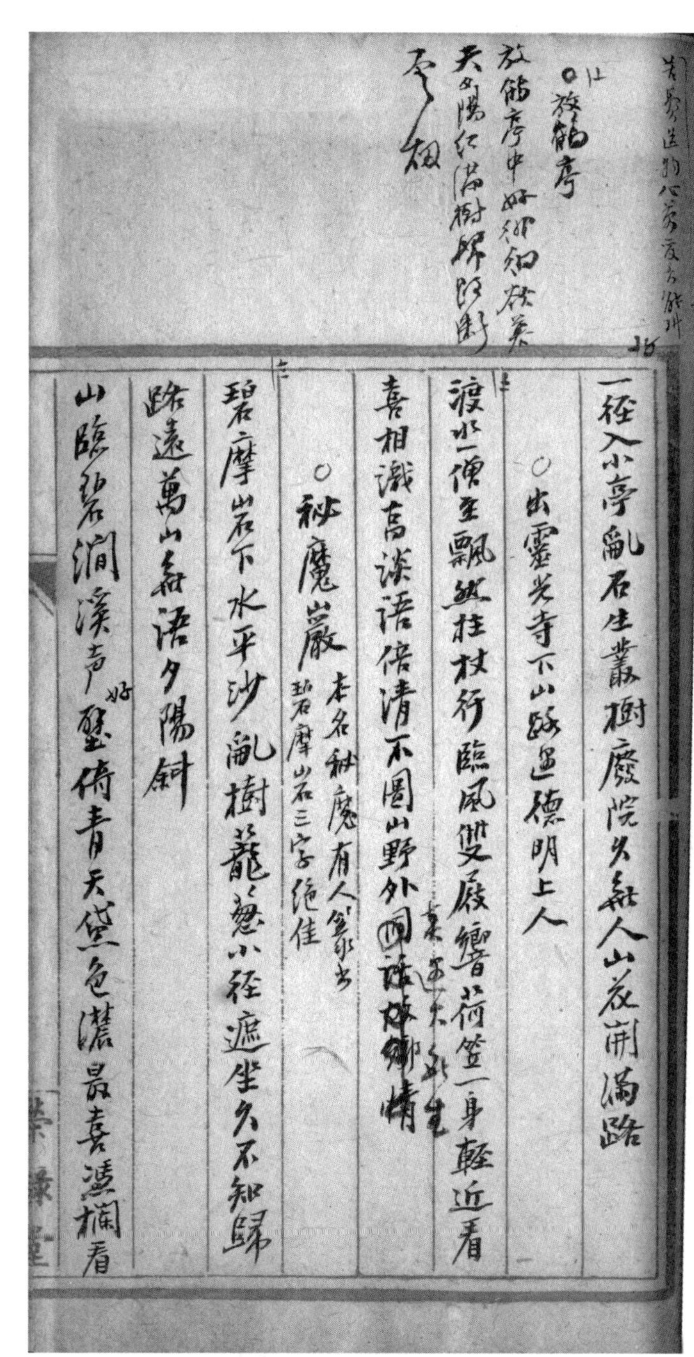

若賢法物八家夜古絕卅

○放鶴亭

放鶴亭中好，鄉知秋寒。天外陽紅滿樹，斜陽斷香細。

一徑入小亭，亂石生叢樹。廢院少無人，山花開滿路。

○出靈光寺下山路逢德明上人

渡水一僧至，飄然拄杖行。臨風雙履響，荷笠一身輕。近看喜相識，高談語倍清。不圖山野外，同話故鄉情。

○秘魔巖　本名秘魔，有人篆出碧摩山岩三字，絕佳

碧摩山岩下，水平沙亂樹。蘢蘢小徑遮，坐久不知歸。路遠萬山無語，夕陽斜。

山臨碧澗溪聲好，竪倚青天黛色濃。最喜憑欄看

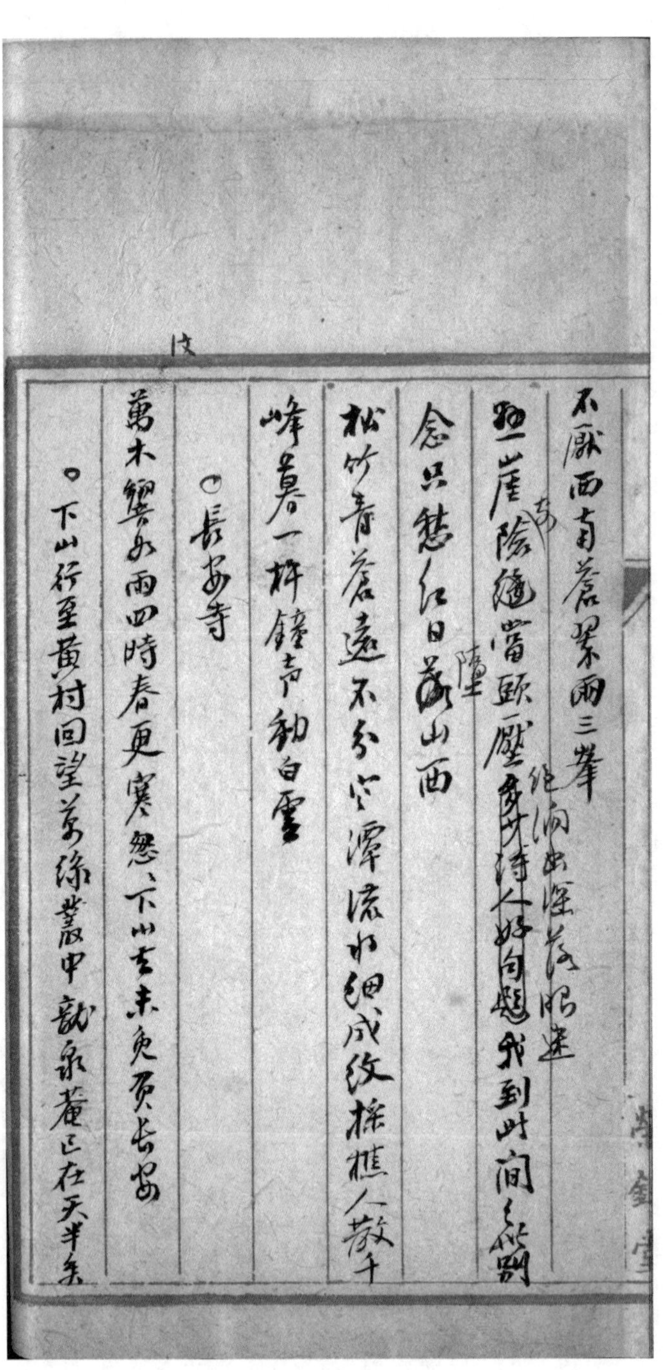
不厭西南蒼翠雨三峯
一崖陰磴當頭壓多少詩人好句題我到此間無所贈
念只懸紅日落山西
松竹青蒼遠不分空潭流水細成紋樵人散千
峰暮一杵鐘聲動白雲
○長安寺
萬木響如雨四時春更寒憩憩下山去未免負長安
○下山行至黃村回望萬綠叢中歡泉庵正在天半矣

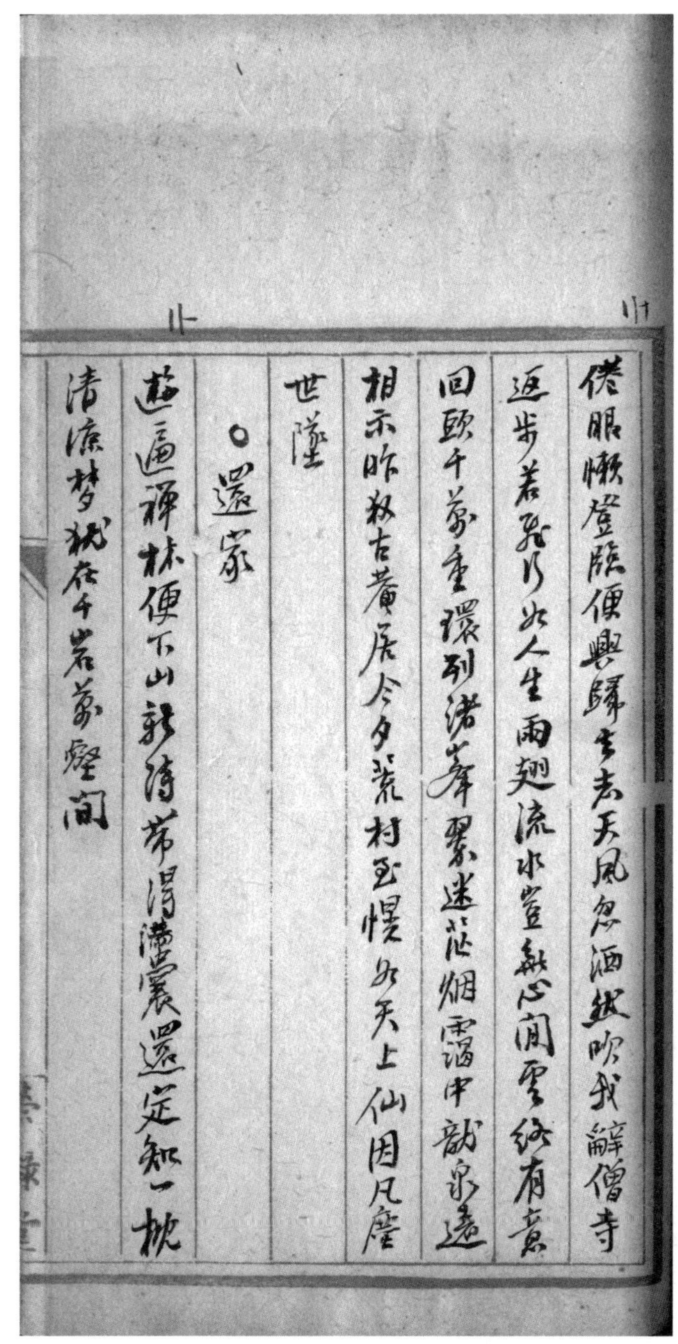

倦眼懶登臨便興歸來去天風忽酒醒吹我辭僧寺
返步羞殘乃此人生兩翅流水豈無心閒雲終有意
回頭千萬重環列諸峯翠迷花烟靄中認家遠
相示昨叔古黃居今夕荒村到幌外天上仙因凡塵
世隆

○還家

遊遍禪林便下山新清帶得滿囊還從知一枕
清涼夢猶在千岩萬壑間

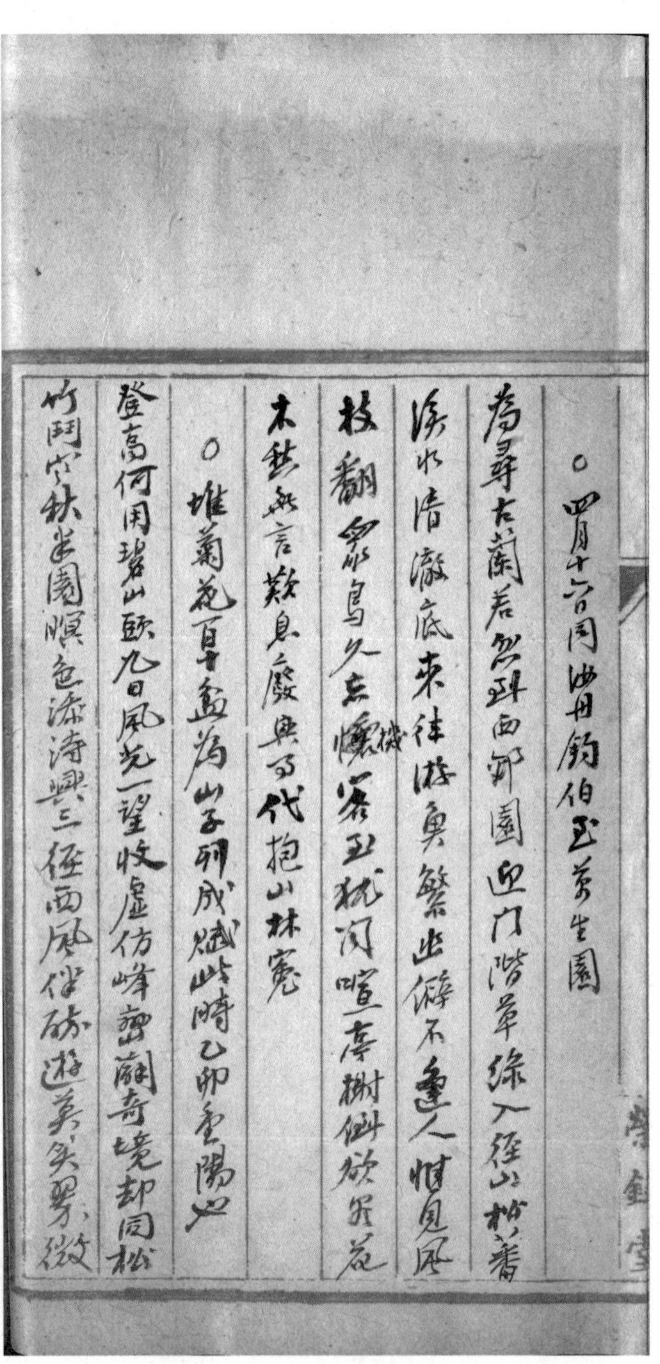

○四月廿六日同曾丹鈞伯武芳生園

爲尋古蘭若忽踏西郊園迎門階草綠入徑山松蒼溪水清澈底來往游魚繁幽僻不逢人惟見風枝翻衆鳥久無懷機客至挑閒喧亭榭倒欲圮花木默無言歎息廢興可代抱山林冤

○堆菊花百盆爲山子列成巘此時乙卯重陽也

登高何用碧山顛九日風光一望收虛仿峰巒開奇境却同松竹閱深秋半園頓色添詩興三徑西風伴勝遊莫笑纍纍微

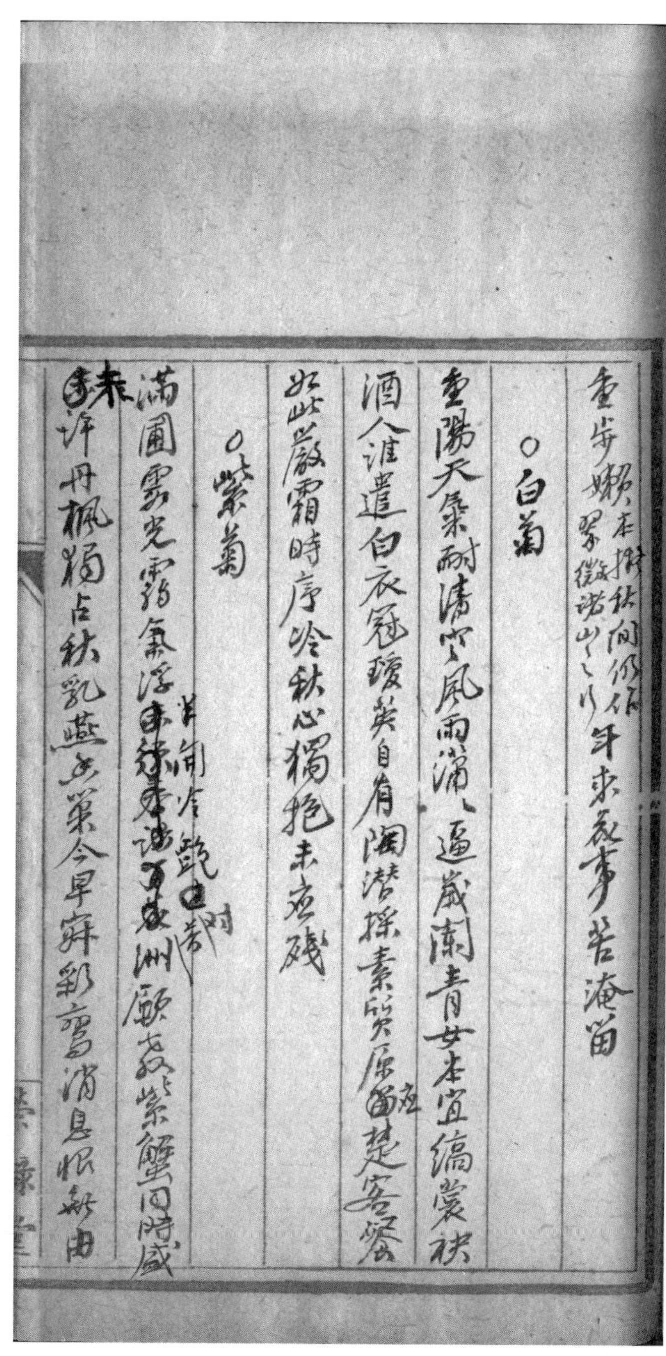

重步嬾（本擬秋間仍偕覓微游山之約）年來衣事苦淹留

○白菊

重陽天氣耐清寒，風雨瀟瀟遍歲闌。青女本宜縞裳袂，酒人誰遣白衣冠。瓊英自有陶潛採，素質原留楚客餐。此際嚴霜時序冷，秋心獨抱未應殘。

○紫菊

滿園雲光露氣浮，[illegible]洲。麗女紫鮮同時盛，

來壽許丹楓獨占秋，亂燕無策今早舞，彩鳳消息恨無由。

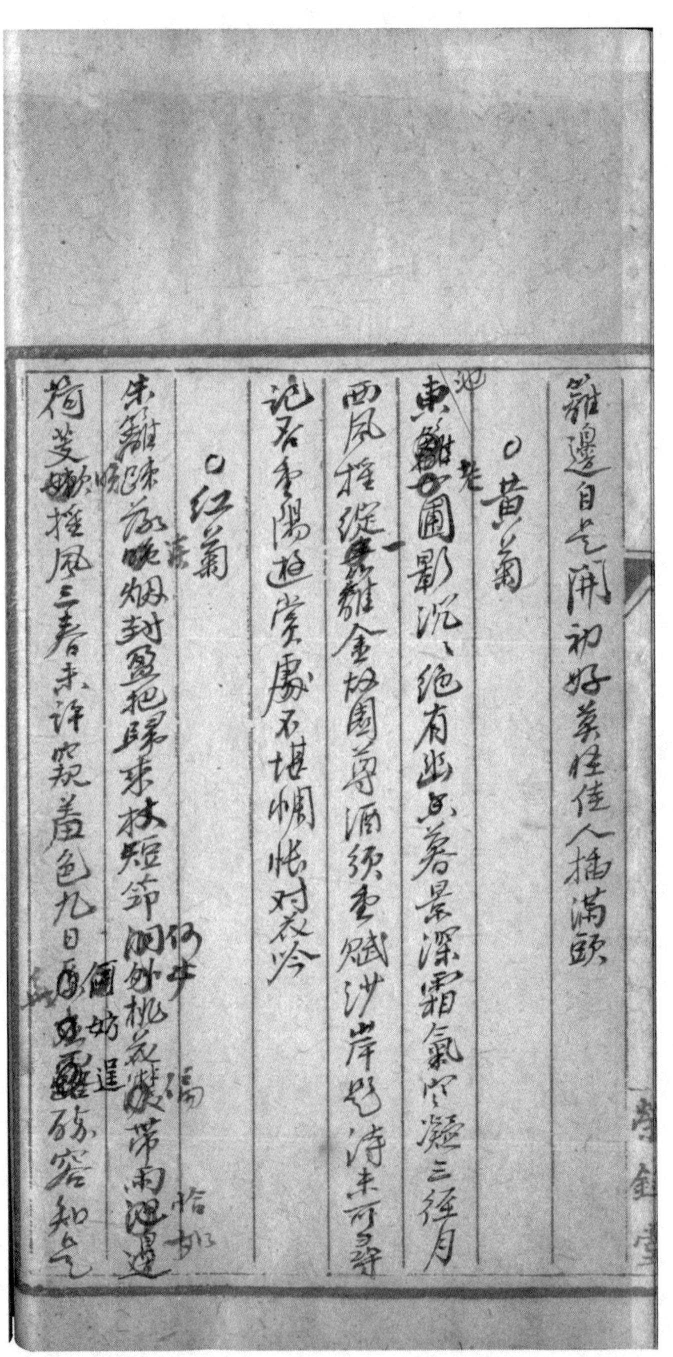

籬邊自是開初好羨煞佳人插滿頭

○黄菊

東籬一團影泛泛絶有幽香暮景深霜氣欲凝三徑月

西風搖從籬金好團萼酒須重賦沙岸好詩未可尋

記否重陽相賞處不堪惆悵對秋吟

○红菊

朱籬深淺暁烟封盈把歸來杖短節洞外桃花帶雨遲

荷芰嫩搖風三春未許窺羞色九日[illegible]容知己

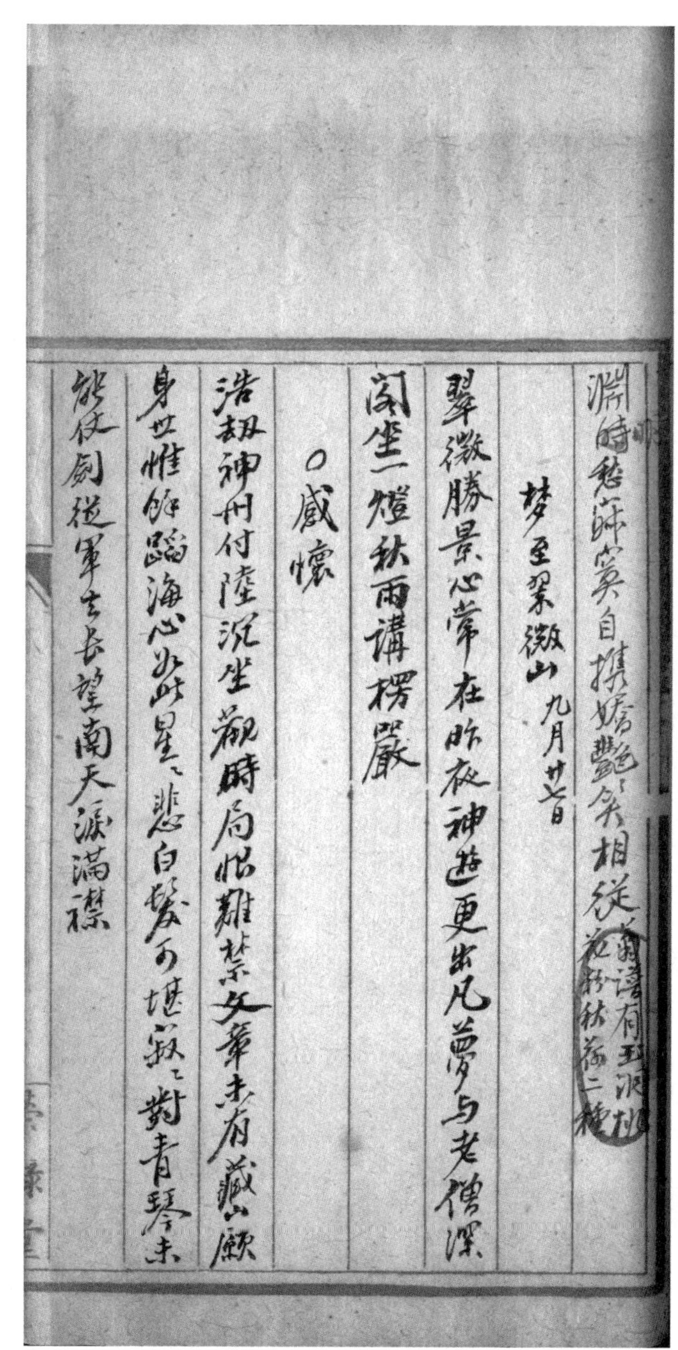

淵時愁薛莫自携嬌豔々笑相從（菊譜有玉派桃花粉秋菊二種）

夢至翠微山 九月廿四日

翠微勝景心常在，昨夜神遊更出凡。夢与老僧深閑坐，一燈秋雨講楞嚴。

○感懷

浩劫神州付陸沉，坐觀時局嘆難禁。文章未有藏山處，身世惟餘蹈海心。歎歎星星悲白髮，可堪寂寂對青琴。未能仗劍從軍去，長望南天淚滿襟。

世事難堪盤竹書風波悵望悵何如誤同賈誼揮難出塚近要離死不孤百戰疆場思將帥書生論落老江湖不如歸去筭惆悵且向西山築草廬

○中央公園

歲晚乘閑信步來夾門松柏路縈迴春生暖塢曇花現（園有唐花塢）鳥入樊籠老樹陪（編鐵網為巨籠放鳥其中並樹皆罩之）據坻泓徒車轉聚飲（設有飯肆）尋幽騷客獨興衰誰慷衰草殘陽下寞寞荒壇寺堆（園為社稷壇故址）

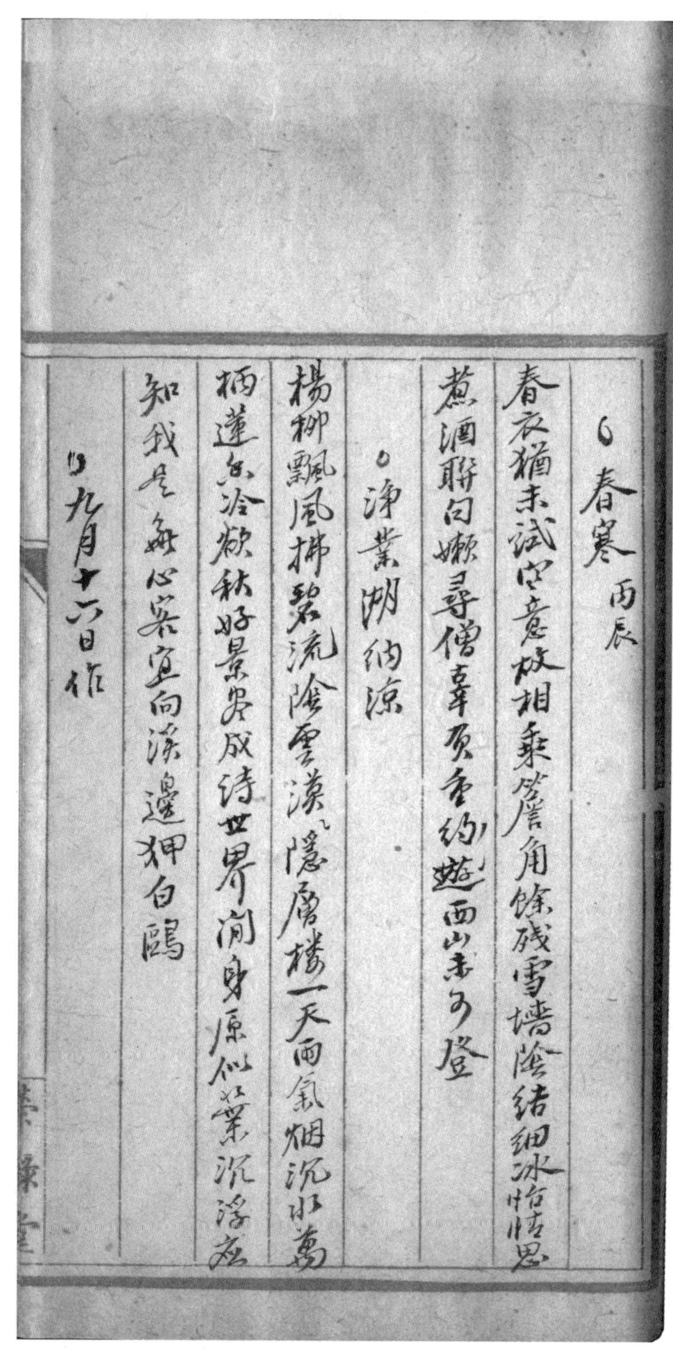

春寒 丙辰

春衣猶未試寒意故相乘簷角餘殘雪墻陰結細冰恬恬思煮酒聯句嬾尋僧辜負香約遊西山未可登

淨業湖納涼

楊柳飄風拂碧流陰雲漠漠隱層樓一天雨氣烟沉水萬柄蓮花冷欲秋好景畢成詩世界閒身原似葉沉浮誰知我是無心客宜向溪邊狎白鷗

九月十六日作

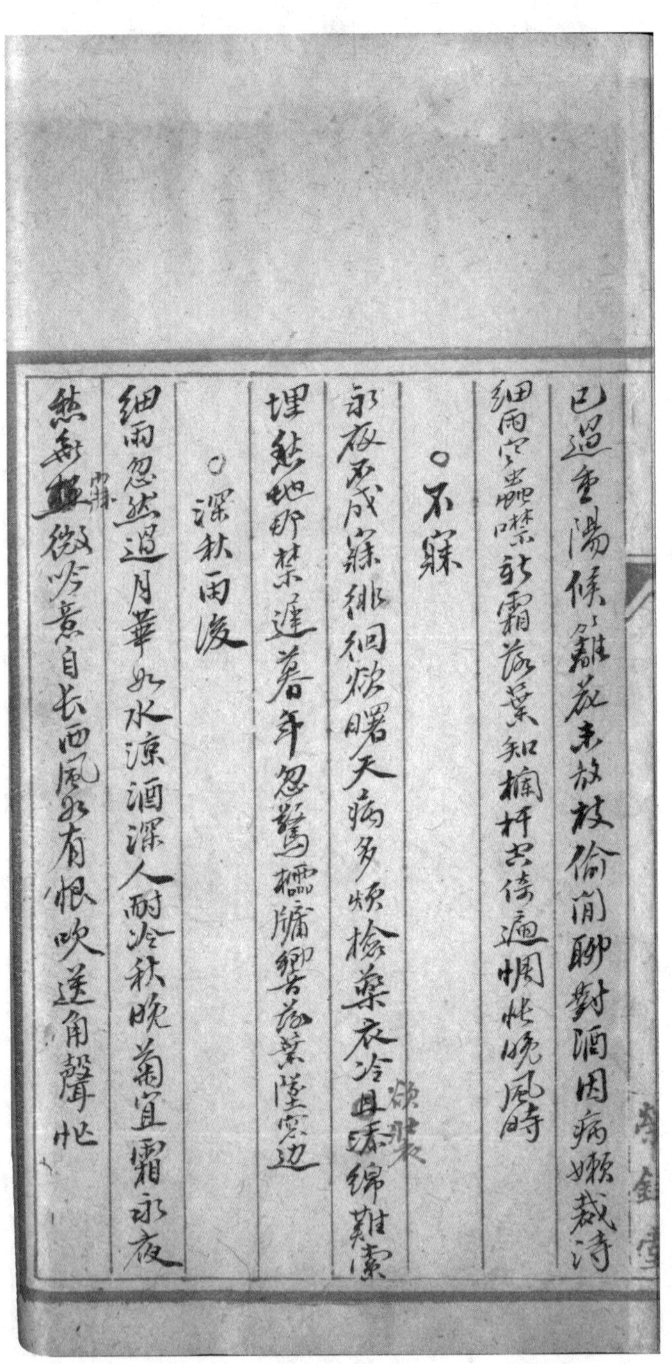

已過重陽候，籬花未放枝。偷閒聊對酒，因病懶裁詩。細雨寒蟲噤，新霜落葉知。欄杆吾倚遍，惆悵晚風時。

○不寐

永夜不成寐，徘徊欲曙天。病多煩檢藥，夜冷每添綿（添衾）。難覓埋愁地，那禁遲暮年。忽驚檽牖響，落葉墜窗邊。

○深秋雨後

細雨忽然過，月華如水涼。酒深人耐冷，秋晚菊宜霜。永夜愁無寐，微吟意自長。西風如有恨，吹送角聲忙。

○冬月廿七大雪積漢雲姪飲於蝸蟆居
嚴風夜吹窗紙裂覆首重衾殭欲絶曉起開門呼快
哉千重萬疊滿天雪匝地已增盈尺厚繽紛狀未肯停
歇起扶竹杖著芒鞋踯躅出門踏玉屑幾家隣舍
炊烟消一徑山岩人跡滅古松擎受團成球老竹被厭
屈其節歷河不厭履冰危穿林都恐逢枝折入村
時見短籬斜過橋誰識流水咽未有寒梅供客尋
且投酒店持杯啜捧盞那肯手輕鬆為避堅

○次韻樂山先生喜雪

余襉窗冷冷掩水閣門垂

見飛花戀鬢飛天公作戲

此字空飛鄉瓊瑤碎紛紛

亂飛鐘鼓鐺苦思輕拋

白燕尾不知雅雅降三更人起

見冬郊明萬里罩身穿

內來為寒眠思一切無餘子

已看冬虎節掛千條那識

車輪碾雪動我亦清狂想

不異思之取正誰能已

澆冷血坐久不復識黃昏嚴城鍾鼓催人別醉

歸但恐暴全忘急呵凍筆屢屢識書成閱

○辛八仍雪本日冬至

兩逢冬至日又同見雪飛花乙巳冬至大雪余適客長沙曲徑路全失

空山人未歸長松鄰多偃蓋一躍鶴忽添肥忍凍

尋梅蕊清氣入座徵

○出痘

平生少疾病今歲偏重遇斯患尤離奇痘疹

歷史[illegible]疫癢痛
此後忽見鮭瘡痛癢不
久源結為晶亮小匠絮堆
成米粒心只數將來歸過
上下擁過蓋半歲此成我
快對人談談後夜貪顧自
看[illegible]膝下數焦推擁
拜[illegible]旋繞伸手乾
坤大可點奴睬才思枉費
展搔又遇性能推展
與代謝其中已經我苦
寫近境島嶼西山望層
臨天恐佳篇擇節
堂學夢魂入梁梅花
處貧白低訊費米思
意驚人恕昭此字都
銀壽我心宜向驥墻
執筆一年

忽我顧初行跡，見繼乃層層著，詎免不潔羞，遍體身
究處夜闌嗅，秋無（佔呼癡為天兆）果殼實藏，不諳李社陌阡沙
難以算喻數，顆粒晶且圓，九曲珠璣具，洒落似星羅
紛紜賽棋布，有如戰勝軍，得地爭先據，文如蟻
慕羶群旋來，攀附武裝，相思魂種成紅豆樹杏
縱鱗甲生意，想從戡去不解，造物心何為作斯杴
雖然不屑撓，奇癢了難住，但恐面成瘢全
人驚且怖

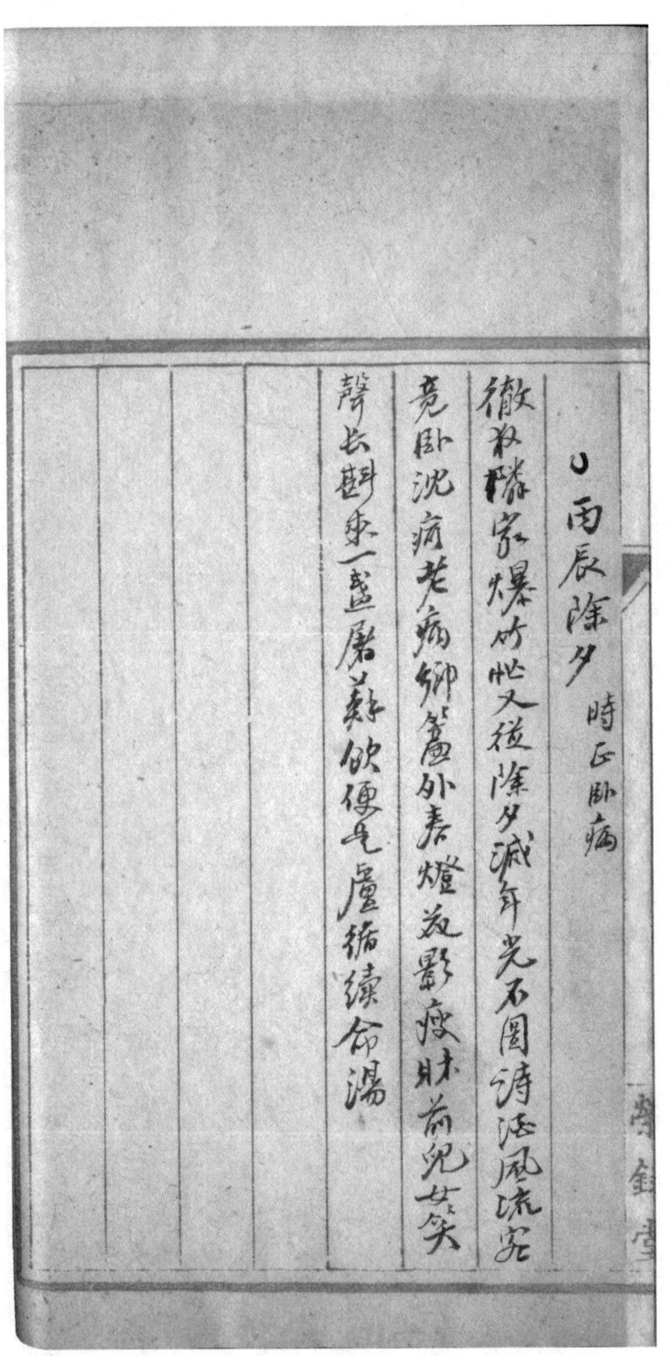

丙辰除夕　時正卧病

徹夜鄰家爆竹忙，又從除夕減年光。不圖詩酒風流客，
竟卧沈疴老病鄉。簾外春燈殘影瘦，牀前兒女笑
聲長。斟來一盞屠蘇飲，便是盧循續命湯。

宜古堂詩集卷十一 丁巳

寄園居士著

丁巳元日

歲轉陽和際盛時，辛盤誰奉薦春卮。一年事業從歐洗，半世光陰只自知。曉日放晴來枕簟，春風送暖到梅枝。菜嫌羨病欺庸客，尚有新年第一詩。

病中偶吟

養病真便此心分，除却吟哦百不聞。寒去尚留三徑雪，人

來先放一窗雲詩無飛句憑花助借病有衰容仗酒醺、
高卧經旬初坐起又看欄檻上斜曛
一庭春色野梅紅時放送芬芳入座中無事喜將花月旦吟詩
怕與古雷同卧閱夏玉風敲竹坐看搭敘雪壓讀松正月初九微雪坐此
鬖鬖鬢滿面不適曹夏意病已成翁
辜負春光妙景初誰憐消渴病相如心虛畏聞長長漏韵眼
倦熬觀細字書伏枕中宵常倆有梦連夜得梦絶雅截梦汜中愛花結習總難
除只愁門好諸君子慰我詩篇一句無

久病方知二豎驕，食蔬飲水太蕭條。鈔書幸有門生代，稱藥頻將義友招。皓月一輪升大海，紅燈萬點鬧元宵。嚴寒新況春遊若，羈我重幃避未遑。不如常廿月餘，門生謂言太華

水仙花二十二韻

春色倍纏綿，盈盈列綺筵。鬧成花世界，散到小諸天。錯落雲重疊，玲瓏玉萼千。梅花輸皎潔，蘭蕊失幽娟。似雪同姑射，凌波想洛川。素娥真綽約，神女鬥清妍。畏解亭皋珮，先調楚瑟絃。鵝黃宮樣錦

鴨綠衍波箋步月塵生襪臨風翠拂鈿杯斟

金盞酒人是玉堂仙入夢通三峽探珠到九淵

檀心多馥郁晶瑩妙輕圓湘草靈均恨吳

宮西子憐品宜徵鷺羽兵合吐龍涎冷豔鮫

綃落清癯鶴骨鮮隨風來海上沉醉卧苔前

俯首鬆含笑癡癡情欲放顛輕妝寒髮髮長袖

舞翩翩淚洒西江雨愁生南浦烟酒堪奴婢使

用可與兒聯綜豈外鄉雛鴛鴛偏向窗嬉伊

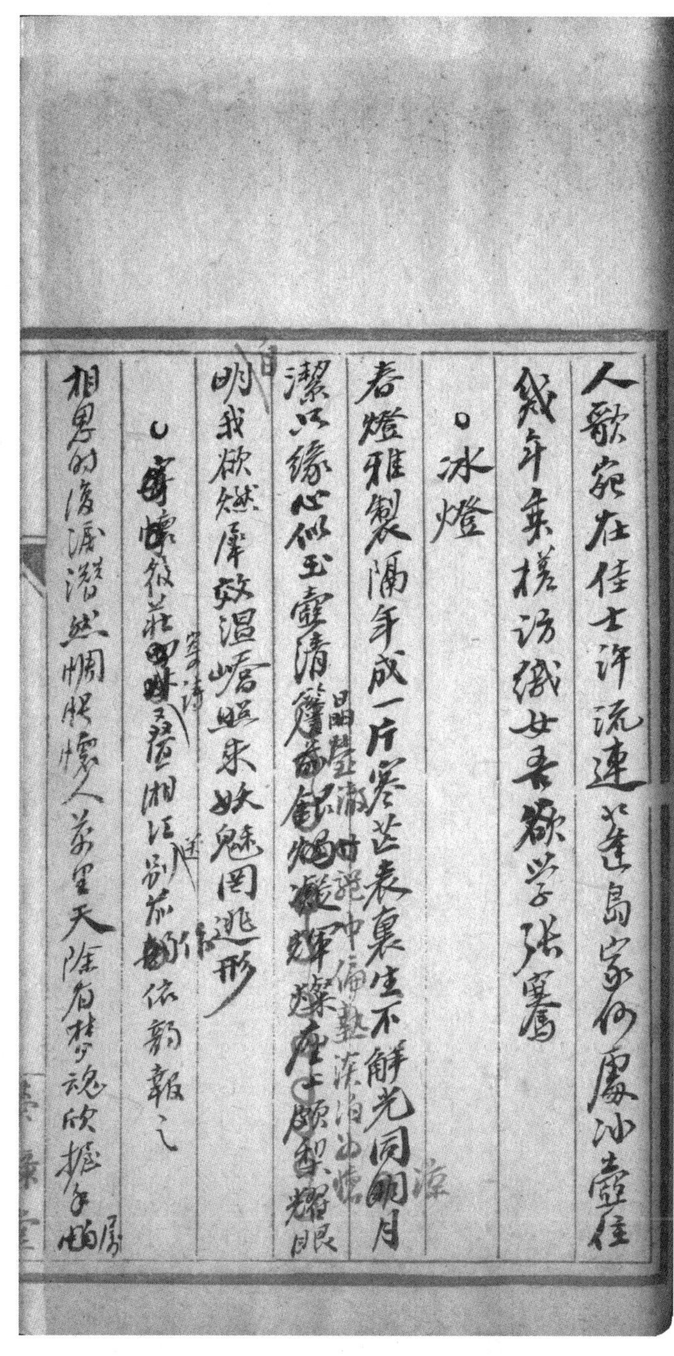
人歌宛在佳士許流連〃蓬島家何處冰壺住
幾年乘槎訪織女看欲學張騫

○冰燈

春燈雅製隔年成一片寒瑩表裏生不解光同明月
潔只緣心似玉壺清[illegible]焰凝輝燦座上頗堪耀眼
明我欲燃犀效溫嶠照來妖魅罔逃形

○寄懷叔莊四妹[illegible]湘江別旅[illegible]依韵報之

相思別後淚潸然惆悵懷人萬里天除有夢魂欣握手[illegible]

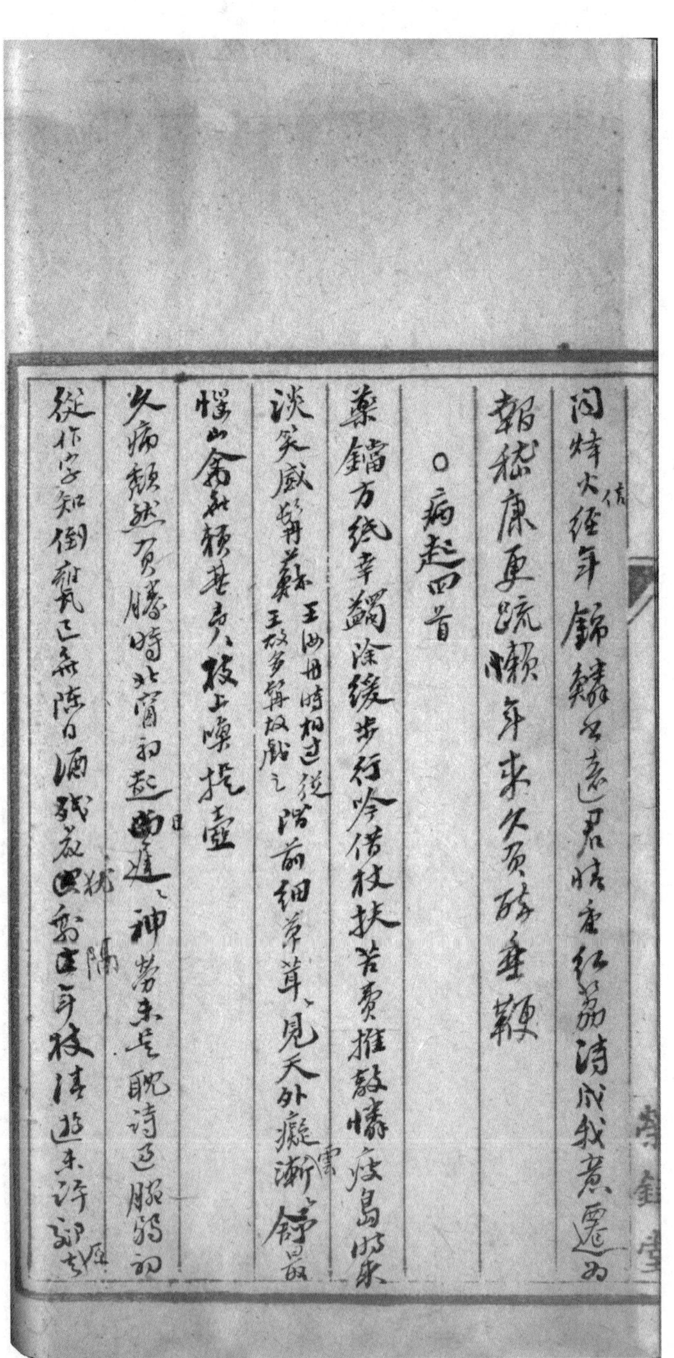
同烽火經年錦繡名意迢君情重紅荔清成我意遥遥
韜稔康更疏懶年來久負踏垂鞭
○病起四首
藥鐺方紙幸蠲除緩步行吟借杖扶若費推敲憐瘦島收來
淡笑戲贈蘇王汾母時相過從王故多贈故戲之階前細草茸茸見天外癡雲漸漸舒
惺山翁新稍甚貪枝上噪提壺
久病頹然負勝時北窗初起日遲遲神勞未是耽詩過腕弱初
從作字知倒甕凡已無陪日酒殘[illegible]猶[illegible]隔[illegible]枝[illegible]遊未許[illegible]

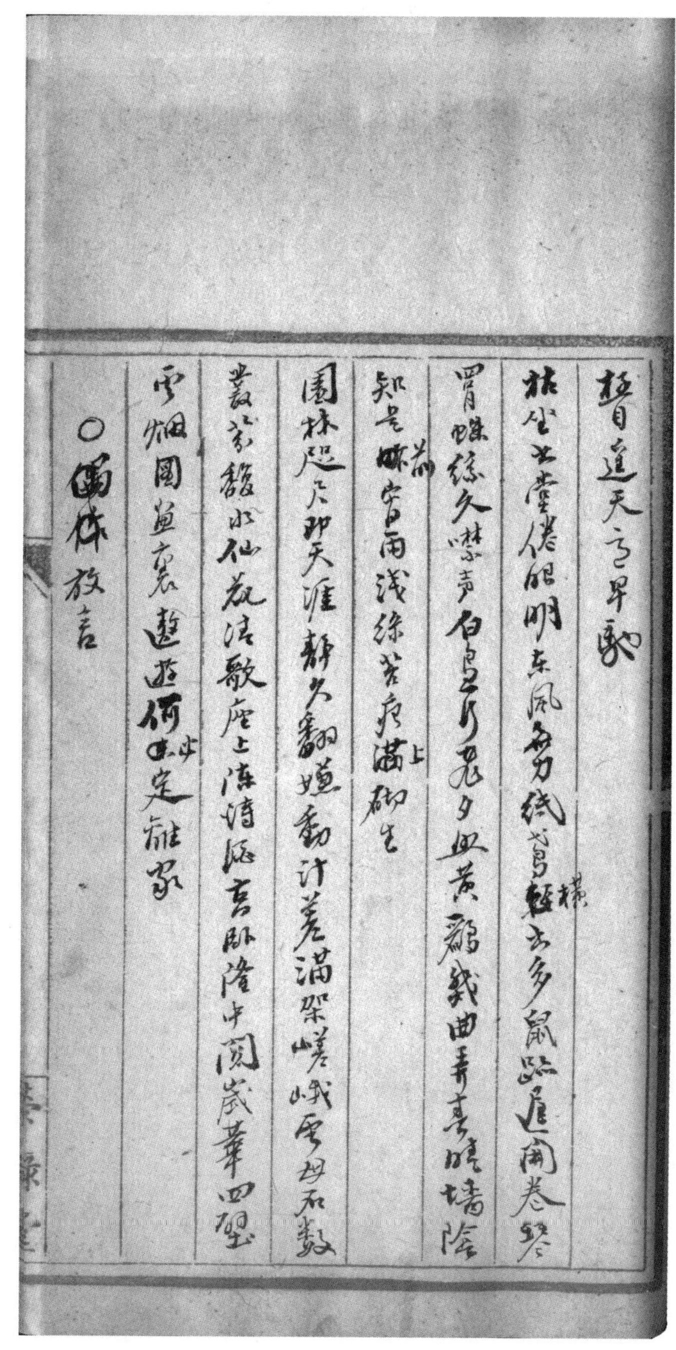

題道天之早歌

旅食京華偕館明東風無力綫鶯輕去多鼠跡追開卷

罥蛛絲久噤聲白鳥飛來夕如黃鷄戲曲青臺曉墻陰

知是蛛背雨淺絲花瘦滿砌生

園林咫尺即天涯静久翻嫌動計差滿架嵯峨雲母石數

叢茶發水仙花清歌席上凄清夜高卧隆中閱歲華四壁

雲烟圖畫裏遨遊何必定離家

○獨坐放言

閒中録舊詩若無覓思處忽然詩竟成其來不知故
悟此詩中理無處非天材眼前小景物皆可為詩媒
不必遠求人只宜近求己語不出性靈優孟衣冠耳
讀古求甚解多墮五里霧讀古不甚解妙理無尋處
古人文章成[illegible]為後人注解曲理精晦皆是注者誤緊
訟紛誣娛他深不知數我欲持古書刪注存元書（細就其懷求一笑說融衍）
編三絕時妙理自然悟
昨日已過去明日尚未來已去不復懷未來豈能精只看

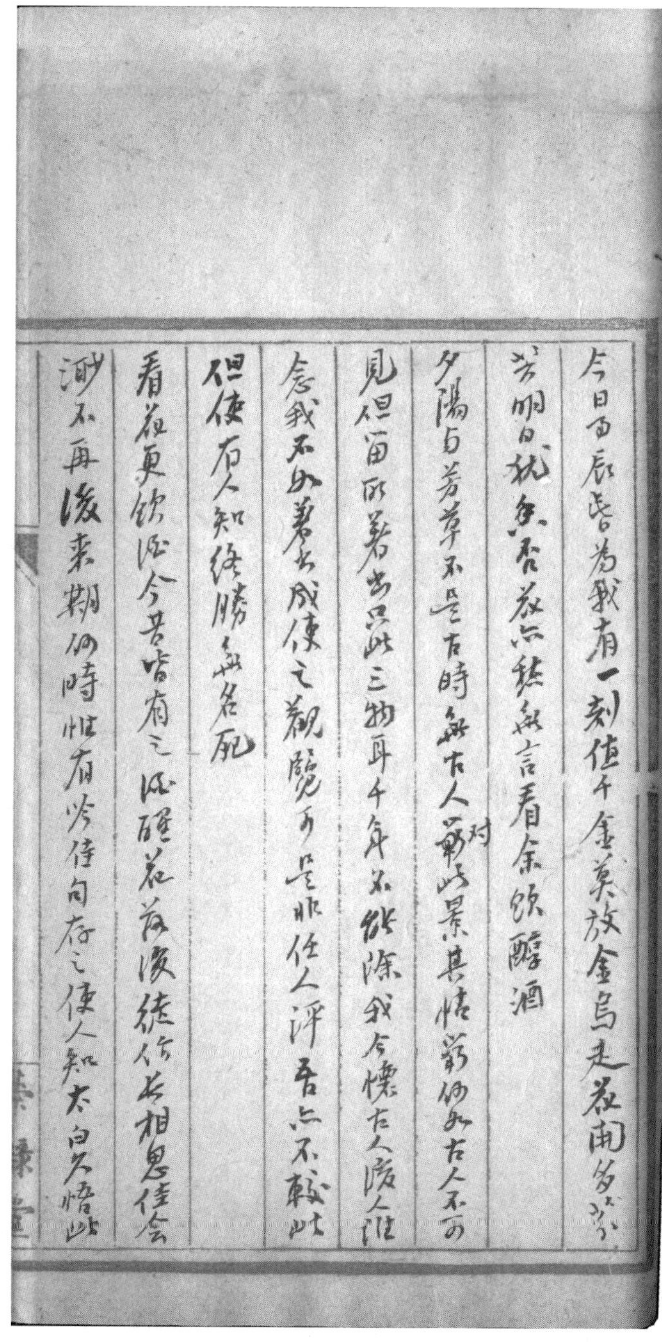

今日良辰皆為我有一刻值千金莫放金烏走花間多々芳明日就無香花亦愁無言看余飲醇酒

夕陽與芳草不是古時無古人對此景其情懷何如古人不可見但留所著書只此三物耳千年不能除我今懷古人後人誰念我不如著書成使之觀覽可是非任人評吾亦不較此

但使有人知終勝無名死

看花更飲酒今昔皆有之酒醒花落後從古長相思佳会渺不再後来期何時惟有吟佳句存之使人知太白久悟此

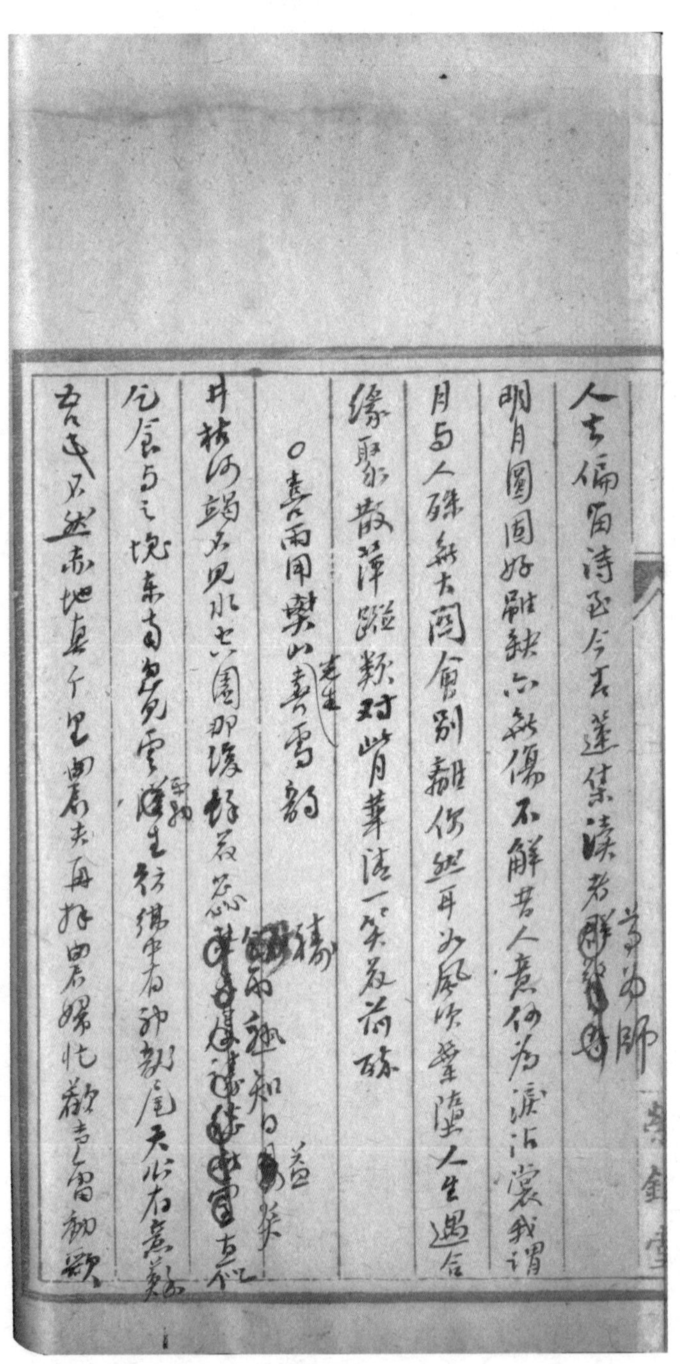

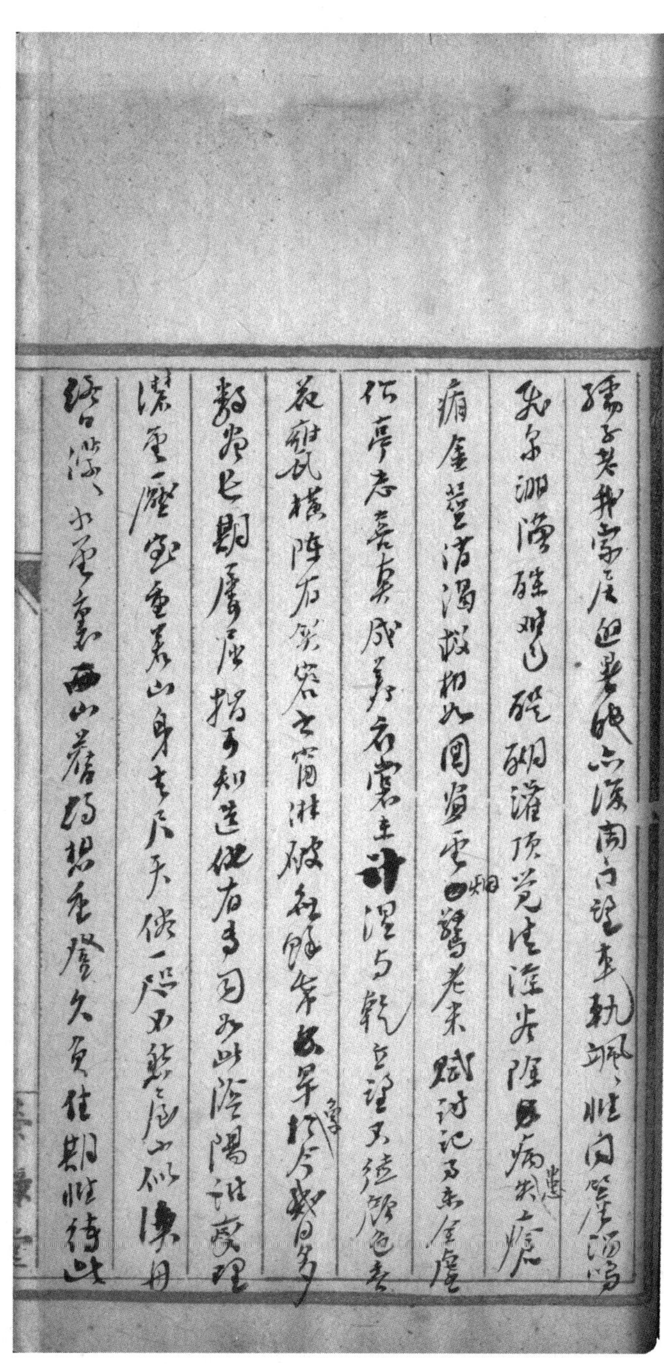

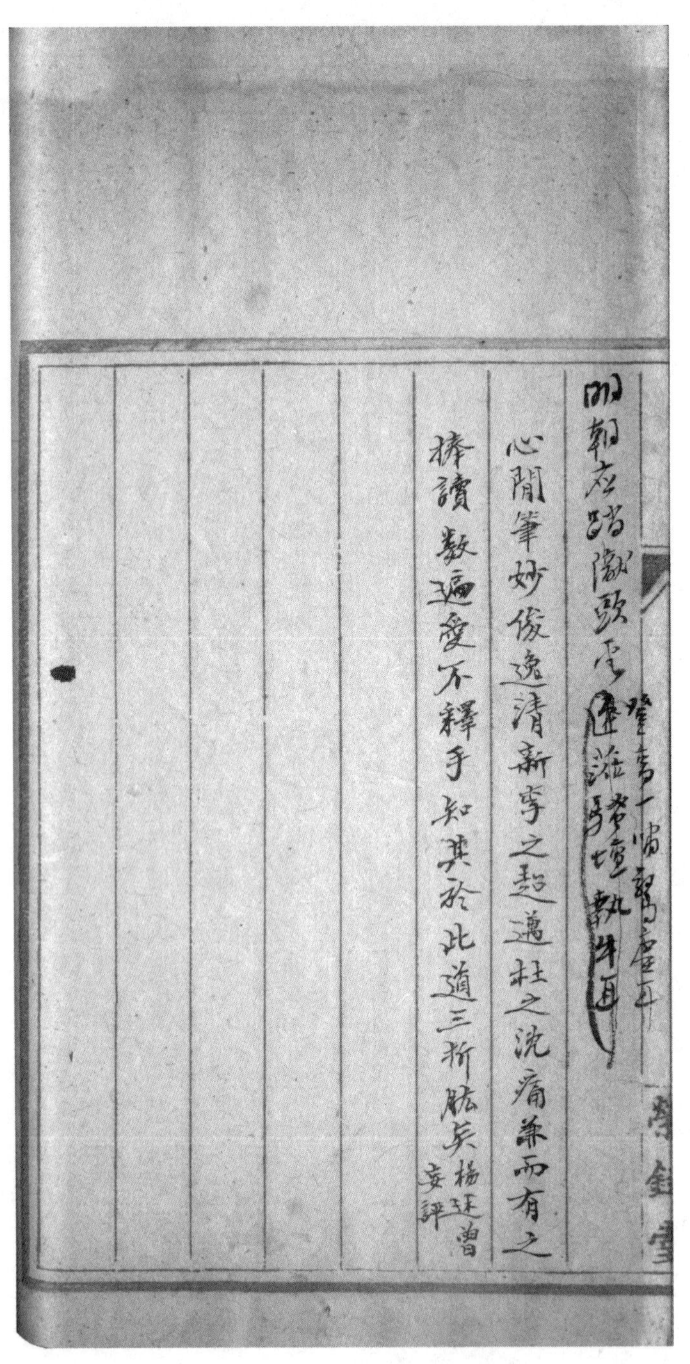
明朝應踏瀛頭雲遥瀛騷壇執牛耳
登高一嘯鶴盧五
心閒筆妙俊逸清新李之超邁杜之沈痛兼而有之
捧讀數遍愛不釋手知其於此道三折肱矣楊廷曾安評

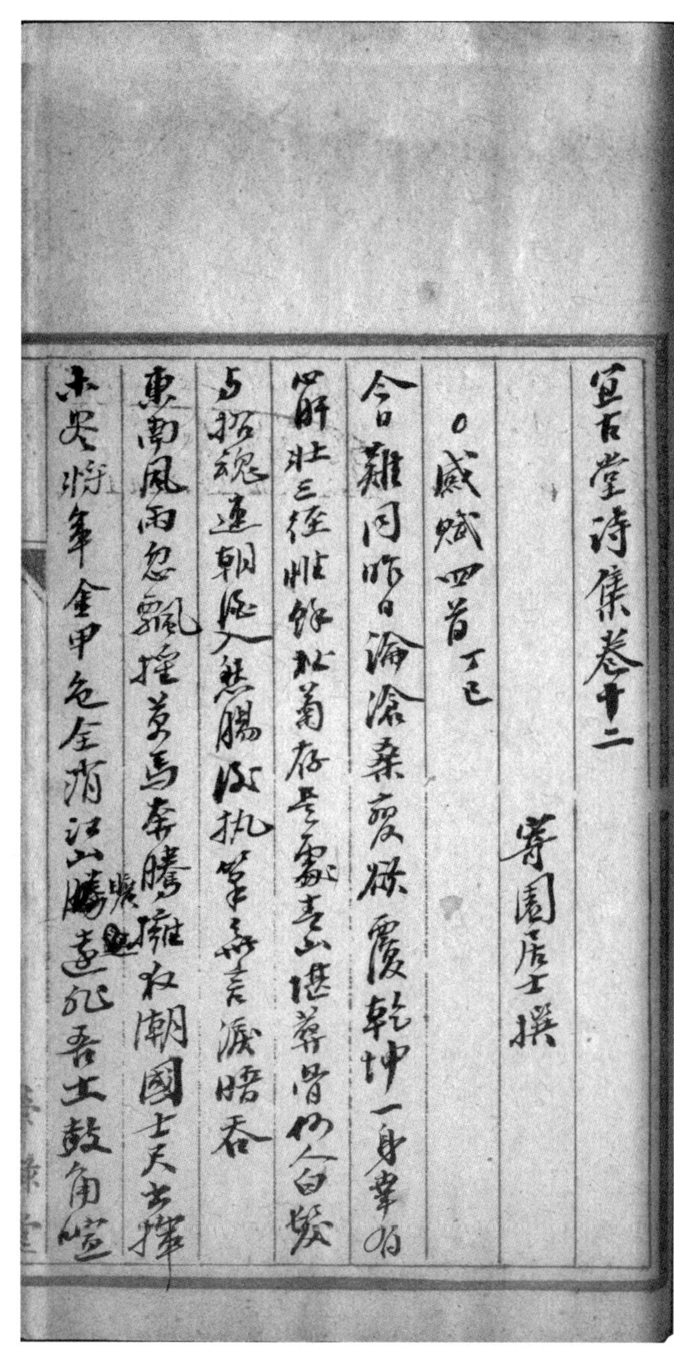

宜古堂詩集卷十二

寄園居士撰

○感賦四首 丁巳

合離因昨日淪滄桑夜殊霞乾坤一身輩的
羈肝壯三徑惟餘秋菊存長歌青山堪葬骨如今白髮
與招魂遠朝廷愁腸欲執筆無言淚暗吞
東南風雨忽飄搖萬馬奔騰擁夜潮國士天生擇
未咲將軍金甲危全消江山勝迹吾土鼓角喧

○作明秋望

○中秋○絶句

闌自朝暮表亂幾經情士民風声鶴唳日無聊
年來無處不淒然酒酣時欲校頗側足也無乾淨土
峯頭難有處何天雲深只是出生叢痛哭伊誰後世
憐多少哀鴻群遍野荒郊海竟無边
西風秋晚雁声來白骨荒原冷殺悲赤女长征新
死士不憐絶域棄真封侯李廣原無分報國終
羣志不衰搔首向天涯限眼一回悵望一鄉個
○弄柳度 生日作

人生纔半壽，室雖尚遠，豫何自輓詩？便從今歲撰，毋乃太驕侈？今人發笑，繫柳予有別解，纘述不可緩。六句歸半年言之恐已晚，不如照斯時一一將平生展。十三賦從軍，出塞登隴坂，秦中帝王州，古蹟日披覽。十五海東行，逢人問墳典。高魯多勝邦，游興復不淺。十八入湖湘，芳蘭吟九畹。大江南北間，山水瀠流覽。二十始歸來，茅居欣卧偃。新吾發挖歌，揮毫性獨遣。種花常滿畦，對月時傾盞。影

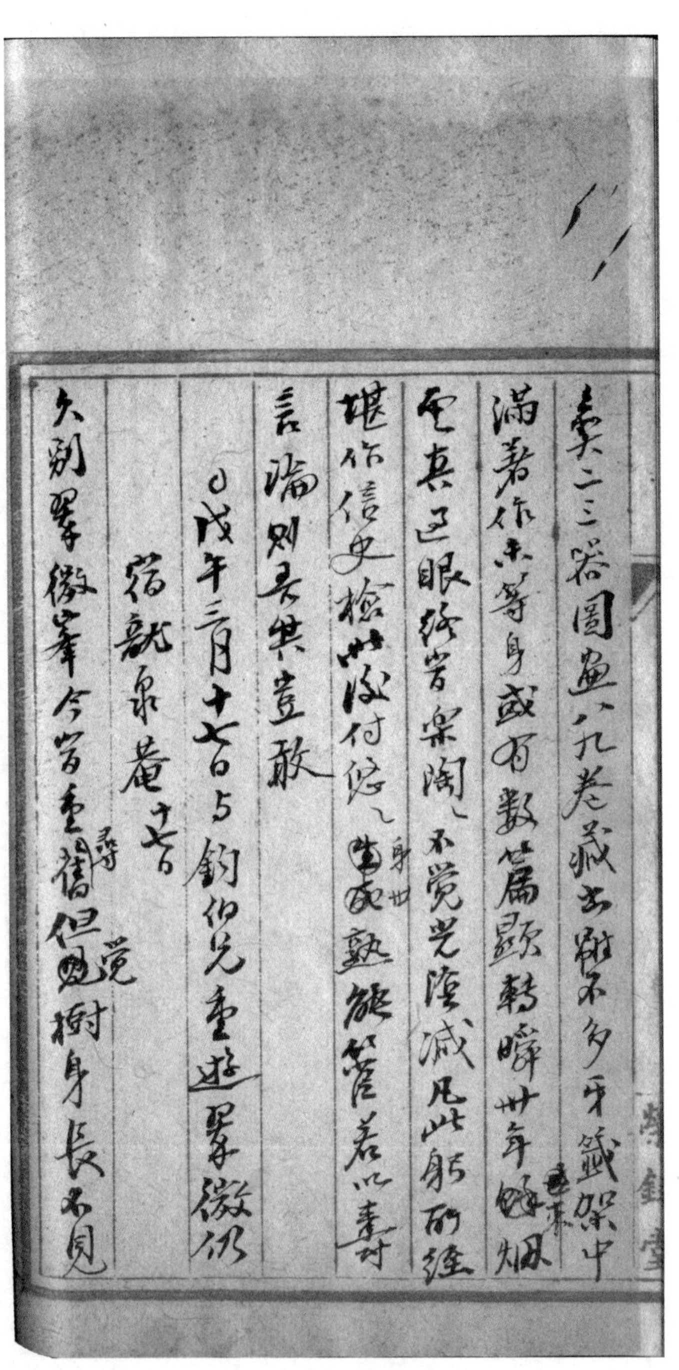

○寶珠洞

○獅子窟

山容瘦松風細響半空鐘鳥声同眼前諸勝景
心地無差深涌経声喃喃学從僧方幼小沙彌昌悦
年方十三今為剃度者向我索妙解我以無言授汝静坐
山高涼月明夕雲盡愛紫貴眠早入更深似夢
穩穿無声静対孤峯秀

○天泰山慈善寺 十八日

卧遊猶足楽書步方知勞路險寺西路為
作雲中邀重爲片石因渡雙泉橋山夾水丸

二山菴前稿 十九

遂

東蹊訊難遊遊嵩阜澗遶篆遊林逼峯九
喜過此想不復往矣安解逢此尋慈善寺禪舍
獨隱山之坳古佛大歡喜嘹咙説説散騷迎醉
淨土喜不眠虫枕卧心方澗夕陽若催客早下嶺長林深
行數澄澄歸失路隨山樵暮靄四圍合人下青目渾渾幽松相
● 望靈光寺金魚池畔與野寺士人話舊十九日
昔嘗同遊人尋幽多載筆今年又重臨班山之
斜日瘦藤來皆休仍讀門詩律入寺見老僧長

又界寺
廿前移

揖道安吉汲飲岩側泉風生蒼樹七枝依引
遊與攜刹池波溢諸久忘遺歸路迷失

夜雨初霽揭至碧岩庵 廿日

中夜夢山響枕畔聞鳴聲不知是霽雨際山春
耕深曉起呼牲栽眠色闌進岑已見綠遍滿更
聽蒼翳岭樹影列幃幕嵐氣濕衣襟流小聲
遙憩白日時來臨言尋證果寺因聲覓林靈
師久入化遺相攜侍今猶坐碧岩下不覺夕陽

香山靜宜園

〇荷葉山普覺寺 俗名卧佛寺 廿一日

太行數千里奔馬趨而東蔚然荷葉峯亂
色其中我從翠微下於走疑未通轉逕深處碉
未見嶔嵚峯夾道樹老古羅列青鬱鬱蔥直上
杳無際石坊臨靈其殿前兩株婆羅樹森束立
風氣種自唐代掲老枝延盤卧佛本自在
誰謂涅槃功老僧導遊客往看山泉衛進

嶺北雲起天氣封欲訪烟雲處難尋退居山明

○碧雲寺　廿日

西山古刹多群推碧雲長雖異代來蘭更勇

因復往細尋路漫漫亂樹林莽莽攀登忘半山

望寺首猶仰勉步趨追隨始覺識珠宮廣滿

院宇流渠浩浩山泉響響石階數百級層層歷叢

爽莊嚴法相高清淨心懷朗白塔建峯巔

登眺於欣賞俯俯視青蒼蒼松柏列成叢仰

兄白髮髮雪日九臨歟歟戢戲大招挽瞭無具氣
而洒想此經營貂璫勢權掌政壞美策成留
與進人賞賞游洄不忍歸催行日矚睎回首處
千山片情隆敞但盼年年來莫使朝朝想

○和筱莊西舟寄懷元韻奉答（來清綿作子羊城之杜也次）

陽關一曲譜離絃曾記當時勸勇鞭兩地相思
分海嶠暮雲春樹又今年
老我於今鬢髮皤重讀往了泥都況不敢堪回首

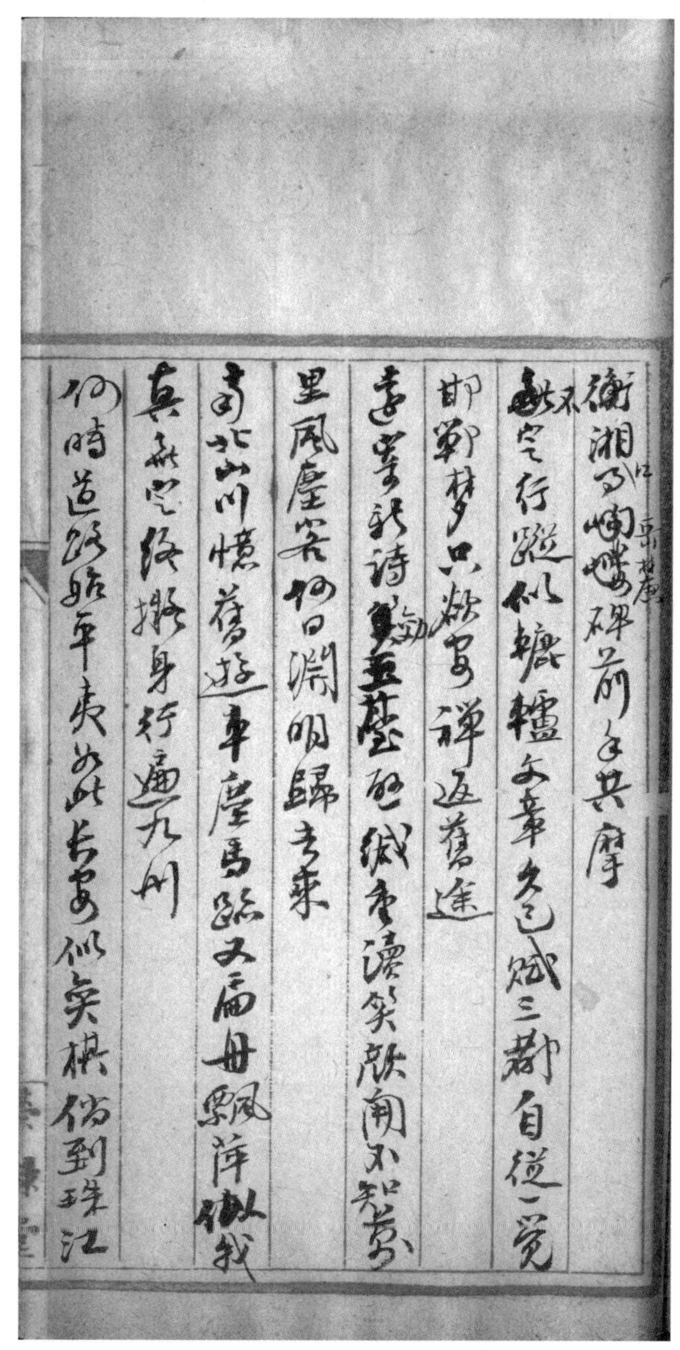

君要備盡歟醇經對花枝

宜古堂詩集卷十三

寧園居士撰

○題北平射虎社謎集 戊午

嗚呼大雅胡淪澌以之作者趣旅追文章散遊戲為之後欽多爭相推分曹射覆古所規流傳韋曹今人知黃絹幼婦絕妙辭人謂中郎開其基今壺齟老柏涂伊我云曼倩窮先之如何在昔初創時便與千載垂為師旁徵博

引精且徽滙通經史按文詞百家諸子無不窺

菁華始可群驚奇我讀光編尤悦怡不禁

意動神飛馳千變萬化多嶔崎五花八門光

陸離正如古訓錯縣之奐嚴如漢廟曉威儀

怪如神禹岣嶁碑巧如天孫雲錦衣細如春

蠶經緯絲快如并剪哀家梨壯如虎帳羅

旌邏飄如美女裳珠璣讀之不厭拂落遺胆

裂舌咋睛不移忽然太息心胃悲忽然狂笑

蔑類癡忽然點首有所思忽然伸眉如解頤
有時愁悶生孤疑有時煩惱猶踟躕萬千狀
態呈奇妙以引人入此誰主持以迷以醉神難支歎
罷不捨常念茲因果送物來悔歎驅使亡奪
取危不羞誦誦以吟清收之臟腑藏心脾冀以
再於酬一卮奉為師保廿四辭

○九月十四日根獨及漢重遊西山 去九
重陽已過思登高為有山僧折簡招滿徑青松

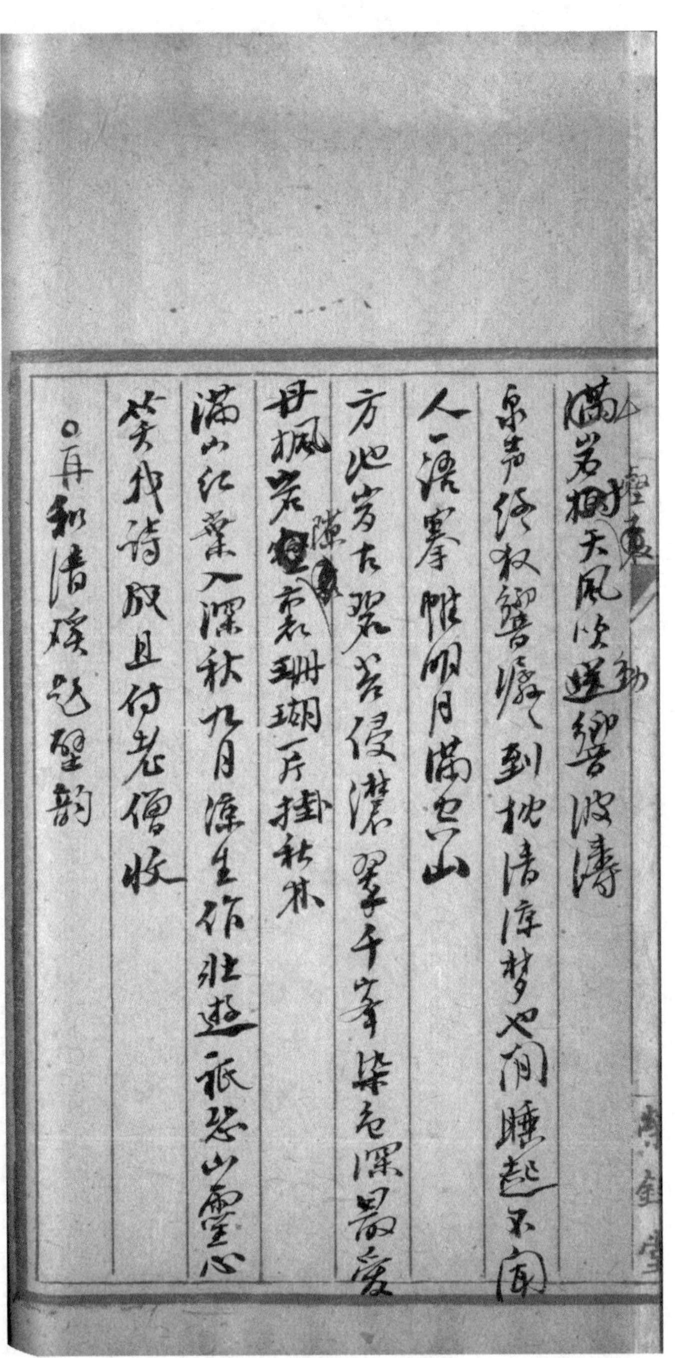

滿岩樹天風吹送響波濤

泉聲伴叔響瀉到枕清凉夢也闹睡起不風

人一源峯帷明月滿也山

方兜岩古翠苔侵濃翠千峯染色深最愛

丹楓岩畔紅珊瑚一片掛秋林

滿山紅葉入深秋九月涼生作壯遊祇恐山靈心

笑我詩成且付老僧收

○再和清暖題壁韻

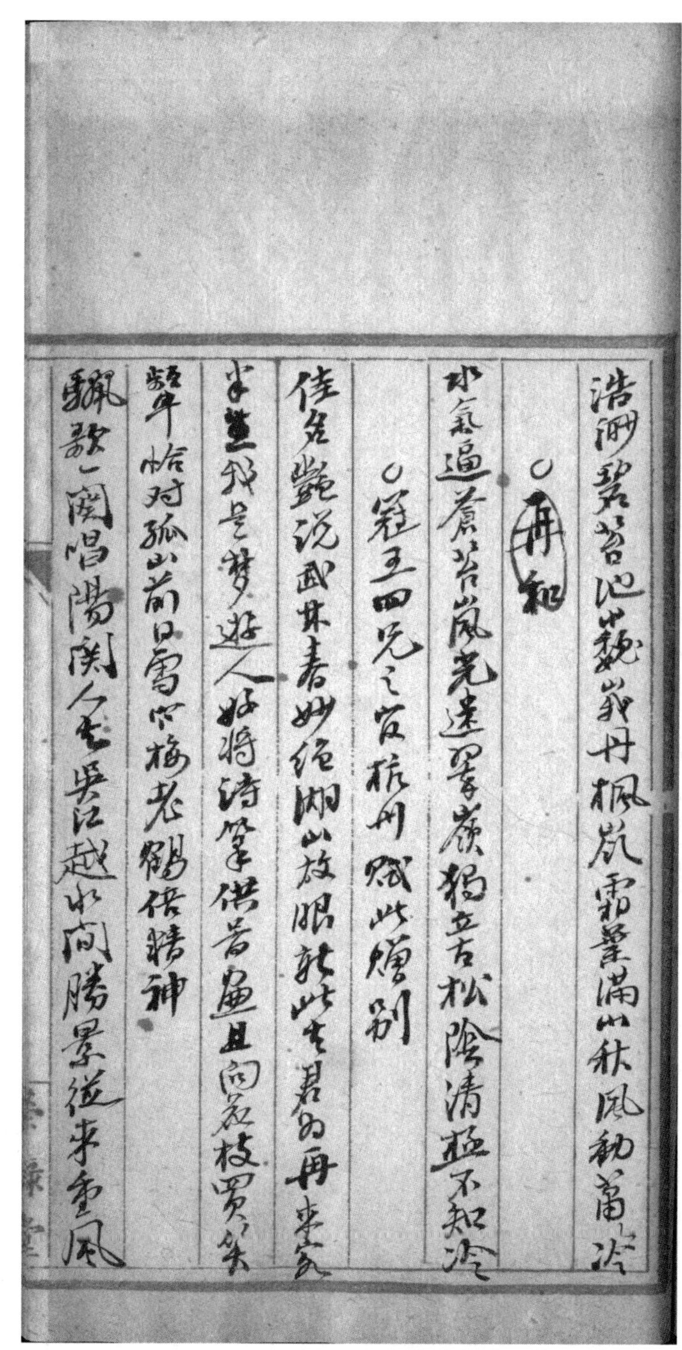

浩渺碧苔池巍巍丹楓嵐霜葉滿山秋風動蕭蕭冷

○再和

水氣逼蒼苔嵐光迷翠嶺獨立古松陰清涼不知冷

○羅王四兄之宦旅用賦此贈別

佳名艷說武林春妙絕湖山放眼新此去君為再來客

半堤我是夢遊人好將詩筆供吾畫且向花枝買一笑

幾年恰對孤山前日雪中梅老鶴傳精神

飄散一闋唱陽關今去吳江越水間勝景從來重風

月湧人自古主湖山旗亭把酒傳新曲驛路看花解笑
亂後此風光如此地遊畫舫霧莫論閑
送行春去越王臺上無限傷心感舊懷未必鄉無累
土從知勝地出奇才白公堤上尋春日能蘇小墳前吊古
來一弔況君休久滯梅花相待到方開
河梁送別日初曛從此關山兩道分鶯語未聞先折柳
雁行重聚又離群莫愁對酒無新雨只笑出山是宿
雲明年桃花春水漲定須買棹一尋君

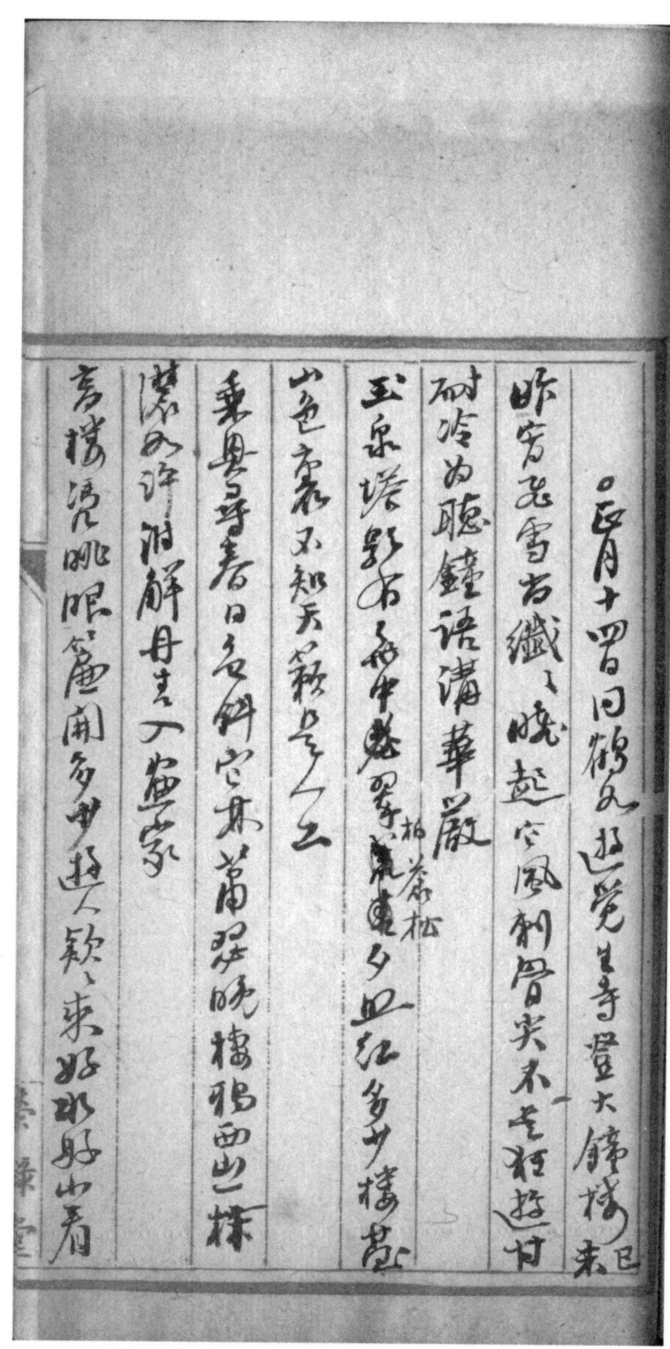

○正月十四日同鶴友游覺生寺登大鐘樓 未巳

昨宵飛雪尚纖々，曉起空風刺骨寒。不是狂游付

耐冷，為聽鐘語講華嚴。

玉泉塔影有無中，煙翠[illegible]（柏 蒼松）夕照紅。多少樓臺

山色[illegible]裏，不知天氣是冬々。

乘興尋春日已斜，空齋蕭瑟晚樓鴉。西山一抹

濃如許，消解丹青丁畫家。

高樓憑眺眼簾開，多少遊人款々來。好那好山看

青山初染雨絕峰巖百里層
無開一晚家緯淨[illegible]也
塵滌深林野樹滴出岩[illegible]
香裡蒼林變青長烏道
行將迴泉水寫春波倒
[illegible]衣倒光照心

不厭無人知是寒濤村

西山雜詠

戊午己三月望雨後入閣輕陰起靉靆澄頂醒酬

溦花寒寒口開挪態膽眩活我西山出游放眼[illegible]

懷潤功載送物心燃將竹蹤過晚雲捲簷

看嵐光青一抹　三月廿日微雨

清絕翠微山巔一雨千峯淨松濤鮮妙音泉

沫跳珠迸樹影霞[illegible]華埋層陰水蒸漏屋

鶴鳴山生之為苔松枝
攫石爪石骨與盤胎以
增其留客廷作伊蒲忘
寒屋深入峯野窗
人來莫笑發寡奇懷
静坐東山懷廿一日宿
然寺卷之

鏡殘碧蘚古苔怪石妨遊徑飲澗清泉長風
動遥相應心賞忽成詩出向逍山崖嶝廿六[illegible]然界寺遊
遊蹤步履艱坎壈步難上蘭窗似蛇行笑倒僧觉
廣煙我蘭葡根扶持往來碓[illegible]膳如九節
杖武免循墻走不作攀蘿想渡卧秋魔岩靜坐成
心賞苍苔累數筆寂寞紅塵樂處松風四面來飲者
半天響疏壁魄雖知無奈心花痒巨筆向淋漓摩
攀巢
崖勸勿叟天趣何樣生清人笑粗豪日暮返禪閣

鳴瑞花雨聚

躡足飛仙彷端嵌岈如隨從斯莫難攀 廿三日搜遊祇園岩山僧覺廣贈以蕭蕭相杖

看山不厭復況與僧有舊緣來從叢山壘石禪関叩扉黎合掌迎我入雪磬絕壁李朝夜對坐時聽鐘磬響[illegible]壽朵起壁余狂酒掬盡一飲之清澈心脾遠森木擁陰羅不辨昏[illegible]晝若非歸路逕早睡臥佛右西上野屋蔽遮覽群峯秀石塔矗雲深[illegible]羅漢五百各色相多少夜中有[illegible]佛一軀而貌[illegible]凝塵垢人謂云[illegible]似我前身想只

澤州當遊峯來坐到千級成 廿四日重遊卧佛髮雲二寺

峯多松柏山上纔根株有似仙人頂無髮光頭獻元神

湧出現化作雲模糊烟籠岩[illegible]尖四散分平鋪在子碎埋

踝驟晶氣真寶珠危坐巨崖上望眼勞前途指點蓬萊峯

一氣混屋紙千千層萬萬層嶺重重叠堆亂者河光流白線細

繞成斜孤男外渡跪鳥草畔鳴饑狐哭風四方至吹人刀萬

層暮色已蒼蒼前山日早晡 廿五日登寶珠洞絶頂望西南蓬萊峯聞草澤狐鳴

峭壁縱千尋屏風立森槊可惜好亂朵不向峯頭插

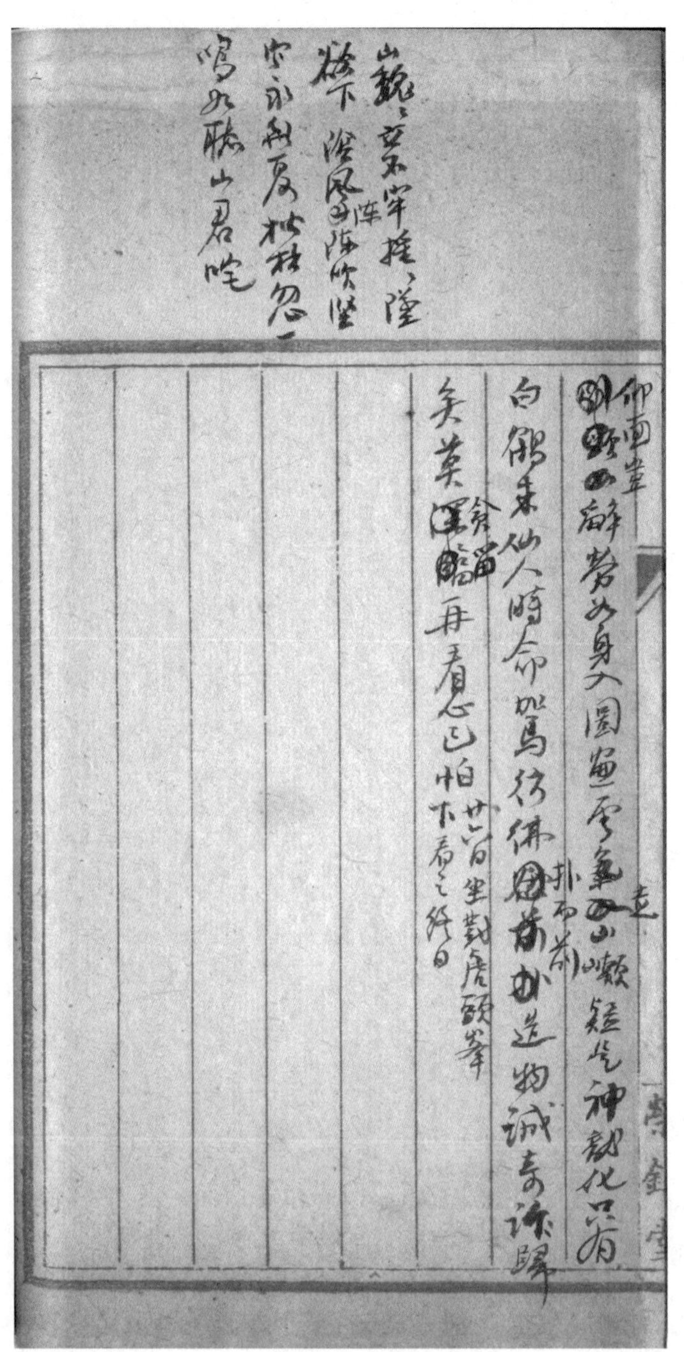

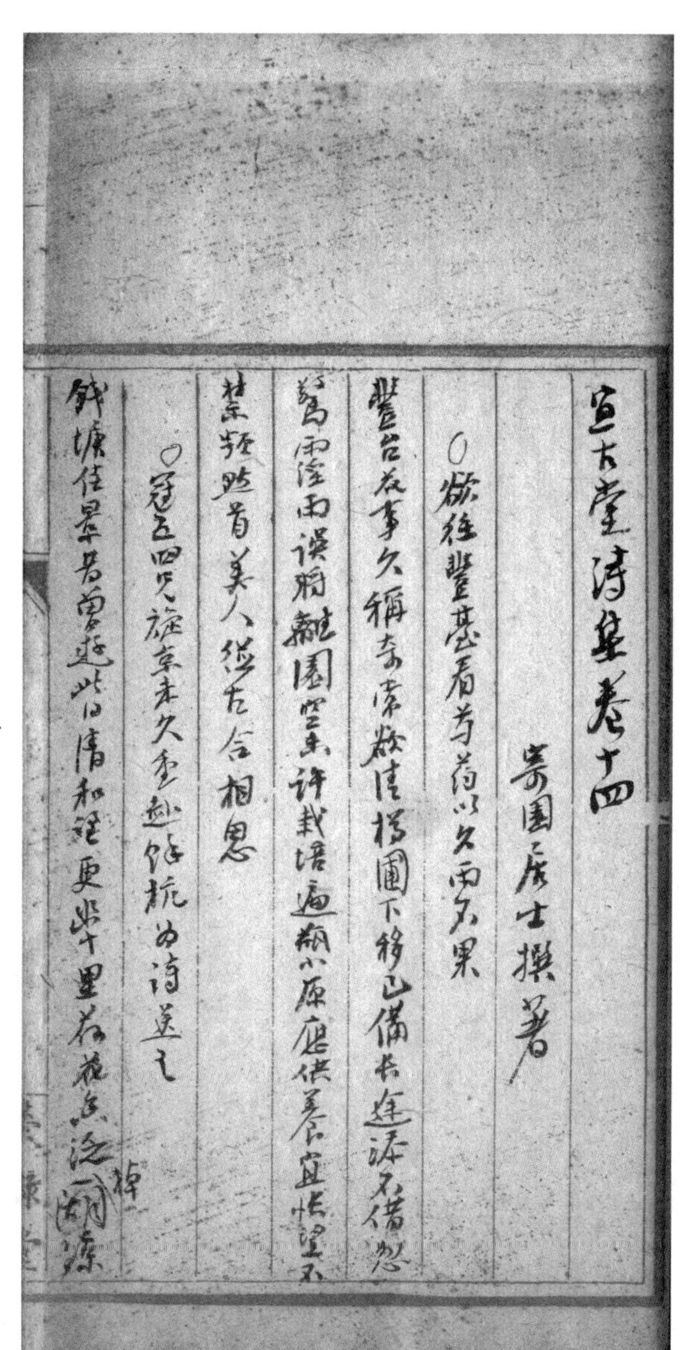

宜古堂詩集卷十四

壽園居士撰著

○欲往豐臺看芍藥以久雨不果

豐台花事久稱奇索歎僅移圃下移已備去年添不備愁驚雨淫雨誤將離園空負許栽培過頼小原庭供養宜悵望不禁頻贈美人從古合相思

○寄五四兄旋京未久重赴餘杭為詩送之

錢塘佳景昔曾遊此日情和趣更悠十里荷花三澄一湖滌梓

○江亭野望

信步來上城南楊柳岸

振衣同侶欲登城斥

白如練查帆斂鷺來登

野荒烟平成新蘋語女墻低

處處鷗多閒然戲

孤帆清寒未成眠已破

月辭登樓青山有約終須踐白髮無情又遂愁知道

武林風物好詩成定向錦囊收

○寄呈文山莊仍用湘江送別元韻

飄歌回首總凄然自此相思隔海天老我易生長來日

愛君抽筆勝當年隆中高臥思諸葛禹穴探奇好馬遷

莫怪尺書遲驛使山遊今已負吟鞭

○三月初九日同鈞伯僕雯姚赴易州遊覽山水

寄涑水千望贈主人袁氏 庚申

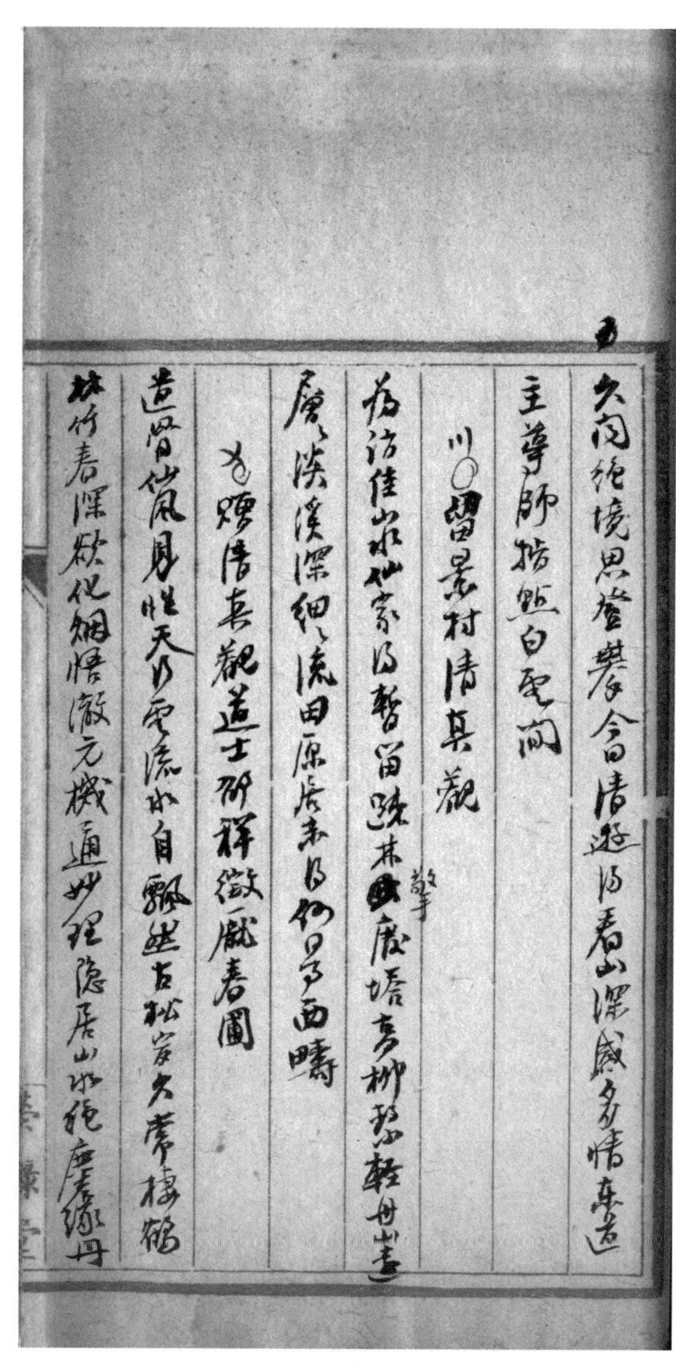
久聞絕境思登攀今日清遊乃看山深處多情來者道
主尊師指點白雲間

留墨村清真觀

爲訪佳山水仙家乃暫留跡林幽敞塘亭柳絮輕舟出畫
層層溪溪深細細流田原處處乃物野西疇

右贈清真觀道士所祥徵獻春圖

道骨仙風身性天乃雲流水自飄然古松岩大常棲鶴
林竹春深欲化烟情澈元機通妙理隱居山水絕塵緣

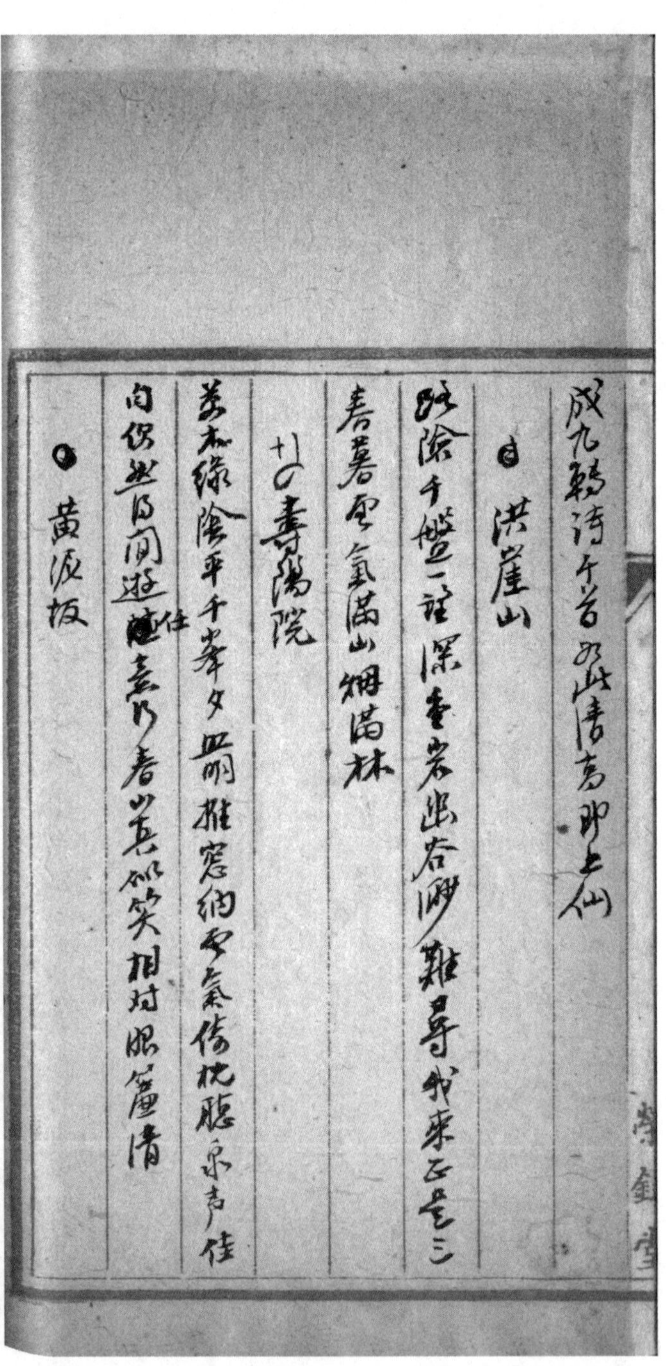

成九轉詩千首又此清高即上仙

洪崖山

路途千盤一徑深重岩幽谷渺難尋我來正是三
春暮雲氣滿山烟滿林

廿四壽陽院

萬木綠陰平千峯夕照明推窗納爽氣倚枕聽泉聲佳
句偶然得閒住喜乃春山真似笑相對眼偏清

黄泥坂

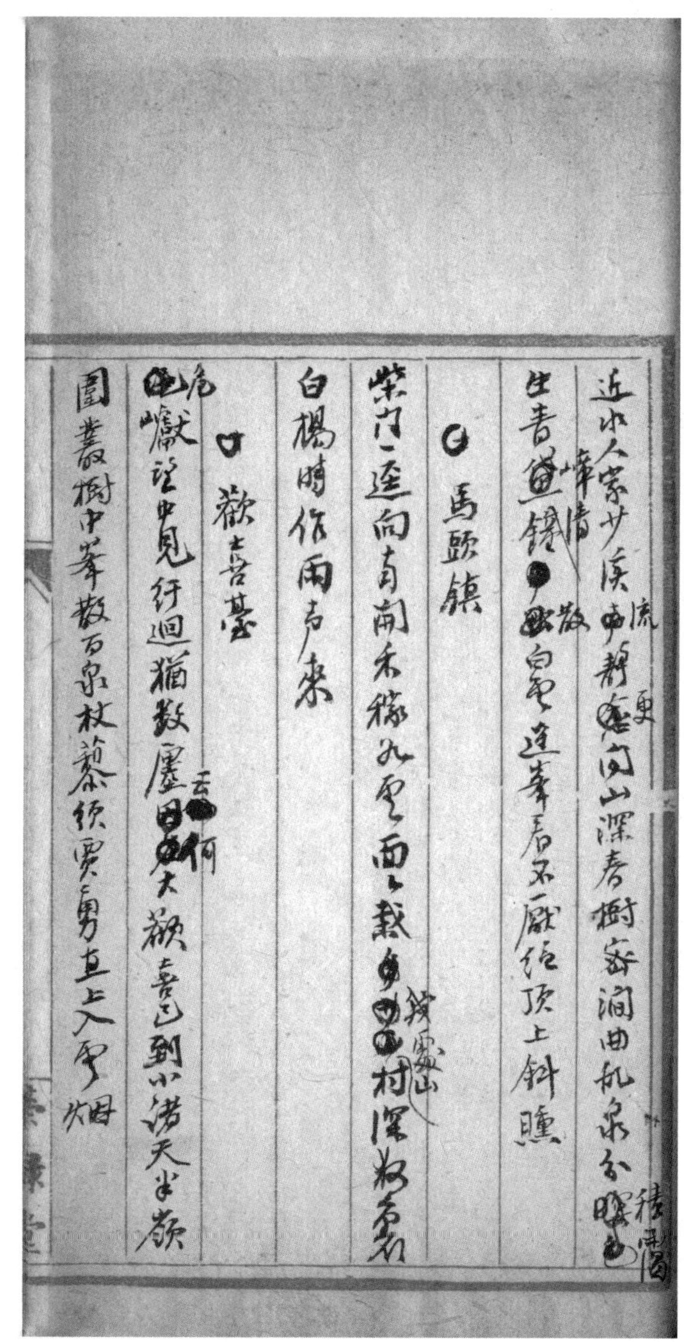

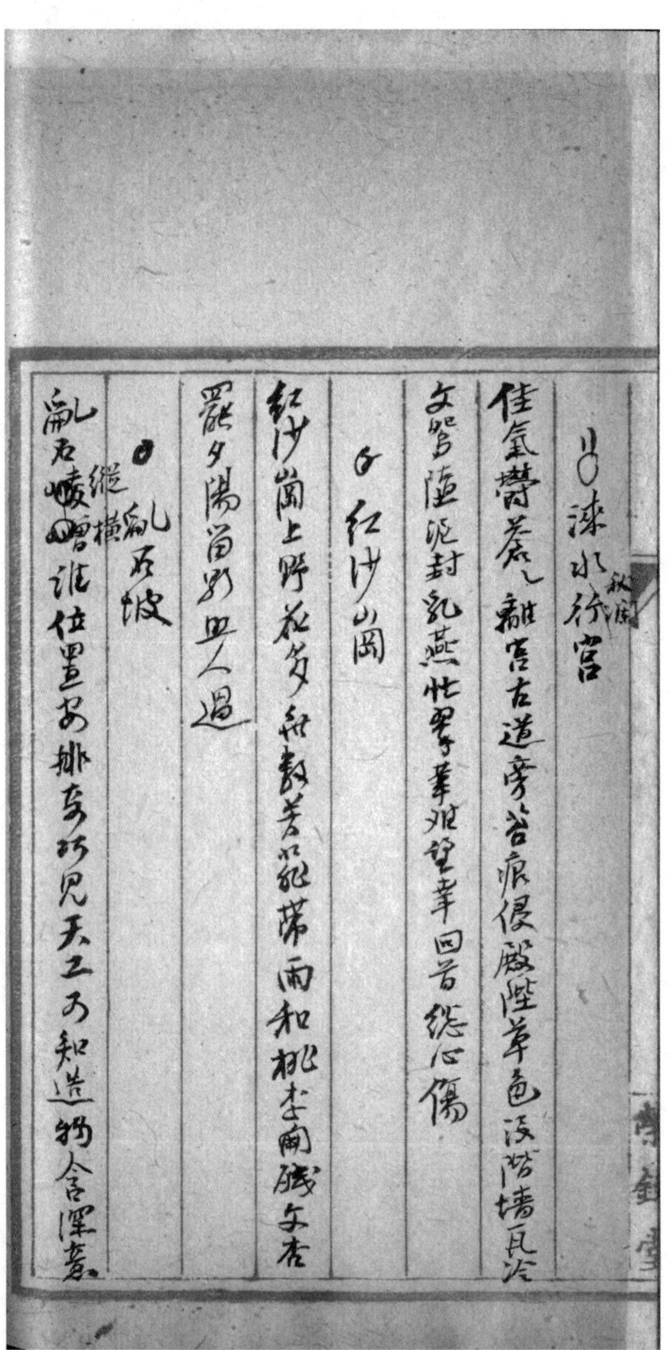

涿水行宮

佳氣鬱蒼蒼，離宮古道旁。苔痕侵殿陛，草色没階墻。瓦冷文鴛墮，泥封乳燕忙。翠華難望幸，回首總心傷。

紅沙岡

紅沙岡上野花多，無數芳花帶雨和。桃李開殘無杏罷，夕陽留影無人過。

亂石坡

亂石嶙峋〔縱橫〕誰位置，安排妙巧見天工。不知造物含深[illegible]

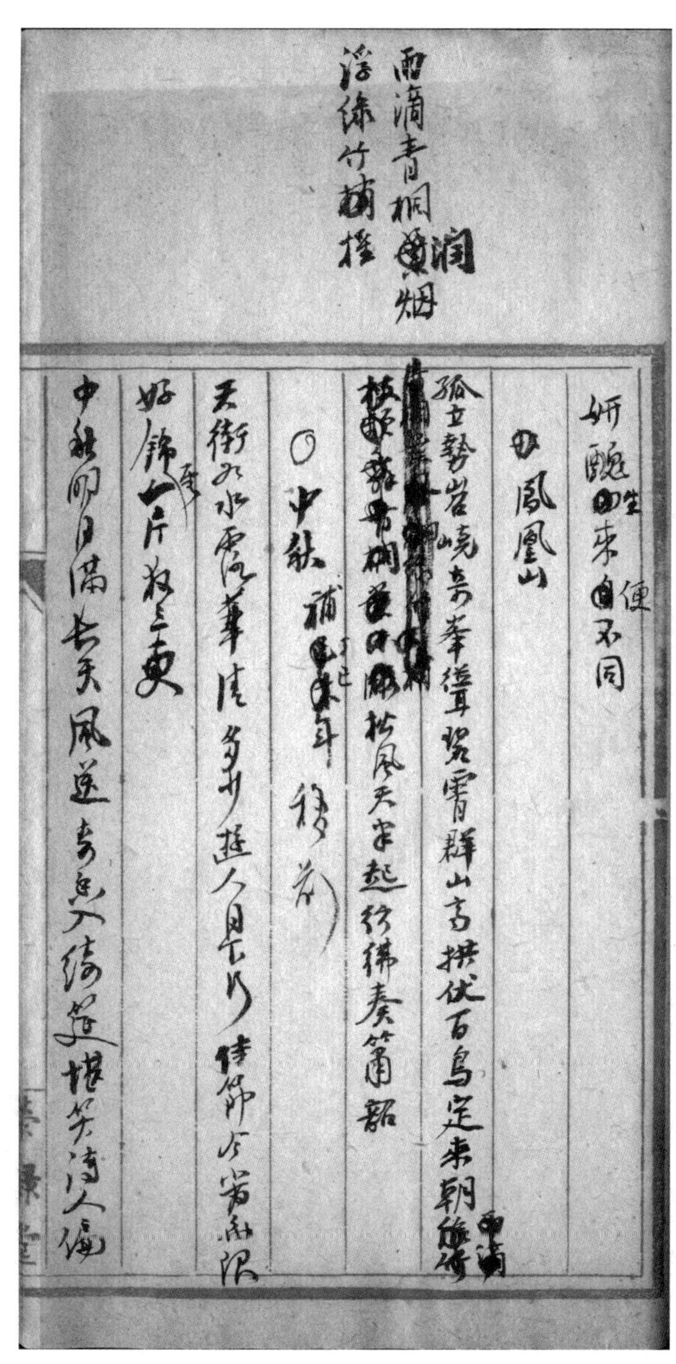
雨滴青桐潤烟
[illegible]綠竹[illegible]搖

妍醜生來自不同

鳳凰山
孫立勢嵒嶢高峯聳碧霄群山高拱伏百鳥定來朝儀
[illegible]松風天半起彷彿奏簫韶

〇中秋　補[illegible]　移前
天衢水霽華清　多少遊人[illegible]　佳節今宵[illegible]
好錦一片[illegible]東
中秋明月滿長天　風送[illegible]

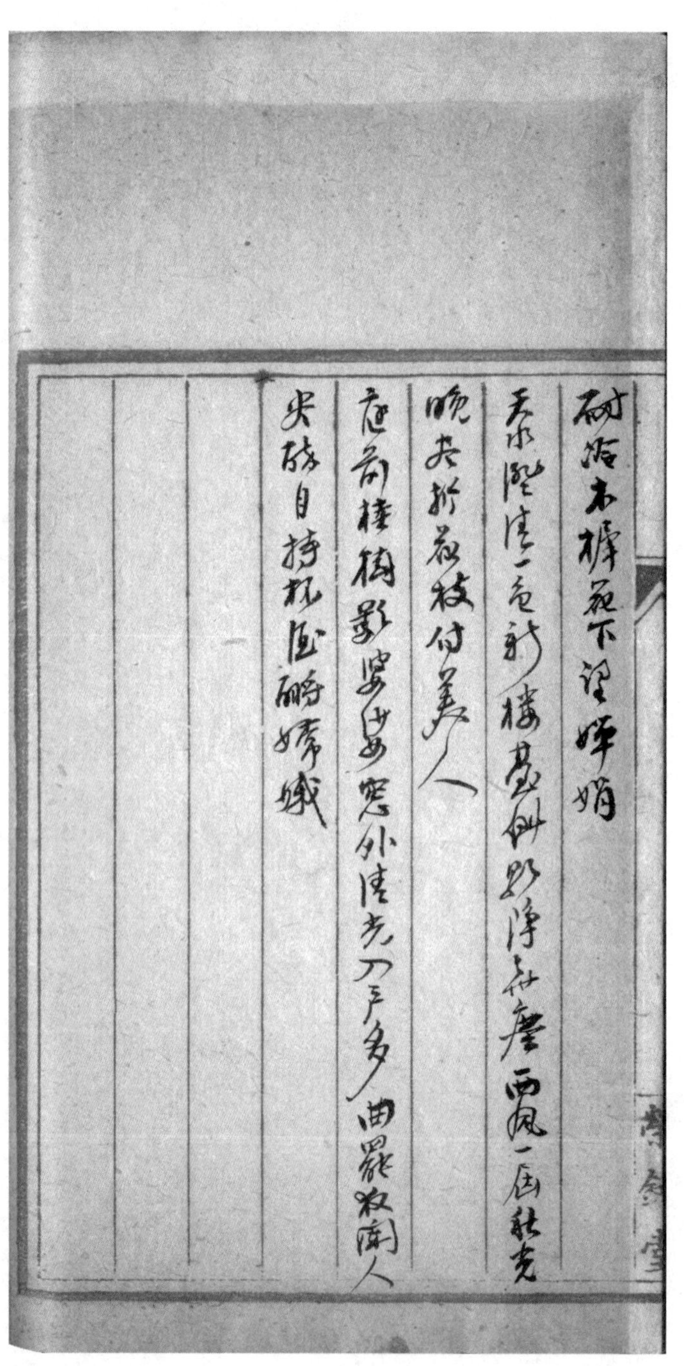

耐冷木樨花下望嬋娟

素壁清一色新樓臺倒影淨無塵　西風一夜秋光

晚來折花枝付美人

庭前桂樹影婆娑　窗外清光入戶多　曲罷妝闌人

未肯自持紈扇聘嫦娥

翔綱初越即時喜看船娘塞危坐挑燈聊讀楚辭一卷正歌

排窗越現月初許煙波無際潮初生

舟行至寶塔湖風雨大作

冠五四兄旋京未久重赴餘杭出詩出扇聊以贈此 四月 宜生

錢塘佳景昔曾遊皆值清和整更出十里荷花送棹一湖

月夜登樓喜山有綠綠錢白髮新情又送君知爲武

林風物好詩成定向錦囊收

78458
23

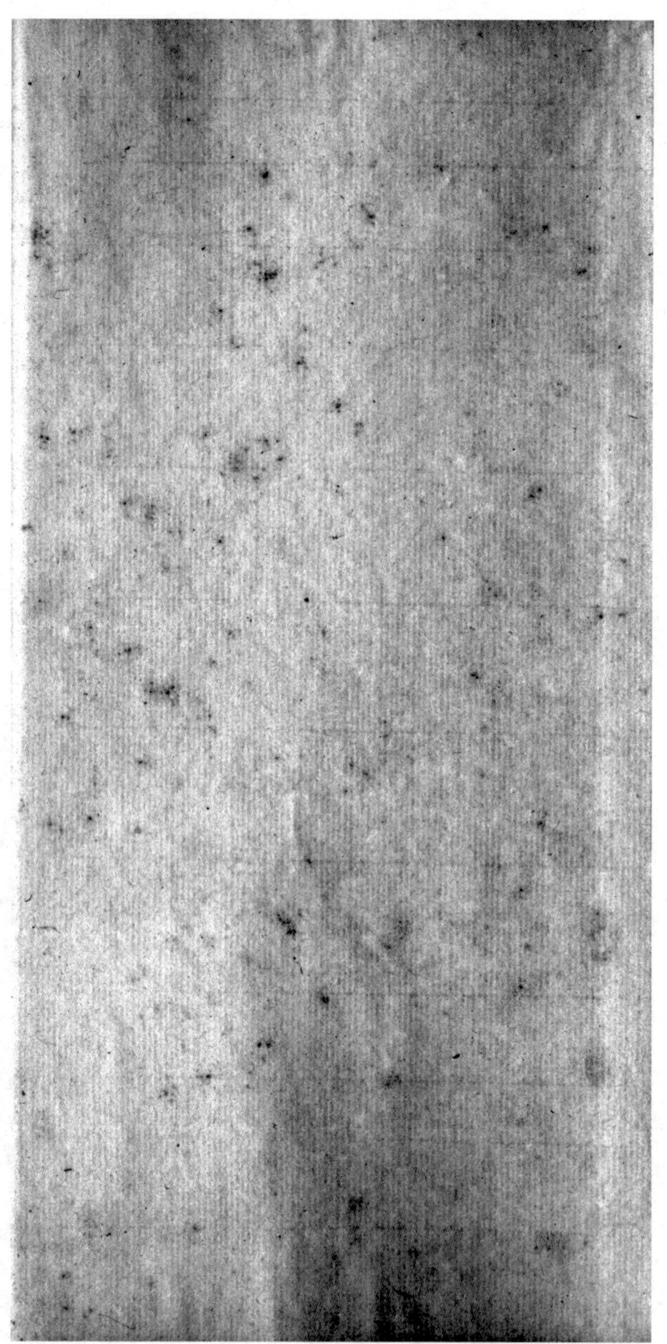

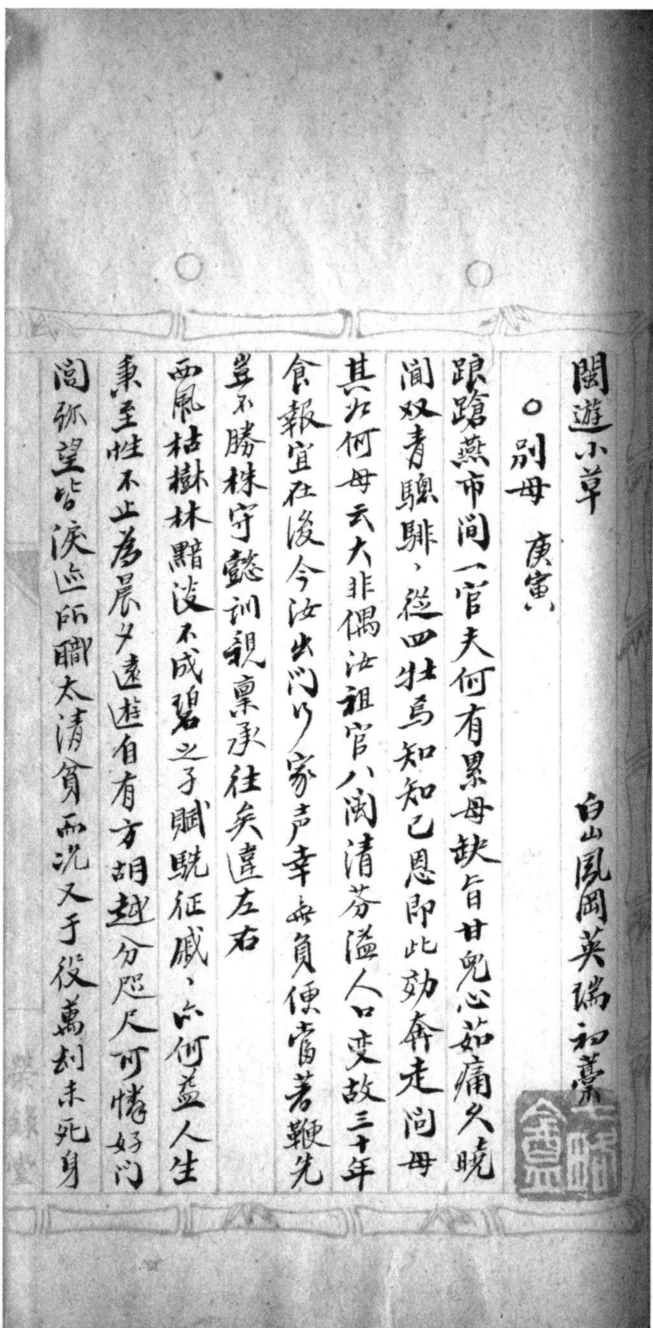

閩遊小草　　白山鳳岡英端初稿

○别母　庚寅

踉蹌燕市間一官夫何有累母缺旨甘兒心茹痛久曉聞双青驄騑騑從四牡烏知知己恩即此効奔走問母其如何母云大非偶汝祖官八閩清芬溢人口变故三十年食報宜在後今汝出門行家声幸無負便當著鞭先豈不勝株守懿訓親稟承往矣違左右

西風枯槲林黯淡不成碧之子賦駪征戚戚亦何益人生秉至性不止為晨夕遠遊自有方胡越分咫尺可憐好門閭弥望皆淚迹所聊太清貧而況又于役萬刧未死身

踟躕到篋情兒也休憚勞母今頭早白感此摧中腸挑
燈数歸驛
中饋虛無人遺我兩塊肉持以奉高堂我真腸九曲娶妻
為養親琴徽屢斷續遂令白頭人終朝飯黃犢勿但生
煩惱頭角頗不俗亦勿過鍾愛聰明甚非福一般鬻子心何
母為我哭遼水清且長澗山秋更緣諒哉陟屺篇銜涕
不忍讀
門前征馬嘶遊子色淒其卻恐傷母心不敢牽衣啼母亦
強開顏勸勉兩相期十分吉利語百倍憂苦思生男在襁
褓便擬長大成立時願兒志四方盼兒有作為擾擾陌頭塵何

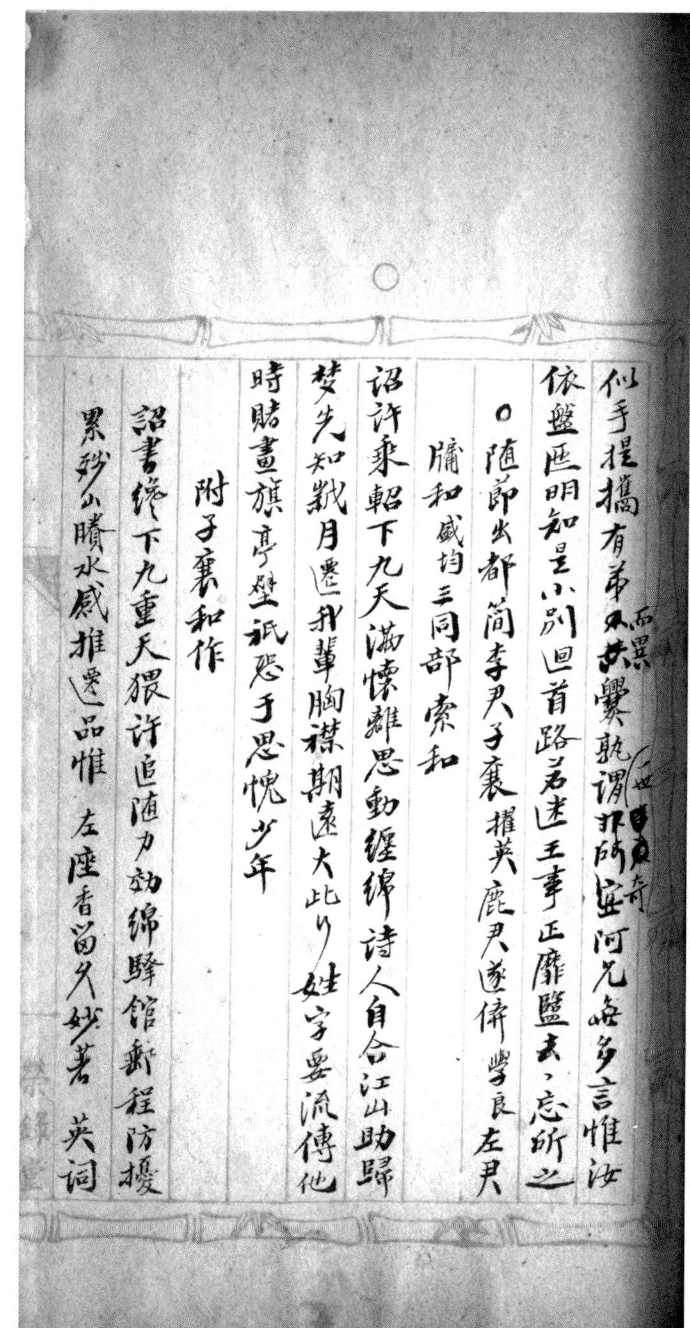

似手提攜有弟不共爨孰謂非所宜河兄晦多言惟汝
依盤匜明知是小別回首路若迷王事正靡盬去去忘所之
○隨節出都簡李尹子襄 擢英鹿尹遂倚學良左尹
牖和感均三同部索和
詔許乘軺下九天滿懷離思動纏綿詩人自合江山助歸
楚先知戢月遷我輩胸襟期遠大此行姓字要流傳他
時睹畫旗亭壁祗恐手思愧少年
附子襄和作
詔書纔下九重天猥許追隨力効綿驛館新程防擾
累殄山曠水感推遷品惟 左座香留久妙著 英詞

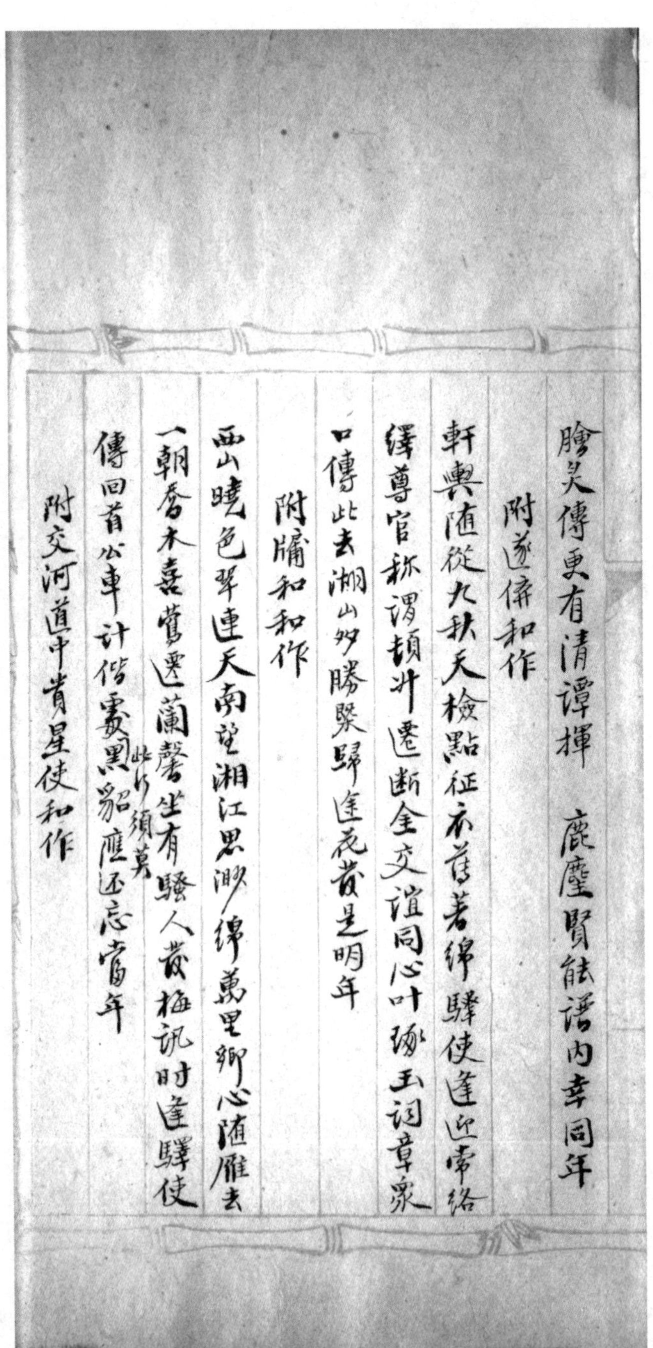

膾炙傳更有清譚揮　鹿塵賢能譜內幸同年

附遂倅和作

軒輿隨從九秋天檢點征衣蒼若緯驛使逢迎帶絡繹尊官稱謂頓升遷斷金交誼同心叶琢玉詞章衆口傳此去瀏山妙勝聚歸逢花發是明年

附牖和和作

雲山曉色翠連天南望湘江思渺綿萬里鄉心隨雁去一朝喬木喜鶯遷蘭馨坐有騷人發梅訊時逢驛使傳回首公車計偕處黑貂應還（此行須莫）忘當年

附交河道中貴星使和作

重陽時節菊花天（自註九月九日）晨趁輕寒著綿路上征軺星火速道旁傳舍暮朝還私衷無切鶺濡惟鄉信何須雁帛傳风指前程應尚遠風風雨雨說當年（自註此路屢次出差所經）

附獻縣道中沈星使和作

遠路吟眸極接天佳還周道歷綿綿民生常祝千家樂自省惟思眾善還磊落英才篇什富蕭疏秋景畫圖傳賢王被服潤儒者典籍搜羅憶昔年

○發良鄉

廿載風塵吏薊鄉幾度過（余官西陵頻經此地）邊聲秋野勁山色曉天多容路貲交好陰符謝揣摩頗閒嚴酤榷榷矣

醉時歌

○宿新城縣步牖和盧淸道上韵

微雨洗秋翠都門第一程路從官道轉大道積水行折而行詩逐曉

空生身世輪蹏走北轍南轅屢次行役腰間空劍橫攜有佩劍俊游今又始

行色壯旗旌車輛各插黃旂大書欽差字

窮源隨漢使賦別擬文通一夜瀟、雨秋高楊柳鄉三秋琴瑟、風

心先見雁時節近藏虹明歡春歸早家、頌屢豐

附牖和元作

閱海乘槎去星軺且計程土鬆新漲退雨過淺空生蘆

水長橋倚西山翠黛橫、戍樓笳鼓動落日駐行旌

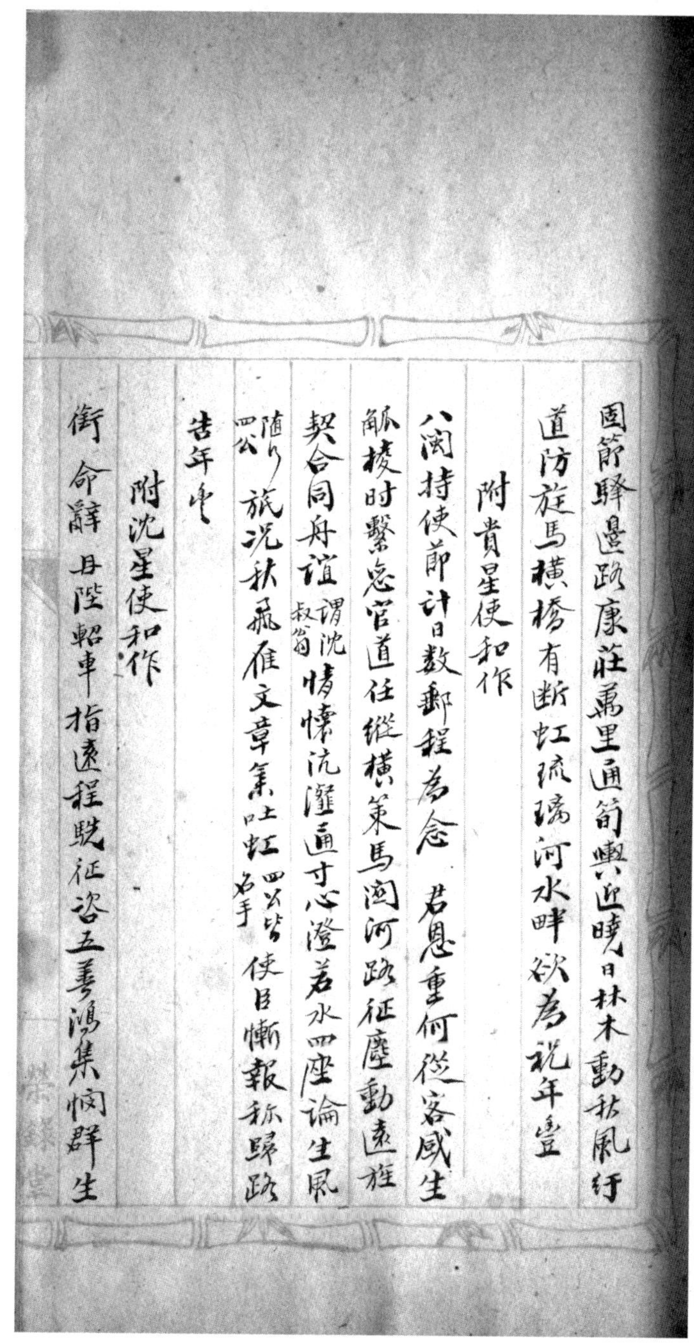

國節驛邊路康莊萬里通筍輿近曉日林木動秋風紆

道防旋馬横橋有斷虹琉璃河水畔欲爲祝年豊

附貴星使和作

八閩持使節計日數郵程爲念　君恩重何從客感生

觚棱时繫急官道任縱横策馬淘河路征塵動遠旌

契合同舟誼謂沈叔翁情懷流灑通寸心澄若水四座論生風

隨行四公旅況秋飛雁文章氣吐虹四公皆名手使臣慚報称歸路

告年乇

附沈星使和作

銜命辭　丹陛軺車指遠程曉征咨五善鴻集憫群生

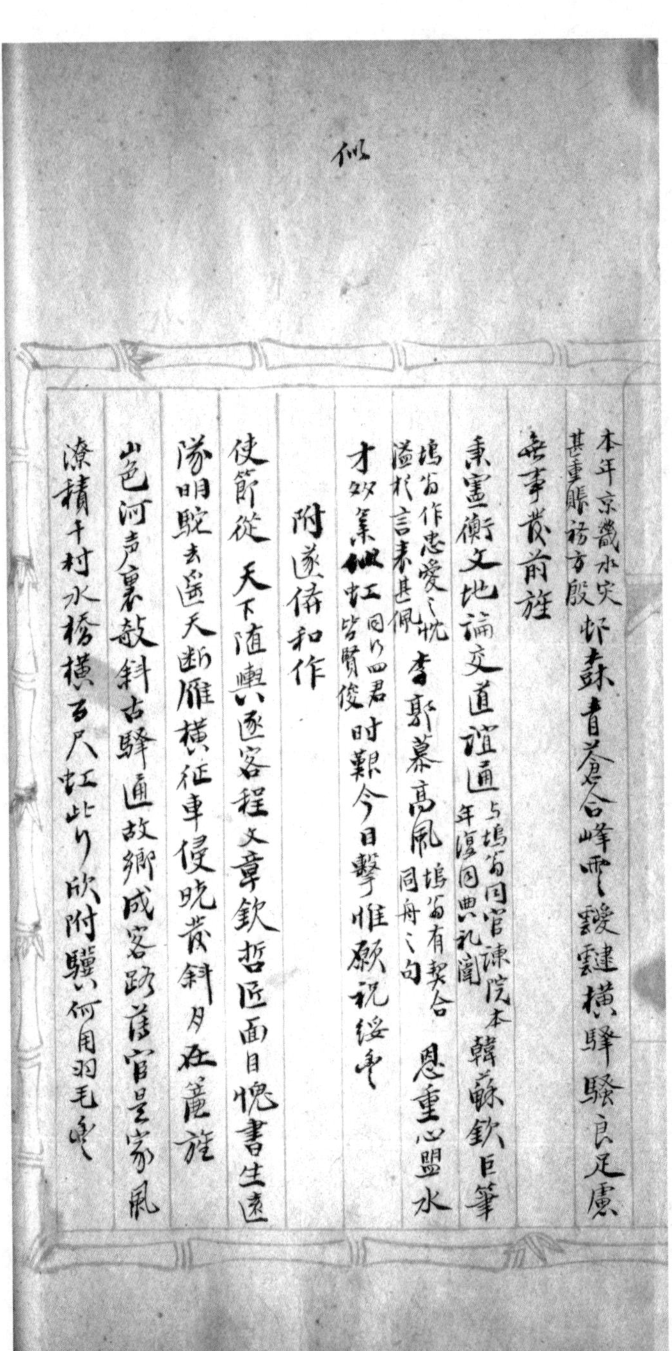

擬

本年京畿水灾甚重賑務方殷 於蘇青蒼合峰雲鏤鏈横驛騷良足慮無事費前旌

秉憲衡文地論交道誼通與塢翁同官諫院本年復同典禮闈 韓蘇欽巨筆塢翁作忠愛之忱溢於言表甚佩 李郭慕高風塢翁有契合同舟之句 恩重心盟水才煩筆似虹同行四君皆賢俊 時艱今目擊惟願祝綏豐

附遂倚和作

使節從天下隨輿遂客程文章欽哲匠面目愧書生遠務明駝去遙天斷雁横征車侵曉發斜月在麾旌

山邑河聲裏敲斜古驛通故鄉成客路居官是家風潦積千村水橋横五尺虹此行欣附驥何用羽毛豐

閩

附子襄和作

閩海迢迢路輶軒不計程兩飲涼萁重山遠畫圖生秋水

官橋澗高岡亂石橫良鄉城外駐往事曳心旌

第一稱衝要州衢九省通謂涿鹿隄原仍積潦禾稼尚秋風

巨野蘇嗷雁長橋失彩虹可憐供億苦縱使嗇猶豐

○白溝河聞雁

一声南去雁驚影下空流我亦燕雲客蕭蕭白髮秋戰 偏南逢雁陣秋

揚千古蹟宋楊六郎屯兵於此遼人畏之 本朝入朝大使李自成於此地閩夢翁筹兹已矣兒

皇帝燕雲六州沒於遼 石晉爲之空青遺史冊羞

○雄縣道中書感

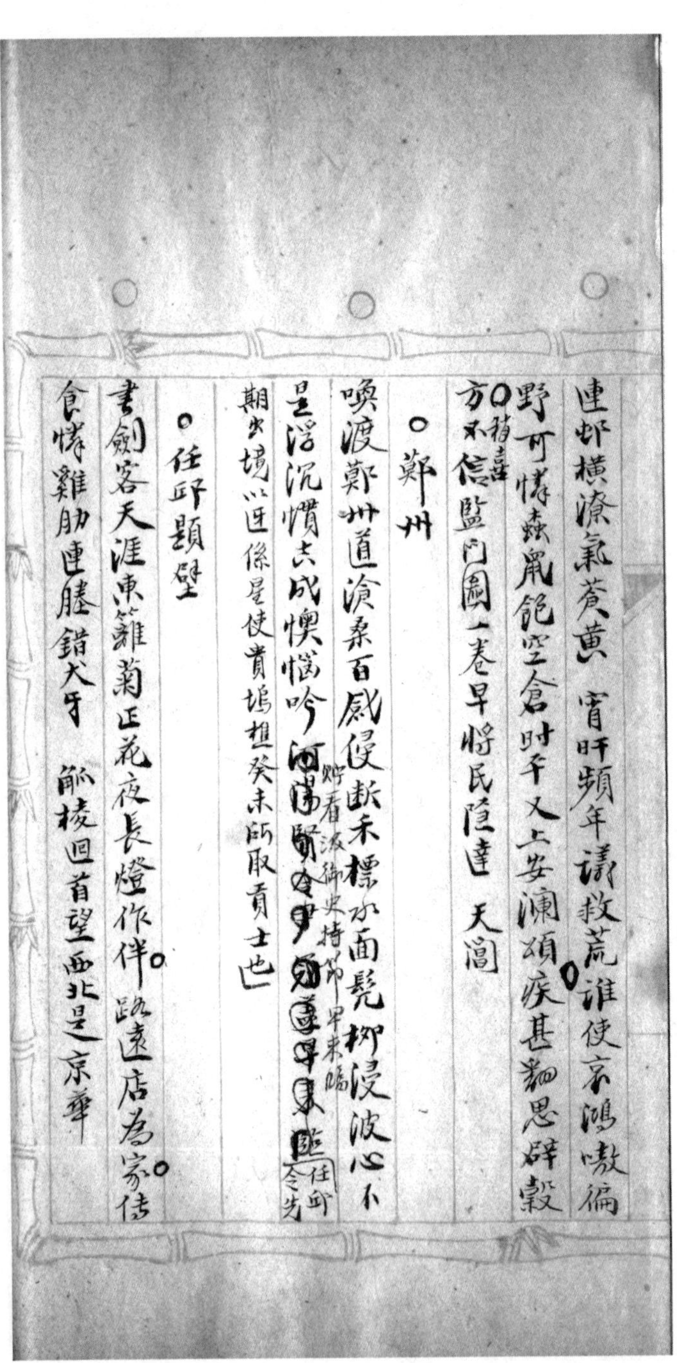

連畦横潦氣蒼黄　宵旰頻年議救荒　○誰使哀鴻嗷徧
野　可憐蟲鼠飽空倉　時千又上安瀾頌　疾甚黜思辟穀
○稍喜
方　不信監門圖一卷　早將民隱達　天閶

○鄭州

喚渡鄭州道　滄桑百感侵　斷禾標水面　髡柳浸波心　不
是浮沉慣　去成懊惱吟　河陽賢令尹　早來臨
竚看派御史持節早來臨
任邱令先
期出境以迓　係星使貴嶋　想癸未所取貢士也

○任邱題壁

書劍客天涯　東籬菊正花　夜長燈作伴○　路遠店為家○　倦
食憐雞肋　連塍錯犬牙　觚棱回首望　西北是京華

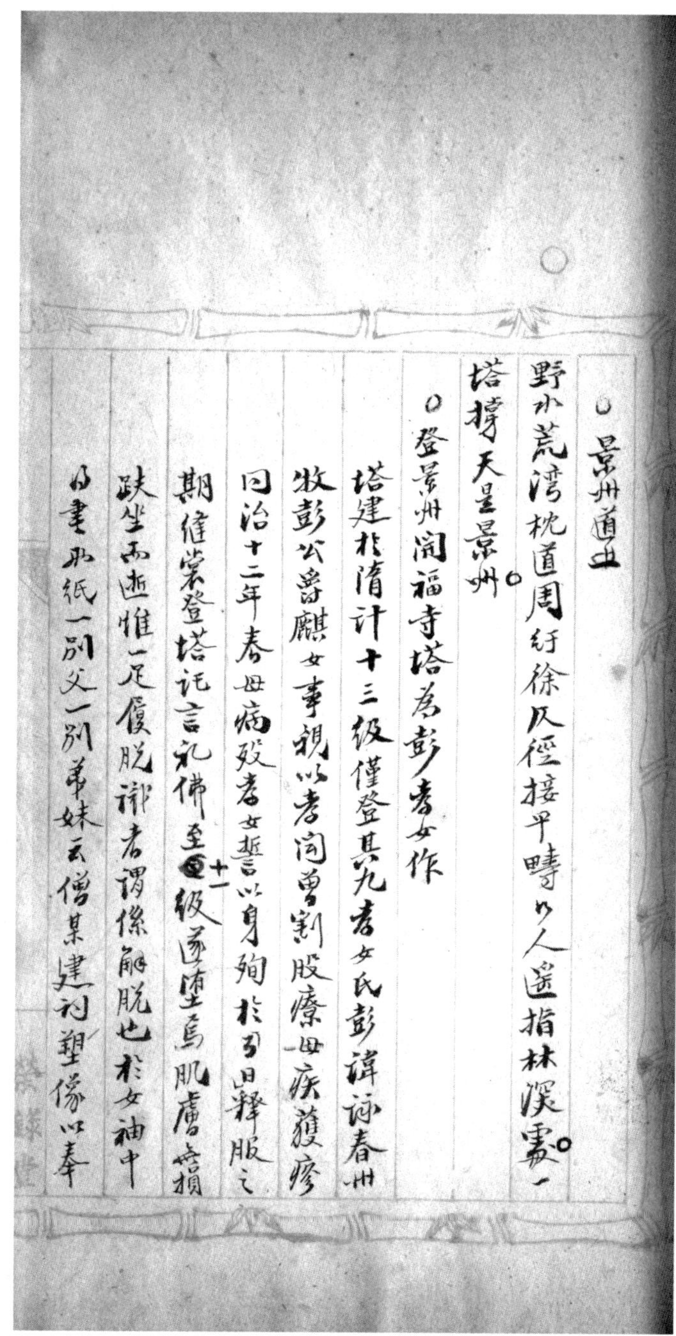

○景州道上

野水荒灣枕道周，紆徐及徑接平疇。少人遥指林深處，一塔撐天是景州。

○登景州開福寺塔爲彭孝女作

塔建於隋，計十三級，僅登其九。孝女氏彭，諱咏春，州牧彭公爵麒女。事親以孝聞，曾割股療母疾獲瘳。同治十二年春，母病殁，孝女誓以身殉。於百日釋服之期，偕眾登塔，託言禮佛，至十一級，遂墮焉。肌膚無損，趺坐而逝，惟一足履脱。諦者謂係解脱也。於女袖中得書兩紙，一别父，一别弟妹云。僧某建祠塑像以奉

緣直督為之入告奉旨旌表祠有碑記甚詳其
梗概蓋如此

崚嶒寶塔孤羆蹲中有千秋孝女魂天風獵獵吹不得飛來
躡屧烟光昏眼前飛鳥不敢墜毛髮倒豎手爪皴登峰頗
欲造其極了憂葸感忽紛紜世間最苦是盡境餘步步留
道所敦茫茫浩劫慘南島水如壁立不可捫嗚呼吾父亦死
孝至今淚血哭鮫人可知精衛久銜恨不見巫咸來叩閽而
我偷生尚怯懦高蹈弗及東海濱蓬萊三山古僊宅層樓
傑閣梯無門丈夫立脚自要穩我獨愧彼貳負臣刻斧廟
貌肅瞻仰鬢眉巾幗難並論君看曹娥碑上字依笑赤

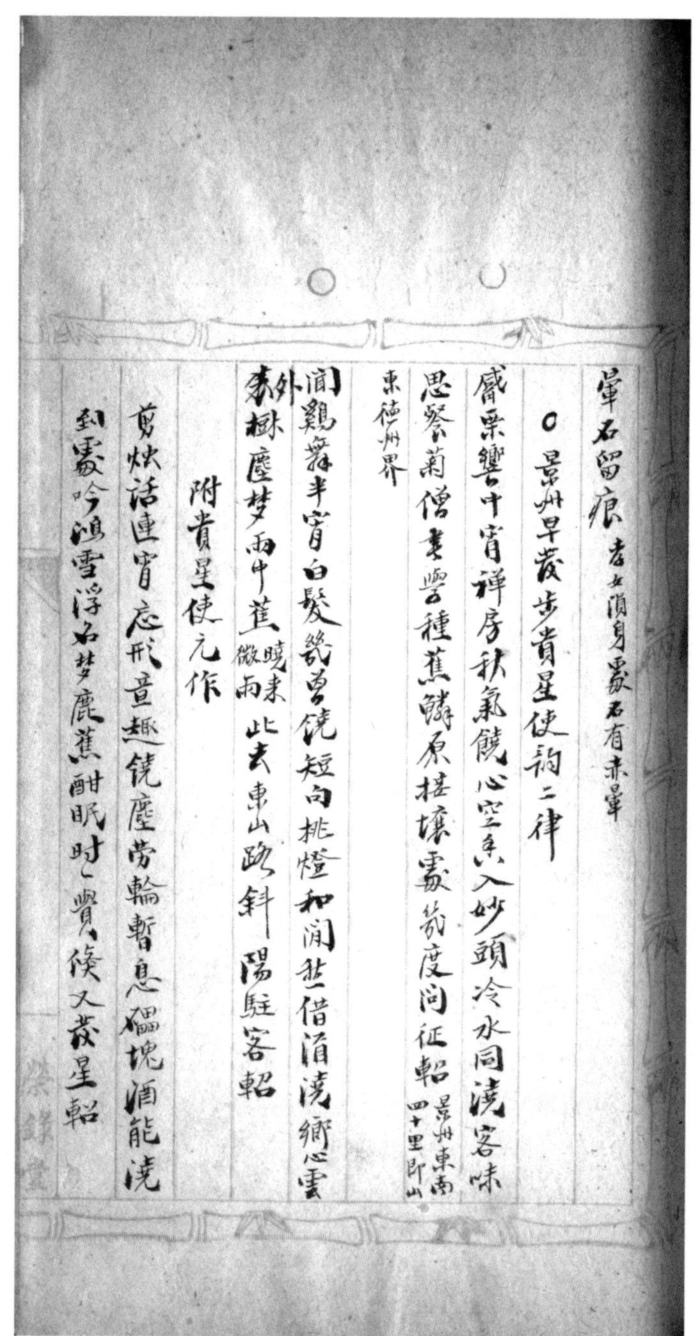

暈石留痕　孝女頂身處石有赤暈

○景州早發步貴星使韵二律

鐵粟響中宵禪房秋氣饒心空無入妙頭冷水同澆客味思參菊僧妻學種蕉轄原接壤處幾度問征軺　景州東南四十里即山東德州界

聞鷄舞半宵白髮幾曾饒短句挑燈和閒愁借酒澆鄉心雲外樹塵夢雨中蕉　曉來微雨　此去東山路斜陽駐客軺

附貴星使元作

剪燭話連宵忘形意趣饒塵勞輪暫息塊壘酒能澆到處吟鴻雪浮名夢鹿蕉酣眠時覺後又發星軺

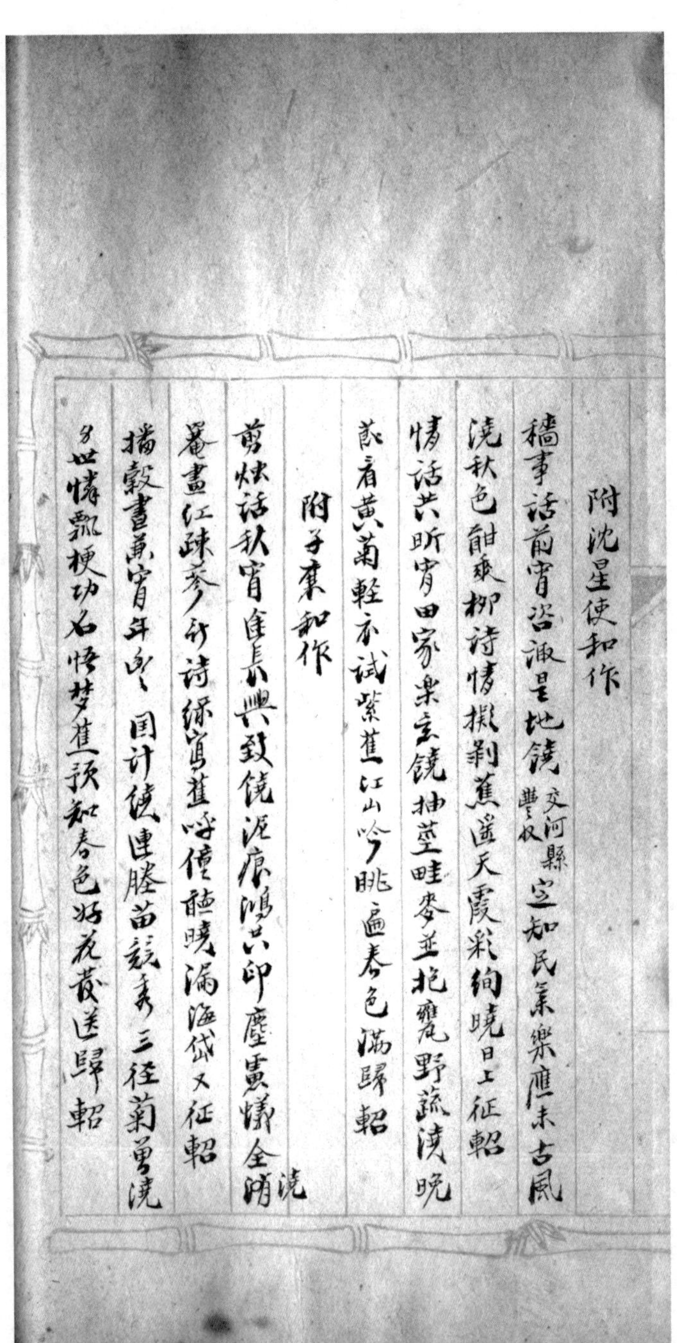

附沈星使和作

穡事話前宵谘詢是地饒交河縣豐收定知民氣樂應未古風

澆秋色酣乘柳詩情擬剝蕉遥天霞彩絢曉日上征軺

情話共昕宵田家樂意饒抽莖畦麥並抱甕野蔬澆晚

菘肴黄菊輕衣試紫蓬江山吟眺遍春色滿歸軺

附子秉和作　澆

剪燭話秋宵僉長興致饒泥痕鴻共印塵累蟻全消

罨畫江踈夢斟詩綠萬韮呼僮趁曉漏海岱又征軺

描穀書兼宵年與　國計饒連塍苗競秀三徑菊萬澆

多世情飄梗功名悟夢蕉預知春色好花萼送歸軺

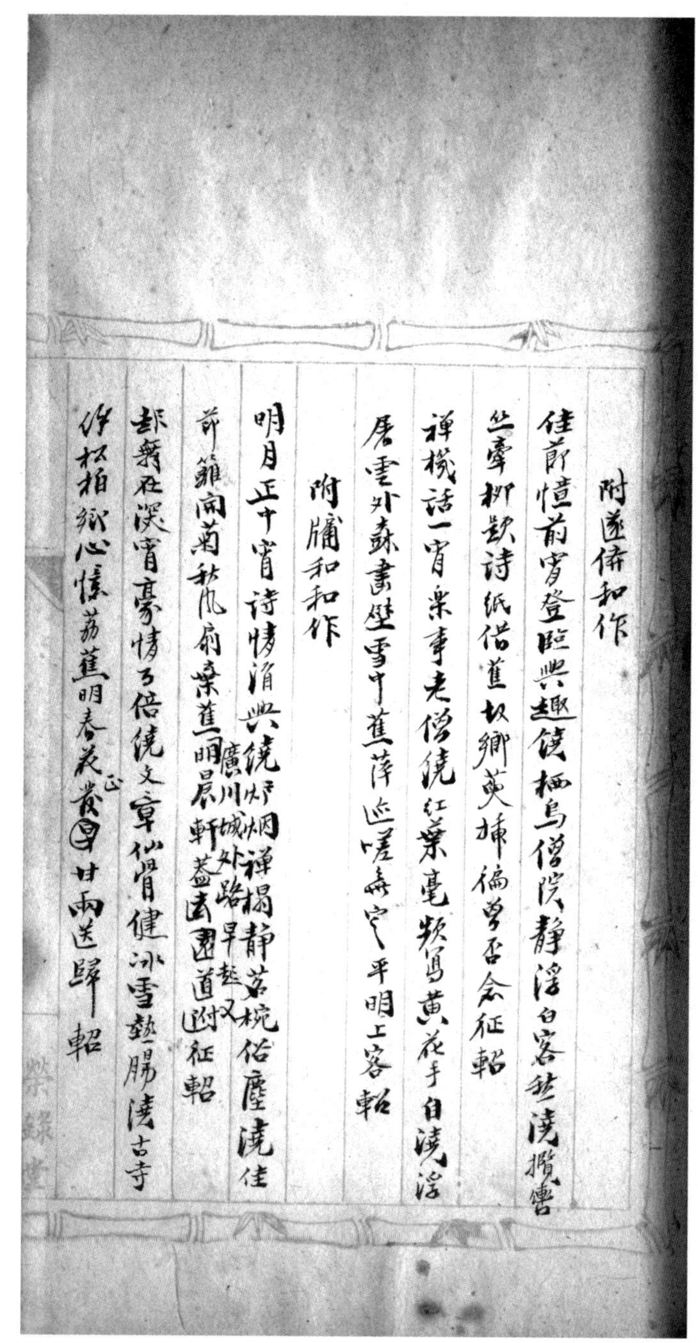

附遂倩和作

佳節憶前宵登臨興趣饒栖鳥僧院靜浮白客舟浇攬曹

叢牽柳欵詩紙借蕉收鄉英捕偏夢否念征軺

禪機話一宵樂事老僧饒紅葉毫類寫黃花手自浇浮

居雲外蘇畫壁雪中蕉萍迹嗟無定平明上客軺

附牖和和作

明月正中宵詩情消興饒炉烟禪榻靜茗椀俗塵浇佳

廣川城外路早趁又

節雜南菊秋風剪葉蕉明晨軒蓋去團道附征軺

赴舞在深宵豪情又倍饒文章仙骨健冰雪熱腸浇古寺

依松柏猶心愫荔蕉明春花發日甘雨送歸軺

正

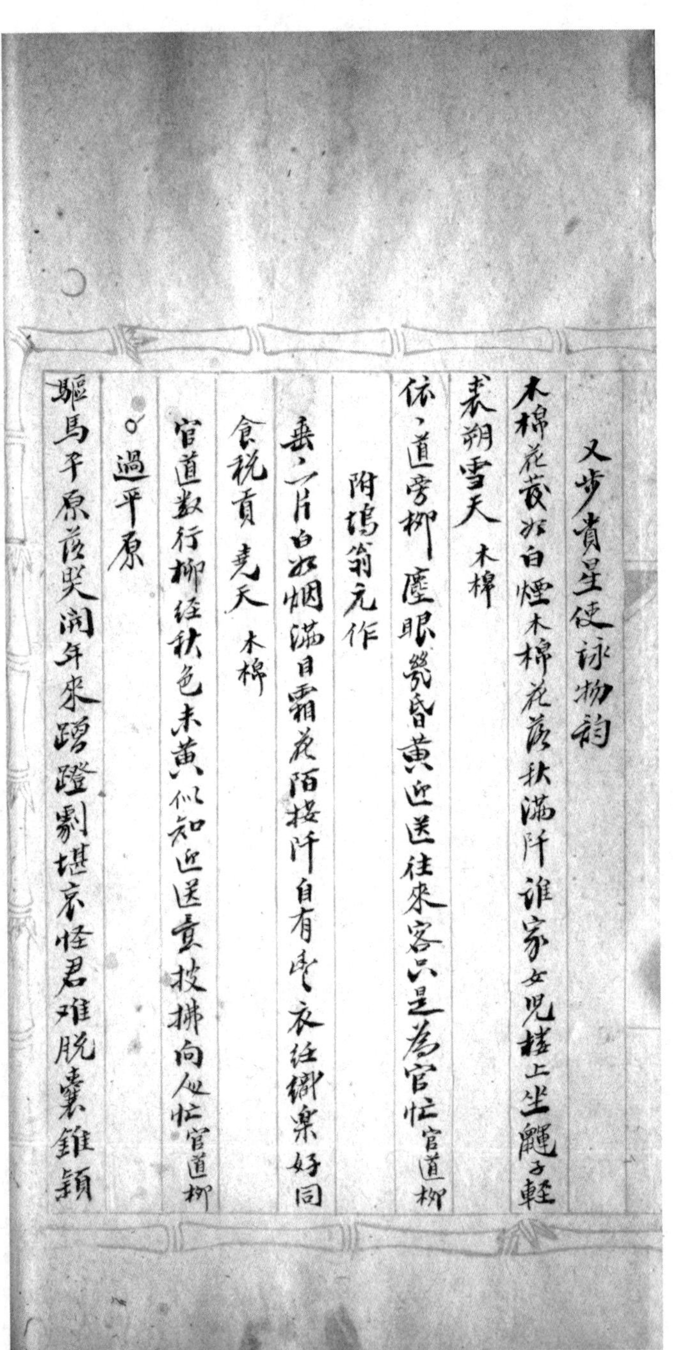

又步貴星使詠物韵

木棉花蕊如白煙，木棉花落秋滿阡。誰家女兒樓上坐，鞭子輕裘朔雪天。木棉

依依道旁柳，塵眼幾昏黃。迎送往來客，只是為官忙。官道柳

附鴻翁元作

垂垂一片白如烟，滿目霜花陌接阡。自有天衣經緯樂，好同食稅貢堯天。木棉

官道數行柳，經秋色未黃。似知迎送責，披拂向人忙。官道柳

○過平原

驅馬平原落莫閒，年來蹭蹬劇堪哀。怪君難脫囊錐穎

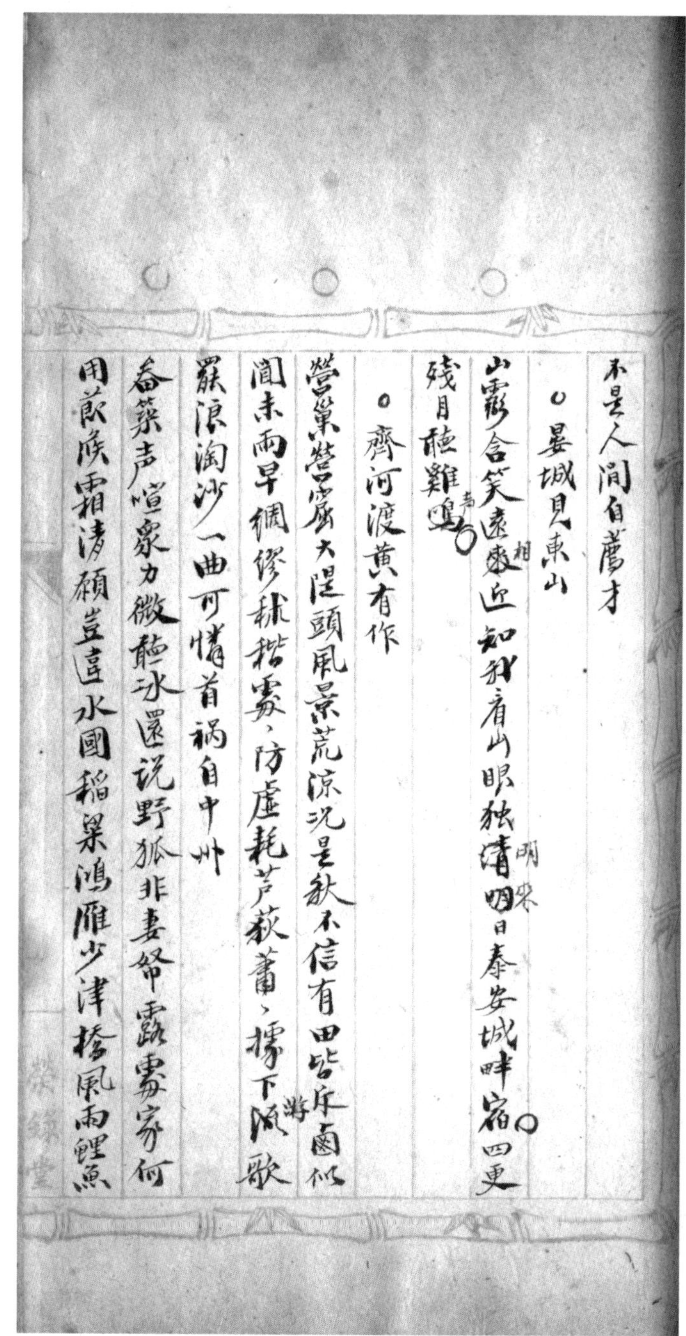

不是人間自薦才

○晏城見東山

山靄含笑遠來[相]迎知我肩山眼獨清[明來]明日泰安城畔宿○四更殘月聽雞鳴[声]○

○齊河渡黃有作

營巢營窟大隄頭風景荒涼況是秋不信有田皆斥鹵似聞未雨早綢繆耕稼、防虛耗蘆荻蕭、擣下[游]流歌巖浪淘沙一曲可憐首禍自中州

畚築聲喧衆力微聽冰還說野狐非妻孥露霧家何用敵候霜濤頹豈匡水國稻粱鴻雁少津梁風雨鯉魚

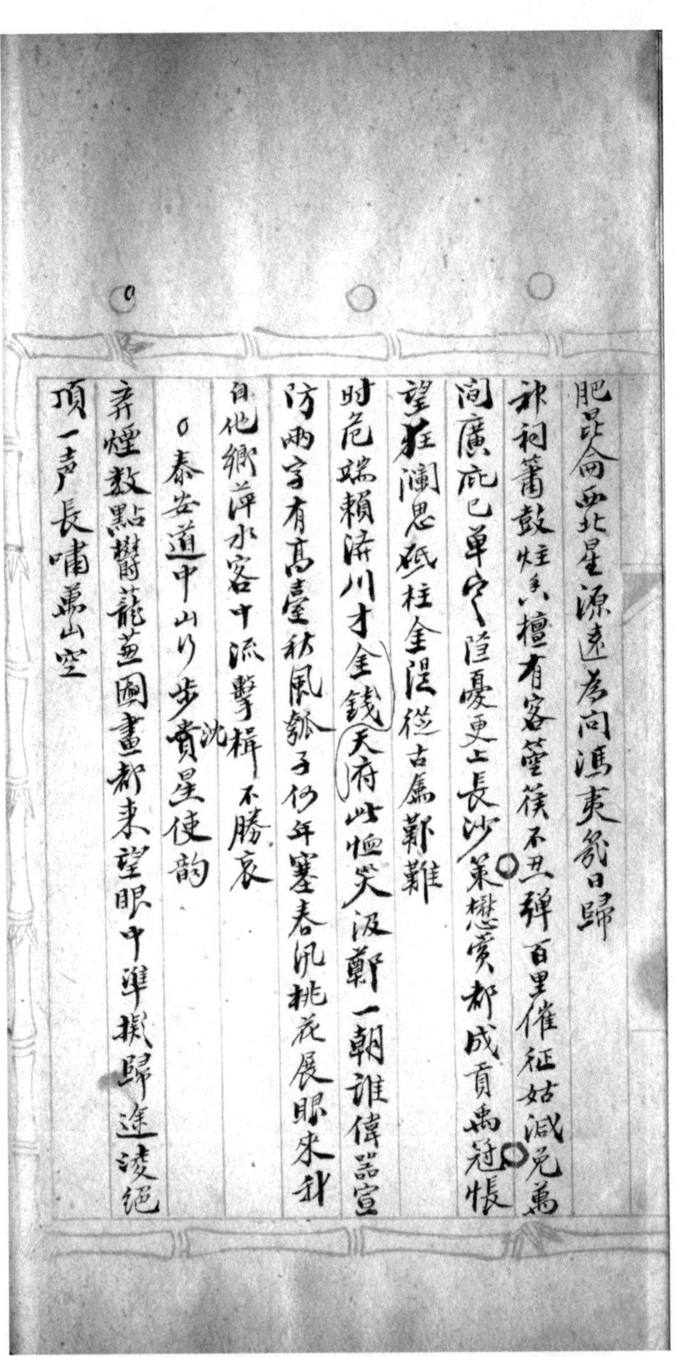
肥昆侖西北星源遠為向滇夷氣日歸
神祠簫鼓炷香檀有客簦筱不丑辨百里催征姑減免萬
間廣庇已單定隨憂更上長沙策懋賞都成貢禹冠悵
望狂瀾思砥柱金隄從古屬艱難
時危端賴濟川才金錢天府此恤災汲鄭一朝誰偉器宣
防兩字有高臺秋風瓠子仍年塞春汛桃花展眼來我
自他鄉萍水客中流擊楫不勝哀
○泰安道中山行步沈貴星使韻
莽煙數點鬱蔥圖畫都來望眼中準擬歸途凌絕
頂一聲長嘯萬山空

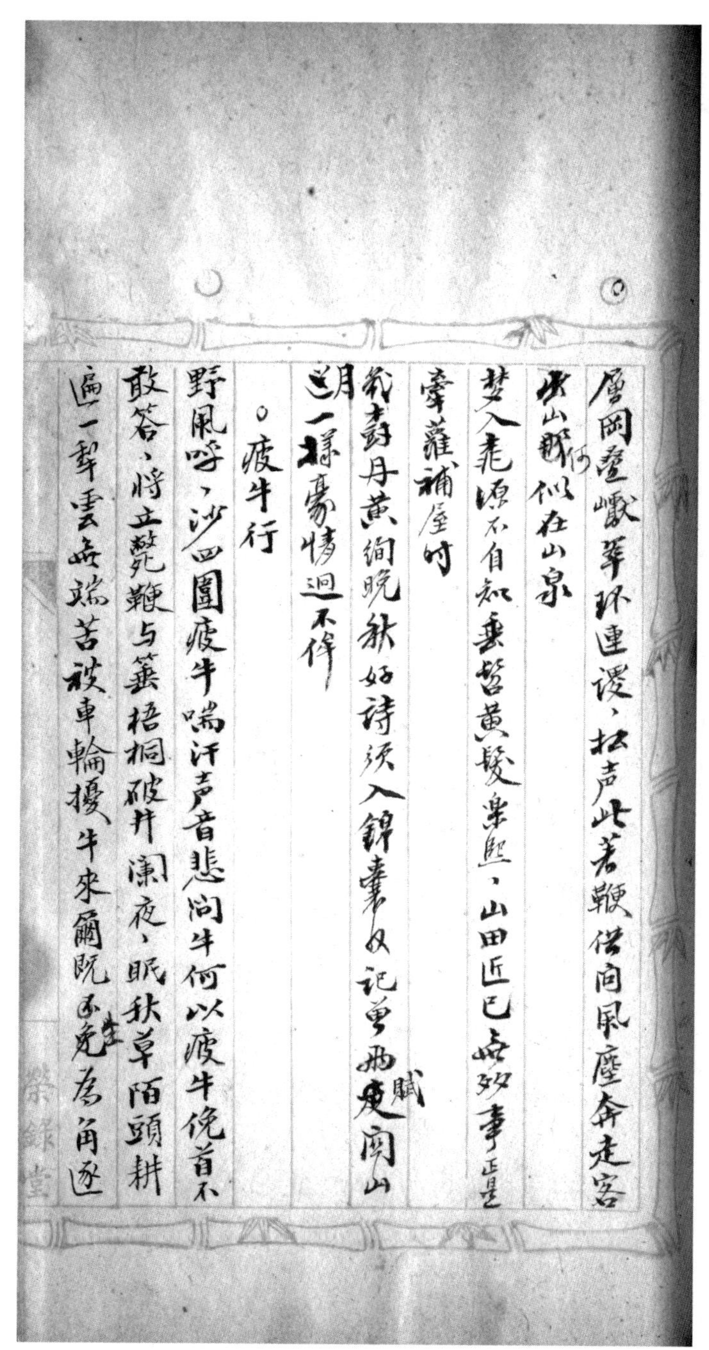

層岡疊巘翠環連、扬声此苦鞭借向風塵奔走客出山軀何似在山泉

夢入桃源不自知垂髫黃髮樂熙、山田近已無殘事正是牽蘿補屋時

我壽丹黃絢晚秋好詩須入錦囊收記曾兩度賦閬山湖一樣豪情迥不侔

○瘦牛行

野風呼、沙四圍瘦牛喘汗声音悲問牛何以瘦牛俛首不敢答、將立甃鞭与箠梧桐破井闌夜、眠秋草陌頭耕遍一犁雲無端苦被車輪擾牛來爾既不免為角逐

材性命便合隨輕挨誰能為爾乞骸豆半升鳥一具石款
飯何處三朝三暮而已不如故噴猛虎曳磨未若驢牧者
徒為御者愚廄中間殺千金駒

○沂州府是晉孝子王祥故里

蘭山古驛小停車景仰名賢式里閭敢向墓頭顉孝子
早知海上有人兔春風歸詠斯何處疏水承歡信不虛
可止冰心懷一片黃泉相見渺愁余

○夜聞轅门笳鼓声有感

轅门笳鼓一声声二十年来苦用兵豈有天心扶殺運肯
教國士負虛名紛紛城郭仍無恙獨為桑麻聲不平

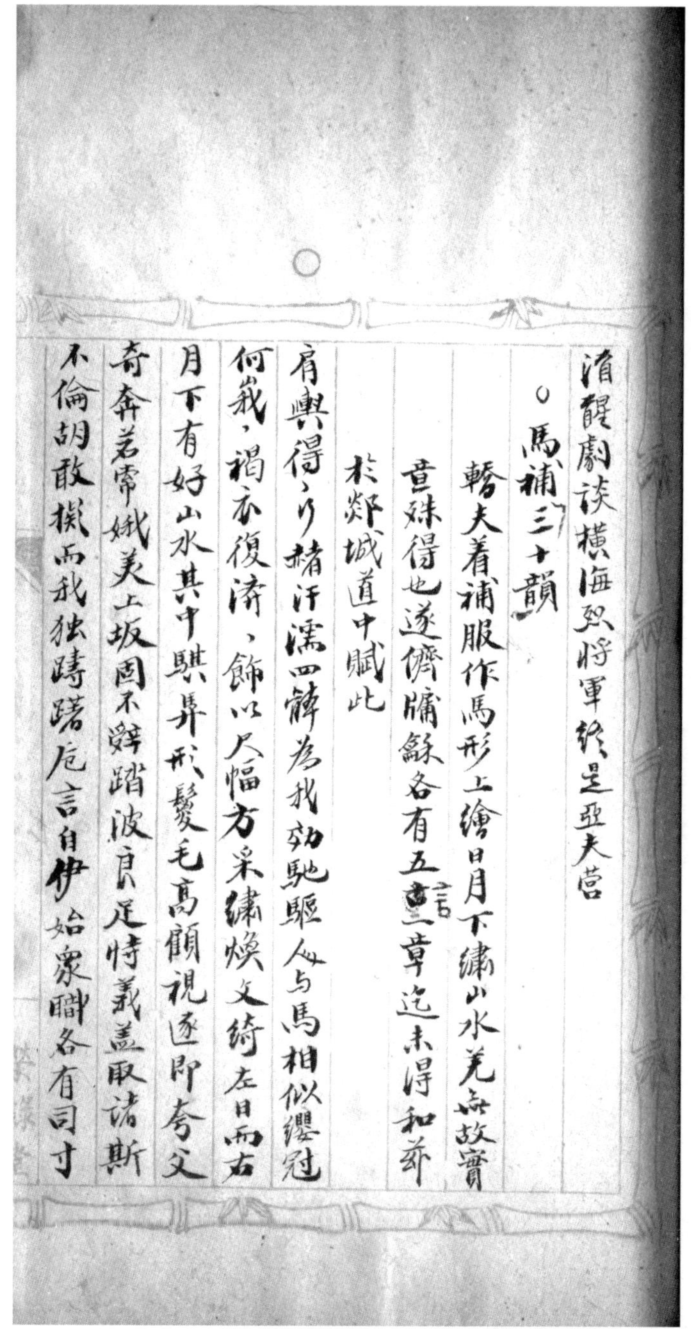

消醒劇談横海烈將軍終是亞夫營

○馬補三十韻

轎夫着補服作馬形上繪日月下繡山水羌無故實亶殊得也遂儕牖錄各有五言草迄未得和爺於鄭城道中賦此

肩輿得々力精汗濡四蹄為我効馳驅人与馬相似纓冠何峩々裼衣復濟々飾以尺幅方采繡煥文綺左日而右月下有好山水其中騏异形鬉毛高顧視遂即夸父奇奔若常娥美上坂固不辭踏波良足恃義蓋取諸斯不倫胡敢擬而我独踌躇危言自伊始衆瞰各有司寸

長莫非技駕馭得其人何材不器使生逢明盛時周道本
如砥蹣跚皇猷絲綸似恩旨大者屬龍頭小亦附驥尾
太僕與厩養不過貴賤耳輿夫爾試思豈無不羈士一翦
遇王良未免投袂起爾位非騾騎爾名非騄駬腹則執
忍鞭骨則誰背市塵土污爾裳繪事乃云禮封爾馬
服君憲恐爾愧死奈何以駑庸撓足承意指嗟吁爾爾心
我其知已也矣人生天地間凡事在求已既無狐可裘更無
象可珥所限雖一衣所志躭千里但許引丹青便如曳
朱紫甘為轅下駒自食力而已何必龍鳥官及恭洞郛
子

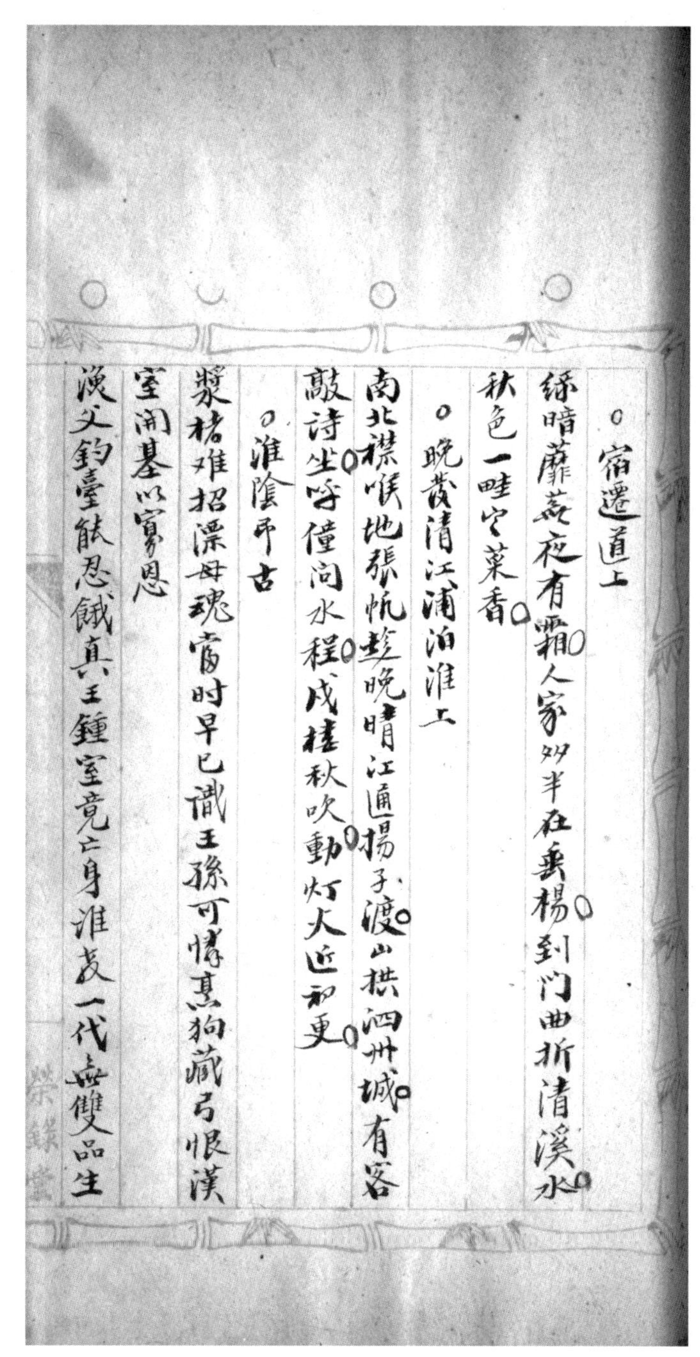

○宿遷道上

綠暗蘼蕪夜有霜○人家多半在垂楊○到門曲折清溪水○秋色一畦容菜香○

○晚發清江浦泊淮上

南北襟喉地○張帆趁晚晴○江通揚子渡○山拱泗州城○有客敲詩坐○呼僮問水程○戍樓秋吹動○燈火近初更○

○淮陰弔古

漿楮難招漂母魂當時早已識王孫可憐烹狗藏弓恨漢室開基以寡恩

溪丈釣臺餘恩餓真王鍾室竟亡身淮陰一代無雙品生

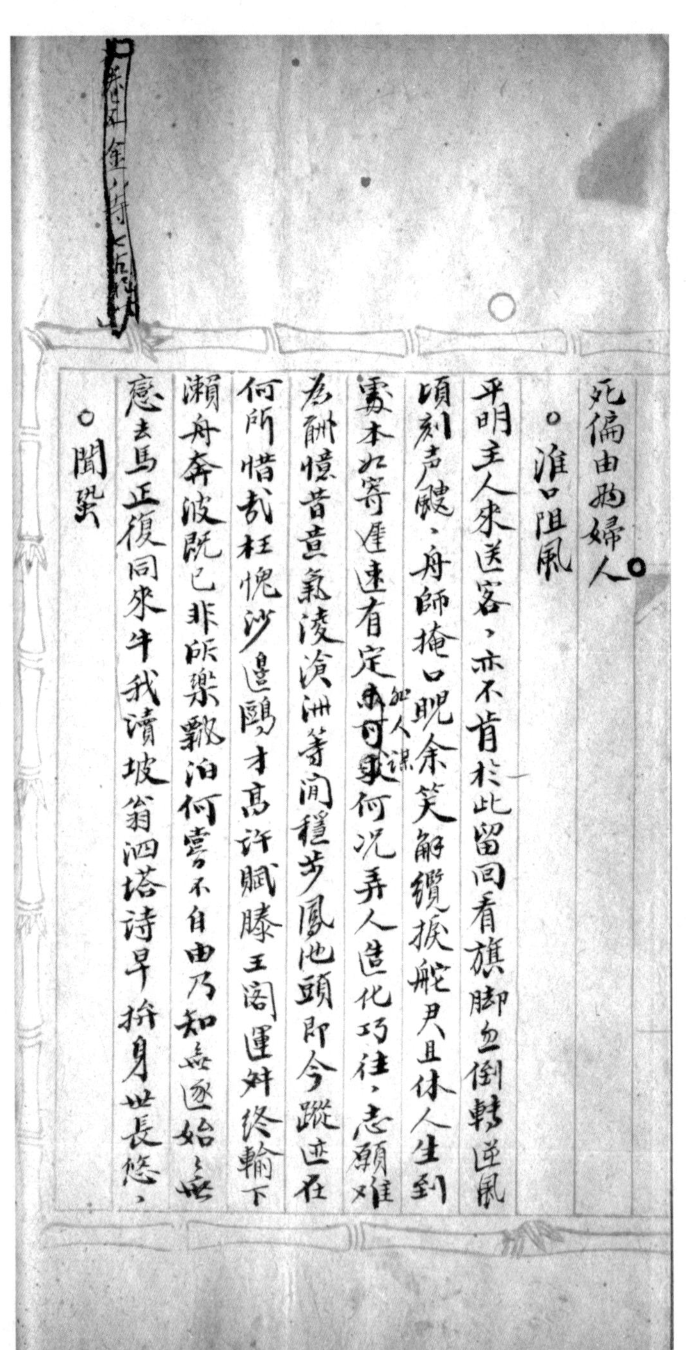

死偏由兩婦人。

○淮口阻風

平明主人來送客、亦不肯於此留回看旗脚血倒轉逆風
須刻聲颼、舟師掩口睨余笑解纜扳舵尹且休人生到
處本如寄遲速有定未可數（加人謀）何況弄人造化巧往、志願難
為酬憶昔意氣凌滄洲簪闈穩步鳳池頭即今蹤迹在
何所惜哉枉愧沙邊鷗才高許賦滕王閣運舛終輸下
瀨舟奔波既已非所樂繫泊何嘗不自由乃知無逐始無
慮去馬正復同來牛我讀坡翁泗塔詩早拚身世長悠、

○聞蛩

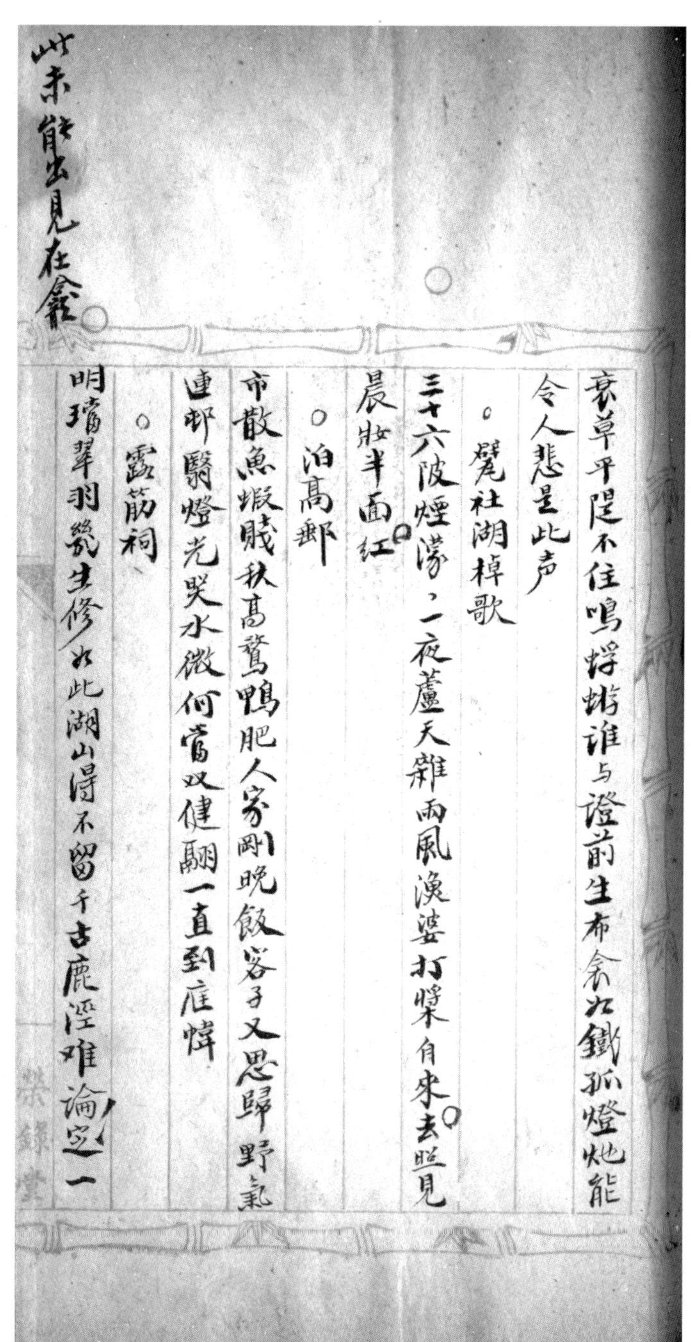

此未能出見在龕

衰草平堤不住鳴蟋蟀誰与證前生布衾似鐵孤燈灺能令人悲是此声

○鷺社湖棹歌

三十六陂煙漭漭一夜蘆天雜雨風漁婆打槳自來去照見晨妝半面紅○

○泊高郵

市散魚蝦賤秋高鵞鴨肥人家剛晚飯客子又思歸野氣連郵驛燈光哭水微何當双健翮一直到庭幃

○露筋祠

明璫翠羽飲生修如此湖山得不留千古麃涇难論定一

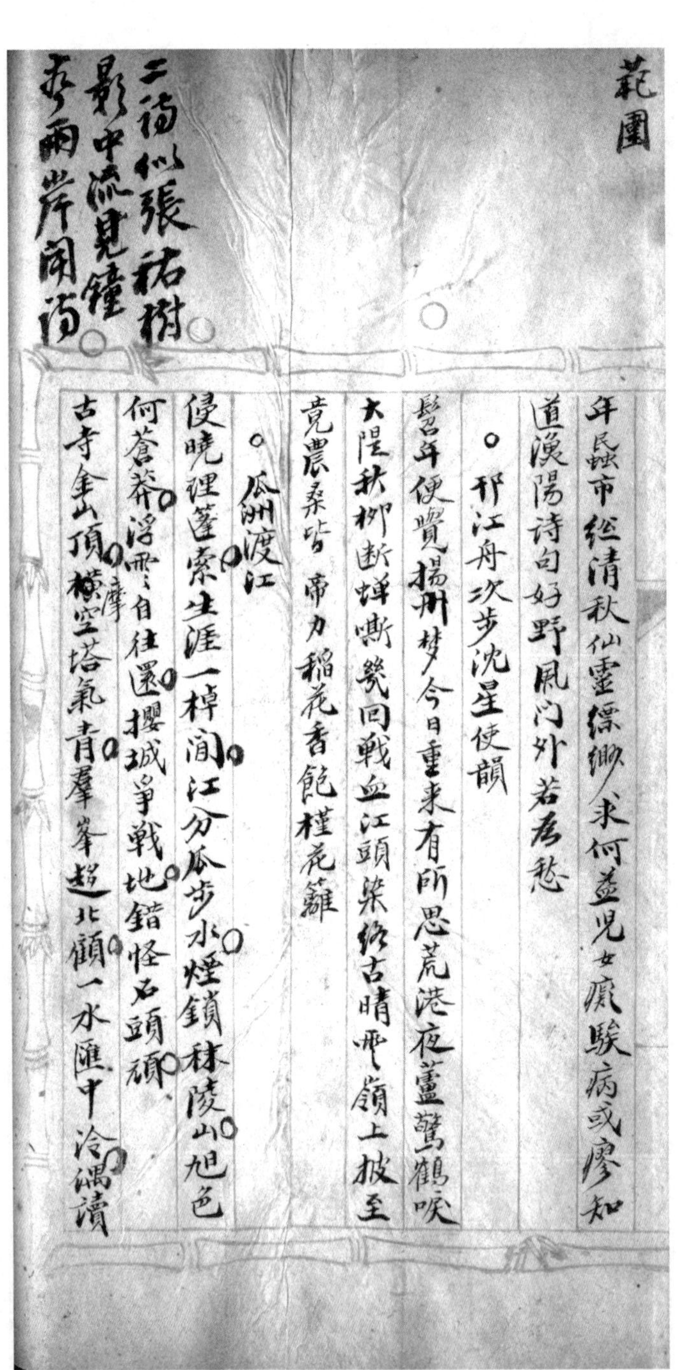

花園

二句似張祜樹影中流見鐘聲兩岸聞消

年蚊市紛清秋仙靈縹緲求何益兒女癡騃病或瘳知道漢陽詩句好野風門外若爲愁

○邗江舟次步沈星使韻

髫年便覺揚州夢今日重來有所思荒港夜蘆鷺鶴唳大隄秋柳斷蟬嘶幾回戰血江頭染終古晴雲嶺上披至竟農桑皆帝力稻花香飽槿花籬

○瓜洲渡江

侵曉理篷索生涯一棹淘江分瓜步水煙鎖秣陵山旭色何蒼莽浮雲自往還攖城爭戰地錯怪石頭頑

古寺金山頂橫空塔氣青羣峯超北顧一水匯中泠偶讀

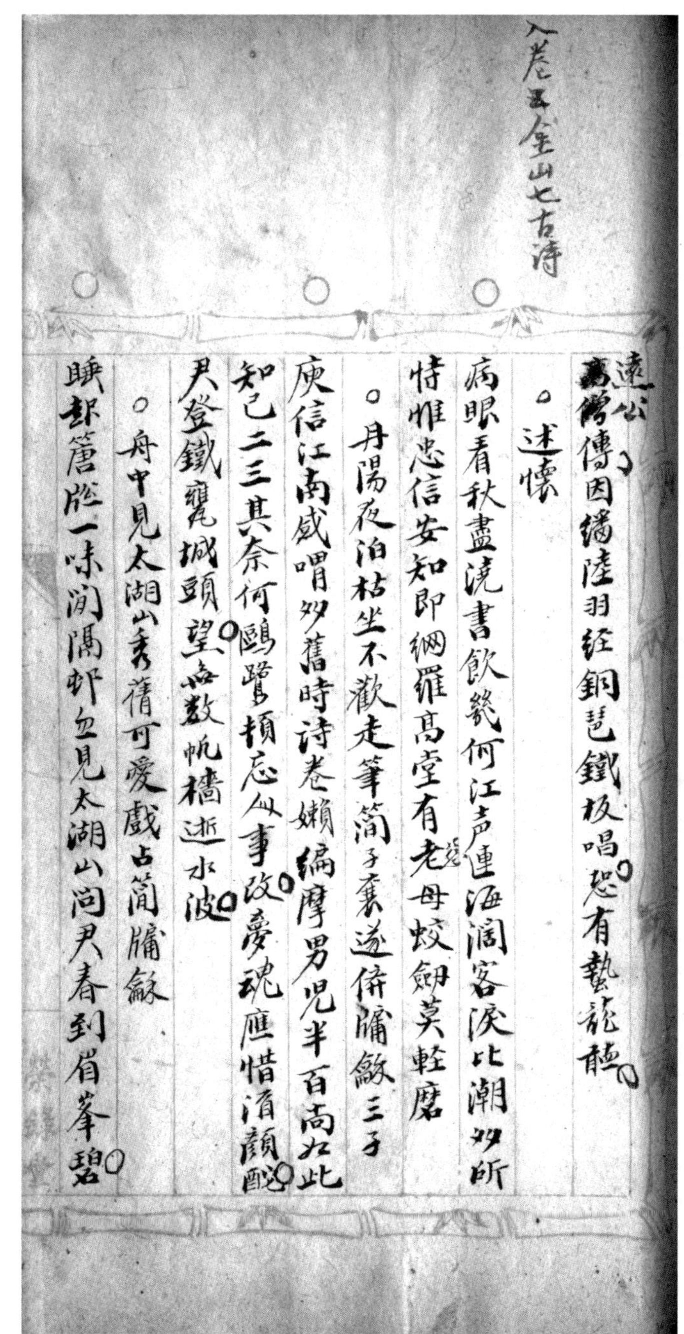

入卷五金山七古詩

遠公
高僧傳因續陸羽经銅琶鐵板唱怨有蟄龍聽

述懷

病眼看秋盡澆書飲幾何江声連海濶客淚比潮多所恃惟忠信安知即網羅高堂有老母蛟鰐莫輕磨

丹陽夜泊枯坐不歡走筆簡子襄遂併牖敘三子

庾信江南感喟多舊時詩卷懶編摩男兒半百尚如此知己二三其奈何鷗鷺頻忘人事改夢魂應惜酒顏酡

只登鐵甕城頭望忽數帆檣逝水波

舟中見太湖山秀蒨可愛戲占簡牖敘

睡起蓬牕一味閒隔虾無見太湖山向只春到眉峯碧

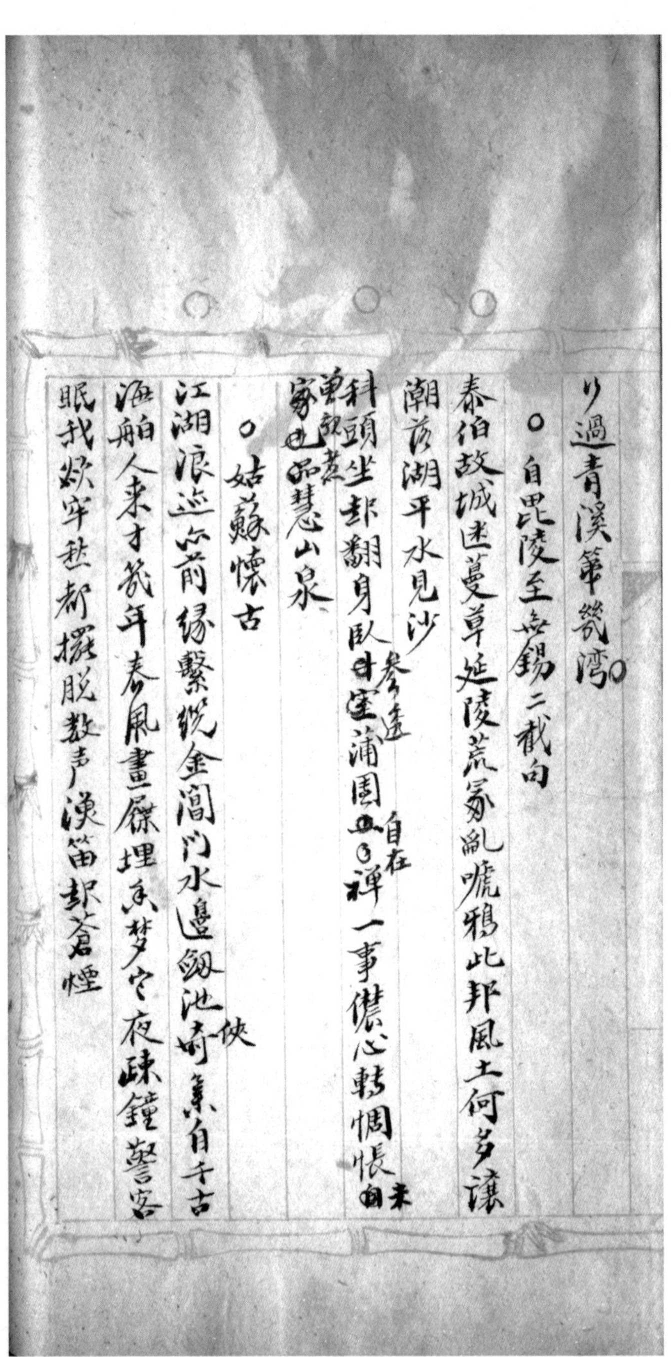

行過青溪第幾灣○

○自毘陵至無錫二截句

春伯故城迷蔓草延陵荒冢亂啼鴉此邦風土何多讓

潮落湖平水見沙

科頭坐起翻身臥(參透)斗室蒲團(自在)[?]禪一事儘心輕惆悵由(來)

東卻羞家也[?]慧山泉

○姑蘇懷古

江湖浪迹[?]前緣繫纜金閶門水邊劍池[?](俠)奇氣自千古

漁舶人來才幾年春風畫屧埋香夢空夜踈鐘警客

眠我欲穿花都擺脫數聲漁笛起蒼煙

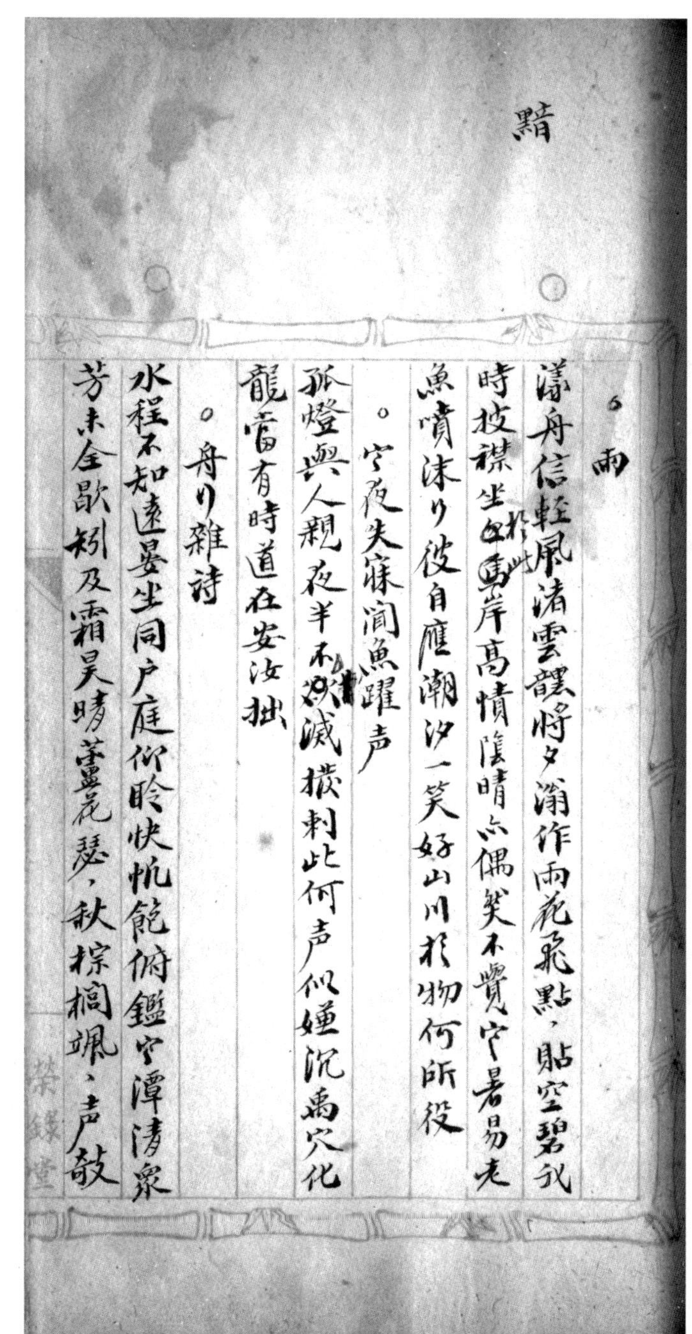

黯

雨

漾舟信輕風渚雲䨏將夕潮作雨花飛點〻貼空碧孤時披襟坐於此岸高情陰晴亦偶笑不覺空暑易老魚噴沫〻役自應潮汐一笑好山川於物何所役

空夜失寐澗魚躍声

孤燈與人親夜半不燃滅撥剌此何声似鍾沉禹穴化龍當有時道在安汝拙〻

舟〻雜詩

水程不知遠晏坐同戸庭仰眄快帆飽俯鑑空潭清泉芳未全歇刹及霜昊晴蘆花瑟〻秋粽椈颯〻声敲

橋日壘度〻者無問名

曙氣新雨肥澄波明素練廬舍占隄頭城樓搖水面

居民喜近市晨炊交錯亂時有彭墟人筠籃羅餅

麪回首眺高原紅豆色璀璨豈独為鱸魚鄉思動張

翰

山好不在多竟日三兩峯姿態又善变倏忽無定峯秀極容

不見石愈淡乃愈濃千壑萬壑雲〻十溪九溪風陰霞

一倒垂瀉影如飲虹心懸衆鳥外目盡孤煙中那有生

鵝絹畫之純用烘澗潤自何年斯道其猶龍

落照沒西崦眉月已向夕復此秋水空隔蘆入燈隙容

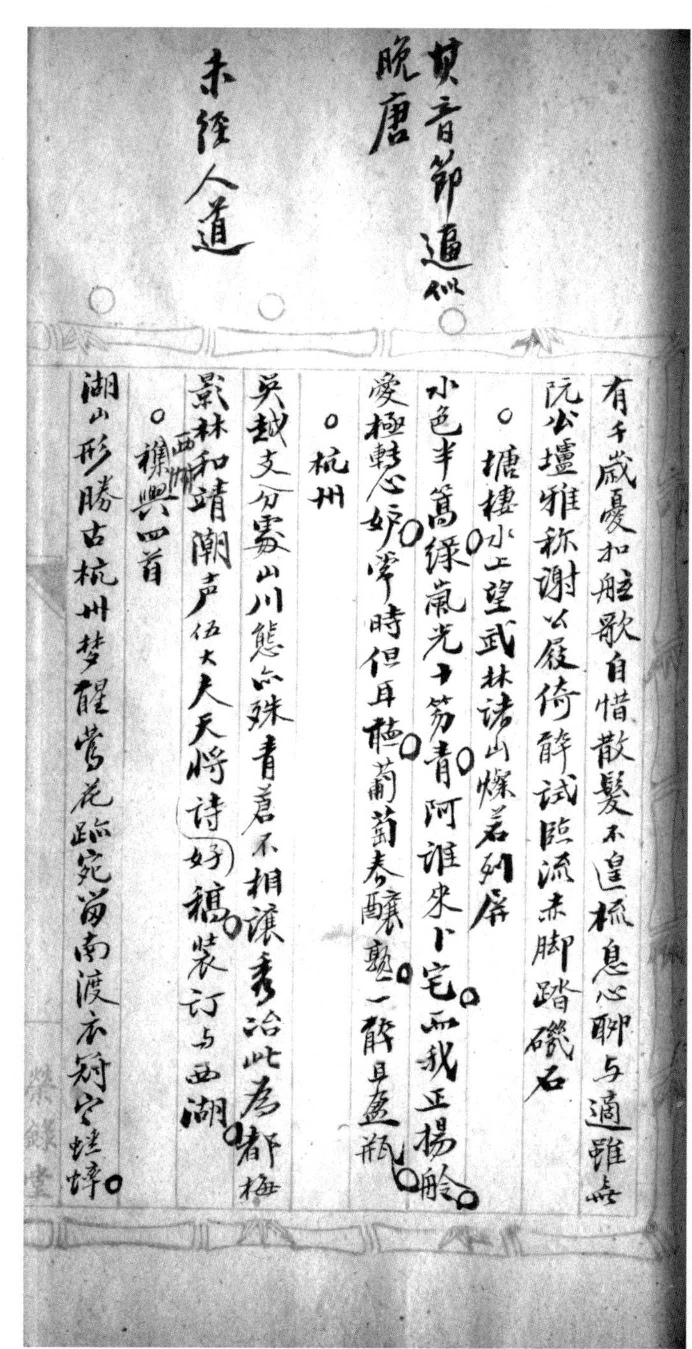

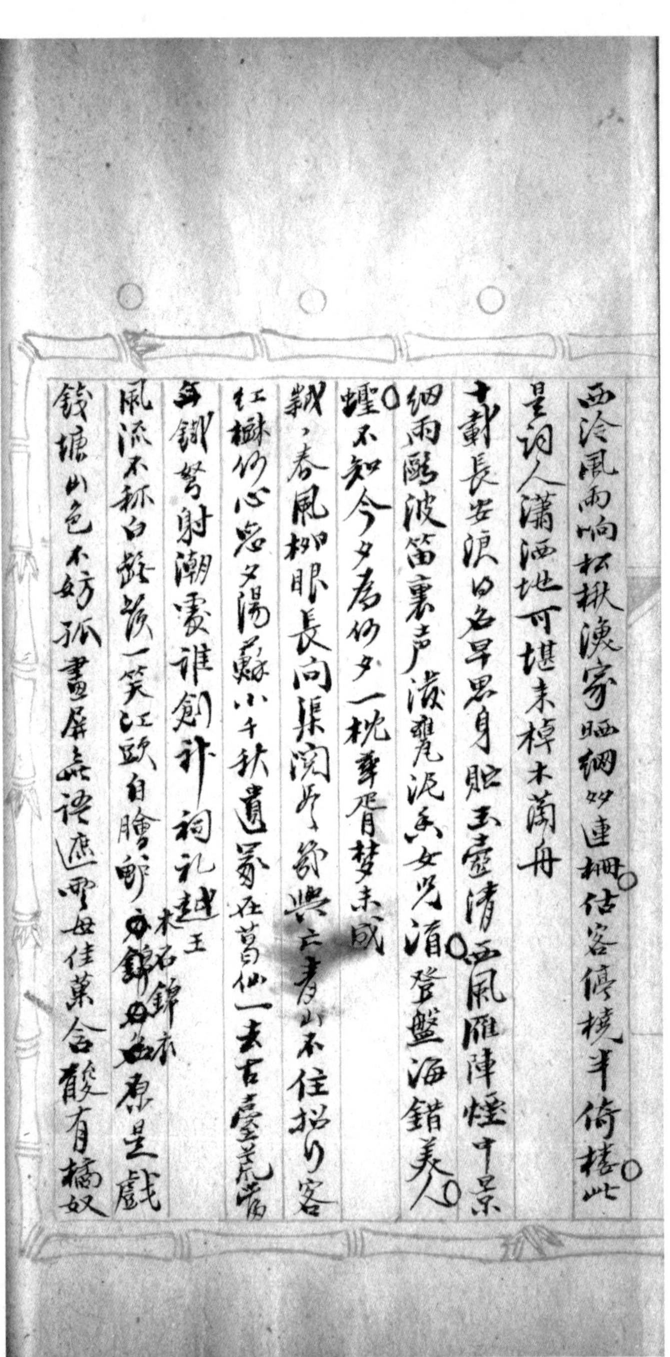

西泠風雨響松楸，漁家晒網夕連柵。估客停橈半倚樓。此
是詞人瀟灑地，可堪未棹木蘭舟。
十載長安浪得名，早思身貯玉壺清。西風雁陣煙中景，
細雨鷗波笛裏聲。淺蘸泥痕兒女酒，登盤海錯美人
蟶。不知今夕為何夕，一枕華胥夢未成。
灩灩春風柳眼長，向渠閱盡幾興亡。青山不住招招客，
紅樹何心送夕陽。蘇小千秋遺冢在，葛仙一去古臺荒。
每鐵弩射潮處，誰創行祠祀越王。
風流不忝白蘇後，一笑江頭自膾鱸。無錦無衣原是戲（木石錦衣）
錢塘山色不妨孤。畫屏無語遮雲母，佳菓含酸有橘奴。

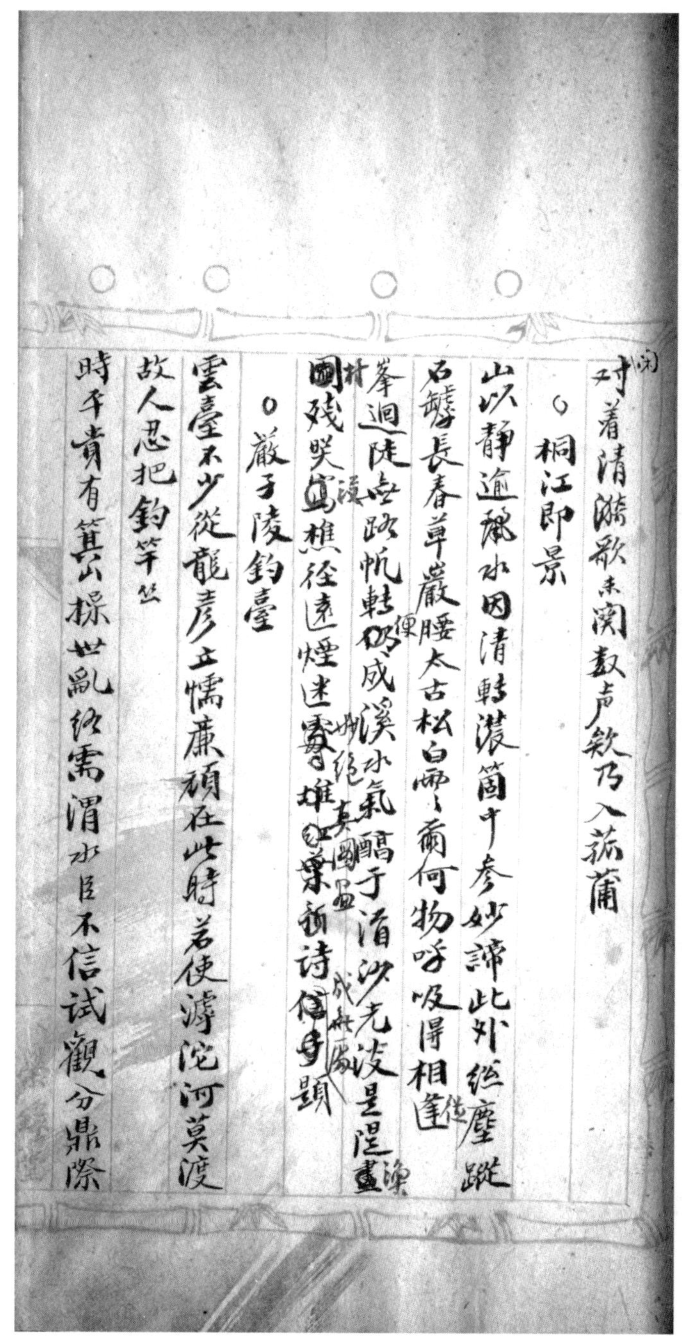

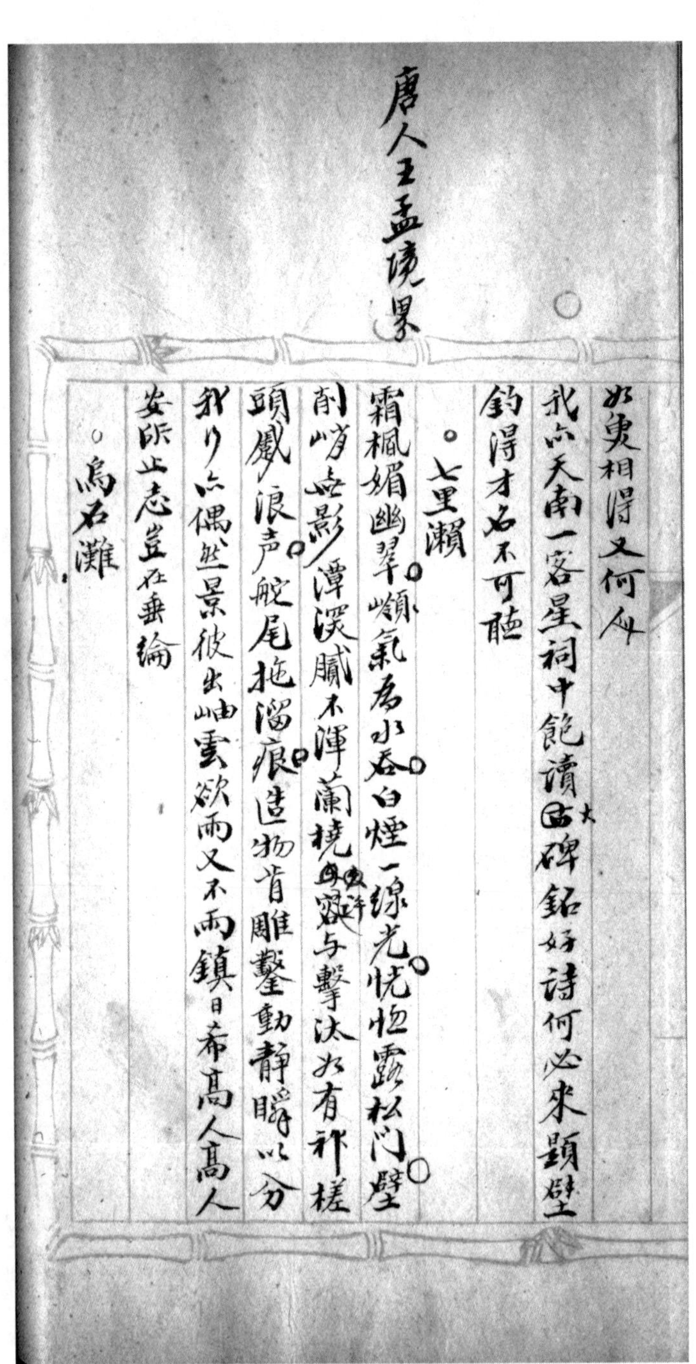

唐人王孟境界

如叟相得又何如

我亦天南一客星祠中能讀古碑銘好詩何必來題壁

釣得才名不可聽

七里瀨

霜楓媚幽翠嶺氣為小吞白煙一線光恍惚露松門壁

削峭疊影潭溪膩不渾蘭橈毋凝与擊汰如有神槎

頭戲浪声舵尾拖溜痕造物肯雕鑿動靜瞬以分

我行亦偶然景彼出岫雲欲雨又不雨鎮日希高人高人

安所止志豈在垂綸

烏石灘

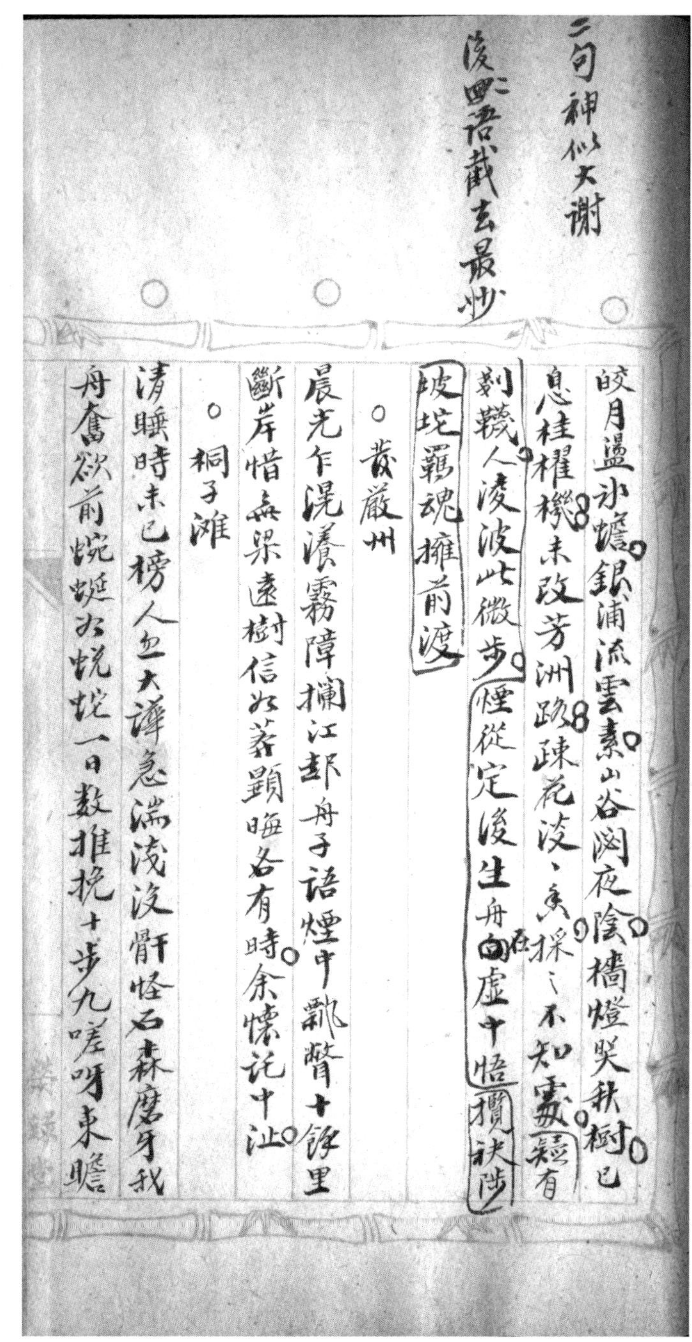

雖無二句表之方佳

能字擬改方字

鳥栖邨西眺丹巖霞觥奇頓忘險瘦眼爲〻花

○金家梁

陰崖斂夕暉風定波猶影蘚色韻湖唇月氣浮松頂
野曠衆星稀山空萬籟靜燈火夜微茫隔沙辨漁艇
石銚煮清泉甕甌煎苦茗雖無象外緣已覺非人境
趺坐證維摩理愜味彌永

○蘭溪

雙塔聳危巘有亭能翼然漩流盤回合始及蘭溪山
維舟登野岸板屋相毗連中澤多芳草欲採寄遠難
我有金石交百年矢勿諼言〻足紉佩吹氣甚于蘭美

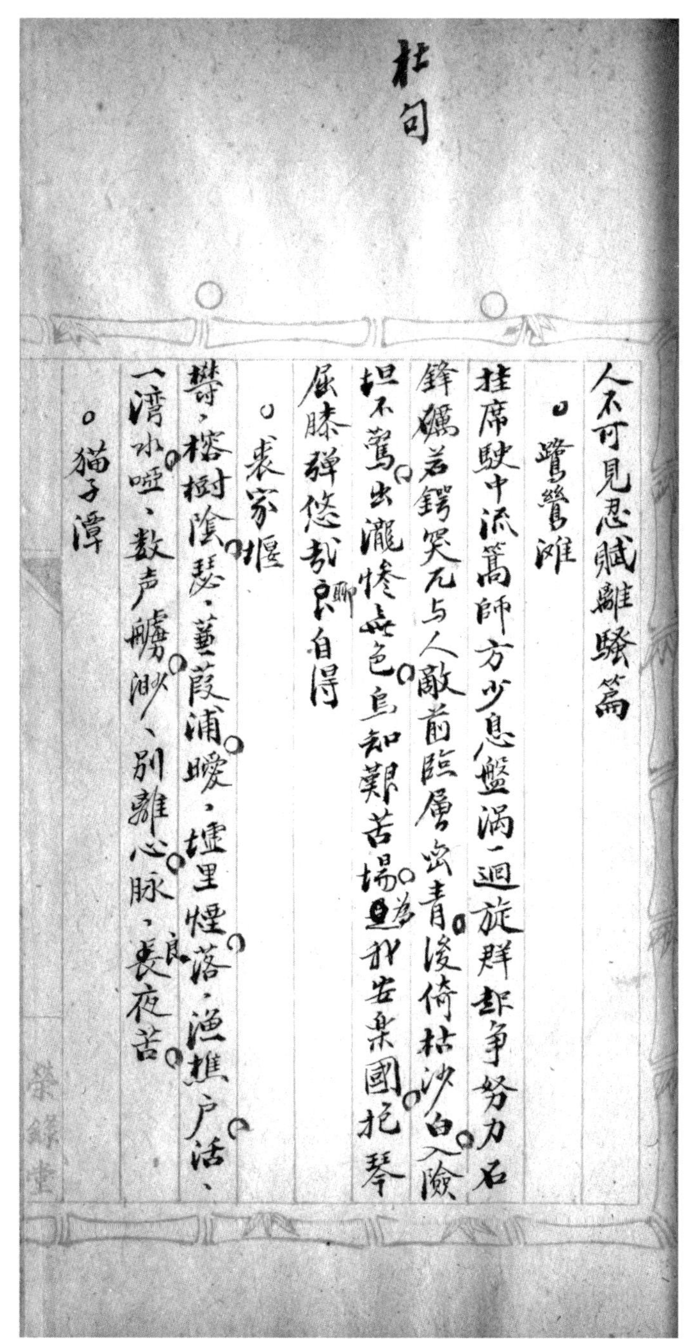

杜句

人不可見忍賦離騷篇

○鷺鷥灘

挂席駛中流篙師方少息盤渦一迴旋群郡爭努力石鋒礪若鍔突兀与人敵前臨層峦青後倚枯沙白入險坦不驚出瀧慘無色烏知鄭苦場（為）是我安樂國抱琴屈膝彈悠哉良（聊）自得

○裘家堰

欝、榕樹陰瑟、蒹葭浦曖、墟里煙落、漁樵戶活、一灣水啞、數声艣渺、別離心脉、長（良）夜苦

○猫子潭

梅仙霧運

風日最清和不飲心常醉四山延水音衆木搖秋氣纖
醲可萬變早晚非一致詩窮妙幽境睡契得真味推
篷皓月來渾忘鞅掌事

湖鎮

連峯樹若雲近渚沙如月雲向樹頭生月到沙邊沒
村雞四五叫有客又催發船鳴走潛虯桅動翻飢鶻
霜霞色萋萋百卉綴芳契沉思興浩歎陰陽氣候
別

龍邱山

仙人絕塵蹤韞此九堆玉芙蓉不可狀日俯青濤曲松

尤妙

昔米元章作書自云腕有羲之鬼君從山陰道上行來豈亦有謝公入夢耶

又似小謝

泉答巖壑霧牖懸林麓爛爛錦霞裳舒卷山之谷胎息七里瀧脉絡三天竺岈然石環間横噴藥苗馥我昔夢吳越苦懷傳雲鵠朝游吸清風夕卧探列宿手拍安期生鋤煙執黃獨

○塘石湾

舟行塘石湾塊壘塞行前匡欲舍之去洵渡別兵川山遠態益出林短意自便妙化待人契虛籟因物宣沿洄勿愁屢澄極遂忘年

○黄衢州

籃輿曉行露波亂猶在眼樹杪日華晶城頭雨声断

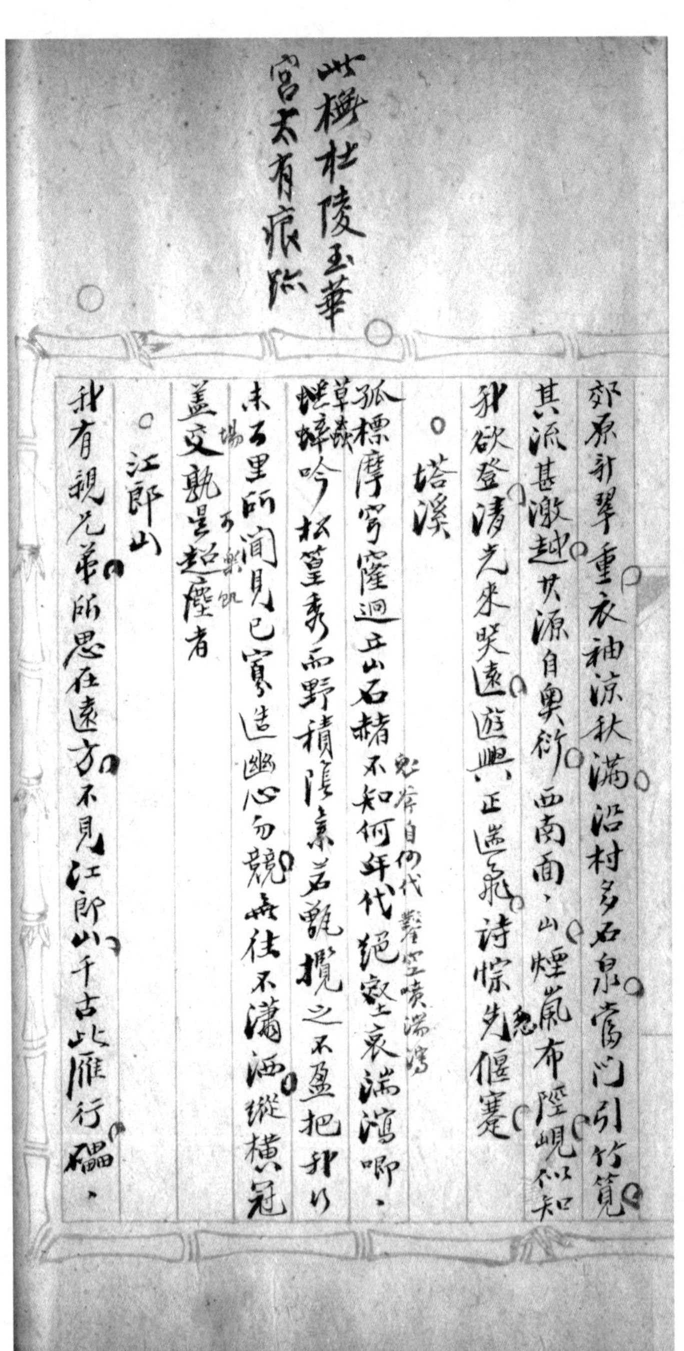

此樂杜陵玉華宮太有痕跡

郊原新翠重衣袖涼秋滿沿村多石泉當門引竹筧其流甚激越其源自奧衍西南面山煙嵐布陘峴似知我欲登清光來獎遠遊興正遄飛詩悰先偃蹇

塔溪

孤標摩穹窿迴立山石赭不知何年代絕壑哀湍瀉喞草蘇蟋蟀吟松篁秀而野積陰氣若甑攬之不盈把我行未百里所澗見已寡造幽心每競無往不瀟洒縱橫冠蓋交孰是超塵者

江郎山

我有親兄弟所思在遠方不見江郎山千古此雁行偏

此亦有意橅杜

三片石高与白雲〻翔白雲出可乘○送我還帝鄉○

○峽口

秋山夫何有衆薄為屏風枝撐至高凉青極不見峯榛花一點白娟潔孰与同緬彼荄根初○豈不資化工○雲日弄濤暉石氣互玲瓏可知攝生客甜卧倚茂松蔭崖屹相向○其下響奔湪（奔流衝）○披榛枉登頓○境邃安能窮○

○仙霞岡

雄関巍峩〻壯夫一可守鳥道嶙千盤○客心空萬有○匡渓響易應○磴滑立难久○蒼杉〻挿周遭紫菌皺左右雜卉莫知名奇磨疑在後油〻霁烟净淙〻暗泉走危

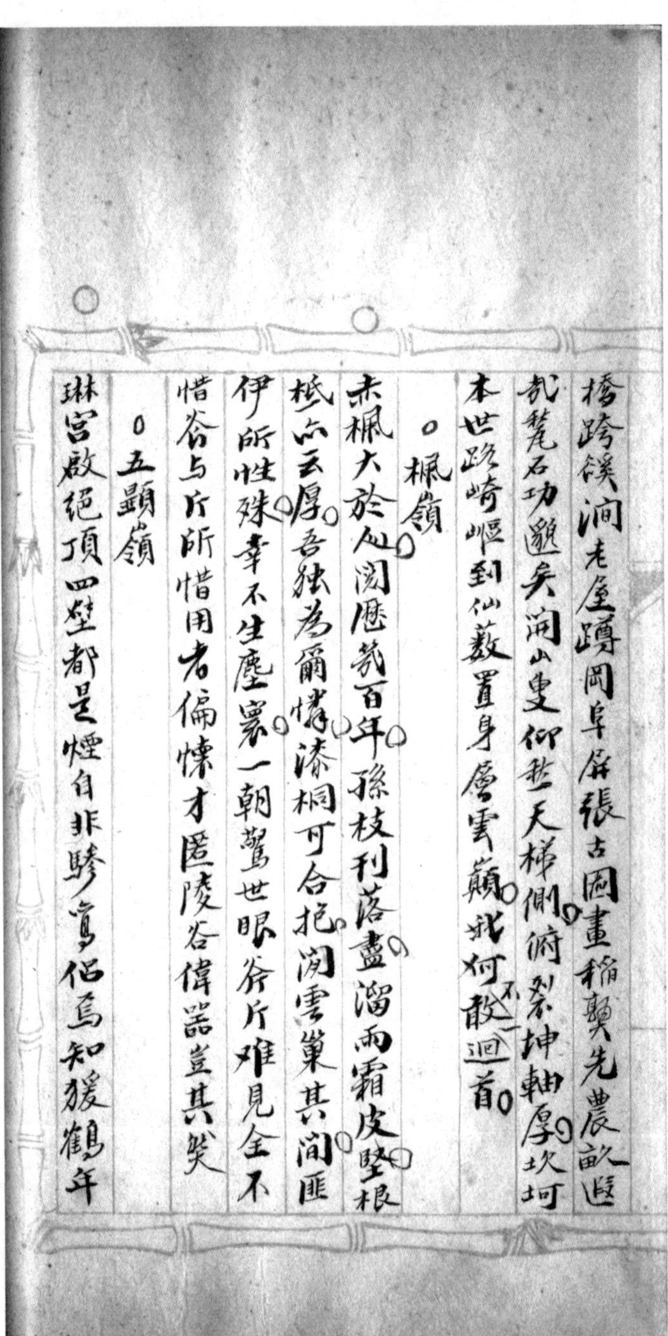

橋跨谿澗老屋蹲岡阜屏張古圖畫稱襲先農畝逕亂莽石功邈矣澗山叟仰熱天梯側俯裂坤軸厚坎坷本世路崎嶇到仙藪置身層雲巔我何敢不迴首

○楓嶺

赤楓大於瓜閱歷幾百年孫枝利落盡溜雨霜皮堅根柢亦云厚吾獨為爾憐漆桐可合抱閱雲巢其間匪伊所性殊幸不生塵寰一朝驚世眼斧斤難見全不惜谷與斤所惜用者偏慷才匿陵谷偉器豈其笑

○五顯嶺

琳宮敞絕頂四壁都是煙自非騎鸞侶焉知猨鶴年

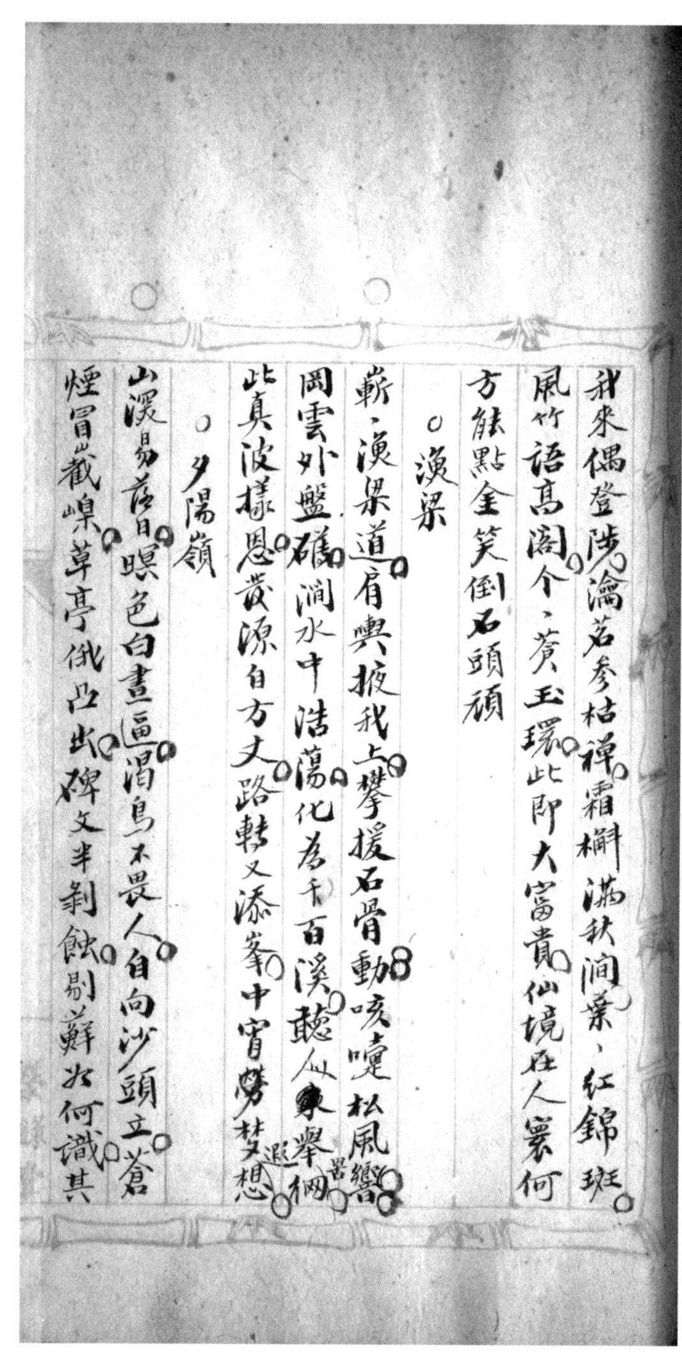

秋來偶登陟瀹茗參枯禪霜楓滿秋澗葉葉紅錦斑
風竹語高閣个个蒼玉環此即大富貴仙境在人寰何
方能點金笑倒石頭頑

○漢梁

嶄嶄漢梁道肩輿扳我上攀援石骨動咳唾松風響
岡雲外盤礴澗水中浩蕩化為千百溪聽似衆舉網
此真波樣恩黃源自方丈路轉又添峯中宵勞夢想

○夕陽嶺

山溪易落日暝色白晝遍涓鳥不畏人自向沙頭立蒼
煙冒巖嶂草亭俄凸出碑文半剝蝕剔蘚欲何識其

此未佗

西逕佛場因巖壘階級雖僧學知客老衲但長揖坐我
以蒲團餉我以茶食齋堂肅粥版禅榻堆经籍鏘笑
石磬鳴似是有心擊飛甍翬畫牕鴟吻張一一下臨無
底聳筍氣涼胸臆北顧妙高峰是我親所歷南矚大
幽谷此去杜復入其東絕人踪清泉挂峭壁遊者信如
斯亙古長太息客〻正爲賴不覺萬緣寂久欲賦招
隱平生事未畢

○陜浦

洪濤声洶洶壁立千萬仞度梁巉石窟緪鐵守雲陣盤
陀已崩坍苦泉還浸潤湫渫孰能測路窄我先進江形三

似韓

佶稍欠力量

峽惡坂勢九折峻，裙欏自古大藤蔓。將人引驚疑焱輪驟，悵望雷斧吝。矮若猱升木，患極驂脱靳。心旋一摇動，眼棱双韭暈。僕夫夜怨痒，鬼物秩坐鎮。胡忘臨淵懼，況秉垂堂訓。許身在羇旅，履險斯職分。百年跬步間，性定不必問。

○七姑塘

尺木僅容人，不可以方軌。双轅橫其上，棱棱一片水。輿夫傴僂少不移，又不復前。者趐足立，後者聳肩俟。失勢倘一墜，身世可知矣。頗聞劍閣溯雲棧，連綿韭蠶叢及魚復。石角怒相視，今我莪桐鄉。奇險亦若此，我心奮欲飛，我僕

怖欲死前路更如何驚心搖不已

○油嶺

慢魂度油嶺孤雲乘靄對灘險水皷渾浩、白沙外（声沉）

緣梯古苔厚攫人石巨怪穴嶔抱丹穴飛鳥沒蒼靄

樫松生自直蚑蚋冬猶大昨夕商吹厲凌晨瘴氣熾

我行不用筏斯遊許張蓋客子日正長窮老嘻甚憊（進）

○七星橋

山泉不擇地得雨益噴薄一派琴筑音（蒼斛珠璣傾）自我頭上落煙

飛陷危石風旋聚穴薄滑脫灘河魚蹯路柏林鶴岡

巒列奇笏灌莽撐高嵲路衝罕逢人逕蒸防病瘧

杜陵紀行之作

去声

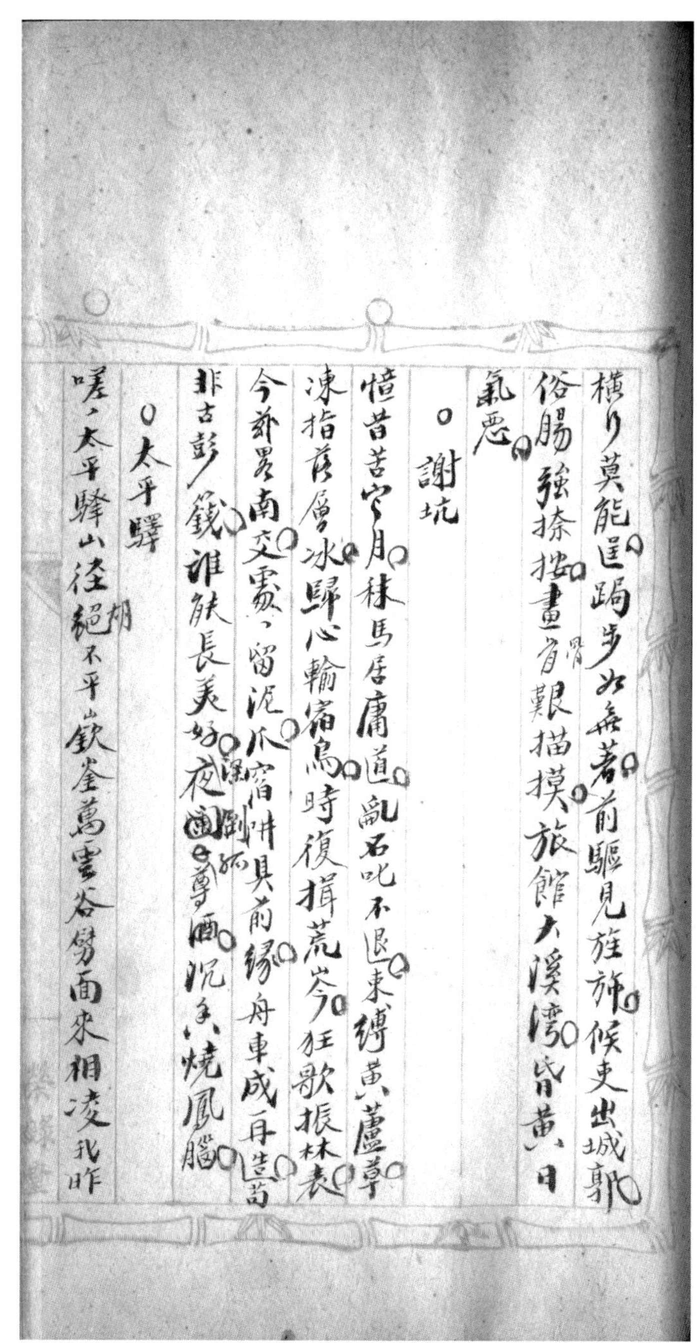
橫行莫能匿，踽步如無著。前驅見旌旆，候吏出城郭。俗腸強捺按，畫肖艱描摸。旅館大溪灣，皆黃日氣惡。

○謝坑

憶昔苦寒月，秣馬居庸道。亂石叱不退，束縛黃蘆草。凍指落層冰，歸心輸宿鳥。時復揖荒岑，狂歌振林表。今爲畏南交，霽霽留泥爪。宿卅具前緣，舟車成再造。非古彭籛誰，能長美好。夜酒酌尊酒，泥手燒鳳腦。

○太平驛

嗟嗟太平驛，山徑絶胡不平山。嶔崟萬壑谷，劈面來相凌。我昨

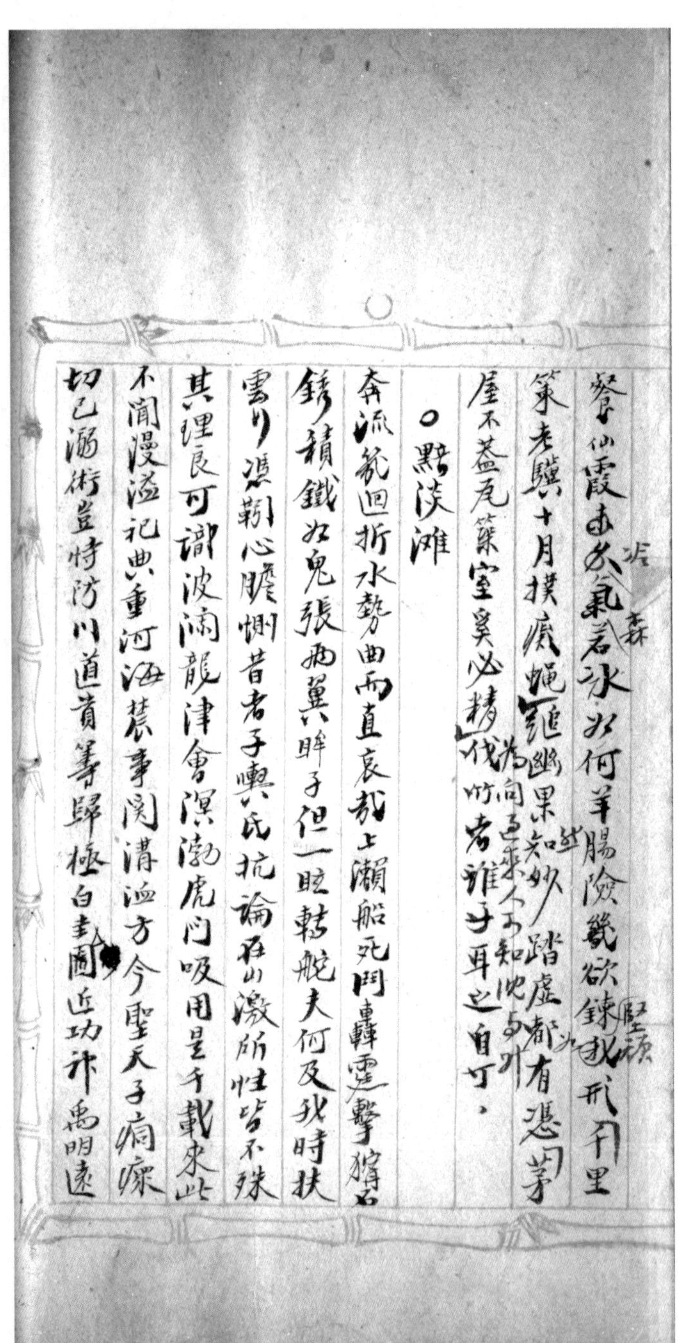

登仙霞由來氣若冰以何羊腸險難欲錬我形千里策老驥十月撲鷹蠅鞭幽果知妙踏虛都有憑闁茅屋不蓋瓦葉室奚以精代為向西來人不知此西外竹者誰手耳之自丁。

○黯淡灘

奔流能回折水勢曲而直哀哉上瀨船死門轟雷擊猶鑄積鐵如鬼張兩翼睥子但一瞪艄舵夫何及我時扶雲川憑覇心膽惻昔者子輿氏抗論在山激所性皆不殊其理良可識波瀾龍津會溟渤虎門吸用是千載來此不聞漫溢記典重河海甚事閱溝洫方今聖天子宵衣切已溺術豈特防川道首籌歸極白圭圖近功神禹明遠

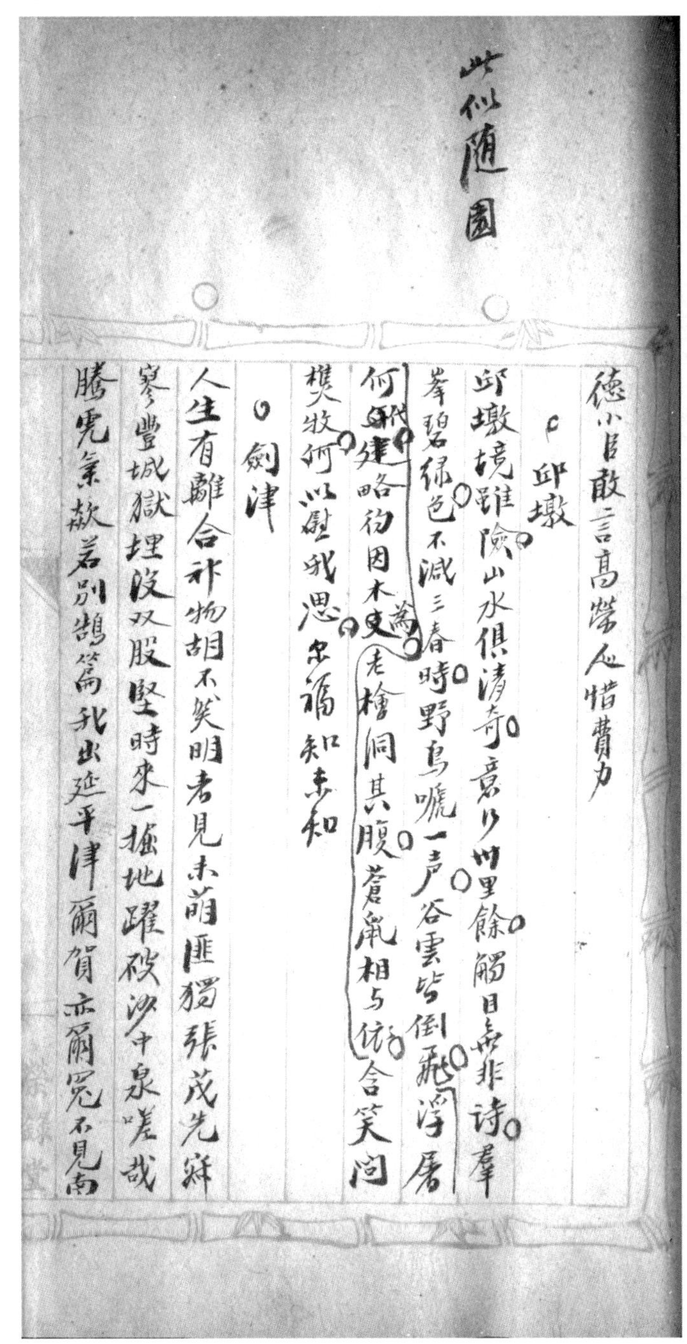

此似隨園

德小旨敢言言高當也惜費力

○卬墩

卬墩境雖險○山水俱淸奇○意少卅里餘○觸目無非詩○羣峯碧綠色不滅三春時○野鳥嘯一聲○谷雲皆倒飛浮屠何代建略彷因木支爲○老檜同其腹○蒼然相与依合笑問樵牧○何以慰我愚○未福知未知

○劍津

人生有離合祚物胡不笑明者見未萌滙獨張茂先辯寥豐城獄埋沒双股堅時來一擧地躍破沙中泉嗟哉騰光氣欻若別鵠篇我出延平津爾賀亦爾冤不見南

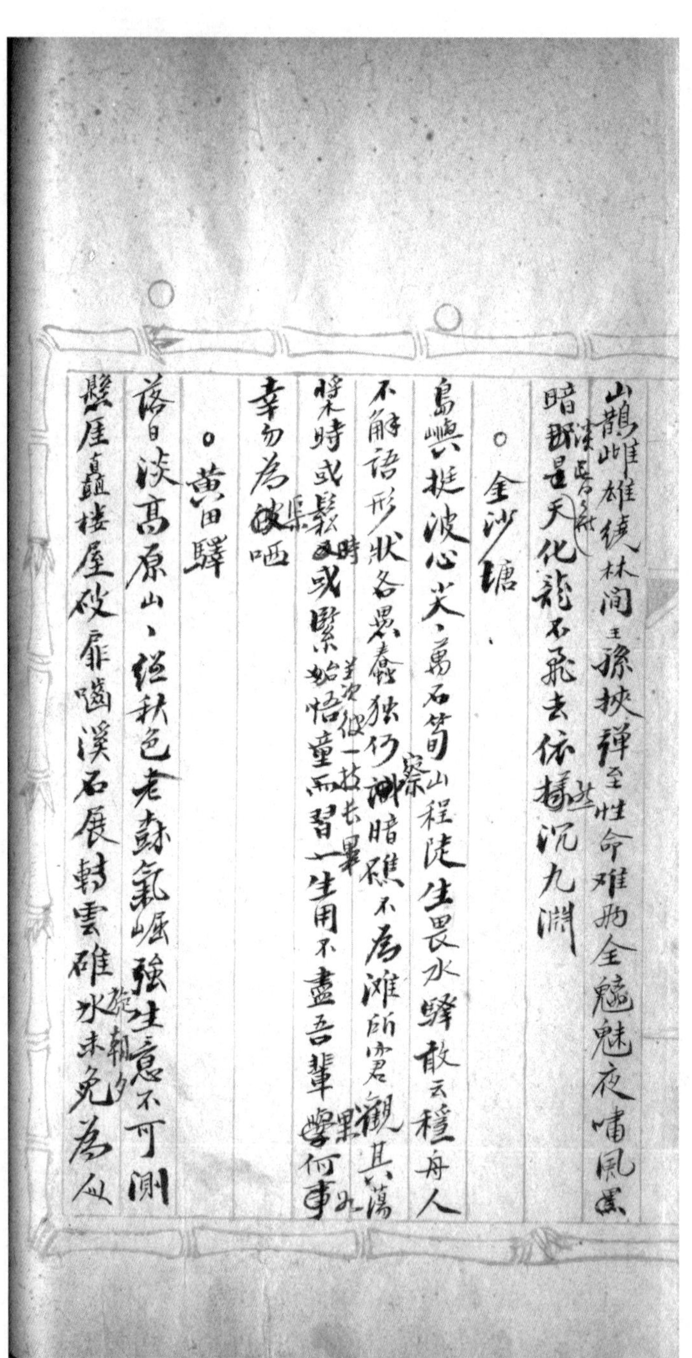

山鵲雌雄繞林間，王孫挾彈至，性命難兩全。魑魅夜嘯風塵暗，[illegible]是天化龍不飛去，依舊沉九淵。

○金沙塘

島嶼挺波心，尖尖萬石筍。山程陡生畏，水驛敢云穩。舟人不解語，形狀各異蠢。豈伊測暗礁，不為灘所窘。君觀其蕩槳時，或鬆或時緊。始悟童而習，一生用不盡。吾輩學何事，幸勿為故哂。

○黃田驛

落日淡高原，山山結秋色。老蘇氣崛強，生意不可測。懸崖矗樓屋，砌扉嚙溪石。展轉雲雖水，未免為[illegible]

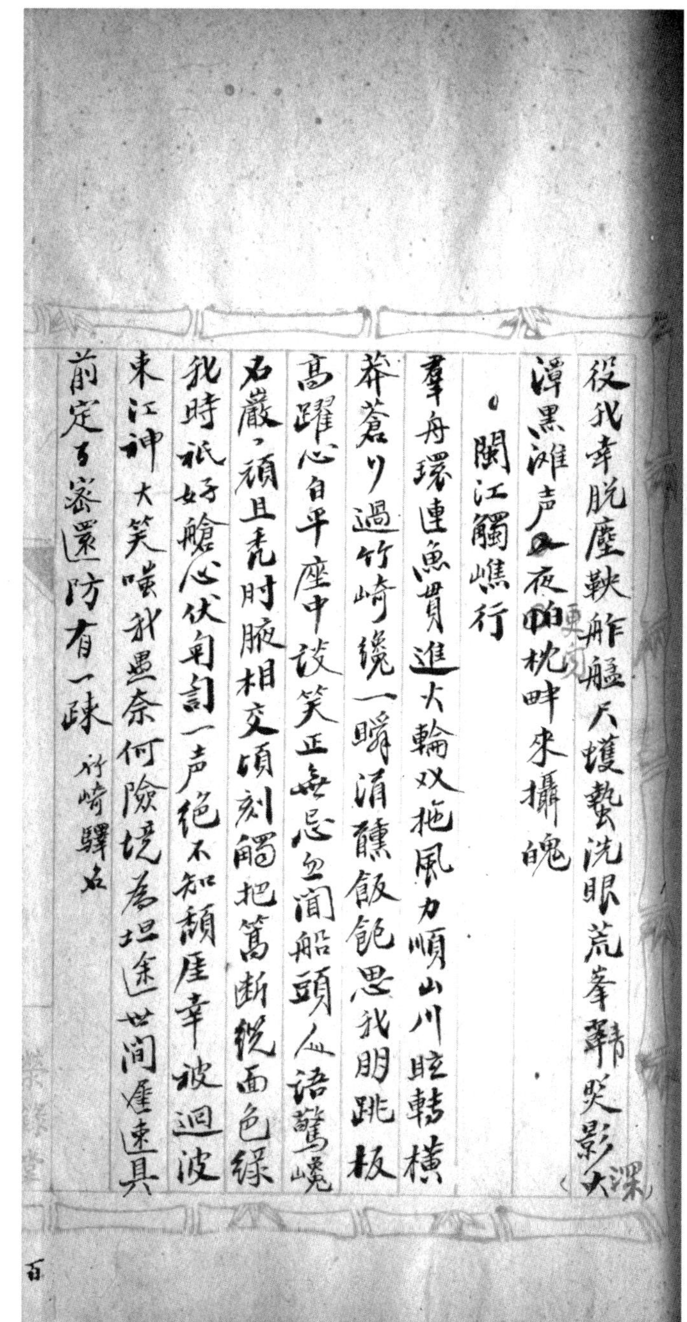

役我幸脫塵鞅舴艋尺蠖螯洗眼荒峯鬅影大（深）
潭黑灘声又夜的枕畔來攝魄

○闕江觸嶕行

群舟環連魚貫進大輪双拖風力順山川眩轉橫
莽蒼蒼過竹崎纔一瞬浦醮飯飽思我朋跳板
高躍心自平座中談笑正無忌忽聞船頭人語驚嶤
石巖巖碩且堯時腕相交頃刻觸把篙斷縱面色綠
我時秖好瞻心伏甸訇一声絕不知顛厓幸被迴波
東江神大笑嗤我愚奈何險境屬坦途世間遲速具
前定否豁還防有一跌 竹崎驛名

百

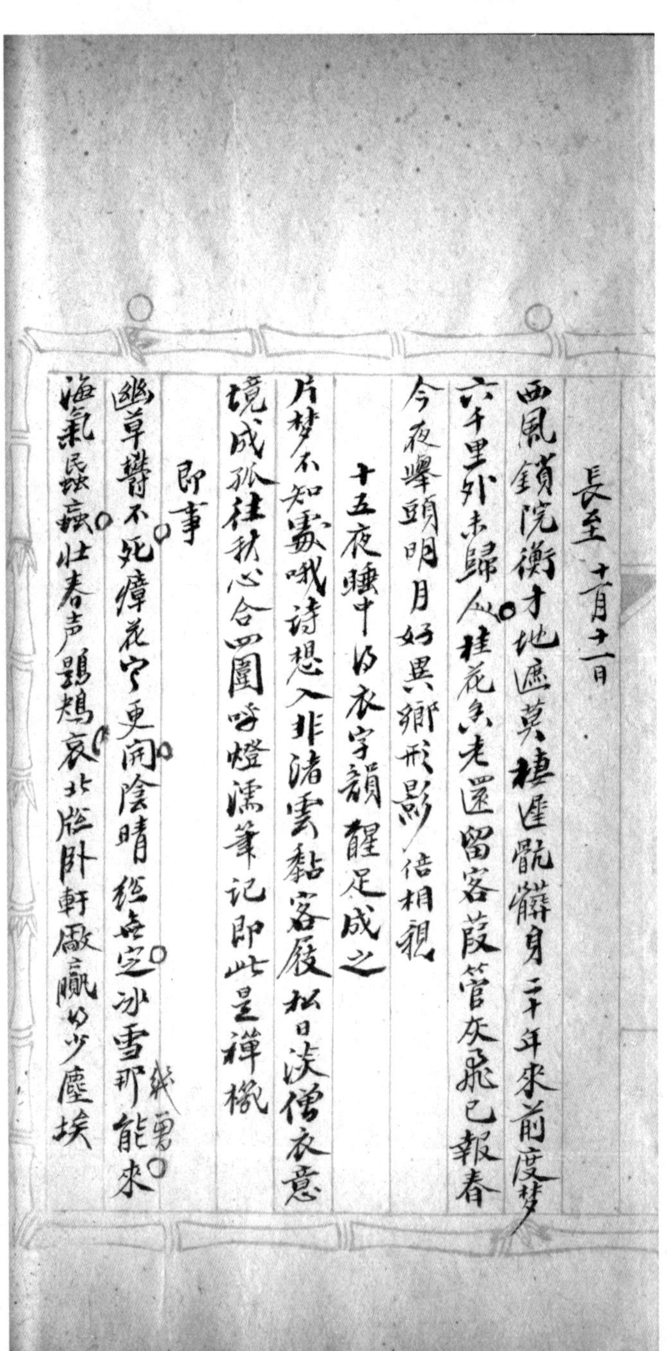
長至 十月十一日

西風鎖院衡才地匯莫棲遲戢辭身二十年來前度夢六千里外未歸人桂花無老還留客葭管灰飛已報春今夜舉頭明月好異鄉形影倍相親

十五夜睡中得衣字韻醒足成之

片夢不知處哦詩想入非渚雲黏客屐松日淡僧衣意境成孤往秋心合四圍呼燈濡筆記即此是禪機

即事

幽草贊不死瘴花定更開陰晴經無定冰雪那能來

海氣蟁蒸壯春聲鶗鴂哀北牕臥軒敞贏得少塵埃

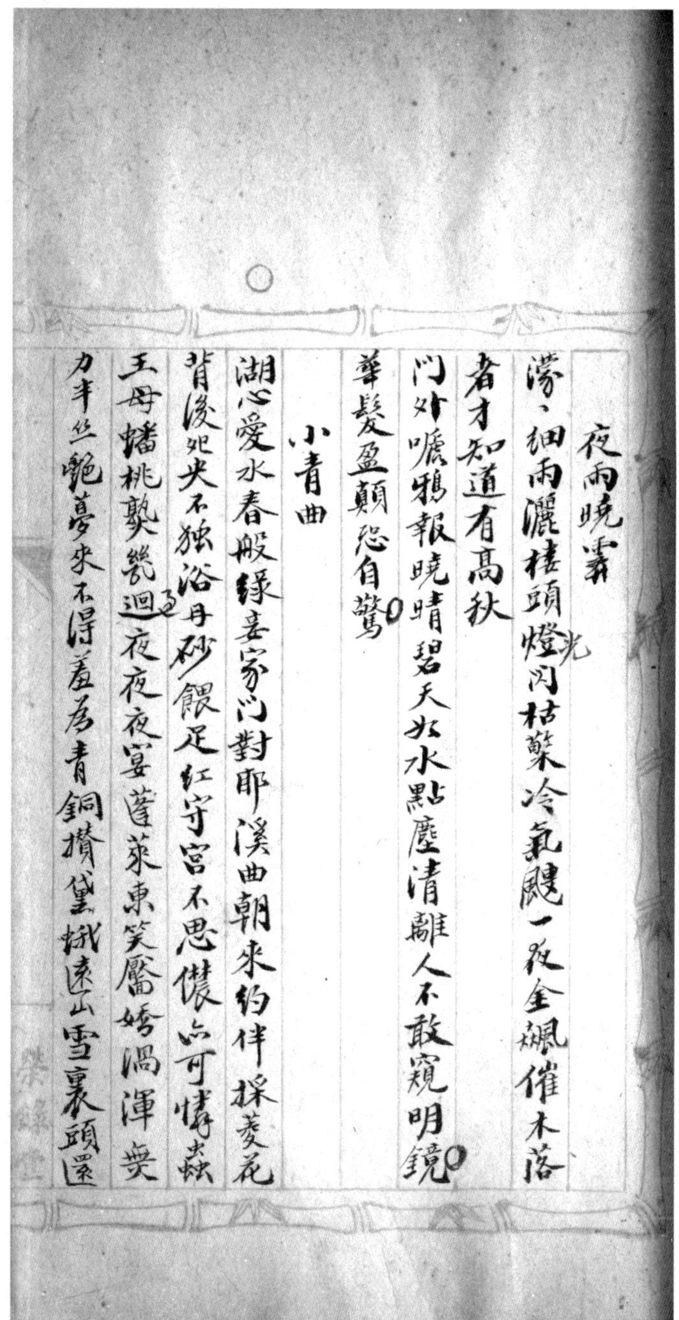

夜雨曉霽

濛濛細雨灑桂頭燈光閃枯葉冷氣颼一夜金飆催木落

者才知道有高秋

門外喔鴉報曉晴碧天如水點塵清離人不敢窺明鏡

華髮盈顛怨自驚

小青曲

湖心愛水春般綠妾家門對耶溪曲朝來約伴採菱花

背後妃央不獨浴丹砂餵足紅守宮不思儂點可憐蟲

王母蟠桃熟幾迴[了]夜夜宴蓬萊東笑靨嬌渦渾無

力半絲艷夢來不得羞為青銅攢黛蛾遠山雪裏頭還

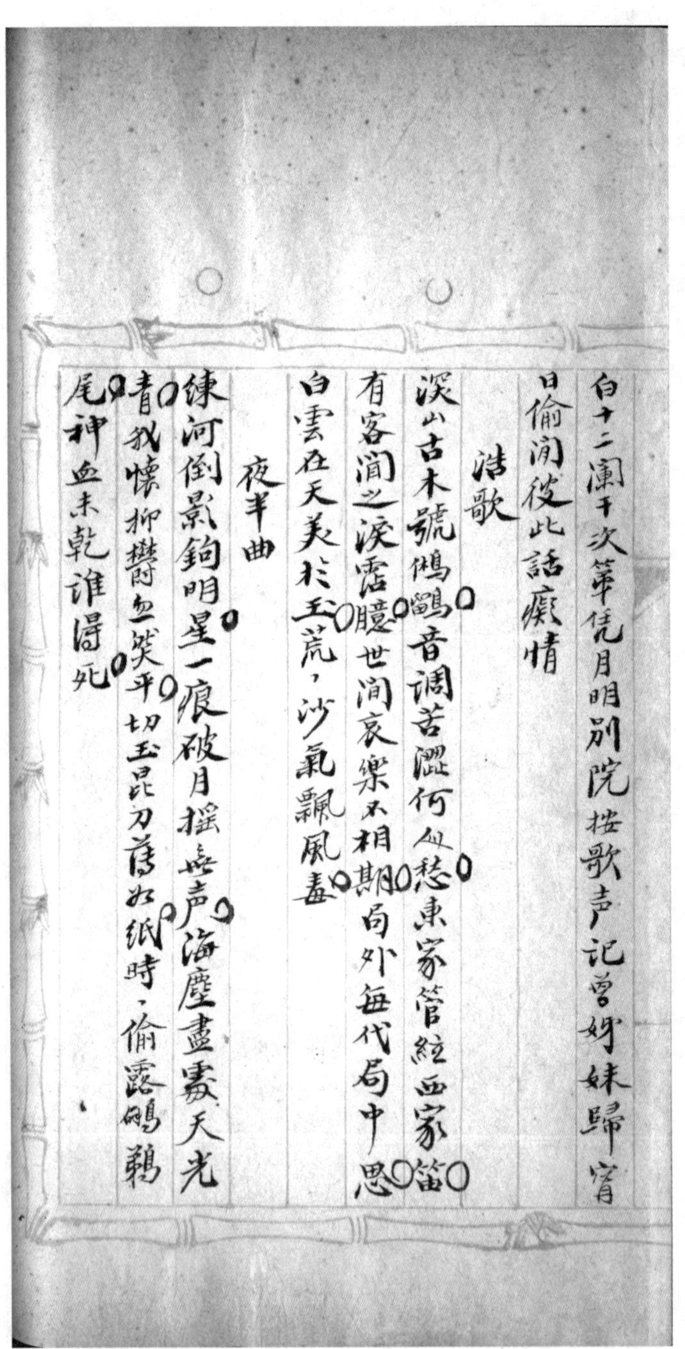

白十二闌干次第凭月明別院按歌声記曾姊妹歸宵
日偷閒彼此話癡情

浩歌

深山古木號鵂鶹。音調苦澀何如愁。東家管絃西家笛。
有客聞之淚霑臆。世間哀樂不相期。局外每代局中思
白雲在天美於玉。荒荒沙氣飄風毒。

夜半曲

銀河倒影鉤明星。一痕破月搖無声。海塵盡處天光
青。我懷抑鬱無笑平。切玉昆刀薄如紙。時時偷露鵂鶹
尾。神血未乾誰得死。

古之傷心人別有懷抱

醉歌行

四座且勿喧聽我醉中言我昔十五二十時詞鋒銳似黃河源手枯不律擬天問日車側立雲旂翻偶逢知己訴所好學書學劍俱憚煩世事蹉跎一反掌坐看群兒挾策上東馳西騁曾幾何惟有當頭孤月朗康莊歷久生險巇誰其咲以商山芝洋洋泌水自前古安用矯情說樂飢君不見蘇秦夜走咸陽道黑貂敝後成枯槁又不見李聃路出函谷關青牛到處呼神仙豎儒惡敢輕軒冕富貴斯須蟲入繭但聞上殿擊蒼鷹莫教下蔡牽黃犬我生頗厭金叵羅膏燈殘蕊促我歌有酒

不飲兮奈觴何

畫眉

空山蔓草平天窄夕不高中有畫眉鳥哀鳴求其曹展翼入闤城市歌喉一旦勞宛轉媚人声足使静者覓罩羅縱無慮醜笑非故巢

效古

婀娜斷腸花本無流淚眼古之傷心人為爾腸皆斷屬土種合笑土鬆花氣較所歡隔天涯那便愁眉展繫日願繩長汲井嫌綆短缺陷苟能平人間事何限中庭兩桂樹秋至發奇香明月四時有對此添輝光

有真性靈乃有真文字效古數詩令人欽佩無既似鮑參軍不即不離乎張乎陽

神似阮嗣宗

霛藥付狡兔於理太荒唐却笑古今人羨心方轉長
我有青萍鋒匣中什襲藏一揮情根斷一舞孽念
涼独有刎頸交耿、莫能忘
跋馬北邙山古墓迷衰草白骨有何知客心自如擣欝
、松柏林餘陰猶覆道枝幹可爲薪彼且不能保癯
蟬未蛻化玄鬢先秋老一身無經營風露飲之飽
金母希長年大化豈容遣觀遠死生洞瞑目亦殊好
華堂置酒觴至味可娛賓野廟品絲竹清音能妥神
物情有感召道在率其真緬彼東鄰子衣襦異錦
新百金裝馬韉七寶飾車輪闤闠比金張嫺婭傲朱

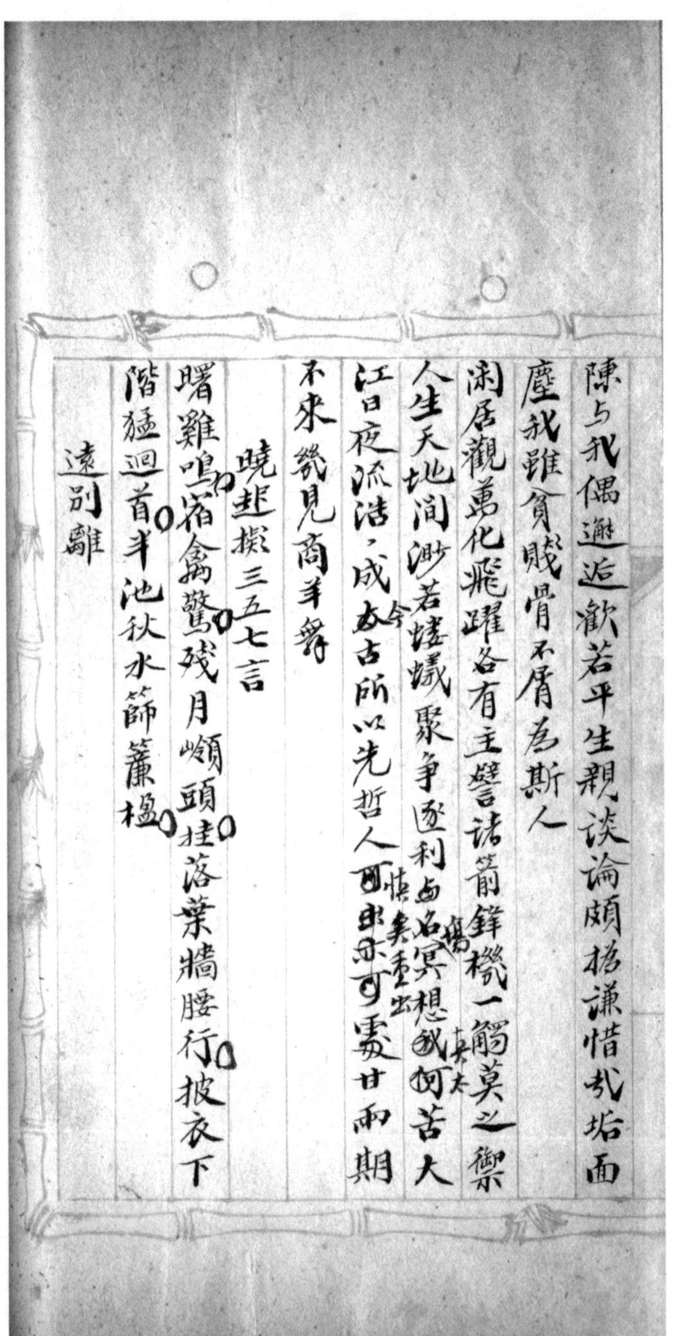

陳與我偶邂逅歡若平生親談論頗撝謙惜哉垢面
塵我雖貧賤骨不屑為斯人

閑居觀萬化飛躍各有主譬諸箭鋒機一觸莫之禦
人生天地間渺若螻蟻聚爭逐利與名冥想我何苦大
江日夜流浩浩成今古所以先哲人可思亦可處甘兩期
不來幾見商羊舞

曉起 擬三五七言

曙雞鳴宿禽驚殘月嶺頭挂落葉牆腰行披衣下
階猛迴首半池秋水篩簾櫳

遠別離

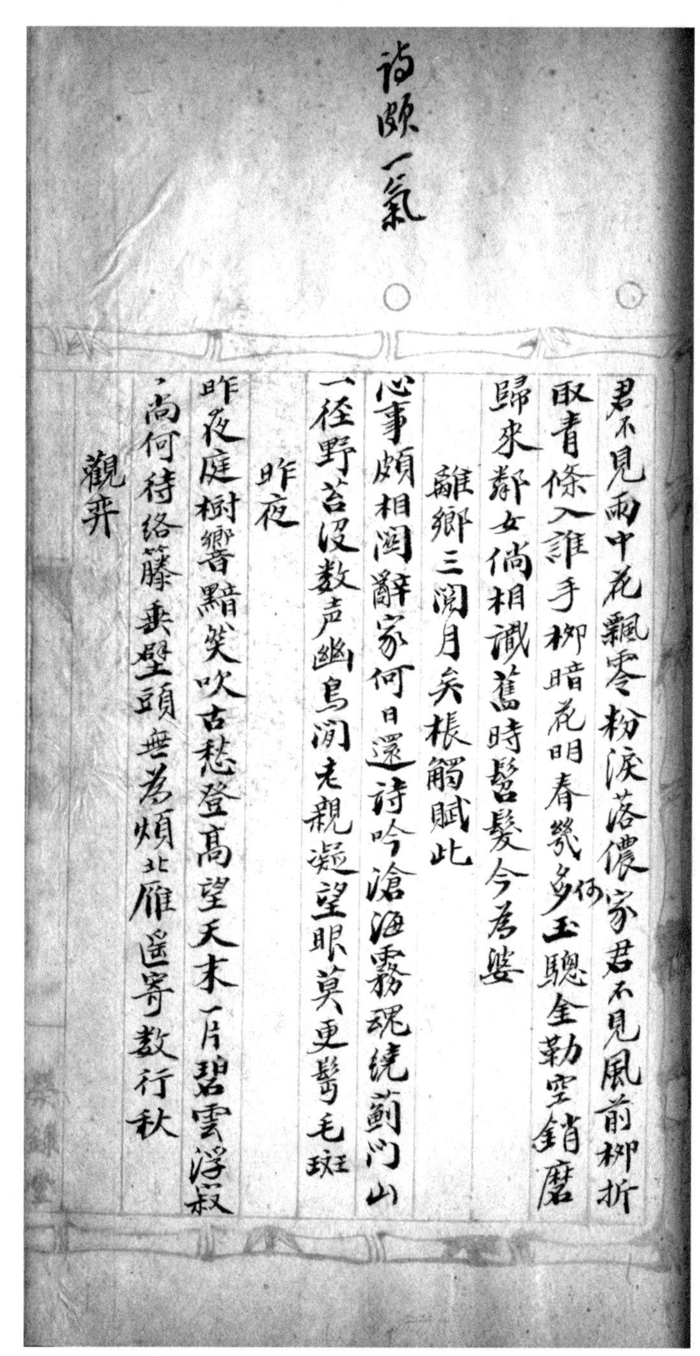

詩願一氣

君不見雨中花飄零粉淚落儂家君不見風前柳折取青條入誰手柳暗花明春幾多玉驄金勒空銷磨歸來鄰女尚相識舊時髻髮今為婆

離鄉三閱月矣悵觸賦此

心事煩相問辭家何日還詩吟滄海霧魂繞薊門山一徑野苔沒數声幽鳥閒老親凝望眼莫更鬢毛斑

昨夜

昨夜庭樹響黯笑吹古愁登高望天末一片碧雲浮寂尚何待絡藤垂壁頭無為煩北雁遙寄數行秋

觀弈

接入感慨兼
言猶見縱横

虛堂颯〻飄松風，高燒蠟炬双枝紅。何人勝算正在握，
漆奩玉子声鏗玲瓏。千古河山落眼底，三軍旗鼓鎮胸中。
犄角不成已难守，腹心無病烏敢攻。此攻彼守苦着力，
呼吸生死分雌雄。憶昔兵符走荒野，馬蹏所到煙塵洶。
至尊特命虎賁旅，大將各奮熒然功。年〻戰鬼哭秋草，
夜〻妖星驚老農。斯時国手置何許，不闻拔戟摧先鋒。
即今兩階舞干羽，几席無端自召戎。縱横列陣亦有法，
未免愁坐憐書空。局終黑白總依舊，鷸争蚌鬥將毋同。
逢場莫道是游戲，相讐弈已安可窮。知君雅負神仙骨，
爛柯山好誰追踪。一枰敲罷更漏咽（声），■陽（杲日）耀出扶桑東。

長吉復生

笑我欠忘㝵与失湇酣瀾語調諸公

悵悵詞

狂歌妙舞因洽懷差可春木葉亂走尾蟪蛄啼蕭辰兒

家嬌小剛十五心怯當筵舞楚舞誰簪髻角素馨花耶

時拗折釵双股

求仙謠

蓬宮珍木懸秋香夜午雲車细碾霜攔街肯賣不死

藥枉殺蟾蜍奔敢忙銖衣夕濟絳河水暫見牽牛顏

色喜乞巧鍼穿瓜菓筵一年一度相思子春老蒼梧

帝二妃鷓鴣啼上斑竹枝者回㾕霉搔不㝵東海麻

姑歸未歸五更漏断銀缾凍天雞不管蘇残夢將
身鎔入太乙爐便化精金何需用露盤淚點流清鉛
華峰之掌独翻笑鳳簫声裏秦臺遠艷絶白州双
角山藕絲裙子無情碧浪憑青鳥傳消息微波咫尺
掩藍橋〻畔星榆栽歷〻澗中檮麝盡成塵擣向真珠
斗帳薰御溝恨葉蟲書字爭比蘭舟歌采蘋阿儂不
是嬌痴女壺天日永調鸚鵡梳頭要下水晶簾半搦腰
肢舊酸楚彩霞煊紫從眼梢霧鵲愁心噪綺寮可
憐方士鴻都客被風吹得冠簪捩二十五絃彈錦瑟梭
刀翦出葳蕤質憶曾鶴氅看瓊花近來懶讀淮南

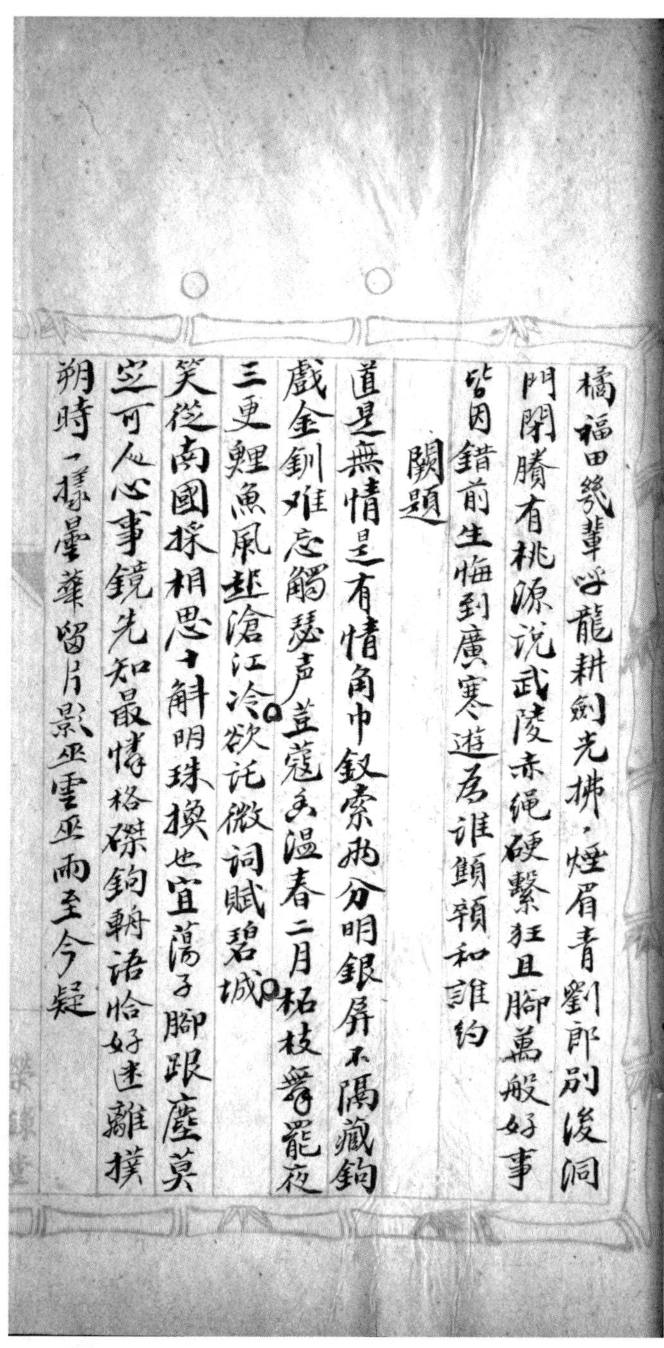

橘福田幾輩呼龍耕劍光拂煙眉青劉郎別後洞門閉騰有桃源說武陵赤繩硬繫狂且腳萬般好事皆因錯前生悔到廣寒遊爲誰顛預和誰約

闕題

道是無情是有情角巾釵索兩分明銀屛不隔藏鉤戲金釧難忘觸瑟聲荳蔻香温春二月柘枝舞罷夜三更鯉魚風起滄江冷欲託微詞賦碧城

笑從南國採相思十斛明珠換也宜蕩子腳跟塵莫定可人心事鏡先知最憐格磔鉤輈語恰好迷離撲朔時一樣暈華留片影巫雲巫雨至今疑

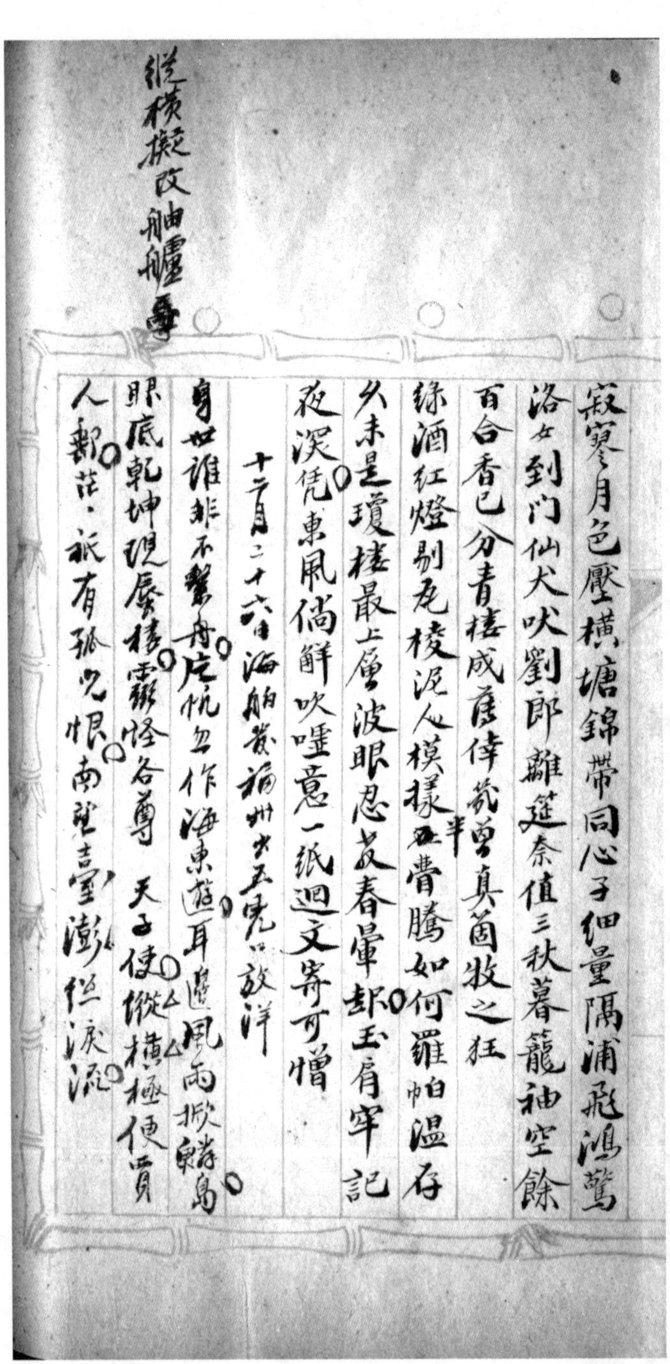

從橫擬改舳艫尋

寂寥月色壓橫塘錦帶同心子細量隔浦飛鴻驚
洛女到門仙犬吠劉郎離筵奈值三秋暮籠袖空餘
百合香已分青樓成薄倖敢曾真箇妝之狂
綠酒紅燈別後棱泥人模樣五曹騰如何羅帕溫存
久未是瓊樓最上層波眼忽衣春暈却玉肩牢記
夜深凭東風倘鮮吹噎意一紙迴文寄可憎

十二月二十六日海舶發福州出五虎門放洋

身世誰非不繫舟虎帆忽作海東遊耳邊風雨掀鰲島
眼底乾坤現蜃樓雲霧怪各尊天子使縱橫極便買
人鄭莊祇有孤兒恨南望臺澎縱淚流

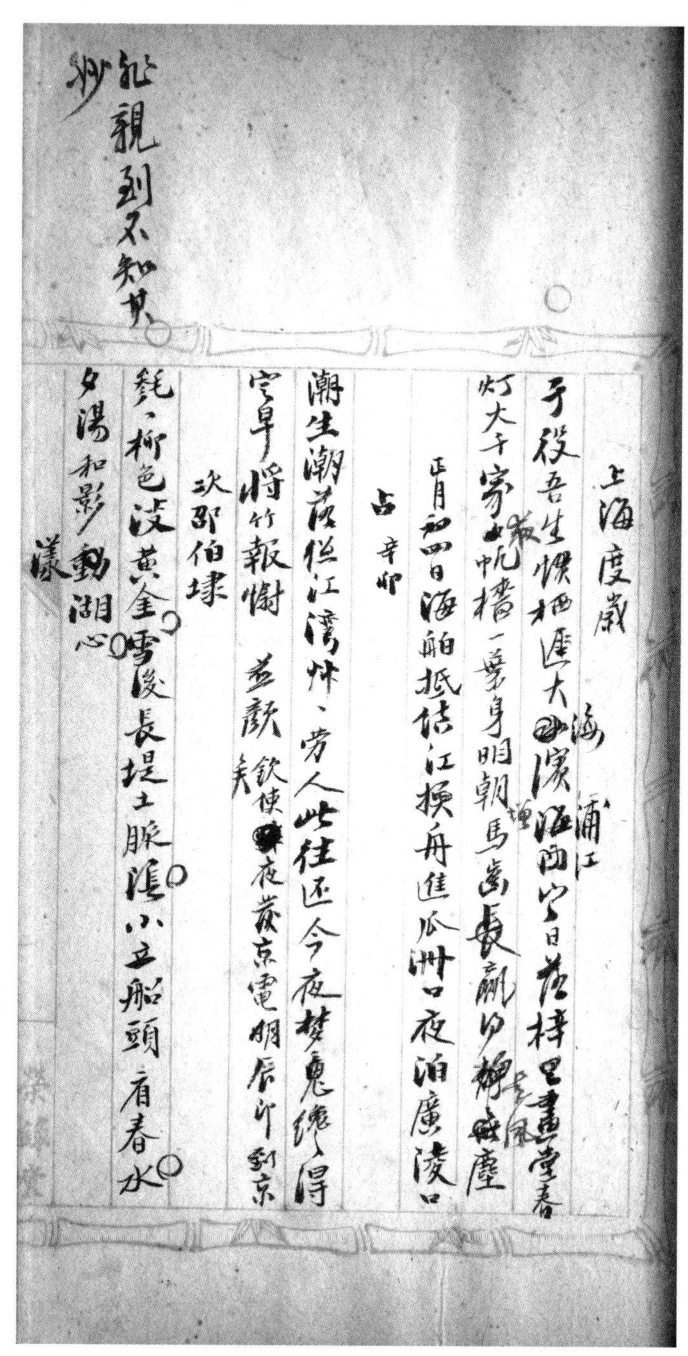

親到不知其妙

上海度歲

予役吾生慣，栖遲大海濱。滬西守日落，梓里畫堂春。灯火千家燭，帆檣一葉身。明朝馬齒長，羸少轉風塵。

正月初四日海船抵鎮江換舟進瓜洲口夜泊廣陵口占　辛卯

潮生潮落總江濱，忡忡勞人此往還。今夜夢魂總得守，早將竹報慰慈顏。欽使是夜發京電，明晨可到京矣。

次邵伯埭

毵毵柳色泛黃金，雪後長堤土脈深。小立船頭看春水，夕陽和影動湖心。

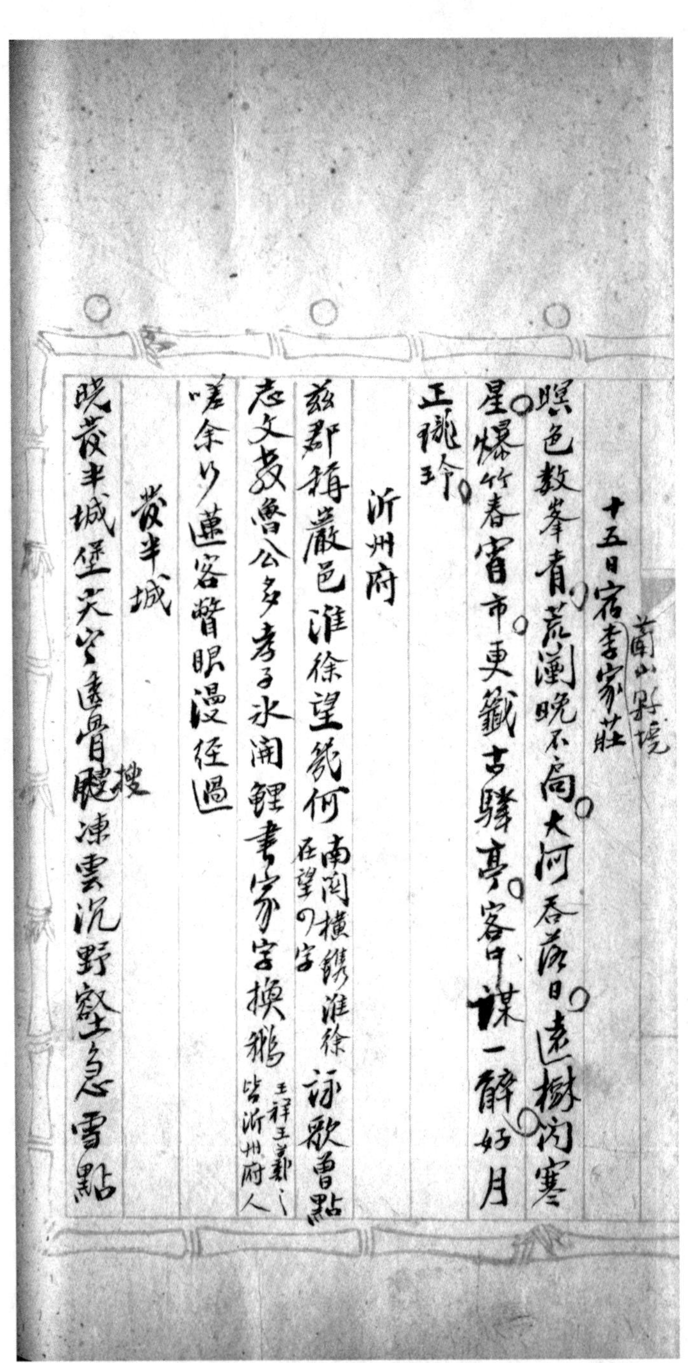

十五日宿李家莊　蘭山縣境

暝色數峯青。荒涼晚不扃。大河吞落日。遠樹閃寒星。爆竹春宵市。更籤古驛亭。客中謀一醉。好月正瓏玲。

沂州府

兹郡稱巖邑。淮徐望若何。南關橫鐫淮徐在望四字詠歌曾點志。文教魯公多。孝子冰開鯉。書家字換鵝。王祥王羲之皆沂州府人嗟余少遠客。瞥眼漫經過。

發半城

樓

曉發半城堡。天寒遠骨驄。凍雲沉野壑。急雪點

三詩皆妙此
真善學坡翁
者

征裘夢蝶仍曾種飛鴻亦偶留麥苗盈隴秀今歲
卜豐收

沂水道中賦雪用東坡聚星堂韻禁體物語

萬木無聲峯凍葉蕩蕩夜氣吹成雪不曾禱雨向龍
公睡起開門驚叫絕老農預喜鋤頭把游子應愁屐
齒折四山雲影凝不流一線炊煙塞欲滅空瘦詩才我
嘗笑夫又險韻今又掣却憶胡天較獵回手炙黃
羊醉眼纈仍然居然不染塵清言恁便皆霏屑半世
東西南北人指爪鴻泥動飄瞥回首扁舟浙水湄剡溪
訪友何從說去時楊柳色依依暗中消盡輪蹄鐵

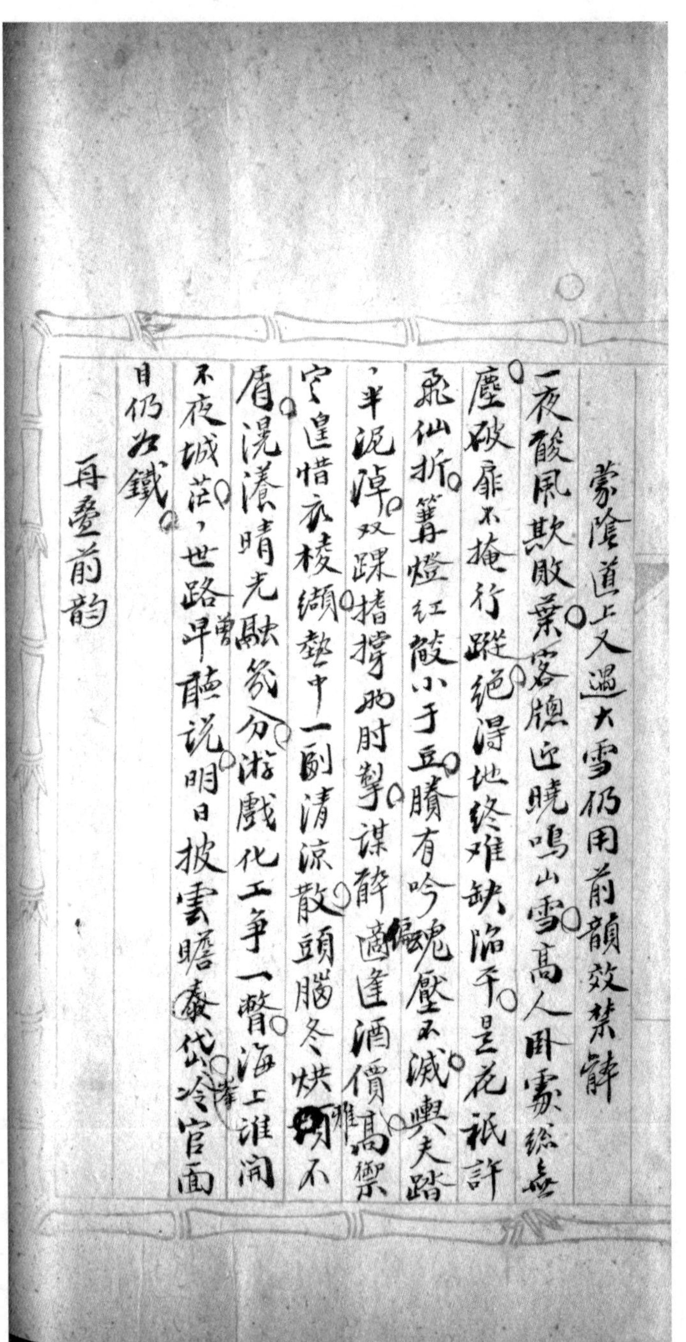

蒙陰道上又遇大雪仍用前韻效禁體

一夜酸風欺敗葉。客牕近曉鳴山雪。高人卧處總無塵。破扉不掩行蹤絕。得地終難缺陷平。是花秖許飛仙折。篝燈紅皺小于豆。賸有吟魂壓不滅。輿夫踏半泥淖。双踝措撐兩肘掣。謀醉偏逢酒價高。禦寒遑惜衣棱纈。熱中一副清涼散。頭腦冬烘頑不屑。混瀁晴光駛磁分。游戲化工爭一瞥。海上誰聞不夜城。茫茫世路曾早聽說。明日披雲瞻泰岱。峰冷官面目仍如鐵。

再疊前韻

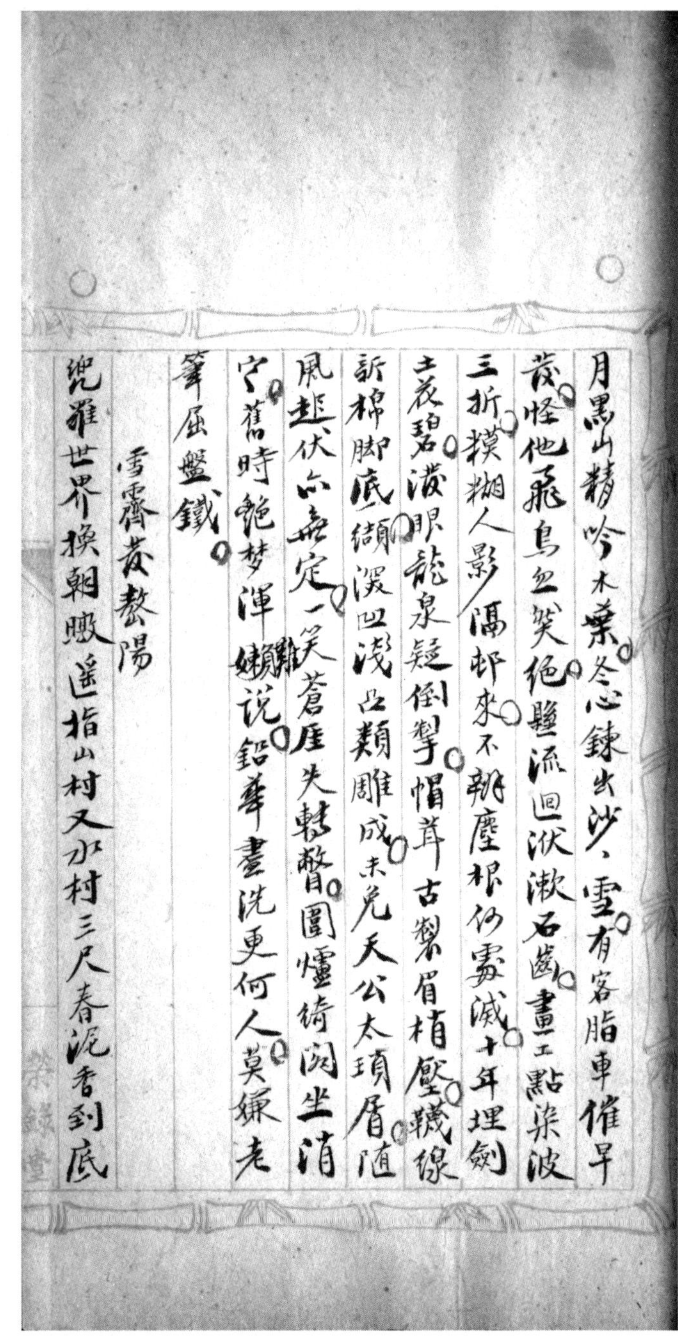
月黑山精吟木葉冬心鍊出沙雪有客脂車催早
茂怪他飛鳥與笑絶壁流回湫漱石齒畫工點染波
三折摸糊人影隔邨來不辨塵根仍霧滅十年埋劍
土花碧潑眼龍泉疑倒掣帽茸古鬣眉楂壓蠟線
新棉脚底纈溪回淺凸類雕成未免天公太瑣屑隨
風趄伏亦無定一笑蒼崖失輪廓圓爐倚闌坐清
宵舊時艶夢渾嬾說鉛華盡洗更何人莫嫌老
筆屈盤鐵

雪霽發鰲陽

兜羅世界換朝曦遥指山村又水村三尺春泥香到底

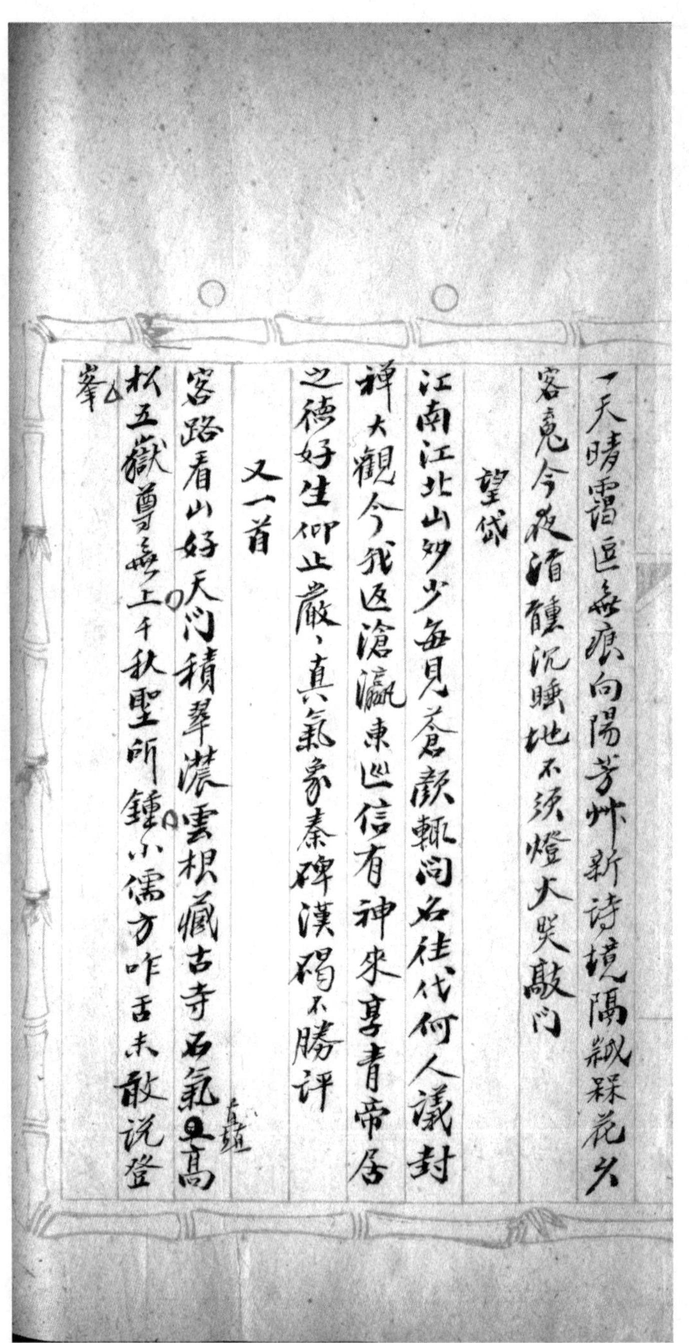

一天晴靄逗無痕，向陽芳艸新詩境，隔岸繁花火客竟，今夜酒醲沉睡地，不須燈火哭敲門。

望岱

江南江北山多少，每見蒼顏輒問名。往代何人議封禪，大觀今我返滄瀛。東巡信有神來享，青帝居之德好生。仰止巖巖真氣象，秦碑漢碣不勝評。

又一首

客路看山好，天門積翠濃。雲根藏古寺，石氣直高松。五嶽尊無上，千秋聖所鍾。小儒方咋舌，未敢說登峯。

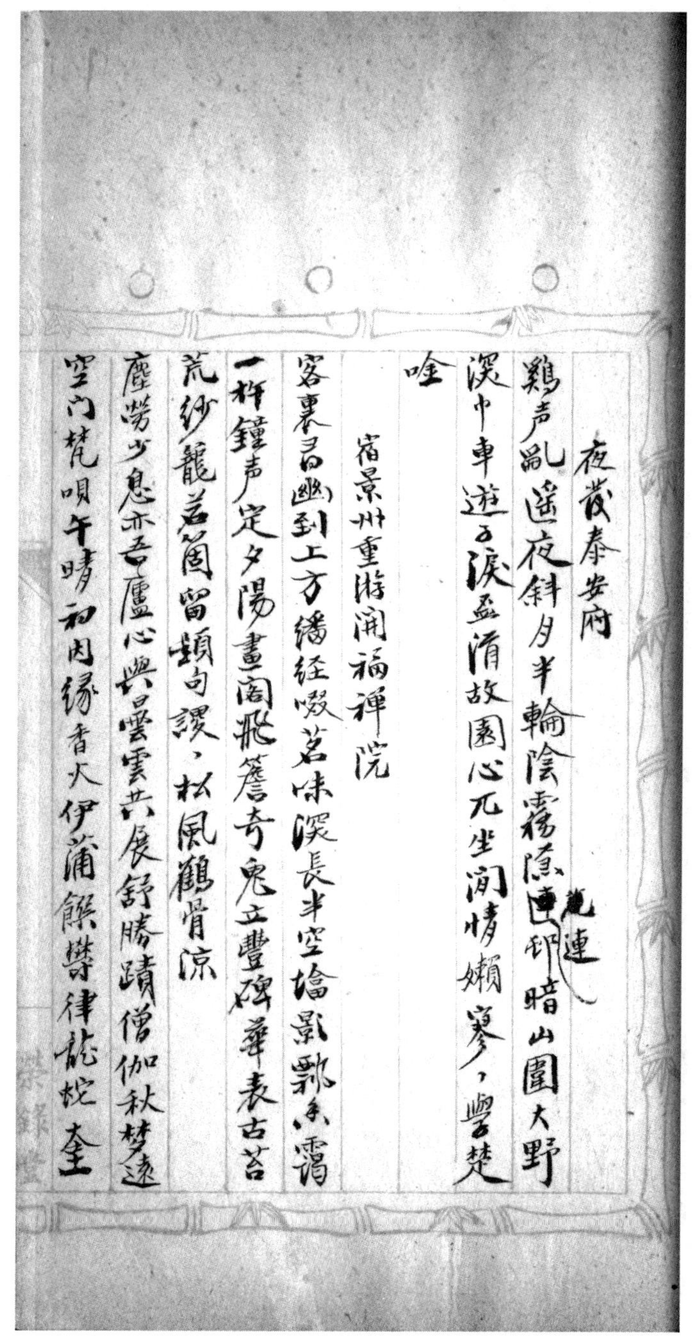

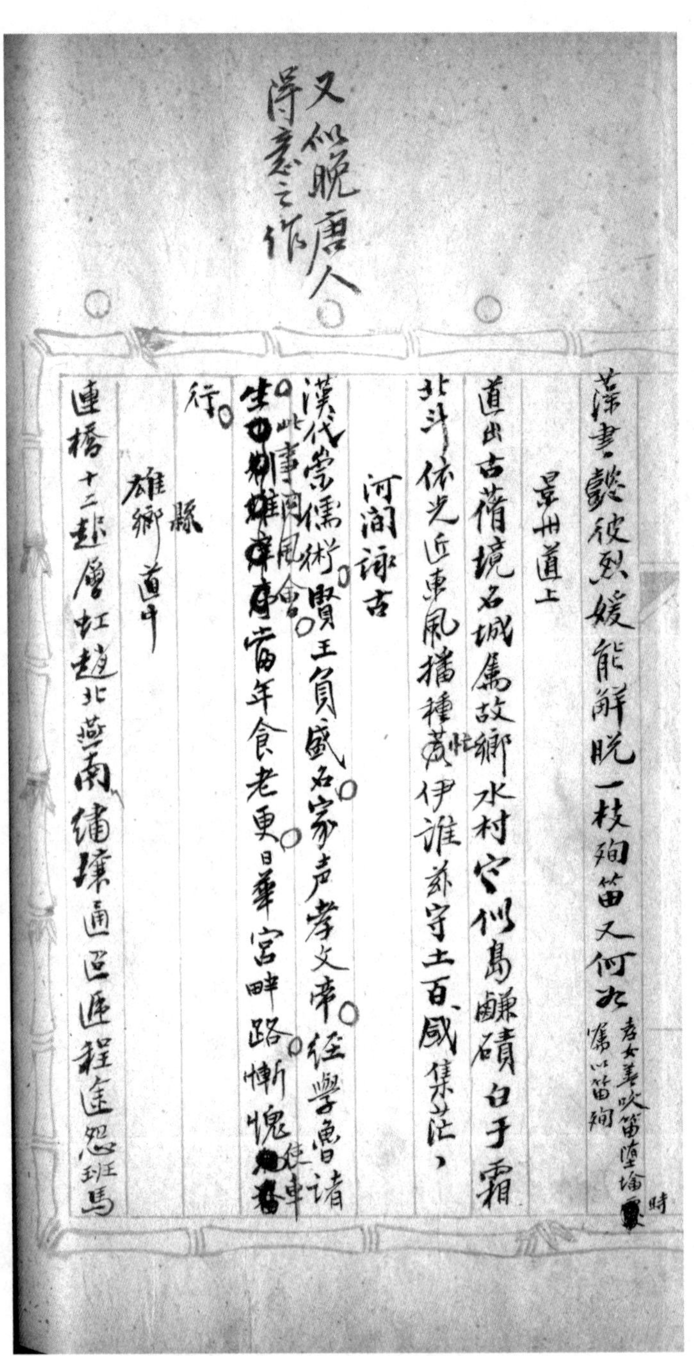

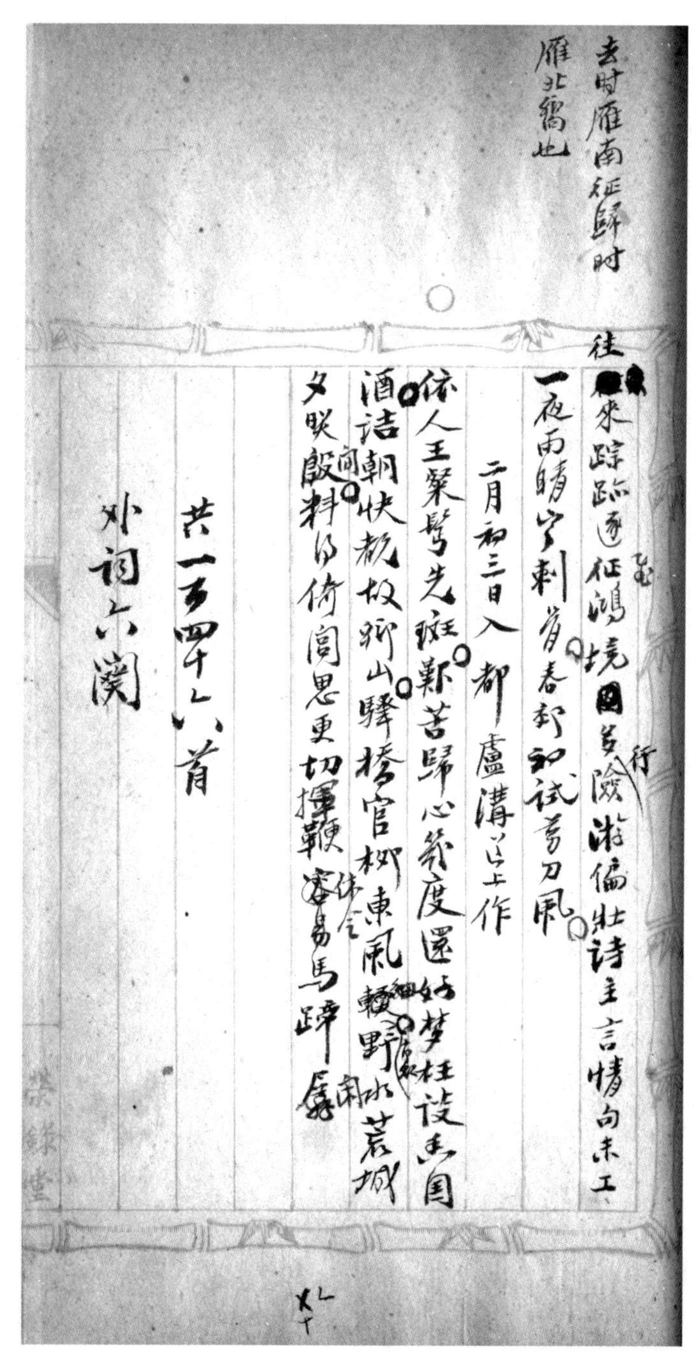
去时雁南征歸时
雁北嚮也

往來踪跡逐征鴻境圍多險游倫壯詩主言情句未工
一夜雨晴寒剌肖春郊初試剪刀風
二月初三日入都盧溝ゝ上作
依人王粲嘆先班鄭苦歸心幾度還好夢枉從去国
酒誥朝快椒故鄉山驛楊官柳東風輕野水荒城
夕照殿料仍倚閭思更切揮鞭客易馬蹄
共一百四十六首
外詞六闋

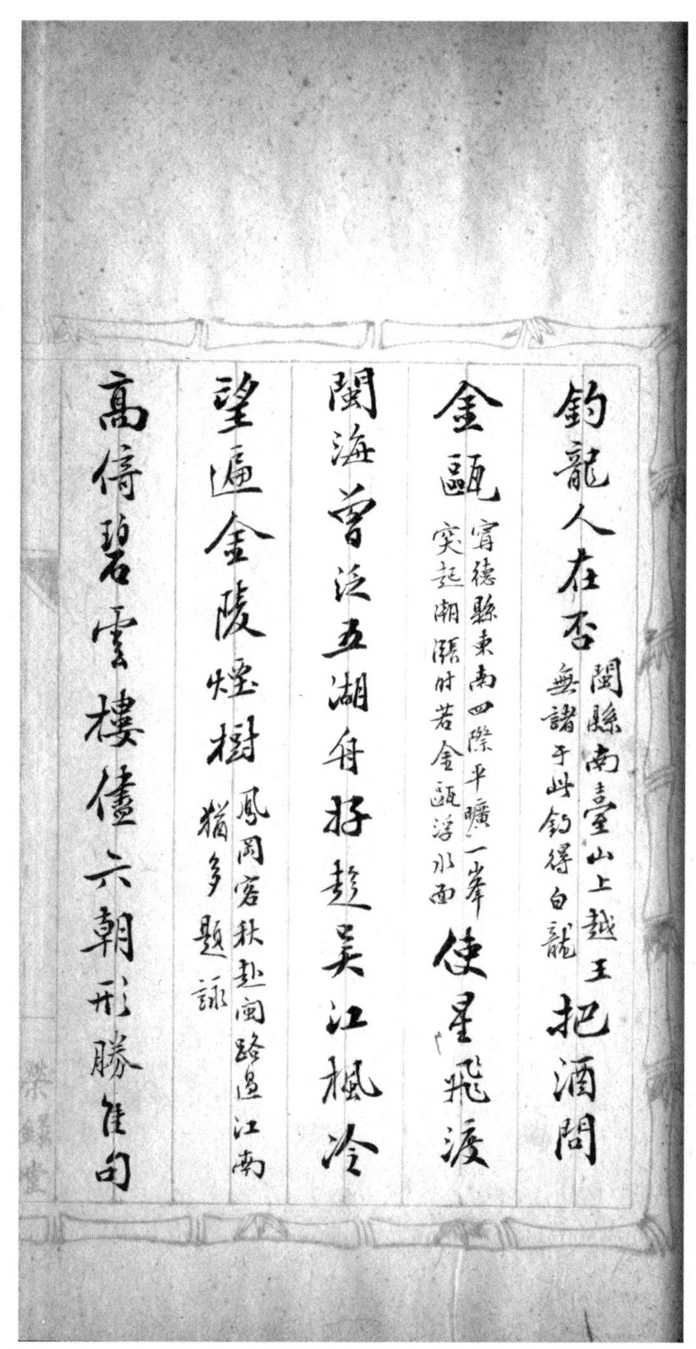
釣龍人在否閩縣南臺山上越王無諸于此釣得白龍把酒問金甌寧德縣東南四際平曠一峯突起潮漲時若金甌浮水面使星飛渡閩海曾泛五湖舟打趁吴江楓冷望遍金陵煙樹鳳岡客秋赴閩路過江南猶多題詠高倚碧雲樓儘六朝形勝佳句

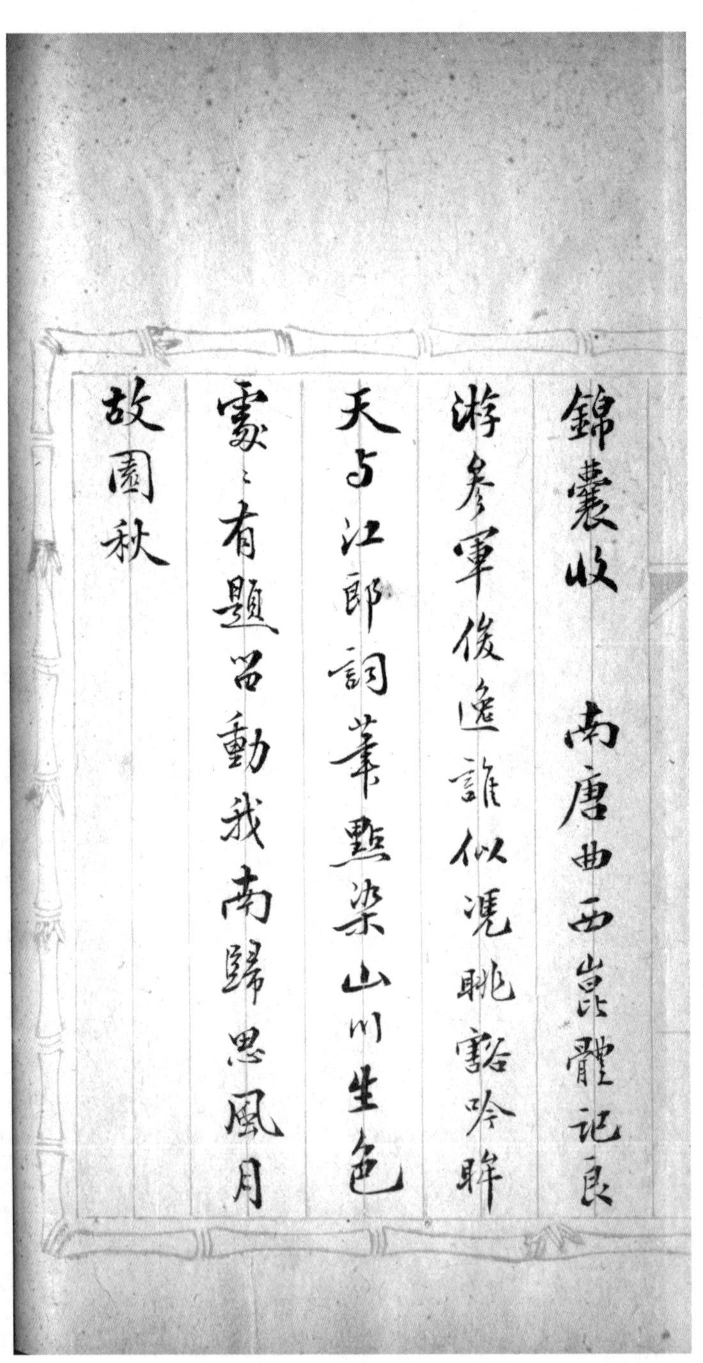
錦囊收　南唐曲西崑體記良
游參軍後逸誰似凭眺豁吟眸
天與江郎詞筆點染山川生色
處處有題名動我南歸思風月
故園秋

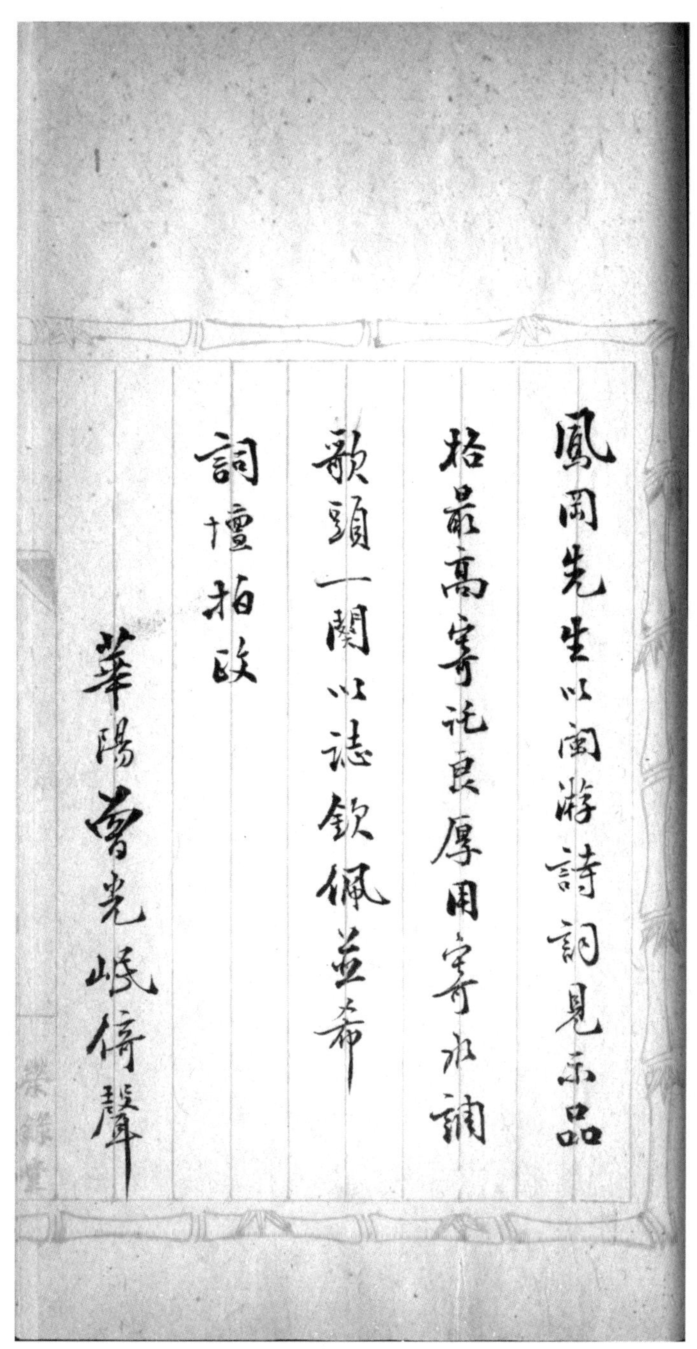

鳳岡先生以閩游詩詞見示品格最高寄託良厚用寄水調歌頭一闋以誌欽佩並希
詞壇拍政
華陽曾光岷倚聲

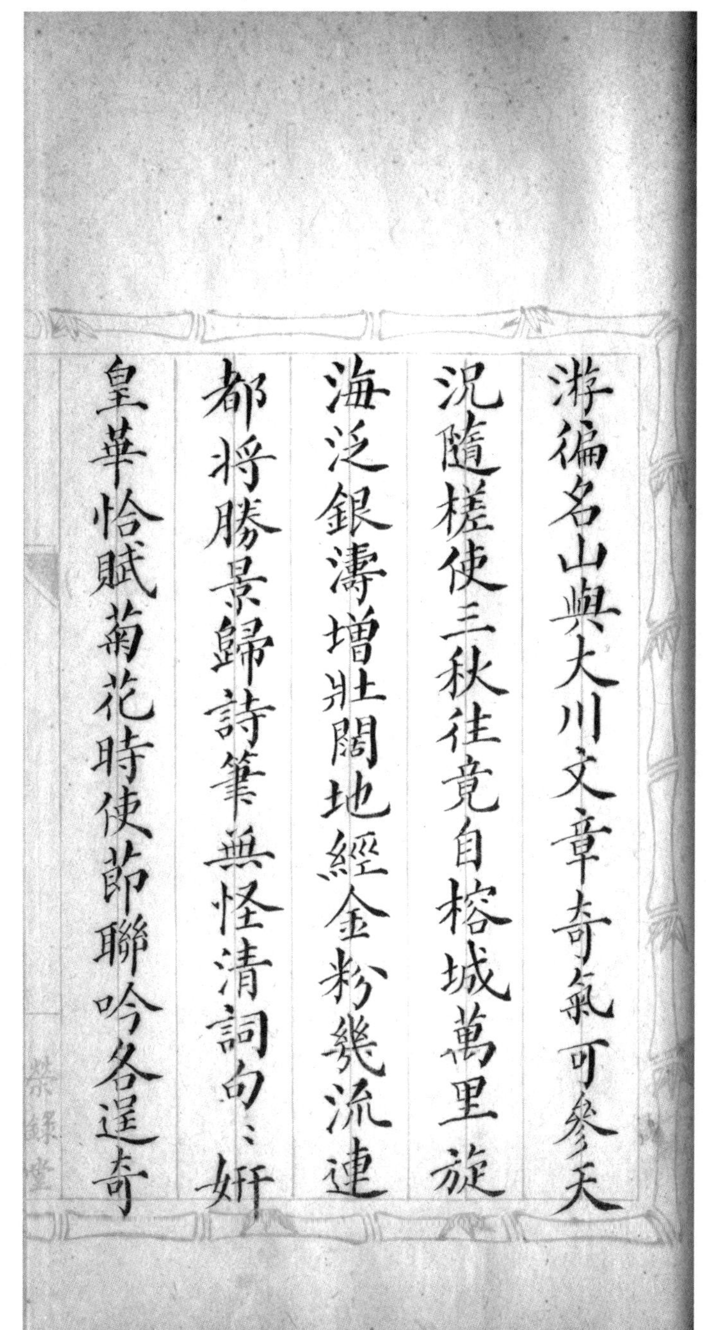

游徧名山與大川，文章奇氣可參天。
況隨槎使三秋往，竟自榕城萬里旋。
海泛銀濤增壯闊，地經金粉幾流連。
都將勝景歸詩篋，無怪清詞句句妍。
皇華恰賦菊花時，使節聯吟各逞奇。

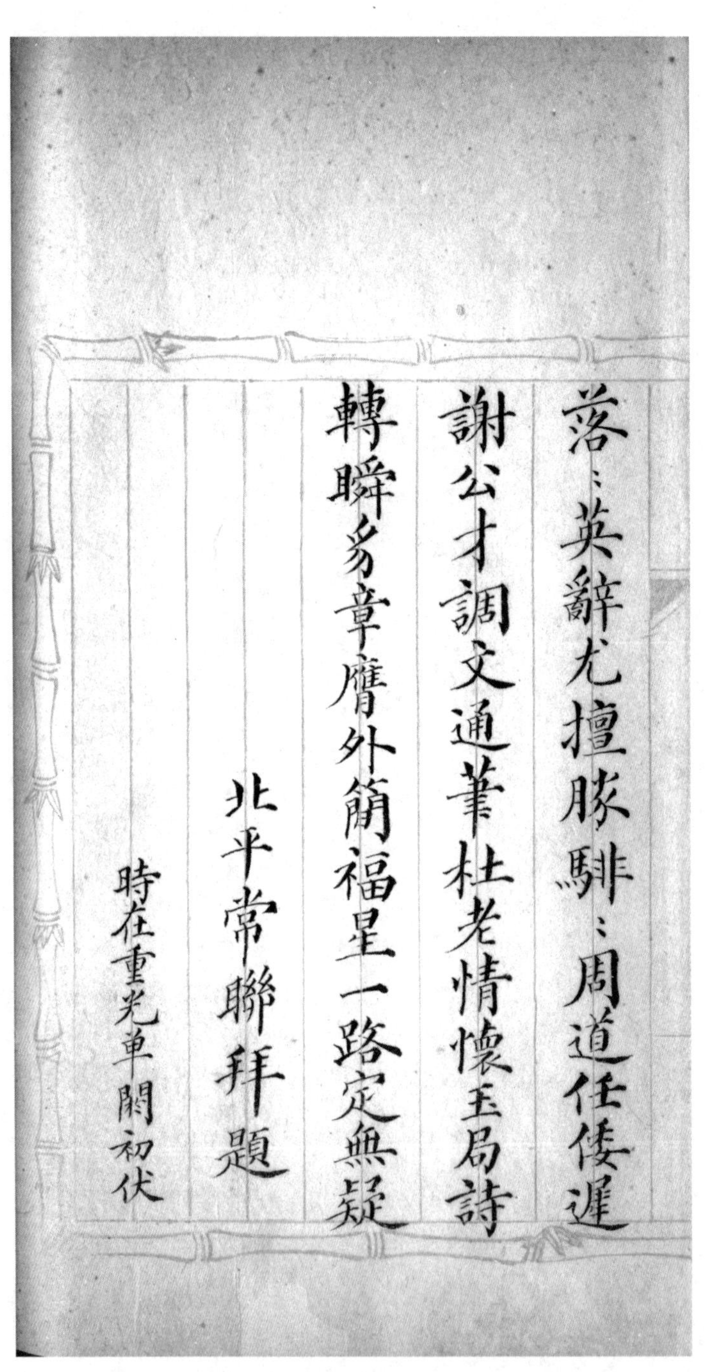

落落英辭尤擅脉騑騑周道任倭遲
謝公才調文通筆杜老情懷玉局詩
轉瞬豸章膺外簡福星一路定無疑

北平常聯拜題

時在重光單閼初伏

華燈九枝生紫花白山
詩客歸天涯韻語疊玉
無纖瑕井文綠㵾蒸雲
霞船脣馬背調宮羽潛
蛟起舞老鳳語挐雲喝

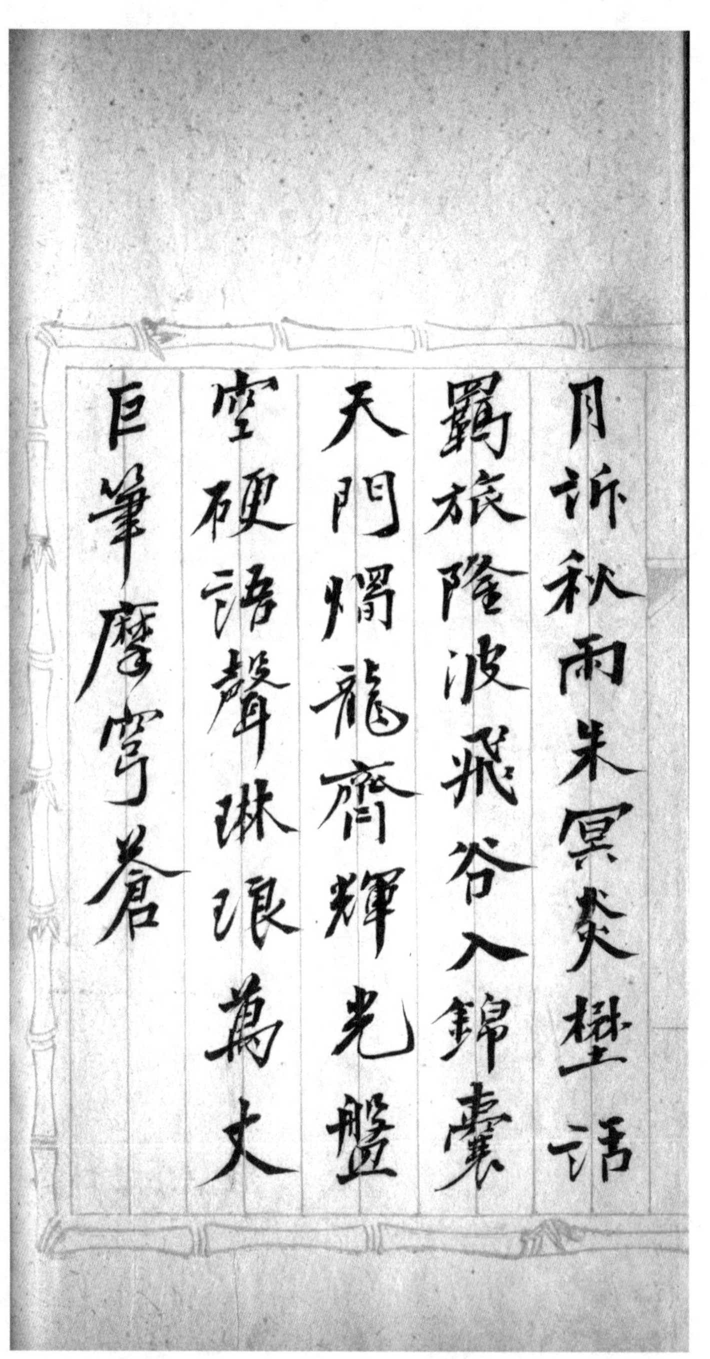

月訴秋雨朱冥焚壄語
羈旅隆波飛谷入錦囊
天門燭龍齊輝光盤
空硬語聲琳琅萬丈
巨筆摩穹蒼

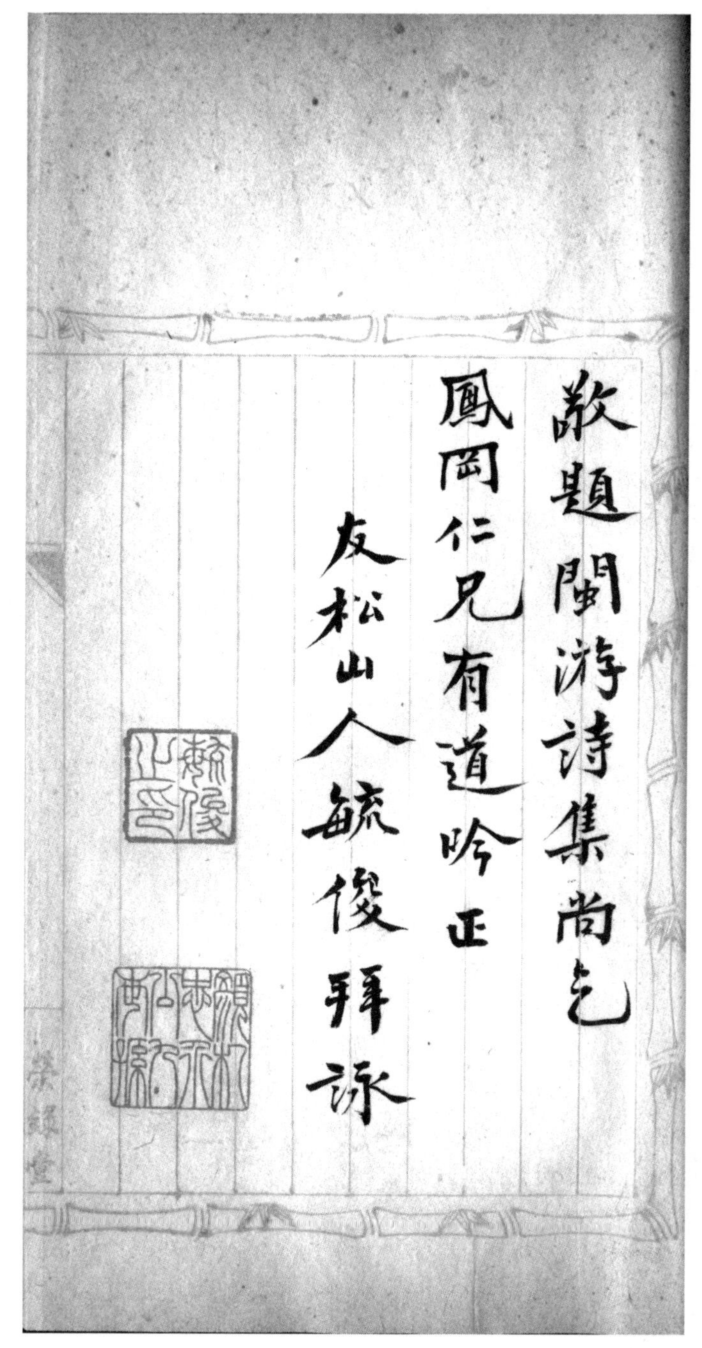

敬題閑游詩集尚乞
鳳岡仁兄有道吟正
友松山人毓俊拜詠

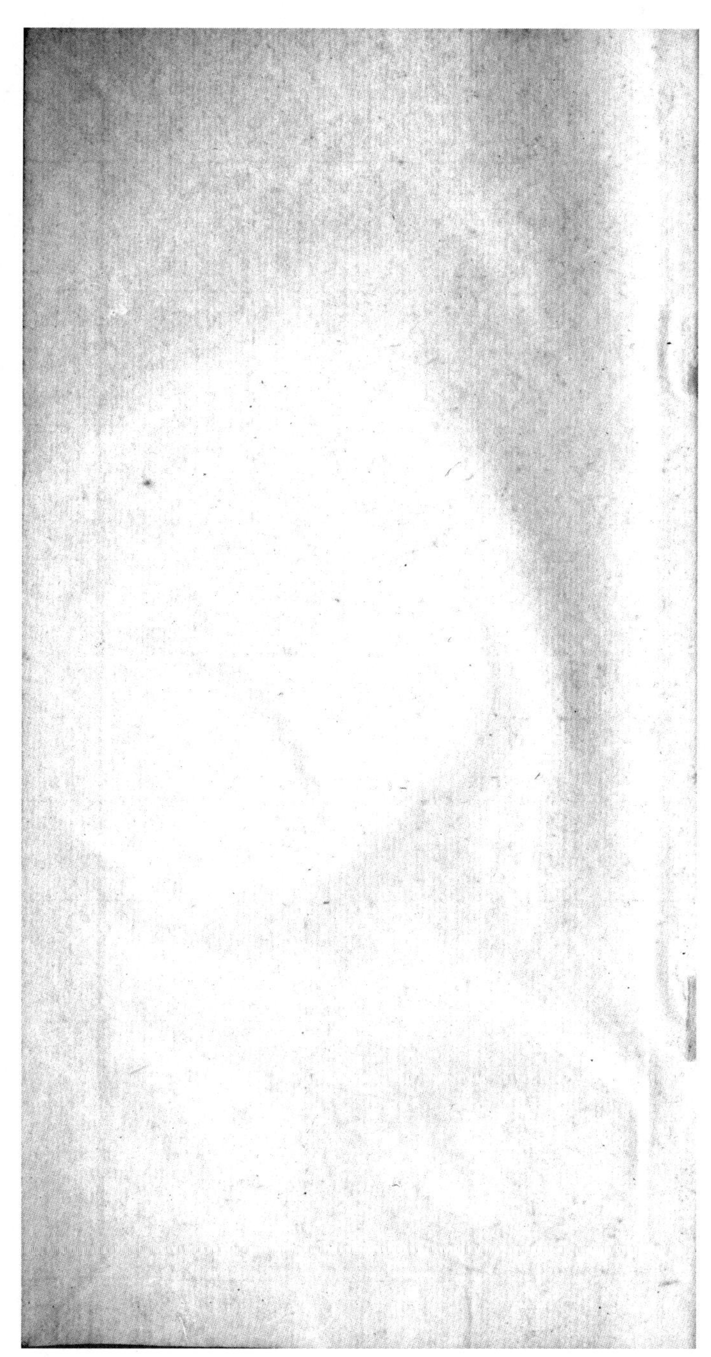

78458
:4

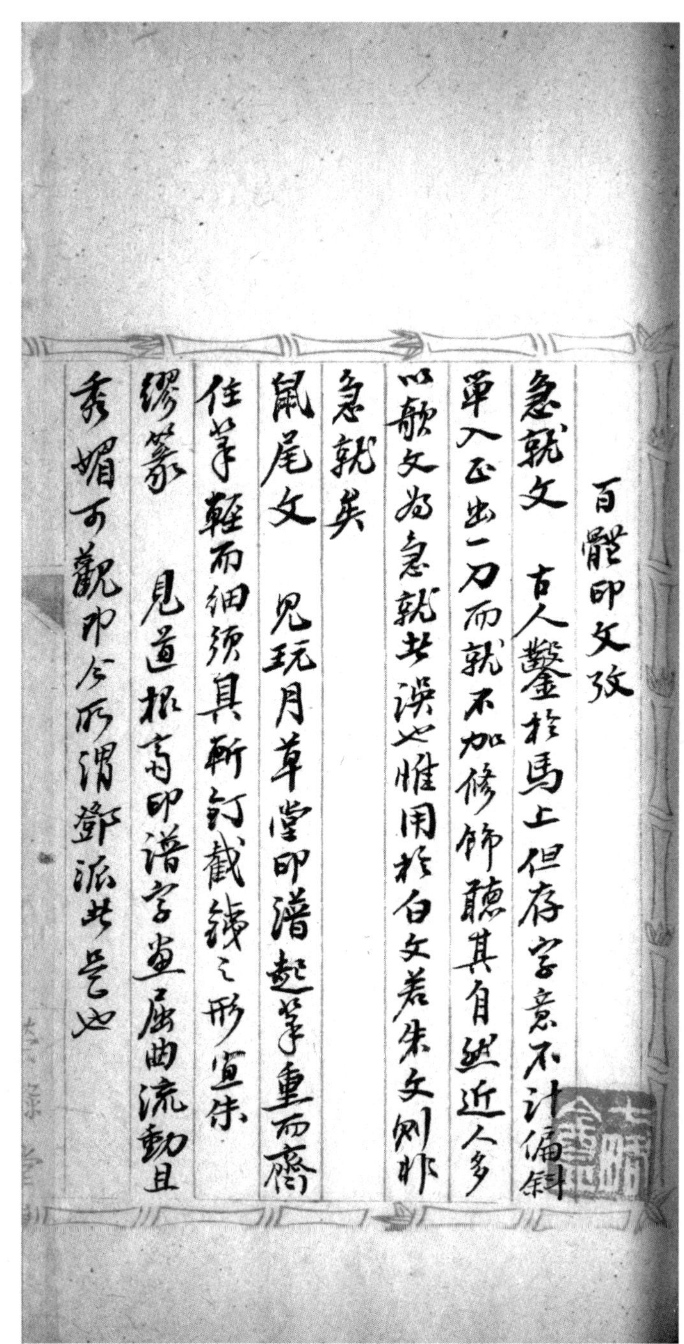

百體印文攷

急就文　古人鑿於馬上，但存字意，不計偏斜，單入正出，一刀而就，不加修飾，聽其自然。近人多以散文為急就者，誤也。惟用於白文，若朱文則非急就矣。

鼠尾文　見玩月草堂印譜。起筆重而齊，住筆輕而細，須具斬釘截鐵之形，宜朱。

繆篆　見道根齋印譜。字畫屈曲流動，且秀媚可觀，即今所謂鄧派者是也。

深白文　見穿研齋印譜其文宜細而勁且轉折處多方而露鋒芒字畫愈疏則精神愈出宜朱[白]文不宜朱文

印泥文　見芸兵齋印譜筆宜粗濁如印泥之狀然以不露鋒芒為妙

埋文　見芸兵齋印譜字宜多斷而不連半隱半顯如被土掩之形朱白均可

屈藤文　亦見芸兵齋印譜印小篆也惟筆畫甚佳並轉折之處均有破痕如藤

條折斷之式架閣宜圓不可方也

剝落文　凡壽之初集印形與欄銅文相仿要如碑碣石質摧殘之狀其剝落宜各有意無意之間須具邑全紀全之狀方為合法

垂脚文　近印多有未詳所生然有單雙之分單脚宜置之中間雙脚則分垂左右必須據其有脚可垂之字為之不得任意伸縮勉強造作

槲葉文　凡百體篆文千筆畫宜細垂脚處

均有一葉雖非正体然諸印集中多有用之者

太極文　凡百体篆午文其文陰陽環抱如太極圓形雖欠大方無妨小巧

鐘鼎文　其文皆取古鐘鼎尊彝銘字合成不可攙入他字尤不得以杜撰足之及任意更改方佳依文為宜

馬蹄文　凡刁子俊印譜每畫之起住均稍寬大如馬蹄形

鑄銅文　壽石齋印譜有之字畫遒勁沈

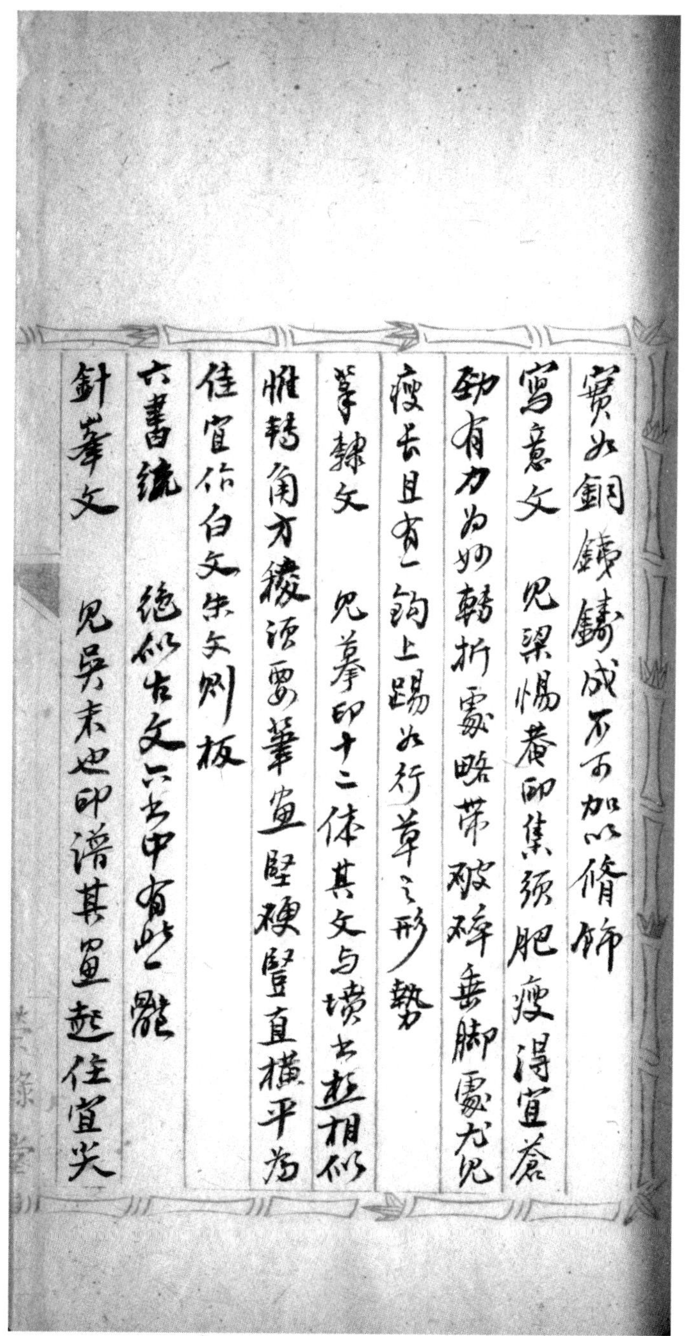

實如銅鑄鑄成不可加以修飾

寫意文　見梁帙菴印集須肥瘦得宜蒼勁有力為妙轉折處略帶破碎無脚處尤見瘦長且有鈎上踢如行草之形勢

草隸文　見摹印十二体其文与璜古篆相似雕轉角方稜須要筆畫堅硬豎直横平為佳宜於白文朱文則板

六書統　絕似古文六書中有此體

針篆文　見吳末也印譜其畫起住宜尖

使結構處如針鋒相對似斷似連方爲入妙

冰裂文　見穿硯齋印集其畫歪斜疏密作裂冰之形筆畫宜細不宜粗宜連不宜斷極含混却極分明斯得之矣

玉筋文　古譜用此甚多近印譜中亦有筆畫粗勁刀路纖微與滿紅文相類惟不必填滿疏密四角即章法中之十字文也

岣嶁文　見金石索即禹碑字也字類古文不易辨認筆有缺蝕剝落之狀用之作印亦

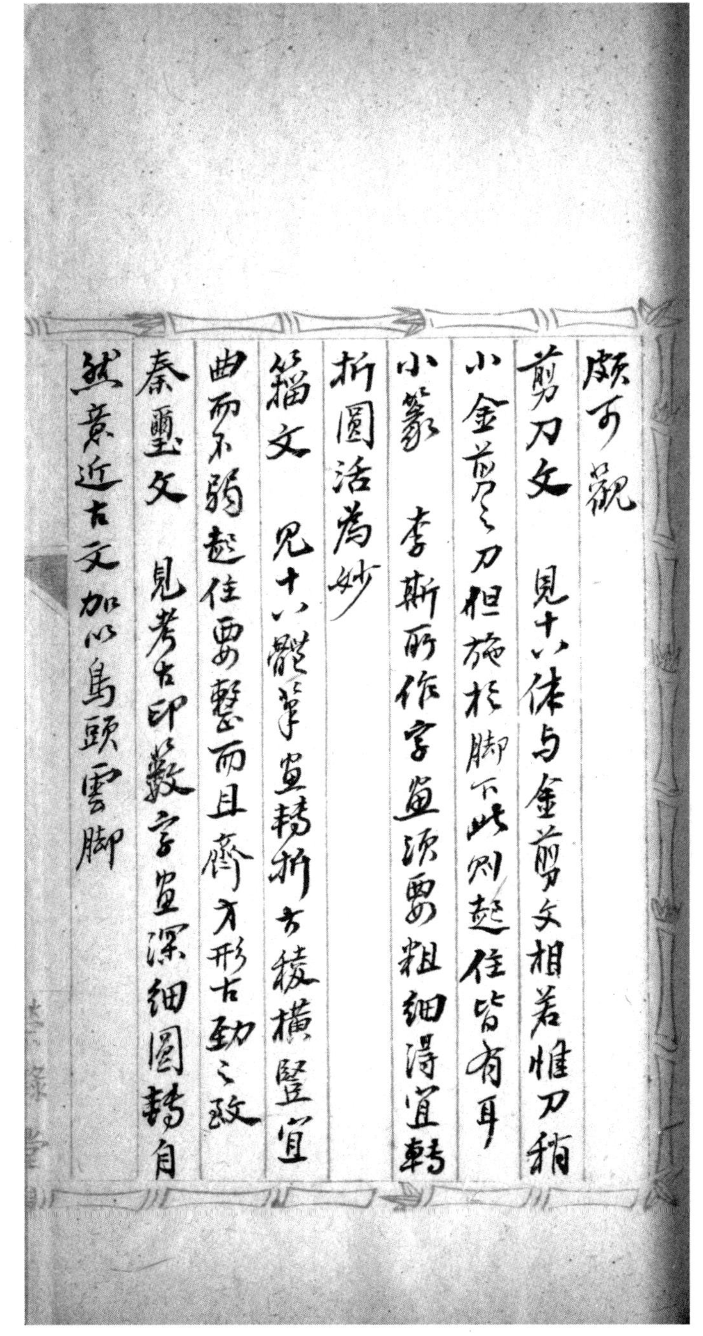

頗可觀

剪刀文　見十八体与金剪文相若惟刀稍小金剪〻刀相施於脚下此則起住皆有耳

小篆　李斯所作字宜須要粗細得宜轉折圓活為妙

籀文　見十八體筆宜轉折方稜橫竪宜曲而不弱起住要整而且齊方形古勁之致

秦璽文　見考古印藪字宜深細圓轉自然意近古文加以鳥頭雲脚

立錐文　見謝芳青印譜即双入刀法也每竪畫必上尖下齊如泥裏拔丁之狀是朱文

折竹文　只摸古印譜與曲藤文大同小異緣藤枝柔軟竹性堅剛故勢折屈必須尖硬似有折而未斷之形乃佳

爛沙文　見壽之初集其体爛惺如朱滿留其地點點如爛沙之形使人乍觀如斑痕乍細視則字跡分明方臻妙境不可白文

斑文　見胡忻印譜斑斑點點儼如屋漏之

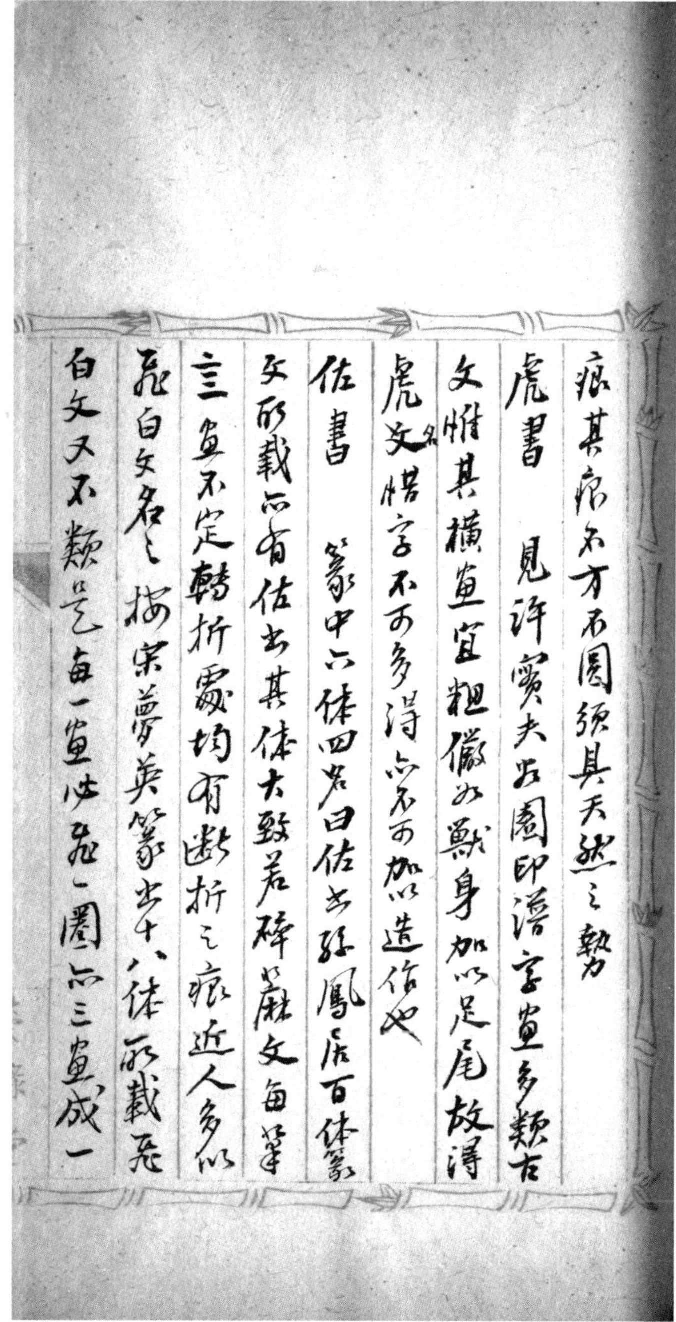
痕其痕不方不圓須具天然之勢

虎書　見許實夫穀園印譜字畫多類古文惟其橫畫宜粗微如獸身加以足尾故得虎文之名惜字不可多得亦不可加以造作也

佐書　篆中六体四名曰佐書孫鳳居百体篆文所載亦有佐書其体大致若碑版文每筆三畫不定轉折處均有斷折之痕近人多以爲白文名之　按宋夢英篆書十八体所載爲白文又不類是也每一畫作爲一圈亦三畫成一

篆之式筆畫齊整轉折處不斷者爲死白文其類碑蘇文者爲佐書也

鉤勒文　見劉介夫印譜以細畫雙鉤成字起住帶鋒不可呆板

三台文　見飛鴻堂印譜其體即小篆其畫似古文惟於每字之頂加三圈圈之內復有一點耳

秦印文　見吳末也印譜古人亦多有用之者字式宜小邊闌宜寬須使其字小而

而形宿弱縮方妙

行智文　見月玲瓏軒印譜字畫外方內

圓斂形蒼勁朱文中少不可少之體也

虎爪文　兒百體篆千文文類小篆收筆畫

精粗其垂腳處有歧鋏以虎爪形

柵子文　近印多見篆刻針度而詳察之其

式以字畫排列成行如柵欄之狀務要豎多

橫少疏密勻停不軟不斜使人易辯為佳

漢文　見攷古印數字多逼邊橫豎平正

單刀直入轉折無痕另有一種古樸之概

切玉文　見芸無齋印譜字畫類小篆間架若籀文惟其轉折處似斷似連此留刀法

九疊文　又名上方大篆見漢印各譜其文使每一筆統歸九畫作折疊之式又有七疊五疊之說似不可從

粘邊文　見君竹齋印譜每邊逼邊之畫則粘於邊上如用白文則衝於邊外其畫中細而稍粗住筆宜齊朱文尤妙

斜疊文　見古体篆千文形如款文而左右相対出體兩分故曰款疊

金剪文　亦見古体篆千文每字必有二筆而下垂作剪刀形均須向裏環抱

錦綫文　見孫氏準印譜其细如線其勁如錢一刀而就不得重修難於圓而不難於方易於朱而不易於白務須挺秀最忌偏斜

摹印文　見王曽麓印譜八体中五曰摹印者是也其字或方或扁適勁整齊白文

最宜以用朱文則覺板滯

大篆 見竹雷齋印譜字形方正筆勢渾圓總以有骨有肉不偏不倚爲佳

蝌蚪文 見篆書十八体其字最宜生動以蝌蚪往來游泳之形方爲妙品

柳葉文 見友石山房印譜字以小篆惟於住筆處作柳葉形耳

聯文 艷秋閣印譜內有此種體其文近邊則粘於邊近畫則粘於畫務使聯綴

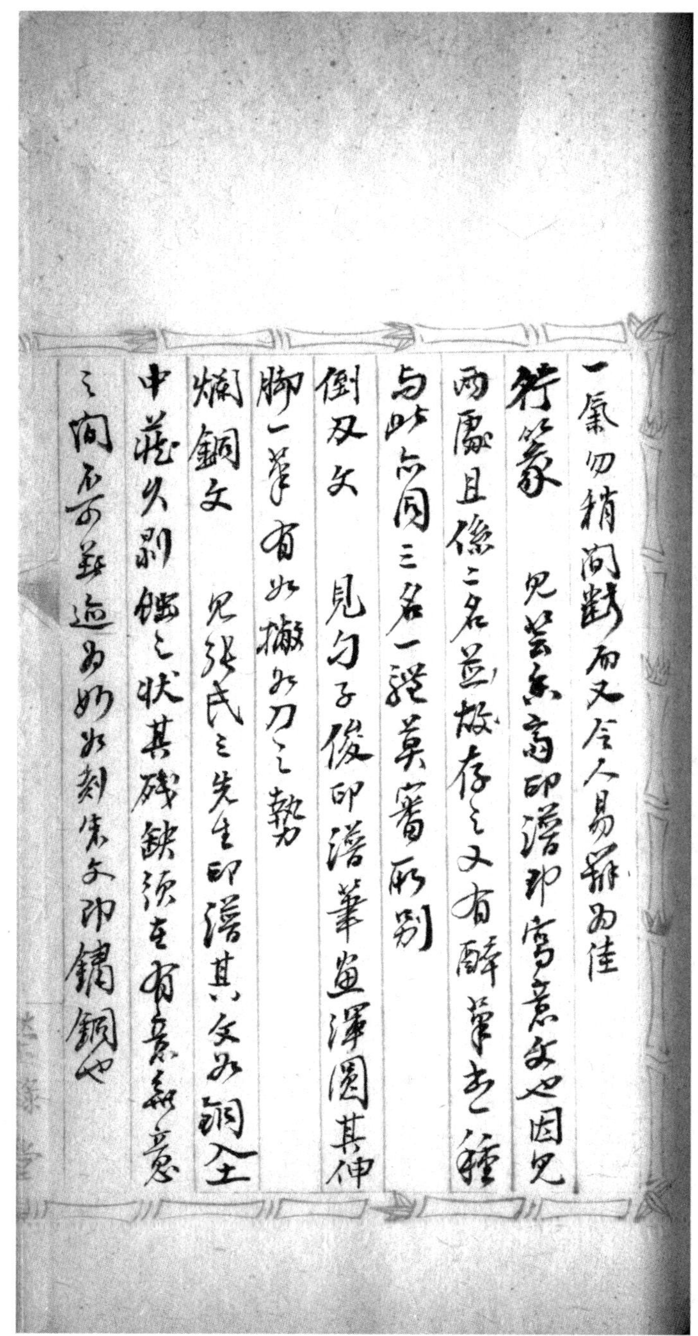

一氣勿稍間斷而又令人易辨爲佳

行篆　見芸亭高印譜印寫意文也因見

兩處且係二名並擬存之又有醉筆一種

與此亦同二名一從莫審所別

倒刃文　見句子俊印譜筆道渾圓其伸

脚一筆有如撇刃之勢

爛銅文　見張氏之先生印譜其文如銅全

中花火剝蝕之狀其殘缺須在有意無意

之間不可築造爲妙如刻朱文印鑄銅也

鏽銅文　近印常見其法全章皆鏽而印中之字路須隱隱約約全宜畢現方佳不可白文亦用白文則成爛銅矣蓋鏽者漆也爛者去也近人二者不分能免

石鼓文　仿石鼓文中字勢筆宜圓轉斷續自然不露刀痕方形古樸

串珠文　見板橋西崖印譜其宜文加圈均有一圓珠貫串其間

雙垂腳文　每字必捻二畫使其左右皆垂

其所垂之脚以一字之半為準

穗書　凡百體篆千文其形如柳葉子即於每葉之間添加數點畧作穀穗之形

迴鸞文　凡篆書十八體其法於字畫之上刻加數鳥須要左右互对顧盼有情而亦間有以鳥代畫者宜審其形勢為之佈置未可牽强填塞也

流雲文　凡竹雪軒印譜其文少豎多橫字體流動筆畫匀停具有一種行雲流水

之勢，字宜活、宜動、宜曲、宜細，若稍涉板

滯，則意味索然矣。

蚯蚓文　見芸良高印譜。其宜首尾粗細

屈曲蜿蜒，與流雲相似，惟流雲乃皆橫紋，

此則皆豎紋耳。

巨細文　見竹雪軒印譜。其意與朱白相

間文相似，惟以筆宜疎其粗，密其細，方顯然。

雙鉤文　見劉維坊印譜。其文均以兩筆鉤

成，秀媚可觀，方為絕技。

殳書　見小石山房印譜每筆起住處曲皆鈎勢須生動自然使人易識

馬齒文　見李硯農印集横畫多粗豎畫多細横畫須用双刀宜參差高忌高整其畫中所留之地聽其自然

龜書　見壽初集以龜形堆砌成文須使其行動得神即妙不宜白文

稻子文　見竹雪軒印譜筆畫宜細無脚處綴以三點如洙与孫鳳居百體千文小異

文泰文　見勻子俊印譜其文須有重字所用若双鉤而小異此朱文中內套一白字白文則內套一朱字有合而為一分則為二之意

欹文　此文各譜多有豎直橫斜朱白均妙然以向左斜者為正向右非宜

虛白文　近印多見畫中空洞外惟一圈須要細而有徵近人多以為双鈎文誤矣

圓朱文　見張氏三先生印譜字畫光潤圓肥頗與大篆相似

金鈎文　見芸氏高印譜其文每字伸脚處均有一鈎踢作楷書形勢

懸鍼文　見篆字八體其文垂脚處多尖長峭立如懸針然

滿白文　見玩月草堂印譜須筆畫粗勁配合匀停使朱地只留一綫方覺飽滿

滿紅文　近印多有用此匀齊整飭欲見大方朱畫愈粗愈佳須渾圓不可臃腫白地愈細愈妙　四面正直切忌偏斜

垂露文　見黃經印譜字意飄飄彎轉圓活其畫上細下粗如垂露之狀疎密生乎自然潤狹依其體制印中所云疎處可以立馬密處幾不容身者是也

小篆沙文　見吳未也印譜字畫輕而有挺秀似鏽銅文但所鏽之處則作小點數攢不似鏽銅之塊磊也　不可作白文用

龍文　見海納甫印譜其畫儼如龍形每畫必加一頭尾務須生動迴環具蜿蜒

之勢方為得神

破紅文　凡竹雪軒印譜字形粗笨類灣紅文每字均有破碎痕迹以篆帶作字之意此須朱文若用白文則佐之矣

大篆文　凡郭頻伽印譜筆畫粗勁字勢端方轉折起住鋒芒畢露近人名印多用之

梅鶴篆　凡黃參印譜係白文均有其文粗細相間即一字或點之其蹟也須以粗畫飾置四角及中間方合梅花之意

雕虫蝕篆文　此十八體字意多從小篆而戰筆宜用柏浪刀法若有意穿鑿則失其真矣

垂珠文　此十八體筆畫多粗兩脚之末漸細漸曲下綴一珠如濃露垂垂欲墮之狀近人多有作細畫而直下垂珠者謬矣

鳥跡文　此吳未也印譜字意似古文筆畫多尖峭儼然鳥爪之跡故名

古文　此十八體諸名家譜中多有用其筆畫圓尖字勢奇古用之作印頗雅觀也

錦帶文　見胡氏印譜筆畫飄颻起住宛若長帶垂紳之勢

纓絡文　見十八體文如纖纖加以圈點累累又於起住處另出三岐便作纓絡垂珠象矣

流金文　見求是齋印譜字畫與垂珠文相彷惟所垂之物如新月形

芝英篆　見李硯農印譜於筆畫之起住處均分兩岐如魚尾狀故名以芝英

墳書　豎細橫粗字勢方整而轉折宜

圖忌似草隸兒松鶴堂等譜或云疑印填
篆之誤近之
錦標文　兒艷秋閣印譜字體奔鷙句
停橫平豎直儼然標形以字之筆畫相等
爲妙然多寡不齊則需强作也
元朱文　元朱者元朝之朱印文也相傳創
自趙文敏筆畫挺秀字體莊嚴此印中
需多得之體馮承輝古錢龕印譜內曾見之
鳥篆文　兒小石山房印譜於趙篆處加

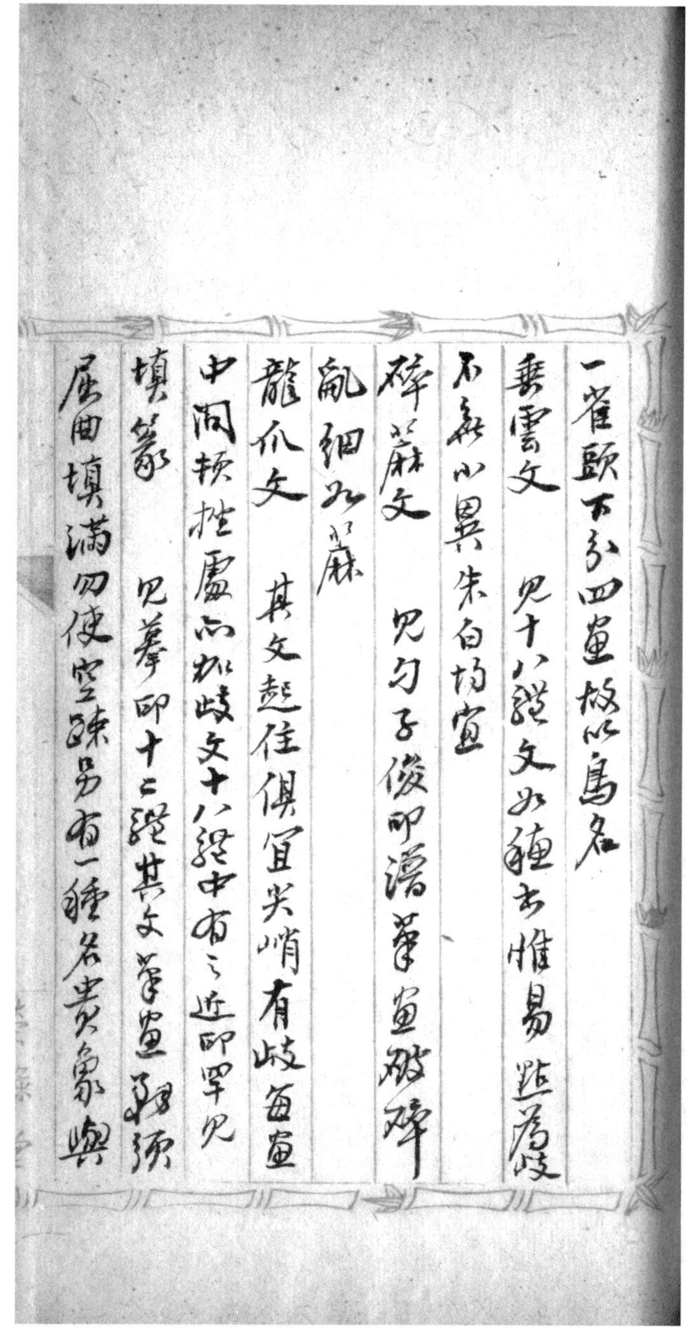

一雀頭下分四道故以鳥名

垂雲文　凡十八經文五種中惟易點履

不無小異朱白均宜

碎蔴文　凡匀子俊即瀋筆道破碎

亂細如蔴

龍爪文　其文趨往俱宜尖峭有岐每道

中洞狹窄處必有岐文十八經中有之近即罕見

填篆　凡羣即十二經其文筆道稍須

屈曲填滿勿使空疎易有一種名貴象與

此亦用朱白咸可

宜沙文　凡芸烏垒印譜文多圓轉如以之錐宜沙其起首及安加處似有墳起之狀故名不可用朱文惟白文

凡篆書十八體每一宜必兼繞圜於其外字宜挺秀筆意圓活朱白文皆可用然以白文為宜但尤難耳

竹葉文　凡閩帝降乩詩石刻實[雅]係偽託然尚可觀近人仿印亦有用者

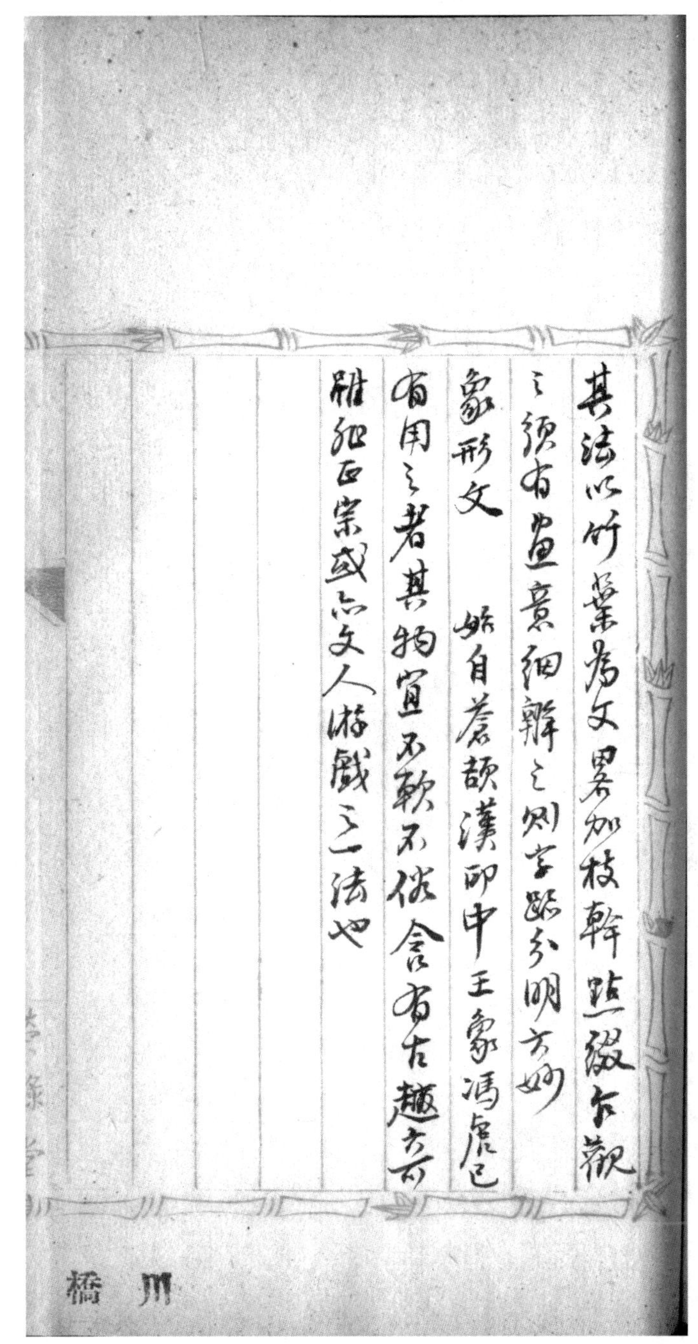

其法以竹葉爲文略加枝榦點綴亦觀

之須有畫意細辨之則字跡分明方妙

象形文　始自蒼頡漢印中王象馮虎已

有用之者其物宜不軟不俗含有古趣方可

雖非正宗或亦文人游戲之一法也

橋川

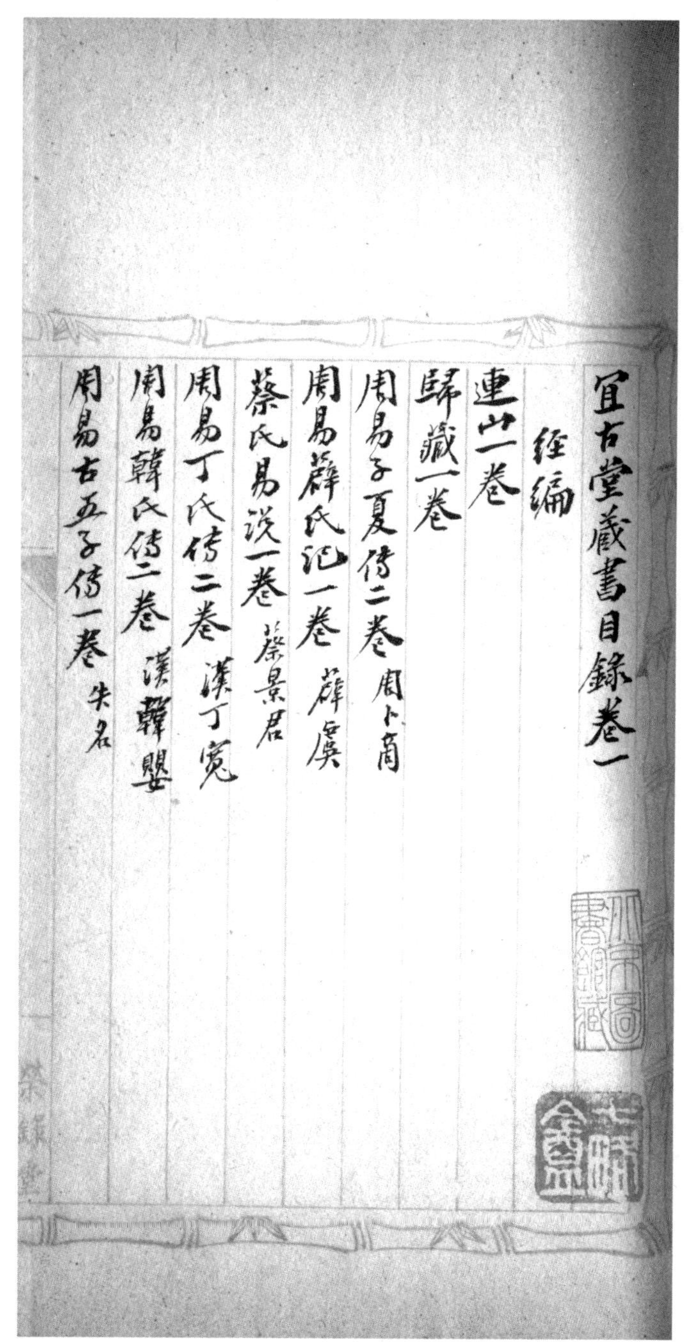

宜古堂藏書目錄卷一

經編

連山一卷

歸藏一卷

周易子夏傳二卷 周卜商

周易薛氏記一卷 薛虞

蔡氏易說一卷 蔡景君

周易丁氏傳二卷 漢丁寬

周易韓氏傳二卷 漢韓嬰

周易古五子傳一卷 失名

周易淮南九師道訓一卷 漢劉安

周易施氏章句一卷 漢施讎

周易孟氏章句二卷 漢孟喜

周易梁邱氏章句一卷 漢梁邱賀

周易京氏章句一卷 漢京房

費氏易一卷 漢費直

費氏易林一卷 漢費直

周易分野一卷 漢費直

周易馬氏傳三卷 後漢馬融

周易劉氏章句一卷 後漢劉表

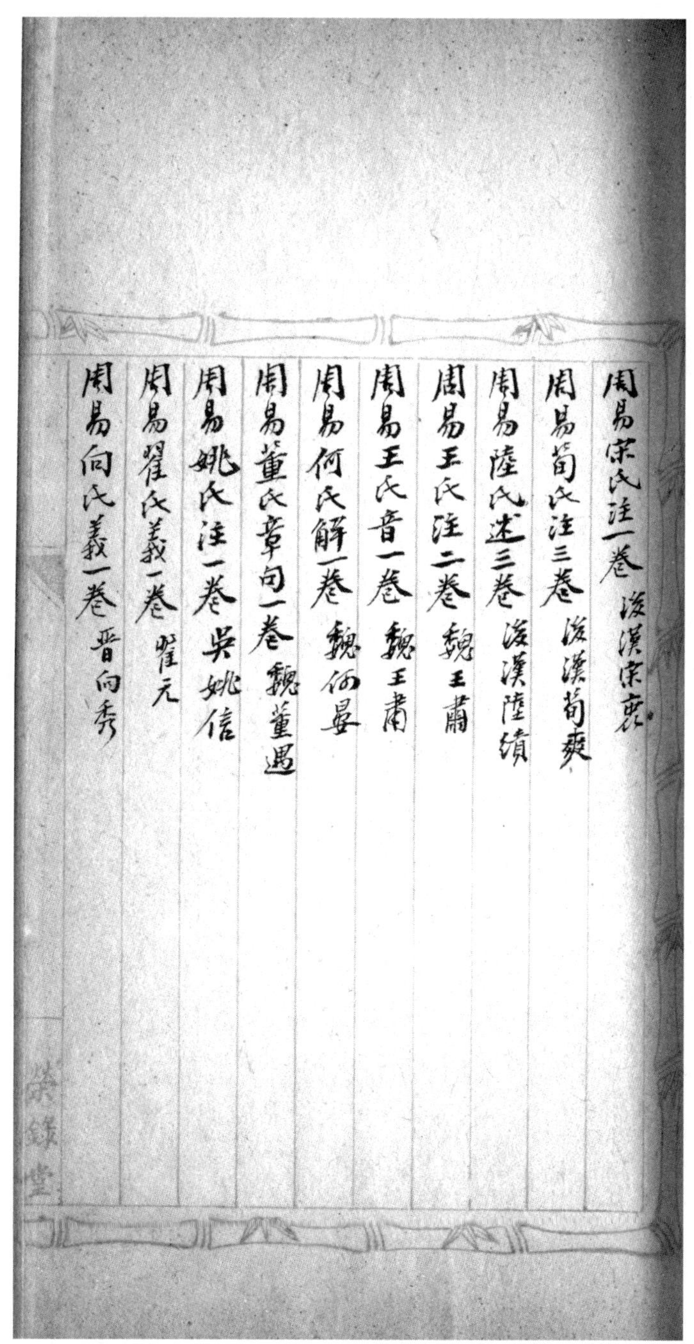

周易宋氏注一卷　後漢宋衷

周易荀氏注三卷　後漢荀爽

周易陸氏述三卷　後漢陸績

周易王氏注二卷　魏王肅

周易王氏音一卷　魏王肅

周易何氏解一卷　魏何晏

周易董氏章句一卷　魏董遇

周易姚氏注一卷　吴姚信

周易翟氏義一卷　翟元

周易向氏義一卷　晋向秀

周易統畧一卷　晋鄒湛
周易卦序論一卷　晋楊乂
周易張氏義一卷　晋張軌　凉劉昞注
周易張氏集解一卷　晋張璠
周易干氏注三卷　晋干寶
周易王氏注一卷　晋王廙
周易蜀才注一卷　蜀范長生
周易黄氏注一卷　晋黄穎
周易徐氏音一卷　晋徐邈
周易李氏音一卷　晋李軌

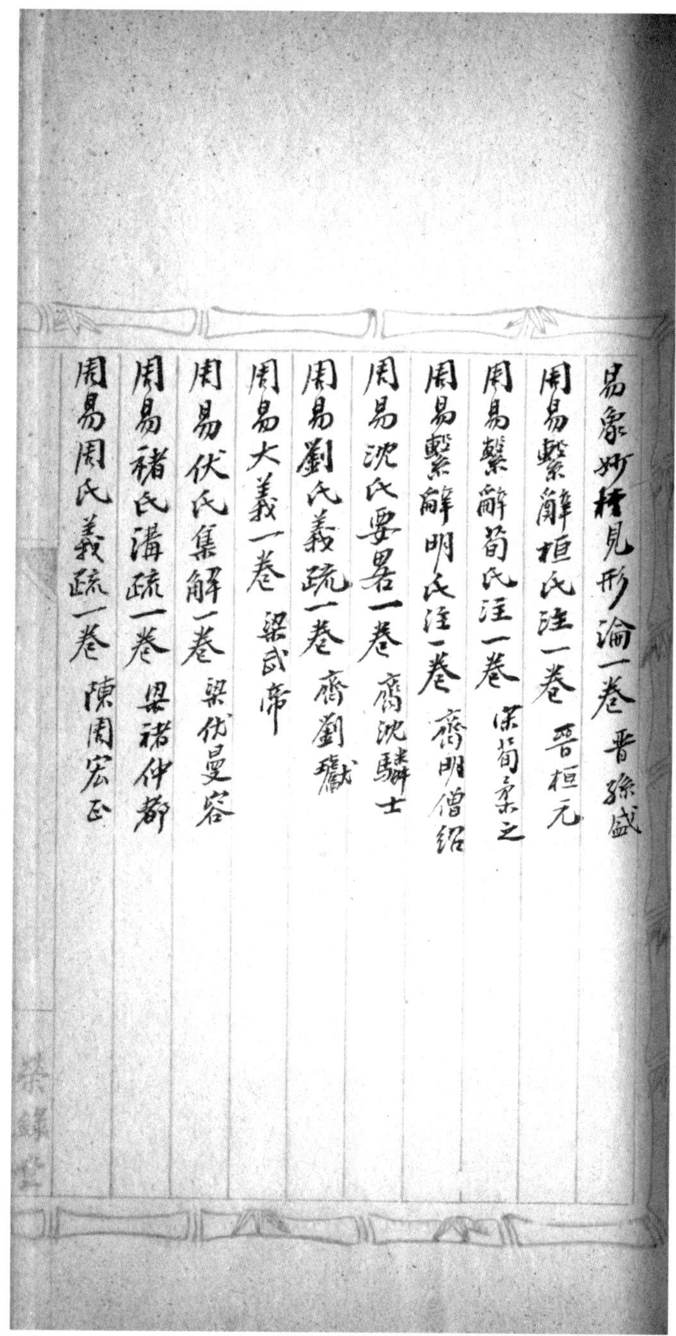

易象妙於見形論一卷　晋孫盛
周易繫辭桓氏注一卷　晋桓元
周易繫辭荀氏注一卷　宋荀柔之
周易繫辭明氏注一卷　齊明僧紹
周易沈氏要略一卷　齊沈驎士
周易劉氏義疏一卷　齊劉瓛
周易大義一卷　梁武帝
周易伏氏集解一卷　梁伏曼容
周易褚氏講疏一卷　梁褚仲都
周易周氏義疏一卷　陳周宏正

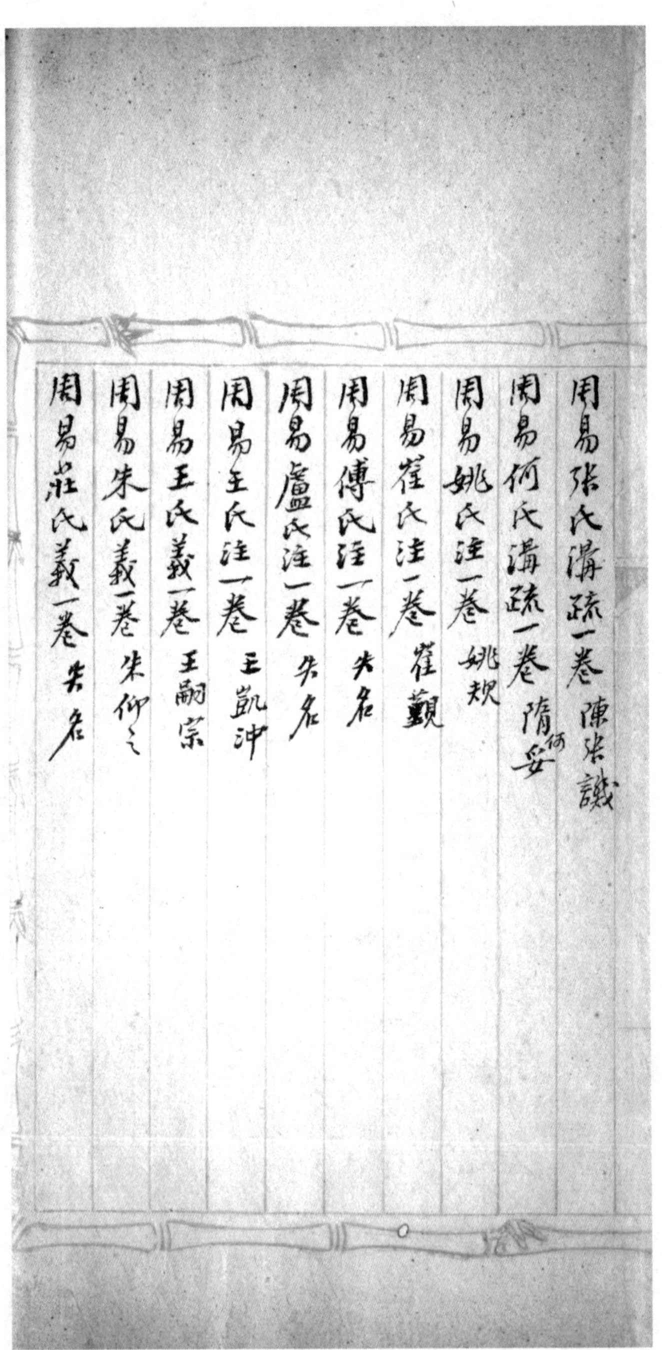

周易張氏講疏一卷 陳張譏

周易何氏講疏一卷 隋何妥

周易姚氏注一卷 姚規

周易崔氏注一卷 崔覲

周易傅氏注一卷 失名

周易盧氏注一卷 失名

周易王氏注一卷 王凱沖

周易王氏義一卷 王嗣宗

周易朱氏義一卷 朱仰之

周易莊氏義一卷 失名

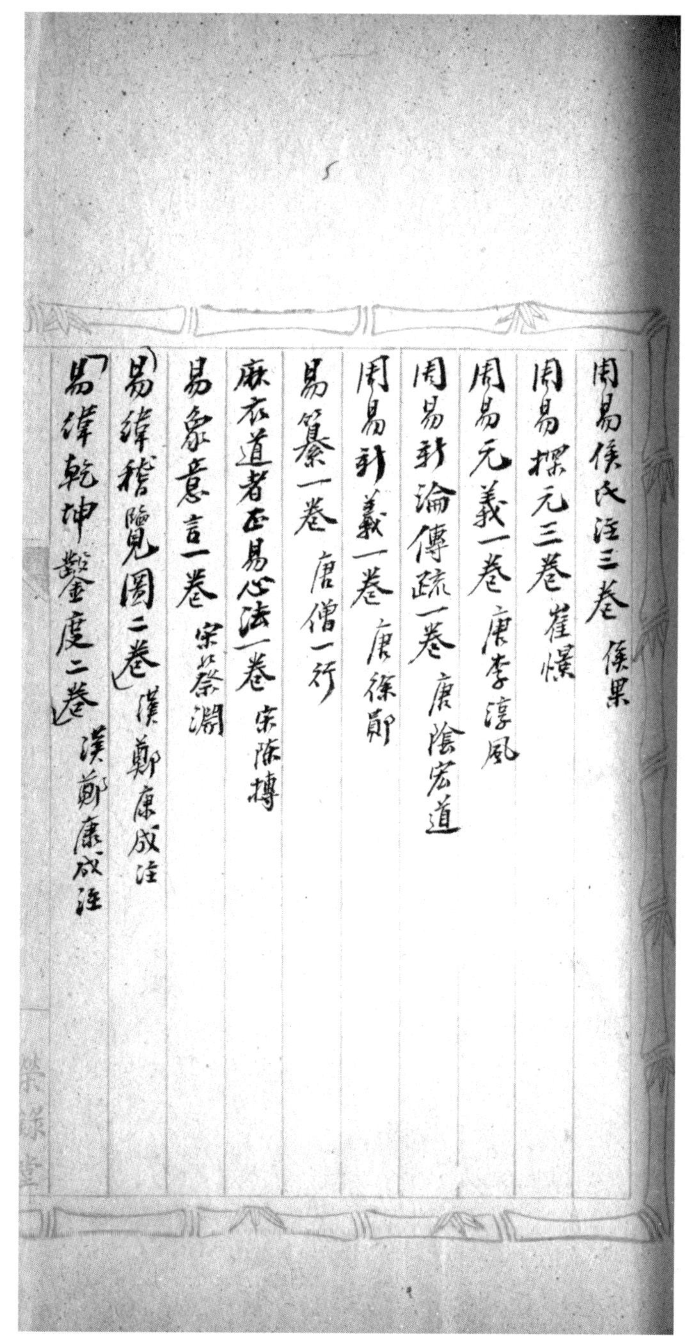

周易侯氏注三卷　侯果

周易探元三卷　崔憬

周易元義一卷　唐李淳風

周易新論傳疏一卷　唐陰宏道

周易新義一卷　唐徐鄖

易纂一卷　唐僧一行

麻衣道者正易心法一卷　宋陳摶

易象意言一卷　宋蔡淵

易緯稽覽圖二卷　漢鄭康成注

易緯乾坤鑿度二卷　漢鄭康成注

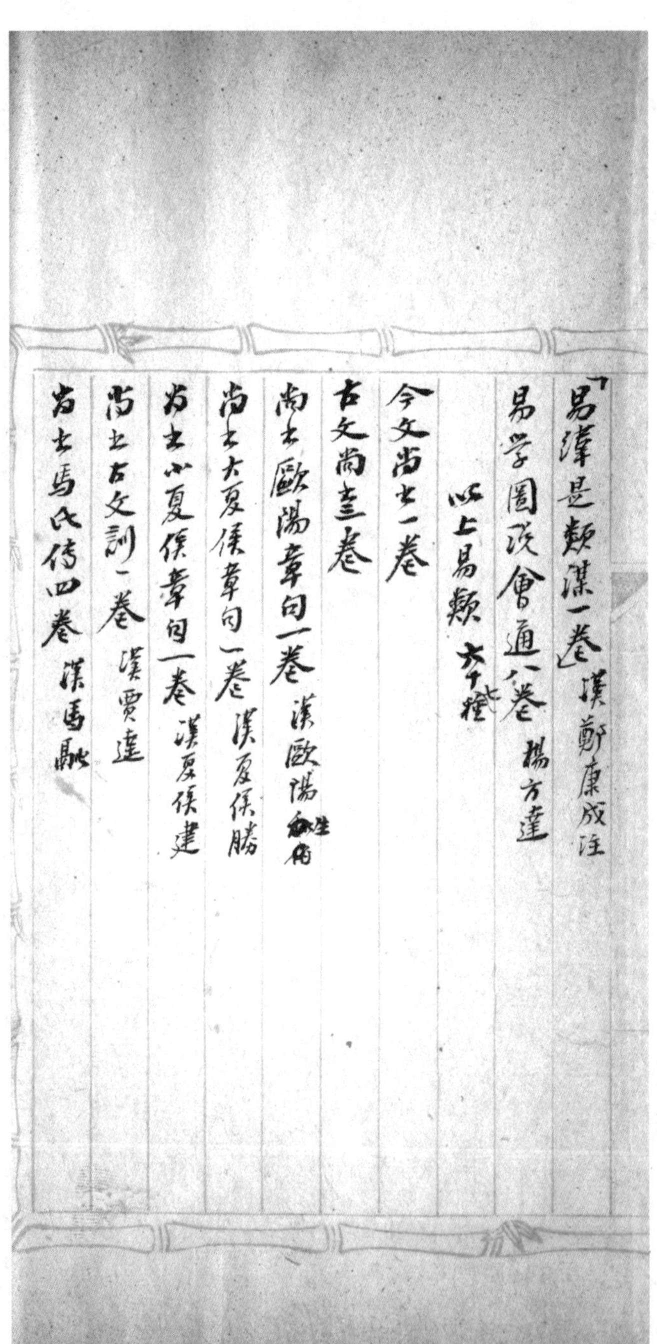

易緯是類謀一卷 漢鄭康成注
易学圖說會通八卷 楊方達
以上易類 六十七種
今文尚書一卷
古文尚書一卷
尚書歐陽章句一卷 漢歐陽生
尚書大夏侯章句一卷 漢夏侯勝
尚書小夏侯章句一卷 漢夏侯建
尚書古文訓一卷 漢賈逵
尚書馬氏傳四卷 漢馬融

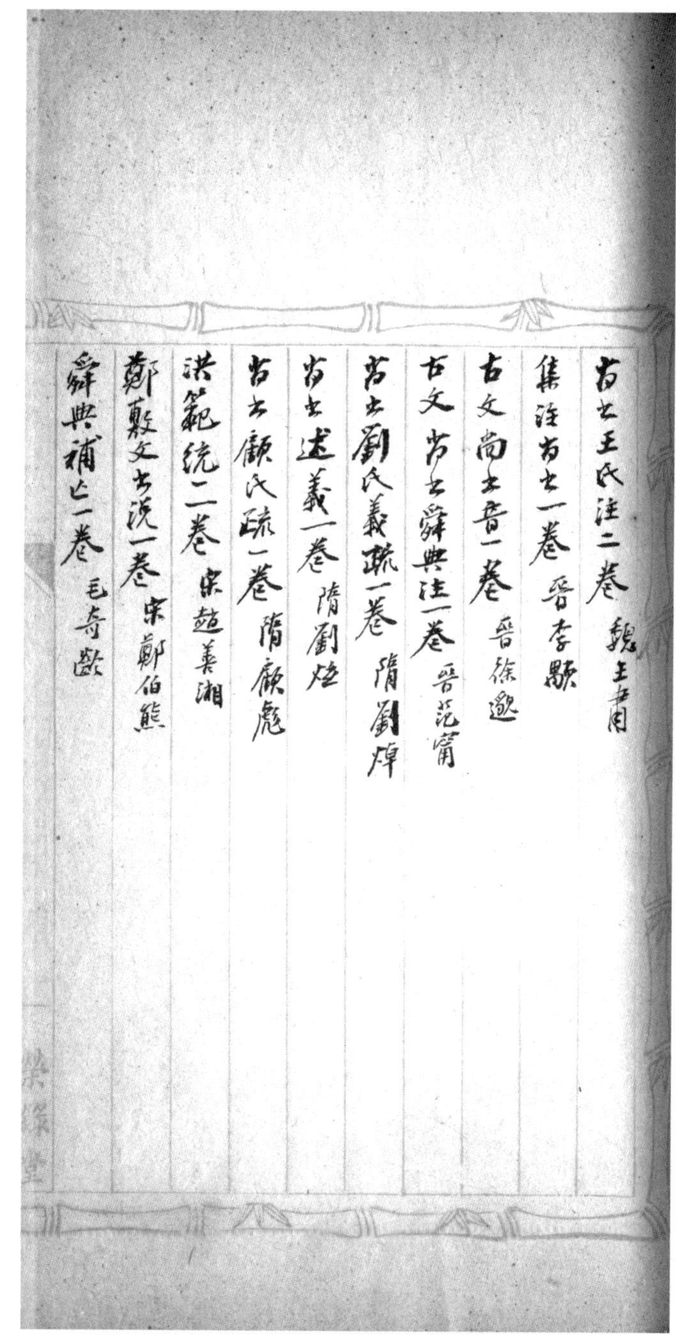

尚書王氏注二卷　魏王肅

集注尚書一卷　晉李顒

古文尚書音一卷　晉徐邈

古文尚書舜典注一卷　晉范甯

尚書劉氏義疏一卷　隋劉焯

尚書述義一卷　隋劉炫

尚書顧氏疏一卷　隋顧彪

洪範統一一卷　宋趙善湘

鄭敷文書說一卷　宋鄭伯熊

舜典補亡一卷　毛奇齡

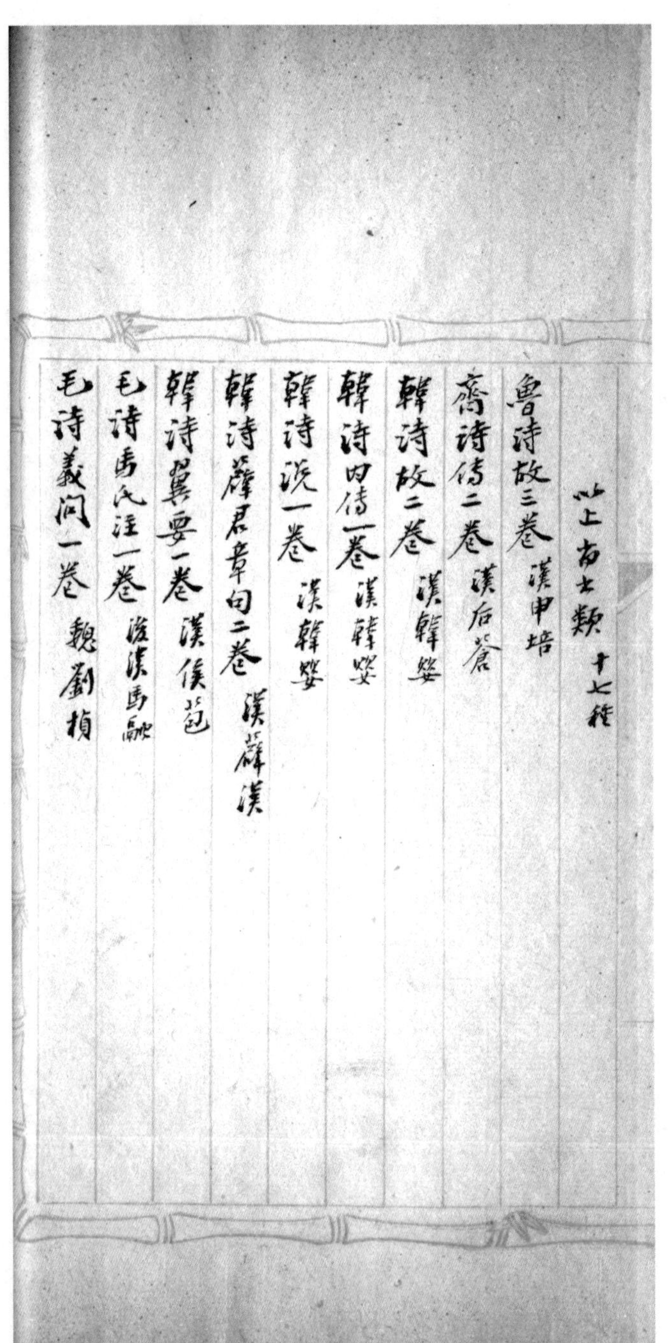

以上古文類 十七種

魯詩故三卷 漢申培

齊詩傳二卷 漢后蒼

韓詩故二卷 漢韓嬰

韓詩内傳一卷 漢韓嬰

韓詩説一卷 漢韓嬰

韓詩薛君章句二卷 漢薛漢

韓詩翼要一卷 漢侯苞

毛詩馬氏注一卷 後漢馬融

毛詩義問一卷 魏劉楨

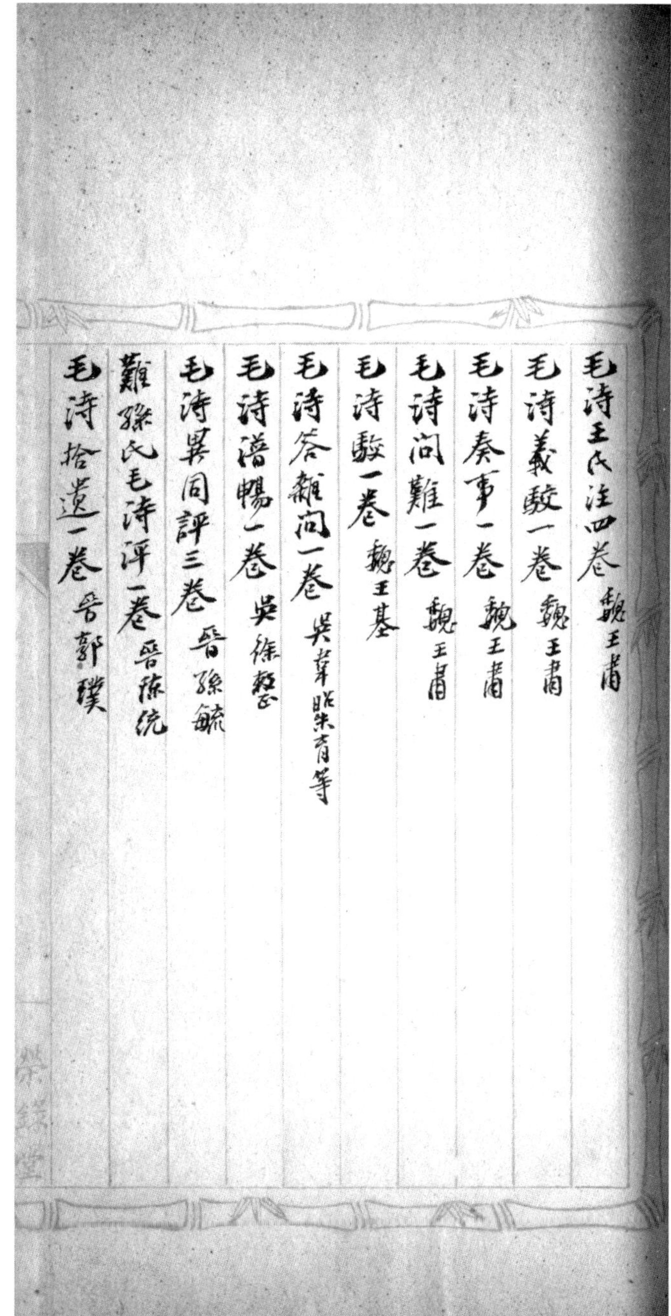

毛詩王氏注四卷 魏王肅
毛詩義駁一卷 魏王肅
毛詩奏事一卷 魏王肅
毛詩問難一卷 魏王肅
毛詩駁一卷 魏王基
毛詩答雜問一卷 吳韋昭朱育等
毛詩譜暢一卷 吳徐整
毛詩異同評三卷 晉孫毓
難孫氏毛詩評一卷 晉陳統
毛詩拾遺一卷 晉郭璞

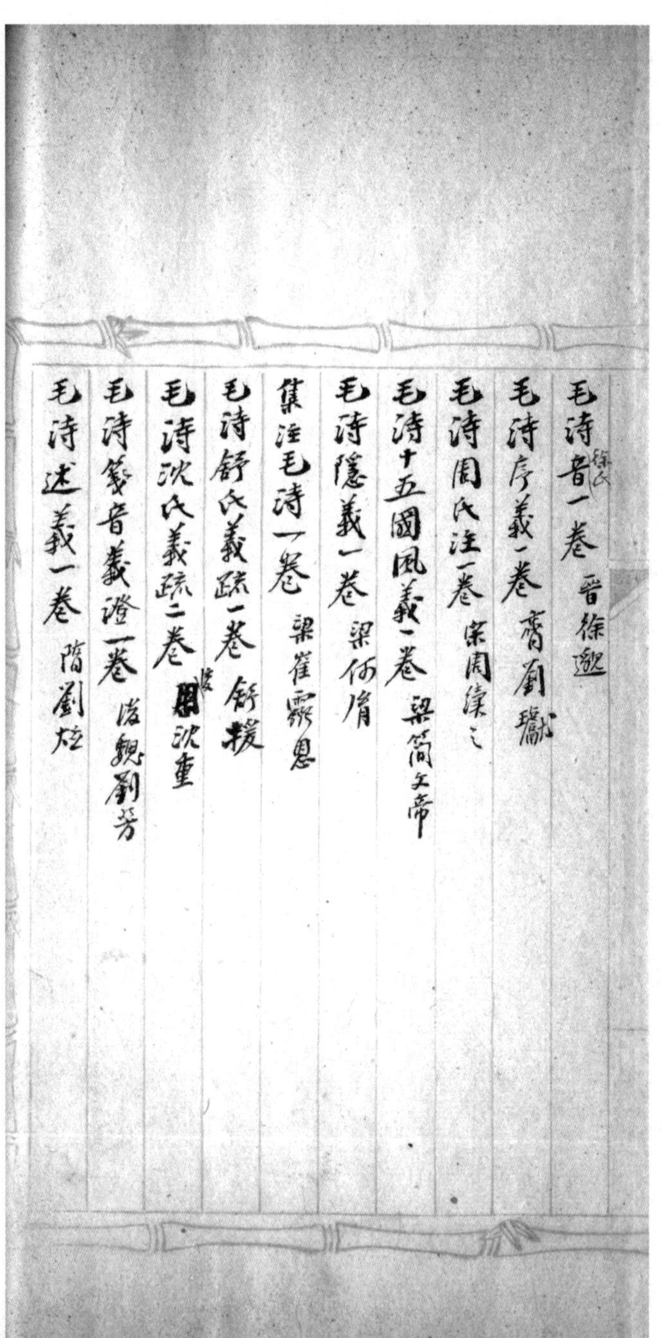

毛詩音一卷 晉徐邈

毛詩序義一卷 齊劉瓛

毛詩周氏注一卷 宋周續之

毛詩十五國風義一卷 梁簡文帝

毛詩隱義一卷 梁何胤

集注毛詩一卷 梁崔靈恩

毛詩舒氏義疏一卷 舒援

毛詩沈氏義疏二卷 後周沈重

毛詩箋音義證一卷 後魏劉芳

毛詩述義一卷 隋劉炫

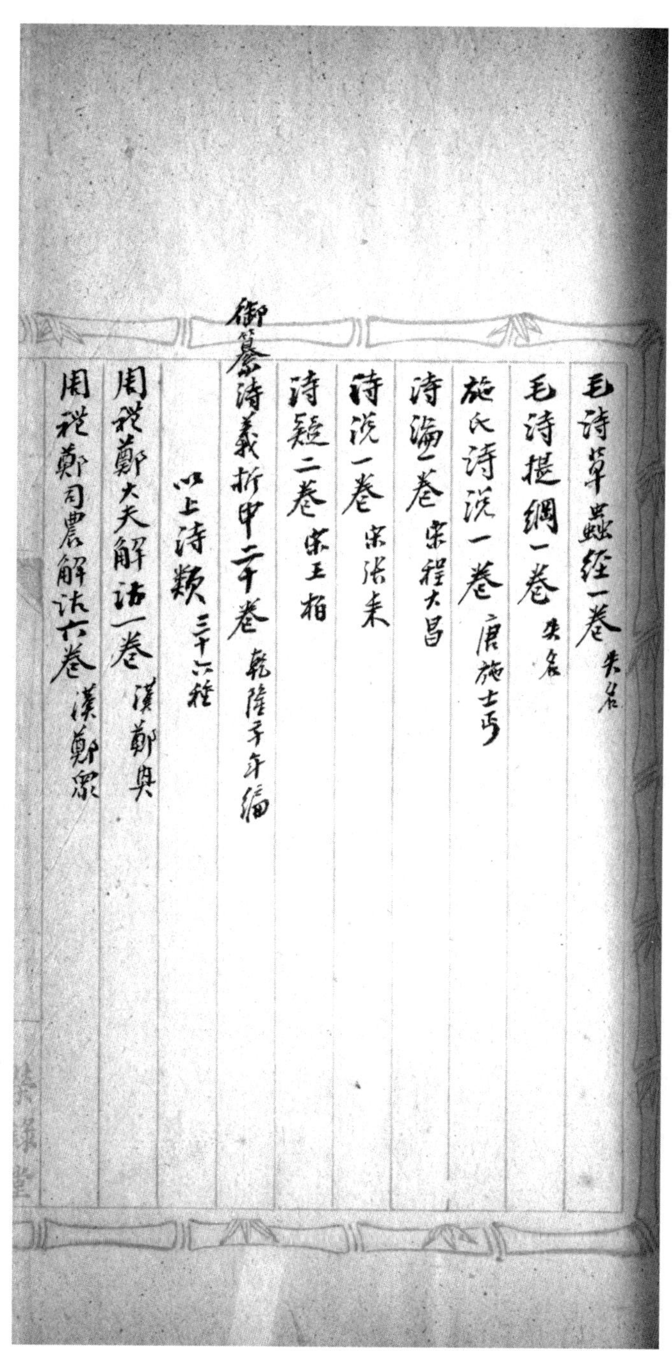

毛詩草蟲經一卷 失名

毛詩提綱一卷 失名

施氏詩說一卷 唐施士丐

詩論一卷 宋程大昌

詩說一卷 宋張耒

詩疑二卷 宋王柏

御纂詩義折中二十卷 乾隆二十年編

以上詩類三十六種

周禮鄭大夫解詁一卷 漢鄭興

周禮鄭司農解詁六卷 漢鄭衆

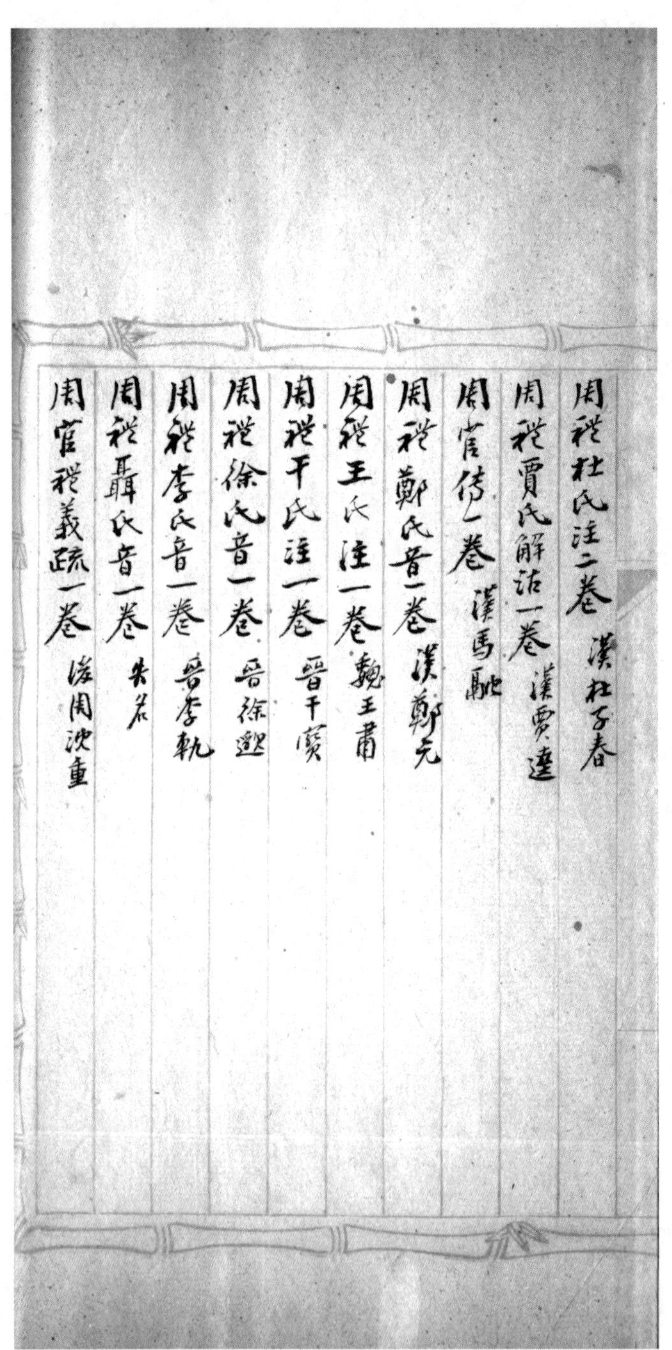

周禮杜氏注二卷　漢杜子春
周禮賈氏解詁一卷　漢賈逵
周官傳一卷　漢馬融
周禮鄭氏音一卷　漢鄭元
周禮王氏注一卷　魏王肅
周禮干氏注一卷　晉干寶
周禮徐氏音一卷　晉徐邈
周禮李氏音一卷　晉李軌
周禮聶氏音一卷　失名
周官禮義疏一卷　後周沈重

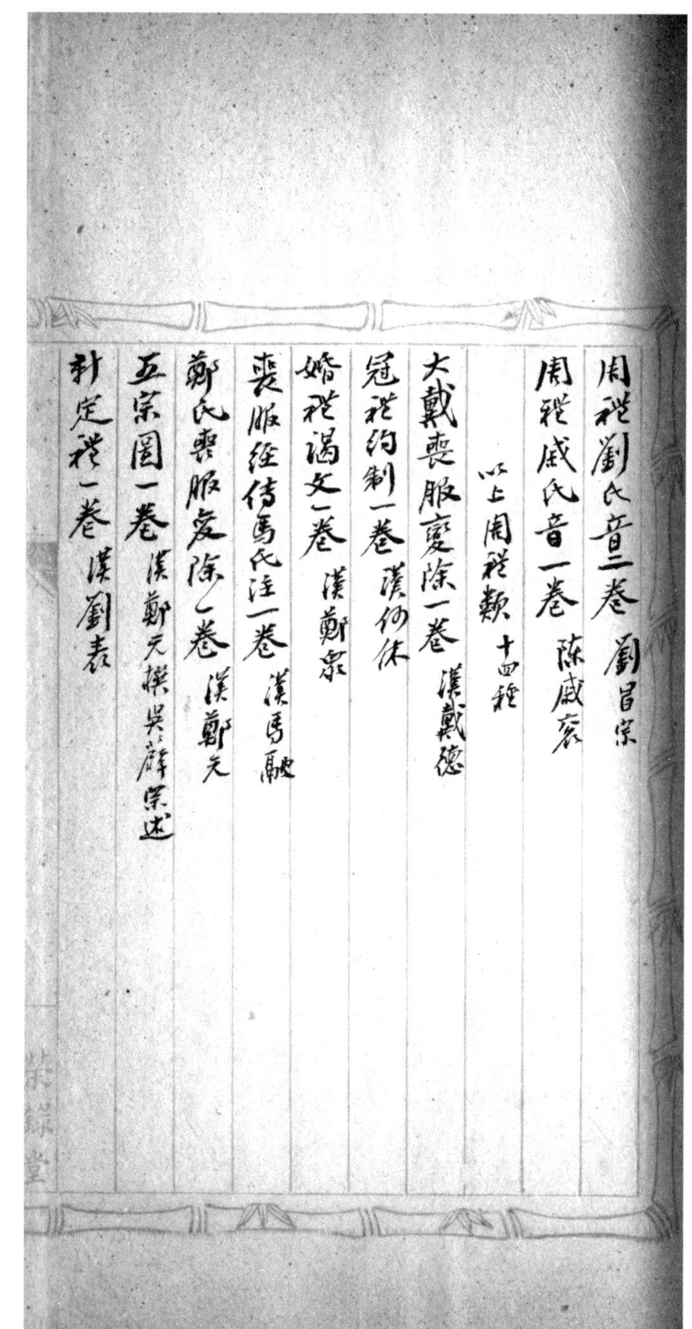

周禮劉氏音三卷　劉昌宗

周禮戚氏音一卷　陳戚衮

以上周禮類　十四種

大戴喪服變除一卷　漢戴德

冠禮約制一卷　漢何休

婚禮謁文一卷　漢鄭衆

喪服經傳馬氏注一卷　漢馬融

鄭氏喪服變除一卷　漢鄭玄

五宗圖一卷　漢鄭玄撰　吳薛綜述

新定禮一卷　漢劉表

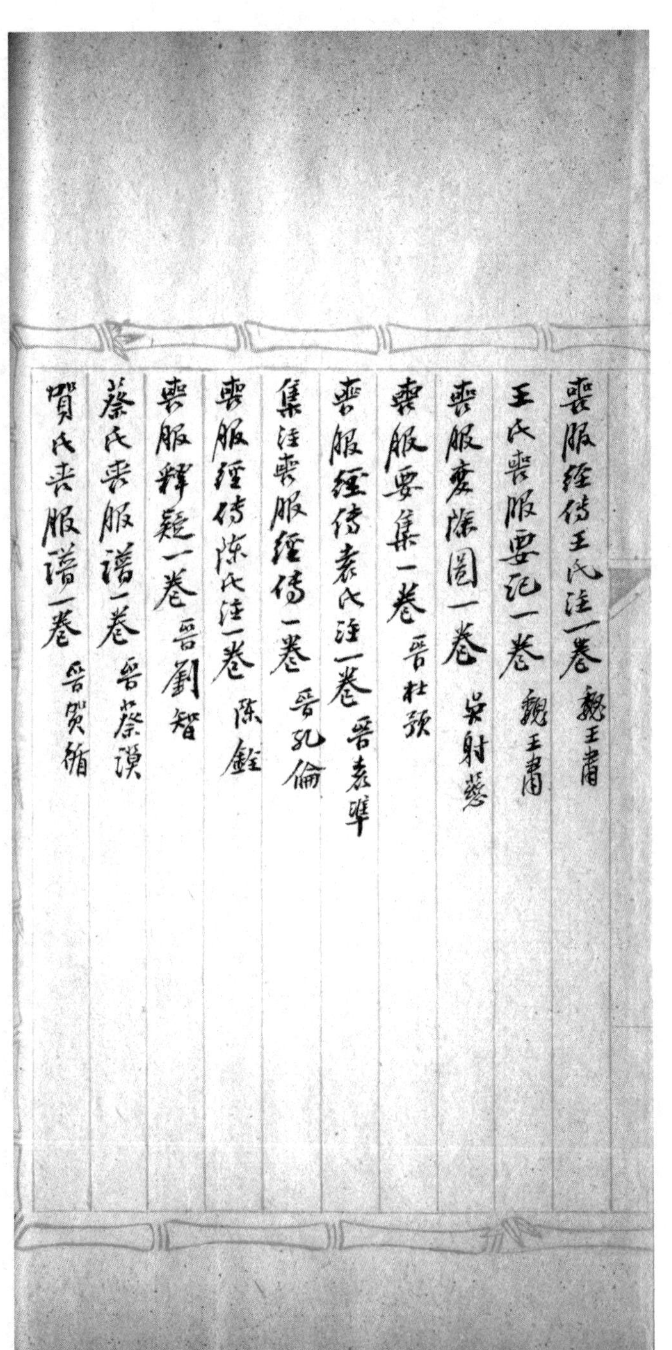

喪服經傳王氏注一卷 魏王肅

王氏喪服要記一卷 魏王肅

喪服變除圖一卷 吳射慈

喪服要集一卷 晉杜預

喪服經傳袁氏注一卷 晉袁準

集注喪服經傳一卷 晉孔倫

喪服經傳陳氏注一卷 陳銓

喪服釋疑一卷 晉劉智

蔡氏喪服譜一卷 晉蔡謨

賀氏喪服譜一卷 晉賀循

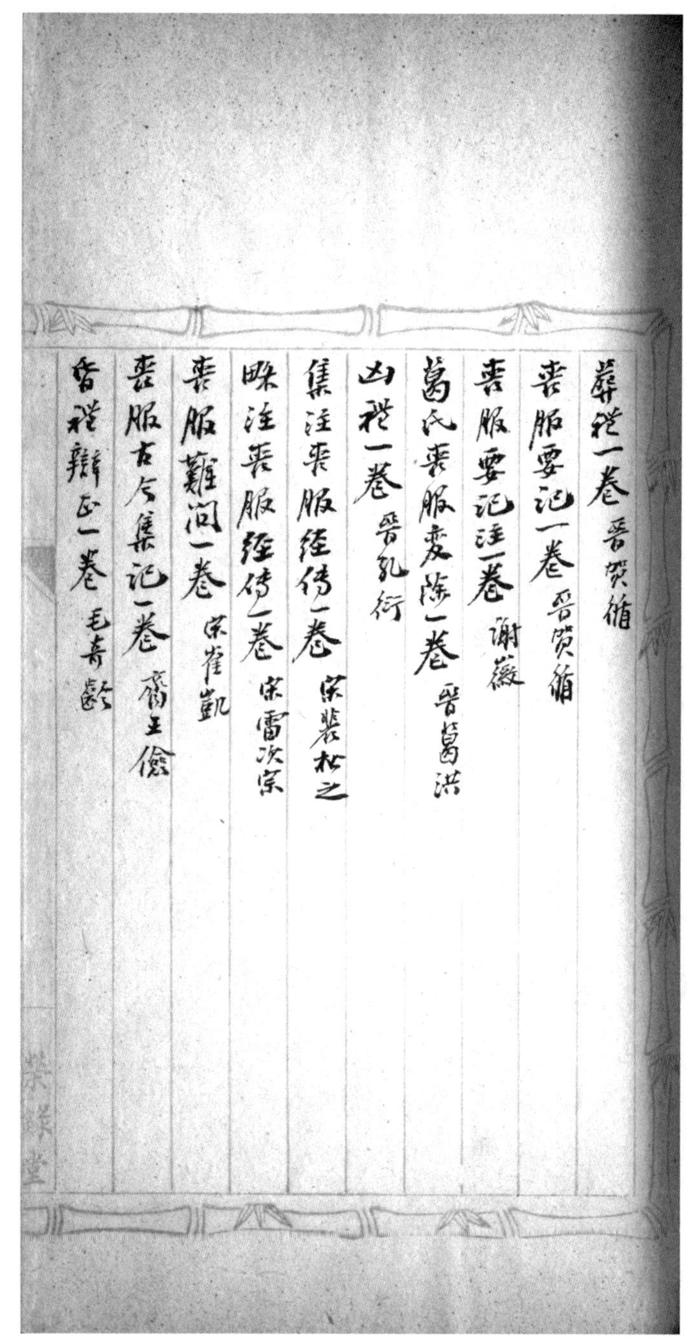

葬禮一卷 晉賀循

喪服要記一卷 晉賀循

喪服要記注一卷 謝徽

葛氏喪服變除一卷 晉葛洪

凶禮一卷 晉孔衍

集注喪服經傳一卷 宋裴松之

略注喪服經傳一卷 宋雷次宗

喪服難問一卷 宋崔凱

喪服古今集記一卷 齊王儉

昏禮辨正一卷 毛奇齡

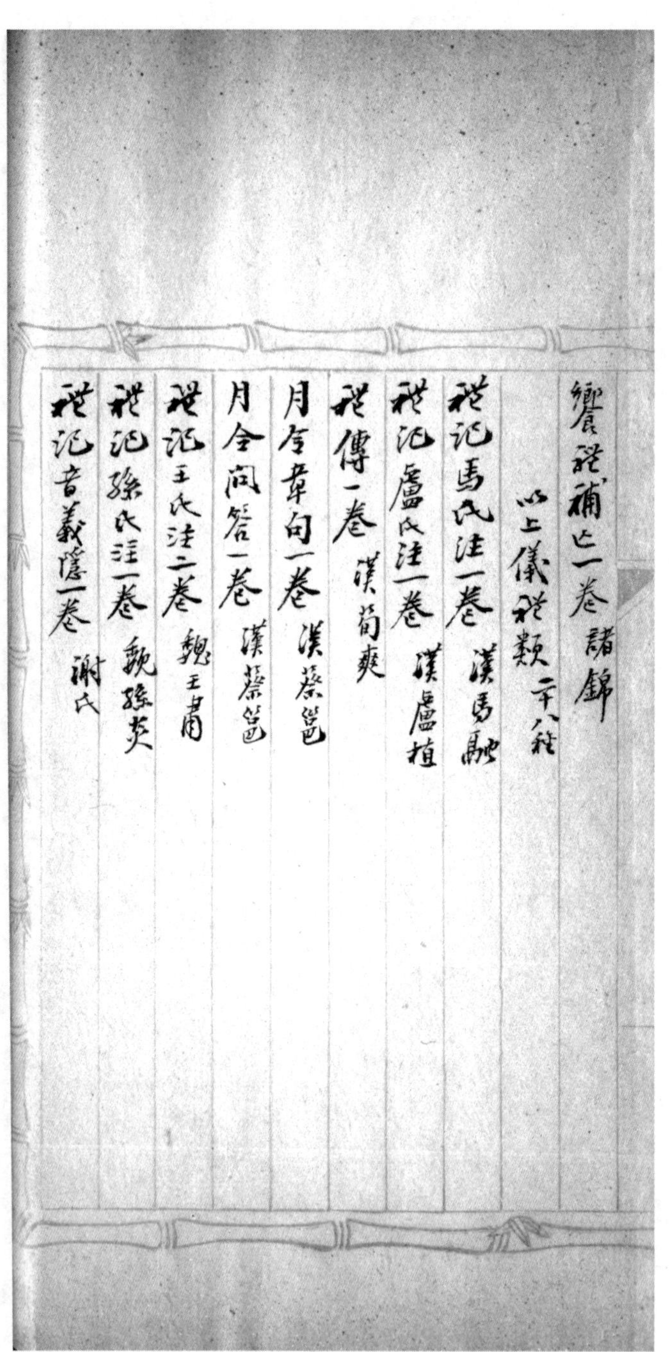

饗禮補亡一卷　諸錦

以上儀禮類二十八種

禮記馬氏注一卷　漢馬融

禮記盧氏注一卷　漢盧植

禮傳一卷　漢荀爽

月令章句一卷　漢蔡邕

月令問答一卷　漢蔡邕

禮記王氏注二卷　魏王肅

禮記孫氏注一卷　魏孫炎

禮記音義隱一卷　謝氏

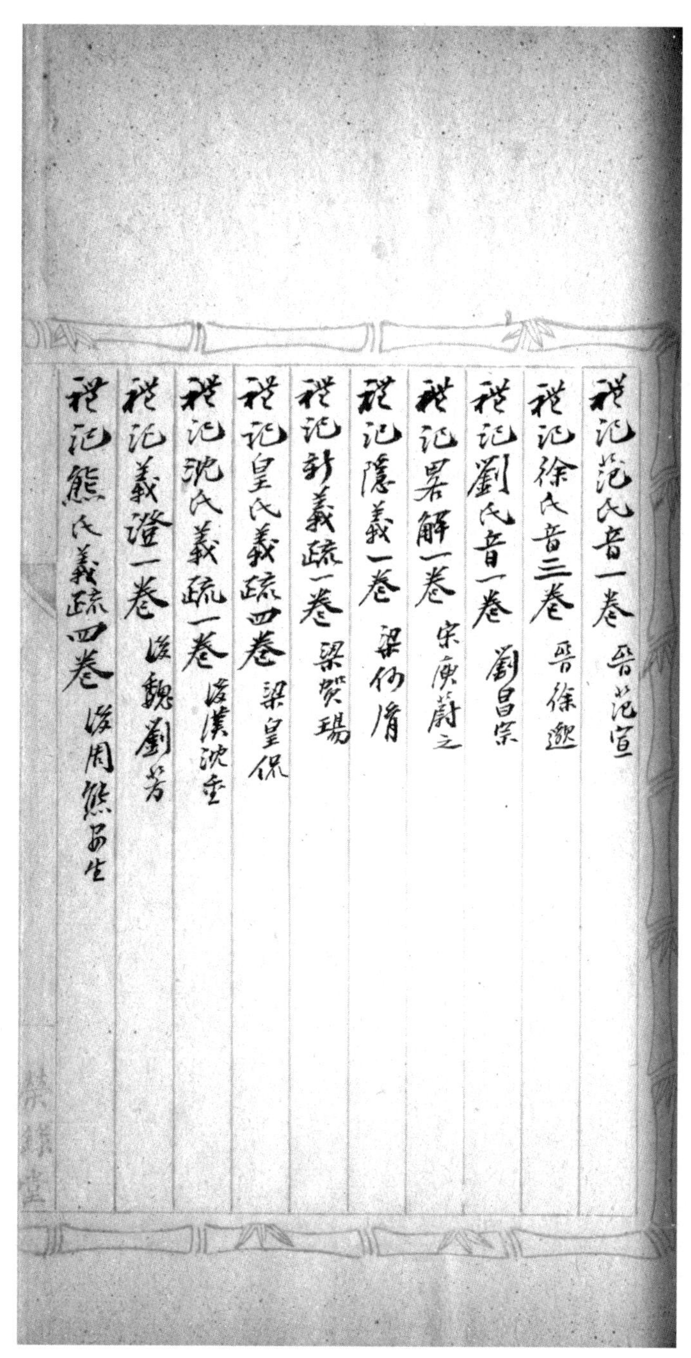

禮記范氏音一卷　晉范宣

禮記徐氏音三卷　晉徐邈

禮記劉氏音一卷　劉昌宗

禮記畧解一卷　宋庾蔚之

禮記隱義一卷　梁何胤

禮記新義疏一卷　梁賀瑒

禮記皇氏義疏四卷　梁皇侃

禮記沈氏義疏一卷　後漢沈重

禮記義證一卷　後魏劉芳

禮記熊氏義疏四卷　後周熊安生

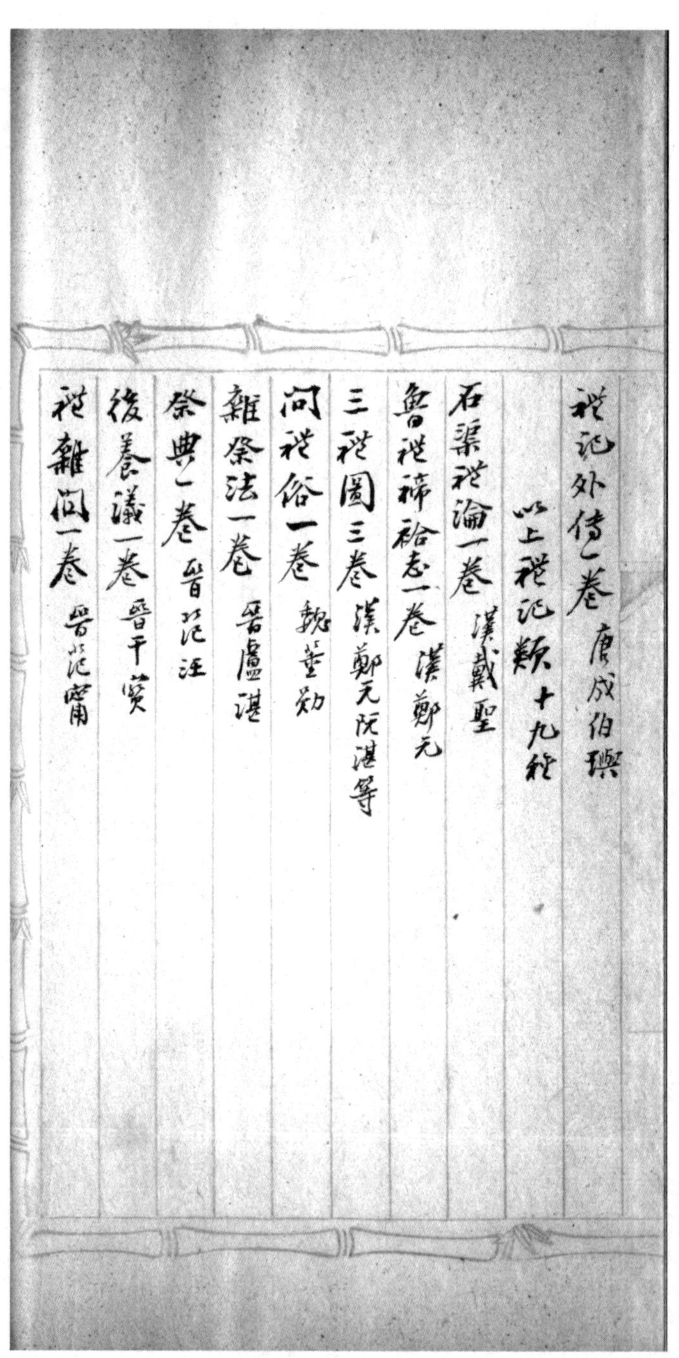
禮記外傳一卷　唐成伯璵

以上禮記類十九種

石渠禮論一卷　漢戴聖

魯禮禘祫志一卷　漢鄭元

三禮圖三卷　漢鄭元阮諶等

問禮俗一卷　魏董勛

雜祭法一卷　晉盧諶

祭典一卷　晉范汪

後養議一卷　晉干寶

禮雜問一卷　晉范甯

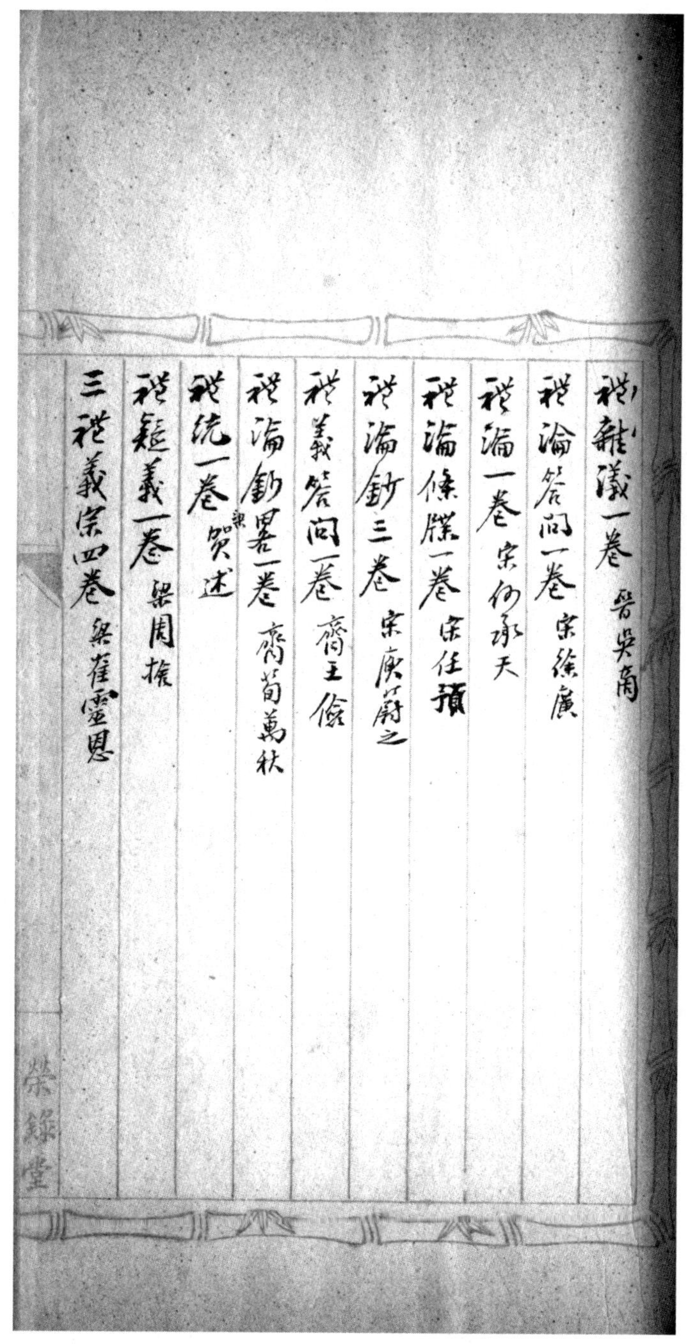

禮雜儀一卷 晉吳商

禮論答問一卷 宋徐廣

禮論一卷 宋何承天

禮論條牒一卷 宋任預

禮論鈔三卷 宋庾蔚之

禮義答問一卷 齊王儉

禮論鈔畧一卷 齊荀萬秋

禮統一卷 梁賀述

禮疑義一卷 梁周捨

三禮義宗四卷 梁崔靈恩

榮祿堂

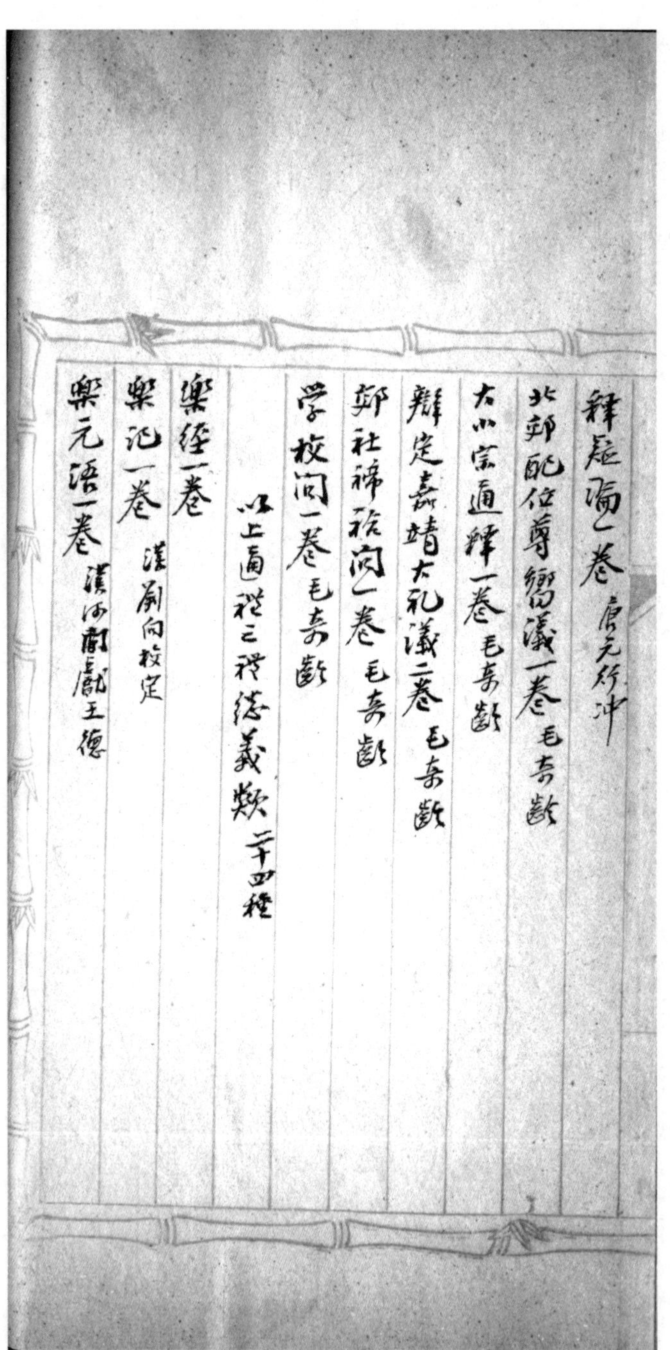

釋疑論一卷 唐元行冲

北郊配位尊罍議一卷 毛奇齡

大小宗通釋一卷 毛奇齡

辨定嘉靖大禮議二卷 毛奇齡

郊社禘祫問一卷 毛奇齡

學校問一卷 毛奇齡

以上通禮三禮總義類 二十四種

樂經一卷

樂記一卷 漢劉向校定

樂元語一卷 漢河間獻王德

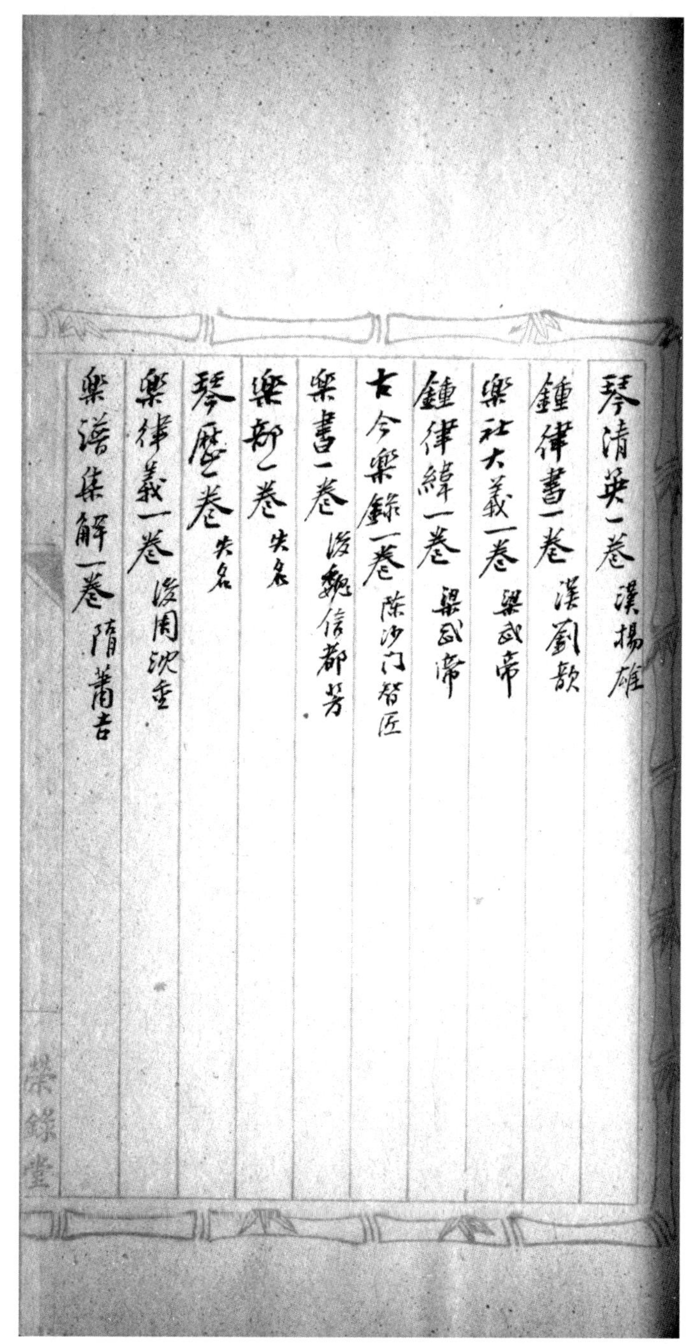

琴清英一卷 漢揚雄

鍾律書一卷 漢劉歆

樂社大義一卷 梁武帝

鍾律緯一卷 梁武帝

古今樂録一卷 陳沙門智匠

樂書一卷 後魏信都芳

樂部一卷 失名

琴歷一卷 失名

樂律義一卷 後周沈重

樂譜集解一卷 隋蕭吉

樂録堂

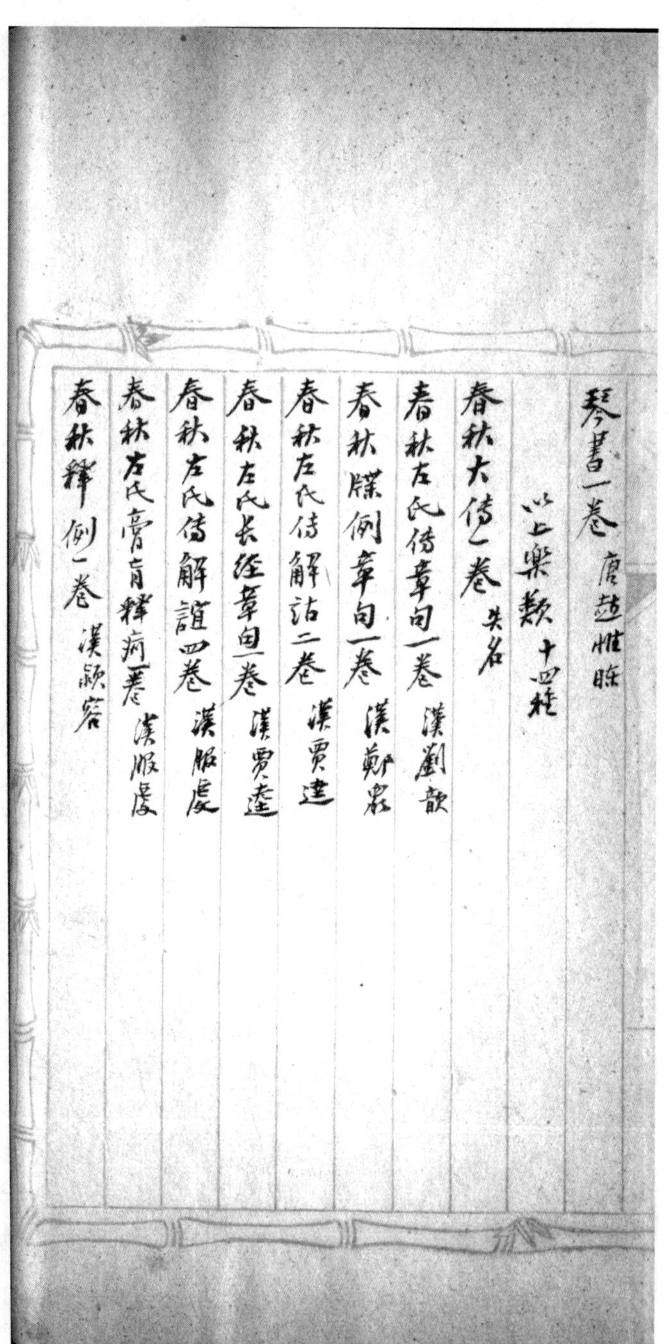

琴書一卷　唐趙惟暕

以上樂類十四種

春秋大傳一卷　失名

春秋左氏傳章句一卷　漢劉歆

春秋牒例章句一卷　漢鄭衆

春秋左氏傳解詁二卷　漢賈逵

春秋左氏長經章句一卷　漢賈逵

春秋左氏傳解誼四卷　漢服虔

春秋左氏膏肓釋痾一卷　漢服虔

春秋釋例一卷　漢潁容

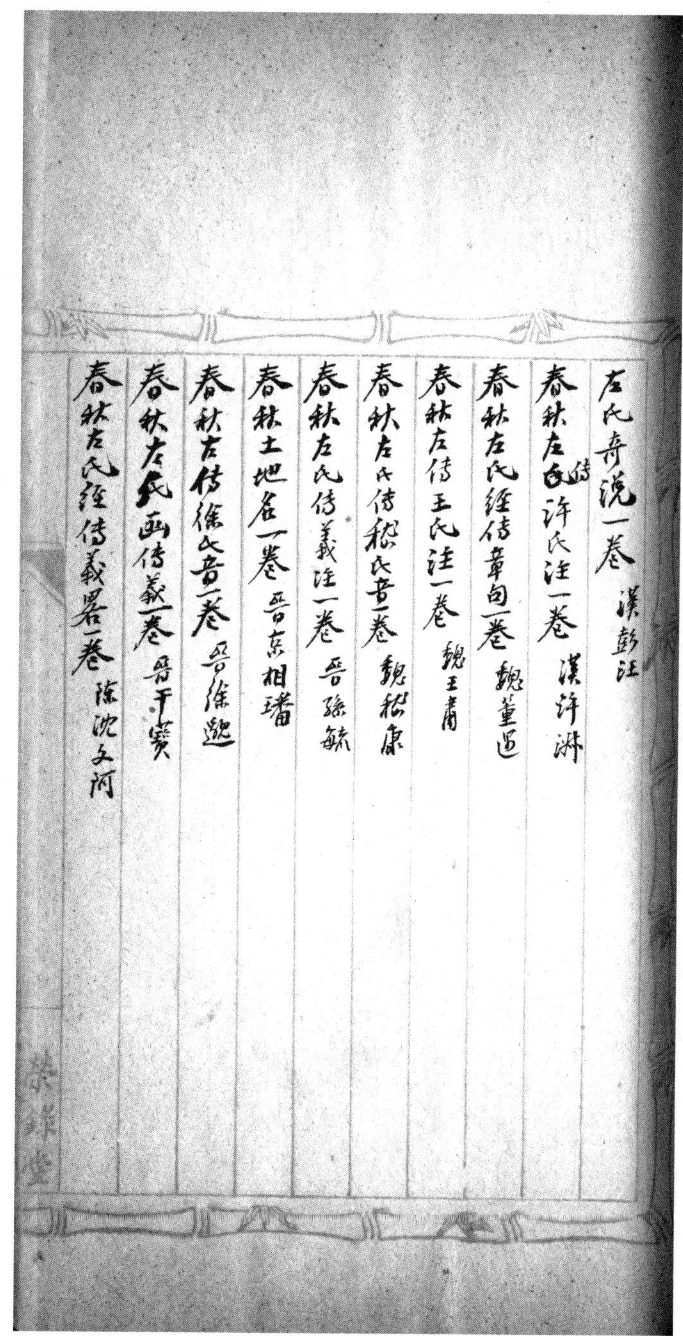

左氏奇說一卷　漢彭汪

春秋左氏傳許氏注一卷　漢許淑

春秋左氏經傳章句一卷　魏董遇

春秋左傳王氏注一卷　魏王肅

春秋左氏傳嵇氏音一卷　魏嵇康

春秋左氏傳義注一卷　晉孫毓

春秋土地名一卷　晉京相璠

春秋左傳徐氏音一卷　晉徐邈

春秋左氏函傳義一卷　晉干寶

春秋左氏經傳義略一卷　陳沈文阿

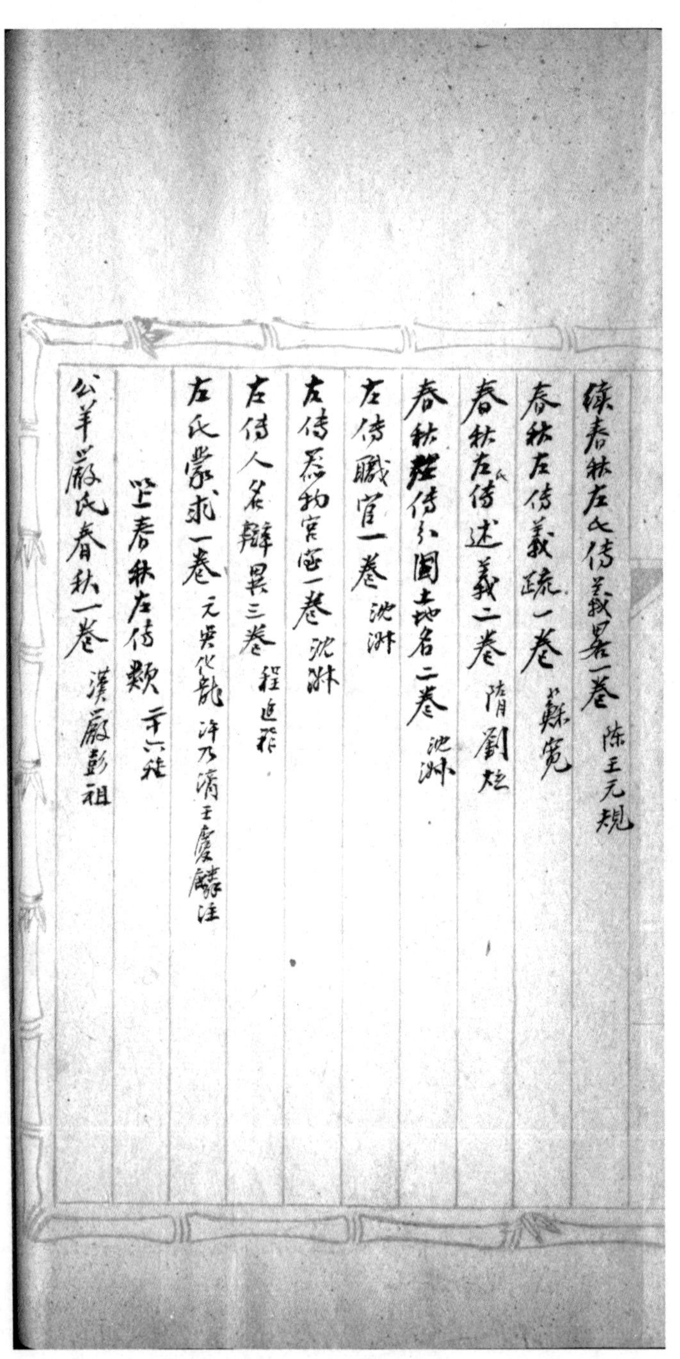

續春秋左氏傳義畧一卷　陳王元規

春秋左傳義疏一卷　蘇寬

春秋左氏傳述義二卷　隋劉炫

春秋經傳公國土地名二卷　沈淋

左傳職官一卷　沈淋

左傳系謚一卷　沈淋

左傳人名辯異三卷　程廷祚

左氏蒙求一卷　元吳化龍　許乃濟王慶麟注

　　以上春秋左傳類　卒六種

公羊嚴氏春秋一卷　漢嚴彭祖

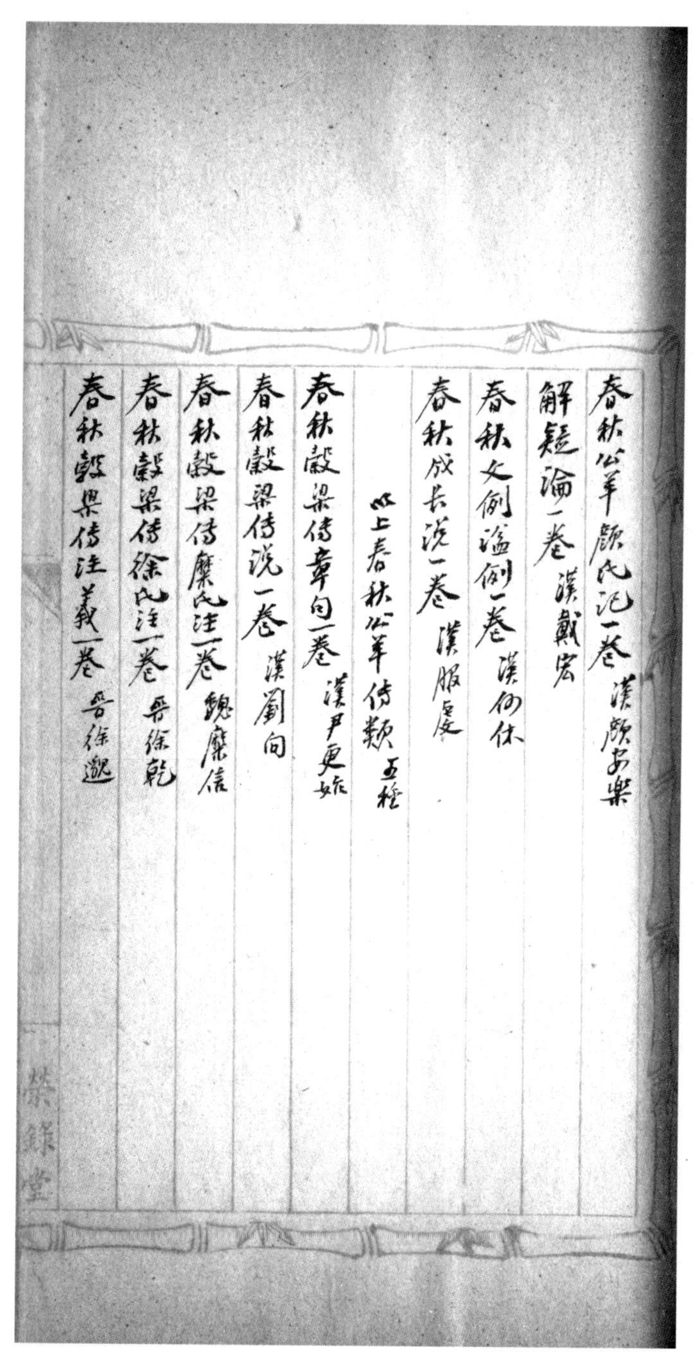

春秋公羊顏氏記一卷 漢顏安樂

解疑論一卷 漢戴宏

春秋文例謚例一卷 漢何休

春秋成長說一卷 漢服虔

以上春秋公羊傳類 五種

春秋穀梁傳章句一卷 漢尹更始

春秋穀梁傳說一卷 漢劉向

春秋穀梁傳麋氏注一卷 魏麋信

春秋穀梁傳徐氏注一卷 晉徐乾

春秋穀梁傳注義一卷 晉徐邈

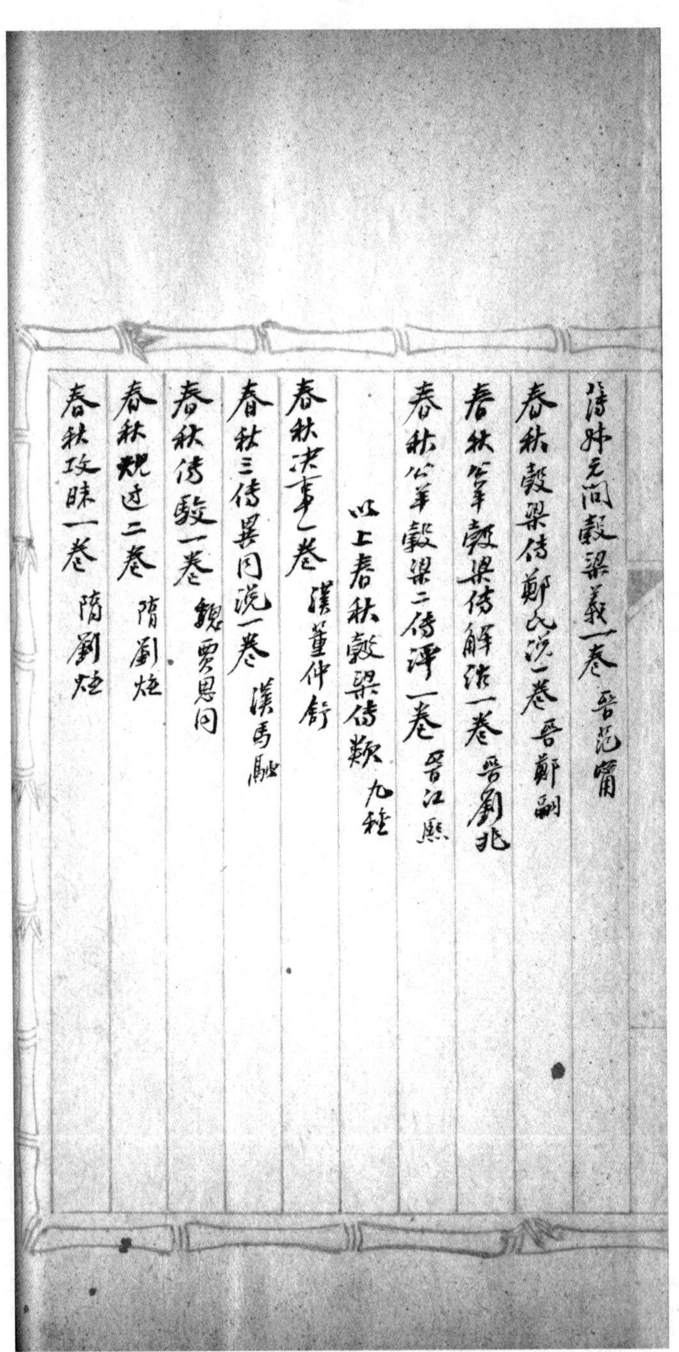

薄叔元問穀梁義一卷 晉范甯
春秋穀梁傳鄭氏說一卷 晉鄭嗣
春秋公羊穀梁傳解詁一卷 晉劉兆
春秋公羊穀梁二傳評一卷 晉江熙
以上春秋穀梁傳類九種
春秋決事一卷 漢董仲舒
春秋三傳異同說一卷 漢馬融
春秋傳駁一卷 魏賈思同
春秋規過二卷 隋劉炫
春秋攻昧一卷 隋劉炫

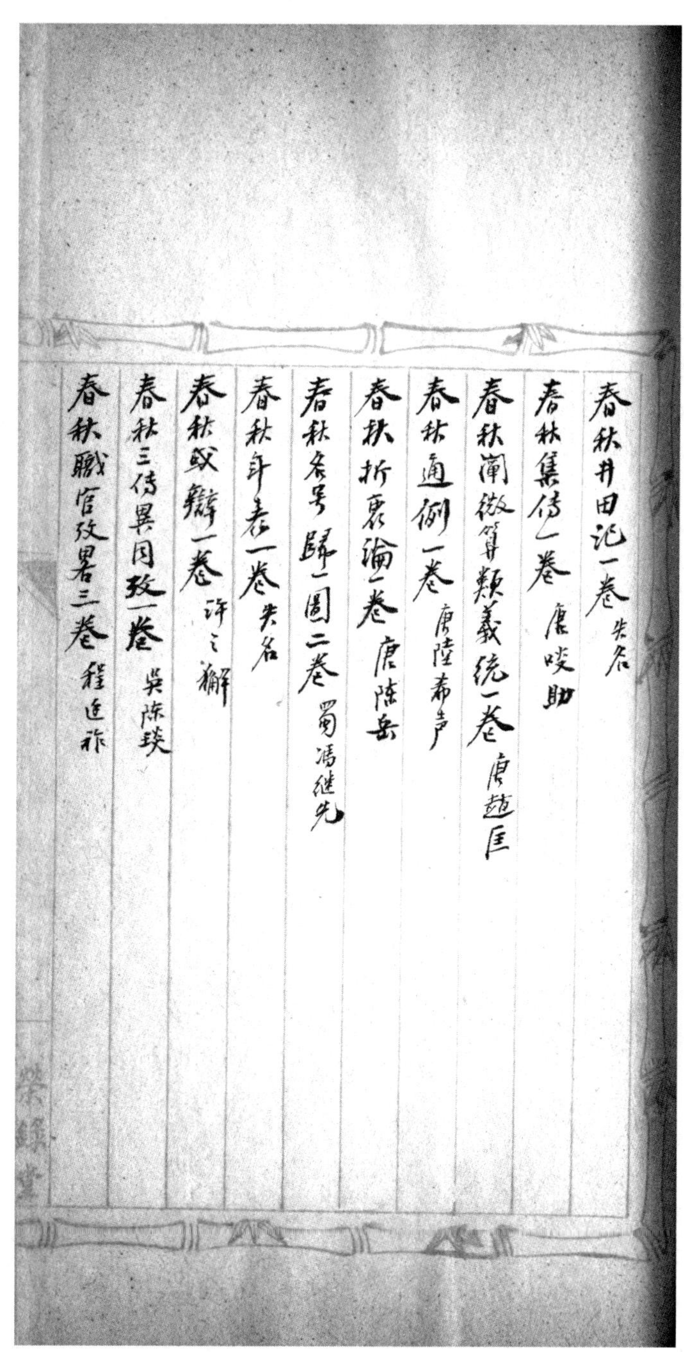

春秋井田記一卷 失名

春秋集傳一卷 唐啖助

春秋闡微纂類義統一卷 唐趙匡

春秋通例一卷 唐陸希聲

春秋折衷論一卷 唐陳岳

春秋名號歸一圖二卷 蜀馮繼先

春秋年表一卷 失名

春秋或辯一卷 許之獬

春秋三傳異同考一卷 吳陳琰

春秋職官考畧三卷 程廷祚

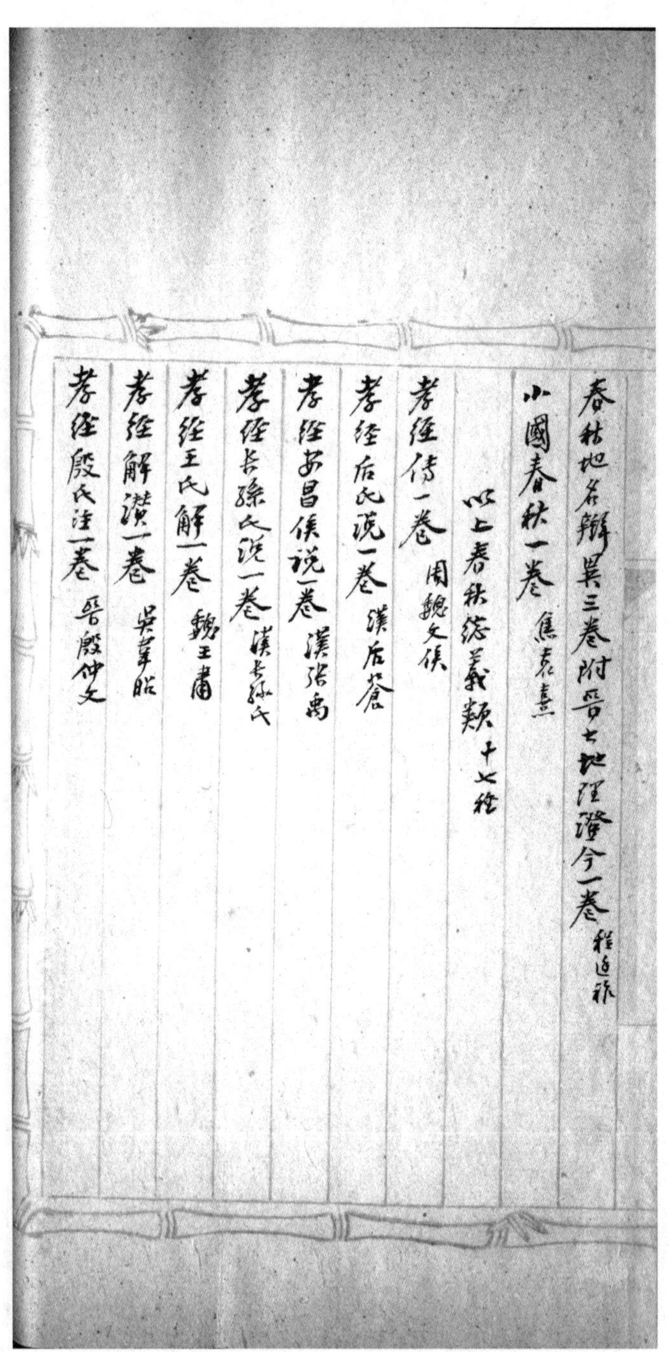

春秋地名辯異三卷附晉七地理證今一卷　程廷祚

小國春秋一卷　焦袁熹

以上春秋緯義類十七種

孝經傳一卷　周魏文侯

孝經后氏説一卷　漢后蒼

孝經安昌侯説一卷　漢張禹

孝經長孫氏説一卷　漢長孫氏

孝經王氏解一卷　魏王肅

孝經解讚一卷　吳韋昭

孝經殷氏注一卷　晉殷仲文

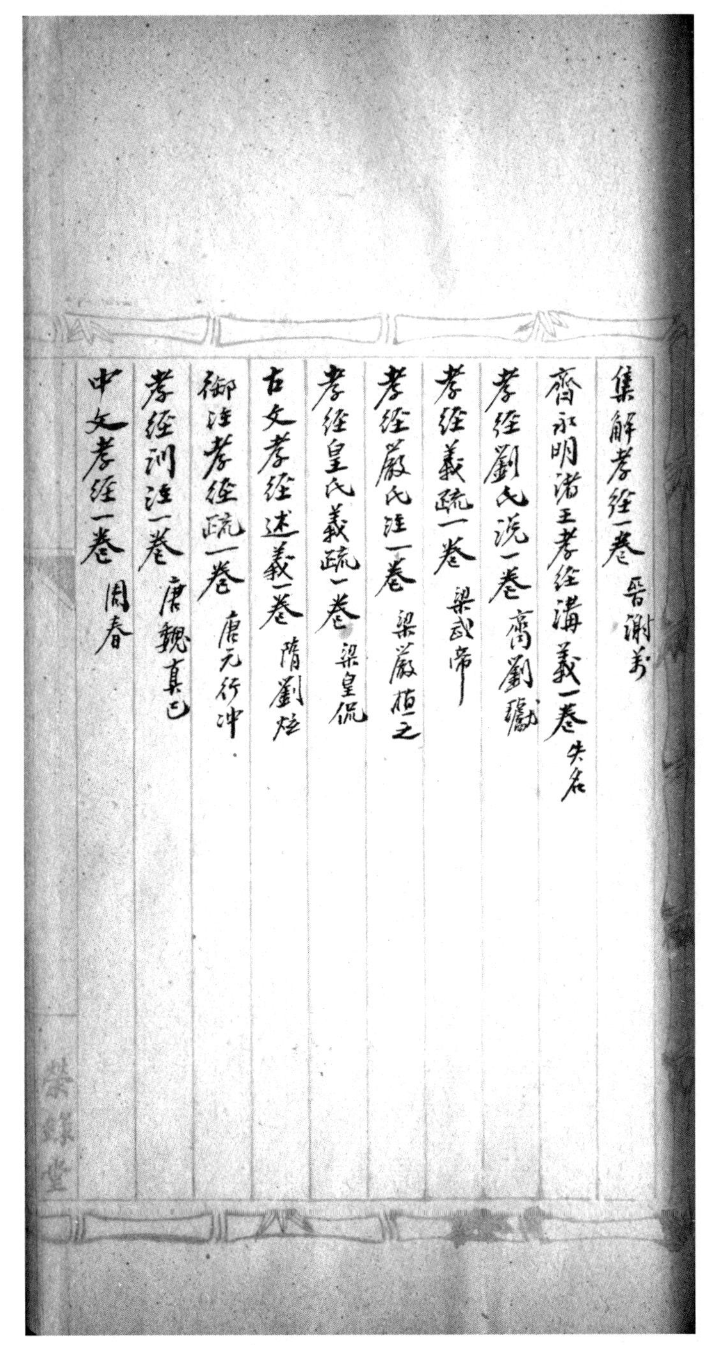

集解孝經一卷 晉謝萬

齊永明諸王孝經講義一卷 失名

孝經劉氏說一卷 齊劉瓛

孝經義疏一卷 梁武帝

孝經嚴氏注一卷 梁嚴植之

孝經皇氏義疏一卷 梁皇侃

古文孝經述義一卷 隋劉炫

御注孝經疏一卷 唐元行沖

孝經訓注一卷 唐魏真己

中文孝經一卷 周春

榮錄堂

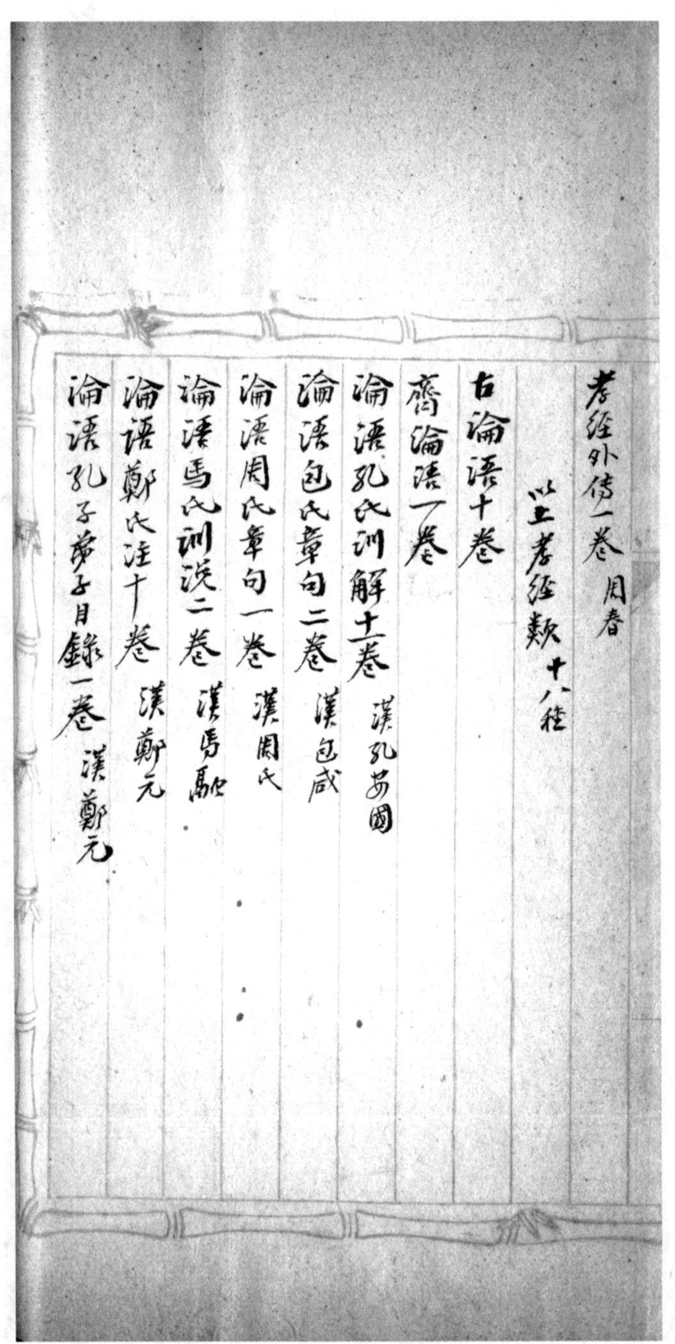

孝經外傳一卷 周春

以上孝經類十八種

古論語十卷

齊論語一卷

論語孔氏訓解十一卷 漢孔安國

論語包氏章句二卷 漢包咸

論語周氏章句一卷 漢周氏

論語馬氏訓說二卷 漢馬融

論語鄭氏注十卷 漢鄭元

論語孔子弟子目錄一卷 漢鄭元

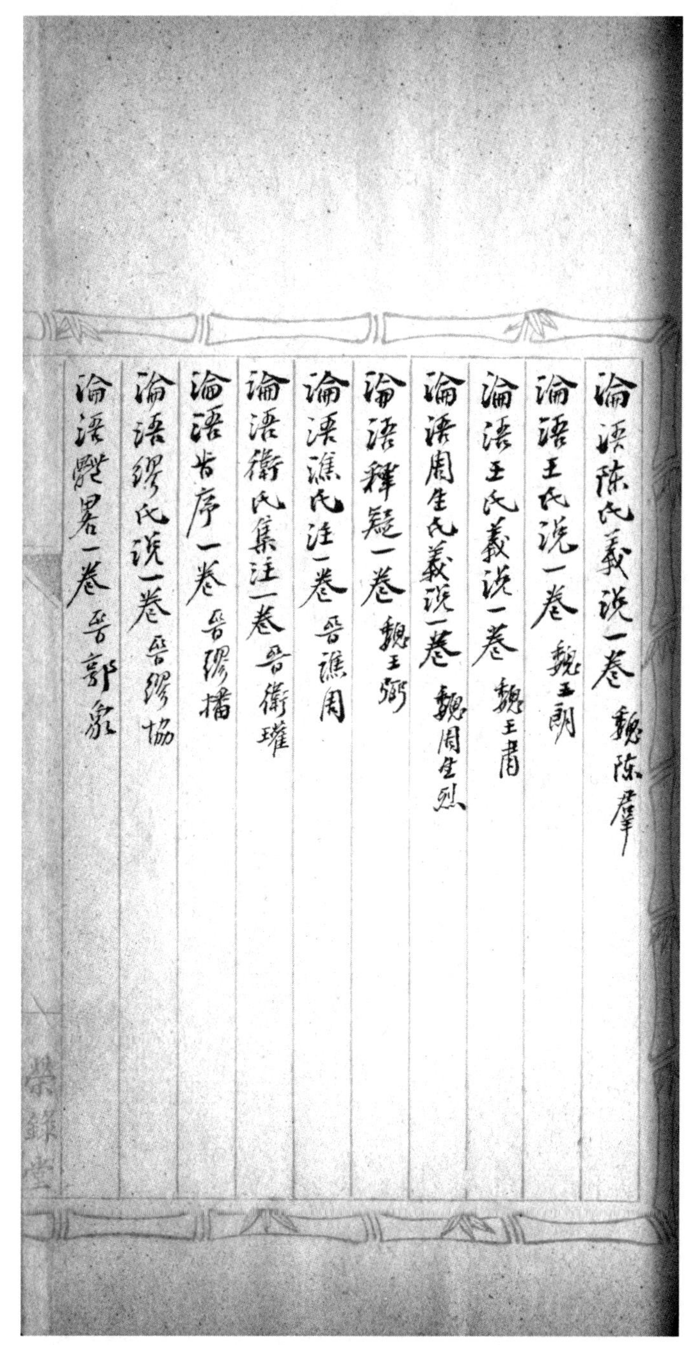

論語陳氏義說一卷 魏陳羣

論語王氏說一卷 魏王朗

論語王氏義說一卷 魏王肅

論語周生氏義說一卷 魏周生烈

論語釋疑一卷 魏王弼

論語譙氏注一卷 晉譙周

論語衛氏集注一卷 晉衛瓘

論語旨序一卷 晉繆播

論語繆氏說一卷 晉繆協

論語體畧一卷 晉郭象

榮錄堂

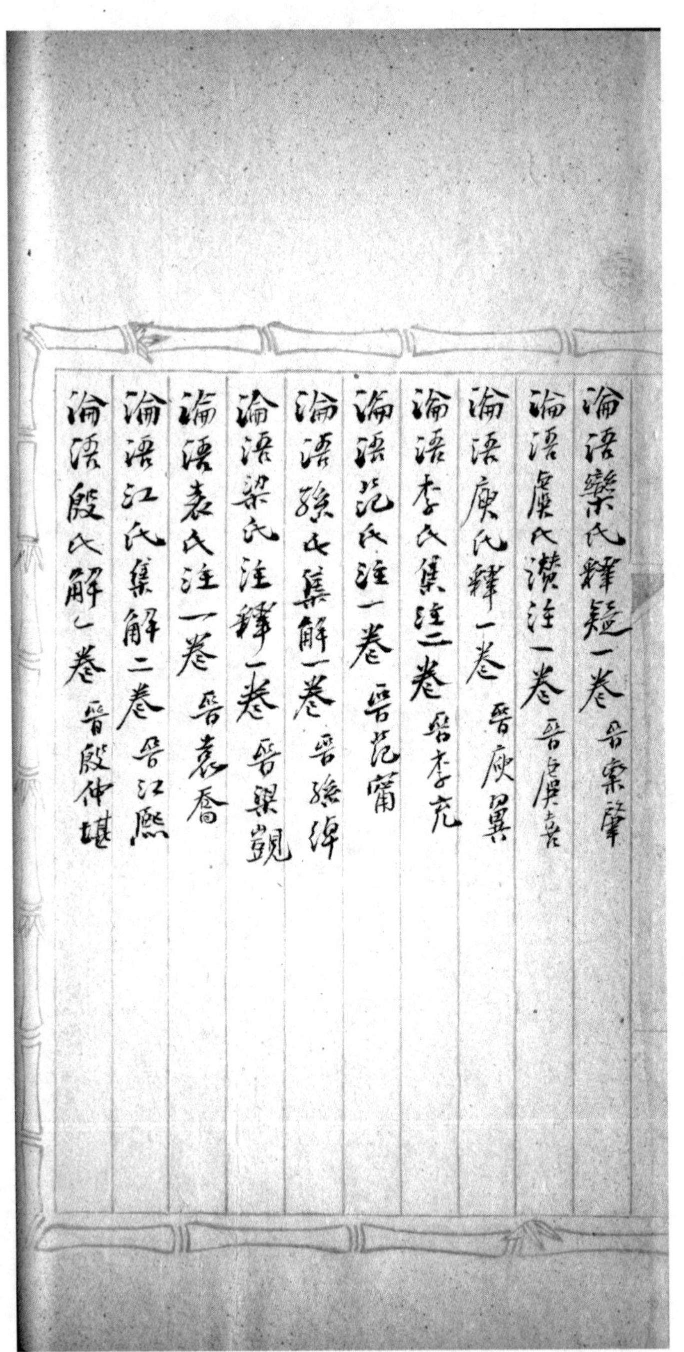
論語欒氏釋疑一卷 晉欒肇
論語虞氏贊注一卷 晉虞喜
論語庾氏釋一卷 晉庾翼
論語李氏集注二卷 晉李充
論語范氏注一卷 晉范甯
論語孫氏集解一卷 晉孫綽
論語梁氏注釋一卷 晉梁覬
論語袁氏注一卷 晉袁喬
論語江氏集解二卷 晉江熙
論語殷氏解一卷 晉殷仲堪

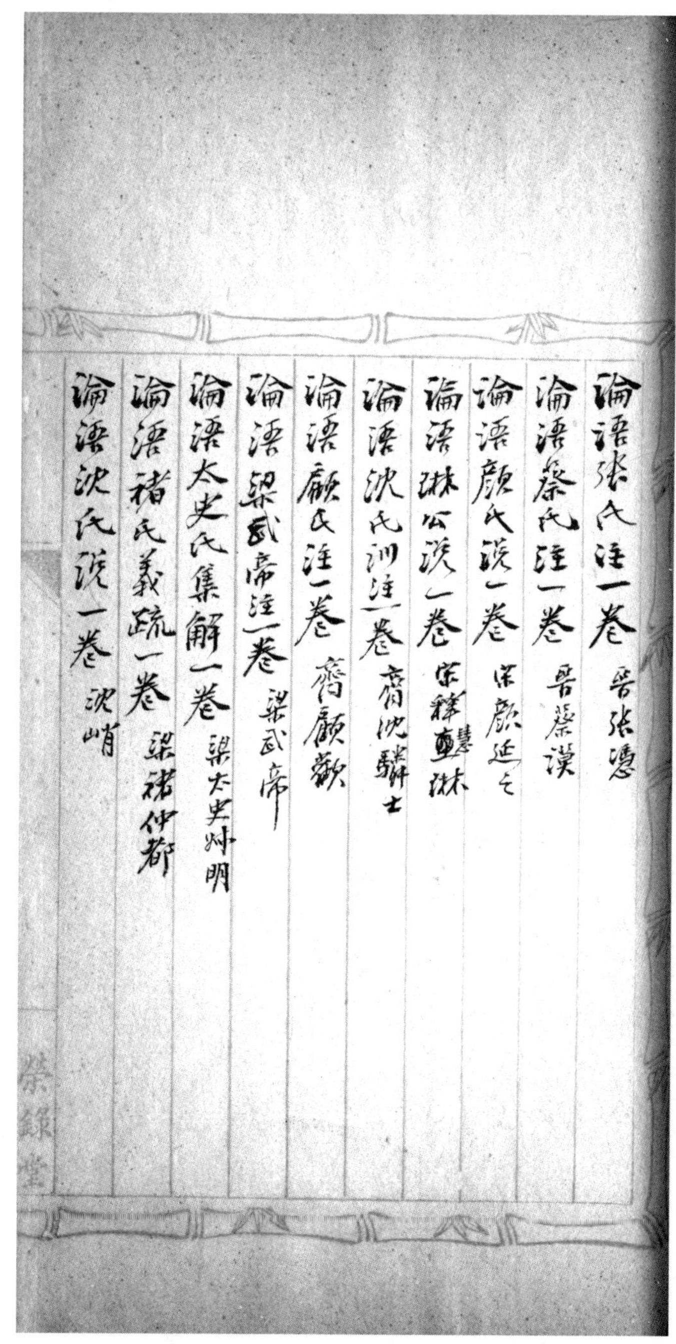

論語張氏注一卷　晉張憑
論語蔡氏注一卷　晉蔡謨
論語顔氏説一卷　宋顔延之
論語琳公説一卷　宋釋慧琳
論語沈氏訓注一卷　齊沈驎士
論語顧氏注一卷　齊顧歡
論語梁武帝注一卷　梁武帝
論語太史氏集解一卷　梁太史叔明
論語褚氏義疏一卷　梁褚仲都
論語沈氏説一卷　沈峭

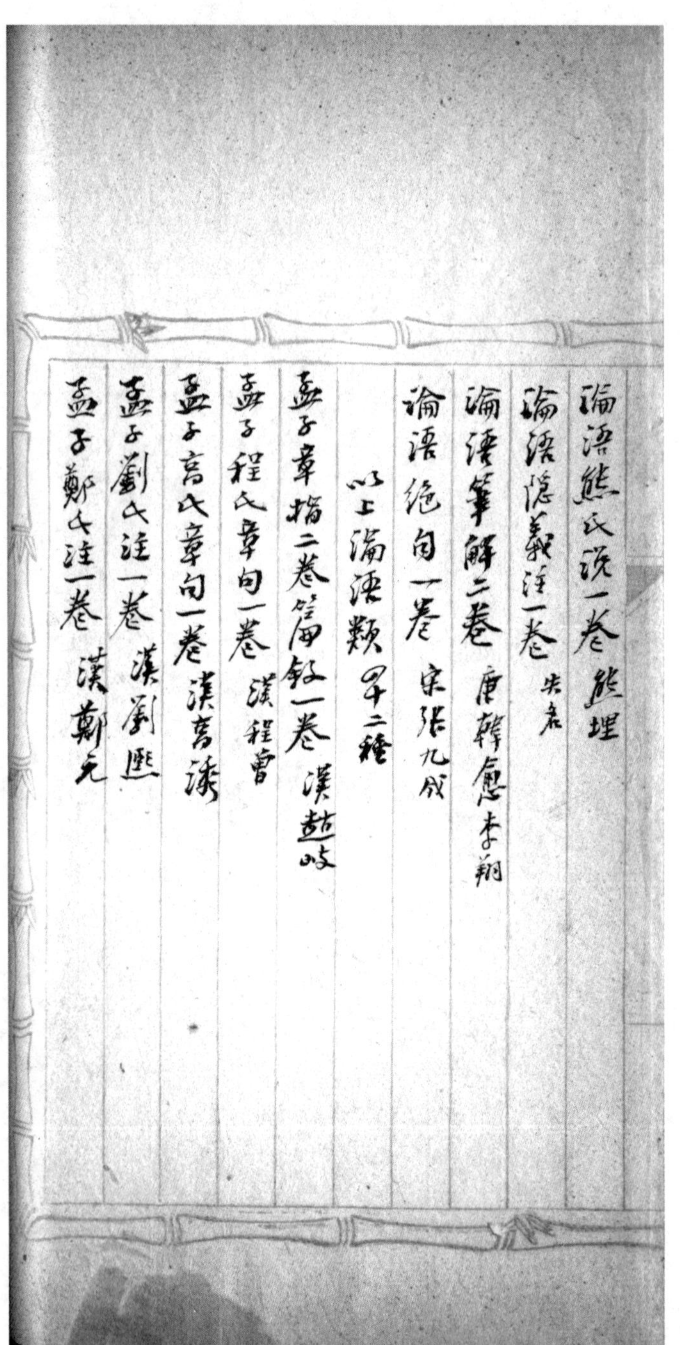

論語熊氏說一卷　熊埋
論語隱義注一卷　失名
論語筆解二卷　唐韓愈李翱
論語絕句一卷　宋張九成
以上論語類四十二種
孟子章指二卷篇敘一卷　漢趙岐
孟子程氏章句一卷　漢程曾
孟子高氏章句一卷　漢高誘
孟子劉氏注一卷　漢劉熙
孟子鄭氏注一卷　漢鄭玄

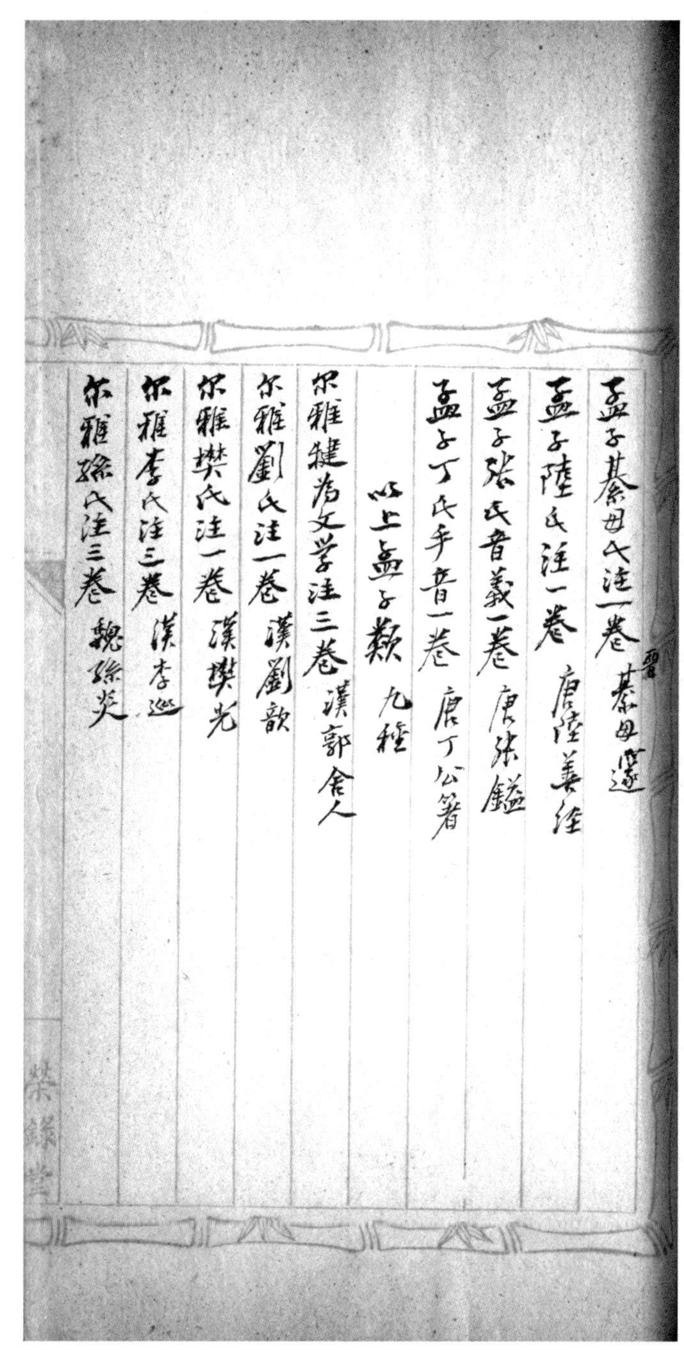

孟子綦毋氏注一卷　晉綦毋邃

孟子陸氏注一卷　唐陸善經

孟子張氏音義一卷　唐張鎰

孟子丁氏手音一卷　唐丁公著

以上孟子類　九種

爾雅犍為文學注三卷　漢郭舍人

爾雅劉氏注一卷　漢劉歆

爾雅樊氏注一卷　漢樊光

爾雅李氏注三卷　漢李巡

爾雅孫氏注三卷　魏孫炎

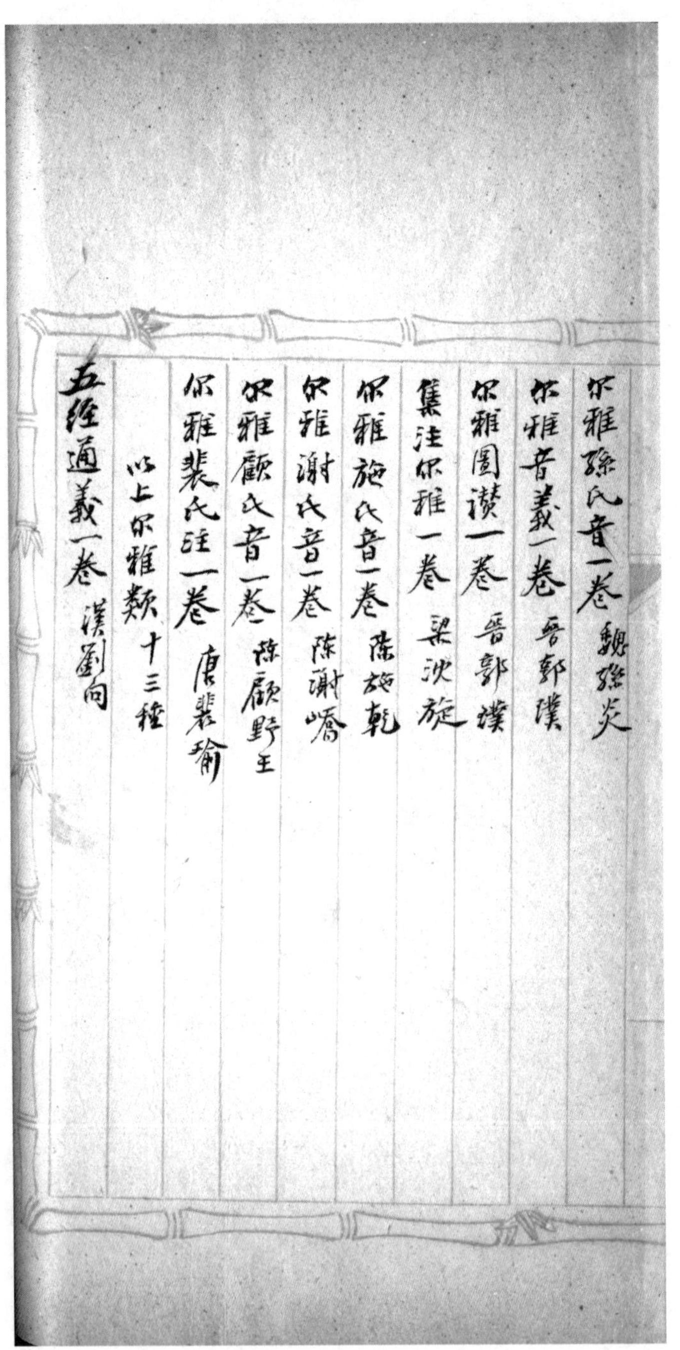

尔雅孫氏音一卷　魏孫炎
尔雅音義一卷　晉郭璞
尔雅圖讃一卷　晉郭璞
集注尔雅一卷　梁沈旋
尔雅施氏音一卷　陳施乾
尔雅謝氏音一卷　陳謝嶠
尔雅顧氏音一卷　陳顧野王
尔雅裴氏注一卷　唐裴瑜
以上尔雅類十三種
五経通義一卷　漢劉向

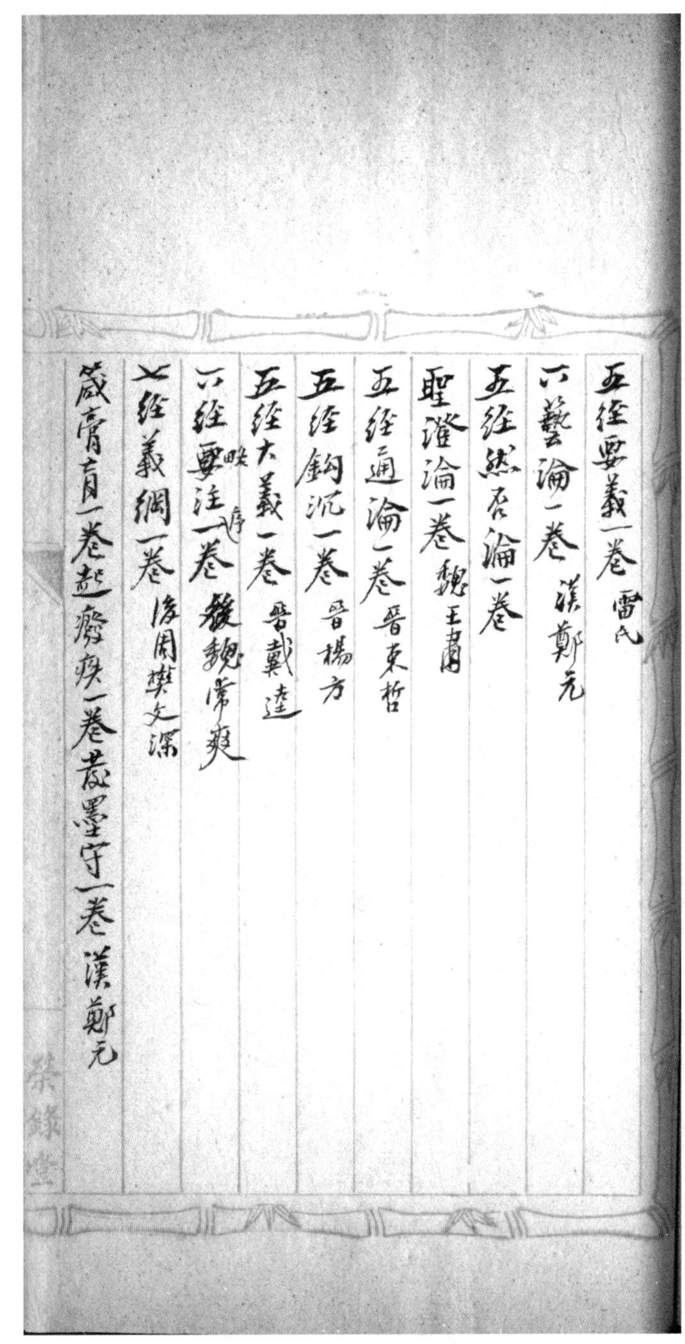
五經要義一卷 雷氏
六藝論一卷 漢鄭元
五經然否論一卷
聖證論一卷 魏王肅
五經通論一卷 晉束皙
五經鉤沉一卷 晉楊方
五經大義一卷 晉戴逵
六經要畧注序一卷 後魏常爽
七經義綱一卷 後周樊文深
箴膏肓一卷 起廢疾一卷 發墨守一卷 漢鄭元

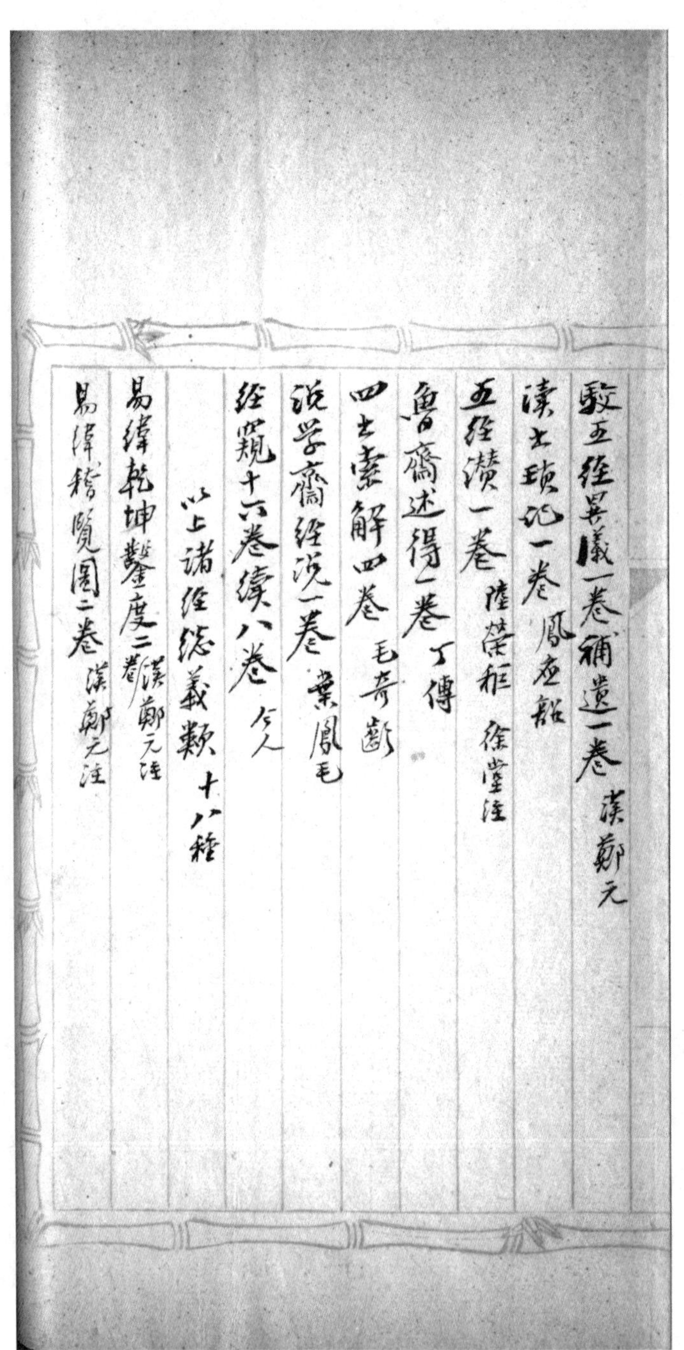

駁五經異義一卷補遺一卷　漢鄭元

讀書瑣記一卷　鳳座銘

五經纘一卷　陸榮秬　徐堂注

魯齋述得一卷　丁傳

四書索解四卷　毛奇齡

說學齋經說一卷　葉鳳毛

經窺十六卷續八卷　仝人

以上諸經總義類十八種

易緯乾坤鑿度二卷　漢鄭元注

易緯稽覽圖二卷　漢鄭元注

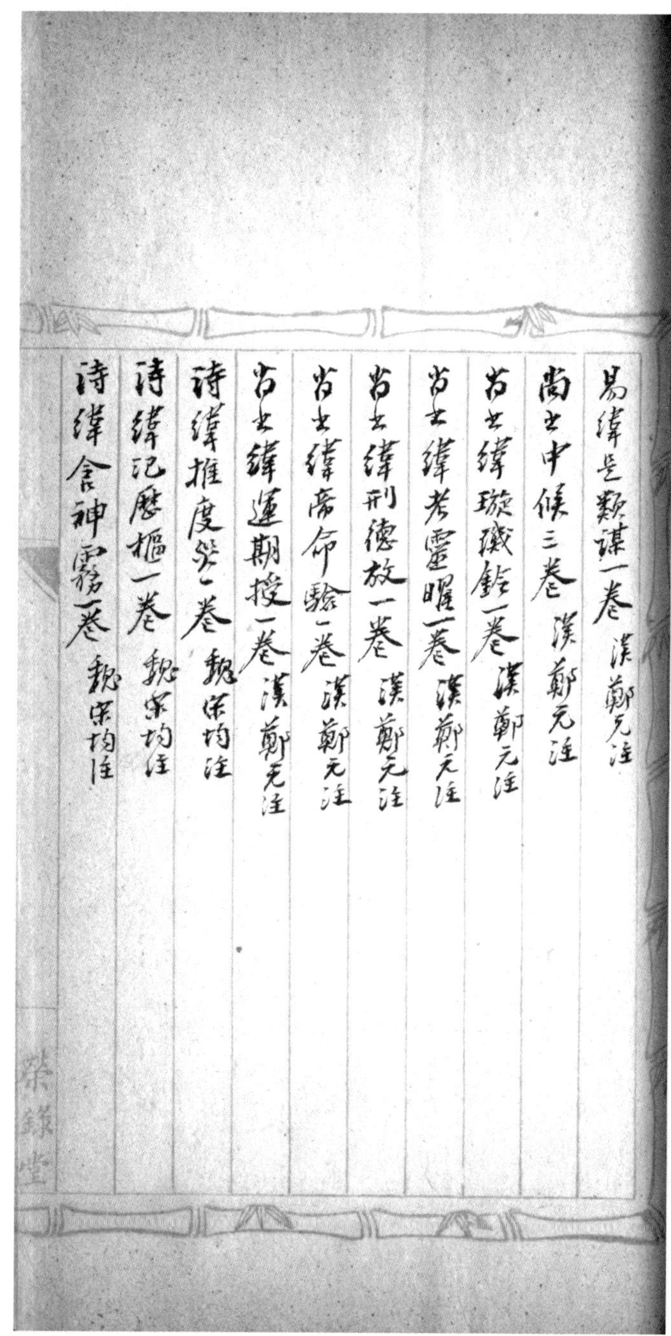

易緯是類謀一卷 漢鄭元注

尚書中候三卷 漢鄭元注

尚書緯璇璣鈐一卷 漢鄭元注

尚書緯考靈曜一卷 漢鄭元注

尚書緯刑德放一卷 漢鄭元注

尚書緯帝命驗一卷 漢鄭元注

尚書緯運期授一卷 漢鄭元注

詩緯推度災一卷 魏宋均注

詩緯汜歷樞一卷 魏宋均注

詩緯含神霧一卷 魏宋均注

榮祿堂

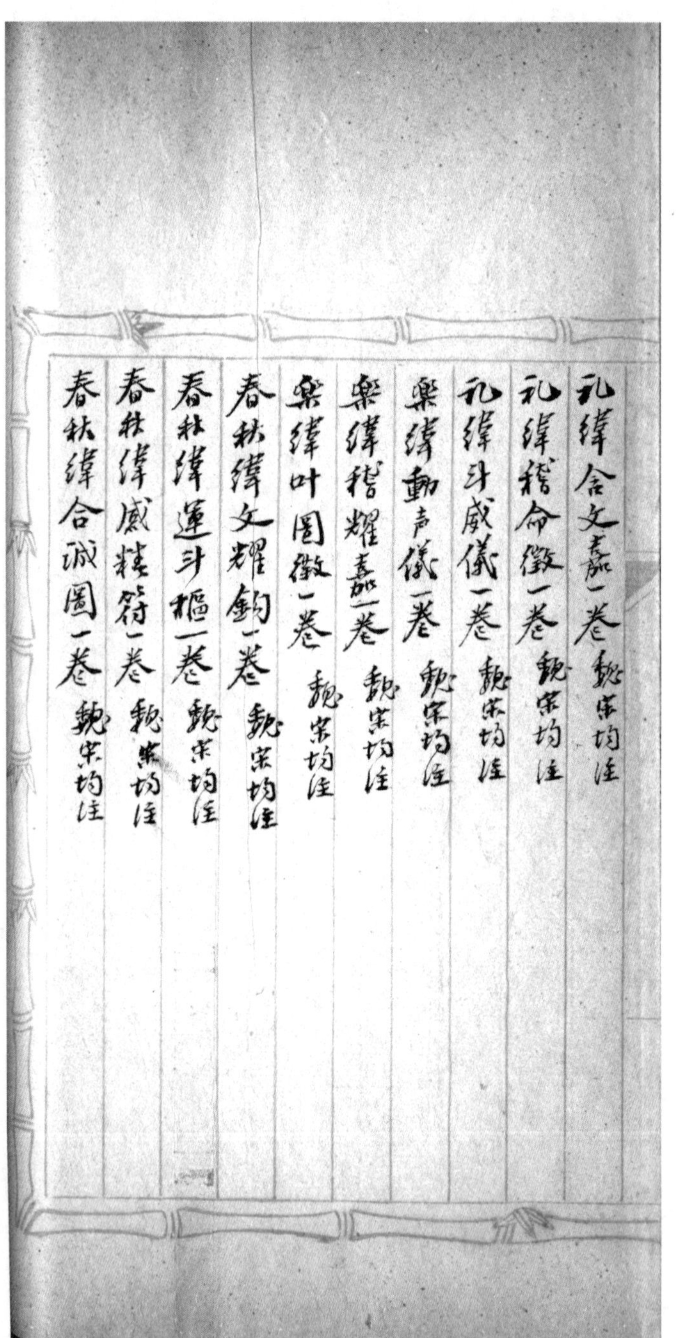

礼緯含文嘉一卷 魏宋均注

礼緯稽命徵一卷 魏宋均注

礼緯斗威儀一卷 魏宋均注

樂緯動声儀一卷 魏宋均注

樂緯稽耀嘉一卷 魏宋均注

樂緯叶圖徵一卷 魏宋均注

春秋緯文耀鉤一卷 魏宋均注

春秋緯運斗樞一卷 魏宋均注

春秋緯感精符一卷 魏宋均注

春秋緯合誠圖一卷 魏宋均注

春秋緯考異郵一卷　魏宋均注

春秋緯保乾圖一卷　魏宋均注

春秋緯漢含孳一卷　魏宋均注

春秋緯佐助期一卷　魏宋均注

春秋緯握誠圖一卷　魏宋均注

春秋緯潛潭巴一卷　魏宋均注

春秋緯説題辭一卷　魏宋均注

春秋緯演孔圖一卷　魏宋均注

春秋緯元命苞一卷　魏宋均注

春秋命歷序一卷　魏宋均注

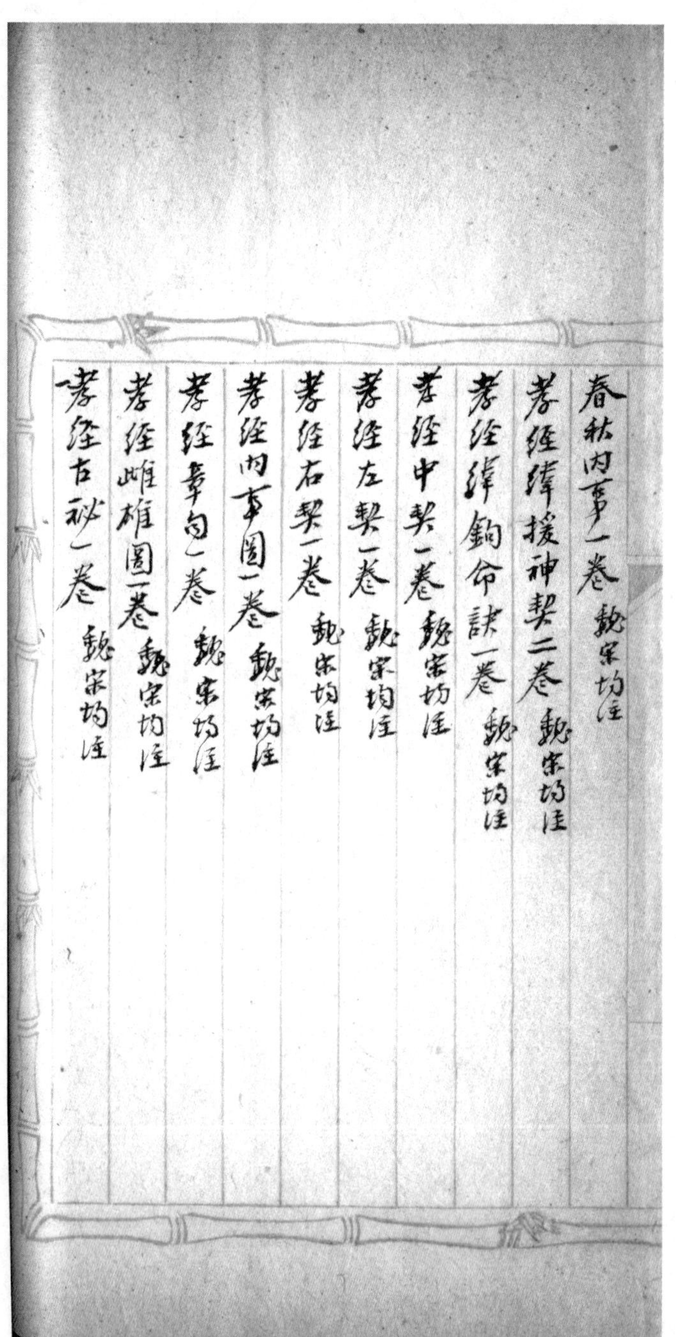

春秋内事一卷　魏宋均注

孝經緯援神契二卷　魏宋均注

孝經緯鉤命訣一卷　魏宋均注

孝經中契一卷　魏宋均注

孝經左契一卷　魏宋均注

孝經右契一卷　魏宋均注

孝經内事圖一卷　魏宋均注

孝經章句一卷　魏宋均注

孝經雌雄圖一卷　魏宋均注

孝經古秘一卷　魏宋均注

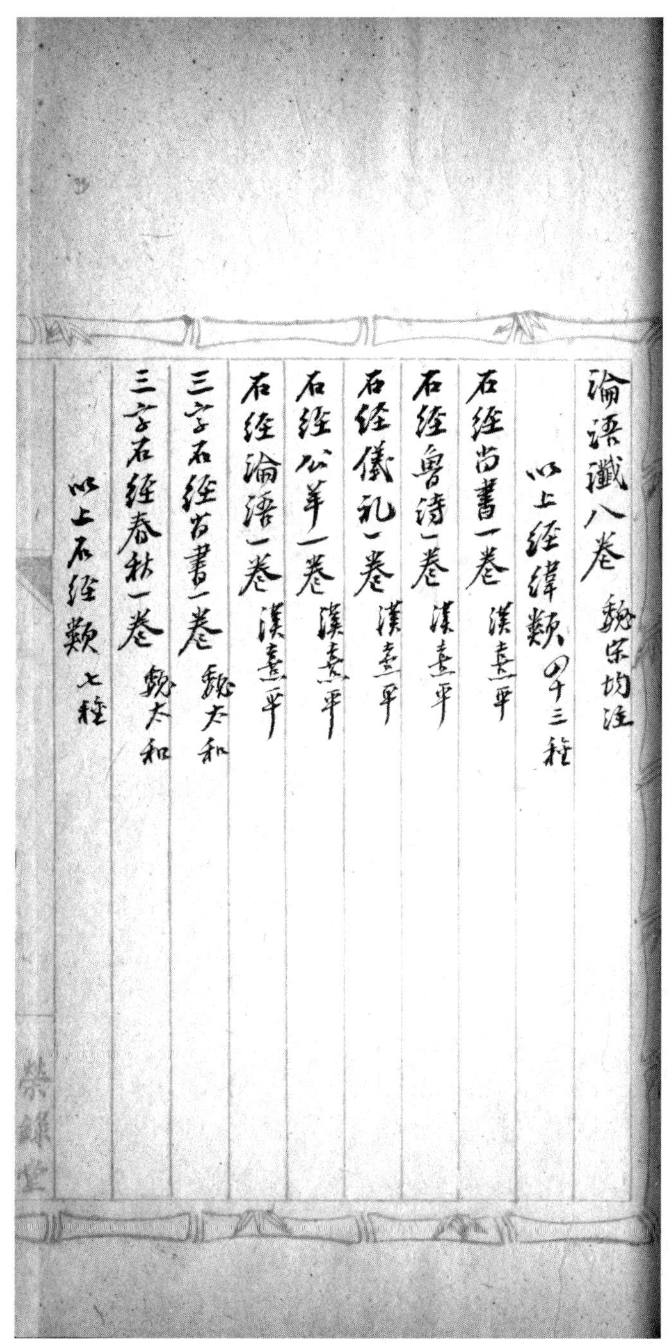

論語讖八卷　魏宋均注

以上經緯類　四十三種

石經尚書一卷　漢熹平

石經魯詩一卷　漢熹平

石經儀禮一卷　漢熹平

石經公羊一卷　漢熹平

石經論語一卷　漢熹平

三字石經尚書一卷　魏太和

三字石經春秋一卷　魏太和

以上石經類　七種

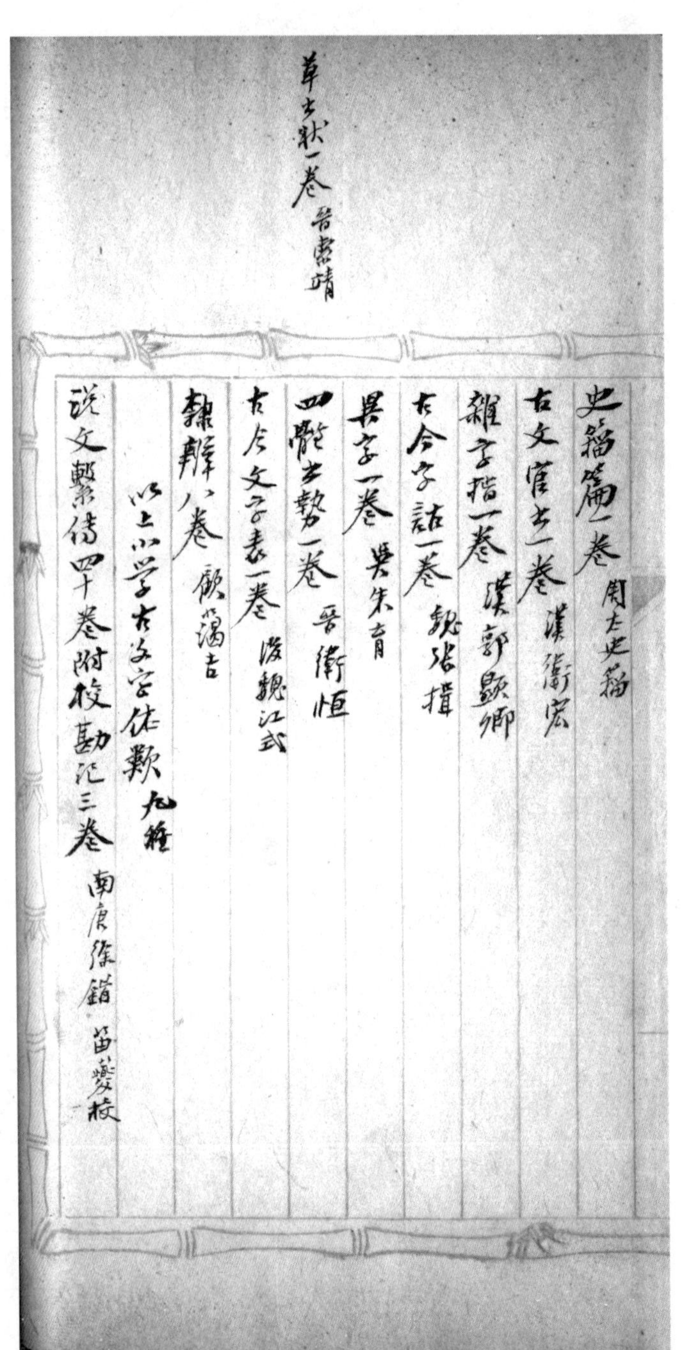

草書狀一卷　晉索靖

史籀篇一卷　周太史籀

古文官書一卷　漢衛宏

雜字指一卷　漢郭顯卿

古今字詁一卷　魏張揖

異字一卷　吳朱育

四體書勢一卷　晉衛恒

古今文字表一卷　後魏江式

隸辨八卷　顧藹吉

以上小學古文字依歎　九種

說文繫傳四十卷附校勘記三卷　南唐徐鍇　苗夔校

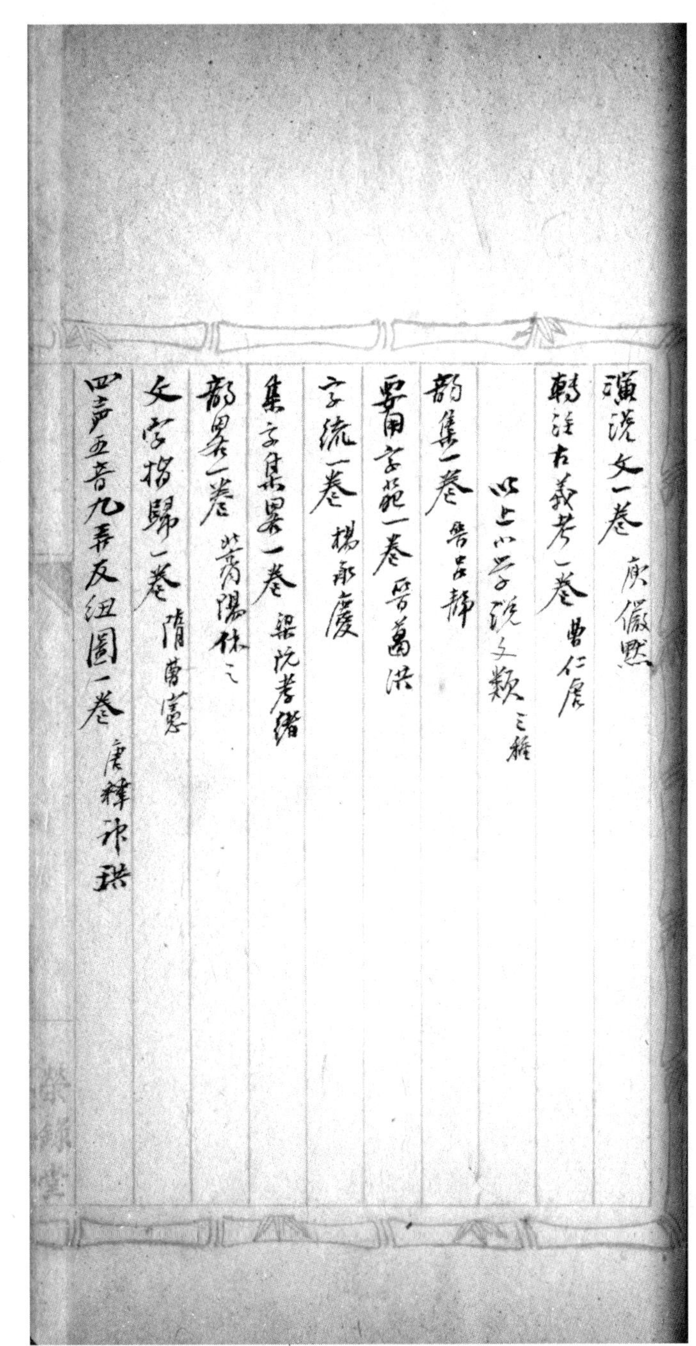

演說文一卷 庾儼默

轉注古義考一卷 曹仁虎

以上小學說文類 三種

韵集一卷 晉呂靜

要用字苑一卷 晉葛洪

字統一卷 楊承慶

集字集畧一卷 梁阮孝緒

韵畧一卷 北齊陽休之

文字指歸一卷 隋曹憲

四聲五音九弄反紐圖一卷 唐釋神珙

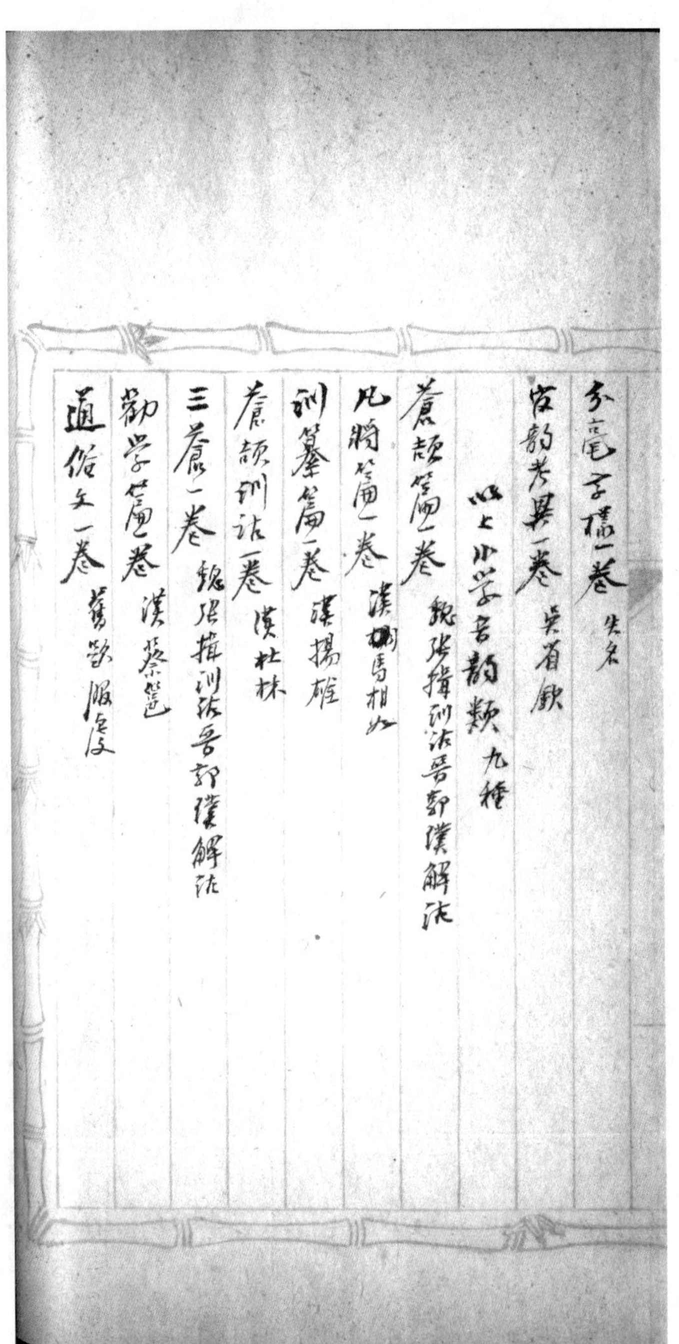

分毫字樣一卷 失名

官韻考異一卷 吳省欽

以上小學書類九種

蒼頡篇一卷 魏張揖訓詁 晉郭璞解詁

凡將篇一卷 漢司馬相如

訓纂篇一卷 漢揚雄

蒼頡訓詁一卷 漢杜林

三蒼一卷 魏張揖訓詁 晉郭璞解詁

勸學篇一卷 漢蔡邕

通俗文一卷 舊歆服虔

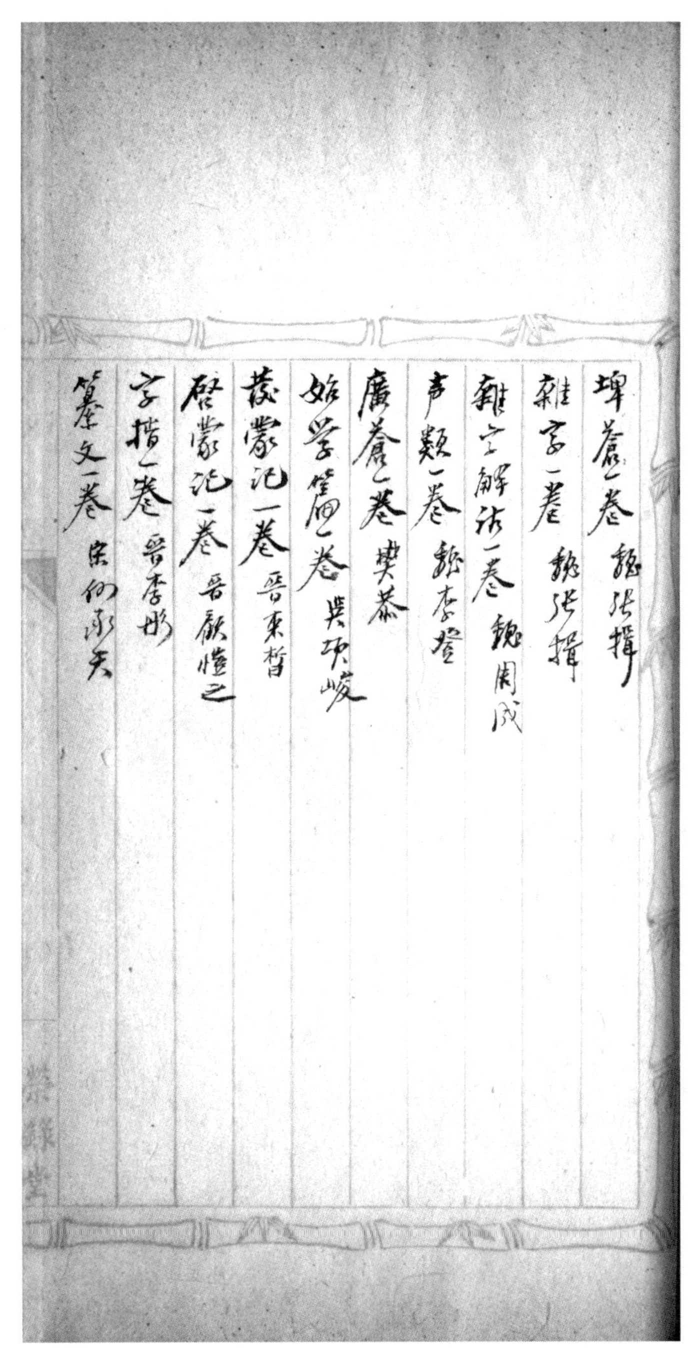

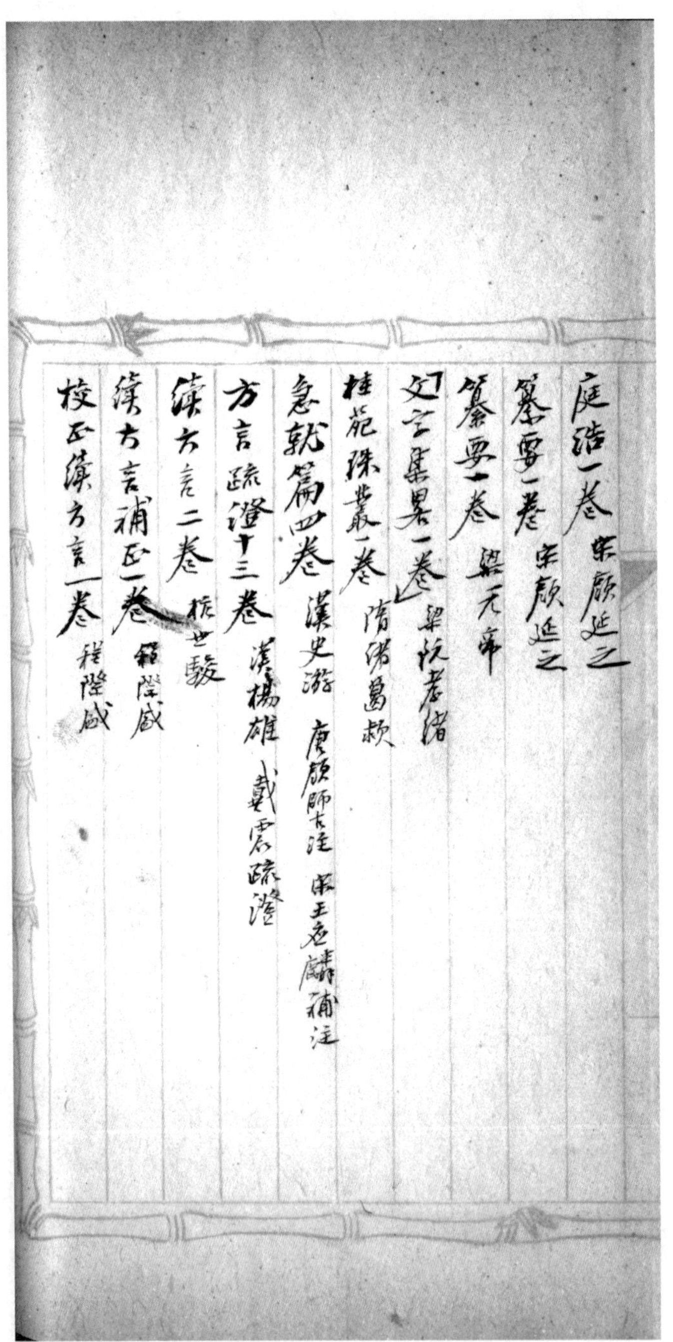

庭誥一卷　宋顔延之

纂要一卷　宋顔延之

纂要一卷　梁元帝

文字集畧一卷　梁阮孝緒

桂苑珠叢一卷　隋諸葛潁

急就篇四卷　漢史游　唐顔師古注　宋王應麟補注

方言疏證十三卷　漢揚雄　戴震疏證

續方言二卷　杭世駿

續方言補正一卷　程際盛

校正續方言一卷　程際盛

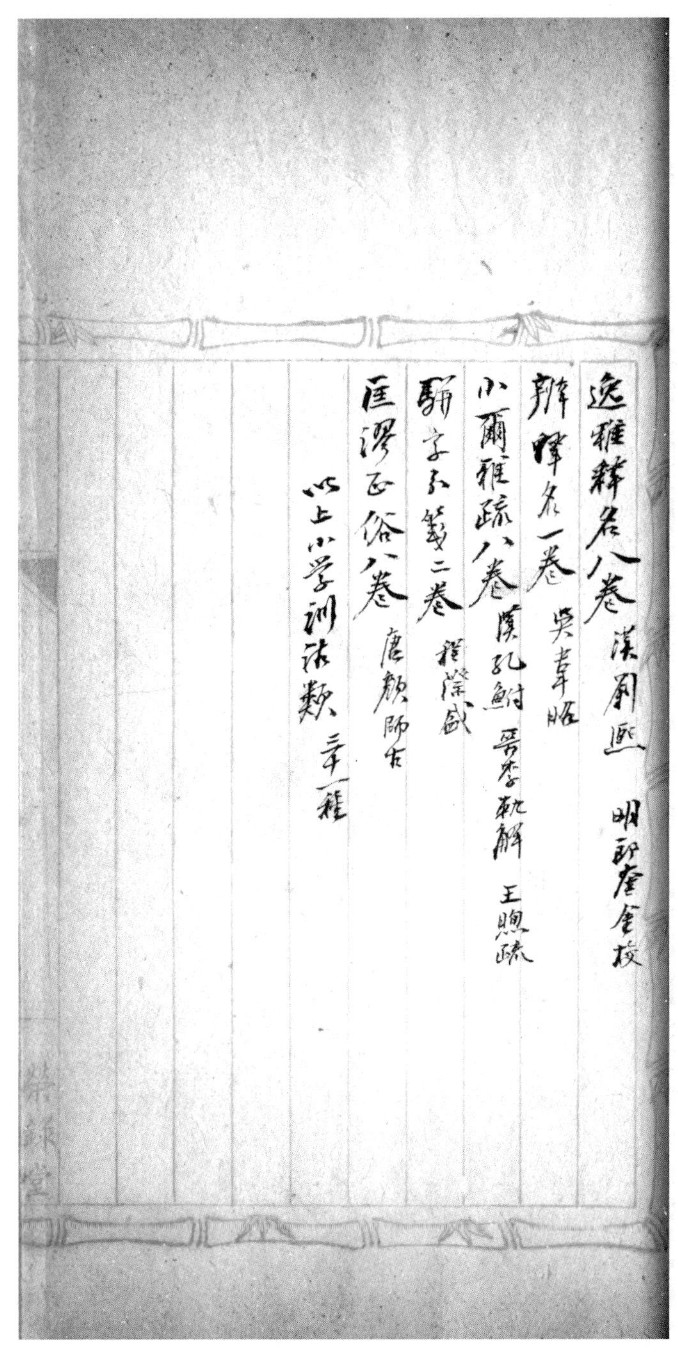

逸雅釋名八卷　漢劉熙　明郎奎金校

辨釋名一卷　吳韋昭

小爾雅疏八卷　漢孔鮒　晉李軌解　王煦疏

駢字分箋二卷　程際盛

匡謬正俗八卷　唐顏師古

以上小學訓詁類　二十一種

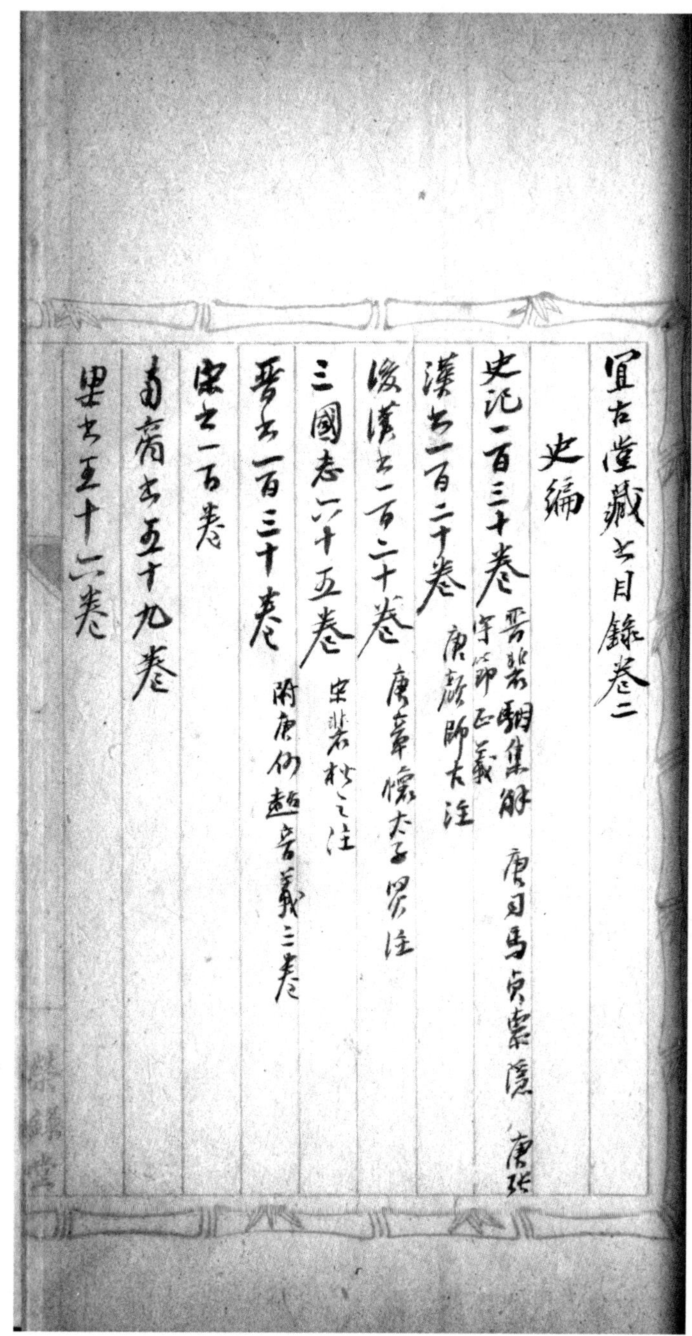

宜古堂藏書目錄卷二

史編

史記一百三十卷 晉裴駰集解 唐司馬貞索隱 唐張守節正義

漢書一百二十卷 唐顏師古注

後漢書一百二十卷 唐章懷太子賢注

三國志六十五卷 宋裴松之注

晉書一百三十卷 附唐何超音義三卷

宋書一百卷

南齊書五十九卷

梁書五十六卷

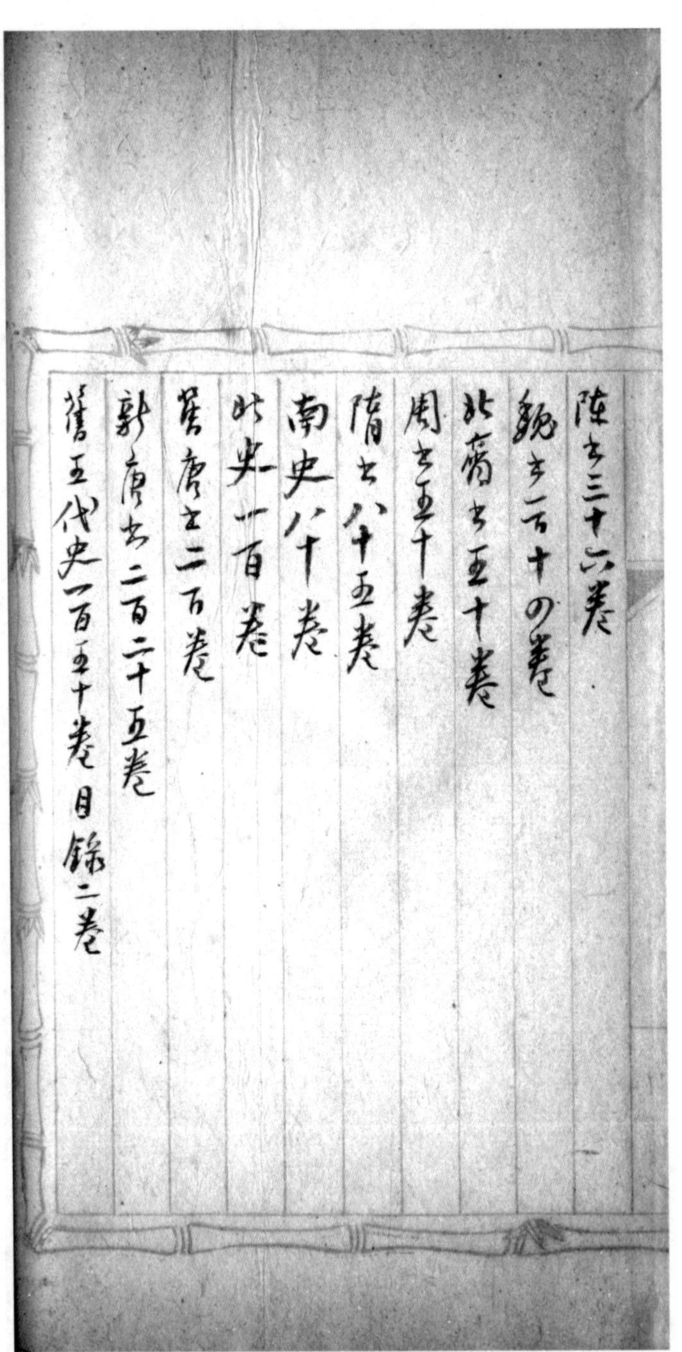

陳書三十六卷
魏書一百十四卷
北齊書五十卷
周書五十卷
隋書八十五卷
南史八十卷
北史一百卷
舊唐書二百卷
新唐書二百二十五卷
舊五代史一百五十卷 目錄二卷

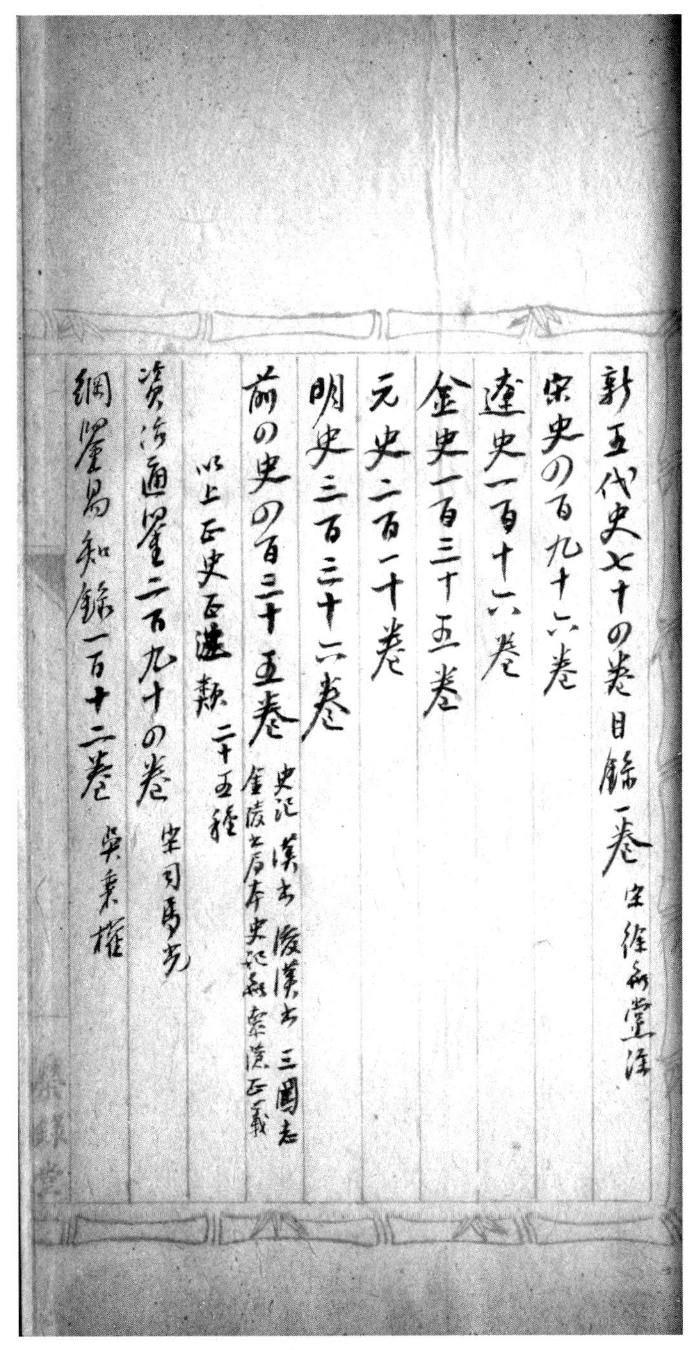
新五代史七十の卷目錄一卷 宋徐無黨注
宋史四百九十六卷
遼史一百十六卷
金史一百三十五卷
元史二百一十卷
明史三百三十六卷
前四史四百三十五卷 史記 漢書 後漢書 三國志 金陵書局本史記叙索隱正義
以上正史正續 二十五種
資治通鑑二百九十四卷 宋司馬光
綱鑑易知錄一百十二卷 吳乘權

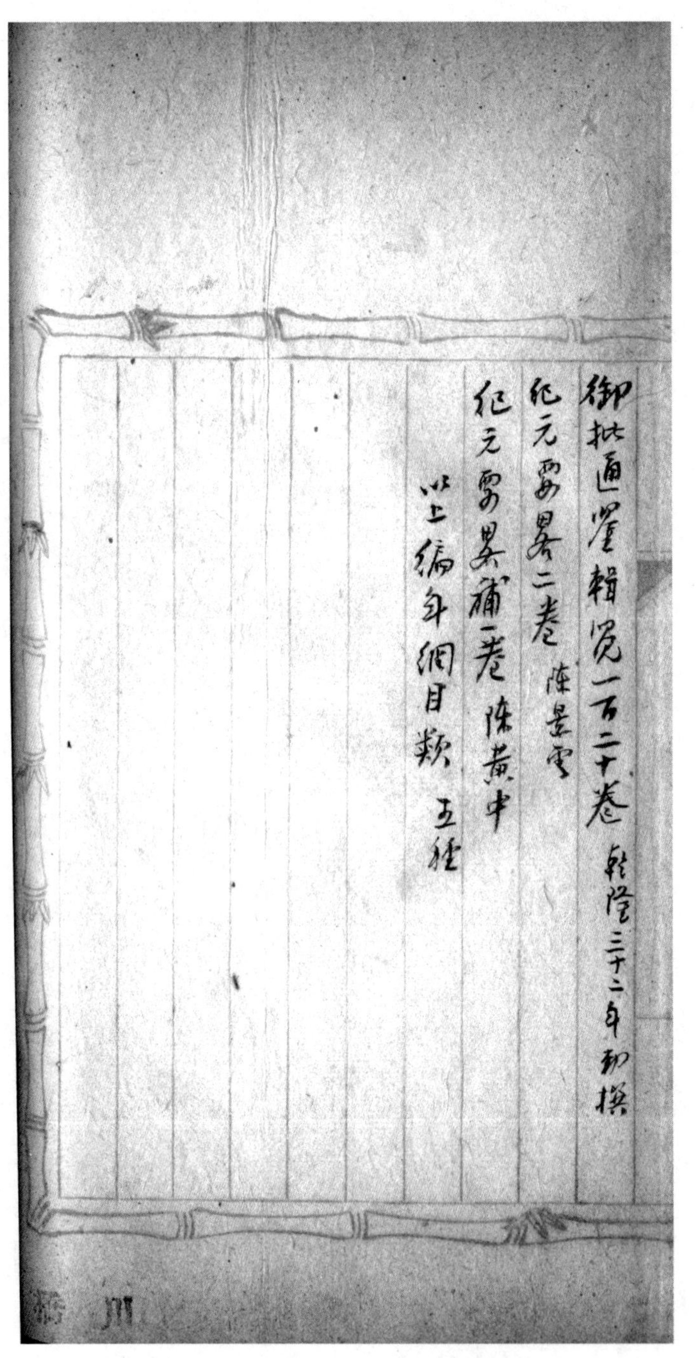

御批通鑑輯覽一百二十卷 乾隆三十二年勅撰

紀元要略二卷 陳景雲

紀元要略補一卷 陳黄中

以上編年綱目類 五種

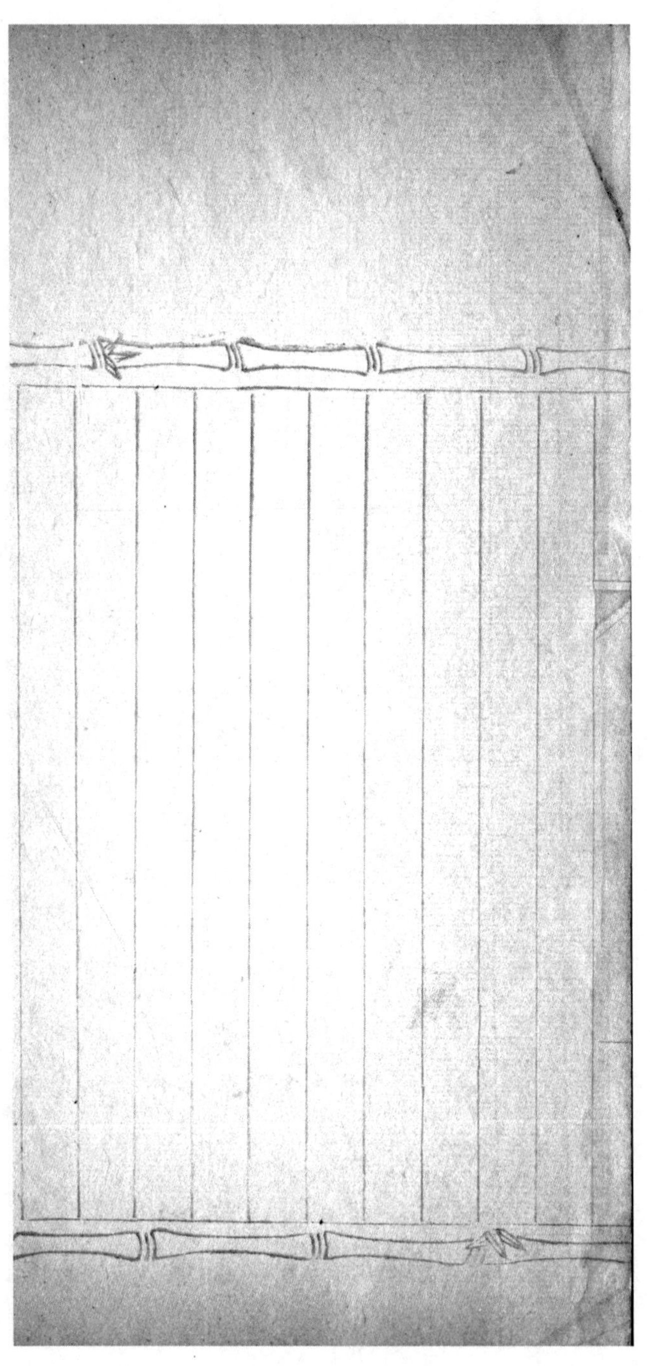

光緒十六年八月十六日奉

上諭著派貴　沈　前往福建查辦事件隨帶司員者一併

馳驛前往欽此

十七日入署知貴塢翁相邀赴閩午後到宅辭不獲命歸

來籌措盤費打點行裝三鼓方歇

十八日進　内見沈叔翁

十九日在署与鹿滋軒學良左牖和盛均兩主政會齊往訪

李子秉　推英主政商派書吏旋赴沈叔翁宅稟見適值

公出

二十日同至都察院面呈奏派隨帶稿並片奏到省供

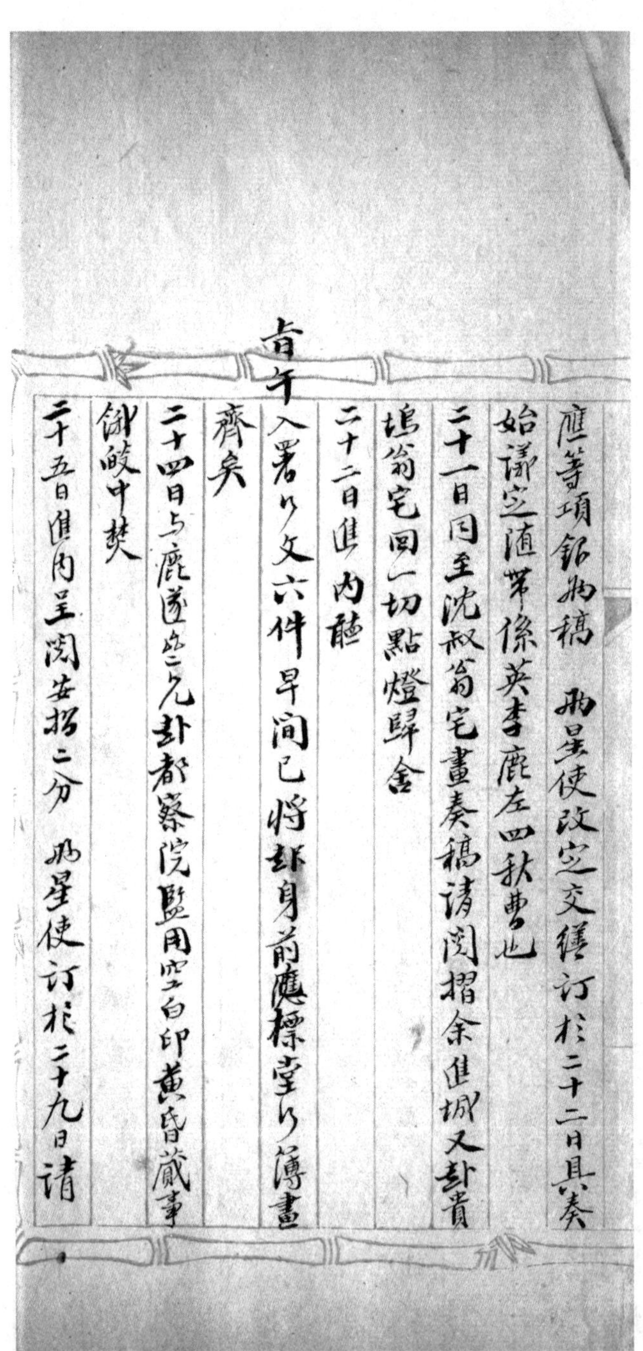

應籌項銀兩稿　兩星使改定交繕訂於二十二日具奏
始議定隨帶係英李鹿左四秋曹也
二十一日同至沈叔翁宅畫奏稿請閲摺余進城又赴貴
塢翁宅回一切點燈歸舍
二十二日進内聽
旨午入署以文六件早間已將赴自前應標穿以簿書
齊矣
二十四日與鹿蓬恣之兄赴都察院監用空白印黃昏蔵事
御皎中焚
二十五日進内呈閲安摺二分　兩星使訂於二十九日請

戊子余之房山中途宿此店凡兩日君之所住亦必其西房耳

訓九月初三日啟程

二十九日夜雨曉晴進　內醞

旨畢赴東城辭行雨又作[illegible]莫言歸復安置許多瑣事

噫甚矣憊伏枕便睡去幸哉

九月初三日巳刻赴行登堂拜　母覺離緒萬端爲從

說赴有詩紀實出彰義門雨甚石路滑澾轎夫以以

雲行若康莊也者亦非乎技也未至長新店打尖店夥

爭賣我不顧間酉至良鄉宿屋小如舟余與遂兒牖和

聯牀暢敘連日話別親友料理家政夜以繼日至此始

得安眠矣又芦溝道上得詩兩律

榮錄堂

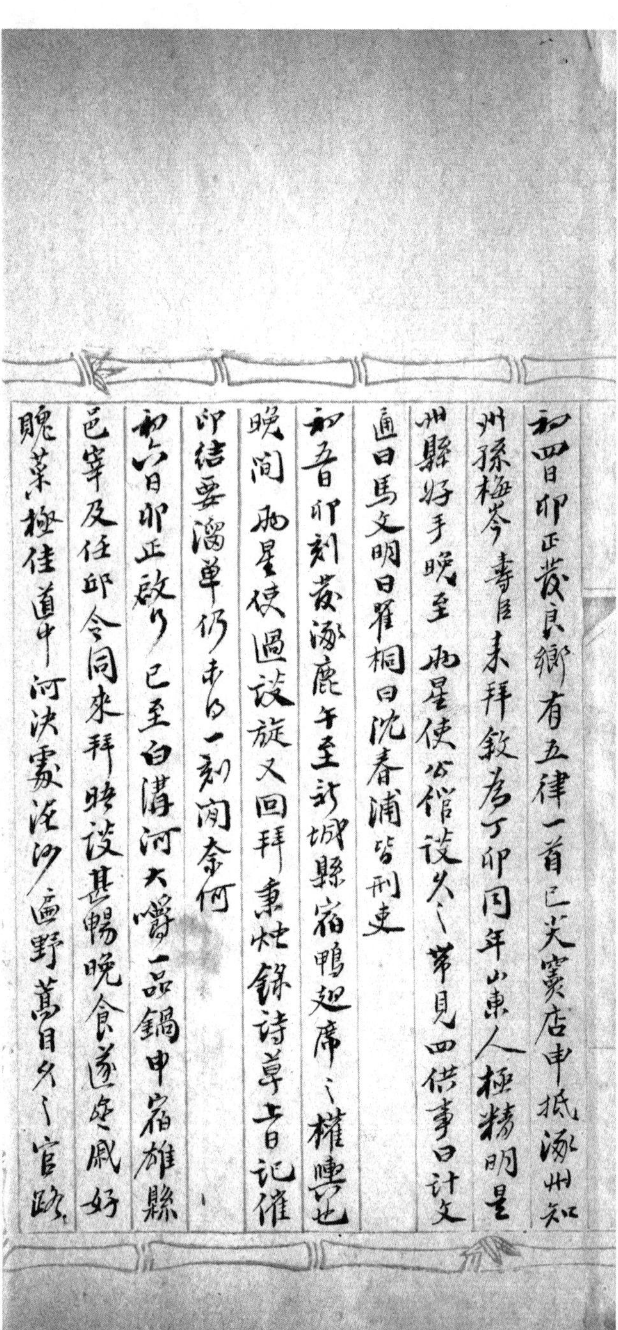

初四日卯正發良鄉，有五律一首。巳未竇店，申抵涿州。知州孫梅岑壽昌，未拜，敘爲丁卯同年，山東人，極精明，是州縣好手。晚至郵星使公館談久之。常見四供事，曰計文通，曰馬文明，曰羅桐，曰沈春浦，皆刑吏。

初五日卯刻發涿鹿，午至新城縣，宿鴨廻廟。之權賢也。晚間郵星使過談，旋又回拜。秉燭錄詩草，書記催印結要緊，仍未得一刻閒，奈何。

初六日卯正啟行，巳至白溝河大嚼一品鍋，申宿雄縣。邑宰及任邱令同來拜，暢談甚暢。晚食遂乏，飯好。晚菜極佳。道中河決處泛沙，遍野蒿目久之。官路

此水余丙子過之蓋已
然此不自去歲始緣此
處昔爲宋遼交界
宋人開塘濼以限馬
足其患遂至今未已
今則益甚耳

半成坎陷轍ㄗ隄頂俯視頗有戒心言念垂堂之
訓是用懍ㄑ也亥刻睡
初七日卯正ㄗ經過十二連橋隄柳青葱饒有畫意
石牌樓一座横鐫燕南趙北四字此爲雄縣任邱分界
處距鄚州四里許大水茫横汪洋無際轍乘舟渡
車馬皆然詢知本係萬頃良田夏間永定河決長泊
於洪濤駭浪中吁可憫也巳正至鄚州矣按鄚州原爲
州治嗣改爲任邱縣去此四十里築城以鎮爲州城草固
氣勢甚濶大有斷碑惜未及讀未宿任邱轄南関令
尹李搏霄振鵬過談令許印彝去始知瑕星使擬於

明日兼程以進云

初八日夜丑寅正登程行廿餘里方曙灯夫錯亂轎夫喧譁欲寐不成眠也午正尖於河間城北之廿里堡已行五十里午經河間府雉堞尚稱完善而規模殊隘城內有日華宮為河間獻王藏書處未能目擊未至商家林宿此係獻縣地面武營弁兵跪接道旁領之而已飯後至星使公館呈詩連日天氣晴霽煖甚本日計程百里

初九日卯正行辰正至獻縣打尖未至交河縣屬富莊驛宿邑侯吳蔗楼蘭芳來會伊胞兄二人一係癸卯河南本省舉人一係同榜副車蓋世叔也夕祭竈飲而未醉

客裏度重陽亦殊有致本日有營弁整隊升炮以迓頤

見諱制哀初歇

初十日寅正起卯初行巳至阜成縣打尖酉至景州宿關

福寺寺建於隋有塔凡十三級高插雲表不遑憩息即呼李

應左先登塔舒眺一瞬數十里烟樹蒼茫因天風吹衣空

遠心悸僅登九級即下入孝女祠讀碑記欽佩久之女氏

彭諱詠景州牧彭君壽爵麒女也事親以孝聞曾割股療

母疾獲瘳同治十二年春母病歿殯於寺女於百日釋服

朝登塔託言禮佛至三級而墜墮肌膚無損趺坐含笑

而逝惟一鞋脫去殆解脫之證神有自書兩紙歷述誓

從母於地下云直督大学士李 具疏以聞得 旨旌表僧某
建祠祀塑像祠中惜未瞻拜擲歸輯經此當薦馨矣
晚飯後兩腿以疾登塔〻效於此 而星使投詩索和險
韵难工姑置〻 亥正睡
十一日曉發微雨卯正二刻行數里開霽之申和貴鴻荀
五律二首巳至劉智廟早尖距景州卅里東首德州境界
也申至德州宿文武各官均衣衣補褂出迎郭外公館亦
頗齊整饌亦佳計自京師至此凡六百五七十里併沮水繞
道合算則七百有奇矣夕錄詩送呈星使而兩星使又
報以詩灯下自登詩集手為〻痛日昨登塔腿為〻步

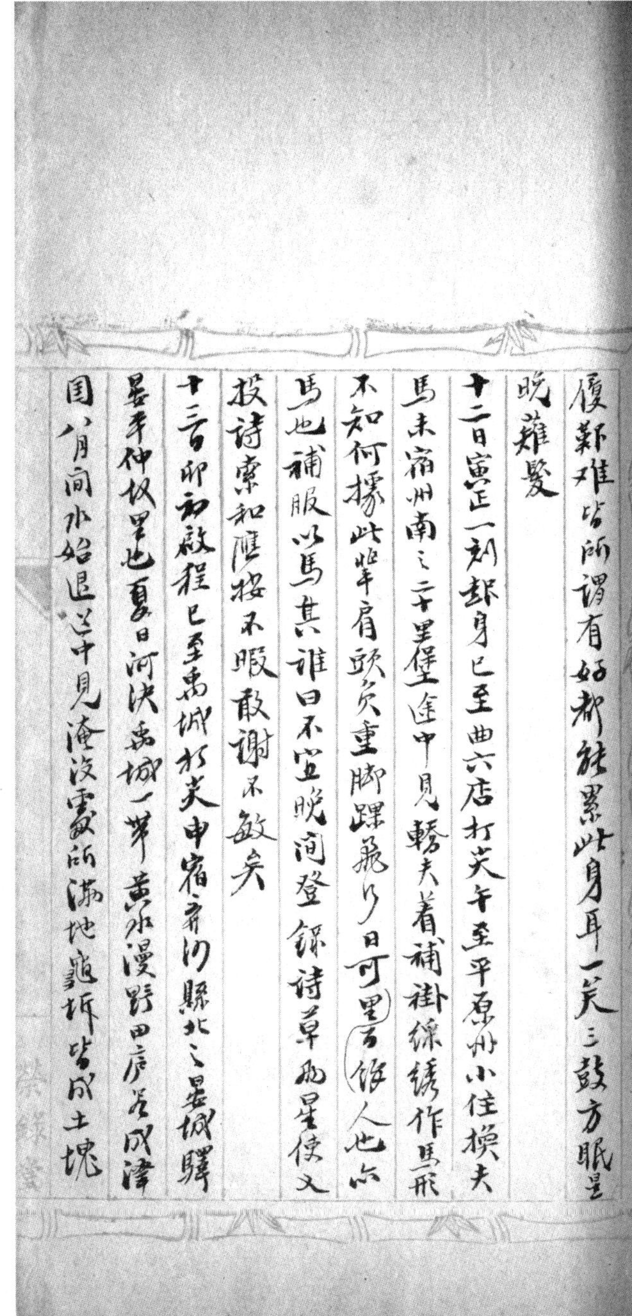

優鄴雉皆所謂有好都終累此身耳一笑三鼓方眠是
晚薙髮
十二日寅正一刻起身巳至曲六店打尖午至平原州小住換夫
馬未宿州南之二十里堡途中見轎夫着補褂緣鑲作馬形
不知何據此輩肩頭負重腳踝飛行日可百里役人也亦
馬也補服以馬其誰曰不宜晚間登錄詩草兩星使文
投詩索和應接不暇敢謝不敏矣
十三日卯初啟程巳至禹城打尖申宿齊河縣北之晏城驛
晏平仲故里也夏日河決禹城一帶黄水漫野田廬盡成澤
國八月間水始退途中見淹沒處所滿地龜坼皆成土塊

計自涿鹿而南太行山漸遠不可見幸日色靚東山其秀鬟又復不同以詩一首又録别母詩呈星使恐亦為之欷也亥正睡

十四日寅初起寅正二刻行廿五里至新河縣渡黃河風平浪靜當是河伯效靈過河行卅里抵杜家廟打尖長清縣境也飽飯入山行四十五里宿於長清之張夏莊午間渡黃見兩隄漫漫處所田廬屋宇俱陷於水民結茅於隄頂露居者為之惻然經崮山驛山色曲折入妙或曰崮山一作谷山孔子相魯會齊侯於夾谷即此地未知是否夕梳髮而薙頭匠蠢村也可惡可哂午尖次有

城中岱廟極壯麗
且有漢柏唐槐[illegible]
頗可觀惜　君之
未往也

山東即用縣祁尹壽麐來拜癸未進士與牖和同榜
蓋為通業師袁星使而來與予為丁卯同年云本日始
觀泰山之光孫而牖和之泰山由首來肩愛增其佳
話也予與子襄為通鋪群邸而嘲之牖和啟有口衆我寡
之勢
十三日寅刻出行巳尖申宿午飯處地名藝台殊不可解
夕歇泰安城正當泰山脚下望之極了了其山雄峻而
秀雅不奇不險允為神品疲極早眠計程百里有奇
也途中煖甚幾欲夾衣前日德州同雷地氣之不同如此
十四日仍寅正起卯初行巳至泰安之崔家莊申宿新

鄒君吳人又號蕭湘館侍者近吳下所刊行青樓夢小說所謂鄒拜林者是即其人也

泰縣之楊柳店是爲晉太傅羊叔子故里有廟跡碣可考也山路崎嶇甚苦經徂徠山亦雄而秀大抵此邦山色界乎塞北江南之間所由鍾毓至質耳燈下錄詩詞數首是程六十里有奇

十七日卯初起行辰正至翟家莊中伙公館假客店一路大抵如此惜店壁之詩殊供噴飯爲可笑耳前則店壁有詞云落落天涯孤夢又被荒鷄催送破曉過羊流滿地霜華空重誰共誰共小驛槑花殘凍署名爲梁溪瘦鶴詞人鄒弢倚声時丙戌長至前五日可稱小令大高手按詞中羊流字當是楊柳字借音而新泰縣誌備之廩糧銀兩註

羊流店因犲子得名本作羊留

自紅花埠以南北俗號窮八站其景象固如是也

明羊流店字様可知楊柳字誤矣壁有五律中一聯云新霜侵客鬢流水惜韶年亦佳句也惜全篇不稱署曰己丑仲春杭州姚軾仲凱題未正宿嶅陽此仍是新泰縣境連日公館湫隘窗破屋小比難駐足計自渡黄以來家各以臭炭爲炊蓋北煤隔河不便南煤則距海船遠亦不便之故然而州縣供應所餐之肴酒皆臭不可喫殆至啼饑大人乎吾不願爲已

十八日寅正行已至蒙淦縣南恭家城午尖市間見人賣餅餡門列大餅寬徑尺許厚約寸餘不知如何烙熟此吾見所未見也夕宿沂水縣境之垛莊錄和兩星使詩句後但呈政請

久々連日跋程俱逾万里疲甚而星使日必投詩可謂興致
敦々前以別母詩錄呈蒙賜詩獎勉附誌於此貴塢推詩
云君詩不忍讀使我弥愴非字々声淚下至性能過人欲
慰倚閭念珍重客途身々將列上考藉以娛慈親沈叔
眉詩云遊子賦々役嗟我陟屺篇低徊不忍讀至性亦纏
綿詔書九重下擘畫褒材笑予曰有母在秉命何敢專
母曰勿憚勞往矣汝勉旃皇華歌駿征考慈忠能全々重
々々雲山望渺然長言繼詠嘆需膻漣々我今傾蓋
交幸結三生緣道義願切劘同勵金石堅念尺世德貽
清芬人所傳王事勤馳驅報國即承先積善有餘慶

歷歷符聿編高堂皆髮皤純固洪禧延泛有含飴粱風毛
相联翩勸尹加餐飯慎勿心旌塈流光屈指數春色歸途
妍登堂奉觴爲母壽中天皓月常團團
十九日卯初行四十五里尖於青駝寺途中飢甚購大餅
食食味良美土人名以鍋盔可割賣也申宿半城（共四十五里）本日
尖站以沂州府蘭山縣地灯下錄詩曰莽莽新泰以牛車
應役犍牛不食氣久斃倒斃作疲牛行嘆嘆視已換
小車以人推挽蓋界近江南車已不妙觀矣
二十日寅正二刻啟行四十五里至沂州府渡沂水城北雍龍门
內有碣曰晉王羲之故里南關打尖太守錫菊泉 恩来

郯城南有東海
孝婦故里北有傾
蓋亭即孔子遇
程子處何以未之
見

拜六刑曹老手諭及同治辛未偕文子乘水部赴趙河
查辦事件余不禁動故人之感復行四十五里宿李家
莊蘭山供應甚豐日可稱巨邑途中山川樹色已饒秀冶之
致明日過郯城即江南界也為之一喜擬詩未就以歇
廿六日寅正登程行六十里尖於郯城縣北之十里堡又行五
十五里宿於郯城縣南之紅花埠過此即江南省宿遷境
也日昨經沂州府有碑曰晉孝子王祥故里今得七律一首
連日沿途武營整隊以迎送天使旂幟衣甲及鎗械甚匹
麗不懈並晚間吹笳鳴鼓炮聲應之令人有從軍請
纓班超投筆之志亦壯矣哉今亦得七律一首擬賦對

何首烏及山芋卽白薯江南皆生食之以當果蔬

此卽淮北之鹽河分運河之水以避黃險

樹小詩仍未脱藁亥初眠

廿二日丑正卯起寅初行六十里尖於宿遷縣之峒峿驛已入江南界徐州府屬也又行六十里酉初宿鍾吾驛古鍾吾國也秦名下相武營聯隊外炮來迎馬步均嚴肅本日前後猶勝山東而內有何首烏片奇絶本草何首烏甘辛無毒添髓長明目烏鬚髮益精髓健步履久服延年人形者佳徐州土產也然非此佳品以佐盤餐亦殊罕途中得七言一截句

廿三日卯初起行五十里尖於宿遷東南之仰化集集名甚雅集西十里渡河詢之縣差河名沙河按清江浦土名烏沙河距此百卅餘里此河以沙河名殆烏沙之舊蹟歟西縣

廿

差則日是運河支流候政店壁有詩云誰能一飯餉王孫挾
瑟齊門淚暗吞才大每招流俗忌家貧易負故人恩金銀
氣壯文章賤冠復名淆傀儡尊欲喚靈均同痛哭美
人余草賦招鬼署名果溪度鶴詞人草即山東道上枯次
楚令小詞者讀其詩想見抑鬱不得志亦所謂不平則鳴
也然鄙見竊謂詩之極窮愁者宜作曠達語極悽惋者
宜作和平語乃得敦厚之旨讀夫罵座恐未讀霍光傳
若善作比興能在景上言情物中寫我似更為巧而不纖
此論頗質高明此詩首句用漂母飯韓信事却於此地最合
宿遷隸為桃源縣境屬淮安府秦時為淮浦至宋元明皆

韓侯釣臺地極
水天空闊之致旁
有漂母祠

日淮安　本朝因之漂母飯信處即在清河縣城下明日路所
必經當有詩申至桃源縣之重興集宿集名亦往桃源
應作桃園字本宿遷鎮名元置爲縣源字係訛字本日
午後有馬隊執鎗前驅步隊繼之其持刀者無足怪内
二人執叉以導殊爲可笑燈下作家書數行以報　老
母　擬至清浦發
廿四日寅正啟程巳初至邗溝早奕已行五十里故邗溝似應
隸揚州此因淮安境也隄柳無存可爲慨然又五十里抵清
江浦登舟時方未初飭奴子施買菜食菜蔬一切擬明日
喫老米飯矣廿餘日白米殊厭人也申正與牖和諸人談

席上灯闌船舟人還棠雨行二鼓宿淮上計水程卅里 十五
廿五日黎明即起船頭舒眺水氣盈霄四顧泬寥方唱柳
子厚煙消日出見漁翁欸乃一聲山水綠之句為之起舞
蹩躠跌狂態可笑行十五里甫已和吳於山陽縣署談令
尹仍餉以酒席余避遂命備和過舟同飲為子素餞用
一桌時子素尚未起睡也又行五里石尤風作繫纜登岸
大游其公事初風減又行廿里上灯後矣即攏岸息連
日詩興甚佳惜無好句耳夜和睡計自宿遷入江南境人
各跣足着草履然而無不着帽者午汗如水轎夫喘息
不止而其帽自若問之土人蓋南省雖熱不可以風敲領

之舟中晝可賞夜夜則夫中殊甚即此可悟燈下錄詩
草訖讀宋詞數首戲音琅琅自謂動聽也
廿六日卯初行未刻雨甚船底江聲蓬背雨旅人聽之
最多約不覺歎也稍息又行至寶應船夫打水腳縣官
送酒席匯匯又行將近黃昏矣宿於寶應近東
之劉家堡早間令縣饋晚飯飯後奴子殺雞煮肉不料色
味俱奇且是老公雞不足供唇門大嚼罷罷多以雞子下
飯却進兩盞許飢不擇食姑且姑老年水程計八十里
廿七日卯初行余自酣眠途中雨些些而陰晴不定殊有畫
意夕抵揚州府高郵州沿該州飭小欽差各一席大妙可

淮揚分界在寶應
縣北之平橋寶應即
屬揚州矣

留一半充來日早經矣經清水潭隄柳極蓊鬱然非隋
物於隄防久隳社湖水勢頗浩瀚亦有舟行灯下自飲
大醉戒之錄淮安阻風七古一篇頗謂不在坡翁下睡仍
亥正酒醒乃眠沿途皆有炮船之護送早晚鳴炮鳴
鑼居民屢目焉本日行百里
廿八日卯初起椗三十里經露筋祠祠在隄畔門前有牌樓
一座額曰貞廟祠樓匾曰流芳今古舟人呼為露筋娘娘
廟去前人名作殊難不落套勉成七律一章又行卅餘里
經召伯埭埭臨湖湖曰召伯湖也按此埭係謝安至此民有
去後之思築埭以名誌甘棠遺愛今作邵伯字非又四

廟有三十六湖樓
可登之望湖

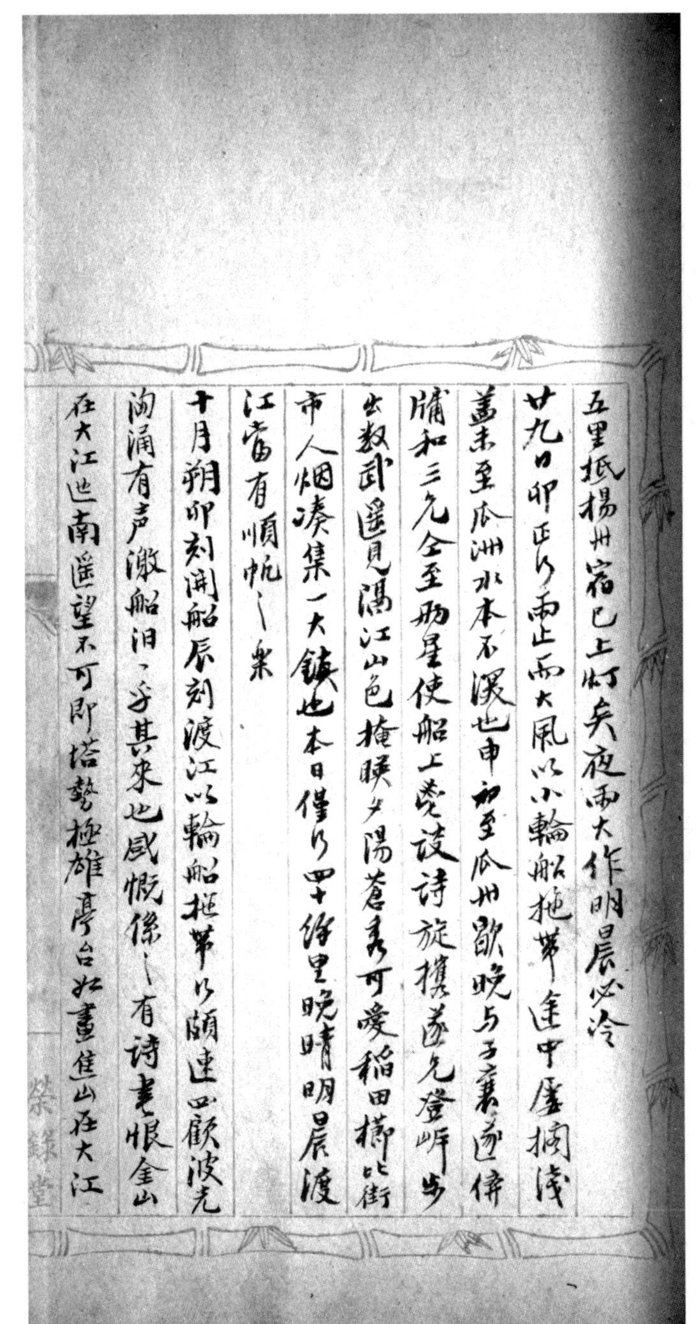

五里抵揚州宿已上灯矣夜雨大作明晨必冷

廿九日卯正行雨止而大風以小輪船拖帶途中屢擱淺蓋未至瓜洲水本不深也申初至瓜州歇晚与子襄遂偕牖和三兄全至那星使船上茗談詩旋携遂兄登岸步出數武遙見隔江山色掩暎夕陽蒼秀可愛稻田櫛比街市人烟湊集一大鎮也本日僅行四十餘里晚晴明晨渡江當有順帆之樂

十月朔卯刻開船辰刻渡江以輪船拖帶行頗速四顧波光洶湧有声激船汩汩乎其來也感慨係之有詩老恨金山在大江也南遙望不可即塔勢極雄亭台如畫焦山在大江

余江南不載未登金焦何怪於君之過家耶

迣北水師築炮臺以守船至兩岸聞旋鳴大礮以連環鎗送氣象為之一变焦山似較金山尤妙其山秀而削絕壁千尋倒影在水惜均未登陟昨夕兩星使有歸時必小住之語幸勿健忘為祝巳正抵丹徒口午後取結畢復行河身較江北運河為窄輪船不能施帶也然兩山夾水曲折可玩計七十里宿丹陽界併由瓜洲渡丹徒之五十里共水程百二十里云

初二日卯正行一氣走百里泊武進縣常州府治也鎮日無事大夢周公而舟子患病呻吟可厭日昨雨霽北風大作已易夾衣今又棉仍寒兩棉之氣候不定慎之之

前塵在目思之黯然

初三日辰初抵夜間奇冷水氣如冰可畏人也至蘇必須籌措夾帳方妥申至無錫宿道中見太湖山峯秀蒨絶倫戲占小詩簡牖和連日酒味頗佳今遥見惠山一塔撐天其下當是藥爐茗椀伴梳頭處也余雖曾嘗惠泉酒而飲之以色不及品茶此亦美中不足之事按惠泉酒以惠山泉水所造今皆訛作惠泉酒且筆之於書亦可笑燈下見大蛾如蝿此地午暖而早晚極冷江北草木皆黃落自渡江後則草亦無異而蘇色依舊青葱間浙省不甚懸絶閩省則又煖於此

初四日甲寅初二刻卯開船星使以今日抵蘇該撫等出

茶以蘇州碧蘿春爲上杭州龍井不及水以慧泉烹之真迺天下極品

迎請　聖安宜早到也晨霧迷江對面黑如漆大船不敢前進余船貼岸緩槳巳初已行四十里收帆小候買得大鯽魚以無錫令所贈慧山泉水烹食鮮美非常然終有河魚腹疾稍嘗即止可惜也慧泉雖陸羽品為天下第二泉然性寒不可不知午膳初覺命奴子試以泉水泡茶一甌其味極醇非但甘香沁骨此不能携至京中殊憾事計以兩甕將什襲藏之至杭購上品茶一試當更上層樓按古人只有烹茶法取茶具以炭火徐徐煮水熟於蟹眼生時急入茶葉兩滚即取飲如此則水性不走茶味不傷且忌銅鐵器若北方之煤火惡劣尤誤事今人之泡茶不

而尤妙者兩岸人家多在竹園中且曲徑小橋無不入畫至於木瀆之山水更爲塵世清都此是鄙人昔歲思卜居處也而今思之何啻天上

免殺風景第水佳茶好尚足供大嚼耳於品茶字奚啻天
壤中至蘇州十餘里外先見虎邱山塔此地河內以橋舟
行橋孔中真可入畫沿岸商賈皆家於斯俯臨潭水
清照眉髮誠勝境也本日水程一百里
初五日卯初行四十五里至吳江縣野岸維舟打水腳
牖和過舟爲余畫對聯覓錢至酉渠去而雨作時
已黃昏冒雨行縴夫殊喫力戌正歇仍係吳江界來
日入浙江嘉興府境矣今早頗熱余雖流汗未敢弛衣
夕出艙看雨爲河風刺腦大痛此真防不勝防也[吳江今]
饒席中有橋四色頗詳其複細驗則各具一辭細嚼

菊毫無意味

則各具一味蓋種類甚多黃與紅殊色大與小又別曰橘曰柑曰橙連日遞加品評甚不識名即土人亦不甚了了耳人云撑船不知船食魚不知魚余嘆為通論大有山中無曆日定然不知年〻趣亦無見此邦物產〻佳矣有物曰酸甜醐咀之誠然〻殊不見妙處置〻而已初六日卯正刻過順風船極駛已至嘉興府已六十餘里府城頗高闊近水依楼風景絕勝惟雉堞殘缺不完未免減色守斯土者何區〻之不遑處也縣總必有滑內缺厭其煩十有絕肥魚肚奈日來只思伊蒲僎大約腸胃無此造化耳一笑境入浙江地又換於蘇省野田亦多青

蠟樹葉青而厚
頗類桂

此物南方謂之纓
絡垂珠

州桑畝連阡樹矮小而齊整人力修々以養蠶故有蠟
樹禿無葉不知春夏如何或係黄落耶舟人殊不經意
詢々茫然可恨可恨棕櫚夾岸一望蒼々夕照都為々
添点染此等化工北方獨何不然未免有補天之想酉宿
石门縣界計又九十里地名双橋
初七日卯正行又遇順風四十里至石门縣時方交巳自京師
至浙省嘉興府一路東南自嘉興入閩則一路西南也午間
牖歸以閩门懷古七律四章見示頗韙々共飯後旋扯帆
登岸大便野樹紅豆垂々所謂南国相思物耶色極艷潤
各折一枝酉刻宿王庄計又行八十里

榮錄堂

初八日順風四十里至杭州府城已初耳棄舟登岸乘轎穿城過約廿餘里街市窄狹寬處只容兩轎兩邊商賈所集百貨燦列無不精美家各樓居雕檻四匝此邦殷富特未覺游為悵午下船錢唐江勢東奔又異揚子江水碧綠近海故惜不得俟月滿觀潮也舟中有女皆不十八宋竹坡見之必當讚賞且色俱備肩而已同行諸君亦皆不甚滿意聞邇來上海客無不乘風而去此地頗不多得閩河斗行不能精覓好阿嬌然欲不坐此項船又萬無舟可覓所謂隨鄉入鄉風俗蓋如此昨沈星使函商和令諄囑驅逐此輩矣午前亦只好徐徐云爾今於官

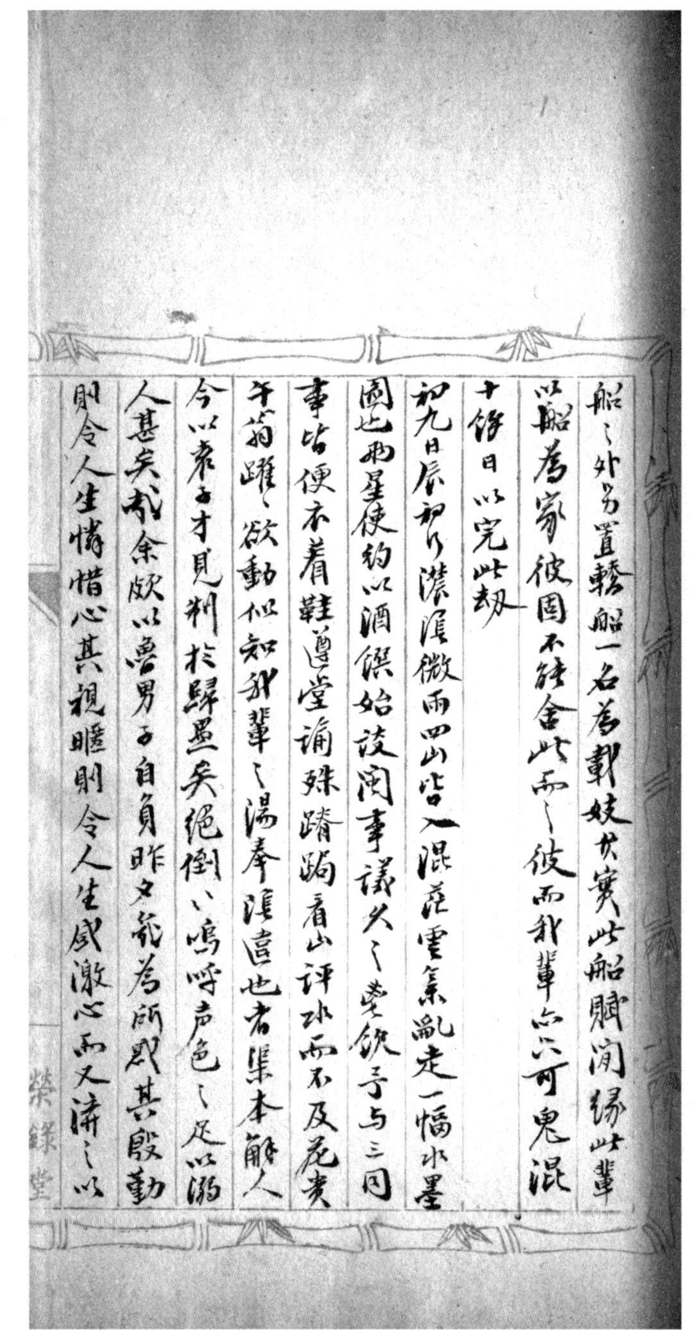
船船外另置轎船一名為載妓艾實此船賊閒緣此輩
以船為家彼固不能舍此而而彼而我輩亦只可鬼混
十餘日以完此劫
初九日辰初行濃淮微雨四山皆入混茫雲氣亂走一幅水墨
圖也兩星使約以酒饌始談閒事議久久婁飲子與三同
事皆便衣着鞋尊堂論殊蹐跼眉山評之而不及花貴
手蹁躚躚欲動似知我輩之湯奉淮意也者集本能人
今以衣子才見判於歸墨矣絕倒倒嗚呼聲色之足以溺
人甚矣哉余嘆以為男子自負昨夕能為所取甚殷勤
則令人生惜惜心甚視瞻則令人生感激心而又濟濟以

此段論江山船頗能形容入微然不必江山船江浙名妓大都如是之至於沉溺與否則在人之自行耳

不苟〻品〻令人生敬重心申〻以笑笑〻語言令人生活動心千变萬化又令人防不勝防忍而难忍余則既因手里作客[illegible]（毋刊刻不敢忘）且泛棠蓋澀似取而付猶不能藏章遂由大解脫法驅〻去青枕兒曉御自與周公談夢可耳晚與子襄〻夷會晤間牖和巳以少佳趣而彼二公者正在把持不定〻際大抵鹿夷擬有鈔李夷[illegible]（不捨）財也余謂二說皆非上乘若從此洞理終必落套何也二不可兼勢將舍魚取熊掌余則寧因伊人嬿婉其詞從〻不離乎生云波蕩從無不聽淵（老坂）語〻詞云云蓋將求於我却只言其难聯閱〻亦謂是脾腑〻談又烏知彼室欲由我而

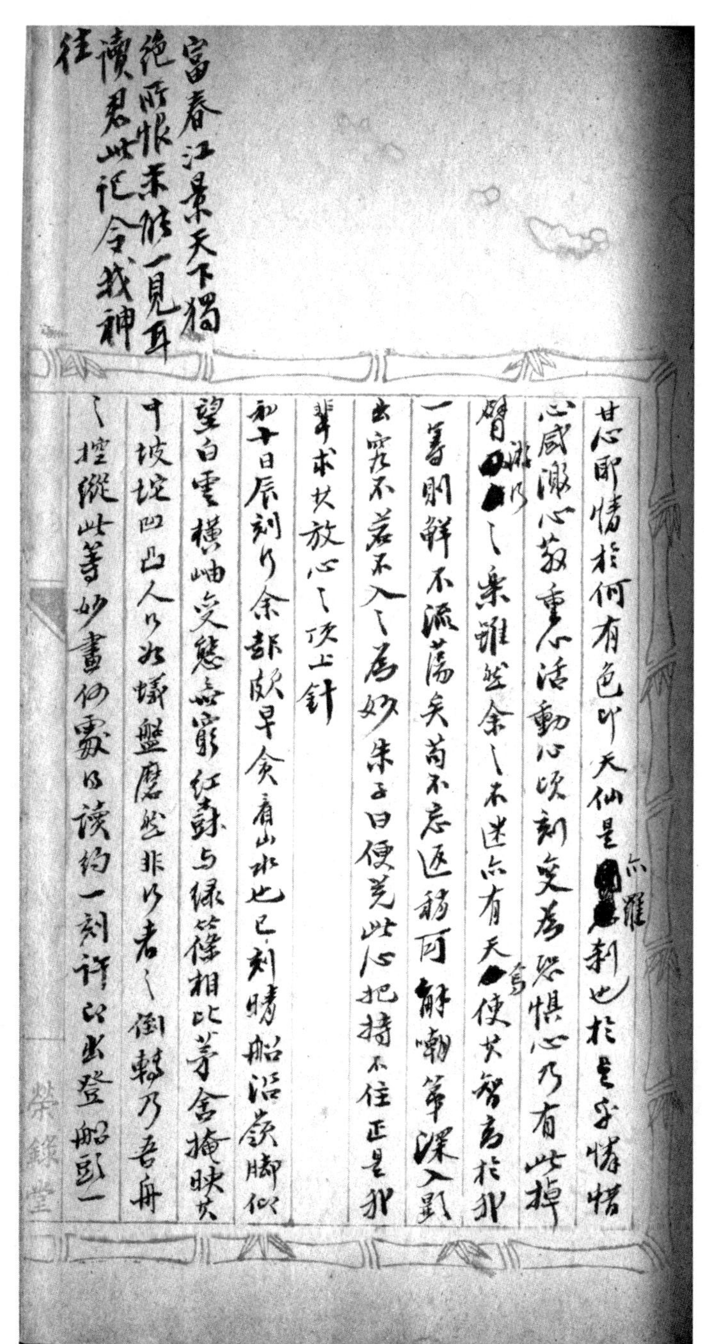

眺若桑梓而深藏在饒郭室有所不厭耳由富陽至桐廬九十里有正歎舩近縣江面有山一㡳有焦山形勢稍小上有廟亦欠宏敞然遠望極佳縣城臨水傍山亦所謂江城如畫也昨夕幸又安眠

十六日曉晴舟中四望山色水光上下一碧令人有超塵之致午至七里瀧登子陵台約半時許祠前碣云漢嚴子陵釣台宋謝皋羽西台祠中奉嚴先生真像余長揖不拜所以尊先生者在此故周旋以外也有聯曰鶴氅駐歘瀟彷彿黃樓仙子近羊裘同情傲分明白水故人星祠中对曰中興天子友清蔭後人所集名同治六年二月中旬閩長

梁王錫桐書祠右有樓一楹匾曰客星樓鐫碑大書客星二字內外碑詩甚多半漫漶於莓苔不可讀認其筆墨所題者屬平常惟竹坡侍郎題曰漁人足天子腹貴何榮賤何辱東台放歌西台哭淚血漂紅江水綠天生奇人不許獨萬古遺風振流俗又七律曰荒祠寂寞倚清谿高士聲名冠古今一臥竟忘天子腹九重難奪故人心危臺落木山風急峭壁斜陽江水深勝地從來多隱逸烟波浩渺苦搜尋二詩為祠中之冠故錄之吾謂竹坡之才本所罕覯今棄置良可惜彼固不檢點自罷納婚自貽金屋於人心風俗[illegible][illegible]之大方以視曖昧之爲者又何如哉

此言前人已道及

耶特傲世狂奴最足啟怒士素才人賈禍大抵皆然竹之

其尤小焉者耳初從峯巔以墩對峙處以釣台名結亭其

上登涉非難未及半步竊謂此文附會之說矯揉造作

果爾當年非有萬丈漁竿萬丈絲不克垂釣也先生

生其地方擬賦詩竟未果有五律二首寫景却佳起

流入灘水清而鑑淺而涸挨舟而上頗喫力距嚴州

府十里即歇時已近二更矣月色迎船又是絕妙詩料

亥正睡

十二日晨起瘴霧四塞其味腥急避之已正暢晴舟行

灘中頗覺涉險水却不深游魚可數午飯正眠爲牖

和呼韭盞已收帆矣月下登山驛極晚之本日只行五十里

十三日晴朗天氣御雲山水極佳度灘數重一日僅行

廿餘里灘之險可知夕月清皎未免有低頭思故鄉之

感詩興甚狂每天皆有數首亦不負此游也

十四日驛頗濃已和韭已近蘭溪縣縣城距水約三里許

望之不甚了了有兩廟俱在峯巔各一塔似對峙峙中

一峯上建一亭亦得地惜亭外別無房屋較寥廋耳午飯

小飲又睡片時連日殊以陳希夷蟄龍訣酉宿伍家宇

維舟野岸青楓蒼鬱綠篠參差山水去灘稍遠溪面寬

潤愈形其妙登岸左右步快甚人家各以樓閣不直板

屋之風秦與趙同也天煖似七月燕京光景余只一棉衣着外而已

十五日辰正方起夜來高郎聽別船絃曲將近四更始閑也度灘數重水淺石多純賴人力扛抬水手皆裸腿下水縴夫亦在水中行因係上水故尤艱苦若下水船當易為力天之煖直出情理之外余小棉衣昨褫去今又易棉褲以夾袴犹復汗濕決辭船家多赤膊矣本日水程半向正北灘路曲折入妙山色秀童而樹木多在坡坨景物又一變云夜宿荔游縣令尹馬東林芳田丁卯同榜舉人丙戌進士奉天人談頗久

鱸魚之妙在其味有蘆筍香淞江者則然他處想不爾耶

此當是鰱魚

十六日辰刻行四十五里宿安仁街因離路崎嶇殊甚舟屢擱淺故此路去山較遠然另有一番畫趣過臨鎮自我昨日以雨清川漲至此也又寄家書一通交遞舖本日始食得節魚肉細嫩如石首肥美如鰍魚亦無他異巨口細鱗耳舟中不免拮据行州縣饋席又妙不鮮美連日命舟人煮筍以進又不准油膩頗覺嚴以茅根煮橘柚味酸大不耐咀嚼

十七日辰起仍喫舟人飯購得活魚不知名形似鯉而口大唇肥以水煮食甚鮮美夕閱文牘與星使書見稍左反復商酌殊憊亥正晚餐小飲錄詩數首打疊行

李頒賜銀兩今夕安眠矣衢州河宿水畔多妓船蓋馬頭恙如此

十八日寅正鼓夜雨未霽辰初登岸雨止而風驟冷出衢州南門遥望四山拱秀蒼翠玲瓏另闢一境午尖後入山行松林排比竹籬周遮溪流有声弥望一碧擬詩未就夕宿江山縣南之清湖鎮國傑相待並饒縣志各一部縣城在萬山中頗蒼莽村氓皆以磚為樓两十室以板壁街市窄而潔位置殊奇也

十九日辰初方行鼓晏似五十里至峽口尖行經江郎山三峰瘦削插天如群峰之上其高可知初見為二峰再轉則

成三峰已而又成一峯蒼翠可愛不且罩山下老木千
章滿山松竹空無隙地黃葉與紅葉相間妙矣尤妙者
萬條交加也縣志謂有江姓弟兄三人登山所化未免荒
誕不經地有虎跑泉碧蓮池等八景云又行廿五里宿
保安溪溪水淵映行逾一嶺有戒心山色四顧無際已近
仙霞嶺路有呈遞訴詞者奉堂諭嚴審因無確據
原呈擲還然風塵僕僕之際忽而坐擁皋比殊可哂也
二十日仍肩輿辰行十里至仙霞關此爲浙閩咽喉鳥
道羊腸險峻可畏紆回登棧閩省不過如此矣於二十八都
宿於九牧已入福省界本日計程七十五里而崎嶇之路步

步行臨溪行歇處此行經五嶺嶺有寺封於崖巔小作
流連片處楓樹參天竹濃幕地令人有出塵想途中
山水移步換形無皆佳妙雖有詩挂一漏萬〻憾誰共
免乎
二十一日辰行二十五里至渙果早尖又行四十五里宿於閩
首〻建寧府〻浦城縣〻署作公館署頗大燈下錄
詩數首本日度蘇嶺重修較昨平易多〻矣路經真
西山先生故里有祠規制甚宏
二十二日辰刻卅輿〻三十五里至臨江打尖路經夕陽嶺嶺之
盤空山勢雄秀可與仙霞爭勝絕頂有寺曰夕陽寺門前一

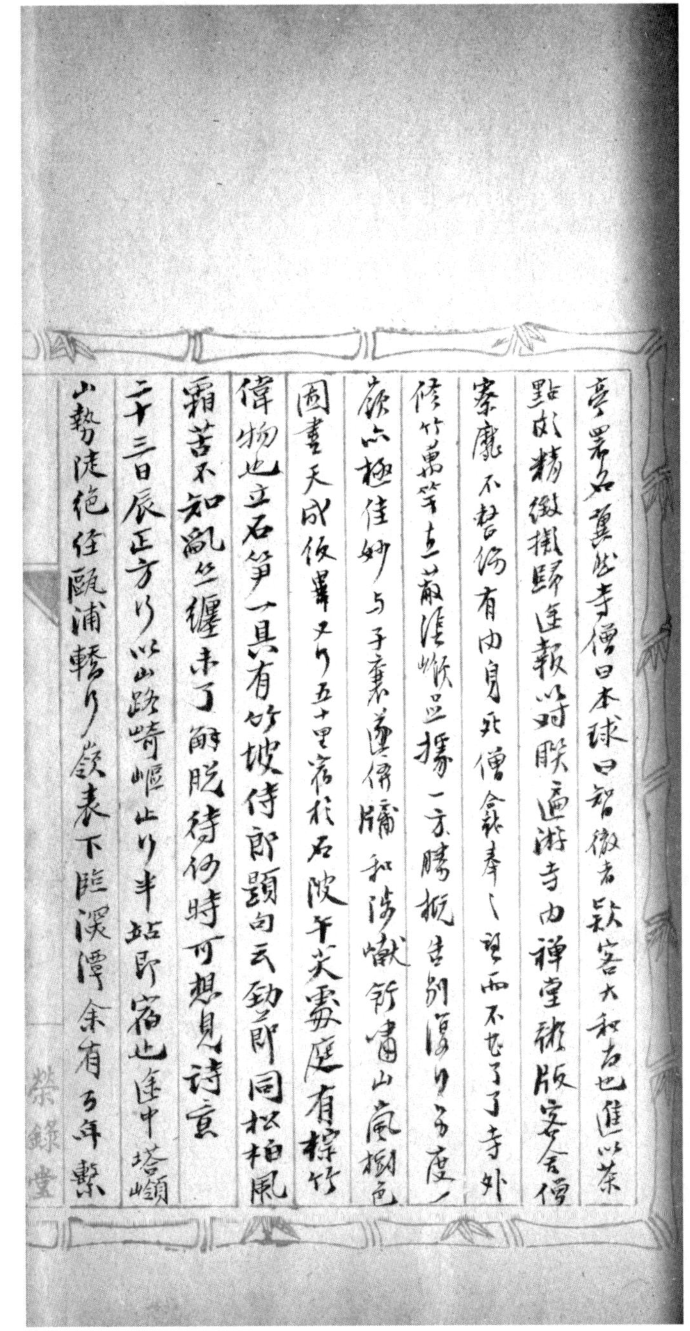

亭署名翼然寺僧日本球曰智徹者欵客大和尚也進以茶一
點心精緻掛歸匾額以詩聯遍游寺内禪堂隸版客舍僧
寮廚不暨徧有内見乃僧僉衆奉々望而不忘了々寺外
修竹萬竿立山前憑嶙峋擁一方勝概告別復行下度一
嶺亦極佳妙与予囊蒲團俯牖和涉巘新畫山嵐樹色
圖畫天成復舉又行五十里宿於石陂午炎霽庭有棕竹
偉物也立石筍一具有竹坡侍郎題句云勁節同松柏風
霜苦不知亂絲纏未了解脫待何時可想見詩意
二十三日辰正方行以山路崎嶇止行半站即宿也途中塔嶺
山勢陡絕從甌浦轉行嶺表下臨溪潭余有五年繫

紫綠堂

須臾一隊至那可問〻向紀望也此境双峯夾水有富春江

景象而山較雄偉雖遍山草木然不甚潤秀便遜一等

計程五十五里宿馬嵐甌寧縣界北要衝水次須舟甚夥第

灘淺不能改水路耳

二十四日辰正方行山路努獨木橋下臨絕壑可怖〻至

四十五里宿營頭本日有民詞二件俱批行傷辦

二十五日夜雨達旦旅館滲漏夜起移床可惱人也晨

行四十里雨又大作至油嵠失又行卅里宿於建陽縣途

間窄徑崎嶇滑澾難行有戒心本日民詞七件半係

可擲還者而星使痌瘝在抱僅商還其一餘六件仍批

江南則須六十文

道府而已寔未便札阜也半夜方蔵事雨声浪浪未知
明晨能否趲程
二十六日雨甚老程一日止巳矣頭疼而已連日飽喫冬筍真
所謂渭川千畝在胸中矣浙省筍一觔需價卌文此地則
廿文一觔緣仙霞以南野竹遍地皆是尤佳美於江浙其肥
而不膩脆而不老每飯不忘讀好竹連山覺筍香之句知前
人固先我言之數數命厨以進渠等甚為不恭而余則
叨惠不淺饕餮反形官儉可為絕倒
二十七日辰正雨息雨雨猶積四山淫霧漠漾轎行新峯
中亥殊的也三十五里至宸前打尖又行四十餘里宿於棠

坊時方申正山路稍平坦度六嶺數重俱不甚險峻惟沿灘處尚多狹仄處所一路多土山雖樹木亦不少而山色較紅夕又海稿整件此境呈詞票不通可笑大約此詞訟繁聽者居攸之第不白不落應酬一二耳

二十八日陰辰初起辰正行霾雲遍山峯既渲見無定障素遍人輿中乘籃坐者不苦它多惡溪見土人弄舟於石齒中頗為心悸也日前節交大雪已是小滿腹堅手足皸瘃之矣此地木葉微脫而已午至建寧府城宿者棚僅少四十里入北門。曰威武石郭橫鐫金甌鞏固四字城内人煙稠密有二程夫子祠對面照壁鐫吾道南矣四字與署伴

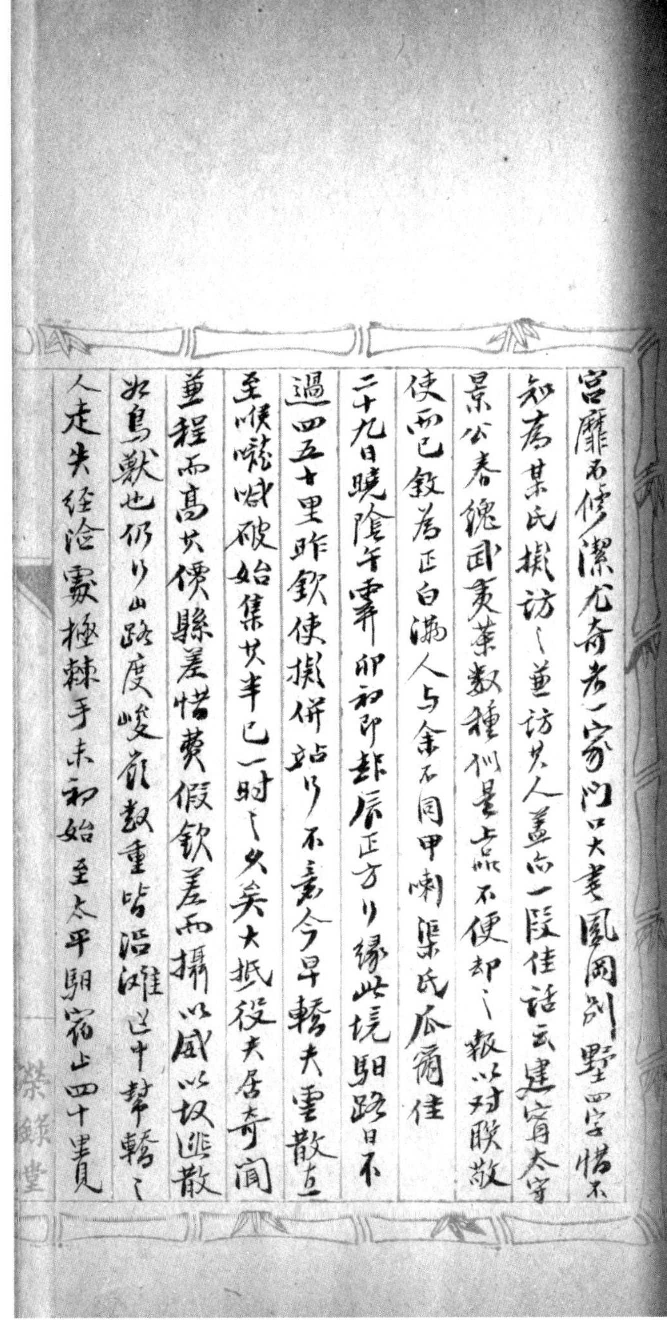
宮靡而修潔尤奇者一家門口大書鳳岡別墅四字惜不
知為某氏擬訪々並訪其人盖亦一段佳話云建甯太守
景公春總戎夷葉數種似是点不便却々報以对聯敬
使而已叙為正白满人与余同甲喇渠氏瓜爾佳
二十九日曉陰午霽卯初即赴辰正方行緣此境驛路日不
過四五十里昨欽使擬併站乃不意今早轎夫星散直
至喉嚨喊破始集其事已一時々久矣大抵役夫居奇間
兼程而高其價縣差惜費假欽差而攝以威以致逃散
如鳥獸也仍行山路度峻嶺數重皆滔灘迄中幫轎々
人走失经滄處極棘手未初始至太平驛宿止四十里見

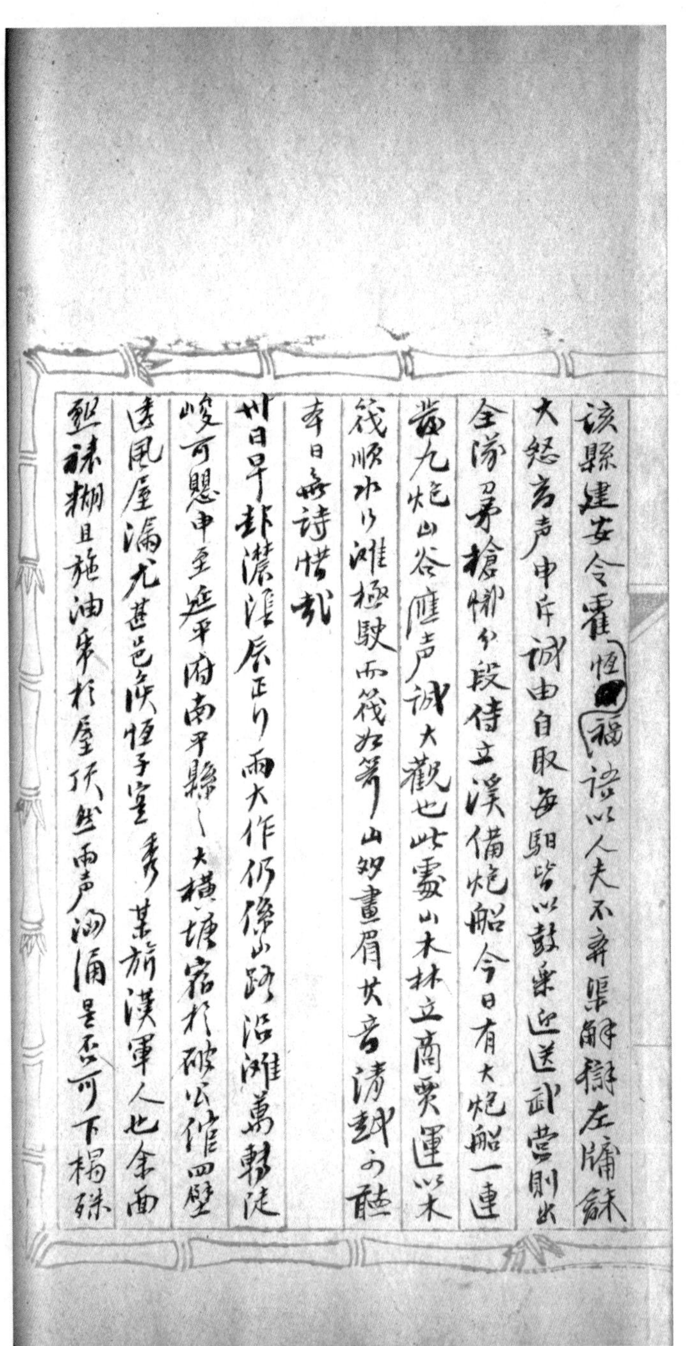

該縣建安令霍恒福諮以人夫不齊渠解餉左牖餘
大怒高聲申斥誠由自取每驛皆以鼓樂迎送武營則出
全隊刀矛槍帳分段侍立溪備炮船今日有大炮船一連
放九炮山谷應聲誠大觀也此處山木林立商賈運木
筏順水下灘極駛而筏如箭山妙畫眉其音清越可聽
本日無詩惜哉
廿日早赴濛淮辰正下雨大作仍從山路沿灘萬轉陡
峻可懸申至延平府南平縣之大橫塘宿於破公館四壁
透風屋漏尤甚邑侯恒子定秀某旂漢軍人也余面
飭添糊且施油布於屋頂然雨聲洶湧是否可下榻殊

難預穹寒甚着皮裘矣晚以杜康煖腹暢飲斗許

是日行四十里

十二月朔夜雨不止曉起猶滂沱也辰正冒雨行雨稍止山路陡峻較甚前數日度高崖直上直下雨後苔滑懍夫顛蹶可怕〻至四十里至延平府城宿於考棚歲暮傷離髮濯足快甚途中山水大佳詩句厥毁翁於危險兩星使有歸途航海之議第未決耳

初二日啟坐灘船巳正行申正泊口五十里下水船駛速於轎且免於轎也然灘勢險絕巨石林立下有暗礁舟人純以槳運尾無舵防石觸上無帆避風僅其險若此而山水俱極佳

妙手心本不平故凡不平之景皆實獲我心舟中以大趄息
偃臥成詩三首亥初即寢
初三日辰正方起冷甚棉褲棉圍腰一齊出了五十里至三都
口少歇又行二十里宿於黃田既與子襄論傳臚和三天
商訂奏稿及啓文已而痛飲大醉幸未至玉山就倒回
船上日記錄詩七章睡卒日去田孫棋縱樂呼々惜乎
腹彭亨不克大嚼
初四日卯正開船午至水口計五十里候官令方備船隻乃
紅山口々夜船也過舟見有喬叙喬仙蘭仙其人者蜂擁
而前面目全黑脂粉修飾且大於輿夫臉厚非常有

卯時乃衆々請余大帥欲邀晩君爲通僑于展牖餘
掛作長夜飲以過此難而牖餘所遇平生天仙化身渠
雖不通客、不敢久擾也應尹李尹亦在彼暢所欲言
余歸船呼僮對榻睡之于後不肯釋遞託以身有貴
恙方走去一夜安眠免曉船極嚴密無些涼透風霧
甚妙早郵則三美又來纏糾尤奇者皆赤足不襪益
昨々穿襪猶々亦寫書客耳可爲絕倒日昨以輪船挽
乃五十里午間交候官令五尺上駿交輪船寄家信一封
初五日晨幸見前船乃絕早六十里停泊早飯余消
醺藥絕因爲通僑船環連相比隨火輪挺帶頗穩爰

過談正在笑言嘩嘩，間忽聞船頭人声鼎沸，不暇思維，出艙走視，舟人阻阻，緣河面窄霧特灣適遂之之船劈面，山石橫掃水中，急斷棕索，篙師以十餘篙截去而已，無捩舵處所，又不能退，則下水滔故，無可奈何，各以篙排立船頭，業已及石，訇訇一声，數篙齊斷，彼皆大竹粗於臂者也，賴此舳勢較緩，船得無恙，而船中物件金錶皆鳴，余与遂之俱驚企以望，僕子足胥面無人色矣。前船同聲俱停，幸無大損，然驚定之痛，余尤甚焉。旋与遂之各成七古一章，夕呈星使，晚飯未喫，睡法依樣葫蘆。本日泊紅山口，明辰十里專行進着

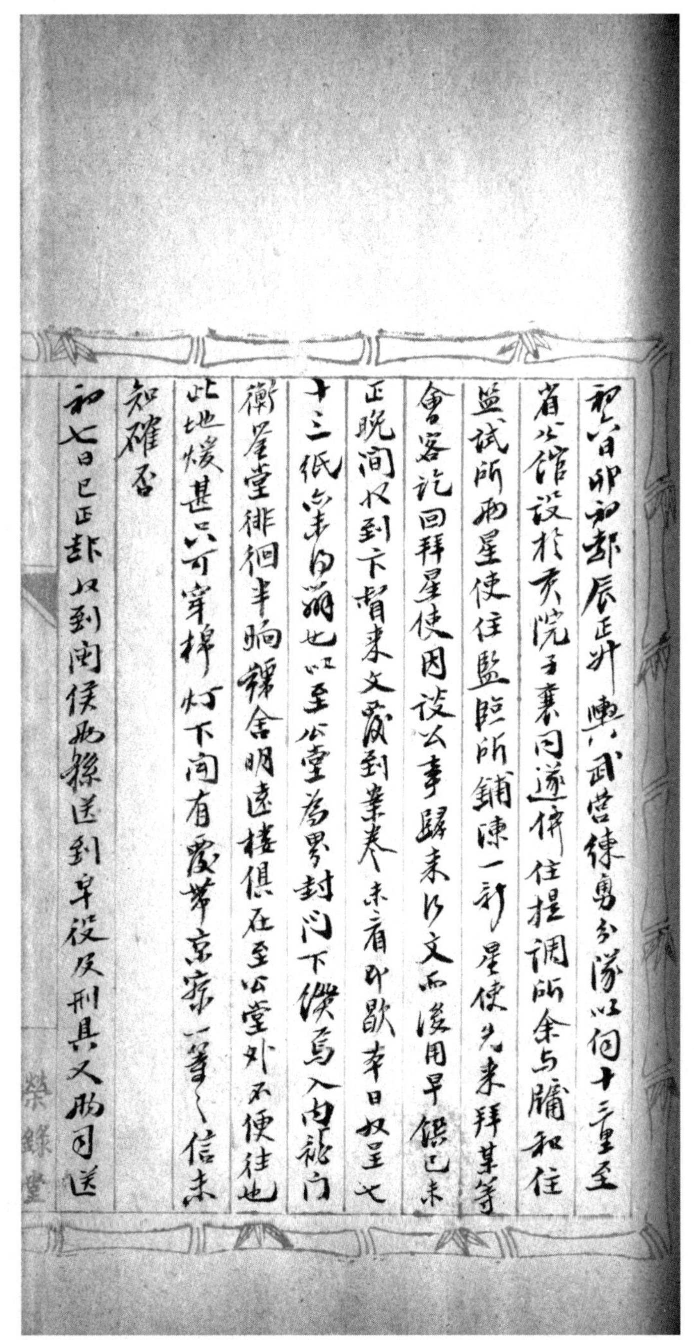

至閩而未啖鮮荔支是大缺事

到業卷午至星使寓欽全卷未閱竟即又呈畫各稿

閱摺次傳夾士包封訖定於來日辰刻拜發

初八日辰初星使拜發到首揖余亦即趨呼侍詔薙髮訖

看卷至申後得梗概午睡飽蚊嘬面大苦此地時值隆

冬而蚊蟲一切無藝也昨夕院內肴花印西施舌有晚香玉殊妙秋

菊其當令者矣海錯廣具今下大蚌肉鮮美非常石首

魚大而肥春橘色紅而小然甘美沁脾髙諫果尤佳

初九日夜雨達旦一日淋漓夕至星使寓談業情久久自

初六日抵省只初六一日晴

初十日竟晴午間聞礮放潮氣未和升堂提案訊至夕

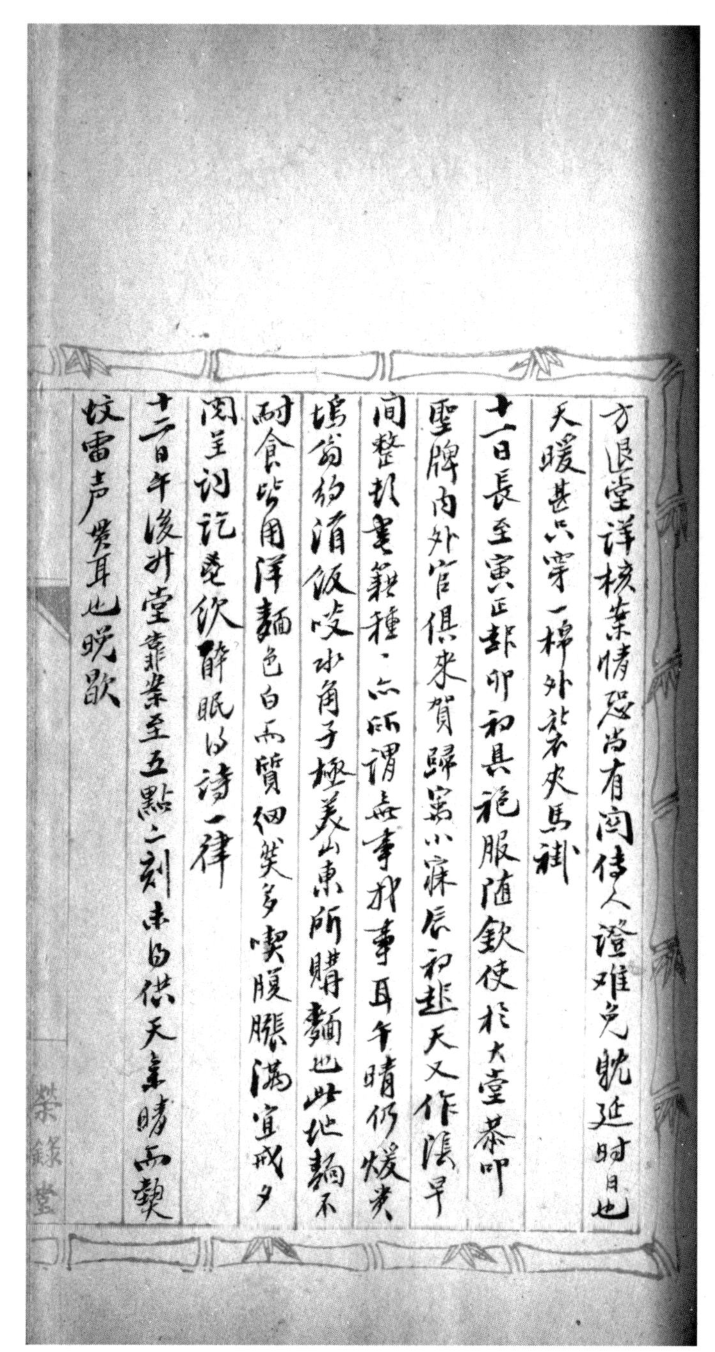

方退堂詳核案情恐尚有闕傳人證難免耽延時日也

天暖甚只穿一棉外褂衣夾馬褂

十一日長至寅正詣卯初具袍服隨欽使於大堂恭叩

聖牌內外官俱來賀歸寓小寐辰初赴天又作張早

間登扎寔難種種亦所謂無事找事耳午晴仍煖炎

塢翁約消飯吱水角子極美山東所購麵也此地麵不

耐食此用洋麵色白而質細笑多喫腹脹滿宜戒夕

閱呈詞記竟飲醉眠以詩一律

十二日午後升堂審案至五點二刻未由供天氣晴而熱

放雷声覺耳也晚歇

紫綠堂

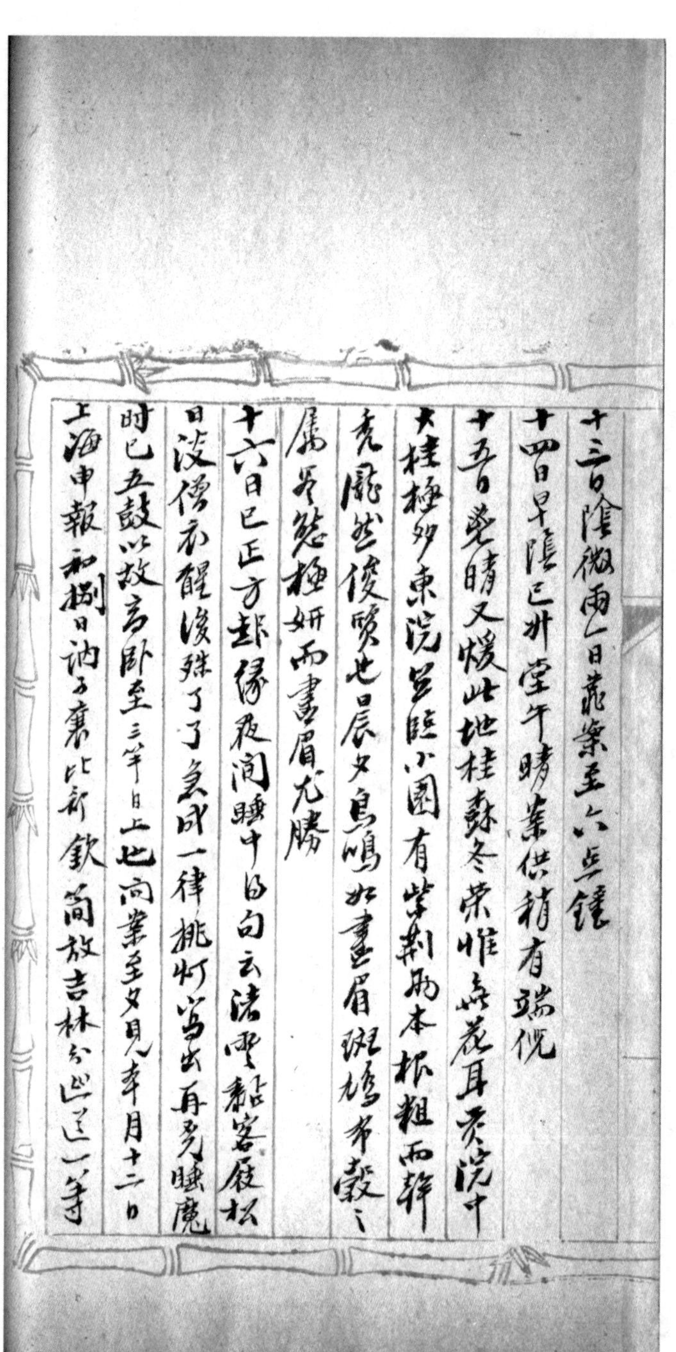

十三日陰微雨〻日龍案至六点鐘
十四日早陰巳卅堂午晴案供稍有端倪
十五日晚晴又煖此地桂蘇冬榮唯無花耳虞浣中
大桂極好東浣居臣小園有紫荊兩本根粗而幹
秃飛然傻頑也晨夕鳥鳴如畫眉斑鳩布穀〻
屬耳聽極妍而畫眉尤勝
十六日巳正方起緣夜間睡中得句云清雲黏客屐松
日淡僧衣醒後殊了了急成一律挑灯寫出再覓睡魔
时已五鼓以故高臥至三竿日上也向案至夕見本年月十二日
上海申報和捌日訥子賽比新欽簡放吉林分巡道一等

大江已南皆如是不必閑也

又出一缺不知能望僥倖否爲爲耿耿不悦者缺有

十七日晴燠似仲春時節雨後新華滿院生趣盎然此真不可解北方正在苦寒而相去六千餘里景象迥異至大相臣庭余赴居飲令令肴肴慎云夜微雨有声失寐頗苦

十八日濛濛竟夕午後升堂向案申正始退堂濯足快甚

十九日夜雨五更大風晚赴驟冷似九秋時天氣晴霽矣易棉而裘尚不甚煖此亦難以調攝也

二十日晴冷靠案至亥正無可追詰彼若罔聞也殊

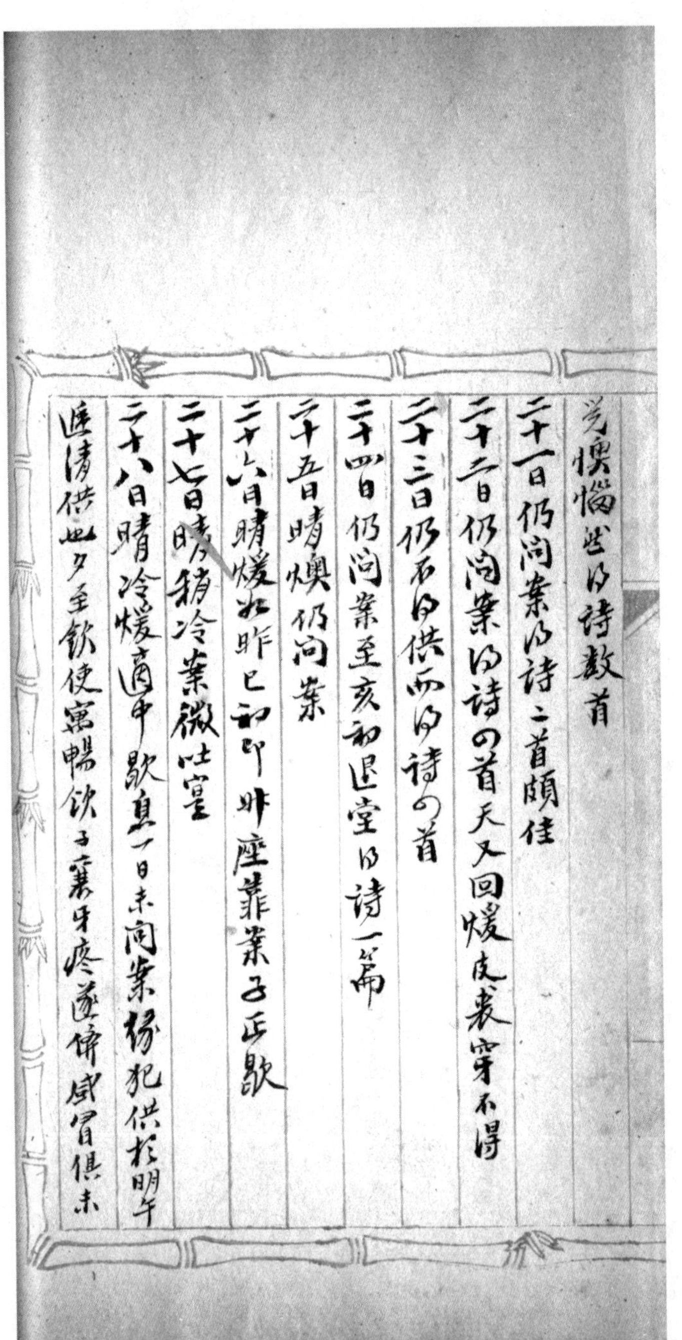
苦懊惱無以詩數首
二十一日仍閱案以詩二首頗佳
二十二日仍閱案以詩四首天又回煖皮裘穿不得
二十三日仍不以供而以詩四首
二十四日仍閱案至亥初退堂以詩一篇
二十五日晴煖仍閱案
二十六日晴煖如昨巳初即升座兼案子正歇
二十七日晴稍冷案撤吐宣
二十八日晴冷煖適中歇息一日未閱案緣犯供於明午
進請供出夕至欽使寓暢飲子裏牙疼遂饒感冒俱未

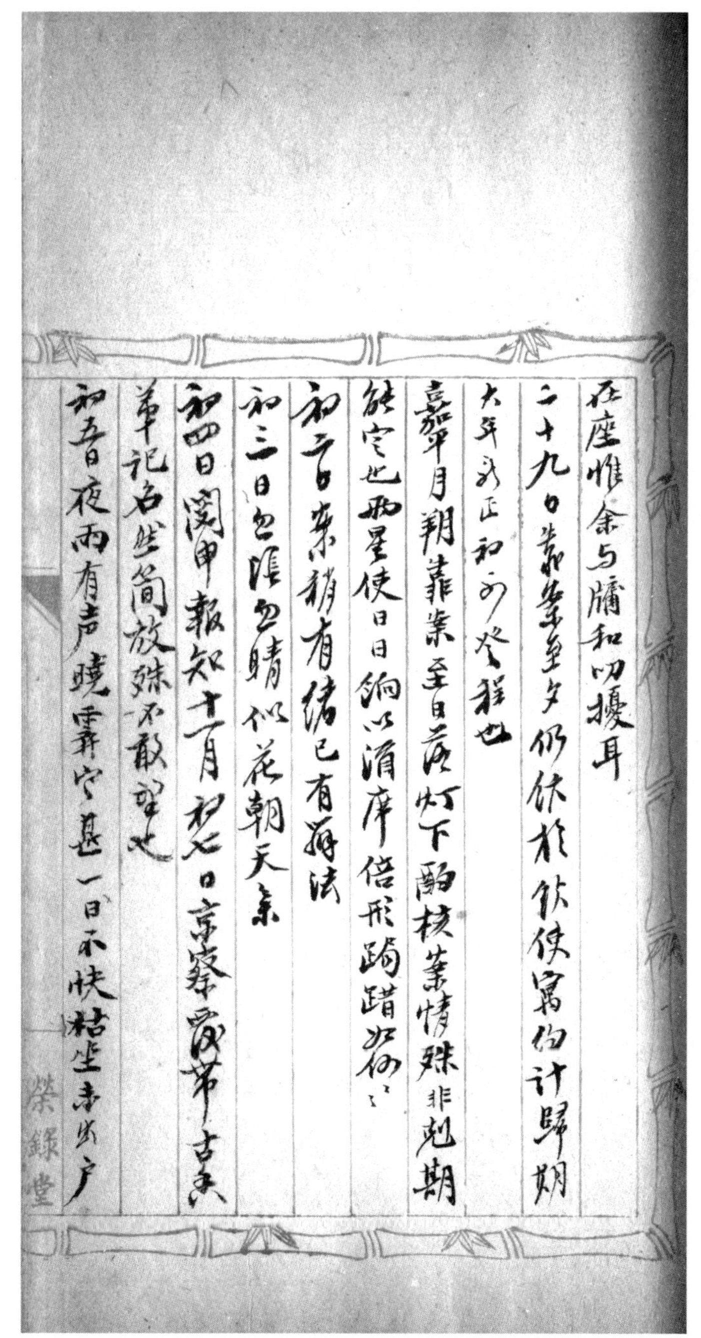

在座惟余与牖和叨擾耳
二十九日蕭條至夕仍依於欽使寓伯計歸期
大率或正初而登程也
嘉平月朔菲葉至日夜灯下酌核葉情殊非剋期
能定也兩星使日日餉以酒席倍形踧踖如何如何
初二日案稍有緒已有籌法
初三日乍陰乍晴似花朝天氣
初四日閱申報知十月初七日京察發第吉矣
第記名些簡放殊不敢望也
初五日夜雨有声曉霽寒甚一日不快枯坐未出戶

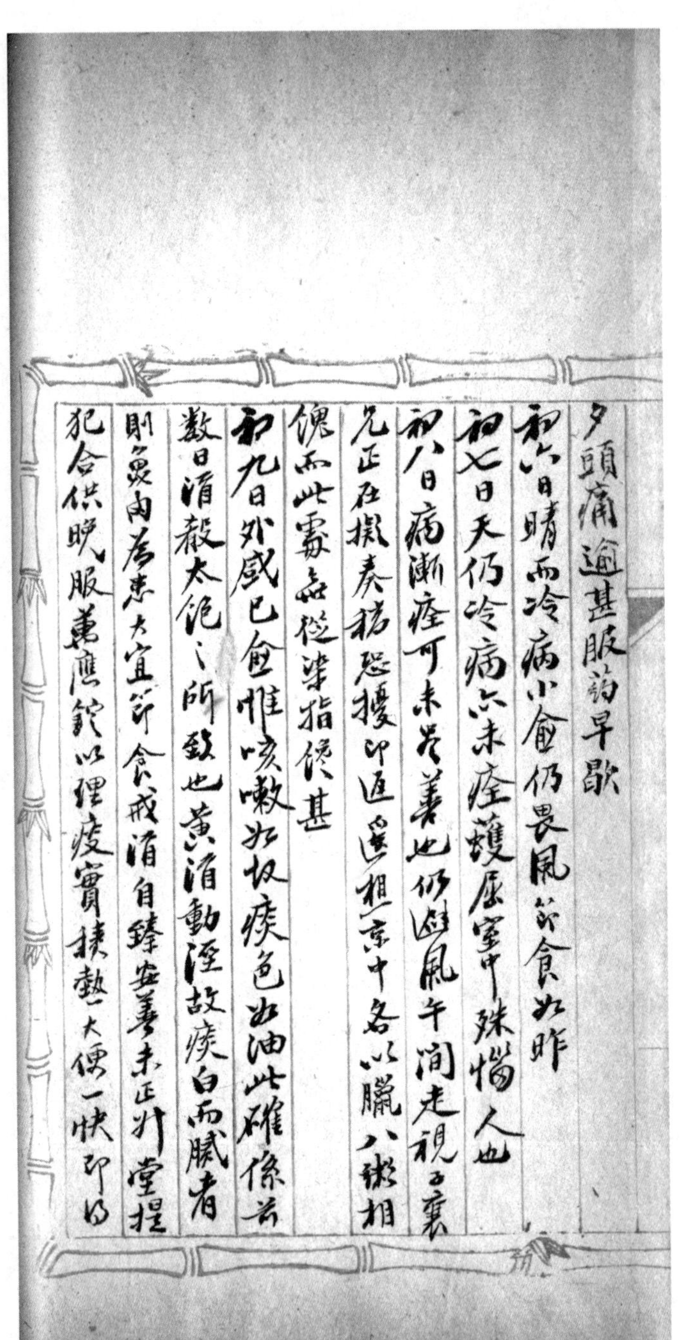

夕頭痛逾甚服藥早歇

初六日晴而冷病小愈仍畏風節食如昨

初七日天仍冷病亦未痊護居室中殊惱人也

初八日病漸痊可未甚善也仍避風午間走視五襄

兄正在擬奏稿懇援即匠照祖宗中各以臘八號相

愧而此霧無從準指繞甚

初九日外感已愈惟咳嗽如故痰色如油此確係芸

數日消殺太絕〻所致也黃消動涇故痰白而膩者

則急肉為患大宜節食戒消自臻安善未正升堂提

犯合供晚服藥應飲以理痰實積熱大便一快即以

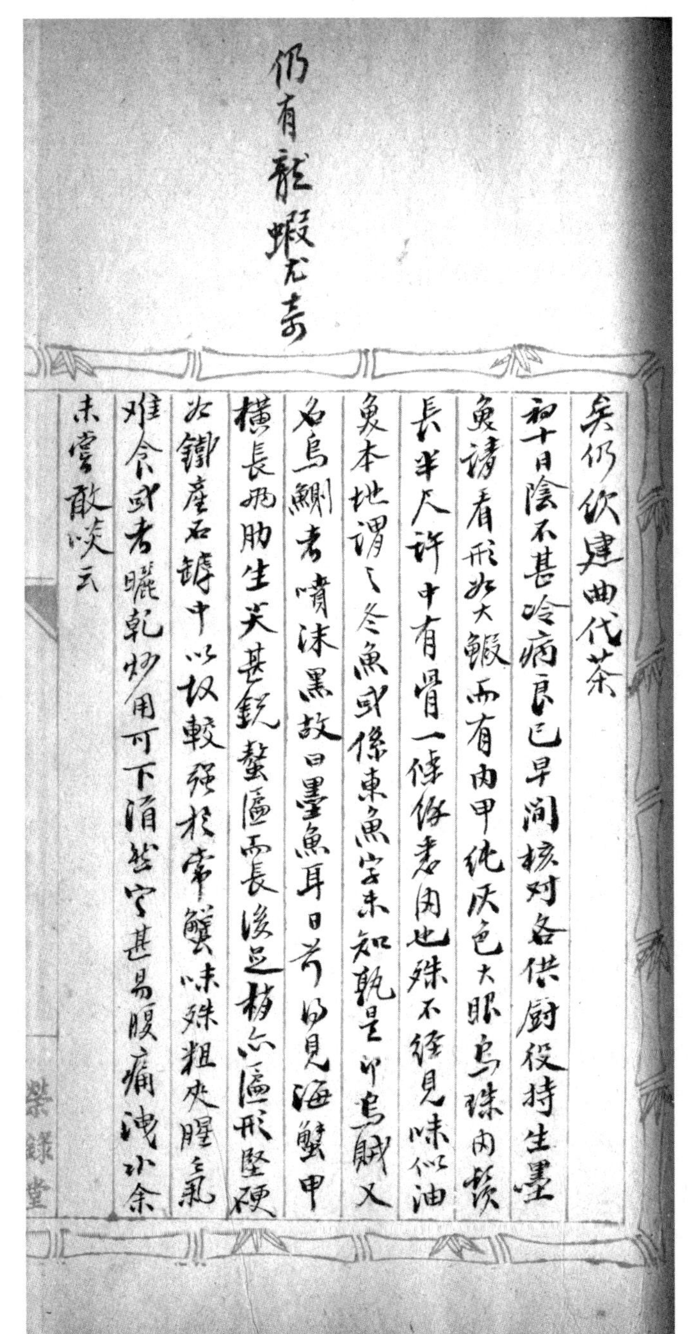

仍有龍蝦尤奇

矣仍飲建曲代茶

初十日陰不甚冷病良已早間核对各供廚役持生墨魚請看形如大蝦而有肉甲純灰色大眼烏珠肉鬚長半尺許中有骨一條係者肉也殊不經見味似油魚本地謂之冬魚或係東魚字未知孰是即烏賊又名烏鰂者噴沫黑故曰墨魚耳日前所見海蟹甲橫長兩肋生芒甚銳螯扁而長後足杪亦扁形堅硬次録產石罅中以故較強於常蟹味殊粗夾腥氣难食或者曬乾炒用可下酒然寔甚易腹痛泄亦余未嘗敢啖云

十一日濃陰有雪亘欲雜髮以冷止早起無所事事閱
遂坐日記中有詩四律云筍輿扶出鳳山門狹上蘭橈夢
正溫入海難回波浩渺看山無奈日黃昏林頭自合封詩句
襟上偏教潑酒痕悵望風濤三萬頃空江何處浴文鴛本
來過眼總雲烟莫結三生未了緣翁隊游魚驚水面一聲
孤雁在天邊涼生珠箔風侵袖夢破銀箏月繞船潮去
潮來渾不覺沙洲潤殺白鷗眠不羨疎狂杜牧之微闊
鸝語趁孤影江流有暈韡輕綃雲出無心絮亂披祇許
丹楓添醉態枉教紅豆種相思重蘆蕩星留無處老大
頭顱猶昔似一江流水碧無情雙峙衛閘鏡面平微雨峰

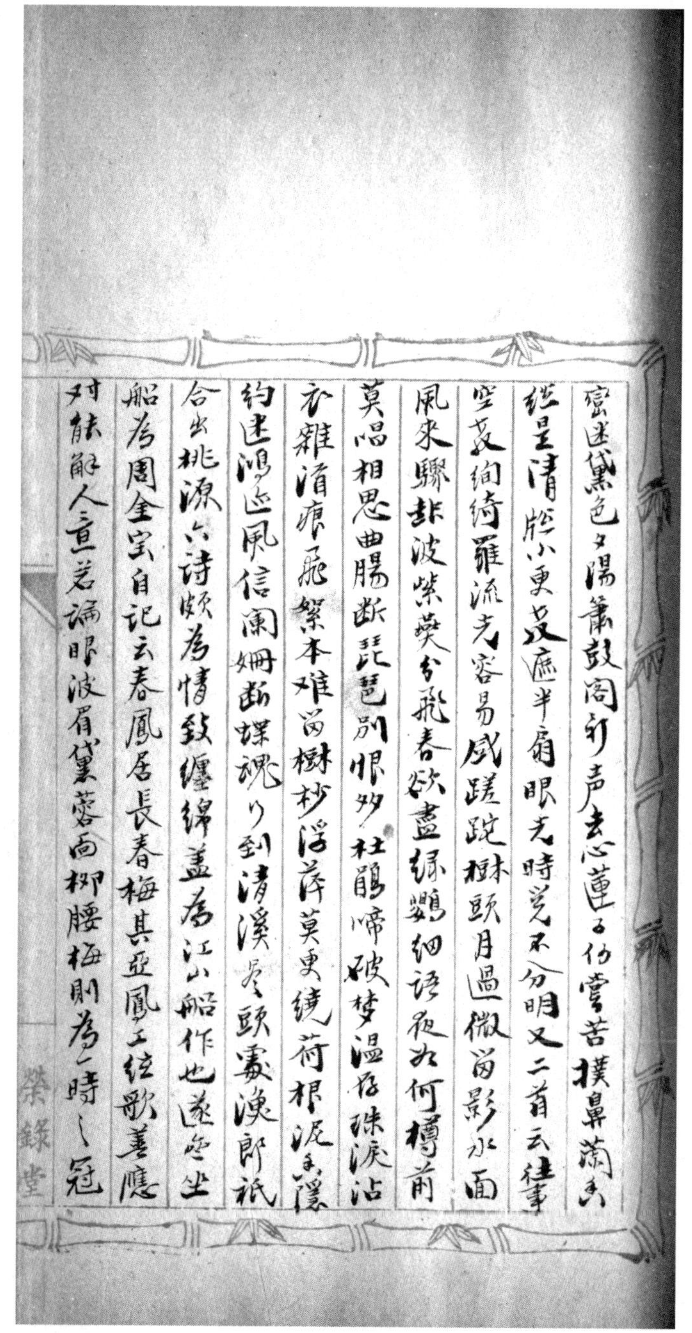

窗迷黛色夕陽簾鼓闌干声去心蓮子仍嘗苦撲鼻濃香總是情於小更衣遮半肩眼光時覺不分明又二首云往事空裘絢綺羅流光容易感蹉跎樹頭月過微留影水面風來驟悲波紫燕分飛春欲盡綠鸚細語夜如何樽前莫唱相思曲腸斷琵琶別恨多杜鵑啼破夢溫存珠淚沾衣雜消痕飛絮本難留樹杪浮萍莫更繞荷根泥手隱約迷鴻雁風信闌珊斷蝶魂魂到清溪渡頭處喚郎祇合出桃源六詩頗為情致纏綿蓋為江山船作也遂坐船為周金寶自記云春鳳居長春梅其亞鳳工絃歌善應對能解人意若論眼波眉黛蓉面柳腰梅則為一時之冠

榮綠堂

仙骨珊珊不知幾生修到也又云予褰舟名許四美其姊妹少
曰金詩寶曰愛珠曰愛珍閨詩寶久負盛名年二十許矣面
龐長瘦玉骨冰肌允足為群芳領袖珠則年方破瓜面若
銀盆眼橫秋水雖酬應不甚介意而嬌羞譸旋另有一種
飛鳥依人之態相對忘言不覺傾倒則珍媚曼秀絕翩
若驚鴻放浪不羈情深似海是以風度勝者又云牖和舟
為何順蓉舟人之婦名翠玉者年約三十許花顏秀整風
致嫣然笑靨春痕不啻十七八女郎拇戰藏鉤靡不精妙尤
工彈唱每歌一曲能動人十日思其妹愛卿眉嘗柳葉口絳
櫻桃颯爽英姿一洗脂粉俗態識者謂其風標清逸必不

至久困風塵如觀此數則可以知三君子之艷福亦惟三君子有以消受耳余船名林阿茂有女三人皆窈者長檀奴、秋孃矣豐肥而肌黑且微麻夾瘢設壯俗厭令人噴飯次芸香身段亦媑重潤面色較白嫩口亦小眉眼亦楚楚有致然余殊不喜則以半係矯揉做造無自然之美也其稱者白翠環花面丫頭年十三口眼歪斜宜先以再遣丸醫好風疾始可談風月非苛論乃紀實云亦緣老夫髦矣無能為已是以未免辜負良宵前者[illegible]因余自淸河間雁有閨夢斷家愁之句賦詩曰此柬苦賦悼亡詩那復鉛華感別離知是雲英新聘後不曾相見也相

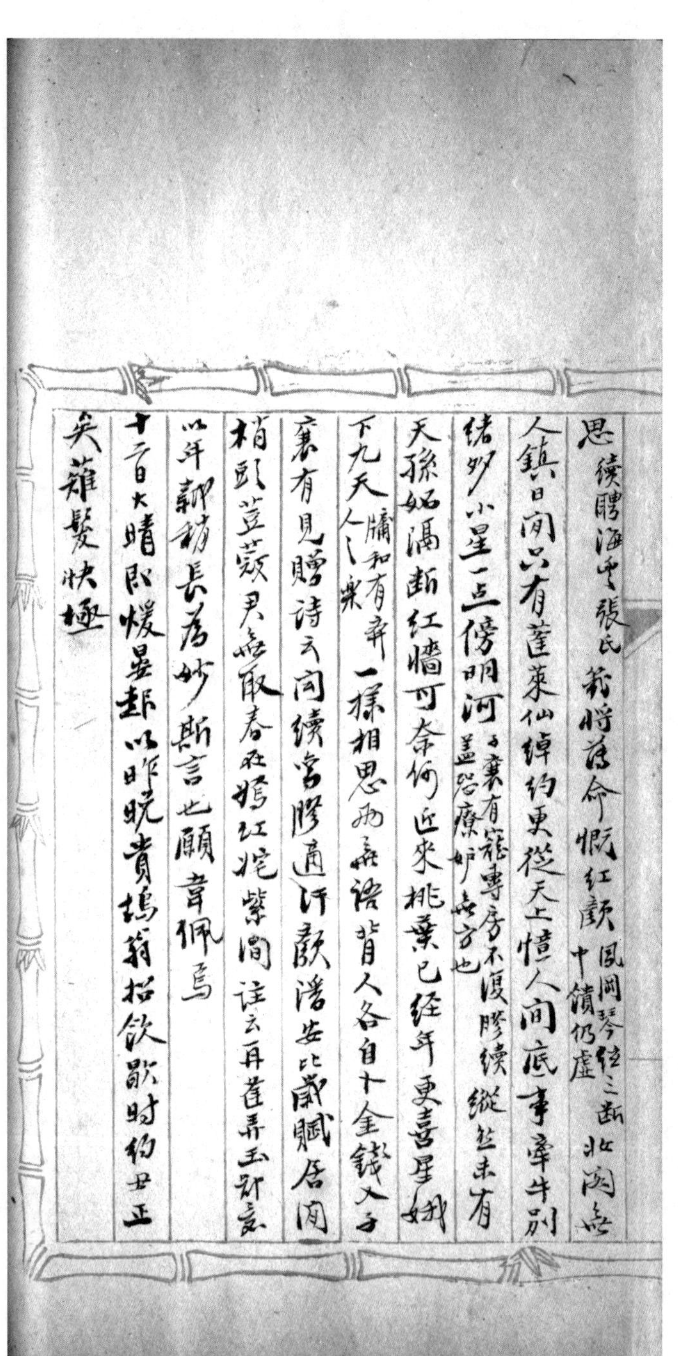

思續聘海雪張氏莭將薄命慨紅顏鳳岡琴絃之斷北閬無中饋仍虛
人鎮日間只有蓬萊仙婥約更從天上憶人間底事牽牛別
緒紗小星一點傍明河子裏有寵專房不復膠續縱然未有
天孫媲偶斷紅牆可奈何近來桃葉已經年更喜星娥
下九天人之樂牖和有辭一樣相思兩無語背人各自十金錢入子
裏有見贈詩云同續鸞膠通汗顏謂妾比歲賦居閨
梢頭荳蔻君無取春在嫣紅姹紫間註云再蓬弄玉新哀
以年鄰枋長為妙斯言也願韋佩焉
十二日大晴臥煖曷起以昨晚貴埸翁招飲歌時約廿正
矣雜髮狀極

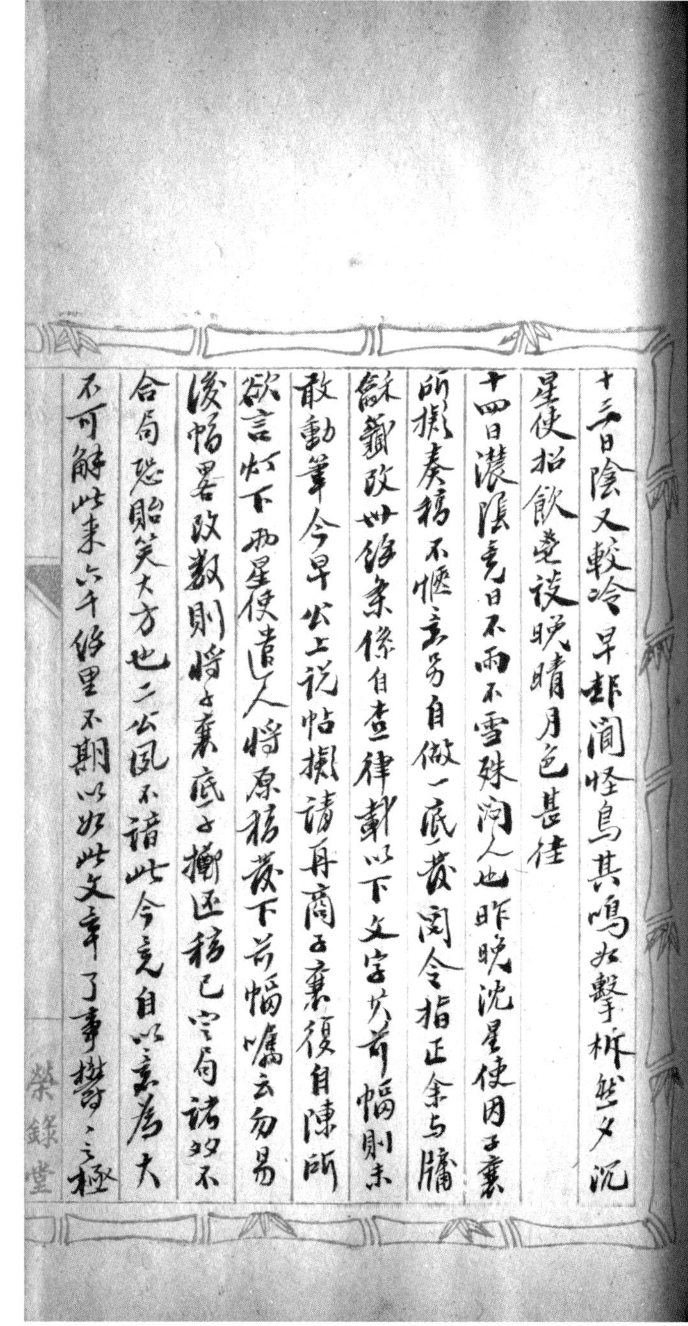

十三日陰又較冷　早起聞怪鳥其鳴如擊柝然夕沉星使招飲悉談晚晴月色甚佳

十四日濃陰竟日不雨不雪殊悶人也昨晚沈星使因子襄所擬奏稿不愜意另自做一底發閱令指正余與膺龢籲改卌餘條係自查律載以下文字竟前幅則未敢動筆今早以上説帖擬請再商子襄復自陳所欲言灯下兩星使遣人將原稿發下前幅嫿云勿易後幅畧改數則將子襄底子擲還稿已定句語多不合句總貽笑大方也二公固不諳此今竟自以意為大不可解此來六千餘里不期以此文章了事鬱鬱之極

榮錄堂

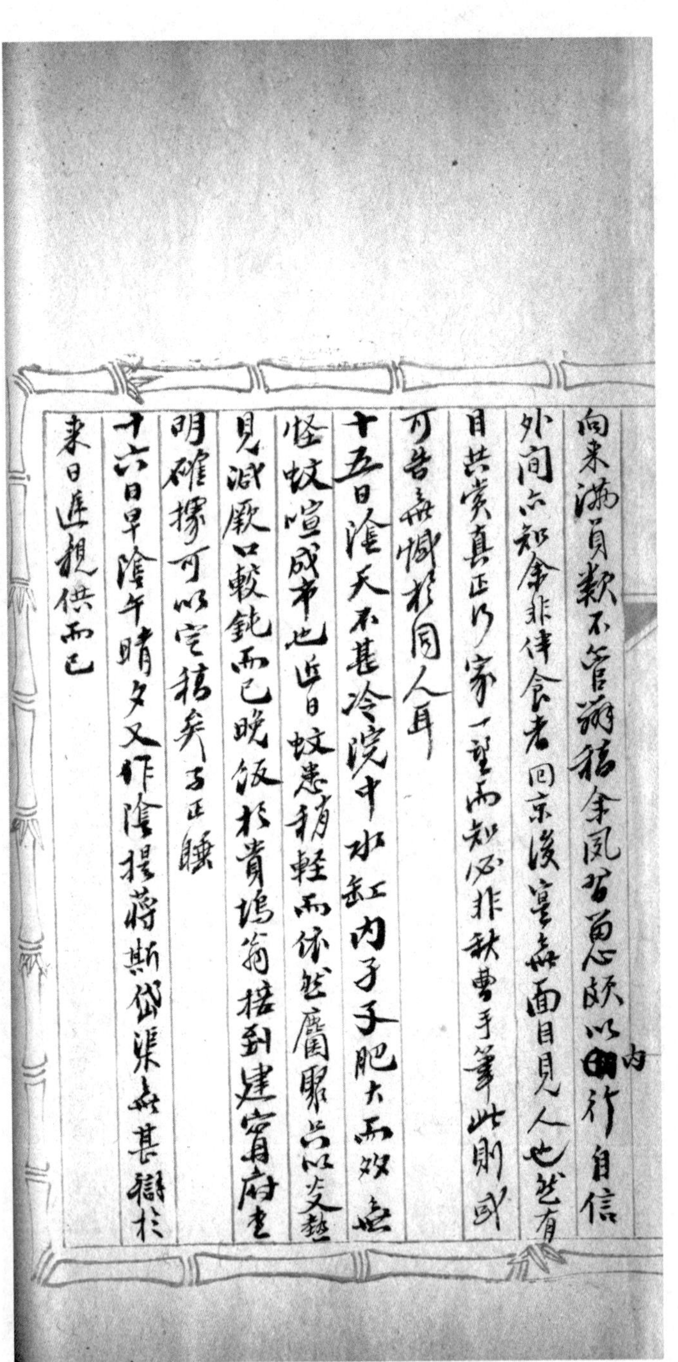

向來滿員歎不管蕭稿余夙習簡慝以內行自信
外間亦知余非倖食者回京後實無面目見人也然有
目共賞真正巧家一望而知必非秋曹手筆此則或
可告無愧於同人耳
十五日陰天不甚冷院中水缸內孑孑肥大而蚊無
怪蚊喧成市也近日蚊患稍輕而依然麕聚出以交熱
見減厥口較鈍而已晚飯於貴鴻翁接到建寧府書
明確據可以定稿矣子正睡
十六日早陰午晴夕又作陰提蔣斯岱渠無甚謝於
來日進覲供而已

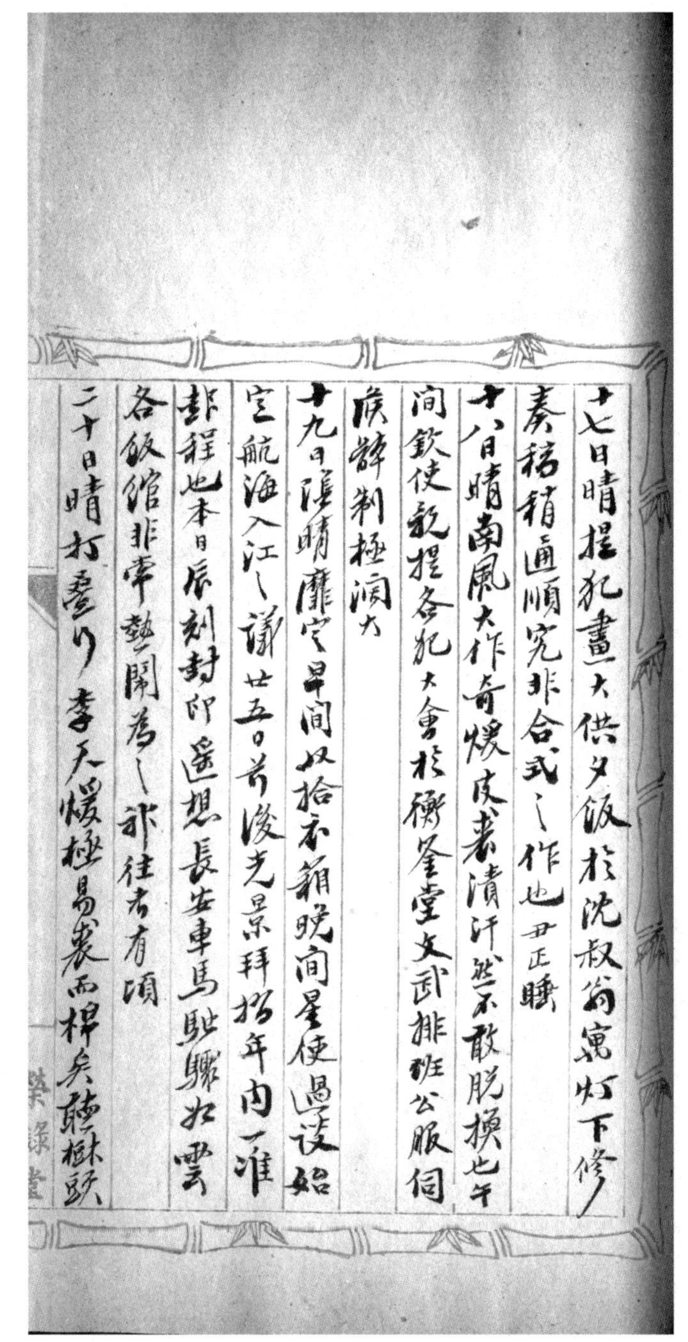
十七日晴捏犯畫供夕飯於沈叔笱寓灯下修
奏稿稍通順究非合式之作也丑正睡
十八日晴南風大作奇燠皮裘漬汗然不敢脱換也午
間欽使親提各犯大會於衡鑒堂文武排班公服伺
候辭判極潤大
十九日陰晴靡定早間收拾衣箱晚間星使過談始
定航海入江之議廿五日前後光景拜摺年内一准
啟程也本日辰刻封印遥想長安車馬馳驟如雲
各衙館非常熱鬧為之神往者有頃
二十日晴打疊行李天燠極易裘而袷矣聽樹頭

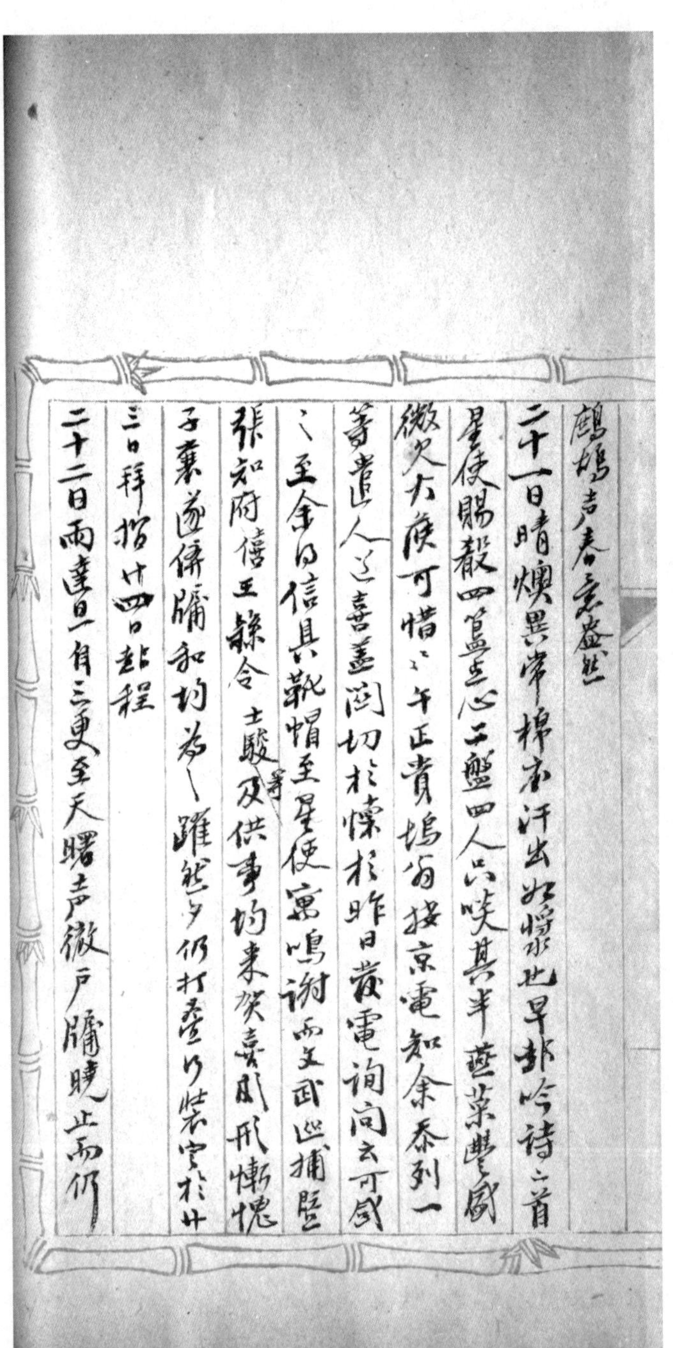

鷓鴣聲〻春意盎然

二十一日晴燠異常棉衣汗出如漿也早排吟詩二首

星使賜殽四簋點心二盤四人只喫其半蔬菜豐盛

微失大庚可惜〻〻午正貴鴣甸接京電知余忝列一

等貴選人之喜甚闔切於懷於昨日發電詢問云可感

〻〻至余自信具靴帽至星使寓鳴謝兩文武巡捕暨

張知府僖王縣令士駿等及供事均來賀喜戚形慚愧

子襄遂儀儷和均為〻羅然夕仍打疊行裝定於廿

三日拜摺廿四日起程

二十二日雨達旦自三更至天曙聲徹戶牖曉止而仍

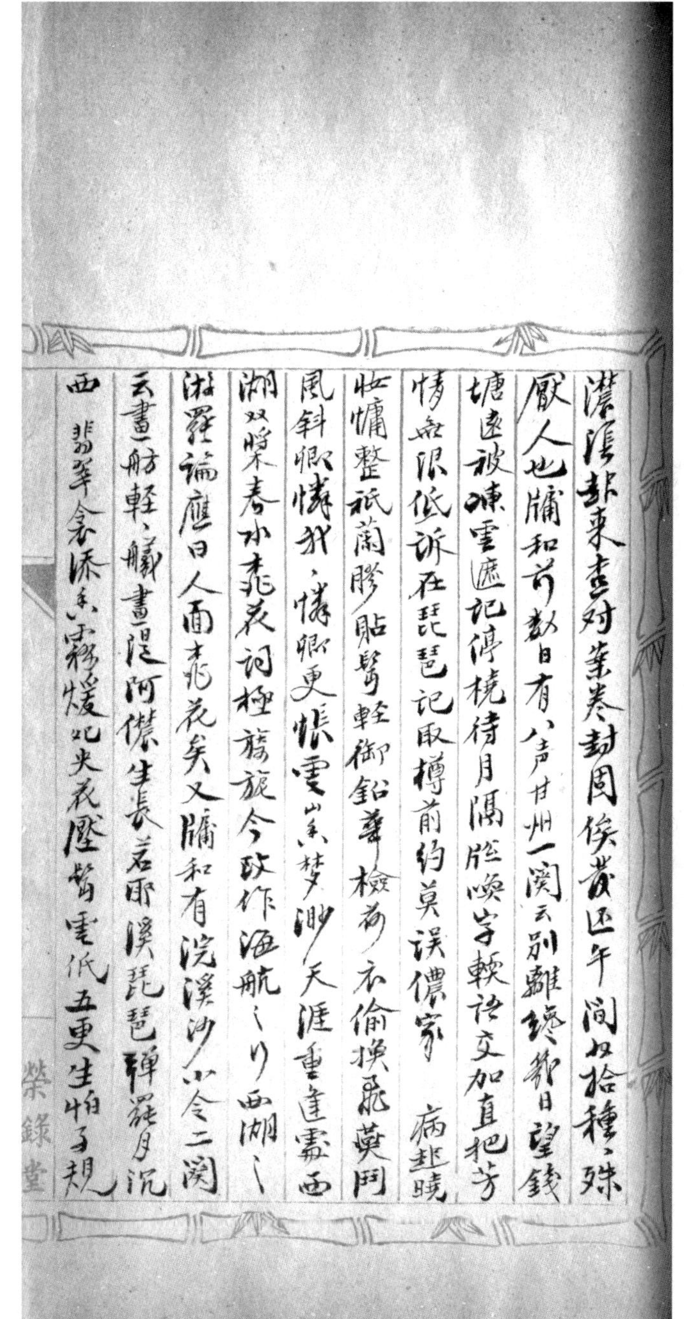
瀟湘歸來書對葉卷封周侯發匹午間以拾種〻殊
厭人也臞和前數日有八聲甘州一闋云別離總郡日望錢
塘遠被凍雲遮記停橈待月隔腔喚字較語交加直把芳
情無限低訴在琵琶記取樽前約莫誤儂家　病起曉
妝慵整祇蘭膠貼鬢輕御鉛華檢萬衣偷換飛燕同
風斜卿憐我〻憐卿更悵雲山夢渺天涯重逢霧西
湖雙槳春水桃花詞極旖旎今改作海航〻到西湖〻
湘羅論應曰人面桃花矣又臞和有浣溪沙小令二闋
云畫舫輕〻蘸畫堤阿儂生長若耶溪琵琶彈罷月沉
西　翡翠衾添〻寐娘炊火衣壓皆雲低五更生怕子規
榮錄堂

嗁　無計留春也自知遠涼桃葉渡江時秋風吹斷海棠
絲　試把哀弦歌一曲聲聲併作淚珠兒而今却自不相思
誒數詞以見女人纏綿之態亦佳話也
二十三日辰刻星使拜摺即出門拜客余四人候堂回來
初始出門一日未拜竣幸會者俱去餘只好明早遣人持
帖往謝耳夕至吉雲舫處便飯亥正始歸寓街頭祀
皂鞭炮如織鋪戶年貨雲集絢爛輝煌夜報書謝賜
帖若干禮物概不收也丑初濯足知況叔翁電放閩學
二十四日辰初赴至叔翁寓叩喜已而叔翁來寓送行午發
行李申初起身先星使一步酉初至南台登舟係官船極

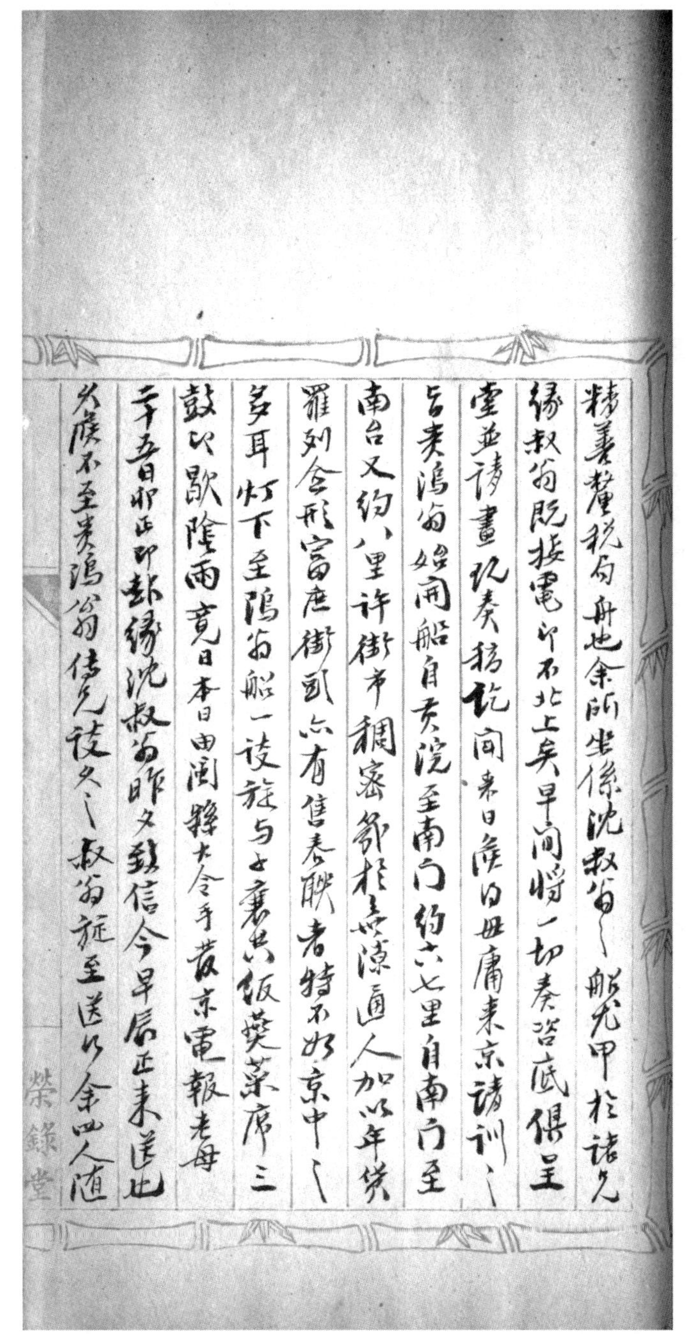

精美鑾絶尚舟也余所坐係沈叔翁之船尤甲於諸久
緣叔翁既接電即不北上矣早間將一切奏咨底稿呈
臺並請畫改奏稿說同來日後由毋庸來京請訓之
與秀鴻翁始同船自貢院至南門約六七里自南門至
南台又約八里許街市稠密鄰接無隙適人加以年貨
羅列令形富庶街頭亦有售春聯者特不如京中之
多耳燈下至鴻翁船一談旋與二女襄共飯樊菜席三
鼓即歇陰雨竟日本日由閩縣大令手發京電報老母
二十五日卯正即赴緣沈叔翁昨夕致信令早晨正來送也
少候不至秀鴻翁傳見談久之叔翁旋至送行余四人隨

榮錄堂

陳

鴻翁回送登輿去，歸船即開，少時方已正，五十里至馬

尾。午正一刻偕耳目兩登岸，遍游船廠，歷詢機器

武營排隊迎迓。余四人隨鴻翁升輿往不懷　欽差二字

旋即登探航官輪船，船身約卅丈，寬三丈許，梯而上

鴻翁住中艙，余四人同住一小後艙，雖小亦各一屋，且中

作客廳，甚雅潔。午下制軍送燒炸一席，四人共啖大飽

船之管駕官周姓永庚是東洋老手，供事所坐船名伏波（又有幫帶官鄭紹芳）

亦官輪，稍小於探航，亦堅利。定於明日酉初二刻少

廿六日卯初二刻䣊碇，天氣晴和，七十里至五虎門，出此即海

五峯環連作一排，中峯白色，此在省城之南，據云蒲台

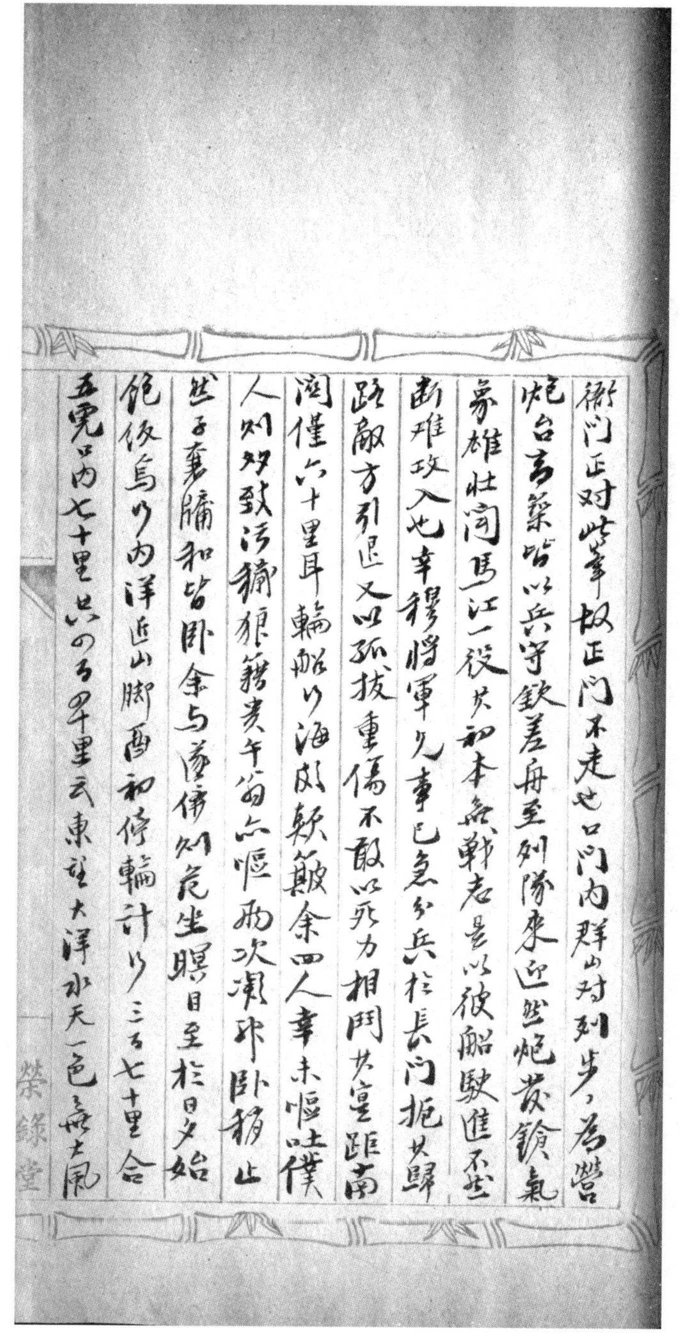

衛門正对峙筆故正門不走也口門内群山对列步步爲營炮台高築皆以兵守欽差舟至列隊來迎然炮声鐘氣象雄壯閩馬江一役其初本無戰志是以彼船駛進不然斷難攻入也幸穆將軍久事已急分兵於長門扼其歸路敵方引退又以孤拔重傷不敢以死力相鬥其寔距南閩僅六十里耳輪船以海成欸簸余四人幸未嘔吐僕人則多致污穢狼籍黄午翁亦嘔兩次濁那臥稍止然子襄脯和皆臥余与蔘僕則危坐瞑目至於日夕始絕後烏以内洋近山脚酉和停輪計行三百七十里合五兜口内七十里共四百四十里云東望大洋水天一色無大風

榮綠堂

在海舟最不宜臥
性宜坐睡或靠
壁而睡若一臥便
不能起矣

波瀾已壯甚於此行距山者在一二十里外防暗礁也凡有
礁處水至此浪湧白花此不必風搖五更正對台灣計八
百餘里為南海之東首
廿七日大霧飲絕始行已正二刻矣霧稍散稍可辨山後
行百九十里酉初即停輪晚復雨大作兩日停船仍在海
中篤係山島稍可避風雨距山脚皆在數里外也本
日偃臥於牀未敢起立因頭暈眼眩殊甚故幸能絕
穀氣較强又極力節飲尚不致十分難過耳昨停輪
處係浙閩交界地屬溫州今仍未出溫州境
二十八日早霧至辰初始散行至午後風雨大作卻

舢板

正下椗因風力猛僅行二百八十里向前少矣夜風打
排聲如萬馬奔騰歇在台州山島
二十九晴西風仍未止卯正開船子正一刻下椗於二灯樓
上海境也計程五百六十里明午可抵上海丑初睡
卅日卯正行一百六十里至上海口内停輪时方巳正二刻
子襄遂偕謄和俱乘杉板登岸余因海風頭眩又
且感痛於心連日不樂興致索然未下大船未正时
独坐益復無聊至鴻翁處暢談久之遥想京中年
景正佳老母知余在海航定罣念尤至錢江當達寓
電以慰慈懷晚與鴻翁同訪上海縣儀席梅佳不

芝沅醉驛來呈詩二首登岸三更亥正回舟余已至
星使處辭歲至亥又與三更至拜家僕亦拜年吃
暢飲至丑初五方眠兩岸鞭炮聲喧一片矣
辛卯元旦卯初起登鳩首卯至天后神座前拈香船上放
鞭炮焚香紙鳩首順路卯至全四人家拜年余同人旋往
天后前行禮畢又拜鳩首已而拜貳委員為巡捕江華船
雜船諸人從踪來小進小角子而各承手及至宦供來
拜節巳初小睡午初飯罷往寨三元卯後登岸去至日鳩首
送戲余以有服辭卻至寨三元非為戲往閱係散夜
劇中有所以清亮處也申初鳩首過訪談片刻酉正

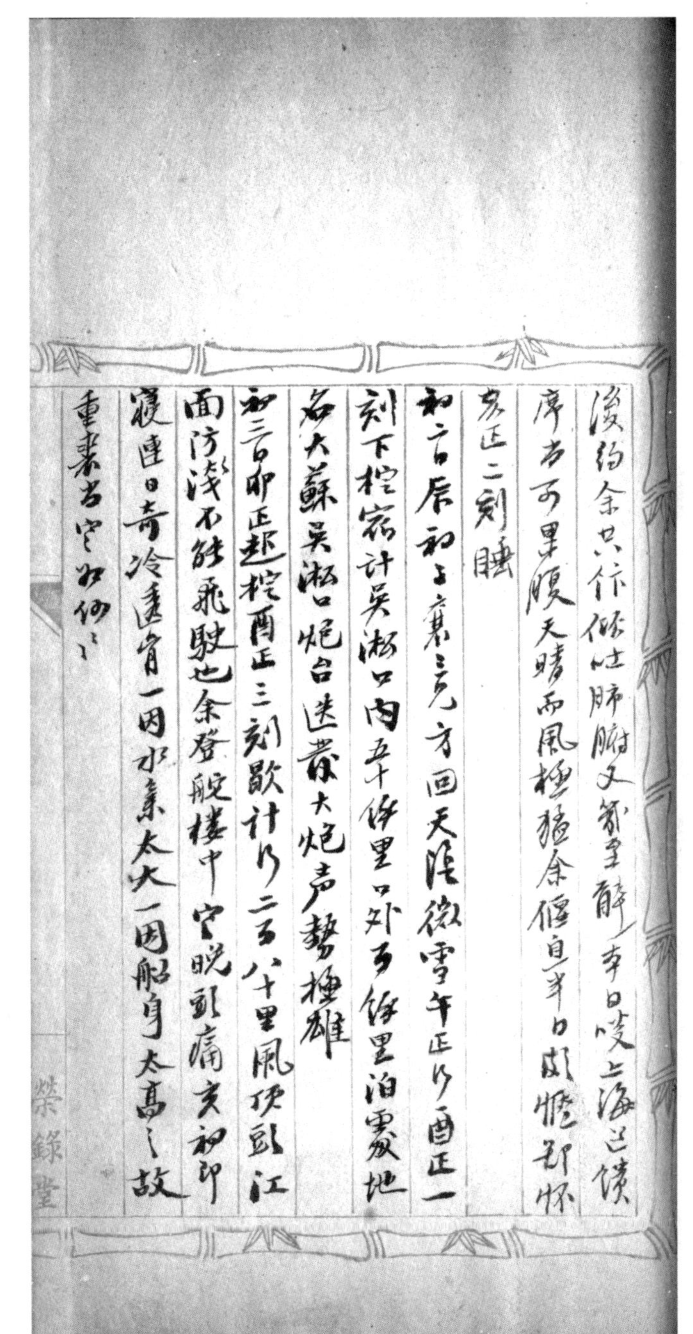

彼處售皮衣者皆係北方人故從北俗亦本地衣店開市故不俟初六也君所往想係轅門橋其處衣書店皆余所終歲婆婆處也

初四日卯正行辰正已至丹徒（六十里）余一夜大汗病已脫離却望金焦山色含春矣巳正換船於瓜洲口外午正渡江進口兩岸住戶各帖新符天時較煖三鼓泊揚州余在海船受風右乳刺痛夜初即睡

初五日辰初即起緣李菊生肇文同訂約便飯又决先入城買書購皮衣及早飯備轎夫欲爲踏向城中人烟輻輳第街道窄與閶門埒皮衣店以初六開市方出售同岩幸至書坊覓得全唐詩錄廿四本又爲黄鶴舫代買全唐詩鈔亦廿四本善强人意午刻歸船飲畢本擬同游平山堂因胸乳痛甚且同伴之

鴻爪餘痕更復
何從尋覓然即
閣下借我之全唐
詩鈔其初六星吹
間所收今則又張
得西部亦奇事也

君者將君辭於青樓自慚老態髯而返舟旋與鳩
省議定不候小輪船拖帶來辰即兩船之夫刻賺
明辰可忽重翁矣是夕飯于鳩翁舟
初六日辰正後方起胸氣痛減昨夕貼蔑膏鉄油膏其
效甚神也然痰中帶紅仍宜加意調攝午和鳩翁又
約飯鄰以黃酒勸自知活血舒氣酒誠佳品不覺沉醉
而鳩翁亦醺矣彼此扶掖殊可笑歸舟即睡兩時方起
經郡伯棣宿霞筋利計程八十餘里灯下痛和蔗倂均
過微疾可感丶子和歇連日風和日煖春景快人
初七日已和起奉局四柄次高斲供張頗燦不能笑也

榮錄堂

舟人煮白菜加冬笋以進勉强啖飯一盂晚命舟人向水川活鯉大佳燒湆三盂白米飯粥各一碗大快灯下靜坐血腹痛或者鮮魚爲患耶殆非也午間剝福橘二枚不覺俱入口此定無疑急以膏藥封臍用伏姜汁紅糖麵一飲之當病已余素體雖不充然年來調攝則有一定之法所謂王孫善保千金軀者大可自信今日瘀血已無胸乳不過些些稍痛滿意精神如舊乃又有此腹疾可嘆可嘆搜求其故蓋緣海上受寒甚深余復鬱結於中時爲咄咄書空空恨病魚入內耳自前以往須極力排解勿見笑於婦孺爲要本日自

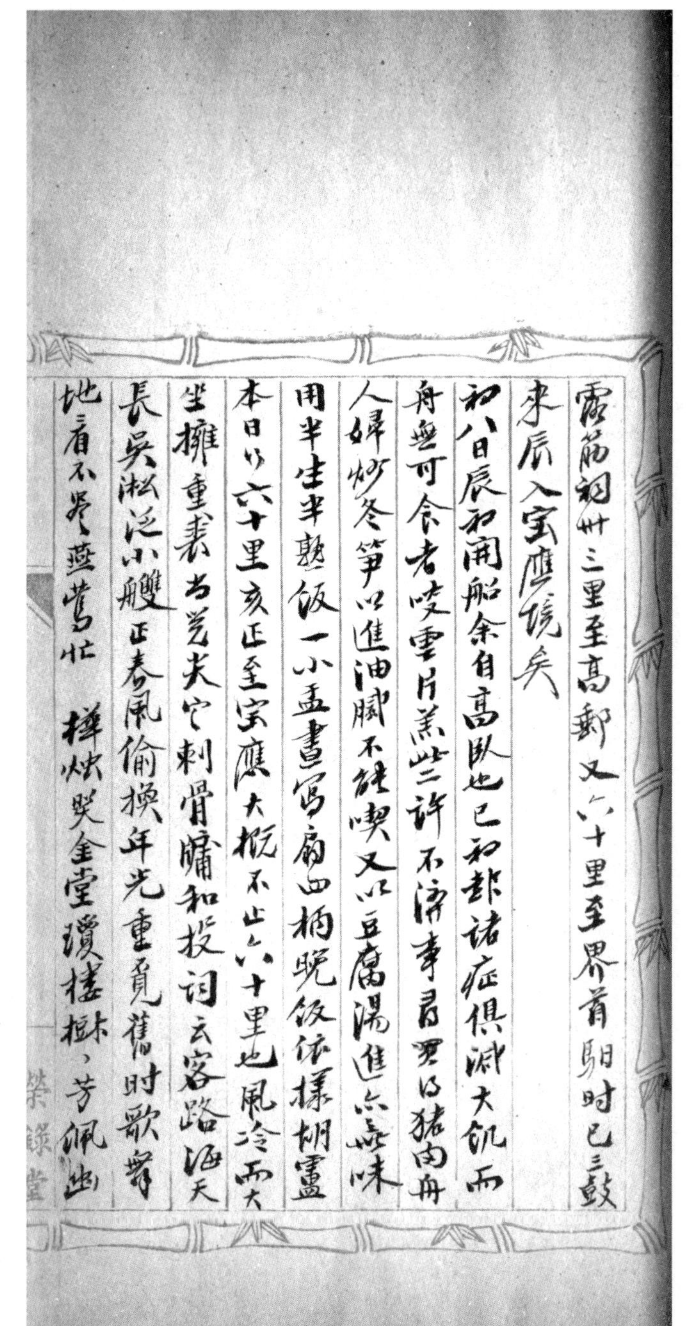

露筋祠卅三里至高郵又六十里至界首驛时已三鼓来辰入寶應境矣

初八日辰初開船余自高臥也已初郵諸症俱減大飢而舟無可食者咬雲片糕些些許不濟事買得猪肉舟人婦炒冬筍以進油膩不能喫又以豆腐湯進亦無味用半生半熟飯一小盂晝寫扇四柄晚飯依樣胡盧本日行六十里亥正至寶應大概不止六十里也風冷而大坐擁重衾者覺尖風刺骨慵和投詞云客路海天長吴淞泛小艘正春風偷換年光重覓舊时歌舞地地看不足燕鶯忙 樺燭照金堂環樓檻檻芳佩幽

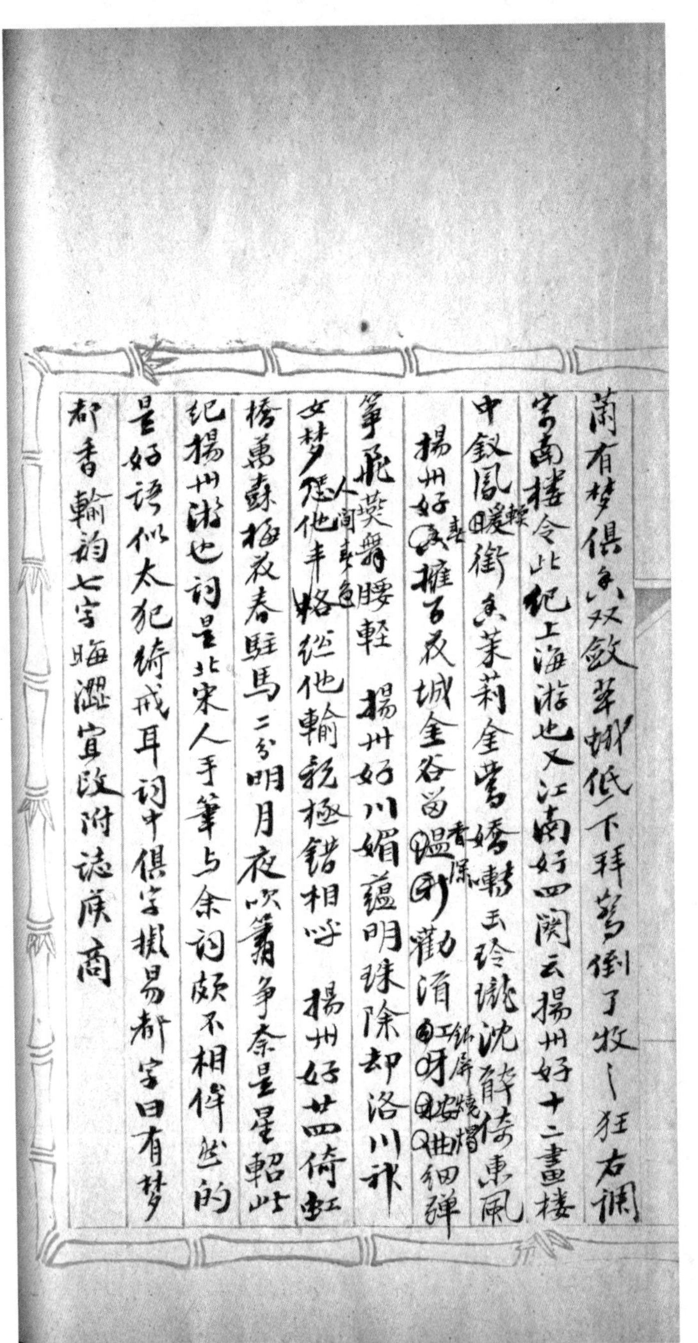

初九日五更睡醒遍想療飢之計不得苦極忽聞船尾雞声喔喔不覺狂喜登時卽去呼僮命舟人速向岸上購豬肉一二斤殺雞煑而獻諸公於是兩餐俱果腹無賴至此可為絕倒書揮素扇三柄兩白詞二闋辰行亥止宿於淮安府灯下薙髮大快明日抵清江浦僅程三十里約不至錯午也本日行八十里

初十日辰刻卽船已行近淮關又十五里抵清江岸頭列陣排鎗以迎約千餘人旂幟鮮明技藝亦嫺淮揚鎮帥是將才也公館在北岸巷內大有天成店頗潔淨名飯於袁鳩翁縣庠燒烤極佳卑己為安因來日 國忌

庚子世兄弟

不便寄　聖安欽使定於十二日啟行本日小駐僅卅
里且係順風午正即收帆天日晴暖大快人意二鼓後若
送刑部供招奏底文書一件酒白行四五里
十一日辰正郡侯轎夫拜客午正回早客四人共吃旋復
收到松濤督所贈燕席未曾食只可送陽甫管家
飽之晚赴淮揚道謝壽之招便飲陳紹絕佳不
若供薛君與署中　王第宾字次山者江西人諸向花
叢丑刻始返即睡午间購得皮衣套褲各一付
十二日卯初郡侯行三十五里夫於邗溝四十里宿重興
集桃源縣境也天晴無風午间暖極四郊麥苗出秀

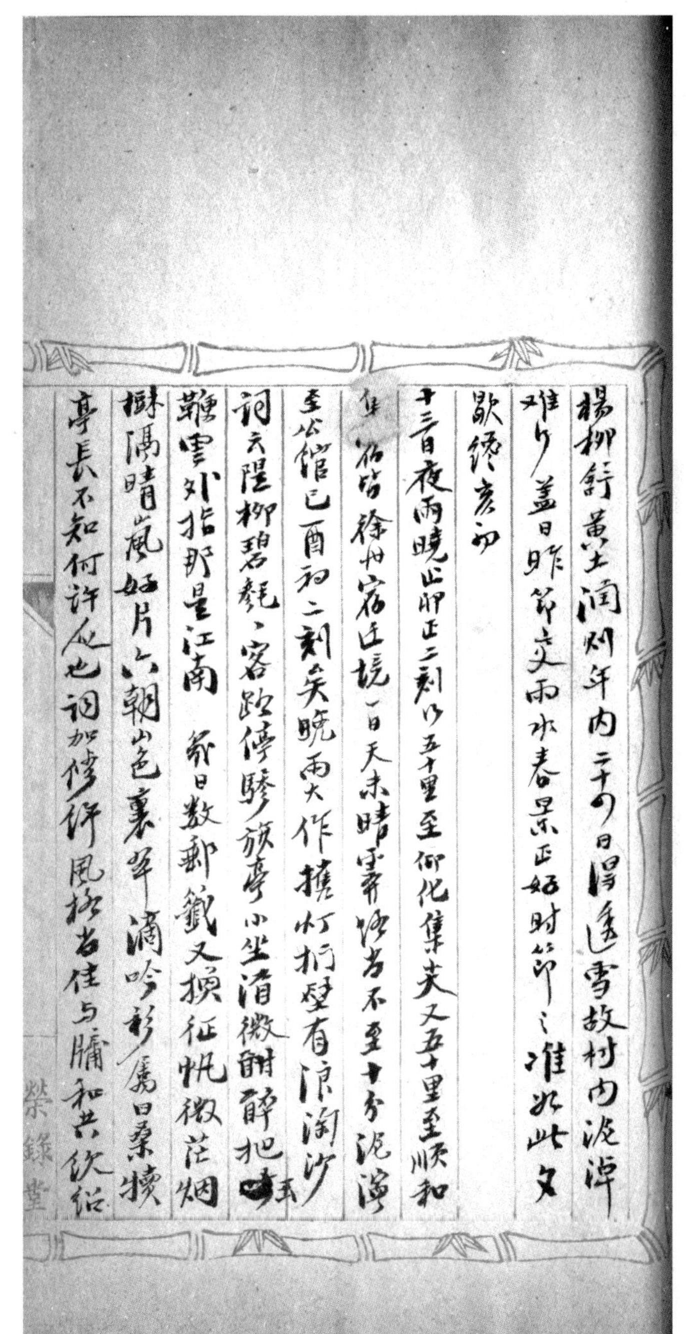

楊柳舒黃土潤刈年內二十四日得逢雪故村內泥濘
難行蓋日昨節交雨水春景正好時節〻准於此又
歇繞處耳
十三日夜雨曉止卯正二刻行五十里至御化集尖又五十里至順和
集宿偕徐丹宿任境一日天未晴雲霧將者不至十分泥濘
至公館已酉初二刻矣晚雨大作挑燈拆壁有浪淘沙
詞云隄柳碧毿〻客路停驂旅亭小坐酒微酣醉把玉
鞭雲外指那是江南　前日數郵籤又換征帆微茫烟
樹隔晴嵐好片六朝山色裏翠滴吟衫屬曰桑橋
亭長不知何許人也詞加修飾風格者佳与膾和共飲紹

紫綠堂

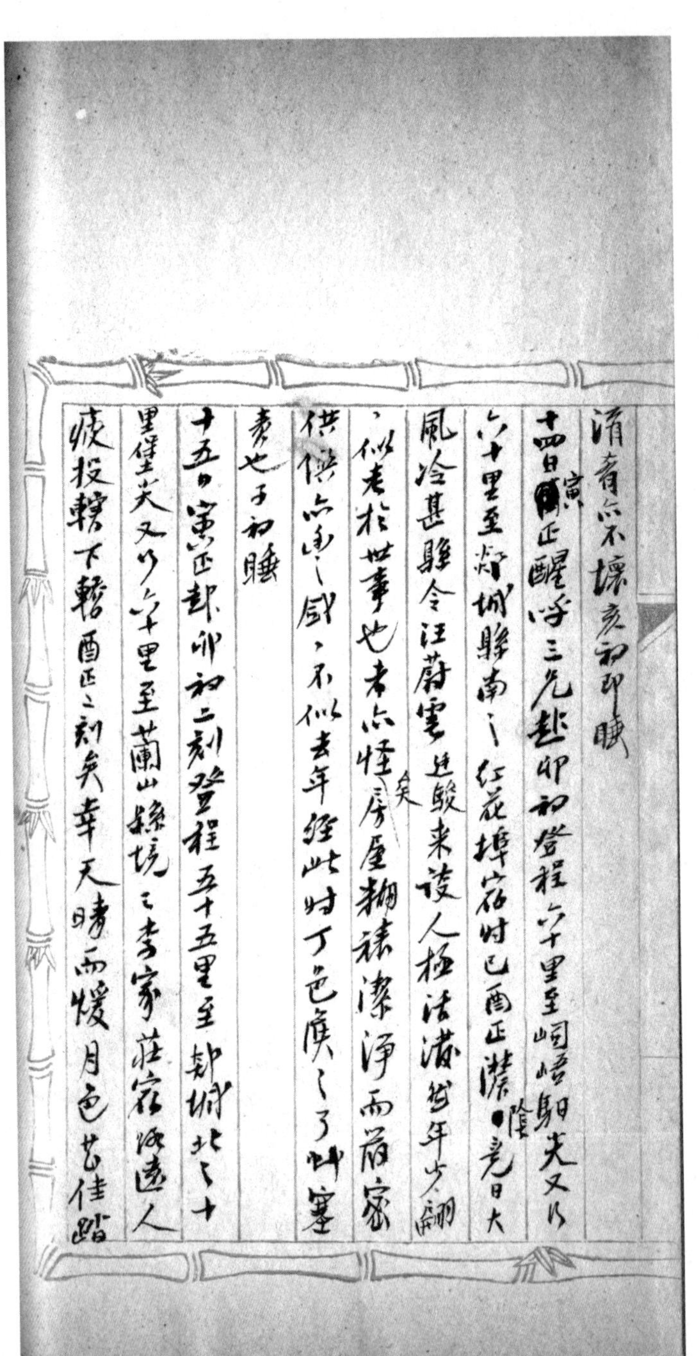

消膏亦不壞亥初即睡

十四日寅正醒呼三兒起卯初登程六十里至峒峪驛尖又行

六十里至崞城縣南〻紅花堡宿時已酉正潸陰竟日大

風冷甚縣令汪蔚雲迭駿來談人極瀟灑然年少翩

〻似老於世事也者亦怪矣房屋糊裱潔淨而葡家

供給亦周〻到〻不似去年經此時丁邑侯之了草塞

責也子初睡

十五日寅正起卯初二刻登程五十五里至郭樹北〻十

里堡尖又行六十里至蘭山縣境〻李家莊宿路遠人

疲投轄下轄酉正二刻矣幸天晴而煖月色甚佳踏

泰安糕點尤佳

月下沂河岸上水光如鏡，莊内大放夜灯，鞭炮是上元風景。旋與三人覓飲于初眠，明辰仍宜早行，命以後務減生惰，走晚到非下策也。

十六日卯初起，卯正行四十五里至沂州府南關午尖，畢出北關，商值某廟演戲酬神，士女雲集，肩相摩踵相接也。又行四十五里宿於半城，仍係蘭山縣境。本日天晴，辰冷午煖，而驛路已解凍，泥水載途，頗難着足，轎夫喘汗如雨。住時甫酉初，四人全至塢安寓。談令沂州府糕點殊佳，于初眠濃淡集霰。

十七日夜大雪滿天地，卯正登程，雪漸止而泥淖沒骭，行十里

此處雖有亂石而駝名所由起別有青駝二大如羊臥於寺旁荒地中寺之所由名也青駝橋之南山勢嵯峨大石林立奔行循石而橋其處最妙

即入山石路嶙嶙加以滑達幾至不能舉步午正始至青駝寺矣經青駝橋亂石臥地形真肖駝古人叱石成羊當非杜撰也以雪含神似大有塞天景象飯後復行點燈時距宿站尚廿餘里幸備草燭燃以代燈照矣抬轎已不敷用又分為燈夫愈難為力大窘大苦勉強行五里許始遇縣夫來接急令幫轎計十餘人抬余一人也至埠莊歇已戌正一刻本日僅行九十里費鳩省撤明日以天為宿矣亦無如奈何之法耳途中不敢睡故詩二首甚糟晚飯已亥初許又飛雪夜住處係沂水縣境該令即日交卸未來拜亦緣縣治距此百餘里之遠

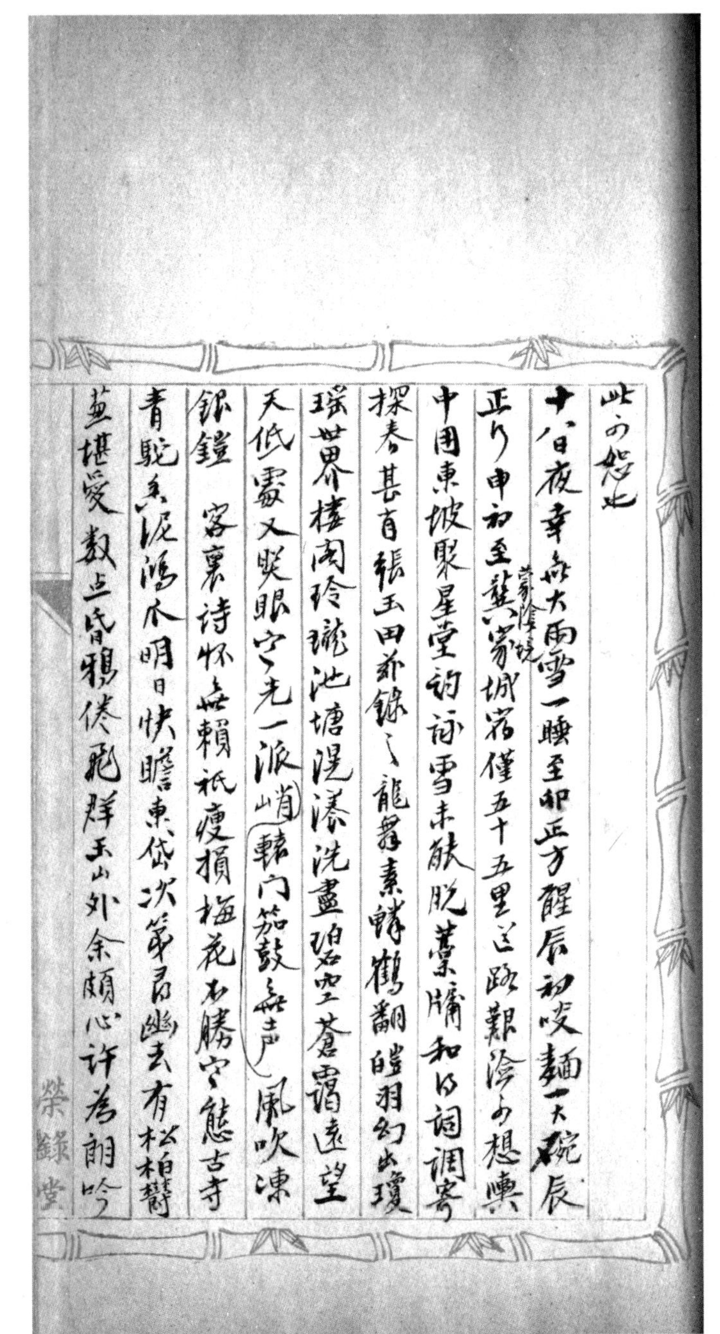

此所起也

十八日夜幸無大雨雪一睡至卯正方醒辰初吃麵一大碗辰正行申初至冀（蒙陰縣）家城宿僅五十五里道路艱險不想輿中因東坡聚星堂詠雪未能脫稾臆和以詞調寄探春甚有張玉田爺錄錄能舞素鸞鶴翻皚羽幻出瓊瑤世界樓閣玲瓏池塘浸漾洗盡碧空蒼靄遙望天低霧又映眼空光一派峭轅門笳鼓無聲風吹凍銀鐙　客裏詩懷無賴祗瘦損梅花不勝寒態古寺青驄系泥滑不明日快瞻東岱次第君幽去有松柏鬱益堪愛數點昏鴉倦飛群玉山外余頗心許為朗吟之

此景我早行不知

數四夕飯一品鍋二桌用一席一桌夜用菜餚俱佳不禁
沈醉亥初眠
十九日夜雨成雪辰起一白空濛滌登輿匠人輿夫喫力
途甚申正至鰲陽宿僅六十里其地新泰縣界也夕餐
大飽本日作詩二首
廿日卯正起程天霽晴十八里至新泰縣城換夫馬又二
十五里至翟家莊早矣四野山氣夾雪成霜旭日矇朧
化為白煙一片出地數尺瀰氣紛披真畫圖也又卅五里
宿於羊流店時甫申初本日轎夫歌健而新泰途西
雪小路平是以乃連蘿發錦詩胸次極快夕飯絕晚

張夏乃泰山之西面山最佳者遇雨煙雲縹渺尤爲奇絶

亥初歇來日馳路較多約寅卯初動身

二十一日寅初起寅正行六十里至崔家莊午尖縣差辦理不善酒饌蕭條無法療飢跟人直至無飯可喫房廚役則已逃脱丑卯登程行四十五里酉初宿泰安向該縣差申斥早間事渠已知之以備點心以進絶佳不覺告飽晚饌已戌刻矣本日對面望岱口詩二首仍早歇

廿二日夜溽甚潦午間放晴幸無雨雪寅正行五十里至墊台尖時方辰正二刻地係長清縣境又行六十里宿於長清之張夏莊未正二刻耳早行早歇大妙之此不

榮錄堂

一十里主人云山路當十八盖五里僅八十里耳偶閱牖和
日記內有新正六日瞻拜露筋祠錄金桂芬補書舊對
一聯曰聽一百八記鐘聲敲斷往來游客夢看三十六
湖秋水洗完清白女兒身語意極雅切修則概難入目
是日泊祠下已二鼓余時胸脇刺痛未能同登岸殊爲
可惜也再对子頗充口而出乃妙同行沈秀士春浦跟役相全
上年赴闈时行至泰安府疫困而亡縣令驗明無收棺厝
候運京昨至該站已用車載矣兩星使各助十五金余
四人亦各有所贈遂併有挽聯云同是扱鄉人千里道
少鄰半面追思前日事一場幻夢感三秋又有句云故

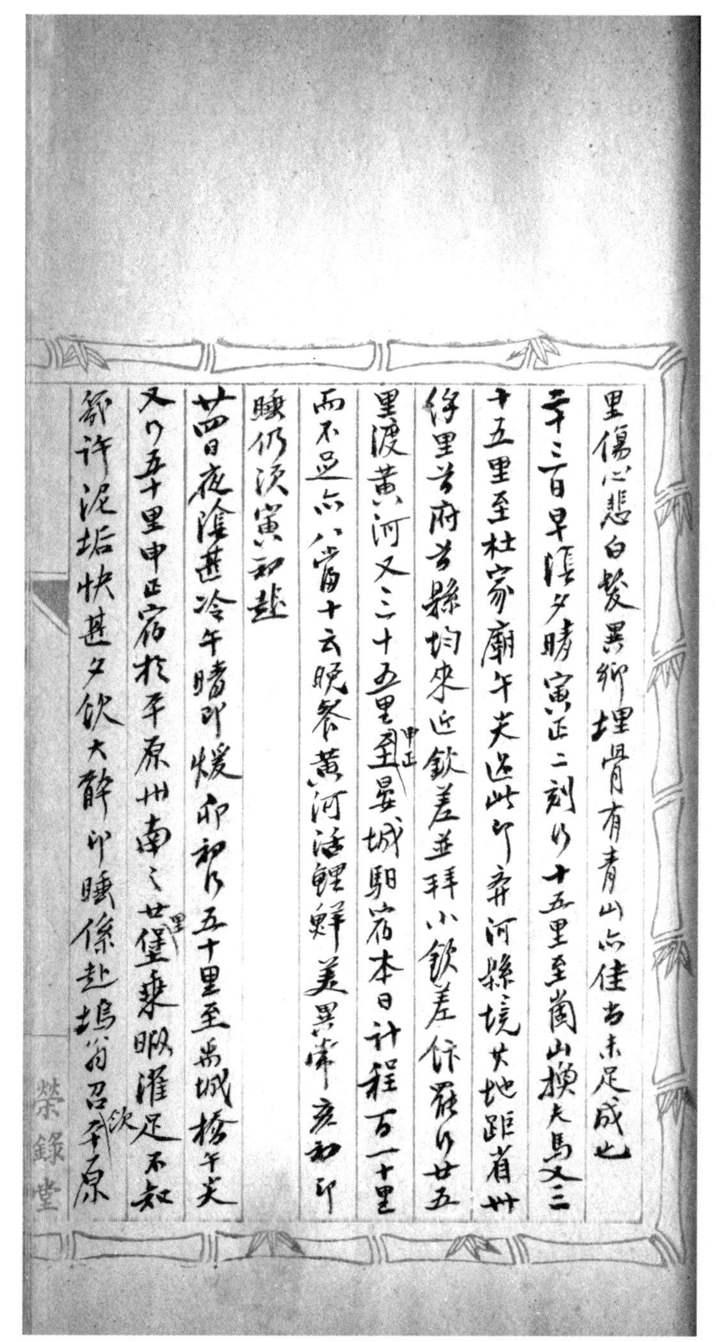
里傷心悲白髮異鄉埋骨有青山亦佳者未足戚也
廿三日早陰夕晴寅正二刻行十五里至崮山换夫馬又三
十五里至杜家廟午尖過此即齊河縣境其地距省卅
餘里首府首縣均來迎欽差並拜小欽差餘罷行廿五
里渡黄河又二十五里申正到晏城驛宿本日計程百一十里
而不足亦小當十云晚餐黄河活鯉鮮美異常亥初即
睡仍須寅初起
廿四日夜陰甚冷午晴即煖卯初行五十里至禹城橋午尖
又行五十里申正宿於平原州南南廿里堡乘暇濯足不知
幾許泥垢快甚夕飲大醉即睡係赴塢翁召飲平原

榮録堂

趙

本將

今蔬菜燒烤席極佳也

廿五日卯初行二十里至莘原換夫馬又行廿里尖於曲六店

申初至德州宿計又行五十里共百里玄善星垣送

燕席晚四人共飲趙子[illegible]昭得華送四人八色水禮收四

色半夜呈老塢丙詩二十

廿六日卯初卦辰初行廿里至劉智廟打尖又行四十里未

初二刻宿晏州潤福寺天極煖路極平雅晏州積水

未涸城外大道不可行須繞着走者至寺稍進點心看老

儒盛來暢談渠同日起孝女墮塔祠亦渠所建旋適

老塢首入祠瞻仰對聯甚夥純粹殆罕有句云崢嶸

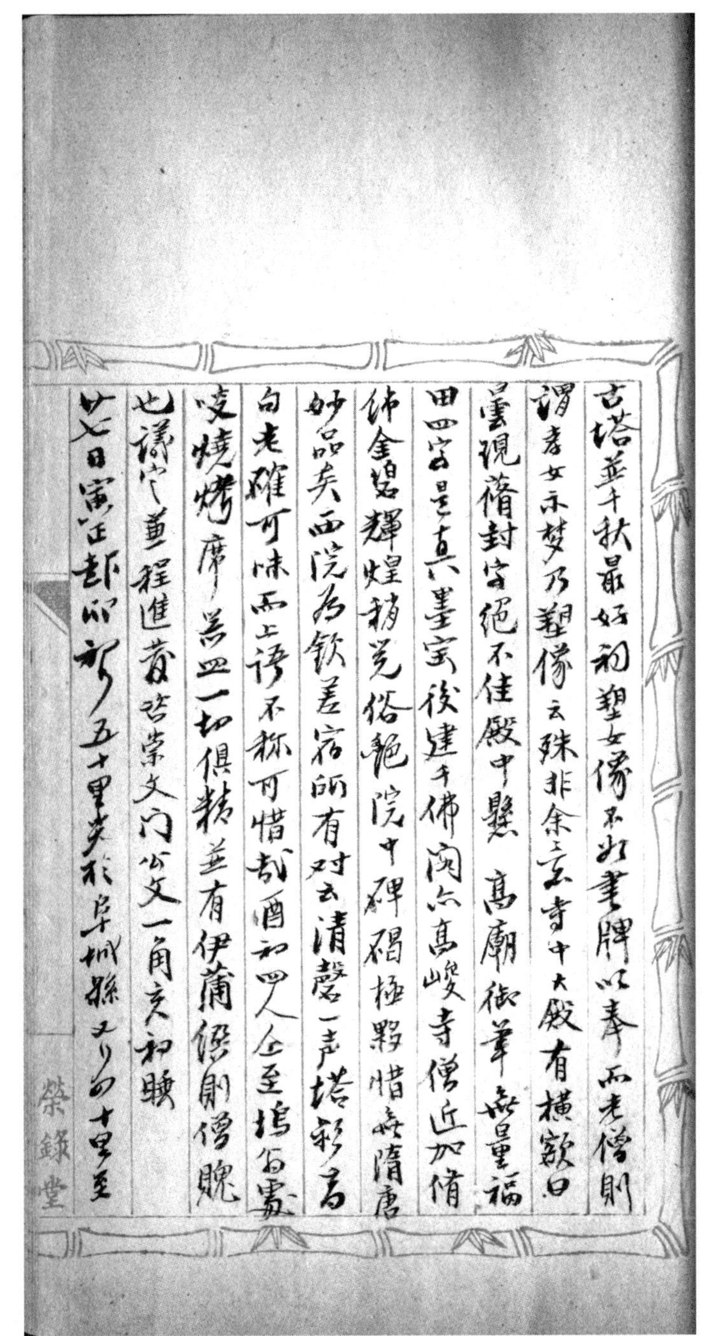

古塔並千秋最好祠塑女像不如畫牌以奉而老僧則
謂孝女示夢乃塑像云殊非余之言寺中大殿有横額曰
寰視蒼封字絕不佳殿中懸高廟御筆無量福
田四字是真墨寶後建千佛閣亦高峻寺僧近加修
飾金碧輝煌稍覺俗艷院中碑碣極夥惜無隋唐
妙品矣西院爲欽差宿所有對云清磬一声塔影高
白老羅可味而上語不稱可惜哉酒初罷人全至搗谷霧
吱燒烤席上菜四一切俱精並有伊蒲饌則僧貺
也議定並程進香答崇文門公文一角交初驛
廿七日寅正起行五十里尖於阜城縣又行四十里至

榮錄堂

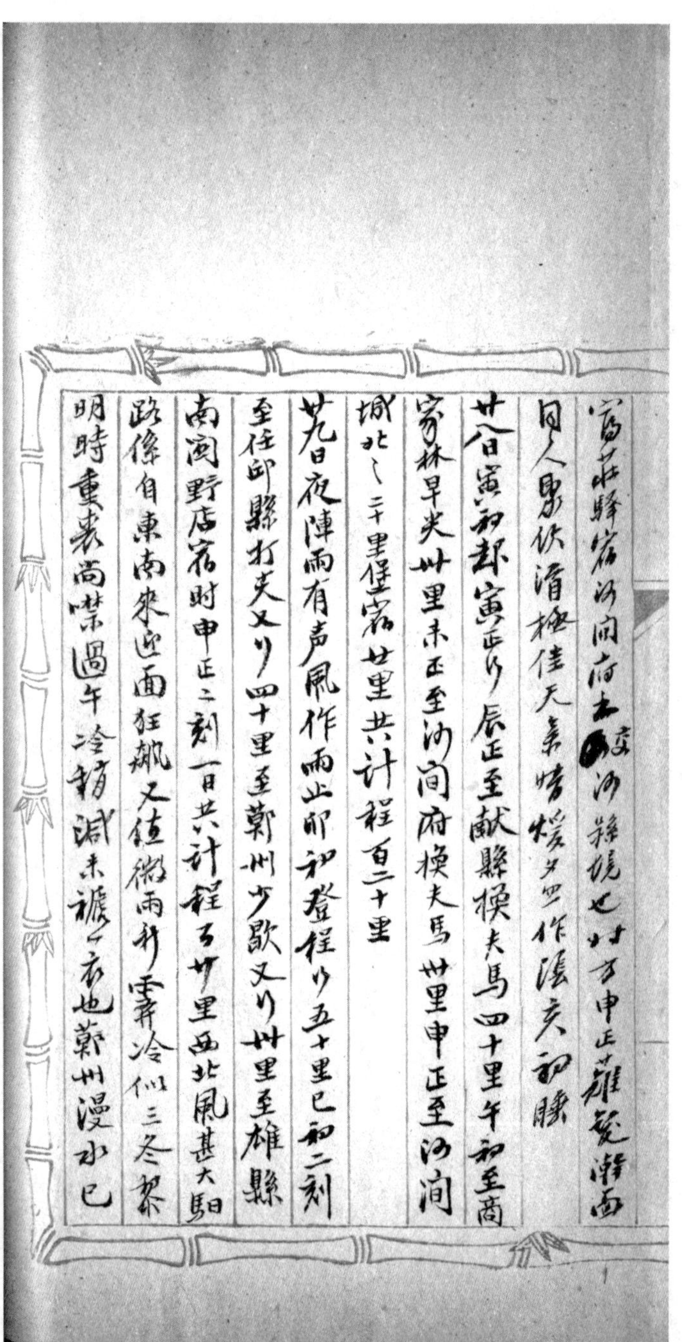
富莊驛宿河間府交河縣境也廿方申正離發滸西
同人最佚滑極佳天素晴燥夕四作漲矣初滕
廿八日寅初起寅正一刻辰正至献縣換夫馬四十里午初至商
家林早尖卅里未正至河間府換夫馬卅里申正至河間
城北ゝ二十里堡宿廿里共計程百二十里
廿九日夜陣雨有声風作雨止卯初登程一刻五十里巳初二刻
至任邱縣打尖又行四十里至鄚州少歇又行卅里至雄縣
南關野店宿时申正二刻一日共計程百廿里西北風甚大駬
路係自東南來迎面狂飆又值微雨新霽冷似三冬黎
明時重裘尚噤過午漸稍減未褪ゝ衣也鄚州漫水已

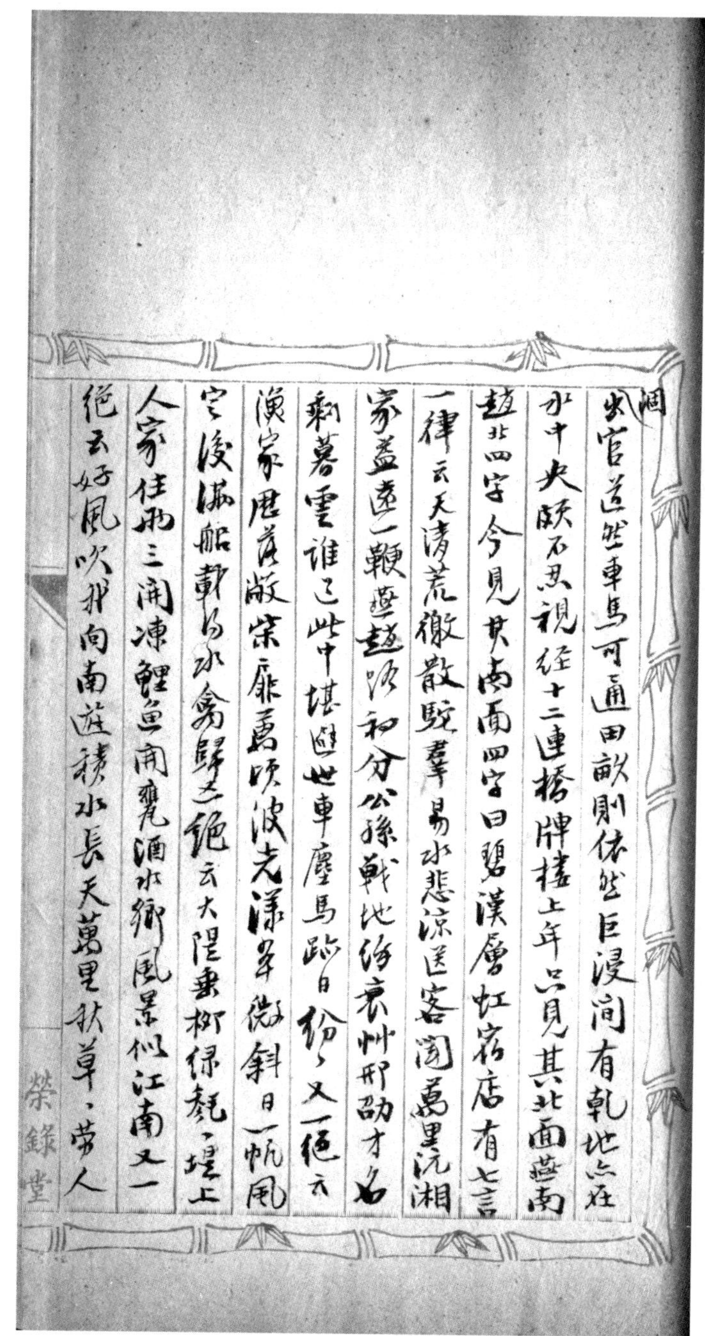

涸出官道然車馬可通田畝則依然巨浸間有乾地亦在水中央厥石思視經十二連橋牌樓上年只見其北面燕南趙北四字今見其南面四字曰碧漢層虹客店有七言一律云天淸荒徼散駁羣易水悲涼送客園萬里沅湘家蓋遠一鞭燕趙須和分公孫戰地餘衰草邢劭才名剩暮雲誰道此中堪避世車塵馬跡日紛紛又一絶云漁家居岸漵柴扉蘆葦映波光漾草微斜日一帆風空後滿船載得水禽歸又一絶云大隄垂柳綠毵毵堤上人家住兩三開凍鯉魚開甕酒水鄉風景似江南又一絶云好風吹我向南遊積水長天萬里秋草草帶人

榮錄堂

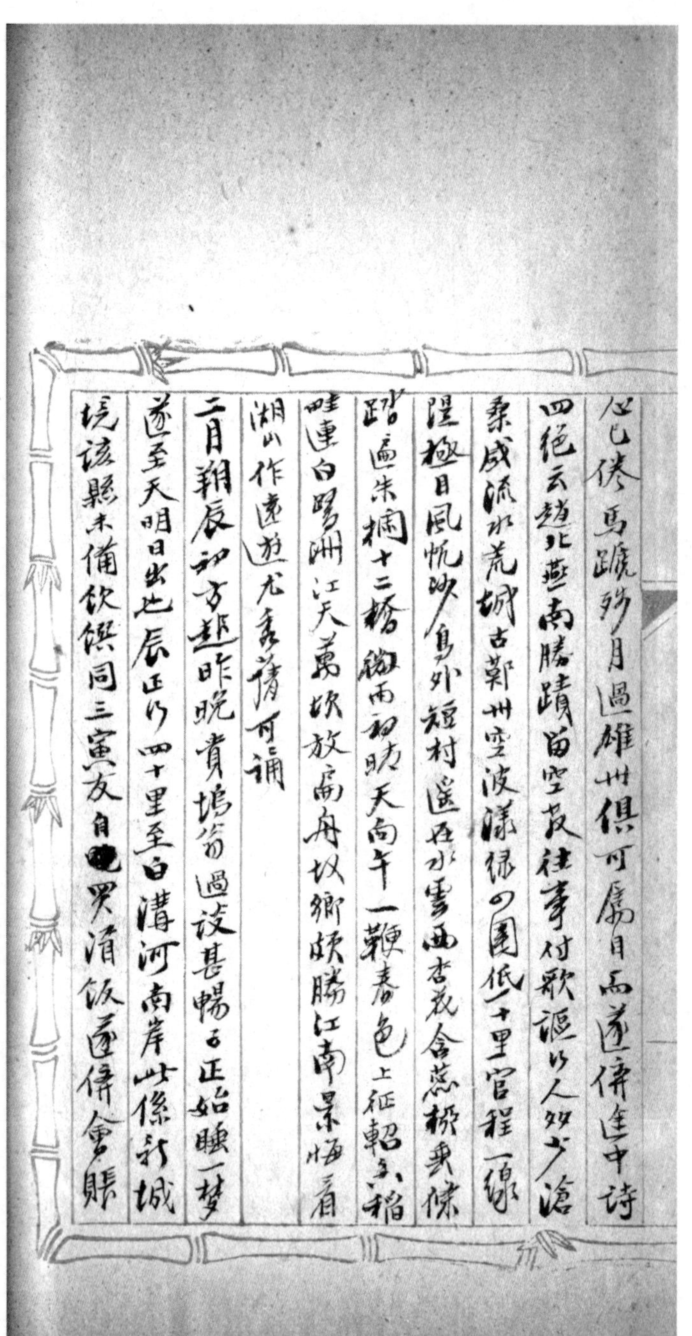

心已倦馬蹄殘月過雄州俱可屬目而遂併途中詩
四絕云趙北燕南勝蹟留空長往事付歌謳行人多少滄
桑感流水荒城古鄚州空波漾綠四圍低一十里官程一線
堤極目風帆沙鳥外短村遙在水雲西杏花含蕊柳垂絲
踏遍朱橋十二橋細雨初晴天尚午一鞭春色上征軺魚稻
畦連白鷺洲江天萬頃放扁舟故鄉煙勝江南景悔着
湖山作遠遊尤為清可誦
二月朔辰初方起昨晚貴鳩翁過談甚暢子正始睡一夢
遂至天明日出巳辰正行四十里至白溝河南岸此係新城
境該縣未備飲饌同三寓友自買酒飯遂併會賬

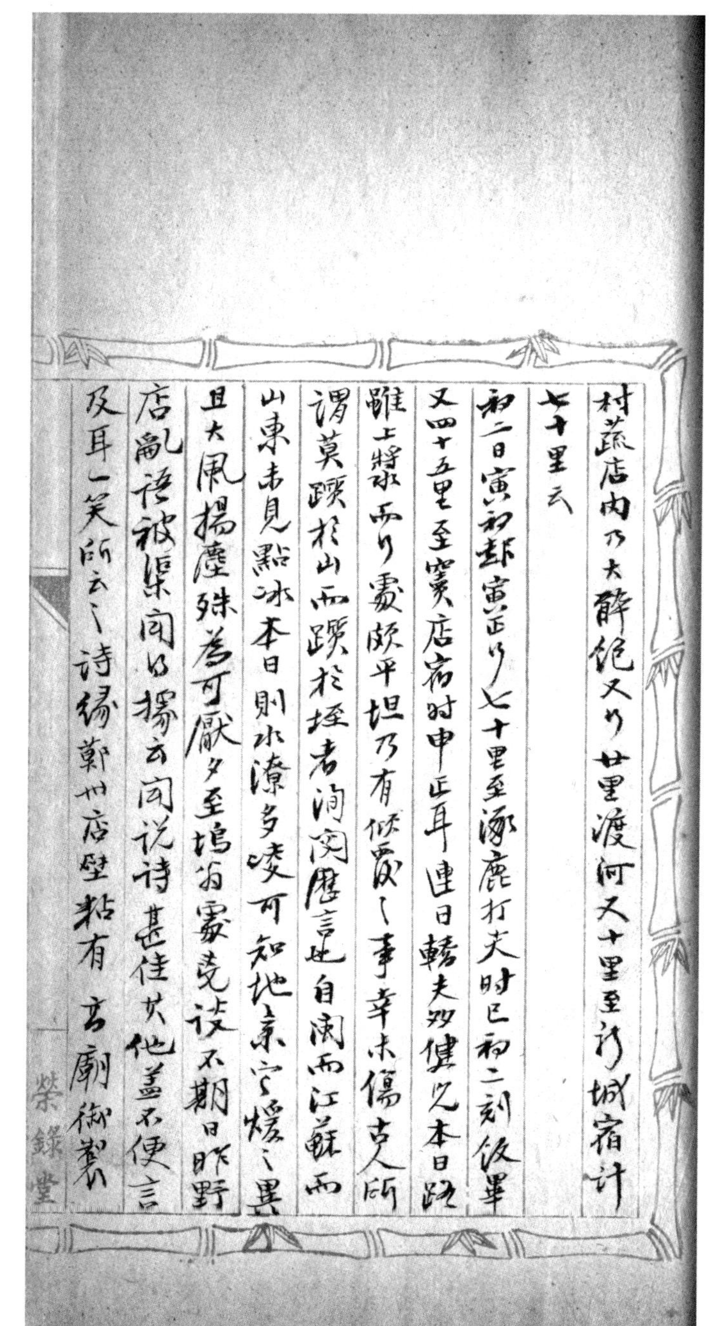

村蔬店內乃大醉絕又行廿里渡河又十里至行城宿計
七十里云
初二日寅初起寅正行七十里至涿鹿打尖時巳初二刻飯畢
又四十五里至寶店宿時申正耳連日轎夫殊健兒本日路
雖土漿而行處頗平坦乃有傾覆之事幸未傷古人所
謂莫蹶於山而蹶於垤者洵閱歷言也自閩而江蘇而
山東未見點冰本日則冰凍多凌可知地氣寒燠之異
且大風揚塵殊為可厭夕至塢翁處竟設不期日昨野
店亂語被渠聞以擣云聞說詩甚佳其他盖不便言
及耳一笑所云之詩錫鄭州店壁粘有　高廟御製

榮錄堂

舊雅神館詩云舊館被祖賜早十二三歲初學時一管
甃筆百步外縱施踏底迮年前遁声印什用偶鮮待
立勃勤詎不奇耄臺山莊仍留武莫非恩敢忘含飴
詩句寄絕云有欲讀嗟々箝在口々苦昨子裹恭步元
韻撫賦烟館云舊烟鎖被友贈早卅五々年初吸時
雲霧霏微一室內波濤洗復辛卯前本年元旦余書紅帖有辛卯之始字
故子褰言及財在漁船也老風幼鶴用常慣立對勃驗詢是奇仙
日山林仍服此莫非樂廿年之始詩句祥似奎藻誠
來易才佩服々再者在景冊聲以老僧打夫作詩鏡
余句聯云短魚短榻灯龕古車馬荒郊飯顆香附記

如此妙境人生能
得歷幾人強竹坡
歷過一次遂享受
未過●福已折矣
遂了羅官君輩
安然而返已為大

杉此
初三日寅正行辰初至京卿轎夫脫逃已至長汀詹
村中伙申正抵家拜母始知年前大病殊不快也此役
往返一萬三千餘里計時五個月而行程則三個月
有奇若非航海是時尚不克入都也官事々樓心處
事々棘手所不待言論差票則在者為日無多許
小所係皆置棄禮物則●妙手空空同外人殊羨殊不
可解於歸途由浙者可以分於禮此行並未禮俱無
送人都不敷奈何再有此句刀加頸亦不敢從命
矣所快者長江大河滄海泰山足慰所願不有

榮錄堂

幸迺貪心不足得
隴望蜀此真無
厭也

詩耳

榮錄堂

榮錄堂

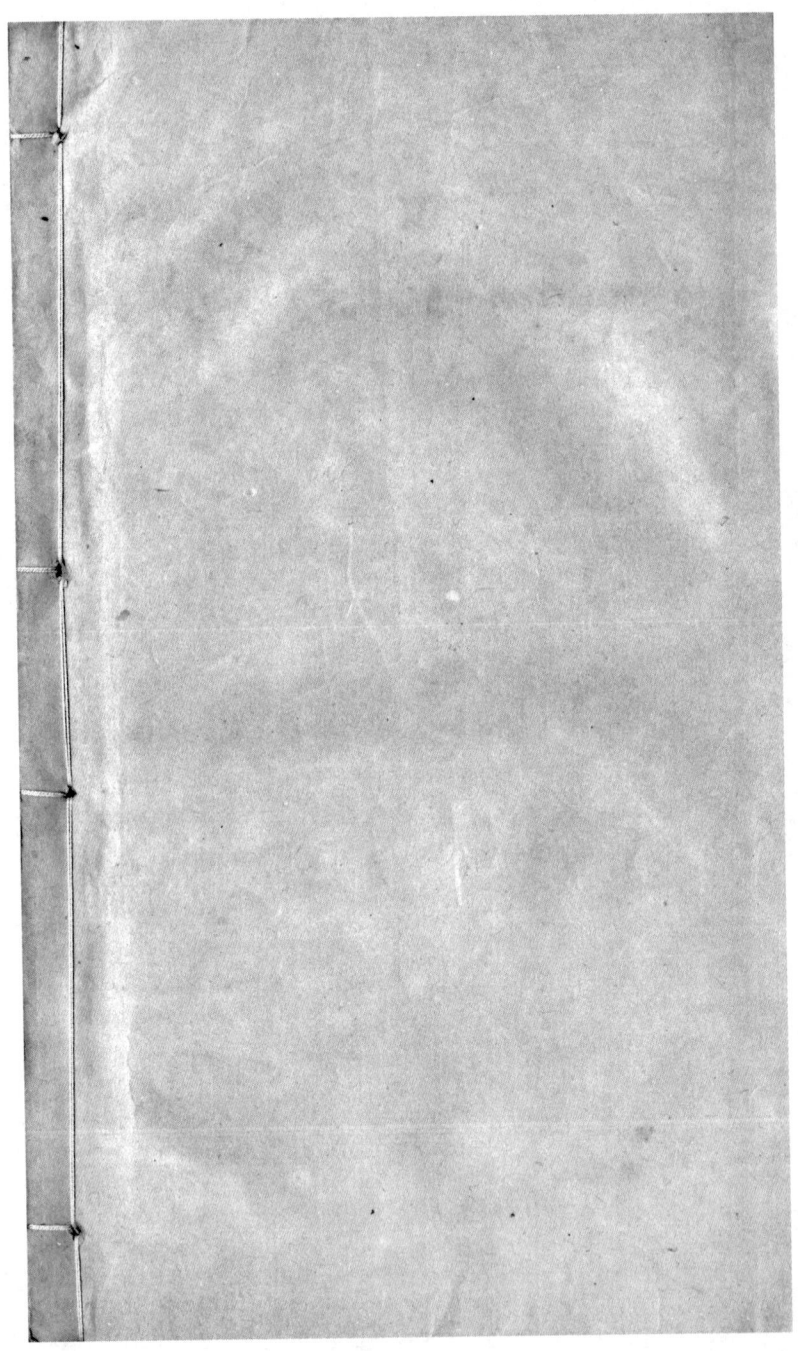